KATJA KESSLER | Herztör

Das Buch

Lissie Lensen, 32, Journalistin mit Zeitvertrag, kämpft an allen Fronten. Verwohnt aussehende Modeschöpferinnen und nachgemachte Viktoria Beckhams gehören genauso zu ihrem Alltag wie eine verzickte Chefredakteurin. Als sich Lissie auf einer Party in einen steinreichen Reeder verliebt, ohne um seine Identität zu wissen, steht plötzlich ihre chaotische Welt still. Paul Anton Ingwersen ist das Beste, was ihr je im Leben passiert ist. Findet sie. Er nicht. Nach nur einer gemeinsamen Nacht ist der Kerl weg. Lissie weiß: Weinen macht alt und hässlich. Aber sie muss auch lernen: Männer sind wie Hexenschüsse. Manchmal haben sie Langzeitwirkung ...

Pressestimmen

»Ein hinreißender Liebesroman, eine höchst amüsante Lektüre.«
Welt am Sonntag

»Katja Kesslers pointierter Schreibstil macht aus »Herztöne« einen Roman, den man immer weiterliest – selbst dann, wenn das Wasser in der Badewanne bereits kalt ist.« *Vanity Fair*

»Eine Herz-Schmerz-Story, die im Hamburger Blaue-Blazer-Klüngel die Alster über die Ufer schäumen lässt. Lesen!« *MySelf*

Die Autorin

Dr. Katja Kessler, 1969 in Kiel geboren, ist Zahnärztin. Dem Bohren zog sie allerdings die BILD-Zeitung vor. Vier Jahre war sie Gesellschaftskolumnistin. Für ihre Texte wurde sie u.a. mit dem »Journalistenpreis für Lebensfreude« und der »Goldenen Feder« ausgezeichnet. 2002 und 2003 schrieb sie die Bohlen-Biografien »Nichts als die Wahrheit« und »Hinter den Kulissen«, und eroberte ein Millionenpublikum. Mit ihrem ersten Roman »Herztöne« stand sie erneut auf der *Spiegel*-Bestsellerliste, gefolgt von dem bei allen werdenden Müttern beliebten »Mami-Buch«. Katja Kessler lebt mit ihrem Mann und ihren vier Kindern in Potsdam.

Lieferbare Titel

»Herztöne« (978-3-453-29033-4)

KATJA KESSLER

Herztöne

Ein frei erfundener Tatsachenroman

Diana Verlag

FSC
Mix
Produktgruppe aus vorbildlich bewirtschafteten Wäldern und anderen kontrollierten Herkünften
Zert.-Nr. SGS-COC-1940
www.fsc.org
© 1996 Forest Stewardship Council

Verlagsgruppe Random House FSC-DEU-0100
Das für dieses Buch verwendete
FSC-zertifizierte Papier *München Super*
liefert Holmen Paper, Hallstavik, Schweden.

Taschenbucherstausgabe 01/2009

Bildnachweis |
S. 8, S. 69 (links): © AFP Photo/Omar Torres/Getty Images
S. 69 (rechts): © AP Photo/Lionel Cironneau
S. 168, 169, 170, 171 : © Getty Images
S. 221: © defd
Umschlaggestaltung | Hauptmann & Kompanie Werbeagentur,
München–Zürich, Teresa Mutzenbach
Herstellung | Helga Schörnig
Satz | Leingärtner, Nabburg
Druck und Bindung | GGP Media GmbH, Pößneck
Printed in Germany 2009
978-3-453-35272-8

www.diana-verlag.de

Alles in diesem Buch ist erstunken und erlogen.
Jegliche Ähnlichkeiten mit lebenden oder bereits
verstorbenen Personen sind rein zufällig und
überhaupt kein klitzekleines bisschen beabsichtigt.

And I love you so,
The people ask me how,
How I've lived till now
I tell them I don't know
I guess they understand
How lonely life has been
But life began again
The day you took my hand
And yes I know how lonely life can be
Shadows follow me
The night won't set me free
But I don't let the evening get me down
Now that you're around me
And you love me too
Your thoughts are just for me
You set my spirit free
I'm happy that you do
The book of life is brief
Once the page is read
All but love is dead
This is my belief

Elvis

Erster Teil

Eine Nacht und ein Tag

Dessous against Bombs
Let us save the World!

Fashion For Freedom

by Tomke Momsen

Einladung für

Mrs. Carmen Clausen

Donnerstag, 15. Juni
20 Uhr, Stardust, Alter Bunker

Diese Einladung ist persönlich und nicht übertragbar.
Um Antwort wird gebeten auf beiliegendem Antwortfax.

1

Lissie Lensens Leben war toll. Mal abgesehen davon, dass sie gerade die unglücklichste Frau der Welt war und demnächst zwei Menschen um die Ecke bringen würde, lief alles wirklich hervorragend.

Opfer Nummer eins würde dieser Kellner sein. Der rannte schon wieder – das zehnte Mal vielleicht? – an ihr vorbei und tat so, als sei sie Luft. Dabei hätte sie so gern was getrunken.

Und Opfer Nummer zwei stand auch schon fest: diese Blondine zu ihrer Rechten, von der sie seit zwanzig Minuten vollgetextet wurde und die an akutem »PUPS« litt – **P**R-Geilheit **u**nd **P**romi-Wichtigtuerinnen-**S**yndrom. (Eine schwere, degenerative Veränderung des Kleinhirns, für die es nur einen wirkungsvollen Therapieansatz gab: man verkorkte der Patientin einen Stiletto-Absatz im Hintern. Neueste Studien aus Hollywood belegten auch die heilende Wirkung eines Föhns, den man mit dem Luft ansaugenden Ende an die Frisur hielt. So ein Gerät hatte Lissie nur leider gerade nicht zur Hand.)

In dieser Sekunde strömten alle Models der großen »Dessous against Bombs«-Modenschau zum Abschluss-Defilee auf den Laufsteg und ließen Ballons mit »Say no to Bombs!«-Aufdruck zur Bunkerdecke steigen. Das laute »Peng!«, wenn die Ballons mit den glühend heißen Scheinwerfern in Berührung kamen und zerplatzten, riss Lissie aus ihren Gedanken.

»Wollen Sie nicht mal ein Interview mit mir machen?«, fragte Blondie. Und Lissie hörte sich »Oh, ja, auf jeden Fall!« antworten.

Was tust du hier eigentlich, Elisabeth Lensen?!

»Sie haben doch sicher heute Abend noch nichts vor!« So war Carmen Clausen, Chefredakteurin bei *Cleo*, vor einer Stunde in Lissies Büro gestürmt und hatte ihr eine Einladung auf den Tisch geklatscht. »Hier! Die ist von dieser abgehalfterten Modedesignerin, dieser Tomke Momsen. Sie wissen schon! Die, die einen Blazer nicht von einer Hose unterscheiden kann. Hat natürlich wieder den Schah von Persien und Papst Benedikt auf ihrer Gästeliste stehen. Für wie doof hält die uns eigentlich?! Ich kann auch Michael Douglas und den Dalai Lama einladen! Aber diesmal soll tatsächlich Victoria Beckham da sein. Hat mir gerade Giovanni, der Pressesprecher, beim Leben seiner fünf unehelichen Kinder versichert. *Gloss* wird auch eine Redakteurin schicken.« Dann hatte sie in den Katakomben ihrer dunklen Seele tatsächlich noch ein Lächeln gefunden und angeknipst: »Und es wäre doch wunderschön, wenn mal wieder eine größere Geschichte von Ihnen im Heft wär – nicht?! wahr?! Frau?! Lensen?!«

Auf der Einladungsliste, die Lissie während der zehnminütigen Taxifahrt überflogen hatte, waren außer Frau Beckham noch hundertfünfzig weitere Namen aufgelistet, darunter zehn Möchtegern-, zwei nachgemachte, siebzehn angehende, sechs ehemalige und drei waschechte Promis. Hinzu kamen, wie sie mittlerweile hatte feststellen dürfen, die üblichen drei scharf gedressten Partyluder, deren Eintrittskarte im Höschen steckte. Und – last, but not least, wie Putzerfische am Hai – mindestens vierzig Journalisten und Fotografen.

Eigentlich hatte Lissie heute Abend ein Date mit ihrer Couch gehabt. Jetzt stand sie hier, wie die arme Verwandte aus Sibirien, in einem viel zu dünnen »Ist ja nur fürs Büro«-19-Euro-90-Schlussverkaufskleidchen, offizielle Stilrichtung »Empire«, inoffizielle Stilrichtung »Möpse hoch, Bauch weg-Kleid«, dessen Gummibündchen ziemlich doll an den Oberarmen spannten, und durfte sich eine Runde wegschämen.

Was kann ich bitte dafür, wenn die Clausen in der Mittagspause *zur Kosmetik rennt und anschließend aussieht wie Tomate? Das nächste Mal kann sie sich eine andere Party-Lückenbüßerin suchen. Jawoll! Nicht mit mir.*

Sie schniefte. Und schluckte. Rollte ein bisschen mit den Augäpfeln, und ihre Lider begannen verdächtig zu flattern.

Und jetzt weinst du auch noch, Elisabeth Lensen. Dich kann man echt nirgendwo mit hinnehmen.

Wobei der Klamotten-Gau noch nicht das größte ihrer Probleme war. Sie wusste, ohne dass es ihr ein Spiegel hätte verraten müssen, dass sie den Kampf gegen Unglücklichsein-Pickel und dunkle Augenringe leider schon lange verloren hatte. Das Make-up, heute Morgen nach dem Verschlafen hastig draufgekleistert, im Laufe des Tages noch diverse Male nachgespachtelt, übergepinselt und abgepudert, fühlte sich mittlerweile beim Sprechen an wie die Totenmaske von Tutanchamun.

Sie ließ ihren Blick durch den alten Flaksturmbunker schweifen, in dem der In-Club *Private Ryan* untergebracht war. Aber wo sie auch hinschaute – nur (wie wahr!) bombig gelaunte, lachende, flirtende Partygäste. Und gleich würde oben auf dem Dach auch noch das große Galadiner losgehen. Minimum drei weitere Stunden Ansprachen, Reden und Gähnen hinter vorgehaltener Hand.

Du brauchst jetzt echt was zu trinken, Lissie.

Ein paar Meter entfernt schwebte mal wieder ein Tablett mit Cocktails über den Köpfen. Sie ließ – »Oh Entschuldigung!, ich seh da gerade einen guten alten Bekannten!« – Schnabbel-Blondie mitten im Satz stehen, die unverdrossen und wie ein Floh gleich beim nächsten Wirtstier andockte (in diesem Falle einem Reporter von der *MOPO*). Drängte durch Menschentrauben, Parfümwolken, Aftershave-Schwaden und Achselaroma und tippte dem abgebrochenen Kellner mit einem »Hallo, guten Abend, hier bitte!« vorsichtig von hinten auf die Schulter.

Keine Reaktion.

Dafür waren ihre Fingerspitzen jetzt unangenehm feucht. Sie wischte sich die Hände dezent am Kleid ab, guckte unentschlossen auf den solariumgebräunten Stiernacken und die hochgegelten schwarzen Haare runter, durch die rosa Kopfhaut schimmerte.

Sie überlegte: Zeit ihres Lebens arbeitete sie, Elisabeth Lensen, jetzt schon an einer lässigen, abgeklärten, coolen Performance, sprich, nicht als Erste den Teller hinhalten, wenn jemand Nudeln auffüllte. Und nach der ersten Kelle auf jeden Fall »Oh, danke, das reicht, viel zu viel!« rufen. Und Fakt war: Zeit ihres Lebens wurden es doch zwei Portionen, wischte sie die Soßenreste mit Brot auf und leckte sich anschließend die Finger. Sie wollte jetzt was trinken. Sofort. Dringend. Schnell.

Wie ein Jäger, der aufs Karnickel anlegt, kniff sie die Augen zusammen, nahm ihre Beute ins Fadenkreuz – eines der Cocktailgläser, an dem eine lustige gekringelte Gurkenscheibe baumelte – und griff dann, zack, dem Kellner über die Schulter.

»Eiy!«, fiepte es sofort angezickt, und der Stiernacken schoss herum. »So geht's ja nu' nich'! Was soll 'n das?«

Lissie lächelte dem Kellner tapfer ins Gesicht, das wesentlich besser geschminkt war als ihr eigenes, das musste sie neidlos zugeben, nahm zur schnellen Besitzstandswahrung einen tiefen Schluck – und hätte ihn am liebsten auf der Stelle wieder ausgespuckt: In ihrem Mund schwappte eine schleimig-süß-saure Soße mit kleinen Stückchen.

Iih! Schmeckt ja original wie ... Alien-Sperma.

Schon wieder schossen ihr die Tränen in die Augen. Die dünn gezupften Augenbrauen des Kellners gingen neugierig ein Stockwerk hoch, dann verzogen sich die rosa geglossten Lippen schadenfroh. Ihr blieb nichts anderes übrig, als die Plörre runterzuschlucken. »... Oh Gott, was war das denn???«, würgte sie schließlich hustend hervor.

»Das ist ein Molotow-Cocktail – japanischer Melonenschnaps mit pürierten Gummibärchen und Gurke«, antwortete der Kellner herablassend. »Kennen Sie den etwa nicht? Das ist *der* Lieblingsdrink von

Kate Moss. Hat Donatella Versace extra für sie kreiert.« Mit diesen Worten drehte er sich grußlos um und schob ab. Lissie war speiübel. Der Schweiß begann ihr in Strömen den Körper hinunterzulaufen. Sie war sich sicher, dass sie rote und grüne Flecken im Gesicht hatte. Verzweifelt schaute sie sich nach einem Eckchen um, wo das Licht mädchenfreundlich war, sprich, keine Birne über fünf Watt.

Und plötzlich – um ihren Frust perfekt zu machen –, entdeckte sie im Partygetümmel auch noch *Gloss*-Redakteurin und Pestbeule Tamara Geiger.

Das ist doch wirklich Murphy's Law hier!

Glänzende, honigfarbene Haare, Riesenaugen mit Klimper-Wimpern dran, Wespentaille, Schwanenhals, Gazellengang, egal, jedenfalls einmal die Fauna durch, das Ganze manifestiert in Konfektionsgröße 36 (und die auch nur, wenn sie zugenommen hatte). Normalsterblichen Redakteurinnen blieb nichts anderes übrig, als stets Kruzifix und Weihwasser in der Handtasche bereitzuhalten und sich zu sagen, dass perfekte Schönheit nicht alles bedeutete – eben nur tolle Männer, viel Geld und den Job, den man selbst gern wollte.

Lissie fiel plötzlich auf, dass sie Pia Waldheim, die normalerweise bei *Gloss* den Partyklatsch schrieb, den ganzen Abend noch nicht gesichtet hatte.

Das glaube ich jetzt nicht. Tamara, diese Grammatik-Blindschleiche, diese Vokabel-Wüste berichtet von Events? Die durfte doch bisher nur Adressen auf Kuverts schreiben. – Und wie komm ich an der jetzt unbemerkt vorbei? Die muss mich ja nicht auch noch so desolat sehen.

In der Sekunde machte Tamara lachend einen Schritt zur Seite. Hinter ihr kamen glimmende Verführeraugen, sinnliche Lippen und ein offener Hemdkragen mit satt sprießendem Brusthaar-Teppich der Marke Kraul-mich-gieß-mich-dreh-mir-kleine-Zöpfchen zum Vorschein.

Boden, tue dich auf und verschlucke mich.

Gregor Jordan, Lissies Traum schlafloser Nächte. Im täglichen Leben Hamburgs Partykönig, Maserati-Fahrer, Hahn im Korb. Goldenes Geschäftsmodell: 08/15-Locations billig kaufen, die richtigen Leute einladen, nach zwei Jahren mit maximalem Profit weiterverkaufen. Neueste Goldquelle: das *Private Ryan.*

Lissie schaute zweifelnd an sich runter: Das Kleid klebte ihr am Körper, unterm Busen zeichneten sich leichte Schwitzseen ab.

Ich glaub, ich muss sterben.

Womit den anderen Partygästen vielleicht doch noch das Happening einer echten Leiche vergönnt war.

2

Es war jetzt drei Monate her, seit Lissies Chefin Carmen Clausen (mit allen bezahlbaren Mitteln krampfhaft konservierte neunundreißigdreiviertel) den ganzen Vormittag hektisch, pissig und nervös durch die Redaktion gerannt war und ihrem Spitznamen Pitbull alle Ehre gemacht hatte. Hier den schwulen Artdirector einen Kopf kürzer gemacht, da gleich drei Artikel in den Mülleimer getreten und Rolf, dem Chef der Fotoredaktion, einen neuen Job als Blindenhund empfohlen. Die ganze Redaktion saß da, kaute Fingernägel, rätselte: Vollmond? Neue Falte im Gesicht entdeckt? PPMÜMS (Prä-, Post-, Mittendrin- und Überhaupt-Menstruelles-Syndrom)? Bis endlich Annegret Paulsen, die Chefsekretärin, als Gegenleistung für eine Packung eilig herangeschaffter Nussecken mit der Info rausrückte: The sexiest man alive, Gregor-Moschus-Jordan, hatte seinen Besuch angekündigt. Akuter Flugsperma-Alarm.

Der große rollbare Zinkcontainer, der jetzt schon seit Wochen den Flur vor der Chefredaktion zumüllte und von dem keiner wusste, was drin war, wurde rasch in die Moderedaktion geschubst. Der überlebensgroße Brad-Pitt-Pappaufsteller wanderte in den Vorraum vom Klo. Außerdem wurden noch zehn Duftkerzen von IKEA entzündet, sodass die ohnehin schon leidgeprüften Nichtraucher der Redaktion zur Abwechslung über nasenbetäubenden Vanillegestank klagten. Viel fehlte nicht und die sechzigköpfige Frauenredaktion hätte fähnchenschwenkend links und rechts der Fahrstuhltür Aufstellung genommen. Währenddessen war Annegret Paulsen (bereits jenseits von Gut und Böse und letztem Eisprung; daher nur fürs Willkommensbuffet zuständig) in die Tiefen des Chefredaktionskühlschranks abgetaucht, wo dubiose Präsente von Anzeigenkunden der nächsten Verschenk-Möglichkeit entgegenwarteten.

Kaum hatte Gregor Jordan seine aristokratische Nase aus dem Fahrstuhl gesteckt, zog ihn Carmen Clausen auch schon in ihr Büro. Er kam noch nicht mal mehr dazu, seinen Mantel auszuziehen. Frau Paulsen hatte unter Androhung von Tod durch langsames Erdrosseln die Anweisung erhalten, sämtliche Besucher und Telefonate abzuwimmeln. Nachdem die beiden eine Dreiviertelstunde hinter verschlossenen Türen und heruntergelassenen Jalousien intensiv getagt hatten, hatte die Welt sie plötzlich wieder. Die Kühlschrankausbeute (lettische Bio-Mufflon-Würstchen und Diabetiker-Honigmandeln aus der Türkei) zeigte sich noch jungfräulich, sehr im Gegensatz zu Carmen Clausen. Die war ordentlich angeschickert, rote Bäckchen, die oberen drei Blusenknöpfe geöffnet. Hormonselig hatte sie sich bei Mr. Testosteron eingehängt. Bei jedem Schritt ditschte ihr fülliger Busen an seinen muskulösen Arm. So schoben die zwei durch die Redaktionsräume. Dabei sah Gregor Jordan in seinem maßgeschneiderten Anzug, den langen Mantel lässig überm Arm, aus wie George Clooney in *Emergency Room*. (Auch bei dem lag nach einer blutigen Mandel-Operation bekanntlich noch jedes Haar.)

Carmen Clausen zerfloss auf einmal schier vor Wohlwollen und Liebenswürdigkeit. Wo es noch vor einer Stunde im Kasernen-Ton geheißen hatte »Hierher!«, »Zack!«, »Peng!«, zwitscherte sie auf einmal leutselig: »Mensch, Schätzchen, super Interview!« und »Ach klasse, ich bin so stolz auf euch, Schnuckels!« Sogar dem Chef der Fotoredaktion tätschelte sie begöschend übers Toupet: »Hut ab! Eins-a-Fotorecherche! Das macht Ihnen so schnell keiner nach!«

Lissie saß gerade auf dem Schreibtisch ihrer Zimmergenossin und Mitschreibslerin Sabine, als es plötzlich – »Tock-tock!!« (Carmen Clausen hatte auf einmal die Höflichkeit für sich neu entdeckt) – am

Türrahmen klopfte. In der nächsten Sekunde standen Pitbull und ihr Opfer auch schon im Zimmer: »Hier siehst du meine beiden fleißigsten Erfolgsautorinnen, Frau Pierot und Frau Lensen.«

Lissie blieb der Muffin im Hals stecken. Neben ihrer kleinen, blonden, runden Chefin am Rande des Östrogen-Wahnsinns stand schlank, hochgewachsen und dunkelhaarig der attraktivste Mann, den sie jemals live und in Farbe gesehen hatte.

»Meine Lieben, darf ich vorstellen: Gregor Jordan! Wir haben gerade das Fundament für eine sehr fruchtbare Kooperation gelegt und werden in Zukunft eng zusammenarbeiten.«

Gregor Jordan lächelte amüsiert: »Hallo, Gregor Jordan. Und *Sie* sind …?«, ergoss sich seine tiefe, warme Stimme und seine ganze konzentrierte Aufmerksamkeit über Sabine. Während diese stotternd und errötend nach ihrem Nachnamen suchte, streckte er ihr seine gebräunte Hand entgegen.

»… äh, ich bin … äh … Bine Pierot …«

»Oh, was für ein schöner Name. Eine kleine Französin etwa?«, vibrierte er in den Raum.

Lissie sah, wie Carmen Clausen sofort die Geflügelschere aufschnappen ließ, während Bine so hypnotisiert war, dass sie nichts mitbekam und umständlich und langatmig anfing, ihren Namen zu erklären: »Jaaa … so genau weiß man das nicht … aber wir haben auch schon geforscht … also, es gab da mal einen italienischen Maaaler … aber der schrieb sich ohne ›Teee‹ … und dann gab's da auch mal einen Fuuußballer bei Juventus Tu…«

»Ja, ja, sehr interessant!«, würgte Carmen Clausen sie energisch ab.

Aber Bine war zu allem entschlossen. Die dunklen Augen von Gregor Jordan schienen nach mehr Infos zu dürsten: »… Juventus Turiiin … aber der schrieb sich mit ›Doppel-Rrrr‹ …«

»Und das hier ist Elisabeth Lensen …!«, ging die Clausen schmallippig dazwischen. Während sich Gregor Jordans Samtaugen neugierig auf Lissie richteten, warf Carmen Clausen noch einen meuchelnden Blick Richtung Bine. *Das* war Lissies Chance. Carmen Clausen abgelenkt! Gregor Jordan für einen kurzen Moment unbewacht! Jetzt oder nie! Sie erwischte sich dabei, wie sie Gregors interessierten Blick mit einem unschuldigen Augenaufschlag erwiderte und ihm ihr schönstes, betörendstes, geheimnisvollstes Hasch-mich-ich-bin-die-Waldfee-Lächeln schenkte. Der Kerl sollte schließlich merken, dass hier seine Traumfrau vor ihm stand, die Mutter seiner ungeborenen Kinder, die Antwort auf seine geheimsten Wünsche.

Mister Lover-Lover reagierte sofort. Seine rechte Braue schwang steil nach oben. Und in seinen Augen ging eine kleine Lampe an. »Wie war das? Elisabeth Lenden …?

»Nein, Len*sen*. Lissie Lensen. Mit drei s.«

»Hallo Lissie Lensen mit drei s.«

Wow, wow, wow! Lissies Herz bummerte wie verückt. In der Sekunde spürte sie, wie sich die Augen von Pitbull auf ihrem Gesicht festsaugten.

»Komm, Gregor, du wolltest doch noch unbedingt unser Kellerarchiv sehen.« Carmen Clausen hakte ihn wieder unter und zog ihn in Richtung Bürotür.

»Ja, meine Liebe, da freu ich mich schon den ganzen Tag drauf!«, raunte er verheißungsvoll. Im Rausgehen warf er Lissie und Sabine noch einen verschwörerischen Blick über die Schulter zu und meinte mit einem Zwinkern: »Na dann tschüss, meine Damen! Weiterhin frohes Schaffen!«

Und weg waren sie.

Drei Wochen lang bebrütete Lissie die Hoffnung, dass das Telefon auf ihrem Schreibtisch klingeln und Gregor Jordan dran sein würde. Er musste doch auch gespürt haben, dass da was Besonderes zwischen ihnen war. Bei jedem Telefonklingeln hüpfte ihr Herz aufgeregt im BH. Auf dem Notizblock probierte sie schon mal heimlich ihre neue Unterschrift ›Lissie Jordan‹. Und wo das erste Rendezvous stattfinden sollte, stand auch schon fest.

Nach drei Wochen und vier Tagen schlug Lissies Herz beim Klingeln des Telefons keine Purzelbäume mehr. Die doofe Wahrheit war: Der Knacker würde sich nicht melden. Ehrliche Diagnose: nicht genug Interesse. Dingel-lingel-ling, game over. Liebevoll bastelte sie sich ein Heftpflaster für die Seele. Neueste Arbeitsthese jetzt: Er war verreist. Genau! Das war der Grund. Hatte Carmen Clausen nicht neulich einen Geschäftstermin von Gregor irgendwo links vom Balkan erwähnt? Und wahrscheinlich hatte sein Flugzeug, man wusste ja, wie das in diesen Ländern war, einen Unfall. Jetzt lag er im Krankenhaus, beide Hände in Gips (so konnte er natürlich nicht an sein Handy), und durch sein mumienmäßig bandagiertes Gesicht murmelte er immer wieder: »… mmuss L…l…i…i…ss…i…e…a…nruf…f…fen.« (Aber leider verstand ihn die kirgisische Krankenschwester nicht.)

Und auch wenn Lissie wusste, dass es kindisch war – nachts unter der Bettdecke träumte sie weiterhin von Gregor. Jetzt nicht mehr von heißen Zungenküssen beim Italiener, sondern wie sie sich überraschend wiedertrafen, zum Beispiel an der Wursttheke von *Butter-Lindner* am Klosterstern. (Schließlich müssen ja auch Fast-Götter mal einkaufen. Und sie hatte, rein zufällig natürlich, gehört, dass er schon ein paarmal samstags dort gesichtet worden war.) Sie malte sich aus, wie sie rasend verführerisch und total lässig irgendwas Wichtiges, Teures kaufte: »Darf's noch ein Scheibchen vom Wachtelbrüstchen sein, meine geschätzte! liebe! Frau Lensen!?«

Und dann lief unter Lissies Bettdecke immer das große Lieschen-Müller-Schnulzen-Kino an: Gregor sah sie, begriff, was für ein unglaublicher Idiot er gewesen war, und riss sie in seine Arme. Oder noch schöner, Variante B: Gregor war eigentlich mit einer anderen wunderschönen Frau da, sah sie, Lissie, und schubste die andere Trulla weg. Dann weiter mit Variante A. Die Szenenfolge wechselte jede Nacht. Nur das Ende war sicher: wieder heiße Zungenküsse.

Schließlich hatten Lissies Träumereien klammheimlich das Zeitliche gesegnet. (Das war wie mit Tomaten und Käse. Die kriegten auch irgendwann Druckstellen und Schimmel und schmeckten nicht mehr.) Ein, ehrlich gesagt, ziemlich frustrierender Zustand. Denn keinen Freund zu haben war schon nicht schön. Es war auch nicht toll, jemanden toll zu finden, der einen selbst nicht toll fand. Aber am oberaller-untollsten war, noch nicht mal mehr für jemanden zu schwärmen.

Sophie, ihre Freundin, hatte Lissie zum Geburtstag im Mai einen Strauß Blumen, zweiunddreißig Lümmel-Kerzen (das Stück immerhin ein Euro fünfzig) und eine Kuchenform in Adonisgestalt auf den Redaktionsschreibtisch gepackt: »Da, Bellissima, damit du dir deinen Schnuckelprinzen endlich backen kannst. Heppi-Peppi-Börsdeh!«

»Er muss gar nicht ehrlich, treu, humorvoll und intelligent sein«, hatte sich Lissie gewehrt. »Genial würd mir ja schon reichen.« Und anschließend für sich mal wieder gedacht: Heutzutage durfte man als Mensch alles sein – Swinger, vorbestraft, ungewaschen. Aber bitte auf keinen Fall einsam. Das grenzte einen echt aus aus der Gesellschaft.

3

Und jetzt?! Tatsächlich war Gregor Jordan in Begleitung einer wunderschönen Frau, aber untatsächlich sah er kein bisschen so aus, als ob er die Trulla gleich wegschubsen würde: Die rechte Hand an Tamaras schmaler Taille, seine Lippen viel zu nah an ihrer niedlichen kleinen Ohrmuschel, war er völlig ins Gespräch vertieft (oder in Tamaras Dekolleté – so genau konnte Lissie das von ihrer Position aus nicht sehen). Fehlte nur noch – blink! blink! – eine Leuchttafel mit dem Hinweis: »Achtung, hier fahren gerade zwei voll aufeinander ab. Spätere Paarung sehr wahrscheinlich.«

Das darf jetzt bitte nicht wahr sein!

Gregor war gerade dabei, Tamara nicht nur mit den Augen zu verschlingen: Sein Daumen strich sanft über ihre Unterlippe, sein Blick streichelte zärtlich ihr Gesicht, seine Lippen näherten sich unaufhaltsam ihrem feucht glänzenden Schmollmund. Tamara starrte willig und wie hypnotisiert zurück. Trotzig schluckte Lissie die Tränen der Enttäuschung runter.

Na toll, Elisabeth Lensen, jetzt bist du live dabei, wie die beiden sich ihren ersten Kuss geben. Igitt! Gleich läuft der Speichel! ... was für lange Zungen ...

Plötzlich gab's einen heftigen Wackler im Bild, und Tamara fasste sich erschrocken an die Schneidezähne.

Hoppla, kleine Knutsch-Karambolage?

Erst als Gregor wütend wie ein angestochener Stier herumfuhr, begriff Lissie, dass die beiden angerempelt worden waren. Während Tamara kurzfristig damit beschäftigt war, ihre Zähne festzuhalten und durchzuzählen, pulsierte an Gregor Jordans linker Schläfe eine geschlängelte Ader und trat die Backenmuskulatur in dicken Strängen hervor. Alles in allem ein furchteinflößender Anblick.

Ach guck mal, von Mr. Picobello-Perfect zum zähnefletschenden Dobermann in drei Sekunden. Mist, warum muss er selbst so wütend noch so sexy aussehen?

Gregors Opfer sah allerdings kein bisschen furchteingeflößt aus: ziemlich genauso groß, Typ Bürohengst mit Goldknopf-Sakko und weißem Einstecktuch, wich er keinen Zentimeter zurück. Gelassen erwiderte er Gregors Blick. Tamara war offensichtlich inzwischen fertig mit zählen und interessierte sich nicht die Bohne für die beiden Streithähne. Stattdessen reckte sie ihr hübsches Köpfchen und schaute sich interessiert um.

Ja, kannst beruhigt sein, hat jeder gesehen, dass du ihn geknutscht hast. Herzlichen Glückwunsch.

Plötzlich wandte Tamara den Kopf und schaute direkt rüber. Lissie zuckte zusammen. Tamara verzog das Gesicht, ähnlich einer Katze, die eine besonders schmackhafte Maus gesichtet hatte, und winkte Lissie honigsüß zu. Ihre feucht glänzenden Lippen, die eben noch mit Gregor rumgemacht hatten, formten ein aufforderndes »E-l-i-s-a-b-e-t-h!«.

Ach, auf einmal. Normalerweise tut Königin Tamara doch so, als ob sie ihre Untertanen nicht sieht.

Gregor Jordan stieß dem Rempler wiederholt den ausgestreckten Zeigefinger in die Brust und schnauzte wutentbrannt rum. Was ihn aber nicht daran hinderte, weiter mit Tamara Händchen zu halten. (Soweit zum Thema, Männer seien keine Multitasker.) Unterdessen hatte sein Widersacher offensichtlich nicht vor, den Schwanz einzuziehen und zu kuschen: Er blickte nur stur auf den stupsenden Finger und blieb stehen wie eine deutsche Eiche.

Gregor Jordan riss endgültig der Geduldsfaden: Er versuchte es jetzt mit Gorillamännchen-mäßigem Wegdrängeln, stutzte aber dann, als

Tamara seine Hand abschüttelte, um bei Lissie die Honneurs abzunehmen.

Mal sehen, ob ich einen Hofknicks hinkriege. Aber vielleicht steht sie ja auch auf Tritte gegens Schienbein.

Irritiert schaute Gregor Jordan zu Lissie rüber, zeitgleich sprang sein vollautomatisches, TÜV-geprüftes »Tausend-Volt-Was haben wir denn da Hübsches?«-Hallöle-Lächeln an.

Okay. Das war jetzt der Höhlenmännchen-Reflex »fortpflanzungsfähiges Weibchen gesichtet«. Aber nun bitte Netzhaut an Gehirn funken: »Lissie Lensen mit drei ›s‹ wiedererkannt.«

Gregor Jordan neigte sich fragend zu Tamara.

Okay, Verbindung zum Gehirn scheint nicht zu stehen. Vielleicht speicherst du deine Erinnerungen ja eine Etage tiefer ab. Also: Netzhaut an kleinen Gregor: »Leckere Cleo-Redakteurin geortet.« – Yes!

Ihr Stoßgebet schien in Erfüllung zu gehen: Gregor, dem eben noch wie Hulk Hogan der Anzug zu platzen und die Sicherungen rauszufliegen drohten, mutierte von jetzt auf gleich zurück zum Schmusekater, sein Gesicht überzog ein warmes, freudiges Strahlen. (Selbst Kai Pflaume hätte gegen ihn gewirkt wie ein brutaler, eiskalter, kettensägenschwingender Massenmörder.) »Hey! Hallo! Her mit dir, hübsche Buchstabenfee!«, winkte er begeistert.

Lissies Herz fing an wie wild zu bumpern, die Knie wurden weich.

Was ist das denn? Bin ich jetzt völlig bescheuert? Oh Gott! Ich glaub, ich hab's ein bisschen übertrieben mit meinen Tagträumen unter der Bettdecke. Wenn der wüsste.

Entsetzt stellte sie fest, dass Gregor Jordans strahlende Augen ihr nicht nur die Antwort abnahmen, sondern auch die Hemmungen. Ohne vorher zu fragen, ob das jetzt so richtig schlau war, hatten sich ihre Beine schon völlig selbstständig in Bewegung gesetzt.

»Hallo, hübsche Fremde, sind wir uns nicht schon mal begegnet?«, begrüßte er sie mit breitem Grinsen.

»Ellielein! Süße! Schön dich zu sehen!«, zirpte Tamara fröhlich dazwischen. »Mensch, sag mal, altes Haus! Bist du eigentlich noch bei *Cleo*? Ich hab ja schon so lang nichts mehr von dir gelesen. Du hast doch immer so schöne kleine Artikel geschrieben. Dir geht's doch gut, oder?«

Lissie bewunderte die frische Natürlichkeit von Tamaras falschem Lächeln und ihr leider sehr perfektes Make-up. Und wurde vor Widerwillen stocksteif, als diese Anstalten machte, sie in den Arm zu nehmen. (Am liebsten wäre sie zurückgesprungen. So musste sich ein Busch fühlen, den ein Hund zwecks Reviermarkierung anpinkeln wollte.) Schnell riss sie die Arme hoch, um mal eben – »Ist das nicht eine sensationelle Location hier?!« – die Vorzüge der kalten, kahlen, unverschalten Betondecke zu preisen. Leider falsche Entscheidung. Sie fühlte, wie die aufgeplatzte Naht sogleich neugierig auf Wanderschaft ging.

»Ellielein?«, hakte Gregor mit hochgezogener Braue nach. »*Das* ist mir aber neu. Du heißt doch nicht Ellielein?«

Lissie klappte schnell die Arme runter: »Doch, doch, das ist schon korrekt. Ich bin die geheim gehaltene achte Schwester von den sieben Zwergen. Wurzel und Purzel, und halt Ellielein.« Sie blinzelte Gregor kokett an: »*Sehr* gute Freunde können mich auch Lissie nennen.«

Tamaras Augen verengten sich zu Schlitzen. »Lissie, Schatz, du siehst so überarbeitet aus. Die alte Clausen ist aber auch wirklich 'ne Ausbeuterin. Hab' ich dir eigentlich schon gesagt, wie sehr ich dich dafür bewundere, dass du für so wenig Kohle so emsig ackerst? Wie machst du das überhaupt finanziell? Hut ab, also mein Ding wär das ja nicht.«

Der Einstecktüchleinträger tippte Gregor auf die Schulter. »Sind Sie denn jetzt fertig mit Rumpöbeln, Sie Hornochse? Ich möchte ja niemanden einfach stehen lassen. Aber mein Bier wartet.« Lissie studierte sein Gesicht, ob er lachte oder das ernst meinte. Unvermittelt schaute er zu ihr rüber, und sie guckte erschrocken woandershin.

Gregor Jordan schnaufte verächtlich. Über sein Gesicht huschten nacheinander Überraschung, Wut, dann ein finales arrogantes Leckmich.

»Okay«, meinte der Einstecktüchleinträger, »wenn Ihnen in Zukunft das Fell juckt, versuchen Sie's mal bei Hagenbeck. Primaten-Abteilung. Danke.« Er nickte Gregor Jordan noch einmal zu – und kehrte ihm demonstrativ den Rücken. Lissie konnte sich ein Grinsen nicht verkneifen.

Gregor Jordan warf ihm noch einen perplexen Blick hinterher, zuckte mit den Schultern und drehte sich seinerseits um.

»Was war das denn für 'ne Type?«, mokierte sich Tamara. »Wird der noch von seiner Mutti eingekleidet? Dieses Blau und dann die Goldknöpfe dazu.«

»Ja, geht gar nicht!« Gregor Jordan lachte laut auf.

»Und diese Frisur ...!«, ereiferte sich Tamara. »Hat er sich seinen Fiffi im Dunkeln aufgeklebt? Und dann den Pony mit der Nagelschere geschnitten? Das ist doch kein Mann. Das ist doch 'ne Witzfigur.«

»Man weiß doch, wie das bei solchen verklemmten Spießern ist«, bekräftigte Gregor. »Die haben nur ein halbes Ei in der Hose. Und seit der Pubertät sind sie mit ihrer Gummipuppe verheiratet. Wie auch immer, sagt mal' Mädels, was wollt ihr trinken? Champagner?«

»Oh ja, gerne!«, rief Lissie begeistert und war sich nicht sicher, ob Gregor Jordan ihre Antwort noch mitbekommen hatte, denn er war schon mit Tamara im Partygedränge verschwunden.

Na klasse, und dich fand ich mal toll. Was für verschwendete Lebenszeit.

Jetzt rollte ihr doch eine Träne aus dem Auge. Schnell guckte sie auf den Fußboden, der mit zermanschten Gurkenschalen bedeckt war.

Vor der Bar, einer eigenwilligen Konstruktion aus herausgebrochenem Klinker, rostigen Eisenstreben und Panzerketten-Girlanden, drängte sich die übliche Mauer Verdurstender und dachte nicht im Traum daran, Platz zu machen. Lissie blieb nichts anderes übrig, als mitzudrängeln, und handelte sich dabei vierzehn böse Blicke und zweieinhalb gezischte »Also! So eine Unverschämtheit!« ein. In ihren Frust mischte sich Wut. Sie hatte sich jetzt *echt* was zu trinken verdient.

Ihr größter Feind auf dem Weg zur Poleposition an der Tränke war eine große, kantige Schulter, die partout nicht weichen wollte. Zu der Schulter gehörte ein Knöchel. Sie probierte es mit dezentem Dagegentreten, erst sacht, dann ein bisschen doller. Zeigte aber genau null Wirkung. Sie ortete die Nierengegend ihres Gegners, sondierte mit dem Ellenbogen vor und bohrte mit Wonne los. Jetzt endlich kam Leben in den Menschen, und er schnellte herum.

Sie vermied tunlichst Blickkontakt und riss stattdessen geschäftig – »Hallo! Hier! Ich möchte bitte bestellen!« – den schuldigen Arm hoch. In der Sekunde machte es zum zweiten Mal an diesem Abend »rrrritsch!«, aus Gründen der Gleichberechtigung allerdings jetzt unter der rechten Achsel. Lissie erstarrte in der Bewegung.

Oh Gott, hat sich ja schlimm angehört. Soll ich jetzt nachgucken? Nee. Kann ich auch gleich ein Schild aufstellen: »Hey, alle hergucken! Hier ist was nicht in Ordnung!«

Das Dumme war, dass sie keinen BH trug. Während sie noch abwägte, ob man tatsächlich bis Lummerland (bekanntlich eine Insel mit zwei Bergen) gucken konnte oder ob sich's nur so anfühlte, las sie die unerfreuliche Antwort an der Kopfhaltung des Nierenbesitzers ab: Der hatte seinen Kopf schief gelegt und studierte interessiert die schneefreie Bergspitze von West-Lummerland. In Schallgeschwindigkeit klappte Lissie den Arm runter – und war damit immer noch langsamer als die Schamesröte, die ihr ins Gesicht schoss. Sie schaute auf.

»Interessantes Achsel-Dekolleté, das Sie da haben«, stellte Einstecktüchlein nüchtern fest. »Aber Sie sollten Ihre Art zu bestellen vielleicht noch einmal überarbeiten. Wir sind hier nicht in Kasachstan.«

Lissie stand einfach nur doof da. Ihr fiel nix Intelligentes ein, was sie darauf hätte antworten können. Dummerweise hatte er ja recht.

»Na ja, dann wünsche ich Ihnen noch einen schönen Abend. Vielleicht denken Sie ja in stiller Stunde und in besserer Gesellschaft mal darüber nach.« Damit wandte er sich um, nahm irgendwelche Gläser vom Tresen und verschwand im Getümmel.

Hey, Moment! Das ist nicht fair! Ich wollte auch noch was sagen! So bescheuert, wie du mich findest, bin ich gar nicht.

Perplex schaute sie ihm hinterher.

Hey, hast du noch einen Kleiderbügel im Sakko oder warum gehst du so steif?

Gern hätte sie noch etwas anderes Doofes an ihm entdeckt, aber da wurde er auch schon von der Menge verschluckt.

»Hallo! Sie wollten bestellen?!«

Sie kapierte nicht gleich, dass einer der Barkeeper sie bedienen wollte. »Eine Piña Colada bitte.«

»Hammer nich. Hamm nur Stalins, Mussolinis und Fidel Castros«, leierte der Typ gelangweilt runter, während er nebenbei die halb leeren Stahlhelme auf seinem Tresen mit Erdnüssen und Chips auffüllte. Lissie betrachtete das Knabberzeug in den speckigen Helmen und verspürte ausnahmsweise nicht die geringste Regung, sich gleich alles in den Mund zu stopfen.

Bin ich vielleicht doch magersüchtig?

Sie dachte an die 61,5-Kilo-Anzeige auf ihrer Waage und begrub die Hoffnung. »Was ist denn in den Fidel Castros drin?«

»Bacardi, Underberg, Eierlikör. Und ein Schuss Red Bull.«

»Igitt.«

Der Barkeeper schaute sie mitleidig an. »Nich gut drauf heute, was?«

»Nee, gar nicht gut drauf, ist wohl nicht mein Tag.« Sie lächelte tapfer. Und musste plötzlich blinzeln, weil ihr die Tränen, kleine, dumme, unsouveräne, in die Augen drängten. Mit zitternder Hand wischte sie sich kurz über die Wange.

»So schlimm?«

»Ja, so schlimm.«

Er knuffte ihren Arm. »Na komm, reparieren wir! Willst 'nen Champagner? Ab die Post, trinkst 'nen Champagner! Und wirst sehen: Geht einem das Leben gleich viel lockerer von der Hand.«

Lissie nickte nur stumm und schluckte.

Der Typ bückte sich, machte unterm Tresen rum und tauchte mit einem randvollen Bierhumpen wieder auf, in dem eine blassgelbe Flüssigkeit, einer Urinprobe nicht unähnlich, müde vor sich hin prickelte. »Bitte sehr, die Dame! Ist zwar nur Hausmarke. Und Flöten sind auch alle. Aber zischt ordentlich.« Er zog die Lippen zu einem Lächeln breit und beugte sich dann verschwörerisch über seinen Tresen: »Aber nich' überall rumerzählen. Spezialbehandlung, für besondere Gäste. If you know, what I mean.«

»Versprochen! Großes Indianer-Ehrenwort!« Sie stemmte den Humpen mit beiden Händen, prostete dem Barkeeper dankbar zu und gönnte sich einen langen Belohnungsschluck. Zwar zog ihr die warme Süße sogleich die Sitzbeinhöcker zusammen, doch ansonsten, musste man sagen, so Champagner hatte was. Hätte sie gar nicht gedacht. »Sehr lecker! Muss ich mir merken, die Hausmarke!« Sie zwinkerte dem Barkeeper noch einmal zu, der allerdings schon wieder anderweitig bediente, und schlängelte sich, den Humpen wie ein Baby an die Brust drückend, Richtung irgendwo.

Und jetzt?

Sie stand vor einer Couch aus Sandsäcken und Armeelasterreifen, deren Rillen das eine oder andere mumifizierte Kaugummi schmückte. Unschlüssig nippte Lissie an ihrem Schampus. Und registrierte dankbar, wie der Alkohol anfing, ihre Hirnzellen sanft zu massieren. In spätestens fünf Minuten würde sie den ganzen Schrott hier wie Mutter Teresa segnen. Ihr Blick blieb an einem Nato-Kanister hängen, der als Beistelltischchen diente und auf dem sich ein Stapel Gratisexemplare von *Gloss* türmte:

»Jenny Elvers-Elbertzhagen –
Deutschlands neue Hollywood-Hoffnung«

stand in jungfräulich weißen Lettern auf dem Cover. Darunter Jenny EE mit rausquellendem Busen und Schlitz im Kleid bis unters Kinn.

Komm her, Jenny, du scharfer Zahn. Jetzt kannst du mal einen Blick ins pralle Leben werfen!

Während Lissie ihren Humpen vorsichtig auf dem Boden platzierte, schnappte sie sich mehrere Ausgaben dieses Jahrhundertwerks und breitete sie mit liebevoller Pingeligkeit (Jennys Gesicht immer schön nach oben) auf einem der speckigen Sandsäcke aus. Dann ließ sie sich mit einem zufriedenen Seufzer draufplumpsen.

Schon viel besser! Ob man meinen Bauch so sieht? Ich muss auf jeden Fall schön gerade sitzen. Und unbedingt mega beschäftigt aussehen. Können vor Lachen. – Egal! Kann ja nicht mehr lange dauern, bis das blöde Essen losgeht.

Sie schaute auf die Uhr, kurz vor acht. Und nahm noch einen Schluck. Mit einem Mal fand sie es sehr faszinierend, die Party durch die Wände ihres Glases zu studieren. Hätte sie schon längst mal tun sollen. Alles schön bunt und irgendwie weit weg. Und je nach Neigungswinkel konnte sie den anderen Frauen kurze Beine und lange Köpfe machen.

Uih! Der Humpen ist ja schon über die Hälfte leer. Das ging ja schnell. Muss die hohe Verdunstung hier sein. Hihi. Kicher-kicher.

Ihre Hirnzellen lagen inzwischen im Bikini in der Hängematte und machten das Peace-Zeichen.

Gluck.

Und plötzlich, ohne Ankündigung, wurde es stockpechschwarz um sie herum. Lissie erschrak zu Tode.

Oh Gott, jetzt bin ich tatsächlich gestorben.

4

»Hallo? Können Sie mich hören? (schrill, klopf! klopf!) One, two, three … Samt, Seide, Rockefeller? … jetzt besser? (quietsch)«, fragte eine rauchige weibliche Stimme via Lautsprecher aus der Tiefe des Raums.

Klingt so Gott? Oder hat er eine Rezeptionsdame?

Noch immer fühlte Lissie den Humpen schwer und kühl und kantig in ihren Händen. Die Erkenntnis, dass sie ihn mit in den Himmel hatte nehmen dürfen, erleichterte sie ungemein. Ein weiterer Kontrollgriff, erst in die linke, dann in die rechte Achsel, erhärtete allerdings den Verdacht, dass es auch die Löcher bis ins Paradies geschafft hatten.

Unvermittelt fiel gleißendes Scheinwerferlicht auf Lissies Gesicht und plötzlich fiel der Groschen: Keinen Meter entfernt, auf einem Treppenabsatz, stand eine Frau im grellen Kegel eines Scheinwerfers, in der Hand hielt sie ein Mikro. Über ihrem Kopf tanzten die Staubpartikel, wirbelte bläulich der Zigarettenrauch, während die Strasssteine ihres cremefarbenen Abendkleids die Saaldecke mit huschenden Lichtklecksen tüpfelten: Tomke Momsen, die Gastgeberin, wollte eine Rede halten.

»… (zoiiiiiiing) … so, jetzt wird's gehen! … (räusper) … Liebe Gäste!!!! Noch mal an euch alle ein happy, happy, happy welcome!«

Lissie, die schon wieder einen kleinen Schluck im Mund hatte, verspürte plötzlich das dringende Bedürfnis zu winken. Und konnte gerade noch mit der linken Hand den rechten Arm festhalten.

»Ich bin ja so touched, dass ihr es möglich machen konntet, zu meiner kleinen spontanen Birthday-Party einzufliegen. Und das bei euren vollen Terminkalendern. Ich will gar nicht wissen, wie ihr das möglich gemacht habt … (hahaha) …«

Das sag ich dir gern: Wenn du nur als Schwangerschaftsvertretung eingestellt bist und dein Vertrag Ende des Jahres schon wieder zu Ende ist. Und wenn du weißt, dass zehn Prozent aller Journalisten arbeitslos sind, dann würdest du auch zu Fuß bis Sibirien laufen.

»… Daaarlings!«, säuselte Tomke Momsen fröhlich weiter, »viele von euch hab ich ja schon persönlich begrüßen dürfen. Den anderen möchte ich von hier aus tröstend zurufen: ›Aufgeschoben ist nicht aufgehoben! Ihr kommt auch noch dran …‹«

Wie sie da so stand, in ihrem fleischfarbenen, hautengen, glitzernden Abendkleid, den silbernen Mikrostab geziert mit drei Fingern haltend, war nicht ganz klar, ob sie dem Ding einen blasen oder doch nur sprechen wollte.

»Ich möchte diese wunderbare Gelegenheit nicht verpassen, einige meiner engsten …«

Kokett wackelte sie ein bisschen mit den Hüften und klimperte dabei mit den falschen Wimpern.

»… verehrtesten, liebsten Freunde willkommen zu hei…«

Sie war so angerührt von ihren eigenen Worten, dass sie wie Jesus gütig ihre Arme öffnete. Hatte nur leider einen kleinen Schönheitsfehler: kein Mikro vor dem Mund = kein Ton. Sie redete noch ein paar Sekunden mit begeistert fuchtelnden Armen weiter, dann bemerkte sie überrascht ihren Irrtum und riss das Mikro schnell wieder an ihre rot glänzenden Lippen.

»… upsidupsi! Also wie ich gerade sagen wollte … willkommen zu heißen. Zuallererst Star-Couturier Thierry Comte de Vessie. Cherie, wo steckst du? Où es-tu mon cher ami ...?« Unruhe keimte auf, als ein zweiter Scheinwerferkegel auf der Suche nach dem französischen

Thierry über die Köpfe der Gäste glitt. Gleich rechts meinte Lissie Gregor und Tamara auszumachen und beschloss, die Flucht Richtung stilles Örtchen anzutreten.

»Ja, da isser, mon Dieu! Thierry!«, rief Tomke Momsen beglückt. »Thierry, erinnerst du dich noch, wie wir uns bei der Hochzeit von Elton John in die Augen gesehen und sofort gewusst haben, du und ich, wir kennen uns aus einem früheren Leben?! Mein Karma ist dein Karma?! Tausend Mal merci, dass du mein brüderlicher Mitstreiter bist bei meinem neuen Charity-Projekt ›Fashion for Freedom‹ – ›Dessous gegen Bomben‹.«

Um Lissie herum klapperte höflicher Applaus los.

Das hält man ja im Kopf nicht aus! Die haben doch hier alle ein Rad ab.

Sie drängte durch die dunkle, gesichtslose Menge Richtung Klo. Dabei wurde sie von Tomke Momsens jubilierender Stimme verfolgt: »Als Nächsten möchte ich meinen lieben Mentor, Ludwig Graf von der Klotzenburg, begrüßen ...«

Im Vorbeischieben hörte Lissie, wie jemand in der Menge neben ihr zischte: »Mentor? Seit wann ist der denn Mentor? Wenn, dann doch nur von seinem eigenen Penis und ...«

Leider kriegte Lissie den Rest dieses überaus interessanten Dialogs nicht mehr mit, weil jetzt – plätscher! plätscher! – der Applaus für den Grafen begann.

»... und aus Hollywood gerade noch zu uns gestoßen: Erfolgs-Filmproduzent Pete Clarkson! Wahren Cineasten unter euch sicherlich bekannt aus *Mein Hongkong* und *Wenn die Krokodile* weinen. Pete! Darling! Zeig dich mal ...!«

Lissie parkte ihren Humpen auf einem Zigarettenautomaten und drückte die Klotür auf.

»... Pete steckt gerade in Verhandlungen mit Steven Spielberg für einen großen Antikriegsfilm. Und sag mal, Honey, darf ich's unseren Gästen verraten? Ja? Du bist ein Schatz! Pete hat mich gerade gebeten, in seinem neuen Filmprojekt *Die Erbinnen der Coco Chanel* die Hauptrolle zu übernehmen ...«

Da verwechselst du was. Das kann eigentlich nur das fickrige Gespenst von Canterbury sein.

Erleichtert ließ Lissie die Klotür hinter sich zufallen – und hielt erschrocken die Luft an.

Mein lieber Scholli. Was für eine Geruchsmischung. Da kriegt ja selbst ein Pups Minderwertigkeitskomplexe und kriecht zurück.

Zögernd steuerte sie die blässliche Waschbeckenzeile an, die links und rechts von strahlend weißen Lilien in hohen Glasamphoren und grünen, angematschten Papiertuchhäufchen gerahmt wurde. Aus dem Spiegel starrte sie eine blasse, okay-hübsche Frau an: wellige blonde Haare, graublaue Augen, nette Nase. Lissie wusste, an guten Tagen konnte sie aussehen wie siebenundzwanzigeinviertel. An schlechten Tagen wie eine Frau, die ihrer Avon-Beraterin doch lieber die Tür hätte öffnen sollen, als die vor fünfzig Jahren das erste Mal klingelte. In letzter Zeit überwogen die schlechten Tage, daran zu erkennen, dass ihr die Verkäuferinnen bei Douglas ungefragt Antifaltencreme-Pröbchen in die Tüte warfen. Dafür sah das Make-up überraschenderweise nur mittelscheußlich aus. Da waren zwar zwei, drei verräterische Hubbel, wo sie nicht sein sollten. Aber dank der Wärme hatten sich Schminke und Haut doch noch miteinander angefreundet.

Sie lauschte angestrengt, ob sich vor der Tür oder in den Kabinen irgendwas rührte. Nichts. Vorsichtig hob sie die Arme und schaute sich das Ausmaß des Schadens genauer an: Unter beiden Achseln klaffte ein faustgroßes Loch, das sich laufmaschenartig zur Taille abseilte. Suchend schaute sie auf und erspähte im Spiegel ein kleines Beistelltischchen im Durchgang zu den Toiletten. Auf der geblümten Frotteedecke warteten Drei Wetter Taft und Hydrofugal-Deo auf ihren Einsatz. Außerdem Schuhglanz aus dem *Marriott*-Hotel, Duschhauben vom *Vier Jahreszeiten*, und – last but not least – ein Nähbriefchen.

Das war offensichtlich im Atlantik vom Wagen gefallen.

Jubel! Jubel!

Lissie griff sich in den Ausschnitt, wo sie die Garderobenmarke und einen Zehneuroschein gebunkert hatte. Und studierte etwas ratlos das Silbergeld auf dem silbernen Trinkgeldtellerchen.

Zehn Euro sind ein bisschen viel. Aber ich kann mir ja jetzt auch schlecht die ganzen Zehn- und Zwanzigcentstücke als Wechselgeld zwischen die Möpse stopfen.

»Was soll's?!« Sie drückte dem Zehneuroschein noch ein kleines Abschiedsküsschen auf, faltete ihn liebevoll, schob ihn unters Trinkgeldtellerchen, griff sich das Nähbriefchen und steuerte die Toilettenkabinen an.

Okay, welche von euch Hübschen wird's?

Vorsichtig stieß sie mit dem Fuß die hinterste linke Tür auf.

Check … Schüssel sauber … check … Klopapier da … check … Klobrille trocken …

Sie zupfte ein Blatt Klopapier von der Rolle, fasste damit angeekelt den fleckigen Schieber an der Tür an und verriegelte.

Hier haben bestimmt auch die Viren Bakterien.

Dann packte sie Nähbriefchen und Garderobenbon auf den von Zigarettennarben gezeichneten Spülkasten und zog sich das Kleid vorsichtig über den Kopf. Jetzt stand sie nur mit Slip und hochhackigen Riemchensandaletten bekleidet fröstelnd in der Kabine und schaute fragend den abgebrochenen Kleiderhaken an.

Sehr clever, Lissie Lensen! Und wo willste jetzt den Fummel lassen?

Sie legte sich das Kleid wie eine Wurst um den Hals und belegte die Klobrille systematisch mit Klopapierstreifen. Während sie sich hinhockte, studierte sie die aufgeplatzten Nähte.

Du bist wirklich hin, Lieblingskleid. Aber für heute Abend musst du noch einmal halten, auch wenn ich keine große Nähkünstlerin bin.

Von unten atmete es kalt hoch. Lissie sprang erschrocken auf. (Als ehemalige eifrige Stephen-King-Leserin hatte sie eine sehr genaue

Ahnung davon, was alles in Rohrleitungen unter Toiletten wohnte und auf unschuldige Opfer wie sie wartete. Da waren Pythons und Krokodile noch die schmusige Fraktion.) Entnervt wollte sie mit dem Fuß den Klodeckel zustupsen – getreu dem Motto »Klappe zu und Ruhe in der Kiste« –, als ihr auffiel, dass der durch Abwesenheit glänzte.

Ich stell mich doch jetzt hier nicht hin und nähe nackt im Stehen auf hohen Absätzen mein Kleid. Das ist doch Helmut Newton für Anfänger. Oder für Hausfrauen. Oder für Perverse.

Sie warf dem Spülkasten einen abschätzenden Blick zu.

Na, ob wir beide glücklich miteinander werden? Oder machst du unter meinem Gewicht bumm?

Dann hängte sie sich das Kleid wieder um den Hals. Stopfte sich Nähbriefchen und Garderobenmarke in das Bündchen vom Slip. Polsterte den Spülkasten mit Klopapier. Stellte einen Fuß auf die Brille. Holte Schwung. – Und thronte mit gespreizten Beinen über der Schüssel.

Et voilà! Das ist doch jetzt schon Newton für Fortgeschrittene!

Sie fischte das Nähbriefchen aus der Unterhose und versuchte, einen weißen Faden in die Nadel zu fummeln.

Mist, schon wieder daneben. Kann nicht mal jemand die Nadel festhalten?

Plötzlich hörte sie eine Tür klappen. Stille. Jemand hustete.

Ein Mann?

Irritiert hielt sie mit dem Nähen inne und lauschte angestrengt. Die Tür klappte wieder. »Was isn des füa Scheißdreck da.« Das war auf jeden Fall eine Frauenstimme.

»Halt die gottverdammte Gosch'n, Mara! Herrgott noch mal! Wie oft soll ich dir sagen: *Halt deine Klappe!* Wenn dich jemand so reden hört, ist die ganze Geschichte gestorben! Dann kriegen wir die Kohle nie. Soll ich's dir auf deine aufgemotzten Titten tätowieren, damit du's behältst?«

»Wear is da deppat? Du bist so was von am Vollkoffa! Was is, wenn ana am Häusl sitzt und di heart?!«

Lissie schnappte nach Luft. Und hielt sich sogleich erschrocken die Hand über den Mund.

»Meinste, ich bin so dämlich und check das nicht vorher?! Die sind schon alle oben und hauen sich dieses asiatische Scheißzeugs hinter die Kiemen.«

Doch, keine Frage, das war ein Mann.

»Ach, halt doch die Schnauze.«

Lissie hörte, wie sich das aufgeregte Tack-Tack hoher Absätze eilig näherte und jemand die Tür der Kabine neben ihr mit Schmackes gegen die Wand schmiss. Und dann mit noch mehr Karacho wieder zuwarf. Eine Tasche landete mit lautem Scheppern neben der Trennwand auf dem Boden. Dann das Rascheln eines Kleides. Und ein eindeutiges Geräusch.

»... so a Scheiß! Ka Klopapier!«

»Dann benütz doch 'n Haarteil! Hast ja genug davon auf der Rübe, blöde Kuh!«

Haben die's jetzt demnächst?

Die Tasche wurde abrupt hochgerissen, ein Verschluss klickte, dann wildes Rumgewühle. Plötzlich machte es direkt neben ihr »klatsch!« und »klirr!« und zu ihrem Schrecken sah Lissie, wie rosa Lipgloss, ein Döschen Rouge und ein Tampon der Größe »Für die ganz starken Tage« rübergekullert kamen.

»Fuck!«, fluchte die Frau neben ihr inbrünstig.

»Was is' denn jetzt schon wieder los?«

»Mir is die deppate Kosmetiktaschn obagfalln ...!«

»Dann bück dich, du Trampel. Die Stellung kennst du ja.«

Unter wütendem Gefluche – »Krummwixa!«, »Trippa-Guarkn!« – ging die Frau namens Mara nebenan auf die Knie und sammelte ihren Krimskrams ein. Ein spindeldürres Ärmchen mit zwanzig Millimeter langen weißen, strassbesetzten Kunststoffkrallen begann, hektisch unter der Trennwand hindurchzutasten. Dann wurde der Arm ruckartig zurückgezogen. Als Nächstes kringelten sich lange braune Haare auf dem Boden der Nachbarkabine: Mara spähte unter der Trennwand durch: »Marco …!« Lange beringte Spinnenfinger glitten über den Linoleumboden und grabschten sich Rouge und Gloss. »Maaar-co! Heearst du nit? Kumm her!«

»Was willste?«

»Hol ma mein Tampon aus'm andan Häusl! Der liegt doa drin. I kumm nit ran.«

Lissie sah panisch auf ihr Kleid runter, in dem noch die Nadel steckte. Der Tampon kuschelte inzwischen mit dem Fuß des Klobürstenhalters.

Hilfe!

Marco machte sich draußen am Griff zu schaffen und rüttelte an der Tür, dass die ganze Kabine erzitterte.

Warum benutzt ihr beiden Intelligenz-Allergiker nicht einfach den Tampon-Automaten draußen? Würde uns allen 'ne ganze Menge Ärger ersparen.

Lissie zog ihr Kleid bis zur Nasenspitze hoch und versuchte sich innerlich darauf vorzubereiten, dass sie gleich Marco in die Augen schauen würde.

Der wird schön doof gucken.

»Is' zu! Komm ich nich' ran!«

»Aba i brauch den jetzt!«

»Du glaubst doch nich' im Ernst, dass ich für ein olles Wattewürstchen hier die Scheißbox aufbrech'!«

»Des is mei letzta!«, kam es jaulend aus der Nachbarkabine.

»Dann steck 'nen Finger rein. Oder 'ne Salami. Platz genug is ja. Und jetzt Abmarsch!«

Hektisches Gefummel, Kleiderrascheln, dann das Rauschen der Spülung. Nebenan flog die Kabinentür mit einem Knall auf. Und das harte Tack-Tack der Absätze entfernte sich hastig Richtung Vorraum.

»Aans sag i da: Wenn da nit schnell die dreitausend Euro umawachst, hast mi die längste Zeit gsehn. So a abg'halfterte Society-

Fotz'n ziagt mi nit üban Tisch! Glaubt di etwa, i mach ihr die Beckham für lau? Ha!«

»Du machst hier sowieso gar nichts! Du sagst keinen Piep. Sonst kriegst' eins auf die Fresse. Überlass mir das Reden. Und das mit der Kohle kläre ich. Wenn dich jemand fragt, schalt dein Spatzenhirn ein und huste ordentlich. Denk dran, du bist erkältet. Temperaturwechsel von Spanien nach Hamburg und so. Vergiss es nich' wieder!«

Lissie hörte noch das Klimpern von Kleingeld, dann klappte die Tür und wunderbare Ruhe herrschte.

Sie hätte schwören können, dass der Raum auch erleichtert aufatmete.

5

Was war denn das jetzt bitte? Diese Momsen kann doch nicht allen Ernstes glauben, dass sie mit einer getürkten Victoria Beckham durchkommt! Wie durchgeballert, wie verzweifelt muss die denn sein, um so was zu machen? So doof sind wir Journalisten ja nun auch wieder nicht. Oder doch?

Plötzlich war Lissie gespannt auf das Galadiner oben und auf die Show, die da abgehen würde. So oder so. Auf einmal flog die Nadel nur so durchs Kleid. Ihre fertige Näharbeit sah zwar immer noch so aus, als ob die Motten zu Besuch gewesen waren, aber es würde halten.

Zufrieden kletterte sie von ihrem Hochsitz, streifte sich das Kleid über den Kopf und verstaute den Garderobenbon wieder an seinem sicheren Plätzchen. Mit einem aufgeregten Kribbeln im Bauch öffnete sie leise die Klotür, linste vorsichtig um die Ecke, ob die Luft rein war, und stromerte neugierig in den Vorraum. Keinesfalls davon überzeugt, dass Marco und Mara nicht eventuell im Vorraum auf sie lauerten. (Bei Horrorfilmen konnte sie sich auch immer totärgern, wenn das Opfer beim Betreten der Wohnung das Licht nicht anmachte.) Alles leer. Auch das komplette Trinkgeld war weg. Inklusive silbernem Tellerchen und Lissies zehn Euro.

Na super! Zu asozial, sich die Hände nach dem Klo zu waschen. Aber der einzigen serviceorientierten Klofrau Hamburgs das Trinkgeld klauen – dafür reicht's denn gerade!

Schon weniger vorsichtig öffnete sie die Tür nach draußen. Kein

Mensch weit und breit. Nur ihr Schampus-Humpen wartete treu ergeben auf dem Zigarettenautomaten.

Komm zu Mami!

Sie griff durch den Henkel des Glases.

Dich tanke ich jetzt wieder auf.

Aus dem Saal drang aufgeregtes Stimmengemurmel in den Vorraum. Neugierig blickte sie um die Ecke.

Komisch. Was machen denn die Fotografen und Kamerateams alle hier? Wieso sind die denn nicht auf dem Dach und machen ihre Bilder? Worüber regen die sich so auf?

Sie ging noch zwei unschlüssige Schritte weiter, dann blieb sie stehen und beobachtete die aufgebrachte Fotografenmeute vor sich:

»… sonst ruft die uns für jeden Scheiß an …!«

»… geht doch nicht …!«

»… so was Arrogantes …!«

»… wofür haben wir die Pressefreiheit …?!«

»… hab ich in meinen zwanzig Jahren als Fotograf noch nicht erlebt …!«

Mitten in der Gruppe erspähte Lissie Kalli, einen der altgedientesten Knipser von *Cleo.* Mit dem linken Auge schielte er in die rechte Hosentasche, und auf dem rechten hatte er nur noch achtzig Prozent Sehkraft. Und wenn er durch die Redaktionsräume schlurfte, wollte man ihm am liebsten einen Rollstuhl unter den Hintern schieben. Aber wenn Kalli wollte, dann konnte er ganz fix die Regenrinne hochklettern und gestochen scharfe Fotos machen.

»Herr Häusler, was ist denn los?«, fragte Lissie in ihrem besten Klein-Mädchen-Ton.

Kalli musterte sie misstrauisch unter seinen buschigen Augenbrauen, dann meinte er brummelig: »Joa, das is' ja wohl nix hier. Die kleine Beckham will sich angeblich nicht von uns fotografieren lassen. Komisches Ding.«

»Wieso. Ist sie denn hier vorbeigekommen?«

»Nö, nö. Das nich'. Aber die Designtante hier, die Momsen, die hat uns runtergeschickt. Von wegen intim und privat und so.«

»Aha.«

... Stopp mal ... Das passt doch jetzt irgendwie nicht zusammen. Mara und Marco müssen doch hier vorbeigekommen sein ...

»Wie lange stehen Sie denn schon hier, Herr Häusler?«

Kalli guckte sie verwundert an: »Na ja, vielleicht so zehn Minuten. Können aber auch fünfzehn sein. So genau weiß ich das nicht. Hab nicht auf die Uhr geguckt.«

»Und Sie haben keine Victoria Beckham gesehen?«

Kalli guckte sie an, als ob sie nicht alle Tassen im Schrank hätte: »Nö, nich' dass ich wüsste.«

In dieser seltsamen Bunkergruft muss es einen zweiten Aufgang geben.

»Bin gleich wieder da!« Sie machte auf dem Absatz kehrt, spürte, wie Kallis Saugnapf-Augen spekulierend an ihrem Rücken hafteten, und bog um die Garderobenecke.

Bingo!

Wenn man wusste, wonach man suchte, sah man in der Ecke im toten Winkel zwischen den beiden Klos eine weitere Tür: Vom Durchgang aus war sie nicht zu sehen, weil sie von der Säule verdeckt wurde, die mitten im Raum stand. Und wenn man vorm Herren-WC stand, war sie einfach nur ein Teil der Wand.

Sehr praktisch. Da muss wirklich keiner mehr »Geheimtür« draufschreiben. Wehe, die ist jetzt abgeschlossen.

Erfreulicherweise ließ sich der Drehknauf bereitwillig drehen. In dem Lagerraum dahinter hing eine einsame Glühbirne von der Decke, in einem Metallregal stapelten sich Kartons und Putzmittel. Und linker Hand lachte Lissie eine altertümliche Aufzugtür an.

Noch mal Bingo! Hier sind die durch!

Hätte sie eigentlich auch gleich draufkommen können: Die Momsen wollte die PR, dass ein Superstar bei ihr war. Aber bloß keine Beweisfotos. Denn die wurden weltweit verkauft. Und dann würde sich unter Garantie irgendein Fotoredakteur in Madrid, London oder Kuala Lumpur am Kopf kratzen: »Well, I have hier a very nice picture from einer erkälteten Victoria auf irgendeiner komischen deutschen Pieschi-Party. Aber hier is another lovely one with David in New York beim Shoppen. What's los?« Und dann wäre die berühmte Kacke am Dampfen. Ein derart handfester Beweis ließ sich nicht wegdiskutieren.

Aber Artikel ohne Bilder? Die saß Tomke Momsen auf einer geliften Arschbacke ab. Wenn's Nachfragen nach der angeblichen Beckham gab, konnte sie immer noch sagen, die Journaille hätte eine Marienerscheinung gehabt. Aus die Maus.

Lissie schnappte sich im Vorraum ihren Schampus-Humpen vom Automaten und leerte ihn auf einen Zug.

Tomke Momsen, jetzt hast du ein Problem!

Sie atmete tief durch und bog um die Ecke.

Unschuld heucheln!

Mit einem Elan, den sie sich heute Morgen noch nicht zugetraut hätte, schnappte sie sich Kalli und zog ihn fort Richtung Bar. Nach vier Schritten stemmte der die Hacken in den Fußboden wie ein störrisches Muli und wollte keinen Meter weiter mitkommen. Aus den Augenwinkeln sah Lissie, wie Trude von *Frau im Spiegel* ihnen einen neugierigen Blick hinterherwarf, als ob sich gerade das neueste Liebespaar der Branche outete.

»Was willste denn jetzt noch wieder? Halt mich nich' von der Arbeit ab, Mädel.«

Lissie musste schlucken. Kalli normal war ja schon nicht wirklich schmusig. Aber Kalli ungehalten war zum Arschbackenzusammenkneifen.

»Äh, Herr Häusler, wollen Sie jetzt noch ein Foto von Victoria Beckham machen oder nicht?«

Kalli guckte sie nur an.

Gleich geht er!

»Da hinten, bei den Klos, ist ein Fahrstuhl«, schob sie hastig leise nach, »wenn Sie mit dem nach oben fahren, kommen Sie ungesehen aufs Dach.«

Kalli sah sie jetzt an, als ob sie ihm einen unsittlichen Antrag gemacht hätte. Und er sich noch nie stundenlang in eine Kaktushecke gehockt hätte, um den Prinzgemahl eines Kleinstaats an der Cote d'Azur dabei zu fotografieren, wie er an einem Pool einer Stripperin mit den Zähnen aus dem Höschen half.

»Also im Ernst! Die Beckham ist längst da oben!«, versuchte Lissie ihn zu überzeugen.

»Da erzählste mir nix Neues. Weiß ich längst.«

»Okay. Die einzige Chance, die wir jetzt haben, ist, dass Sie ungesehen aufs Dach kommen.«

Jetzt sah Kalli richtig vergrätzt aus.

»Sag mal, Mädel, willste mir meinen Job erklären?«, schnauzte er sie ungehalten an. »Ich hab schon Fotos gemacht, da hast du noch in die Windeln geschissen. Soll ich an den Bodyguards vorbeifliegen oder wie stellst du dir das vor?« Er nickte in Richtung der zwei anzugtragenden Gorillas, die den Zugang zum Dach bewachten und gab seine Version eines Vogels, indem er mit den Händen wedelte und »tschiep! tschiep!« machte.

»H.e.r.r.! H.ä.u.s.l.e.r.! Wie ich schon sagte, da hinten zwischen den Klos ist ein Fahrstuhl, der auf Sie wartet und der Sie unbemerkt zum Dach bringen wird. Hätten Sie die Güte? Oder soll ich einen ihrer K.o.l.l.e.g.e.n. bitten?!«

Kalli starrte sie einen Moment an, als ob er sie am liebsten gewürgt hätte. Dann erhellte ein plötzliches Grinsen sein Gesicht und entblößte schiefe, vom vielen Quarzen ganz gelbe Zähne. »Mensch, Mädel! Warum haste das nich' gleich gesagt – das mit 'm Fahrstuhl?« Mit einem aufgeräumten »Geh mal grad schiffen, Kumpels. Ruft mich, wenn was passiert!« zu seinen Fotografenkollegen, schob Kalli o-beinig – die Oberschenkeltaschen seiner khakifarbenen Fliegerhose ausgebeult von diversen Kameraakkus, Ersatzlinsen, digitalen Speicherchips, einen Fotoapparat über der rechten Schulter, einen vorm Bauch – Richtung Toiletten ab.

Immer diese sinnlosen GrabenKämpfe, die nur Kraft Kosten. Warum muss das so sein ...?

Lissie drehte sich um. Die Bar lag verlassen da. Kurzentschlossen umrundete sie den Tresen, stakste mit eingerollten Zehen durch Red-Bull-Dosen und Glasscherben und wurde zwischen Mülleimern und grauen Wasserrohren auf Kniehöhe fündig: ein aufgeweichter Pappkarton, in den ein Plastik-Zapfhahn hineingebolzt war. Ein gelber, angepulter Aufkleber sprang ihr ins Auge:

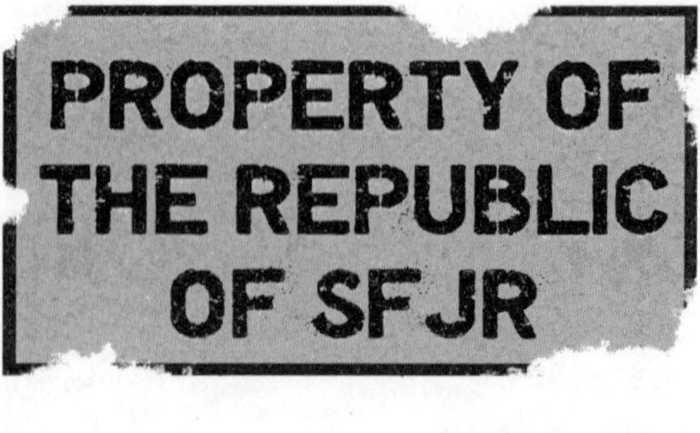

SFRJ? Wofür steht das denn bitte? Südfranzösische Jahrgangsreben? Ich dachte immer, Schampus wird nur aus Flaschen ausgeschenkt?

Sie hielt wie Resi von der Alm ihren Humpen unter den Zapfhahn, drückte die Plastikflügel zusammen und füllte ihr Glas.

Wär ja schade, wenn was umkommen würde.

Sie trank einen durstigen Schluck.

Prost!

In ihrem Magen machte sich ein angenehm warmes Prickeln breit. Außerdem gluckerte er ein bisschen.

6

Mit neuem Schwung und einem echten Lächeln auf den Lippen umrundete sie den Tresen und nahm die Bodyguards ins Visier. Den Popo einen Tick mehr kreisend als notwendig, schob sie auf die Gorillas zu. (Ihre ganz persönliche Version von Catwalk. Was wie exotischer Tiger aussehen sollte, kam zwar mehr auf deutsche Hauskatze raus, aber egal, die Typen schluckten's). Stolz hielt sie ihnen ihr lila »Ich darf durch!«-Armbändchen unter die Nase. Mit einladender Bewegung nahm das rechte Affenmännchen die rote Absperrkordel beiseite: »Immer rein in die gute Stube, Prinzessin!« Er schaute ihr tief in die Augen.

Sie schenkte ihm ihr bestes unehrliches »Wow! Ich find dich auch toll!«-Lächeln und schwebte zufrieden an ihm vorbei die Treppe hoch. Oben auf dem Dach begrüßten sie ein weißes Riesenzelt, das mit dicken Stahltrossen im Beton verankert war, und, darüber, weiches, goldschimmerndes Sommerabendlicht, in dem Pusteblumensamen wie Minifallschirme und vereinzelte wattige Pollen tanzten. Eine laue Brise streichelte sanft ihre Haut, fuhr ihr sacht ins Haar. Sie schloss unwillkürlich die Augen, sog tief die samtige, warme Luft ein, spürte, wie sie jeden Winkel ihrer Lunge füllte. Und ihres Hirns. Für Sekunden, als hätte jemand eine Münze in eine Musicbox geworfen und der Apparat spielte die ersten Takte einer alten, kuscheligen Melodie an, war sie kleines Mädchen in Marina Wendtorf an der Ostsee, Sommerwohnwagenurlaub, flirrende Hitze, Dolomiti-Eis, Pommes. Der Strandkiosk, aus dem Baccaras »Yes Sir, I can boogie!« dudelte. Ihr Vater, den es damals noch gab und jetzt nicht mehr. Von dem sie manchmal dachte, dass er eigentlich gleich durch die Tür kommen müsste. Was aber nie mehr passieren würde. Sein schwerer Gang, sein dicker Bauch. Seine grauen, geriffelten, waschmaschinentauglichen Achtzigerjahre-Hertie-Allerweltshosen. Unendlichkeit der Erinnerungen. Blitzartig krabbelte ihr die Traurigkeit die Kehle hoch. Eine andere Traurigkeit als diese dumme kleine Traurigkeit, weil sie einen Pickel auf der Stirn hatte und Leute nicht nett waren. Eine Traurigkeit, die so kolossal war und den Körper anschwellen ließ, dass sich alles andere daneben zu Staubkorngröße zusammenzog. Schon wieder, das wie vielte Mal an diesem Abend eigentlich?, stiegen ihr die Tränen warm in die Augen. Doch wenn sie, wie jetzt gerade, ins Licht schaute, glitzerten diese Tränen wie kleine Diamanten am Lidrand, eine – ja genau! – eine edel funkelnde Tresse am Saum ihrer düsteren Gedanken. Sie bedauerte, dass sie keine Dichterin war, die all das, was gerade von ihr Besitz ergriff, in Worte fassen konnte – das Heilige, Küssende, Liebkosende, das Da-passt-wer-auf-mich-auf des Moments. Und so versuchte sie es mit einem kitschigen, lauten »Danke, Papa!«. Hastig blickte sie sich um, ob sie jemand gehört hatte. Nein, Gott sei Dank.

Und selbst wenn? Auch egal!

»Danke, Papi!«, sagte sie noch mal, jetzt besonders laut.

Ihr Herz puckerte noch einen Augenblick laut im Brustkorb vor sich hin, aber der Knoten war geplatzt. Sie war wieder eins mit sich, Kapitän auf ihrer Brücke. Von jetzt an trieb dieser Abend sie nicht mehr vor sich her, sondern wurde gelebt! Punkt. Und Mara Victoria Beckham war eine prima Anekdote für die Enkel. Doppelter Punkt. (Gesetzt den Fall – an dieser Stelle musste Lissie schmunzeln –, sie würde sich überhaupt mal fortpflanzen; die Wahrscheinlichkeit tendierte allerdings angesichts chronischer Männerknappheit und einem satten Vollidioten-Überschuss in ihrem Leben gegen null.)

Vorsichtig schob sie den weißen Kunstpelzvorhang vor dem Zelteingang beiseite, der von oben bis unten mit roter Farbe bespritzt war, und spähte hinein. Warmes Kerzenlicht, der Duft von Brot und allgemeines Gebrabbel empfingen sie. Sie blieb einen Augenblick stehen, damit sich ihre Augen ans Dämmerlicht gewöhnen konnten – und zuckte etwas zusammen, als Tomke Momsens Stimme aufs Neue aus dem Lautsprecher dröhnte: »... und hier sehen Sie ein Bild von meiner letzten Reise nach Afghanistan für unser Projekt ›Fashion for Freedom‹ ...«

Lissie betrachtete das leicht unscharfe Dia einer sonnengebräunten Tomke Momsen im Prada-Kostümchen zwischen zwei verhutzelten, zahnlosen Frauchen mit Runzelmündern, das auf eine Leinwand am anderen Ende des Saals projiziert wurde.

»Ich bin immer wieder zutiefst berührt, mit welcher Herzlichkeit mich diese einfachen Menschen willkommen heißen und welche bewegenden Gespräche sich daraus ergeben ...!« Dia-Tomke hielt die beiden Frauen, die verunsichert in die Kamera blinzelten, schwesterlich im Arm. »... die Armut der Menschen dort und ihre Fähigkeit, sich über Kleinigkeiten zu freuen, greift mir immer wieder ans Herz ...!« An dieser Stelle legte die echte Tomke eine bedeutungsvolle Pause ein. Mit eindringlicher, plötzlich belegter Stimme fuhr sie fort: »... ich möchte dies zum Anlass nehmen, meine lieben, sehr verehrten Gäste, euch daran zu erinnern, dass fünfzig Cent von jedem verkauften Kleidungsstück aus meiner neuen Frühjahrskollektion dem Charity-Projekt ›Fashion for Freedom – Dessous gegen Bomben‹ zugute kommt ...« Sie räusperte sich kurz, um mit gelöster Stimme fortzufahren: »Was mich zum Ehrengast unseres heutigen Abends bringt ...«

Lissie schaute sich nach ihrem Platz um. In der dunkelsten, am weitesten von der Bühne entfernten Ecke entdeckte sie Tisch 23, der ihr beim Eintreffen auf der Party von einer Hostess mit Clipboard als der ihre benannt worden war.

Da sollte kein Ständer mit einer »23« draufstehen, sondern ein Schild mit der Aufschrift »Stammtisch der Ausgestoßenen«.

Sie ließ ihre Augen über die Bühne und die vorderen Tische gleiten.

Mara Victoria Beckham sah sie zwar nicht, dafür Tamara, Schulter an Schulter mit Gregor Jordan, am Ehrentisch.

»... wir haben uns auf einer Fashion-Party in Japan kennengelernt, wo sie ihre neue Jeans präsentiert hat! Sie will sich in Zukunft auch für ›Fashion for Freedom‹ engagieren. Sie ist im Augenblick stark erkältet, aber sie ist extra aus Spanien heute Abend kurz zu uns gekommen. Ihr kennt sie sicherlich alle. Heißt sie mit mir willkommen! Eine der charmantesten, natürlichsten Frauen, die ich kenne. Eine, von der ich mit Stolz behaupten möchte, dass sie meine Freundin ist ...«

Wird das hier eine Neuauflage von »Was bin ich?«? Sag schon den Namen, du Trulla.

Lissie guckte, ob sie Kalli irgendwo entdecken konnte. Fehlanzeige.

»... sie kann auch nicht lange bleiben! Am Privatflieger-Terminal in Fuhlsbüttel wartet schon aufgetankt ihr Learjet, der sie gleich im Anschluss nach L.A. bringt ... give her a standing ovation and a big hand ...!!!«

Der Rest vom Tomke Momsens Satz ging im Scharren von zweihundertzwanzig Stühlen und dem allgemeinen Geächze unter, als sich die Gäste aus ihren Hussen-Stühlen wuchteten.

Das nenn ich Timing! Jetzt kann hier keiner mehr sagen, du hättest irgendwann an diesem Abend die Worte »Victoria« oder »Beckham« ausgesprochen.

Applaus brandete auf, als der Stargast auf die Bühne trat.

Huch, die sieht ihr ja wirklich ziemlich ähnlich. Respekt! Was für 'n Fummel. Mehr Haut als Stoff! Und die Dinger stehen auch wie eine eins. Aber selbst wenn ich jetzt nicht wüsste, dass da 'ne Schmu-Nummer läuft, würd ich mich doch wundern, warum die eine Sonnenbrille aufhat. Würd ich doch, oder?

Die Gäste nahmen genauso polternd wieder Platz, wie sie aufgestanden waren. Lissie musterte eindringlich die umliegenden Tische, ob irgendjemandem etwas auffiel. Harry vom *Stadtanzeiger* war am Futtern und guckte gar nicht erst zur Bühne hin. Krüger vom *Express* klatschte begeistert vor sich hin. Morgen würde er wieder schreiben, dass Stars an sich scheiße waren und er sie von Herzen verachtete. Und Tamaras Gesicht, das erwartungsvoll zu Victoria Beckham emporgehoben war, war eine einzige lachende Begeisterung. Tomke Momsen und Mara Victoria Beckham waren mittlerweile dazu übergegangen, sich wie gute alte Freundinnen – Bussi links, Bussi rechts, Bussi oben, Bussi unten – aufs Innigste abzuschlecken.

Nu is ja mal gut! Hat ja jeder die Botschaft verstanden.

Plötzlich, zu ihrer Überraschung, beugte sich Mara Victoria zum Mikro: »… hällo … eweribaddi!« hauchte sie mit einem zarten, krächzenden Stimmchen und winkte gleichzeitig zaghaft ins Publikum. Dann trat sie zurück, und Tomke Momsen beugte sich erneut vor: »Meine liebe Freundin hier«, sie fasste ergriffen nach Mara Victorias Handgelenkchen, »hat mich gebeten, weil sie wirklich fast keine Stimme mehr hat, an ihrer Stelle euch zu sagen, wie sehr sie sich freut, dass sie heute Abend mit uns feiern kann, um damit auch unser Projekt ›Fashion for Freedom‹ zu unterstützen. Sie hat mich außerdem gebeten, weil sie den intimen Charakter unserer Freundschaft betonen möchte, dass keine Fotos oder Aufnahmen von ihr gemacht werden. Ich weiß, dass ihr diesen Herzenswunsch meiner lieben Freundin respektieren werdet. Es ist für die gute Sache. Danke!«

An Lissies Tisch nahm keiner der Klatschenden Notiz davon, als sie sich vorbeidrückte, um nach ihrer Tischkarte zu fahnden. Vier unbesetzte Plätze gab es an dem Zehnertisch und natürlich wurde sie erst beim letzten fündig. Gerade wollte sie ihren Stuhl unter der weißen Tischdecke hervorruckeln, als es in ihrem Kopf zweimal *dingdong* machte.

Erstens: Alle am Tisch standen und klatschten, nur einer nicht, nämlich ihr Tischnachbar zur Rechten. Zweitens: Diesen Typen, der sich da mit vor der Brust verschränkten Armen, gnatzigem Gesicht und arrogant übereinandergeschlagenen Beinen auf seinem Stuhl zurücklehnte, kannte sie: Einstecktüchlein.

Vielleicht erkennt er mich ja nicht wieder?

Er schaute auf und Lissie wusste, dass sie diese Hoffnung tutto completo, spontan, total begraben konnte. Für einen Augenblick krauste er die Brauen, dann guckte er, was Lummerland machte. Als er dort nicht fündig wurde, wieder hoch in ihre Augen.

Was schaust du mich so an? Mit dir auf einer einsamen Insel, da weiß doch jede Frau sofort, was sie wählt – die Palme!

Plötzlich wurde ihr die Stille zwischen ihnen peinlich.

»Äh … ist der Platz hier neben Ihnen noch frei …?«

Oh Gott, was für eine dämliche Frage! Jetzt hält der mich ja für völlig plemplem. Aber hat er wahrscheinlich ohnehin schon vorher.

»Ich kann Ihnen nicht sagen, ob Sie Clausen heißen.« Einstecktüchlein nickte in Richtung ihres Tischkärtchens. »Das müssen Sie schon selbst wissen.«

War das ein Lachen? Unsicher stellte Lissie ihren Champagner-Humpen auf dem Tisch ab, ließ sich auf ihren Stuhl nieder und mühte sich, möglichst gerade, die Brust rausgedrückt, den Bauch eingezogen, dazusitzen. Sie musste aufpassen, dass sie das Atmen nicht vergaß. Irgendwas war gerade quietschend in ihr losgefahren.

Nein, falsch.

War stehen geblieben.

Fuhr sich in dieser Sekunde fest. Schwoll an. War bombastisch. War eine Ahnung. Eine Ahnung von allem. Unendlichkeit, Segeln. Miteinander segeln und untergehen.

So ein ausgemachter, verquaster, hanebüchener, sentimentaler Oberschwachsinn! Du brauchst keinen Urlaub, Lissie Lensen, du brauchst eine Therapie.

Aus den Augenwinkeln versuchte sie einen Blick auf Einstecktüchlein zu erhaschen, schaute aber schnell wieder weg. Zum Glück nahmen die anderen Gäste gerade Platz. In der allgemeinen Unruhe hatte sie nicht mehr so sehr das Gefühl, nackt auf dem Präsentierteller zu sitzen. Hektisch nahm sie einen Schluck, und noch einen, konzentrierte sich auf die Tischdekoration: weißes Geschirr. Weißes. Geschirr. Ausgekratzte Buttertöpfchen. Töpfchen, Butter, ausgekratzt. Das gelbe Kerzenwachs, das auf die Tischdecke tropfte. Die leere Flasche australische Trinkmarmelade, ein schwerer Cuvée Chardonnay mit dreizehn Komma fünf Prozent Alkohol, wie das Etikett verriet. Hals über Kopf im Kühler. Ja! Genau. Hals über Kopf. Das war's. So war's. So fühlte sich das an – wie eine Welle, eine kleine Melodie tief drin. Gab's so was überhaupt?

Klar doch, Lissie. Das gibt's! Und zwar auf dem Traumschiff. Wenn Chef-Stewardess Beatrice Sascha Hehn vergewaltigt und dazu Celine Dion »My heart will go on!« singt.

»Oh, wie schön, dass Sie es auch noch geschafft haben!«

Lissie wandte erschrocken den Kopf nach links. Da saß irgendein Typ und störte gerade gewaltig.

»Ich hab mich schon die ganze Zeit auf Sie gefreut, Frau Clausen.«

Sie lächelte kläglich. Ihr Blick irrte zum Tischkärtchen des Mannes.

»Ja, richtig, wir kennen uns noch nicht, Frau Clausen«, meinte er mit einem entschuldigenden Lächeln. »Mein Name ist Dirk Schmidt. Ich bin ein großer Bewunderer Ihrer Zeitschrift. Also diese Kochkärtchen zum Sammeln. Klasse!«

Bei dem Namen Dirk Schmidt klingelte irgendwas irgendwo in Lissies Kopf. Leider wollte ihr nicht einfallen, was.

»Also, neulich diese Spaghettini mit Heilbutt und Kapern oder auch die Mangold-Lasagne! Hab ich alles nachgekocht.«

»Verstehe ich Sie da richtig, Herr Schmidt?«, Einstecktüchlein hatte sich vorgebeugt. »Sie essen Nudeln?« Sein Ton war plötzlich original Gilette Contour.

Huch.

Lissie griff sich aufgeschreckt das letzte Stück Baguette aus dem Brotkörbchen.

»Ich meine mich zu erinnern, in einem Interview gelesen zu haben, dass Sie an Zöliakie leiden. Oder ist da mittlerweile ein Heilmittel gefunden worden? Wäre ja schön.« Einstecktücklein zwirbelte mit spitzen Fingern sein Glas.

Lissie versuchte ihre widerspenstigen, versprengten und vom Winde verwehten Hirnzellen einzufangen.

Zöliakie? Zöliakie? Muss man das kennen?

Dirk Schmidts Mimik war wie eingefroren. Er erinnerte an einen Marienkäfer, der auf dem Rücken lag und sich tot stellte. Unvorsichtiges Anstupsen hätte unweigerlich das Absondern von etwas Stinkigem zur Folge. Einstecktüchlein nahm einen tiefen Schluck. Unvermittelt stieg Lissie sein Aftershave in die Nase. Hatte sie nicht mal gelesen, dass es Menschen gab, die Düfte als Formen sahen? Also dieser hier war auf jeden Fall rund. Und – und auch eckig und zerklüftet und verworfen. Wie gekruscheltes Papier, das sich in der Stirnhöhle entfaltete und die Landkarte einer unbekannten Welt preisgab.

Wahnsinn. Vielleicht wird das ja doch noch was mit mir und der Philosophie.

Sie zwang sich, Dirk Schmidt anzuschauen. Der schien sich gefangen zu haben, nur die Augenlider flatterten noch leicht. »Äh, ich, bei mir sind die Symptome etwas, nun, äh, unausgeprägter. Aber ich weiß auch gar nicht, was diese komische Diskussion soll?!«

Auf einmal fiel Lissie wieder ein, woher sie ihn kannte. Irgendwas mit Politik. Was auch diese überzeugende, mitreißende Langeweile erklärte, die von ihm ausging.

»Nun, Einlieferungen in die Notfallaufnahme wegen Kreislaufversagens und Verdachts auf anaphylaktischen Schock würde ich nicht leicht nennen. Es sei denn, Sie sind besonders hart im Nehmen.«

Oh Gott, auch noch Genitiv-Benutzer. Ich sterbe.

Einstecktüchlein lehnte sich auf seinem Stuhl zurück und öffnete mit Schwung die beiden Goldknöpfe seines Sakkos. Ihre Augen fanden das weiße Namenskärtchen: ›Paul V. Ingwersen‹. In schwer geschnörkelten goldenen Lettern.

Muss mir das was sagen?

Ihr Herz schob schon wieder Extraschicht. Angestrengt nippelte sie an ihrem Glas.

Paul V. Ingerwersen. V-Punkt? Paul von Ingwersen? Paul der Fünfte Ingwersen?? Paul Vasile, Vincenzo, Vladimir, Volkrad?

»Sie Armer! Sie waren im Krankenhaus? Wieso denn?« Das kam von einer blonden Dame mit angenähten Ohrläppchen, starren Brauen und fünf Pfund Goldschmuck, die schräg hinter Dirk Schmidt saß.

»Ich hatte eine Kuchenvergiftung.«

»Wie kriegt man denn eine *Kuchenvergiftung*?«

Aber was sag ich so einem Mann? Ich kann ihn ja schlecht nach dem Wetter draußen fragen. Oder: »Wie sehen Sie die Rolle des Humboldt-Stroms im Zusammenhang mit der globalen Erderwärmung?« Hüh, Lissie, hüh! TU WAS!

»Ich leide an einer Weizenmehl-Allergie.«

Kann dieser Schmidt mal aufhören zu nerven?

Auf einmal erinnerte sie sich wieder, wofür er berühmt war: Er hatte auf einem Kirchenfest in Poppenbüttel trotz Gluten-Unverträglichkeit Streuselkuchen gefuttert, weil er zu den kuchenbackenden Muttis drei Tage vor den Wahlen nicht Nein sagen mochte. Zur Strafe hatte er seinen Einzug in den Bundestag im Krankenhausbett feiern müssen. Das war auch das letzte Mal, dass Lissie was von ihm gehört hatte, politisch gesehen.

Unter gesenkten Wimpern studierte sie Einstecktüchleins Hand, die unmittelbar neben ihr auf der Tischplatte ruhte, jede Linie, jede Furche, jedes kleine Härchen – und ob er einen Ehering trug. Nein, Gott sei Dank. Dafür hatte er – unglaublich! – *echte* Knopflöcher, nicht nur irgendwelche blind auf den Stoff genähten Attrappen – und der unterste Knopf war sogar ganz lässig geöffnet.

Hat das Sex? Wow, das *hat* Sex!

»Und Sie? Trinken Sie ausschließlich oder sprechen Sie auch manchmal?«

Oh Gott, Hilfe, nein, Einstecktüchlein-Knopfloch-der-Fünfte-

Punkt-Ingwersen, er hatte sie angesprochen! Vor Schreck suchte sich der Schampus in Lissies Mund den falschen Weg und landete augenblicklich in ihrer Luftröhre. Sie fing an zu husten, und ihr traten die Tränen in die Augen.

»Sie rempeln, Sie röcheln, was soll mir das sagen?« Er neigte – spöttisch schien ihr – den Kopf zur Seite und beobachtete, wie sie nach Luft japste.

Für einen Augenblick, zwei?, drei?, verhakelten sich ihre Blicke. Und in Nanosekunden stellten sich Lissie – upps! – alle Haare auf. Schnell schaute sie weg, sah die gestikulierenden Menschen ringsum, die Kellner, die sich zwischen den Tischen hindurchschoben, aber auf ihrer Netzhaut kamen nur Bilder in Zeitlupe an. Und auch der Ton war irgendwie wie weggedreht.

Was war das bitte gerade gewesen?

Es hatte sie durchzuckt!

Ein trivialer, banaler, pauschaler, handelsüblicher Krethi-&-Plethi-Groschenroman-Blitz! Oder, wie *Cleo* schreiben würde, ein »Vintage«-Blitz – weil er wahrscheinlich schon so oft irgendwo eingeschlagen hatte, bei Adam und Eva, bei Pretty Woman, bei Professor Brinkmann von der Schwarzwaldklinik, dass er ganz ramponiert und abgeschrabbelt sein musste.

P.e.i.n.l.i.c.h.!!! Und ich habe mich immer für eine Frau mit Niveau gehalten. Gleich sehe ich bestimmt auch noch rosa Wölkchen!

Quietschend lief der Ton wieder an, begann sich die Party erneut in Bewegung zu setzen. Sie sah Paul Ingwersen neben sich an seinen Manschettenknöpfen nesteln, dann setzte er sich mit Schwung auf.

Auch sie setzte sich jetzt kerzengerade hin: »Ja, sprechen kann ich, trinken tue ich allerdings lieber, und was das Rempeln und Röcheln angeht – wie gesagt, ich muss mich erst an den Gedanken gewöhnen, dass wir nicht in Kasachstan sind.« Sie vermied, ihn anzugucken.

»Oh, wie schade!«, meinte die Ohrläppchenfrau in dieser Sekunde über den Tisch hinweg. »Wie vereinbaren Sie das denn mit Ihrer

Pastavorliebe, Herr Schmidt? Ich war gerade sehr beeindruckt zu hören, wie Sie Frau Clausen von Ihrer Kochleidenschaft vorgeschwärmt haben. Ich finde ja Männer, die kochen können, überaus sexy.«

Lissie genehmigte sich schnell ein Schlückchen (die Luft war wirklich sehr trocken hier). Und erschrak zu Tode, als ihr Einstecktüchlein plötzlich mit gedämpfter Stimme direkt ins Ohr sprach: »Also, was mich noch sehr interessieren würde: Haben Sie eigentlich mittlerweile die Frage für sich geklärt, ob Sie Carmen Clausen sind?«

Jetzt oder nie! Sie beschloss die Probe aufs Exempel zu machen. Hielt die Luft an und schaute ihm in die Augen.

Diesmal durchzuckte sie kein Blitz (Amor hatte heute wohl schon alle Pfeile verschossen). Dafür hatte sie – um es mit dem ADAC zu formulieren – das Gefühl, auf einer sehr breiten Autobahn ohne Geschwindigkeitsbegrenzung direkt in ihn reinzufahren. Sich ganz wunderbar in ihm auszukennen. Und plötzlich wollte sie ihm ganz idiotische Sachen sagen: Vertrau mir! Sei du! Ich kenn dich! Ein Leben lang!

Lissie Lensen, das ist ja Kitsch zum Quadrat!!! Du hast hochgerechnet vielleicht sechs Komma vier Sätze mit dem Typen gewechselt. Gibt's hier irgendwo einen Gummihammer, damit du dir mal auf den Kopf hauen kannst?

Irgendwie brachte sie plötzlich kein Wort mehr heraus, dabei waren da in ihrem Mund tausend Sätze.

Zur Abwechslung lehnte er sich jetzt zurück und knöpfte die Goldknöpfe seines Sakkos wieder zu. »Sprechen Sie nicht mehr mit mir?«

Oh Gott! Er ist ungeduldig! Oder gelangweilt! Er hat was! Hat er was? Er hat bestimmt was!

Jede Antwort – wie lautete überhaupt die Frage?! – schien ihr plötzlich die falsche. Die Uhr in ihrem Kopf machte »tick! tick! tick!«. Ein Countdown wie »Ten!, nine!, eight!, seven!«. Das Schicksal stand da mit gekreuzten Handgelenken und wollte verhaftet werden. Aber das Einzige, wozu sie, Lissie Lensen, in der Lage schien, war, Brocken aus dem Baguette zu popeln und zwischen den Fingern zu kugeln.

»Wir müssen zum preußischen Werte-Kanon zurückkehren!« Ohrläppchens Begleiter-Schrägstrich-Ehemann, ein älterer Herr mit großporiger Riesenknolle im Gesicht (offensichtlich war das OP-Budget schon ausgeschöpft gwesen) hatte sich zu Dirk Schmidt gewandt: »Also, wenn Sie mich fragen, Politiker sollten nicht in irgendwelchen Kochtöpfen rühren! Das ist so angloamerikanischer Tinnef. Fleiß! Pünktlichkeit! Ehrlichkeit! Damit kann der deutsche Wähler was anfangen.«

Einstecktüchlein hatte die Hände in die Hosentaschen gestopft und begonnen, mit dem Kleingeld darin zu spielen.

Was mach ich bloß? Was mach ich bloß?? Ich schaff's noch, dass er aufsteht und geht, bevor wir geredet haben. Schlagzeile: »Traummann getroffen – Leider zu blöd, mit ihm zu sprechen«.

»Hello! Do you speak German?! ¿Habla Usted alemán?«, hakte Einstecktüchlein nach, indem er sich erst streckte und dann mit geschlossenem Mund ins Revers gähnte.

Four, three, two, one, zero!!! Sie beugte sich vor, flüsterte: »Okay, küssen Sie mich. Dann fällt mir die Antwort ein. Aber das auch nur vielleicht.«

Autsch! Autsch! Autsch! Autsch! Was rede ich denn hier für einen gequirlten Müll?! So betrunken kann man doch gar nicht sein, Lissie Lensen! Du solltest vielleicht gleich ein Schild hochhalten »Nimm mich – hier bin ich!«

Sein Blick ging ihr bis zum großen Zeh. Vergewissernd. Musternd. Abschätzend.

Wie guckt der denn jetzt schon wieder? Oh Gott!

Ihr lief ein warmes Kribbeln über die Haut. Und in ihrem Unterleib zog sich etwas zusammen. Was, wollte sie gar nicht so genau wissen.

»Hey, jetzt lass dich mal nich' so ins Boxhorn jagen, Jungchen ...!«, polterte es auf einmal von der anderen Tischseite. Herbert Hubertus – Lissie kannte ihn aus einschlägigen Talkshows, in denen er vollgedröhnt bis unter die Augenbrauen sein Holzfällerhemd aufknöpfte, um zu zeigen, wo man an seiner Bauchspeicheldrüse rumgeprokelt hatte –

fand es an der Zeit, Dirk Schmidt zu Hilfe zu eilen: »... lass dir doch nix einreden! Dieser Ärzte-Schnickschnack von wegen Allergie und so. Eine gute Nudel hat noch keinem geschadet. Hör auf Papa Herbert!«

»Das finde ich eine *sehr* interessante Theorie«, Einstecktüchlein hatte einen tiefen Zug aus seinem Glas genommen, das er jetzt absetzte, und schnellte vor: »haben Sie darüber schon mal mit Medizinern diskutiert?« Sein Bein drückte leicht gegen Lissies Schenkel. Sie hätte ewig so sitzen bleiben können.

»Ach, da kannste doch heutzutage einen drauf lassen, was die Ärzte so quaken!«, schnaufte Herbert Hubertus abschätzig. »Mein Doc erzählt mir auch schon seit dreißig Jahren, dass meine Leber bald schlappmacht, wenn ich so weitersauf. Und? Schau mich an!« Wie um den Beweis anzutreten, lehnte er sich mit seinen dicht behaarten Fernfahrer-Unterarmen, schwer wie ein halbes Walross, auf die Festtafel. »Ich sitz' immer noch hier. Topfit! Wie ein junger Stier.« Anzüglich zwinkerte er Lissie zu: »Nich', Süße? Aber sag deinem Hengst da mal, er soll sich 'n bisschen entspannen. Geht ja gleich in die Heia.«

Lissie verging vor Scham. Sie hörte, wie Paul neben ihr tief einatmete und sich aufrichtete. Der Verlust seines Beines war, als ob ihr jemand einen Schatz weggenommen hätte.

Bitte komm zurück.

Er zog fragend die Brauen hoch: »Habe ich da etwa gerade einen Wallach wiehern hören? Aber« – er lehnte sich vor, stützte den Ellenbogen auf und winkte Hubertus mit dem Finger heran, der sich willig vorbeugte – »so was kriegt man mit Schachtelhalm-Sitzbädern wieder hin.«

Herbert Hubertus warf sich schnaufend in seinem Stuhl zurück und wedelte abwehrend mit den Pranken: »Ach komm, is' mir jetzt zu dumm hier die Diskussion! Is' doch Kinderkacke! Arroganter Klugscheißer!« Seine vierzig Jahre jüngere, blonde Freundin neben ihm kicherte in ihre Serviette. »Und du hier kannst auch gleich deine Sachen packen!«, raunzte er unwirsch in ihre Richtung.

Erfahrungsgemäß war ständig irgendeine Frau bei Friesenbarde

Herbert Hubertus am Kofferpacken. Normalerweise gaben sich die Girls – Herbert nannte sie »Musen«, die Presse titulierte sie als »Luder«, für Herberts Noch-Ehefrau Elfie waren sie nur »Stinkritzen« – im Sechs-Monats-Rhythmus die Klinke in die Hand.

»Entschuldigen Sie«, Einstecktüchlein guckte Lissie an und wies auf den Flaschenkühler, in dem mittlerweile ein neuer Chardonnay wartete. »Wären Sie vielleicht so freundlich?«

Lissie hoffte, nicht zu offensichtlich zu zittern, hatte Angst, dass ihr die Flasche aus der klammen Hand rutschen würde.

Er goss sich nach und hob das Glas: »Auf Kasachstan.«

Sie wurde rot: »Auf die Schachtelhalme.«

Gerade wollte er zu einer Antwort ansetzen, als es plötzlich über ihren beiden Köpfen »Vooooorsicht!« machte und sich ein großer, dreieckiger Teller zwischen sie schob.

Ich will jetzt nix essen. Geht weg!

Um ihren Tisch standen vier Kellner, Hände artig auf dem Rücken verschränkt, und warteten darauf, dass ihr Vorsänger den Gästen mitteilte, was sie auf ihren Tellern erwartete. Lissie sah angewidert auf das schiefe, gelb-quallige Türmchen vor ihrer Nase, umgeben von braunem Glibber und zermanschtem Vogelfutter.

Oh nein, ich will lieber Händchen halten!

»Hier hätten wir die Vorspeise: Tamago-Pastete an Kirin-Gelee auf einem Teppich aus Suribachi-Sesam. Guten Appetit!«

»Augenblick mal bitte!«, versuchte Dirk Schmidt fingerschnipsend auf sich aufmerksam zu machen. »Äh, was ist das bitte? Ich stelle gerade fest: Mein Japanisch ist doch etwas eingerostet.« Auf die erstaunten Blicke rings um sich herum legte er bedeutungsvoll nach: »Ich war nämlich mal ein Jahr lang Wahlbeobachter in Japan.«

»Das ist Wachtel-Eierstich in einem Nest aus japanischem Bier-Gelee mit im Mörser zerstoßenen Sesamkörnern«, nudelte die Servicekraft routiniert runter und machte auf der Hacke kehrt.

Bäh!

»Aber mein lieber Junge?«, fragte Ohrläppchen verblüfft. »Wählen die denn da so lange in Japan? Das wusste ich ja gar nicht.«

»YO, I'LL TELL YOU WHAT I WANT, WHAT I REALLY REALLY WANT!!!«, kreischten die Spice Girls auf einmal aus den Boxen. Und machten es Lissie unmöglich, Dirk Schmidts Antwort zu hören.

»Okay, ich denke, den Rest dieser Veranstaltung können wir uns auch sparen.«

Lissie guckte Paul V. Ingwersen überrascht von der Seite an. Der hatte seine Serviette auf den Tisch geworfen und schob seinen Stuhl entschlossen zurück.

Nimm mich mit!

»Wollen Sie mitkommen?«

Sie nickte nur stumm, versuchte ihrem Aufstehen Würde zu geben, schwankte unsicher, das Herz klopfte wild in ihrem Hals, sie hatte das Gefühl, dass es jeder sehen müsste. Sanft legte ihr Einstecktüchlein seine Hand auf den Rücken. Die Wärme seiner Finger fühlte sich einfach nur wunderbar an. Sie hatte sich noch nie so geborgen, so richtig gefühlt.

»Na, ficki-ficki? Geht's jetzt endlich in die Heia?«, kam es postwendend von der anderen Tischseite gedröhnt. Herbert Hubertus grinste sie feist und verschwitzt an, dazu klatschte er rhythmisch mit der flachen rechten Hand auf die linke Faust, damit auch kein Zweifel daran aufkommen konnte, was er meinte.

Du kaputter Mensch. Kannst du uns nicht in Ruhe lassen? Wir haben uns gerade verliebt, zumindest ich.

»Wissen Sie was, guter Mann?«, Paul Ingwersen kriegte plötzlich einen dünnen Mund. »Wenn Sie mit Ihrem Schachtelhalmsitzbad fertig sind, können Sie ja noch mal den Kopf reinhalten. Schönen Abend noch.« Mit diesen Worten umfasste er Lissies Oberarm: »Wollen wir?«

Sie leerte ihr Glas auf einen Zug. Sie war der glücklichste Mensch auf Erden. Und wahrscheinlich auch der betrunkenste.

7

Alles war weich und wackelte. Die Knie, der Magen, das Hirn. Das Gefühl, neben Einstecktüchlein durch das Tisch-Wirrwarr zu gehen, war mit nichts zu vergleichen, was Lissie jemals zuvor empfunden hatte. Grandios. Bahn frei. Wie »Moses teilte das Wasser«. Und schon wieder musste sie einen kleinen hoppelnden Zwischenschritt einlegen, um mit ihm Schritt zu halten. Dabei merkte sie, dass sie dem Fußboden nicht mehr so recht trauen konnte. Auch Tische und Eingang schienen irgendwie ein bisschen wabbelig.

Wehe, Füße, ihr stolpert jetzt!

Der Kunstpelzvorhang hatte sich elektrisch aufgeladen und klebte an ihnen, als sie in die kühle Sommernacht traten. Hinter der Bunker-Balustrade sah Lissie die Leuchtreklame der Reeperbahn in der Dunkelheit funkeln. Das seelenlose Hupen und Rauschen der Großstadt drang von unten hoch. – Und auf einmal fühlte sie sich klein, entblößt, linkisch, verloren, hatte Sehnsucht, diesem Mann die Arme um den Hals zu schlingen und ihn zu küssen. (So stand das zwar nicht in der Broschüre »Der gepflegte Aufriss – *er* fällt über *sie* her«, aber sie hatte ja ohnehin schon die ersten fünf Kapitel übersprungen.) »Bleib bei mir!«, hörte sie sich sagen, während sie ihn am Ärmel zurückzog und ihre Hand an seine Wange legte.

Einstecktüchlein schaute überrascht. Es zuckte ein paarmal um seinen Mund. Und was auch immer er hatte sagen wollen, entwich mit einem Schnaufer durch seine Nase. »Ich hatte auch nicht geplant, wegzulaufen. Ich wollte eigentlich nur diese Party verlassen.« Er griff nach der Hand auf seiner Wange, drückte mit geschlossenen Augen einen zärtlichen, die Welt bedeutenden Kuss auf die Innenseite. Eine Sekunde. Noch eine. Lissie sog tief die Luft ein. Und wurde dann unvermittelt die Treppe runtergezogen. Mehr denn je war ihr Kopf ein einziger Brummkreisel.

Bocklos nahmen die Bodyguards die Absperrkordel beiseite. Lissie zog Grimassen und legte es drauf an, einen der abschätzigen Blicke aufzufangen.

Ja, genau, ihr guckt richtig! Ich werde gerade abgeschleppt. Und es ist einfach nur toll.

Einstecktüchlein drängte weiter – an der Garderobe vorbei zum Ausgang. Aber mit dem Instinkt des Großstadtweibchens, das nach sechs Jahren immer noch nicht wusste, auf welcher Seite des Autos der Tankdeckel war und selbst auf gerader Strecke falsch abbog, aber niemals vergessen würde, wo sich ihre Handtasche mit so lebenswichtigen Dingen wie Puder und Rouge befand, piepte jetzt Lissies Kopf-Navigationssystem »Achtung, Achtung! Garderobe! Bitte rechts abbiegen!«. Sie ließ Einstecktüchlein los. »… Sorry, ich müsste noch schnell meine …«, sie wühlte in ihrem Dekolleté rum, »… Tttasche holen …« (Das doofe »T« hatte sich doch tatsächlich in ihrem Mund verkeilt.)

Er trat zurück, zog die Brauen zusammen. »Und die hätten wir dann da drin versteckt? Carmen Clausen, Sie überraschen mich.«

»Nein …«, Lissie grub eifrig weiter, »… nur die blöde Garderobenmmmarke.« Auch das »M« war auf einmal widerborstig. Sie zog den Stoff weit vom Körper ab und erblickte auf einmal den Ausreißer an der Seite von Ost-Lummerland. Zeitgleich übrigens mit Einstecktüchlein, der auch einen Fahndungsblick riskiert hatte. Stolz hielt sie das Zettelchen hoch: »Der Schlingel! Et voilà!«

»Fein!« Einstecktüchlein nahm ihr etwas brüsk die Marke ab und verschwand eilig Richtung Garderobe. Lissie schaute sich um, versuchte, dem Brummkreisel in ihrem Kopf Herr zu werden, und stellte fest, dass Ingwersen auf wundersame Weise schon zurück war. Kommentarlos reichte er ihr ihre abgeschrabbelte Fünf-Kilo-Handtasche, die aus schwarzem Lederimitat war und gerade böse Blicke von seinem kalbsledernen Gürtel bekam.

Tja, ihr goldenen Manschettenknöpfe! Und auch du eingebildetes Monogramm da oben am Kragen! Heute Abend müsst ihr ganz tapfer sein. Euer Papi macht mal Punk.

Wie dem auch war – im großen Party-Aschenputtel-Wettbewerb hatte der Prinz soeben den richtigen Schuh gefunden (beziehungsweise die richtige Tasche), durfte die Braut jetzt küssen und heim auf sein Schloss führen. Lissie stellte sich erwartungsfroh auf die Zehenspitzen, streckte Einstecktüchlein sicherheitshalber noch das Gesicht entgegen. Auch Ingwersen beugte sich vor. (Ein Beweis dafür, dass Telepathie eben doch funktionierte!) Sie konnte seine Lippen schon fast spüren. Ihr Herz fing wild an zu schlagen. Plötzlich richtete er sich wieder auf.

Oh Mist. Mist. Mist. Mist.

Sie hätte sich am liebsten vor Enttäuschung auf den Boden geworfen und mit den Fäusten getrommelt. Oder ihm ihr Erspartes angeboten, zurzeit minus drei Euro fünfzig, damit er weitermachte.

»Es gibt jetzt die Möglichkeit, dass wir bei mir zu Hause Briefmarken angucken. Kaffee hätte ich auch. Was meinen Sie?«

Er hatte was von einem Schoko-Osterhasen. Zum Reinbeißen. Sie überlegte, ob sie ihn nicht vielleicht schon an Ort und Stelle auspacken sollte, entschied sich aber dann dagegen, weil andere Frauen sehen könnten, was sie da hatte, und dann mit Sicherheit mit beißen wollten. »Ja, klasse.«

»Na dann hüh!«

Als sie im Treppenhaus auf den Aufzug der Baureihe »Kommt nicht, wenn man ihn braucht« warteten, war plötzlich ein bisschen die Luft raus. Was auch daran liegen mochte, dass die Architekten der Bauepoche um ’45 leider nicht viel für Gemütlichkeit übrig gehabt hatten. Ingwersen hatte die Hände in den Hosentaschen, starrte die graue Fahrstuhltür an. Lissie nahm sich die schwarzen Rillen auf dem Fußboden vor und zählte sie durch. Die Stille war ganz schön peinlich. Endlich, es dauerte eine Ewigkeit, rumpelten die Türen auf, und nach einem »Bitte sehr, die Dame« – »Danke auch, der Herr!« konnte es weitergehen. Sofort arbeitete das gleißende Fahrstuhl-Neonlicht liebevoll ihre Pickel heraus.

»4«

»3«

Warum ist man auf einer vollbesetzten Party eigentlich immer viel mutiger, als wenn man dann allein mit dem Kerl im Aufzug steht?

»2«

»1«

Jetzt oder nie!

Sie ließ ihren Kopf gegen Paul Ingwersens Schulter sinken und schloss seufzend die Augen. Der Alkohol stieg mit Macht in ihre Hirnwindungen, warme Glückswellen spülten über ihr Herz. Und auch eine Etage darunter wogte irgendwas. Die Fahrstuhltüren rumpelten wieder auf, plötzlich wurden sie von hundert neugierigen »Was tut ihr da?«-Augen angestarrt: die Objektive der Fotografen (plus/minus 199. Lissie war sich nicht sicher, ob sie die eine oder andere Kamera nicht eventuell auch mehrfach sah). Schon lösten sich – ›flash! flash!‹ – ein paar Blitze, offensichtlich in der Hoffnung, ein Promipärchen würde im Aufzug stehen.

Häh?

Lissie blinzelte erfreut ins Licht und fand, dass es eine prima Gelegenheit war, unter Beweis zu stellen, dass sie die bessere Marilyn war. Auch ohne U-Bahn-Lüftung. Sie beugte sich nach vorne, präsentierte ihre Auslage, warf den Fotografen Luftküsschen zu und wollte auch das Röckchen schwenken, wurde aber von Paul Ingwersens Spielverderberhand Richtung Ausgang gedrängt. »Das waren meine Fans!« Lissie schob schmollend die Unterlippe vor.

»Da bin ich mir sicher.«

»Und wir brauchen doch auch Fotos, die wir unseren Kindern zeigen können – ›So haben Mama und Papa sich kennengelernt‹.«

»In der Tat, sehr bedauerlich.«

Plötzlich waren sie auch schon auf dem Parkplatz, genauer vor einer Reihe geparkter Autos. Sie sah, wie er seine Kleidung abklopfte und nach etwas suchte.

»Soll *ich* mal?« Hilfsbereit griff sie ihm von hinten in die Hosentasche: »… mmmh! Olala! Ujuijui! Ruckidigu!«

»Ich weiß nicht, ob das hier so der richtige Ort ist, meine Liebe.«

»Aber ich weiß das!« Lissie war sehr begeistert, wie der Abend sich entwickelte. (Und nicht nur der.)

Plötzlich machte es piep-piep! – von irgendwo hatte Paul Ingwersen einen Autoschlüssel hergezaubert –, die Scheinwerfer einer metallicgrünen XL-Staatskarosse blinkten zweimal auf und begrüßten ihren Besitzer.

»Das ist ja ein … Schlitten!« Sie hatte auf einmal so einen Druck im Magen und musste aufpassen, dass sie nicht rülpste. Und beim Sprechen war ihr, als ob sie ein Kaugummi in ihrem Mund vergessen hatte, das die Zahnreihen miteinander verklebte. »Und wwas ich Sie noch ffragen wollte: Das ›V…vvv‹, (sie musste gerade richtig Anlauf nehmen bei einigen Worten) vorhin auf Ihrem Nnamenschild – wwofür stand das eigentlich?«

»Da stand nicht ›V‹ sondern ein schnörkeliges ›J‹, wie es diese Party so an sich hatte. – ›J‹ für Joost. Das ist holländisch – von Justus, falls es Sie interessiert.«

»Gott sei Dank. Joost klingt auch vviel normaler als so ein ›von‹. Vorhin dachte ich einen Augenblick lang, Sie sseien einer vvon diesen … diesen ddegenerierten, adeligen Ppinseln.«

»Danke.«

Plötzlich schob er sie von sich weg, was leichtsinnig war, denn die Erde hatte begonnen zu beben und sie hätte ihn stützen können. Dann saßen sie im Auto – waren sie geflogen? –, und wie aus einem Lehrfilm des ADAC legte er den Sicherheitsgurt an.

Nein, nein, nein!

In der achten Klasse Bio hatte sie mal einen Film über das Paarungsverhalten von Stichlingen gesehen: Wenn die sich in ein Fischmädchen verguckten, bissen sie vor lauter Aufregung in den Boden (statt es erst mal mit Gesülze und einer Schachtel Wasserfloh-Konfekt zu versuchen, wie es der Fischratgeber »Pimpern leicht gemacht« riet). Übersprungshandlung nannte sich das.

»Ich dachte, wir würden uns jetzt küssen?« Lissie konnte ihre Enttäuschung kaum verbergen. Ihr Kopf war plötzlich glasklar.

Einstecktüchlein schaute sie fassungslos an.

Und sie schaute stumm zurück, begann dann nach quälend langen Sekunden ängstlich fragend den Kopf zu schütteln. Plötzlich hatte sie das Gefühl, sich ganz doll vertan zu haben.

Und genauso unvermittelt beugte er sich vor und versuchte, sie in seine Arme zu ziehen, wurde aber vom Sicherheitsgurt zurückgerissen. Ungehalten drückte er die Entriegelung, zog sie fast grob an sich – und küsste sie. Endlich. Wunderbar. Sie küsste gierig zurück, fuhr ihm durch die Haare, steckte die Finger zwischen die Knöpfe seines Hemds, spürte, dass er kein Unterhemd trug. Und zog das Einstecktüchlein mit den Zähnen aus der Brusttasche. Er streichelte vorsichtig, unsicher, ihre Wangen.

»Okay«, keuchte sie nach einer Weile atemlos, »das wäre jetzt die norddeutsche Variante. Und wo hätten wir den Spanier versteckt?«

Sie merkte, wie er zuckte und Luft holte, dann ruckelte er sich den Hosenreißverschluss auf und zog sie über die Ellenbogenstützen hinweg auf seinen Schoß. »Wie hätten wir's denn gern? – So vielleicht?«

Lissies Blick fiel auf die goldene springende Katze in der Mitte des Lederlenkrads.

Ein Tierfreund!

War das Letzte, was sie denken konnte.

VIP-LOUNGE

Victoria Beckham – Party trotz Lungenentzündung!

Diese Frau haut einfach nichts um! **Victoria Beckham** (29) – gestern Abend war die britische Stil-Ikone umjubelter Höhepunkt der exklusiven Fashion-for-Freedom-Party von Top-Designerin **Tomke Momsen** im Alten Bunker – und konnte nur noch krächzen. Horror-Diagnose: Lungenentzündung. Schon nach der ersten Begrüßung „Hello everybody!" versagte der sexy Ehefrau von Kickerkönig **David Beckham** (28) die Stimme. 230 geladene Top-Gäste aus Show, Wirtschaft und Politik reagierten gerührt mit Standing Ovations. Gastgeberin Tomke Momsen: „Ihr war es einfach wichtig, meine neue Dessous-against-Bombs-Kollektion zu unterstützen und damit ein Zeichen gegen den Krieg zu setzen. Sie hat auch gleich ein paar BHs und Slips mitgenommen, um sie David zu Hause vorzuführen." Event-Manager **Gregor Jordan** (36) verwandelte den In-Club „Private Ryan" in ein beeindruckendes apokalyptisches After-War-Szenario. Im Partygetümmel gesichtet: GZSZ-Star **Susan Sideropoulos** (24 – schreibt jetzt ihre Memoiren) und Schauspieler **Ralf Bauer** (37 – plant gerade ein großes TV-Comeback mit Gedichten von Schiller und Goethe, sucht noch einen Produzenten). Um 22 Uhr 30 hieß es „Good bye". Da trug ein Privatflieger unsere süße Victoria gen Madrid.

(Krü)

Da war sie noch gesund: Victoria (29) auf einer Party in Monaco

Verhaftet im K...

8

Nimm mich noch mal in die Arme, küss mich noch mal, sag mir noch mal, dass du mich toll findest.

Lissie streckte vorsichtig die Hand unter der Bettdecke hervor und tastete das Laken neben sich ab. Das fühlte sich nur kalt und leer an. Vorsichtig schlug sie die Augen auf, eins nach dem anderen. Die Sonne lachte ihr direkt ins Gesicht. Schnell kniff sie die Augen wieder zusammen und vergrub das Gesicht im Kissen. Großer Fehler: Eine gigantische Welle der Übelkeit stieg in ihr hoch.

Uahhh ...

Als sich ihr Magen nach einigen kritischen Momenten wieder beruhigt hatte, drehte sie sich ganz vorsichtig auf den Rücken und öffnete erneut langsam die Augen. »Paul?«, flüsterte sie leise.

Sie stöhnte unterdrückt auf und bedeckte ihre Augen mit den Händen.

Oh Gott, was hab ich da gestern Abend getrunken? Ich glaub, ich sterbe.

Sie versuchte vorsichtig den Kopf zu drehen.

Ich brauch dich. Ich hab immer gewusst, dass es dich gibt. Und ich war mir nie sicher, ob ich dich finden würde. Aber jetzt weiß ich es.

»Hallo?« Plötzlich fing die ganze Welt an sich zu drehen. Und kippte dann auf einmal komplett weg. Sie schlug die Hand vor den Mund und rappelte sich hastig auf. Blind stolperte sie in Richtung der weißen Tür neben dem Bett und betete, dass sich dahinter irgendwas verbarg, in das man kotzen konnte.

Was wirst du von mir halten, wenn ich dir hier gleich das Parkett garniere?

Sie hatte grässliche Magenkrämpfe, ihr zitterten die Knie und der kalte Schweiß stand ihr auf der Oberlippe. Sie fand ein Badezimmer, dahinter noch eine Tür. Hier schließlich die ersehnte Kloschüssel, die Brille war praktischerweise schon hochgeklappt. Mit einem Stöhnen der Erleichterung kniete sie sich davor nieder und konnte gerade noch mit einer Hand die Haare im Nacken zusammenraffen.

Na ja, ein Gutes hat das Ganze: Jetzt bin ich mindestens ein Kilo leichter.

Nach der zweiten Runde Galle war Lissie bereit, ihr Testament zu machen.

Hoffentlich, hoffentlich sieht er mich jetzt nicht so! Bitte lass ihn nicht reinkommen, lieber Gott!

Ein weiteres trockenes Würgen schüttelte ihren Körper. Sie fühlte sich sehr sterblich, sehr ausgeliefert, sehr elend. Erschöpft sank sie in sich zusammen, riss sich ein Stück vom Klopapier ab, dessen erstes Blatt akkurat dreieckig gefaltet war, wischte sich damit über den Mund und kauerte abwartend vor der Kloschüssel.

Hab ich einfach nur zu viel billigen Fusel getrunken, oder war da irgendein Scheißzeug drin? Wie Glykol oder so?

Lissie horchte angestrengt in sich hinein. Und sah sich als Wrack mit Blaulicht ins Krankenhaus eingeliefert werden. Frei nach dem Motto »Adieu romantisches Frühstück zu zweit – hallo Intensiv-Station«. Gleichzeitig lauschte sie angespannt, ob sie draußen Schritte hörte.

Wenn ich das hier überlebe, werde ich nie wieder einen Tropfen Alkohol anrühren ... Von jetzt an werde ich in totaler Askese leben. Großes Winnetou-Ehrenwort!

Ganz langsam begann sie sich stabiler zu fühlen. Zwei Minuten später war sie sogar bereit, zu glauben, dass sie auch eine Zukunft ohne Kotzen haben könnte.

Erleichtert ließ sie sich mit dem nackten Hintern auf den cremefarbenen Marmorboden sinken. Und zuckte unwillkürlich zusammen, als sie die Kälte spürte.

Lissie wollte hastig aufspringen und musste begreifen, dass von Springen im Moment nicht die Rede sein konnte. Hochrappeln wie eine alte Oma war angesagt. Zitternd, frierend, die Arme vor der Brust verschränkt, schaute sie sich um.

Wo bin ich denn hier gelandet? Das ist doch kein Bad, das ist ja ein Palast aus Marmor ... Sind das etwa Seidentapeten? Das halt ich ja im Kopf nicht aus. Hier passt ja mindestens die Hälfte meiner Wohnung rein.

Sie erblickte eine bleiche, bibbernde Blondine im Spiegel, die erschrocken aus der Wäsche guckte und sich selbst im Arm hielt.

Oh Scheiße, das bin ja ich!

Ihre Haare waren völlig zerwuschelt und standen in alle Richtungen ab. Ihre Wimperntusche hatte es bis zu den Wangenknochen geschafft.

Ich seh ja aus, als ob ich ein Veilchen hätte.

Ihre Nase leuchtete rot wie ein Leuchtturm aus ihrem Gesicht. Als sie erschrocken hinfasste, merkte sie erst, dass sie wund war und ihr wehtat. Ihren geschwollenen Lippen ging es auch nicht viel besser. Aber das wahre Grauen lauerte am Hals.

Das ist ja kein Knutschfleck mehr. Das ist ja ein Knutschinferno!

Die Erinnerung stieg heiß in ihr hoch. Wie er das Auto vor dem Haus geparkt hatte. Wie sie plötzlich auf der noch warmen Kühlerhaube gesessen hatte. Und wie hieß es so hübsch? Der schönste Schmuck einer Frau waren ihre Beine hinter den Ohren.

Oh haue-haue-ha! Jetzt werd ich wohl nicht mehr als Jungfrau durchgehen.

Lissie schoss die Schamesröte ins Gesicht. Verwirrt schaute sie sich um.

Wo sind denn hier in diesem Palast die Handtücher? ... Mann, goldene Wasserhähne, Zahnputzbecher aus Schildpatt ... finde ich das gut?

Der Sprossen-Handtuchwärmer hinten links war leer. Überhaupt sah das Badezimmer komplett unbenutzt aus.

Nix zum Einpacken weit und breit, nicht mal ein Waschlappen.

Sie zögerte einen Augenblick.

Läuft das jetzt bei dir unter Schnüffeln oder unter Notwehr, wenn ich dein Badezimmer nach einem Handtuch durchforste?

Sie öffnete unzählige karamellfarbene Holzschubladen und zwei große stoffbespannte, beige-weiß gestreifte Wandtüren. In den fast leeren Schränken langweilten sich unter anderem ein einsamer Ersatz-Rasierpinsel, sechs neue Tuben Rasiercreme, zehn ungeöffnete Packungen Rasierklingen, vier unbenutzte Zahnbürsten und mindestens acht jungfräuliche Elmex. Ganz unten fand sie noch ein angewelltes Merkblatt in DIN-A4-Klarsichtfolie: INSTRUKTIONEN ZUR INBETRIEBNAHME IHRES NEUEN SPRUDEL-DELUXE-WHIRLPOOLS.

Na toll, meine große Liebe ist ein minimalistischer Hamsterkäufer. Na ja, solange ich hier keine ermordete Großmutter oder abgetrennte Schweinsfüße finde ... ich glaub, damit kann ich leben.

Sie huschte durchs Bad, vorbei an der offenen Schlafzimmertür, an deren Rückseite ein weißer Frotteebademantel hing, in den sie schlüpfte. Für einen Moment hatte sie das Gefühl, noch einen Rest seiner Körperwärme zu spüren, seinen Duft zu riechen. Sie lächelte glücklich.

Mmmmh, ich liebe dich ... kann das sein? Wo bist du? Was denkst du?

Und wieder drifteten ihre Gedanken ab. Sie in der Eingangshalle auf einer Kommode, links ein Jade-Buddha, rechts ein kostbares Lämpchen. Im Dunkeln hatte er sich küssend, saugend, liebkosend, beißend nach Süden vorgeknabbert. (Worüber die Tischlampe leider mit einem lauten »Peng!« den Kürzeren gezogen hatte.)

Schweinkram noch einer! Heute Abend betest du fünf Vaterunser, Elisabeth Lensen. Was ist eigentlich in uns gefahren?

Hastig bearbeitete sie die zerlaufene Wimperntusche mit feuchtem Kleenex. Benutzte dann mit schlechtem Gewissen eine der Zahnbürsten und fuhr sich noch schnell mit allen zehn Fingern glättend durch die Haare.

So, das muss jetzt reichen. Nicht schön, aber selten. Wenn du bis jetzt nicht schreiend weggelaufen bist, besteht ja Hoffnung, dass du mich auch im Naturzustand magst ...

Immer noch klapprig auf den Beinen – in ihrem Kopf bummerte der Kopfschmerz – betrat Lissie das sonnendurchflutete Schlafzimmer. Und blieb bass erstaunt stehen: Direkt zu ihrer Rechten – hinter bodentiefen weißen Sprossenfenstern und so nah, dass sie die Illusion hatte, nur die Hand ausstrecken zu müssen, um es berühren zu können – zog majestätisch ein riesiges hellblaues, voll beladenes Containerschiff vorbei.

Ach du grüne Neune! Das ist ja wie live aus dem Märchen ...

Auf dem Deck stapelten sich – sechs, sieben Etagen hoch – grüne, blaue, rote Container. Als ob ein Kind mit Bauklötzchen Türmchen gebaut hätte. Lissie las Namen wie *Maersk, Sealand, P&O Nedlloyd, Heung*. Aus der Mitte ragte – wie eine Mischung aus sozialem Wohnungsbau und platt geklopftem Leuchtturm – ein zerbrechlicher weißer Aufbau, der die Containertürme noch mal fast um das Doppelte überragte. Und der so viele Antennen obendrauf hatte, als ob er Kontakt zum Mars aufnehmen wollte.

... na denk mal nach, Lissie, wo du hier gelandet bist! Das ist bestimmt nicht der Panamakanal. Sag »Elbe« und du hast die 100-Euro-Frage bei Günther Jauch geknackt ...

Hamburg präsentierte sich von seiner schönsten Seite. Der Himmel strahlte in frisch gewaschenem Babyblau, noch nicht mal ein kleines pupsiges Schäfchenwölkchen traute sich, den Eindruck zu versauen. Nur ein zerlaufener Kondensstreifen zerschnitt die Perfektion des morgendlichen Himmels. In der Ferne links sah sie die Verladekräne von Finkenwerder stolz aufragen.

Fasziniert trat Lissie ans Fenster. Das blaue Wasser der Elbe glitzerte und funkelte mit sich selbst um die Wette. Sie sah eine große helle Steinterrasse, einen parkartigen Garten, der zum Elbstrand hin schroff abfiel.

Hey, da unten bin ich schon tausendmal langgelaufen. Und die weißen Elbvillen waren oben. Und wir hatten nichts miteinander zu tun. Und jetzt wohnt mein Traummann hier. Das kann doch nicht sein, dass ich hier stehe. Ist das ›Versteckte Kamera‹?

Das penetrante »Tüü-de-lüt!« eines Telefons riss sie aus ihren Gedanken. Sie drehte sich um. Und hatte gleichzeitig Herzklopfen, weil die Wahrscheinlichkeit groß war, gleich Paul Ingwersen wieder in die Augen zu schauen.

»Tüü-de-lüt!!«

Dabei fiel ihr Blick auf einen gemütlichen, mit weißem Leinen bezogenen Kuschelsessel. Darauf ihr geblümtes Kleidchen.

»Tüü-de-lüt!!!«

Erstaunt trat sie näher. Kein Zweifel, das waren ihr Blümchenkleid und ihr rosa Unterhöschen, beides ordentlich über die Sessellehne gelegt. Auf den geölten Pitchpine-Dielen darunter warteten in trauter Zweisamkeit ihre Riesenhandtasche und die braunen Sommersandaletten auf sie.

»Tüü-de-lüt!!!!«

Irritiert guckte Lissie auf ihre getragene Unterhose und fühlte sich peinlichst berührt.

Was soll mir das sagen, dass das hier so oberlehrermäßig aufgeräumt liegt? Hab ich was falsch gemacht? War ich zu unordentlich?

»Tüü-de-lüt!!!!!«

Kann nicht mal jemand ans Telefon gehen? Paul, wo bist du? Erwartest du etwa, dass ich, nachdem du mir die Kleider vom Leib gestreift hast, »Stopp! Ich will jetzt erst mal meine Wäsche ordentlich zusammenlegen« rufe? Habe ich da gestern Nacht etwas nicht mitbekom...

»Das ist der Anschluss Hamburg, acht-zwei-drei-vier-sechs-neun. Nachrichten bitte nach dem Signalton … piiiep!«, teilte die seelenlose Computerstimme eines Anrufbeantworters mit.

»Hallo Schatz! Paul …! Es tut mir leid, das mit gestern Abend. Ich weiß ja, dass du solche Veranstaltungen nicht schätzt … Und ich weiß auch, wie kostbar dir deine freien Abende sind. Das ist wirklich ganz dumm gelaufen, gestern … Entschuldige, dass ich so … inadäquat reagiert habe. Du kennst ja mein rheinisches Temperament. Wahrscheinlich bist du jetzt schon im Flieger. Ich versuch auch noch, dich auf Handy zu erreichen … Aber lass das jetzt bitte nicht so zwischen uns stehen. Dafür liebe ich dich viel zu sehr … Wenn du Sonntag wieder da bist, mach ich uns einen ganz gemütlichen Abend, nur wir beide, du und ich.

Lissie stand immer noch vor diesem Sessel, lauschte wie gelähmt der zögerlichen und gleichzeitig selbstbewussten Frauenstimme. Und hatte auf einmal ein Gefühl, als ob ihr jemand mit Anlauf mitten in den Magen getreten hätte. Plötzlich war das ganze Glück, die ganze Freude, die ganze Unschuld dieses Morgens für immer verloren.

Das ist jetzt nicht wahr. Er hat nicht wirklich eine Freundin.

Die neue Erkenntnis war so furchtbar, so brutal, sie spürte ihr Herz im Hals klopfen und die Tränen schossen ihr in die Augen.

Lissie, was bist du für eine dumme, naive Kuh. Der hatte gestern Abend Zoff mit seiner Freundin und ist mit dir in die Kiste gestiegen ... und hat sich heute Morgen verdrückt, ohne Tschüss zu sagen. Nein, das kann nicht sein! Ich kann mich nicht so getäuscht haben.

Plötzlich hatte sie Angst, Paul Ingwersen könnte doch noch um die Ecke biegen. Sie wollte sich jetzt nur noch so schnell wie möglich anziehen. Hastig griff sie nach ihrer Wäsche auf dem Sessel. Dabei flatterten ein weißer Zettel und ein Hunderteuroschein auf den glänzenden Parkettboden:

Danke für diese sehr besondere Nacht …

Aber ich denke, als erwachsene Menschen – mit Verantwortung – sollten wir es dabei belassen.

Anbei findest Du Geld fürs Taxi. Meine Haushälterin wird Dir bei allem gern behilflich sein.

Paul

Für Lissie brach die Welt zusammen. Geschockt, gedemütigt, liefen ihr heiße Tränen über die Wangen.

Ich bin doch keine Nutte ... Wie kann er mich wie ein billiges Flittchen behandeln?! Das hab ich nicht verdient! Das hat keine verdient.

Fassungslos schaute sie auf den Zettel in ihrer zitternden Hand und ließ ihn angeekelt fallen, als ob jede längere Berührung sie noch mehr in den Dreck ziehen würde. Tränenblind schnappte sie sich Kleid, Tasche und Riemchensandaletten und stürzte ins Bad. Sie drückte die Tür hinter sich zu, riss sich mit der anderen Hand den Bademantel vom Leib und schleuderte ihn so weit wie möglich von sich.

Beruhig dich. Beruhig dich.

Ihr Kleid roch eklig nach Rauch und irgendwie muffig.

Lass nicht zu, dass dir jemand so wehtun kann. Jetzt ist es schlimm. Aber morgen wird es schon besser sein.

Voller Widerwillen stieg sie in ihr Unterhöschen.

Und irgendwann wirst du denken: »Was für ein Idiot! Was für ein arrogantes, selbstgefälliges, überhebliches Arschloch!«

Sie hätte schreien können, als sie ihre Riemchensandaletten nicht auf Anhieb zugenestelt bekam.

Genau, DAS ist er. Sag es! Sag es! Das hilft! ARSCHLOCH! ARSCHLOCH! ARSCHLOCH!

Sie warf noch einen letzten Blick in den Spiegel, wischte sich mit abgehackten Handbewegungen die Tränen von den Wangen, dann hängte sie sich ihre Tasche über die Schulter, atmete einmal tief durch und stürzte aus dem Badezimmer, ohne noch einen Blick nach links oder rechts zu werfen. Vorbei am Bett, durch die erstbeste Tür. Und stand unversehens in einem sehr herrschaftlichen Ankleidezimmer.

Fassungslos starrte Lissie auf die endlos lange Reihe von Altherrensakkos. Alles, was die Heilsarmee begehrte: Blau, dunkelblau, noch blauer, Pepita, Hahnentritt. Darunter – wie mit dem Lineal exakt auf Kniffkante gehängt – warteten in allen möglichen unsexy Grautönen Opi-Stoffhosen auf ihren nächsten Einsatz.

Die zimmerhohen nussbaumfarbenen Einbauschränke drumherum schienen zu schreien: »Wir sind teuer! Wir sind maßgetischlert! Wir sind aus irgendeinem superedlen Luxus-Hölzchen gefertigt! Wir verachten Furnier und alle, die IKEA mögen!«

Lissie machte auf dem Absatz kehrt und stürmte zurück ins Schlafzimmer. Aus dem Augenwinkel nahm sie noch den schweren schwarzbraunen englischen Ledersessel wahr, über den nachlässig ein paar Kleidungsstücke geworfen waren, die ihr schmerzlich vertraut vorkamen.

Oh Gott, wo ist hier der Ausgang?!

Plötzlich fiel ihr Blick auf den grünen Geldschein und den Zettel auf dem Boden. Sie schaute die beiden Teile an, als ob sie gleich auf sie zugekrochen kommen könnten. Am liebsten hätte sie sie zerfetzt und ihm ins Gesicht geschmissen.

Das kann ich nicht tun. Das wirkt melodramatisch und unreif. Und die Blöße will ich mir nicht geben, dass er die Bestätigung hat, wie sehr er mich getroffen hat ... mögt ihr da verfaulen oder von seiner blöden Haushälterin auf Kante gefaltet werden. Wahrscheinlich bewundert sie ihn noch dafür, wie elegant und effektiv er dieses Problem wieder gelöst hat. Wie kann man nur für so ein Aas arbeiten?

Angewidert öffnete sie die Tür rechts und fand sich endlich im Treppenhaus wieder.

Ich will hier raus!

Sie wollte diese ganze erdrückende Pracht aus glänzendem Marmor, schweren Ölgemälden, poliertem Holz und handgeknüpften Teppichen nicht mehr sehen. Sie galoppierte die geschwungene Treppe runter, vorbei an einer älteren Dame, die gerade aus einer offenen Flügeltür kam, direkt auf die Haustür zu und riss sie auf. Sie hörte die Frau hinter sich noch irgendwas rufen.

Leck mich!

Und lief schon wie von Furien gehetzt die weiße Kiesauffahrt runter. Rutschte und knickte mit ihren hochhackigen Sandaletten immer wieder um.

Gleich krach ich noch hin. So ein Mist!

Widerwillig verlangsamte sie ihren Schritt, außerdem ging ihr die Puste aus.

Scheiße, jetzt hab ich auch noch Seitenstiche ... oh, mein Kopf!

Und dann stand sie vor einem massiven, drei Meter hohen Rolltor, hinter dem sie Autos vorbeifahren hörte. Und es ging nicht weiter.

Das ist jetzt nicht wahr! Verdammt!

Sie hätte am liebsten aus Frust gegen die weiße Stahlwand gehämmert. Wütend schaute sie sich nach einem Türöffner um.

Oh Gott! Da ist ja sogar eine Überwachungskamera.

Zornig starrte sie in die dunkle Linse, die schräg über ihrem Kopf hing.

Mach das verdammte Tor auf, du Trulla! Zwing mich nicht zurückzukommen. Das wird für uns beide ungemütlich!

In der Sekunde öffnete sich das Tor mit einem leisen Schmatzen, um dann mit einem rhythmischen »Klongklongklong« zur Seite zu gleiten. Sobald der Spalt breit genug war, zwängte sich Lissie hindurch und fand sich auf dem Gehsteig der Elbchaussee wieder.

Oh, tut das gut, einen stinknormalen Bürgersteig zu sehen. Wo ist hier eigentlich eine Bushaltestelle? Gibt's natürlich nicht! Hier fährt man nicht BUS!

Wütend bog sie links ab und machte sich auf den Weg.

Oh Scheiße! Was mach ich denn hier? Das ist doch völlig falsch. Das ist doch Richtung Blankenese, ich Trottel! Richtung Innenstadt wäre rechtsrum gewesen. So was Blödes! Aber ich geh da jetzt nicht zurück und wieder dran vorbei. Um keinen Preis der Welt.

9

Verdammt! Dieser blöde Taxifahrer! Ich glaub, der hat wirklich für jeden Zebrastreifen, jede alte Omi und jede gelbe Ampel zwischen hier und Nienstedten gebremst.

Lissie schmiss mit Kawumm die Autotür zu und hastete auf den Eingang des Hansa-Verlags zu. Das grauweiße Nachkriegsgebäude am Speersort wollte sich wie immer nicht entscheiden, ob es einfach nur hässlich war oder so von gestern, dass es schon wieder unter »modern« gelistet werden konnte.

Echt! Taxifahrer entdecken Verkehrsregeln und Rücksicht immer nur dann für sich, wenn sie jemanden hintendrin haben und die Uhr läuft.

Lissie hatte die ganze Zeit weinend im Auto gesessen, und der Taxifahrer hatte sie dabei über den Rückspiegel beobachtet. Offensichtlich hocherfreut, zu so früher Stunde so ein spannendes Programm geboten zu bekommen. Irgendwann hatte sie ihre dunkle »Ich bin Audrey-Hepburn-Fan«-Sonnenbrille aus der Tasche gewühlt und sich dahinter versteckt. Selbst als sie bezahlte, hatte dieser Knilch sie noch neugierig angestarrt, als habe er noch nie eine Frau weinen sehen.

Mistkerl! Vergiss es, Lissie! Denk nicht mehr dran! Konzentrier dich auf das, was jetzt wirklich wichtig ist. Dein Job, die Redaktionskonferenz, Carmen Clausen, die Exklusiv-Geschichte, Geld verdienen.

Sie schaffte es gerade noch mit einem Sprung in die Drehtür, die seit über dreißig Jahren Redakteure und Besucher in die Eingangshalle des Hansa-Verlags schaufelte. Doch leider hielt das gläserne Monstrum nichts von akrobatischen Einlagen verspäteter Redakteure. Die Lichtschranke machte »tut!«, und die Drehtür tat, was sie am liebsten machte: maulend stehen bleiben. Lissie fühlte, wie sich die strafenden »Bösi! Bösi! Anfängerin! Mir wär das nicht passiert! Was ist das denn für eine?«-Blicke der Passagiere aus der gegenüberliegenden Drehtürhälfte in ihren Körper bohrten, um die Übeltäterin ostentativ gruppendynamisch und für immer aus den Reihen der Menschheit auszustoßen. Lissie starrte durch die dunkelbraunen Gläser ihrer Sonnenbrille böse zurück.

Ja, ja, ihr mich auch! Auf welcher Toilette kann ich mich jetzt schnell zurechtmachen?

Sie checkte schnell ihre kopfinterne Klo-Landkarte und entschied sich wie immer für das Besucher-WC in der Eingangshalle. Dorthin verirrte sich erfahrungsgemäß selten eine Seele, schon gar kein Redakteur: Bis an die Decke grau gekachelt und ohne Tageslicht, war es trotz allem der Raum im ganzen Verlagsgebäude, der für sie einem kuscheligen Nest am nächsten kam. Hier hatte nämlich irgendein Frauenversteher zwei geräumige Toilettenkabinen eingerichtet, die mit Spiegel und Waschbecken ausgestattet waren. Beide hatten abends schon Dutzende Male die wundersame Verwandlung von der abgearbeiteten Redakteurin zur professionellen Partymaus miterlebt. Und morgens von der verquollenen Aus-dem-Bett-Quälerin zur strebsamen Journalistin.

Mit einem widerwilligen Ächzen ruckelte die Drehtür los und spuckte ihre Ladung in die hässliche Eingangshalle, wo schon zweieinhalb Besucher ergriffen (hier wurde ja schließlich Zeitgeschichte geschrieben!/also musste das hier toll sein!/also hatte man seine Geschmackssensoren nachzujustieren, um sich nicht als Provinzler zu outen) den konsequenten, kackbraunen Siebzigerjahre-Look bestaunten. Zwei eingehende Yuccapalmen-Arrangements in Hydrokultur und ein einsamer, rollbarer, grauer Plastik-Aufsteller mit den hansaschen Machwerken *Schöner Kochen, Gudrun, Sticken & Schenken, Gladiator, Cleo* und *Die Hausherrin* rundeten den Eindruck eines investigativen Medienhauses ab.

Lissie drückte die Schultern durch, hastete mit den anderen Redakteuren am Pförtner vorbei, ohne ihn eines Blicks zu würdigen, und bog schnell nach rechts. Aus den Augenwinkeln sah sie, wie er ihr erstaunt hinterherguckte. (Normalerweise tauschten sie immer ein kurzes »Ja, ich habe zum 374. Mal in diesem Jahr meinen Hausausweis vergessen! Und danke dafür, dass Sie mich auch so durchlassen!«-Lächeln aus.)

Sobald sich die Klotür hinter ihr geschlossen hatte, sackte sie in sich zusammen, zog die Brille von der Nase und warf voll böser Vorahnung einen Blick in den Spiegel: dieselbe gigantische Gesichtskatastrophe wie vor einer Stunde. Allerdings jetzt noch in Gesellschaft von fetten Tränensäcken und roten Augen.

Warum kann ich nicht wenigstens niedlich aussehen, wenn ich verheult bin? So wie Julia Roberts oder Meg Ryan? Und nicht wie eine Wasserleiche auf Urlaub.

Aus den klimpernden, klebrigen und wahrscheinlich demnächst lebenden Tiefen ihrer Riesentasche fischte Lissie hastig heraus: Wimperntusche, einen verstummelten, platt gedrückten braunen Kajal ohne Kappe,

... ach, hier ist der Schlüssel für meinen Postkasten!

Lipgloss, Abdeckstift,

... da ist ja auch mein Lieblingskugelschreiber!

drei aufgeribbelte Q-Tips, Creme-Rouge, zwei zerknüllte Taschentücher, ein Döschen Puder-Make-up, das zermanschte, abgebrochene Ende eines Kinderschokoladenriegels,

Mist, wo ist der Rest? Der verschmiert mir jetzt die ganze Tasche ... bin ich verzweifelt genug, den noch zu essen?

zwei abgegrabbelte, zum Teil aufgeweichte, vollgeschriebene DIN-A5-Notizblöcke (Veteranen unzähliger Interviews), fünf Falschpark-

Tickets (bezahlt), die erste Mahnung von Vodafone (unbeglichen), ein Deo, einen Kamm und diverses Kleingeld.

Das reicht ja fast fürs Mittagessen ...

Die Schminksachen baute sie wie ein Chirurg sein Arbeitsbesteck auf dem Waschbeckenrand auf. Den Rest stopfte sie

... ich muss wirklich ordentlicher werden. Das räume ich heute Abend auf. ... Spätestens morgen früh ...

wieder zurück in die geduldigen dunklen Tiefen ihrer Tasche. In nur sechs Minuten – Lissie brach ihren eigenen Schnellschmink-Rekord – sah sie schon ungefähr wieder aus wie sie selbst. Nur auf ihre traurigen Augen konnte sie kein Lachen malen.

Was soll's? Wenn mich jemand fragt, sag ich, mein Goldhamster ist gestorben oder ich hab Heuschnupfen.

Sie warf einen hastigen Blick auf die Uhr.

Zehn Uhr vierundzwanzig! Entweder ich husche jetzt noch schnell im Büro vorbei, schnappe mir meine Unterlagen vom Schreibtisch und riskiere, dass die Clausen ausnahmsweise pünktlich und vor mir da ist. Oder ich geh jetzt direkt zur Konferenz und bete, dass mich die Alte nicht nach dem Knottmerus-Meier-Interview und ihrer blöden Bo-Derek-Zöpfchen-Strandlook-Comeback-Sammel-Geschichte fragt. Wenn die wüsste, wie sie mir damit auf die Eierstöcke geht.

Lissies Adrenalinspiegel war schon wieder auf dem normalen täglichen Redaktionsniveau und gluckerte heftig hinter ihrem Trommelfell. Sie schaufelte eilig ihre Schminksachen in die Tasche.

Wenn ich's mir recht überlege, vielleicht ist es auch ganz gut, wenn ich nichts dabeihabe. Sophie hat an aktuellen Bildern eh nur Ursula Andress, Ivana Trump und Jerry Hall zutage gefördert. Und, ach ja, Heidi Klum und Seal im Partnerlook beim Weihnachtsuralub auf den Seychellen vor sechs Monaten. Das gibt den Mega-Anschiss.

Sie haute ungeduldig auf den Aufzugknopf.

Im letzten Sommer wollte sie diese haarige Geschichte auch schon haben. Und im Sommer davor war es die Auferstehung der Dauerwelle, die ich herbeischreiben sollte. Kotz, Kotz, Kotz …

Im vierten Stock schlug ihr beim Öffnen der Konferenzraumtür aufgeregtes »Rhabarber-rhabarber!« entgegen.

Gott sei Dank, Clausen ist noch nicht da!

In diesem Falle hätte nämlich Grabesstille geherrscht. Nur unterbrochen von einem klaren, präzisen Metzgermeisterinnen-Organ (Clausen) und einem vernuschelt antwortenden Stimmchen (beliebiger Redakteur).

Lissie suchte Sophie und sah, dass die ihr am anderen Ende des Raums einen Platz freigehalten hatte. Sie huschte möglichst unauffällig hinter den Rücken von »Reise«, »Kochen«, »Gesundheit« und »Wohnen« vorbei und ließ sich als »Buntes Leben« neben »Foto« Sophie Holtzmann auf einen Stuhl am Konferenztisch plumpsen.

»Na du Hübsche«, kam's flapsig und aufgeräumt von der Seite. Sophies lässig blonder Strubbelkopf der Marke »Meg Ryan hat's von mir!«, in den sie jeden Morgen Minimum eine halbe Stunde investierte, drehte sich freudig zu Lissie und strahlte. Seit drei Monaten war Sophie mit Womanizer Tobias Rächler, dem stellvertretenden Fotochef, zusammen. Derzeit konnte sie nix erschüttern. »Das nenn ich 'ne Punktlandung! Weißt du schon, wer heute Blattkritik macht? Wo warst du? Ich wollte dich abholen?! Wie war die Party gestern Abend?«, ergoss sich der übliche, gut gelaunte, lockere, sich von einer Liane zur nächsten schwingende Gedankenschwall auf Lissie.

»Hab verschlafen«, meinte Lissie lakonisch und suchte angelegentlich nach irgendeinem Fetzen Papier, an dem sie sich festhalten konnte.

Unschuld heucheln!

»Mein Radiowecker hat wieder gestreikt.«

»Wenn du ihn immer auf den Fußboden schubst …!«, antwortete Sophie jetzt schon deutlich gedehnter, während sie erstaunt Lissies Gesicht und Outfit scannte, »… aber freu dich doch! Jetzt bist du hier!

Denk dir mal, du wärst Zugschaffner. Dann würde dir dein Arbeitsplatz auch immer noch wegfahren.« Erschrocken musterte sie Lissies gerötete Augen, das zerknitterte Kleid, die provisorische Naht. »Äh … was ist mit deiner … Nase?«, fragte sie etwas hilflos und senkte betroffen die Stimme.

Lissie wand sich unter Sophies Blick. Am liebsten hätte sie wieder ihre Sonnenbrille gezückt.

»Ist gestern Abend halt spät geworden. Ich hab auch viel zu viel getrunken. War irgend so ein Scheißzeugs, irgend so ein billiger Fusel aus Kyrillistan. Hab heut Morgen echt Mega-Kopfschmerzen, und mein Magen hat auch schon ein paarmal ›Hallo‹ gesagt. Wahrscheinlich hab ich eine allergische Reaktion«, wich Lissie aus. Getreu der altbewährten Flunker-Regel »Bleib so lange und so dicht wie möglich an der Wahrheit und bieg erst ab, wenn's gar nicht anders geht«. Leider kannte Sophie die Regel auch.

»Und das an deinem Hals?«, hakte sie sofort nach. »Ist das auch eine allergische Reaktion?«

Lissies rechte Hand zuckte unwillkürlich. Sie konnte gerade noch den Reflex unterdrücken, sich ertappt an den Hals zu fassen.

Mann, was ist denn mit mir los … das ist doch jetzt nicht wahr … das hab ich total vergessen …

»Bitte! Frag jetzt nicht. Ich erzähl dir nachher alles. In Ruhe«, bat sie Sophie flüsternd.

Die guckte jetzt erst recht irritiert und auch ein bisschen verletzt aus der Wäsche. Das Eintreffen von Carmen Clausen plus Entourage rettete Lissie für den Moment vor einem weiteren Verhör. Mit einem vielsagenden »So kommst du mir nicht davon, Lissie!«-Blick drehte sich Sophie um und wandte sich dem Tagesgeschäft zu.

Das fing an mit sechzehn strahlend weißen Beißerchen, kalifornischer Edel-Sonnenbräune und Ein Meter achtundneunzig muskelbepackter Menschenmasse: Der germanische Schauspieler und Hollywood-Dauer-Eroberer Ulf Kroeger alias Ulf Rudolf Kroeger aus

Clausthal-Zellerfeld hatte seinen Weg in den Hamburger Speersort gefunden. Beziehungsweise Carmen Clausen hatte ihn ihm gezeigt.

Jetzt hielt er am Kopf des Konferenztisches Hof. Lissie beobachtete, wie er da lässig stand und sich mit wildfremden Leuten unterhielt, als ob sie seine weltallerbesten Kumpels wären. Dem humorbefreiten Chef vom Dienst klopfte er auf die Schulter. Für die stellvertretende Chefredakteurin gab's ein Knüffchen in die hagere Seite. Dem schwulen Artdirector zwinkerte er vielversprechend zu und ließ das Kodak-Panorama-Lächeln erstrahlen. Dem tranigen Fotochef schüttelte er die Hand, als hätte er endlich seinen Sandkastenfreund wiedergefunden. Und die angetrocknete Leiterin der Anzeigenabteilung kriegte fast einen Herzkasper, als er sich ihre Hand schnappte und einen dicken Begrüßungskuss draufdrückte.

»Mann, Mann, Mann. Das ist Hollywood at its best – mit einem ordentlichen Schuss Harzer Roller«, raunte Sophie Lissie zu.

»Ja, aber man weiß doch nie, wie's bei solchen Typen in der Unterhose ausschaut«, kam's besserwisserisch vom »Kochen«, das offensichtlich scharfe Ohren hatte.

»Oh, ich bin aber vorhin mit dem im Fahrstuhl zusammen hochgefahren. Der riiiiiecht so toll«, steuerte die »Reise« von gegenüber ihr Scherflein zur intellektuellen Fortbildung bei.

»Wo hast du denn gerochen?«, kam's trocken aus dem »Kochen«.

»Herrschaften!«, forderte auf einmal die Stimme von Carmen Clausen sofortige ungeteilte Aufmerksamkeit, der ganze Tisch ging reflexartig in Habtachtstellung, »darf ich kurz um eure geschätzte Aufmerksamkeit bitten. Ich gehe davon aus, dass ihr ihn ohnehin alle kennt. Trotzdem möchte ich unseren heutigen Besuch der Form halber noch mal kurz hier offiziell vorstellen: Frisch aus Hollywood, heute Vormittag erst gelandet – unser Spartacus Ulf Kroeger!«

Alle klopften artig – und je nach ihren beruflichen Ambitionen engagiert – auf die Resopal-Tischplatte.

Oh bitte, lieber Gott! Lass diesen Tag schnell vorbeigehen.

»Wenn ich ihn richtig verstanden habe« – Carmen Clausen warf Ulf Kroeger einen charmierend-fragend-distanzierenden Blick zu – »hat er dort gerade eben noch mit Arnold Schwarzenegger an derselben Zigarre genuckelt ...«

Ulfs Brustkorb schwoll bestätigend an, und er ließ noch vier zusätzliche blendaxweiße Beißerchen oben und unten aufblitzen.

Carmen Clausen lächelte erfreut und fuhr elegant beschwingt fort: »Morgen wird unser Spartacus schon zu Dreharbeiten in der Tschechoslowakei erwartetet, wo – Ulf, korrigieren Sie mich – Probeaufnahmen zu Rambo VI anstehen.«

Der angehende Rambo-Erbe Ulf Kroe. packte noch zwei weitere weiße Beißerchen oben und unten aus und hob bestätigend den Daumen zum Siegeszeichen.

»Was den wohl seine Neon-Mampfleiste gekostet hat?«, raunte die »Kosmetik«.

»Auf jeden Fall war er bei einem besseren Zahnklempner als sein Doppelgänger Dolph Lundgren. Der hat ja jetzt Klaviertasten im Mund«, steuerte das »Kochen« bei.

Carmen Clausens Ton wurde jetzt geschäftsmäßig abschließend: »Ich konnte Ulf trotz seines vollen Terminkalenders als Paten für unsere diesjährige Sommer-Sonne-Strand-Diät gewinnen. ›Fit mit dem Spartacus – zwölf Kilo in sieben Tagen‹. Er hat mir persönlich in die Hand versprochen«, Carmen Clausen zwinkerte Ulf Kroeger verschwörerisch-herausfordernd zu, »dass unsere Leserinnen durch seine Tipps und Tricks in einer Woche mit flachen Bäuchen, knackigen Hintern und strammen Schenkeln alle wie Paris Hilton am Strand rumhüpfen werden.«

Am Tisch klang vereinzelt Lachen auf und versickerte aber auch schnell wieder. Die Redaktion war sich offensichtlich nicht ganz sicher, ob Lachen angesagt war oder ob man sich damit selbst ein Ei ins Körbchen legte.

»Girrrrrrls!«, rollte es tief und voll aus der Brust von Ulf Kroeger,

»wenn ich mit euch fertig bin«, er hob bedeutungsvoll die Augenbrauen und ließ seine himmelblauen Augen blitzen, »könnt ihr mit euren Brüsten Nüsse knacken.« Er strahlte einladend herausfordernd in die Runde. »Ich komm in einer Woche noch mal zum Kontrrrrrollierrrrren. Perrrrrsönlich!«

»Kochen« guckte zweifelnd auf ihre schwere Buglast runter und wollte offensichtlich dem neuen Glück noch nicht ganz trauen.

»Ulf, darf ich Sie jetzt bitten«, dirigierte Carmen Clausen ihren Gast charmant-bestimmt zu seinem Platz neben dem ihrem, »wir sind gespannt auf Ihre Blattkritik.«

Lissie saß da und versuchte, ihren Blutdruck zu überreden, sich nicht komplett in die Füße zu verpissen. In ihrem Kopf drehte sich alles. Die stickige Luft im Raum klammerte sich an jedes Sauerstoff-Atom und war nicht bereit, eines davon an sie abzugeben. Ihre Zunge lag rau und ausgedörrt in ihrem Mund rum. Sie sehnte sich mit jeder Faser ihrers Körpers nach einem Glas Wasser. Zusätzlich bekam sie jetzt auch noch einen Krampf in der linken Pobacke.

Unauffällig versuchte sie, eine bequemere Sitzposition zu finden und gleichzeitig mit den Zehen zu wackeln, um ihren Kreislauf wieder in Schwung zu bringen.

»Hey«, wisperte Sophie, »du bist ja ganz weiß um die Nasenspitze. Mach mir jetzt keinen Kummer, Süße!« Dabei stupste sie Lissie sanft aufmunternd mit dem Fuß unterm Tisch.

Ulf Kroeger hatte sich blätternd inzwischen schon bis zur Seite fünf vorgearbeitet, hundertdreiundfünfzig lagen noch vor ihm. Dort, in der oberen rechten Ecke, lauerte immer Carmen Clausen auf eine versprengte Leserin: Das Kinn in Denkerpose auf die Hand gestützt (machte einen intellektuellen Eindruck und zog den Hals straff), schrieb sie ihnen frauenverstehende Begrüßungsbriefe von Schwester zu Schwester, die stets mit »Liebe Leserin« anfingen und mit »Herzlichst, Ihre Freundin Carmen Clausen!« aufhörten.

Das Foto war der Running Gag der Redaktion: Drei Fotografen und vier Layouter waren von Carmen Clausen im Kampf um das Wegretuschieren ihrer Falten, Krähenfüße, geplatzten Äderchen und groben Poren in den Wahnsinn getrieben und verschlissen worden, bevor das Gesamtkunstwerk nach drei Wochen endlich Gnade vor ihren Augen fand: Lars, der Layout-Praktikant, hatte irgendwann in der Mittagspause rumgejuxt: »Ich zeig euch mal, wie's geht!«, dann zur Maus gegriffen und ohne Rücksicht auf Konturen und Mimik mit dem karamellfarbenen Computer-Abdeckstift in Carmen Clausens Gesicht rumgefuhrwerkt. Im Eifer des Gefechts waren dabei die Nasenlöcher und die äußere rechte Augenbrauenspitze fast verschwunden.

Dann hatte er grinsend ›kirschrot‹ angeklickt und mit der Airbrush-Funktion dem Gesicht einen knalligen Kussmund und niedliche Apfelbäckchen à la Geisha aufgesprüht. Zum Schluss zauberte er noch schnell helle Strähnchen ins Haar, verlängerte und verdichtete die Wimpern und verkleinerte zum krönenden Abschluss als Gag die Ohrläppchen.

Wie dieses Foto, das jetzt aussah wie Catherine Deneuves niedliche, zwanzig Jahre jüngere, blonde, japanische Halbschwester, auf Carmen Clausens Schreibtisch gelandet war, konnte nie ganz genau rekonstruiert werden. Das Ende vom Lied war jedenfalls, dass dieses Bild seit sieben Jahren unverändert gedruckt wurde und Lars damals tatsächlich über Nacht vom Praktikanten zum Junior-Layouter befördert wurde.

»Also wow!«, meinte Ulf Kroeger anerkennend. »Wer ist denn die Frau auf dem Foto hier?! Die ist bestimmt schon in Hollywood und schnappt Sharon Stone die guten Rollen weg.«

Sophie rubbelte ihre nicht juckende Nasenspitze: »In Deutschland würden wir dazu einfach Schleimscheißer sagen«, meinte sie leise in die hohle Hand. »Aber in Hollywood kriegt man dafür wahrscheinlich den ›Lifetime Achievement Award‹ für großvolumiges Speichellecken.«

Lissie schob sich eine völlig artige Haarsträhne noch weiter aus dem Gesicht: »Seit wann bist du denn so böse«, flüsterte sie dankbar für die Ablenkung. »Ich dachte, du magst Muskeln?«

Jetzt wischte sich Sophie eine nicht existente Wimper aus dem Augenwinkel und lehnte sich unmerklich zu Lissie rüber: »So gefällst du mir schon besser! – Aber mal ehrlich! Es gibt doch nur einen Muskel, der wirklich zählt.« Sie stupste Lissie mit dem Ellenbogen leicht in die Seite. »Und hey, der schrumpelt ja wohl durch Anabolika auf Cocktailwürstchen-Größe. Davon wird doch keine Frau satt!«

»Iiiih, Sophie! Woran du immer denkst. Der ist doch nett und eigentlich ganz harmlos, der Ulfi«, flüsterte Lissie, während sie sich mit den Fingern über ihren Mund strich. Dabei merkte sie, dass die Lippen immer noch empfindlich waren.

Plötzlich hatte sie wieder Paul Ingwersens Bild vor Augen, wie er sich im Bett über sie gebeugt und mit seinen überraschend weichen Lippen zärtlich über ihre Lippen gestrichen war. Wie er »du tust so gut« gesagt hatte. Ein Schluchzen stieg ihre Kehle hoch. Hastig konzentrierte sie sich wieder auf die Stimme von Ulf Kroeger.

»*Das* ist doch mal 'n schöner Bericht hier! Die Uma, das ist wirklich 'ne Klassefrau! Ich steh ja auf Frauen, mit denen ich mich auf Augenhöhe unterhalten kann.« Er strahlte augenzwinkernd in die Runde und war offensichtlich dazu übergegangen, die Zeitung von hinten nach vorne durchzublättern. Anders war es nicht zu erklären, dass er bei seiner Blattkritik schon auf Seite hunderteinundzwanzig angekommen war. Hier fand sich ein großes Star-Porträt über Hollywood-Blondine Uma Thurman.

»Wir haben in Beverly Hills denselben Lieblingsitaliener, die Uma und ich. Da sehen wir uns immer«, plauderte er weiter. »Mein Traum wär ja, dass wir endlich mal zusammen einen Film machen. Da muss ich mich nicht bücken, und sie kann mal richtig hochhackige …«

Ulf Kroegers Stimme entglitt Lissie, sie musterte angestrengt die Redakteure am Tisch. Martin von der »Kultur« fing ihren Blick auf und zwinkerte ihr zu.

Warum kannst du nicht ein bisschen Sexappeal haben? Du bist doch mal ein Netter. Aber Schnappi-Krawatte, Ring im Ohr und Stoppelhaarschnitt mit Gel geht gar nicht.

Sie lächelte lieb zurück. Nachher würde er wahrscheinlich wieder vorbeikommen und sie auf einen Kaffee einladen.

»So!«, beendete Carmen Clausen entschlossen Ulf Kroegers Durchmarsch durch *Cleo*. »Das war ja jetzt sehr aufschlussreich. Danke! *Wer* möchte unserem Gast denn noch eine Frage stellen? Wer weiß, vielleicht wird ja eine Exklusiv-Story draus!«

Anouk Föhrmann vom »Lifestyle« riss eilig den rechten Arm hoch. »Herr Kroeger! Ich möchte mich auch noch mal im Namen der Redaktion bedanken, dass Sie heute hier sind!«, flötete sie artig, während sie sich gleichzeitig weit vorlehnte und dabei ihre beiden wichtigsten Interviewhilfen auf den Tisch packte, die heute, wie alle sehen konnten, von rosa Spitze gehalten wurden. »Ich bin ja schon ganz lange ein großer Fan von Ihnen. Tragen Sie sich eigentlich mit dem Gedanken, auch wie Arnold Schwarzenegger in die Politik zu gehen und, wenn ja, vielleicht sogar um das Amt des Gouverneurs von Kalifornien zu kandidieren?« Sie spitzte betont kindlich naiv den Mund und sah ihn mit großen fragenden Augen an.

»Wetten, wenn die das Geschirr abnimmt, dass die Tröten bis zum Bauchnabel hängen?«

Lissie wandte sich, wiederum dankbar für die Ablenkung, Sophie zu. »Wie kommst du denn auf die Idee?«, flüsterte sie.

»Tobi hat mir das erzählt. Natürlich – pssst! – unter dem Siegel der Verschwiegenheit. Er war mal mit ihr in der Kiste. Er meinte, die schlackern richtig.«

Lissie sah Sophie sprachlos an. »Du bist wirklich eklig«, grinste sie.

Jetzt sah sie, wie Martin wichtig die Hand hob und versuchte, die Aufmerksamkeit von Carmen Clausen zu erhaschen.

Oh nein, Martin, jetzt mach hier nicht einen auf pseudo-investigativ und Bob Woodward, nur um ein paar Männlichkeitspunkte abzuhamstern. Das bringt doch nichts. Das kostet doch nur Zeit und Luft ...

»Martin Kumrath, ›Kultur‹! Herr Kroeger, äh ... wie stehen Sie eigentlich dazu, dass sich unter der Bush-Regierung und insbesondere in der Amtszeit *Ihres* Intimus Arnold Schwarzenegger die Wasserqualität vor Kaliforniens Küsten so dramatisch verschlechtert hat?« Martin legte eine bedeutungsschwere Pause ein. »Bekanntermaßen hatte die Clinton-Administration eine Eins-a-Wasserqualität vorzuweisen. Unter Bush und Schwarzenegger sind Kaliforniens Küsten jetzt zum Synonym geworden für eine Jauchegrube mit verseuchten Robben und männlichen Fischen mit Eierstockgewebe.«

Ulf Kroeger saß entspannt vorgebeugt am Kopf des Konferenztisches und hatte sein bestes »Let's have Fun! It's Showtime! Jay-Leno-Talkshow«-Gesicht aufgesetzt.

Martin könnte ihm genauso gut die Biene Maja vorsingen.

»Ja, das ist wirklich ein Problem, da haben Sie recht ...«, meinte Ulf Kroeger und schaltete auf den Gesichtsausdruck »Ich bin betroffen« um, während er sich auf seinem Stuhl zurücklehnte und seine linke Hand nachdenklich mit einem Kugelschreiber spielte. »Der Arnold und ich, wir sind ja beide Väter. Da ist Umwelt natürlich ein Thema. Ich denke ...« – Ulf Kroeger beugte sich jäh engagiert nach vorne und meinte mit eindringlichem Gesichtsausdruck der Marke »Ich habe gekämpft! Ich war Spartacus!« – »wir müssen alle mehr für unsere Umwelt tun!« Er ballte die Faust vor der Brust, dass der Trizeps unterm Sakko spannte, und ließ die Backenmuskulatur spielen. »Es liegt an jedem Einzelnen von uns, fangen wir heute an!«

Zustimmung einfordernd schaute er sich in der Runde um, er ließ die weißen Zähne aufblitzen, die blauen Augen erstrahlten. Die Redakteure klopften zustimmend auf den Konferenztisch.

»Danke, Herr Kroeger«, erklang die Dompteusen-Stimme von Carmen Clausen, »das ist wirklich hochinteressant, eigentlich könnten und müssten wir hier noch engagiert weiterdiskutieren, leider ruft jetzt das Tagesgeschäft.« Carmen Clausen warf einen Blick auf ihre Notizen: »›Mode‹ fängt an, bitte sehr.«

Ulf Kroeger lehnte sich entspannt zurück und beobachtete jetzt interessiert das Vortanzen der Redaktion.

Sylvie Vorkemper setzte sich ihre schmale schwarze Brille auf die Nase und betete ihr Angebot von der Liste runter: »Also, ein Must-Have sind die neuen topaktuellen Limited-Edition-Chloé-Bags im Trenchcoat-Look mit Schnalle. Die haben wir mal fotografiert in den neuen Farben ›Nude‹, ›Latte macchiato‹, ›Lemon‹, ›Corall‹ …«

Carmen Clausen ging sofort dazwischen: »Und welche von unseren Leserinnen soll die bezahlen? Die Putz- oder die Hausfrau …?«

»Wetten?«, lästerte Sophie leise, »die gute Sylvie hat von denen mal wieder ein kostenloses Handtäschchen geschickt bekommen. Und deswegen traut sie sich auch, mit diesem Mist zu kommen. Obwohl sie genau weiß, dass sie damit voll vor die Wand fährt und ordentlich Prügel einsteckt.«

»Na ja«, antwortete Lissie abgeklärt, »aber steter Tropfen höhlt halt den Stein. Bei Balenciaga ist sie ja auch im fünften Anlauf damit durchgekommen.«

»… wie oft habe ich schon gesagt, vor Produktionen muss *erst* abgeklärt sein, ob der Etat genehmigt ist! *Ohne* schriftliche Genehmigung der Chefredaktion liegt keine Erlaubnis vor. Der *Nächste*, den ich dabei erwische, dass er einfach losproduziert, fliegt hochkant!«

Carmen Clausen zwirbelte wütend den Bügel ihrer Lesebrille zwischen Daumen und Zeigefinger.

»Was macht jetzt die Geschichte über die Menstruationsbeschwerden? Haben wir endlich ein funktionierendes Layout und die Freigabe von der Autorin?«

Gabriele aus der »Gesundheit« blätterte hektisch in ihren Unterlagen: »Ja, also, das Layout … das haben wir, das steht … Melanie hat da was sehr Schönes zusammengebastelt. Und die Freigabe von Hillary Brouster … da habe ich, also da bin ich bei der Agentin auf Rückruf.«

»Seit drei Wochen frage ich nun schon nach dieser Geschichte! Wie kommt es, dass Sie heute immer noch auf einen Rückruf und die Freigabe durch eine Agentin warten? Kommen Sie hierher, um Ihre Freizeit zu verbringen, Frau Förster? Oder arbeiten Sie manchmal auch ernsthaft?«

Gabriele guckte belämmert nach unten und versuchte offensichtlich, eine Träne wegzudrücken.

»Das Layout und die Telefonnummer der Agentin möchte ich in fünf Minuten bei mir auf dem Schreibtisch haben!«, bellte Carmen Clausen.

Jeder am Tisch guckte betreten nach unten und betete still, dass der Kelch an ihm vorüberging, er nicht der Nächste war, der vorgeführt wurde.

»›Buntes Leben‹«, rief Carmen Clausen plötzlich scharf, und durch Lissies Körper ging reflexartig ein erschreckter Stromstoß, »was sind denn das für drittklassige Fotos, die ich da heute Morgen auf den Schreibtisch bekommen habe?«

Lissie sah, wie ihre Ressortleiterin Dörte Schneider panisch zu ihr rüberguckte. Carmen Clausen fing deren Blick sofort auf und zoomte jetzt auch in Lissies Richtung.

»Guten Mooorgen! Soll ich das ›Bunte Leben‹ vielleicht *nachher* noch mal fragen, wenn die Damen aufgewacht sind und geruhen, uns mit ihrer Aufmerksamkeit zu beglücken? Wie wär's mit einem Tässchen Espresso, damit's ein bisschen schneller geht?«

Welche Fotos meint die denn jetzt? Die von den Zöpfchen-Frisuren? Oder die Beckham-Dinger?

»Die sind von der Party gestern Abend«, hörte Lissie ihre eigene Stimme ungewohnt dunkel und rauchig sagen. Erschrocken räusperte sie sich. Während sie sich vorbeugte, merkte sie, wie alle sie neugierig anstarrten, um mitzuerleben, wie sie ihre Haut rettete oder – noch besser – wie sie ihr über die Ohren gezogen würde. »Wir haben als Einzige Fotos von Victoria Beckham«, schob sie nach.

»Ja, Gratulation, und was ist die Geschichte?«, schoss Carmen Clausen sofort zurück.

»Tomke Momsen hatte ein offizielles Foto-Verbot verhängt. Alle Fotografen mussten draußen bleiben. Nur Herr Häusler war drinnen.«

»Bin *ich* bescheuert? Oder wie? Ich versteh immer nur Bahnhof. Wo ist die Geschichte? Kann mir einer von euch vielleicht sagen, wo die Geschichte ist?«, fragte Carmen Clausen allgemein in den Konferenzraum hinein.

Vollkommene Grabesstille, nur unterbrochen von vereinzeltem Achselzucken. Martin legte seine Stirn in nachdenkliche Falten und versuchte, das Problem im intellektuellen Schnelldurchlauf für sich und Lissie zu lösen.

Ulf Kroeger saß wie eine ausgeschaltete Glühbirne auf seinem Stuhl und hatte den Ausdruck ›Parken‹ auf dem Gesicht.

Oh, gleich ist die Geschichte gestorben. Wenn die Clausen sie einmal abgelehnt hat, wird sie sie auf keinen Fall mehr ins Blatt heben. Egal, wie gut sie ist. Aber verdammt, ich kann doch hier nicht vor allen den Clou ausplaudern. Dann kann ich's auch gleich ins Internet stellen.

»Aber *das* ist die Geschichte«, sagte sie laut und deutlich mit kratziger Stimme. Und mit noch mehr Nachdruck. »*Warum* Tomke Momsen das Foto-Verbot verhängt hat. Und *dafür* haben wir Beweisfotos.«

Carmen Clausen sah sie einen Augenblick abwägend an: »Okay! In fünf Minuten bei mir oben im Büro. Und wehe, die Geschichte ist nicht gut!« Sie wandte sich übergangslos der anderen Tischseite zu: »›Lifestyle‹! Frau Föhrmann! Ist die Geschichte jetzt offiziell bestätigt, dass Victoria von Schweden schwanger ist? Oder müssen wir doch Ihre lauwarme Homestory mit …«

»Hey! Haste gut gemacht!«, wisperte Sophie. »Was ist denn mit der Beckham?«

Lissie fühlte, wie alle Luft aus ihr wich. Sie sackte in sich zusammen – um sich sofort wieder aufzurichten.

Haltung, Haltung …

»Erzähl ich dir auch nachher«, flüsterte sie zurück, »ist 'ne heiße Sache. Glaubst du nie!«

Lissie hörte nur noch mit halbem Ohr der Konferenz zu. Urplötzlich waren ihre Gedanken wieder bei letzter Nacht: sein schlafendes Gesicht auf dem Kissen neben ihr. Fremd und merkwürdigerweise unendlich vertraut. Wie sie seine Hand genommen, zärtlich die Innenseite geküsst, dann an ihre Wange gepresst hatte. Wie er sofort hellwach war und sie an sich gezogen hatte. Abrupt wurde Lissie aus ihrem Tagtraum gerissen, als plötzlich alle um sie herum aufsprangen. Sophie stand erwartungsvoll neben ihr und stupste sie an der Schulter.

»Einen Moment noch, bevor jetzt alle auf Nimmerwiedersehen in ihren Büros verschwinden!«, durchdrang die Stimme von Carmen Clausen das allgemeine Stuhlgescharre. »Herrschaften! Heftschluss ist Punkt fünf Uhr. Ich dulde diesmal keine verspäteten Texte. Wir haben letztes Mal schon den Andruck geschmissen. Jede halbe Stunde, die wir später andrucken, kostet uns hundertfünfzigtausend Euro. Ich bin nicht bereit, das länger hinzunehmen!«

»Oh, oh, oh! Die hat ja heute Morgen wieder mit Reißnägeln gegurgelt!«, stöhnte Sophie. »Also, ich glaub, Ulf Kroeger wird sich nicht bei uns bewerben. Was meinste? Müssen wir der mal wieder einen Jungmann organisieren, den sie auf ihrem Schreibtisch vergenusswurzeln kann?«

Lissie lächelte gequält: »Sorry, ich glaub, das interessiert mich heute nicht die Bohne.«

Sophie guckte sie einen Moment mitleidig an: »Hey, ist schon okay! Hab ja manchmal auch solche Tage. Lass uns gleich in der Teeküche treffen, wenn dich die Clausen verhackepetert hat. Kannst mir dann ja alles haarklein berichten. Ruf einfach an.«

Sechs Minuten und fünfundzwanzig Sekunden später stand Lissie völlig außer Atem vor dem Sekretariat von Carmen Clausen im fünften Stock.

Zuvor war sie noch zu ihrem Büro gehastet, hatte ihre Tasche auf den Stuhl geschmissen, schnell eine halbe, brutwarme Flasche *Fürst Bismarck* leer getrunken, den Abdeckstift hektisch hervorgewühlt und die Schranktür aufgerissen. Der Anblick ihrer zartroten und dunkelvioletten Knutschflecken in den vier IKEA-Spiegel-Klebekacheln an der Schranktürinnenseite hätte sie fast wieder zum Weinen gebracht.

Dann hatte sie sich die ungeliebten Zöpfchen-Fotos, ihre Rechercheunterlagen für das anstehende Interview mit der Vorsitzenden der Frauengruppe im Bundestag, Monika Knottmerus-Meier, ein dickes schwarzes DIN-A4-Notizheft und einen Kuli geschnappt.

Mit den wohlsortierten Unterlagen im Arm, die ollen Fotos gut versteckt zwischen dem restlichen Plunder, den Stift diktatbereit in der anderen Hand, trat sie wie ein eifriges, artiges Collegegirl in Annegret Paulsens Reich ein. Die Sekretärin war am Tippen und guckte noch nicht mal von der Tastatur auf. Sie hob nur den Arm und wies mit ausgestrecktem Finger auf die Ecke vor der Verbindungstür zu Carmen Clausens Büro: »Setzen Sie sich doch einfach, Frau Lensen. Frau Clausen hat gerade noch ein Gespräch. Wird einen Augenblick dauern.«

Hier, auf den durchgesessenen Besucherstühlchen, wartete schon eine von hektischen roten Flecken übersäte Gabriele Förster aus der ›Gesundheit‹ mit einem dreißig Zentimeter hohen Stapel Unterlagen auf ihren Knien und guckte sie mit glasigen Augen und angespanntem Gesichtsausdruck verzweifelt von unten an.

Sechsunddreißig Minuten später hatte sich nicht viel verändert. Nur dass Gabi jetzt keine hektischen roten Flecken mehr hatte, sondern normale Büroblässe zur Schau stellte. Und Lissie ihre Blase spürte. Ansonsten saßen sie immer noch in trauter Zweisamkeit auf den grauen Plastikschalenstühlchen und schauten Annegret Paulsen schweigend dabei zu, wie sie irgendwelche Reisekostenabrechnungen machte, diverse Telefongespräche für Carmen Clausen annahm, abwimmelte und durchstellte, wie sie ihren Ehemann Erwin anrief, um ihm aufzutragen, dass er für die Grillparty heute Abend Würstchen einkaufen sollte, aber nicht wieder Geflügel, und wie sie sich mit Eleonore Meister, Sekretärin von *Gladiator*-Chefredakteur Peter Kleckow, zu Senfeiern mit Petersilienkartoffeln und Lammfilet in Tomaten-Rosmarin-Soße um Viertel nach eins in der Kantine verabredete.

Die Tür flog auf und Carmen Clausen stand im Türrahmen, die Insignien ihrer Macht am ganzen Körper verteilt: achthundert Euro teure, cremefarbene Manolo-Blahnik-Slingpumps an den Füßen, honiggelbes Tausendfünfhundert-Euro-Seidenkostüm von Chanel, aufgetuffte blonde Catherine-Deneuve-Frisur mit vierfarbigen Goldsträhnchen von Gerhard Meir für zweihundertzwanzig Euro.

Sie musterte ihre beiden Mitarbeiterinnen kurz mit einem »Ach ja, die sind ja auch noch da«-Blick, dann wandte sie sich Annegret Paulsen zu: »Frau Paulsen, machen Sie mir bitte in zehn Minuten eine Verbindung mit Vicky Leandros.« Sie wandte sich wieder ihrem Zimmer zu und warf dabei der erneut getüpfelten Gabi Förster und Lissie einen »Was? Noch nicht drinnen? Worauf wartet ihr noch?!«-Blick zu.

Was? Meint die mich auch? Sollen wir da jetzt etwa beide gleichzeitig rein? Nee, das kann sie nicht gemeint haben. Ich bleib hier jetzt erst mal sitzen.

Lissie sah, wie sich Carmen Clausen wieder hinter ihren Schreibtisch schwang, während Gabi vorsichtig ihren schweren Zettel- und Bücherstapel auf einem der beiden schwarzen Besucherstühlchen davor ablegte und geduckt zur Tür zurückschlich, um sie vorsichtig zu schließen. Lissie empfand Mitleid. Plötzlich ertönte Carmen Clausens scharfe Stimme: »Frau Lensen, worauf warten Sie noch? Brauchen Sie eine schriftliche Einladung?«

Lissie schnellte erschrocken hoch. Dabei blieb der Stuhl kleben, löste sich dann doch vom Hintern und fiel mit lautem Krachen wieder zurück gegen die dahinterliegende Schranktür. Annegret Paulsen guckte angestochen von ihrem Telefonat auf und warf ihr einen vernichtenden Blick zu. Lissie fühlte sich wie die Vorsitzende vom Behinderten-Club und machte, dass sie in Carmen Clausens Raum kam.

Dort stand sie einen Augenblick ratlos rum.

Soll ich Gabi jetzt bitten, dass sie den Stuhl neben sich frei räumt? Oder soll ich mich aufs Sofa setzen?

Carmen Clausen nahm ihr die Entscheidung ab: »Nein, nein! Setzen Sie sich hierhin.« Sie wies auf den Platz, wo Gabi Förster mit steifem Nacken und starrem Blick, die Beine akkurat nebeneinandergestellt, saß. »Frau Förster, Sie lassen die Unterlagen hier. Sind die Buchfahnen mit dabei? Wo ist das Layout? Und wo ist die Telefonnummer von dieser, äh …«, sie schnipste ungeduldig mit den Fingern, »… dieser … dieser Agentenschnalle?«

Mit hochrotem Gesicht und einem bitterbösen Blick auf Lissie stand Gabi Förster auf.

Was kann ich denn dafür, wenn du mit deinem blöden Menstruationszeugs da nicht zu Potte kommst??

Gabi Förster wühlte die Layoutbögen und den Zettel mit der Telefonnummer aus ihrem Stapel und legte alles zusammen wie ein rohes Ei auf Carmen Clausens Schreibtisch. Dann stand sie einen Moment unschlüssig da. »Soll ich wirklich meine ganzen Rechercheunterlagen auch hierlassen? Ich wollte eigentlich … ich bräuchte sie noch, um den Text fertig zu schreiben …«

Carmen Clausen guckte sie jetzt ernstlich erzürnt an: »Frau Förster, habe ich mich nicht klar ausgedrückt? Lassen Sie alles hier!« Dann wandte sie sich nahtlos Lissie zu. Das Fräulein Gabi Förster durfte sich selbst verabschieden.

Wird man automatisch so hart, wenn man so eine Position hat? Ist die ganze Kohle das wert? Wär ich auch so, wenn ich Chefredakteurin wäre? Kein Wunder, dass die Kerle alle Schiss vor dir haben.

»Frau Lensen. Was ist das jetzt für eine Geschichte mit diesen Fotos hier …?« Carmen Clausen wühlte mit ihren manikürten, in Perlmutt lackierten Fingernägeln auf dem Schreibtisch rum – »Verdammt! Wo habe ich die denn jetzt wieder hingelegt?« – kramte unter Stapeln von Notizzetteln, Faxen, Layouts, Urlaubskatalogen vom Club Med, Briefen und Annegret Paulsens roter Unterschriftenmappe. Und wurde schließlich fündig unter einem weißen Obstschüsselchen mit einem Salat aus Melonenstückchen, Erdbeeren und Kiwi.

Alles klar, sie ist wieder auf Diät. Sahnehering-, Fleischsalat-Brötchen, Plunderstückchen ade ... Obst, Salat und schlechte Laune guten Tag ...

»Ich höre, Frau Lensen! Lassen Sie sich nicht abhalten, mir Ihre Geschichte zu erzählen ...!« Carmen Clausen fischte sich mit den Fingern eine Erdbeere aus dem halbleeren Schüsselchen, während sie mit der anderen Hand DIN-A4-Fotos hochhielt und das zuoberst liegende eingehend studierte.

»Das ist nicht Victoria Beckham, die Sie da auf den Fotos sehen, sondern eine Doppelgängerin!«, legte Lissie los. Als Carmen Clausen sie nicht sofort unterbrach, fuhr sie fort. »Ich weiß absolut sicher, dass sie Mara heißt und wahrscheinlich Österreicherin ist.« Lissie wartete auf eine Reaktion von Carmen Clausen und schaute sie fragend an.

Die schaute mit einem Gesicht, in das alles, was auf dem Kosmetiksektor gut und teuer war, gepudert, gecremt, eintinkturiert und aufgetupft worden war, ohne erkennbare Regung zurück und schwieg.

»Tomke Momsen«, tastete sich Lissie vorsichtig weiter vor, »hat das alles geplant. Sie hat die falsche Beckham über einen Hintereingang in den Bunker geschleust und der Tante gesagt, dass sie kein Wort sprechen soll, damit sie sich nicht verplaudert. Und uns Journalisten hat sie erzählt, ihr Stargast hätte eine Erkältung. Und sie hat alle Fotografen weggeschickt und gesagt, Victoria Beckham will nicht, dass Fotos gemacht werden ...«, zählte Lissie atemlos auf.

Jetzt muss die Clausen doch eigentlich was sagen. Jetzt müsste sie doch anbeißen. Worauf wartet die noch?

Carmen Clausen starrte sie weiter an wie eine Sphinx, mit ihren braunen Augen, die von einem hauchzarten braunen Permanent-Make-up-Lidstrich betont wurden.

»Kalli Häusler hat als Einziger Fotos von der falschen Beckham machen können. Er hat sich heimlich aufs Dach geschlichen, wo das Partyzelt stand, und sie dort abgeschossen.«

»Und wie wollen Sie Ihre Geschichte beweisen?«, fragte Carmen Clausen trocken und zog ihre passend zum Haar goldblond gefärbten, auf Linie gezupften Augenbrauen hoch. »Was ist, wenn die Momsen einfach behauptet: Stimmt nicht! Das war die Echte!?«

Lissie fühlte, wie ihr Puls anfing zu rasen.

Oh Mann, hoffentlich krieg ich jetzt nicht auch rote Flecken.

»Ich ruf jetzt sofort beim Beckham-Management an und lass mir bestätigen, dass Victoria nicht in Hamburg war«, entgegnete Lissie hastig.

»Und Sie meinen, die setzen sich heute noch lieb hin und schicken Ihnen eine schriftliche Bestätigung mit Brief und Siegel und Schleifchen, weil irgend so eine kleine Redakteurin aus Germany anruft und fragt: Ist der Papst katholisch? Hat Victoria heute schon ihre Haare gekämmt?«

»Doch! Wenn ich nachhake … spätestens Montag haben wir das auf dem Tisch … das schaff ich …«

»Na gut. Und Dienstag sitzt mein Lieblingsanwalt Thilo Kaiser hier und sagt, ›Ich vertrete Frau Beckham. Jetzt schiebt mal ordentlich Kohle rüber und druckt 'ne Gegendarstellung auf Seite eins. Weil, die war ganz privat hier und das Management wusste nichts von der ganzen Aktion‹.« Carmen Clausen guckte Lissie herausfordernd an. »Was machen wir dann? Dicke Backen?«

Wozu sind Chefredakteure eigentlich da? Um Probleme zu finden? Oder Lösungen zu suchen? Stimmt! Nächstes Mal geh ich zu Mara-Victoria Beckham und sage: »Bitte geben Sie mir jetzt sofort eine schriftliche, notariell beurkundete Erklärung, dass Sie alle verscheißern und sich strafbar machen. Hab hier auch schon ein vorgefertigtes Formular. Bitte nur noch unten rechts beim Kreuzchen unterschreiben. Danke!«

»Wie auch immer«, meinte Lissie trocken, »ich bin mir hundertfünfzigprozentig sicher, dass die Geschichte steht. Ich hab die falsche

Beckham und ihren Manager auf der Toilette belauscht. Die hat fließend Deutsch mit österreichischem Akzent gesprochen …« Als Carmen Clausen sie nur stumm abwägend anguckte, ging Lissie mit plötzlich neu auflodernden Kampfeswillen zum Angriff über: »Kann ich vielleicht mal kurz die Ausdrucke haben?«

Carmen Clausen reichte sie ihr wortlos rüber.

Mein Gott, da ist ja alles nur dunkel, schwarz und braun …

Nur mit Anstrengung konnte sie auf dem obersten Foto überhaupt zwei Frauen erkennen, die auf der Bühne standen und sich umarmten.

Oh Mann, Kalli, du wusstest doch, dass es im Bunker dunkel ist. Du bist doch professioneller Fotograf. Was sind denn das für beschissene Aufnahmen?

Lissie blätterte hastig den Stapel durch und hoffte, irgendwo auf ein besseres Fotos zu stoßen. Aber sie waren alle gleich schlecht. Als Beweis absolut untauglich. Außer man wollte beweisen, dass die Beleuchtung schlecht war. Nur ein einziger Ausdruck war ein bisschen besser: Hier sah man zwar relativ grobkörnig, aber dennoch deutlich die Rückansicht von Victoria Beckham mit ihrer langen, aufgewühlten Haarmähne und dem tiefen Rückendekolleté, das knapp über der Poporitze endete.

Was ist mit diesem Foto? Irgendwas stört mich daran. Bilde ich mir das nur ein? Verdammt, warum komm ich da nicht drauf …?

Sie blickte auf und direkt in die starren Pupillen von Carmen Clausen, die sie wie ein Reptil fixierte.

Na toll, im Schweigen liegt die Kraft. Danke für deine Hilfe …

Und plötzlich fiel's ihr ein.

»Victoria Beckham hat doch Tattoos! Eins auf dem Arm, mit dem Namen von David Beckham, glaube ich, und sie hat doch auch noch irgendwas überm Popo, irgendwas mit den Kindern …«

Sie sah konzentriert auf und Carmen Clausen wieder direkt in die Augen.

»Ja, genau! Hier sind keine Tattoos!!! Natürlich, die Tattoos fehlen!!! Die Doppelgängerin hat keine Tattoos!!!«

In Carmen Clausen kam plötzlich Leben. »Na ja, die kann sie auch überschminkt haben«, meinte sie halbherzig abwiegelnd, während sie schon zielstrebig zum Telefon griff und auf die abgewetzte Taste »Sekretariat« drückte.

»Ja, Frau Paulsen, machen Sie mir bitte sofort eine Verbindung mit Tomke Momsen … Wie? Ja, mit ihr direkt! Nicht mit ihrer Assistentin und auch nicht mit ihrem demnächst arbeitslosen Pressesprecher … Frau Leandros? Danach! … Grund? Sagen Sie ihr …«, Carmen Clausens schmale Lippen verzogen sich zu einem süffisanten Lächeln, »es geht um Mara … M. a. r. a. … ja, ich warte.«

Carmen Clausen klemmte sich den Telefonhörer geschäftig zwischen Kopf und Schulter und fing an, auf ihrem Schreibtisch rumzuwühlen. Lissie lehnte sich für den Moment entspannt zurück und beobachtete das Schauspiel »Chefredakteurin bei der Arbeit«.

Wie hat sie's eigentlich geschafft, dass ihr Gesicht heute Morgen nicht mehr aussieht wie gekochter Hummer? Mann, wenn mein Schreibtisch so aussehen würde. Wir sollten der zur nächsten Weihnachtsfeier echt mal einen Lawinenhund für ihre ganzen Zettelberge schenken. Wonach sucht die eigentlich?

Carmen Clausen lupfte wichtig hier, hob da genervt, schob dort planlos etwas beiseite. Um sich dann mit einem dramatischen »Ah, Mensch! Wollen mich denn heute hier alle ärgern?« vom Schreibtisch abzustoßen und Richtung Bürowand zurückzurollern. Sie beugte sich nach links über ihre Armlehne und fing an, mit der Hand in ihrer hellbraunen Kelly-Bag rumzuwühlen. Die Telefonstrippe war bis zum Äußersten gespannt und sie fixierte den Hörer zwischen Kopf und Schulter, damit er ihr nicht wegflutschte.

Lissie schaute interessiert zu, wie das Telefon anfing, über den Schreibtisch auf die Tischkante zuzurutschen.

Was für eine Chaotin! Ich würd wahnsinnig werden, wenn ich mit der zusammenleben müsste, na ja, aber zusammenarbeiten ist auch nicht viel besser …

In der Sekunde schaute Carmen Clausen triumphierend auf und hielt eine zerdrückte Packung Benson & Hedges hoch. Plötzlich stutzte sie: »Ja, danke, stellen Sie durch.« Dann zog sie sich – den Hörer weiterhin zwischen Kopf und Schulter eingeklemmt – zum Schreibtisch zurück, während sie eine Zigarette aus der Packung zu fischen versuchte. »Haaaallo Tooomke!«, flötete sie auf einmal in den Hörer. Dabei wanderten ihre Augen gleichzeitig suchend über den Unterlagenwust auf ihrem Tisch.

Lissie hörte eine aufgeregt tschirpende Stimme aus dem Hörer. Carmen Clausen verzog angewidert das Gesicht, verdrehte die Augen zum Himmel und griff nach ihrem silbernen Chopard-Feuerzeug, das neben einem überquellenden schwarzen Aschenbecher voller abgeknickter, zerdrückter Kippen mit rosa Lippenstift lag.

»Ja, danke der Nachfrage, Tomke, mir geht's wuuuunderbar«, meinte sie mit glatter Freundlichkeit. »Und wie geht es diiiiir?« Sie steckte sich mit elegant gestrecktem Zeige- und Mittelfinger eine Zigarette in den Mund, ließ mit konzentriertem Gesichtsausdruck das Feuerzeug aufschnappen, verbruzzelte das Ende ihres Glimmstängels mit Hingabe in der Flamme und sog mit halb geschlossenen Augen knisternd tief ein, als ob es ihr letzter Atemzug wäre.

Lissie schaute fasziniert zu, wie sich Carmen Clausens Wangen dabei tief eindellten und ihre Jochbögen mit dem apricotfarbenen Creme-Rouge-Wölkchen scharf hervortraten. Gleichzeitig schlossen sich ihre gespitzten, perlmuttgeglossten Lippen so fest um das braune Papier, dass die Haut um den Mund ganz blass wurde. Dafür trat jetzt der Permanent-Lipliner wie ein dunkelrosa Dichtungsring hervor, und aus den feinen Raucherfältchen um ihren Mund wurden tiefe Rauchabzugsschluchten.

Weiß sie eigentlich, wie sie aussieht, wenn sie so saugt? Vielleicht sollte ihr mal jemand einen Taschenspiegel unter die Nase halten. Wie einem Vampir ein Kruzifix. Könnte einen interessanten Effekt haben.

Carmen Clausen nahm die Zigarette aus dem Mund, öffnete die Augen wieder, schaute blicklos ins Leere und ließ den weißen Rauch genüsslich langsam aus den Nasenlöchern rausquellen. Dann stieß sie den Rest durch den Mund gen Decke.

So einen Schornstein möchte *ich* ja nicht küssen.

»… is' wahr …? Mmmh, ist ja wirklich interessant … musst du mir unbedingt bei Gelegenheit noch mal genauer erzählen … Tooomke …«

Carmen Clausen lehnte sich jetzt entspannt zurück, schlug die Beine übereinander und hielt die Zigarette in der abgewinkelten rechten Hand weiter lässig saugbereit, während der Daumen den Ringfinger bearbeitete.

»… ähm, ich will dich jetzt nicht unterbrechen … aber ich hab hier gerade eine Sache auf den Schreibtisch bekommen …«

Das Getschirpe wurde jetzt so laut, das Lissie einzelne Worte verstehen konnte.

Carmen Clausen zupfte mit der Zigarette in der Hand am Saum ihres knielangen Rocks, dann schaute sie plötzlich ruckartig auf, inspizierte die Fenster und machte mit der Zigarette in der Hand eine auffordernd wedelnde Bewegung in Richtung Lissie.

Danke, dass ich dir deine Fenster aufmachen darf.

»Ja, ja, ich hab schon gehört, dass es 'ne tolle Party war, aber darum geht es jetzt nicht … mir hat hier jemand eine Geschichte angeboten – exklusiv! –, die ich als Journalistin einfach drucken muss. Aber aus alter Freundschaft ruf ich dich vorher an.«

Carmen Clausen wippte genüsslich entspannt mit dem Fuß und begutachtete zufrieden ihren Manolo Blahnik. Das Getschirpe aus dem Hörer war abrupt verstummt.

»Ich hab hier gestochen scharfe Fotos von deiner Party, wo du eine getürkte Victoria Beckham im Arm hältst. Mit allen Hintergrundinformationen …«

Carmen Clausen beugte sich vor, zog mit der qualmenden Zigarette in der Hand eine unschuldige *Frau im Spiegel* von einem Stapel und blätterte laut und vernehmlich darin herum. Dabei fiel die grauweiße Asche zwischen die Seiten.

»… also, was haben wir denn hier … ähm, in Österreich schon mal im Gefängnis gewesen wegen … wegen … ah ja, hier steht's: Drogenhandel, Prostitution – na ja, das war ja zu erwarten … Was?! Auch Autodiebstahl und Körperverletzung?! Nun denn … Hui! Die Polizei vermutet sogar Verbindungen zur ungarischen Mafia …«

Ich glaub, ich bin im falschen Film.

»Ziemlich unschöne Sache, Tomke, leider, in die du da reingeraten bist. Aber du verstehst sicherlich, wenn ich die Geschichte nicht bringe, dann macht sie ein anderer. Dafür ist sie einfach zu gut.«

Mit einem Mal tat Lissie Tomke Momsen fast leid. Aus dem Hörer kam kein Laut. Carmen Clausen steckte sich mit einem bösen, kleinen, zufriedenen Lächeln die Zigarette wieder in den Mund und nahm einen tiefen Zug.

Plötzlich setzte lautes, erregtes Gebrabbel ein.

Carmen Clausen lauschte einen Moment mit gesenktem Blick, dann schaute sie überraschend auf, Lissie direkt in die Augen.

Puh, für den Blick braucht sie einen Waffenschein. Was will die jetzt?

Carmen Clausen nahm noch mal einen Zug aus der Zigarette, während sie Lissie kritisch musterte. Dann zwinkerte sie ihr zu und drückte mit dem Ringfinger der Zigarettenhand lässig auf die »Laut«-Taste.

»… von wusste ich nichts, das kann ich ja gar nicht glauben, das ist ja schrecklich. Louis hat mir gesagt, das ist die echte Victoria Beckham. Oh! Ich hab mich so gefreut … ich bin ruiniert, wenn das rauskommt … Carmen! Hilf mir! Was soll ich tun? Bist du dir sicher? Ja, natürlich bist du dir sicher. Du bist ja Profi in deinem Geschäft. Oh Gott! Carmen! Bei unserer Freundschaft, oh Gott, wie kommen wir da raus?«

Lissie tat Tomke Momsen plötzlich nicht mehr leid.

Blöde Kuh! Ihr seid einander wert.

Carmen Clausen hatte genüsslich zugehört und dabei ihre Zigarette bis auf einen kleinen Stummel ausgesaugt. Dem drückte sie jetzt mit Hingabe das restliche Fünkchen Leben im Ascher aus, während sie mit betroffener Stimme hauchte: »… mmmmh … Tomke … da verlangst du aber viel von mir … Der Herausgeber weiß leider schon, dass wir noch 'ne heiße Story reinnehmen. Wenn ich jetzt sage, ›Is' nich' wegen geht nicht‹, dann schade ich mir massivst selbst. Das kann mich meine Position kosten.«

»Aber Carmen!«, jaulte es aus der Sprechanlage, »du bist doch eine erfahrene Chefredakteurin! Und du kannst doch auch gut mit deinem Chef. Der mag dich, das weiß ich. Und du hast doch auch schon ganz andere Geschichten wieder aus dem Blatt gekickt. Was kann ich dir geben, was kann ich dir bieten, dass du mich da rausrettest?«

Carmen Clausen klopfte lässig die letzte Zigarette aus der Packung: »Also …«, meinte sie mit tiefem Bedauern in der Stimme und seufzte schwer, »… im Prinzip kann ich Dr. Kischel nur vertrösten, wenn ich ihm sage, dass ich eine noch bessere Geschichte habe.« Das Chopard-Feuerzeug flammte erneut auf.

»Mmh«, überlegte Tomke Momsen im Hörer eifrig laut, »was könnte ich dir geben? … mmmh-mmmh … 'ne starke Geschichte? Also ich weiß aus sicherer Quelle … huuu … eigentlich … aber was soll's? Ludwig von der Klotzenburg ist pleite! Bei dem klebt überall im Schloss der Kuckuck. Aber, Carmen, wir haben dann nie miteinander gesprochen. Das musst du mir schwören!«

»Tja, Tomke«, meinte Carmen Clausen mit nachdenklicher Stimme, während sie gleichzeitig den Rauch ausstieß, sich mit der Spitze des Ringfingers einen Zigarettenkrümel von der Zunge tupfte und ihn angeekelt betrachtete, »das ist zwar eine schöne Geschichte, aber, ich fürchte … das reicht einfach nicht. Leider. Damit werde ich meinen Verleger nicht umstimmen können. Auf den Namen Klotzenburg wird der nicht anspringen. Das kann ich dir so sagen. Einfach zu unbekannt. Deutscher Pief-Adel. Du bist der viel größere Name.«

»Ja, aber! … aber! … der Pete Clarkson! Das ist doch ein internationaler Name. Der müsste doch dem Kischel was sagen. Der ist doch richtig bekannt. Der kokst! Der hat schon fast keine Nasenschleimhäute mehr. Das weiß ich ganz genau! Ich kann dir sogar sagen, von wem er sein Zeugs bezieht … ja … und der ist sogar schwul, aber das darf keiner wissen …«

Vor allen Dingen nicht seine Frau und seine zwei süßen Kinder…

»Sorry, Tomke«, meinte Carmen Clausen mit tendenziell leicht gereizter Stimme, während sie gelangweilt den Nagellack ihrer rechten Hand begutachtete, »aber da ist das Problem wie bei Klotzenburg. Schöne Geschichte. Aber – leider – zu unbekannt …« Um plötzlich mit Begeisterung und Wärme nachzuschieben: »… also … wenn du mir jetzt sagst, du würdest koksen, wenn wir *das* exklusiv hätten, das wäre eine schöne Geschichte. Die könnte ich vielleicht anbieten … so in der Art …«, Carmen Clausen tackerte mit der rauchenden Zigarettenhand die imaginäre Schlagzeile in die Luft, »… ›Star-Designerin Tomke Momsen: Ja, ich habe gekokst!‹ Unterzeile: ›Ich bereue alles!‹«

Ich glaub's nicht! Die bringt die jetzt wirklich dazu, dankbar Männchen zu machen und endlich zuzugeben, dass sie eine alte Schnupfnase ist.

Grabesstille aus der Sprechanlage. Dann ein hektisches: »Aber wieso? Das weiß doch jeder, dass ich kokse! Was ist das für eine Story?«

»Aber meine Leserin weiß das nicht. Für die ist das eine Story.« Plötzlich warf Carmen Clausen einen genervten Blick auf die goldene Cartier-Uhr an ihrem linken Handgelenk und rollte mit den Augen. »… tja, da könnte ich was machen, glaub ich …«, lockte sie. »Aber wenn, müssen wir das hier jetzt sofort festzurren. Kischel sitzt um zwölf mit unserer Pressesprecherin zusammen. Und die macht daraus eine Vorabmeldung für die Presseagenturen. Und dann ist's zu spät. Dann hab ich nicht mehr die Hand drauf.«

Also wenn's hier Balken gäbe, die würden sich bis zum Boden biegen.

Einen Moment wartete Carmen Clausen, dann schob sie das Messer noch ein bisschen tiefer zwischen die Rippen. Der Rest ihres perlmuttfarbenen Lippenstifts war mittlerweile in die Raucherfältchen rund um den Mund geflüchtet.

»Natürlich müssten wir von dir jetzt auch noch ein gutes Foto machen …«, meinte sie gedehnt, »lass mal nachdenken! Vielleicht, wie du in der Wanne liegst … Ja genau!«, pflichtete sie sich selbst bei, »dass der Leser sieht, hey, der Tomke geht's wieder gut. Und, by the way, ist ja auch eine geniale Eigenpromo für dich. Danach bist du die nächsten Wochen Stammgast bei Kerner und Co. Du wirst sehen, die benennen einen eigenen Stuhl nach dir.«

Carmen Clausen machte mit einem zufriedenen Lächeln auch dem zweiten Zigarettenstummel im Ascher den Garaus.

»Da kannst du dir dann wie Verona die Seele aus dem Leib schluchzen. Wie du gestrauchelt bist und gerettet wurdest. So was in der Gemengelage. Also? Was ist jetzt? Deal oder nicht Deal?«

Jetzt hat sie's übertrieben. Das macht die Momsen nie. Das wär ja die totale Niederlage.

»O.k.a.y. …«, kam es langsam aus der Sprechanlage, »… aber dann will ich, dass in dem Artikel auch mein neues Parfüm auftaucht. Nicht nur der Name, sondern mit Bild. Aber nicht so klein unten am Rand in Briefmarkengröße weggedrückt!«

»Okay, kriegst du.«

»Und deine Fotoredaktion soll die Bilder diesmal ordentlich bearbeiten. Dass ich gut drauf aussehe …«

»Kriegst du auch. Wirst aussehen wie immer. Wie fünfundzwanzig. Aber jetzt ist gut, Tomke! Deal oder nicht?«

»Deal!«, schnappte es entschlossen aus der Sprechanlage. »Dafür bist du mir jetzt was schuldig, Carmen.«

»Papperlapapp! Ich schick dir jetzt gleich eine Redakteurin mit einem Fotografen. Die kommen direkt zu dir nach Hause. Bist du da? Können die bei dir klingeln?«

»Bist du verrückt? Heute?«

»Ja. Heute oder nie. Die sind in einer halben Stunde bei dir«, bellte sie in den Hörer und knallte ihn aufs Telefon. Sie musterte Lissie mit gespitztem Mund und gerunzelter Stirn.

Was für ein Scheißtag! Jetzt krieg ich gleich zu hören, dass natürlich Lifestyle *die Geschichte macht. Und ich darf mich zurücktrollen in mein Büro ... Heute mach' ich blau! Ich sag nur noch kurz Sophie Bescheid ... die können mich hier alle mal am Pürzel lecken ...*

Plötzlich war Lissie sogar irgendwie froh, dass ihre Exklusiv-Geschichte gestorben war. Sie wollte einfach nur noch nach Hause und mit ihrem Kummer allein sein.

»So!«, meinte Carmen Clausen geschäftig herrisch. »Sie schnappen sich jetzt einen Fotografen und marschieren zu der Tante hin. Um drei habe ich Fotos und Text auf dem Tisch.« Dann griff sie wieder nach dem Telefonhörer.

Hey! Hallo?! Sonst geht's gut?! Oder wie?!

»Also, ähm … ich weiß nicht«, begann Lissie vorsichtig. »Ich bin mit dem Fotografen nie im Leben vor eins bei der Momsen … bis dann das Bild im Kasten ist und ich ein paar gute O-Töne habe …«

»Also okay, fünf! Aber keine Minute später.«

Plötzlich hatte Lissie wieder neunundneunzig Prozent Adrenalin im Blut. Und nur noch ein Prozent rote Blutkörperchen.

Scheiße, das wird wieder so eine Hektik-Geschichte, die nichts als Magengeschwüre und Ärger bringt. In der Zeit kann ich doch keinen guten Text schreiben! Und selbst wenn es mir gelingt, dann kommen bestimmt die Clausen oder ihre debile Textchefin aus dem Loch gekrochen und schreiben mich um. Steht zwar mein Name nachher unter der Exklusiv-Geschichte. Aber ich klinge wie eine präklimakterische, wadenbeißende, kleinkarierte Giftspritze.

»Ja, ja, bestätigen Sie den Termin mit der L'Oréal-Tante … wie? Nein, die kann dann auch ruhig fünf Minuten warten. Jetzt erst mal die Leandros!«

Carmen Clausen nahm den Hörer ein Stück vom Ohr. »Worauf warten Sie noch?«, schaute sie Lissie fragend an.

Lissie stand auf, griff sich ihre Unterlagen vom anderen Stuhl, die die ganze Zeit verschämt neben Gabi Försters Menstruations-Stapel gelegen hatten, und schaute, dass sie Fersengeld gab.

»... Augenblick noch ...!« Carmen Clausen nahm den Hörer erneut vom Ohr, während sie gleichzeitig schnell ein »... nein, nein! Nicht du, Vicky! Ich hab hier gerade noch eine Redakteurin ...!« in den Hörer reinschmuste. Dann hielt sie die Muschel mit der Hand zu.

»Hier!«, wies sie mit beiden Händen kurz angebunden auf die Layoutausdrucke und die Telefonnummer, die ihr Gabi Förster auf den Schreibtisch gelegt hatte, »nehmen Sie die auch gleich mit.«

Häh? Was soll ICH denn damit?

Sie schaute Carmen Clausen irritiert an.

»Kümmern Sie sich halt drum! Montag will ich die komplette Geschichte auf dem Tisch haben!«, kam es ruppig. Dann wandte sich ihre Chefredakteurin wieder dem Telefonat zu: »... ja, Vicky, jetzt bin ich ganz für dich da ...«

Entspannt lehnte sie sich in ihrem Bürosessel zurück, drehte sich zum Fenster, schwang erst den einen Slingpumps auf den Schreibtisch, packte dann den anderen Fuß gemütlich darüber. Und öffnete währenddessen gleichzeitig lässig die drei Knöpfe ihrer Kostümjacke.

Lissie zögerte noch einen Moment und starrte den Menstruations-Stapel widerwillig an.

Das ist jetzt nicht ihr Ernst, dass ich mich um diese Geschichte kümmern soll! Damit mache ich mir doch Gabi zur Blutsfeindin auf Ewigkeit. Das ist doch eine Scheißgeschichte.

Angepestet hievte sie den Unterlagenberg hoch, drückte ihn sichernd an ihre Brust, pflückte sich vom Schreibtisch auch noch das Layout und die Telefonnummer und hörte, während sie das Zimmer verließ, wie Carmen Clausen in den Hörer flötete: »Vicky, Schatz! Hier geht mal wieder alles drunter und drüber. Ich bin wirklich froh, wenn wir uns heute Abend sehen und endlich mal wieder in Ruhe eine Runde plaudern können.«

Draußen auf dem Gang vor Carmen Clausens Büro lehnte sich Lissie erst mal an die Wand. Die Tränen, die sie die ganze Zeit zurückgehalten hatte, fingen wieder an zu fließen.

Scheiße, das schaffe ich heute alles nicht. Wäre ich doch nie auf diese Party gegangen! Warum kann ich die Uhr nicht einfach um vierundzwanzig Stunden zurückdrehen, und es ist nichts passiert?

Unsicher raffte sie sich auf und ging wackelig den Flur hinunter Richtung Fahrstuhl.

Du musst aufhören zu weinen. Wenn dich jemand so sieht, das ist doch oberpeinlich. Reiß dich zusammen! Du bist eine gute Journalistin, Lissie, das schaffst du jetzt auch noch. Und heute Abend kannst du zusammenbrechen. HINTER deiner Wohnungstür.

Aber es tat so gut, die Tränen einfach laufen zu lassen, den Kummer nicht einzusperren, der ihr das Herz zerriss.

Ich hab mich ihm doch nicht aufgedrängt ... Hab ich doch nicht? Oder?

Sie dachte zum dreißigsten Mal daran, wie sie mitten in der Nacht müde neben ihm gelegen hatte. Und plötzlich das Gefühl hatte, dass er drei Trillionen Lichtjahre weit von ihr weg war. Obwohl er doch nur eine Handbreit entfernt lag. Und sie erschrocken überlegt hatte: »Ist das jetzt der Programmpunkt ›Bitte gehen!‹? Mach ich mich zum Klammeraffen, wenn ich bleibe?« Sie hatte den Kopf zu ihm gedreht. Plötzlich hatte er, ohne die Augen zu öffnen, den Arm nach ihr ausgestreckt und »Komm her!« gemurmelt. Sie war zu ihm rübergerutscht und hatte sich an seiner Brust in seine Arme gekuschelt. Er hatte sie kurz heftig gedrückt und ein fast unhörbares »Ich brauch dich …« in ihre Haare geatmet.

Hab ich da was in die falsche Röhre bekommen? Hat er vielleicht nur »Ich mag dich« geflüstert? Oder ... oder... oder... »Ich will dich«?

Sie stieg in der dritten Etage aus dem Fahrstuhl aus. Und steuerte mal wieder eine Toilette an.

10

Du wirst jetzt bis zum Ende des Tages nicht mehr daran denken. Versprich es, Lissie Lensen.

Lissie knallte wütend den Papierstapel auf ihren Schreibtisch.

Wo ist eigentlich Bine?

Sie suchte nach einem Anzeichen, ob Bine inzwischen da war. Aber der mintgrüne Pezziball, auf dem sie immer saß, glänzte verwaist im Licht der Leuchtstoffröhren. (Frau Schniederhahn von der Abteilung »Arbeitssicherheit« hatte ihr nahegelegt, den Rücken zu schonen – sie wolle ja schließlich mal Kinder! –, sich konsequent alle fünfzig Minuten einmal zurückzulehnen und jede volle Stunde fünf Minuten nicht auf den Bildschirm zu gucken; was Bine große Opfer abverlangte, denn durch dieses ganze Ballbalancieren/Zurücklehnen/Pausemachen war sie beim Computer-Mahjongg mit Weltkugel-Umrunden auf neunundsiebzig Minuten pro Durchgang zurückgefallen).

Ach! Stimmt ja! Die ist in Stocksee und macht da ihre doofe Erdbeerpflücker-Reportage ... was wollte ich jetzt noch mal als Erstes tun ...?? Ach ja! Fotografen organisieren ...

Sie griff widerwillig zum Telefonhörer und drückte die 2-8-9 für die Fotoredaktion.

»Na du!«, meldete sich Sophie aufgeräumt. »Hat dich die alte Hexe endlich aus ihren Klauen gelassen?«

»Ja, dafür hat sie mir aber gleich zwei neue Mühlsteine um den Hals gehängt. Und mich zum Baden geschickt«, bestätigte Lissie müde. »Ich brauch jetzt ganz dringend einen guten Fotografen.«

»Wie? Jetzt am Freitag noch? Für die Beckham-Geschichte etwa?«, fragte Sophie neugierig.

»Ja, genau. Wir sollen Tomke Momsen nackt in der Badewanne fotografieren. Während sie uns exklusiv erzählt, wie sie angeblich vom Koksen geheilt wurde. Völlig gaga.«

»Und was hat das mit der Beckham zu tun?«, fragte Sophie verwirrt. »Hab ich da was nicht mitbekommen?«

»Ich hatte die Geschichte, dass die Momsen eine falsche Beckham ausgebuddelt und als ihre Busenfreundin ausgegeben hat. Und jetzt hat die Clausen einen Deal mit der Momsen gemacht und die Story eingetauscht gegen diese Koksnasen-Geschichte.«

»Hört sich doch toll an. Wird bestimmt ein Riesen-Medien-Echo geben ... Haben wir doch exklusiv, oder?«, vergewisserte sich Sophie eilig.

»Du Ratte! Anstatt mich ein bisschen zu bemitleiden, läuft dir nur der Speichel zusammen, weil du das Wort ›Exklusiv-Geschichte‹ hörst. Typisch Journalistin. Ab sofort bist du meine Exfreundin«, ätzte Lissie zurück.

»Jetzt stell dich nicht so an!«, erwiderte Sophie völlig unbeeindruckt. »Das ist doch eine Supergeschichte für dich. Und für eine Beichte ist die Badewanne doch der logische Ort. Da beichte ich auch immer. Was glaubst du, was die Katholen für einen Zulauf hätten, wenn sie das endlich einführen würden?«

Lissie musste unwillkürlich lachen. »Echt, ich möchte dich mal sprachlos erleben! Aber wahrscheinlich hast du recht ... wahrscheinlich ist es wirklich eine gute Geschichte, und ich seh es im Moment nur nicht.«

»Tjaja«, bestätigte Sophie im Brustton der Überzeugung, »wenn du mich nicht hättest! Kalli ist übrigens hier, ich hab ihn gerade auf dem Flur gerochen. Bist du schon mal mit ihm Auto gefahren? Kann ich dir nicht empfehlen. Soll aussehen wie Müllkippe und riechen wie Ascher ganz unten. Aber knipsen kann er. Also den kann ich dir anbieten.«

»Ja, auf'm Tablett, am Spieß gegrillt und mit einem Apfel in der Fresse. Also wirklich! Nicht *den*, Sophie! *Keinen* Fotografen, der am

Ärmel eine gelbe Binde mit drei schwarzen Punkten trägt. Kalli hat gestern echte Scheißbilder geschossen. Der soll mir bloß nicht im Dunkeln begegnen. Dann ist er fällig.«

»Wow, wow, wow … du hast ja Dampf …! Okay, mal sehen … Senta ist grad im Haus, die fotografiert eigentlich ganz ordentlich. Hab sie eben noch gesehen. Da hat sie mir M&Ms vom Schreibtisch geklaut. Ich versuch mal, sie auf Handy zu erreichen. Meld mich gleich bei dir.«

»Danke. Du bist ein Schatz.«

Lissie legte den Hörer auf und vergrub ihr Gesicht in den Händen. Dann atmete sie tief durch.

Wenn ich diesen Tag überlebe, dann haut mich nichts mehr um. Und morgen werde ich mich erst mal nach Strich und Faden verwöhnen. Scheiß auf den blöden Dispo und auf die Zinsen. Und scheiß auf Carmen Clausen … und scheiß auf Tomke Momsen und … scheiß auf … Paul Ingwersen. Überhaupt, was ist das für ein altbackner Name? Wie kann man ein unschuldiges Baby bloß Paul J. nennen?

Sie juckelte ungeduldig an ihrer Maus rum, damit der Bildschirm zum Leben erwachte. (Sie musste unbedingt ein paar Daten über die Momsen recherchieren. Sonst konnte ihr die Tante, wenn sie da war, ja was vom Pferd erzählen.) Das Telefon klingelte fordernd. Als Lissie die Vorwahl 0-4-6-1 auf dem Display aufleuchten sah, rutschte ihr das Herz in die Hose.

Mama! Ich wollt mich ja noch gestern Abend bei dir melden …

Sie nahm den Hörer ab und versuchte, ihre Stimme auf fröhlich zu trimmen: »Ja, ja, ich weiß! Ich wollt mich noch gemeldet haben.«

»Aber Kind, ich hab mir Sorgen gemacht!«, ging die vertraute Tirade los. »Hättest dich doch mal kurz melden können! Hast du nicht meine Aufsprachen auf deinem Anrufbeantworter gehört?«

»Mama! Es ist spät geworden. Ich bin erst nach eins zu Hause gewesen.« Während sie versuchte, ihre Mutter mit der richtigen Mischung aus angenervt und entrüstet abzuwimmeln, klickte sie mit dem Curser erst auf das Eulensymbol für *Archiv*, dann weiter auf *Biografien*. »Mama, ich bin einunddreißig Jahre alt – stopp! – zweiunddreißig ...« Sie klemmte sich den Hörer unter den Kopf, gab ins Suchfeld *Tomke Momsen* ein.

»Wie? Kind, ich versteh' dich so schlecht ...«

Lissie nahm den Hörer wieder in die linke Hand: »... so, hörst du mich jetzt besser? Also: Ich bin zweiunddreißig Jahre alt. Ich lebe seit drei Jahren in Hamburg. Ich verdiene mein eigenes Geld. Wenn auch wenig. Ich kann ja schlecht als Journalistin um zweiundzwanzig Uhr nach Hause gehen und sagen, ›Tschüss, meine Mami macht sich sonst Sorgen!‹.« Der Computer hatte die Bio gefunden, und Lissie scrollte langsam die Seite runter.

Na guck mal an! Tomke Momsen – heißt eigentlich Tomke Stefanie Ritzau ... in Leer in Dithmarschen geboren ... Realschulabschluss ... Ausbildung zur Schaufenster-Dekorateurin abgebrochen ... Ehrendoktor der Universität für Angewandte Kunstwissenschaften in Taschkent ... Veganerin ... Geschmacksbotschafterin ... Bad-Füssing-Award für Lebenskraft ...

»Gut! Wenn du meinst!«, kam es verletzt aus dem Hörer.

»Nein, Mama, tut mir leid.« Lissie versuchte sich wieder auf die Stimme ihrer Mutter zu konzentrieren. »Ich hab's nicht so gemeint. Ich bin nur total im Stress. Ich hab gerade eine eilige Geschichte auf dem Tisch ... Und ich muss auch gleich weg.«

... jetzt kommt's! ... Heirat '86. Momsen, Per, Autohändler, '21 geboren – ups! – der hat ja schon mit Sarg unterm Arm geheiratet – '92 Herzinfarkt – Überraschung! ...

»Ich will dich ja auch gar nicht aufhalten. Hat die Clausen dich wieder mit Sonderaufträgen eingedeckt? Kind, so geht das nicht. Du kriegst nicht genügend Schlaf. Denk an deine Haut.«

»Ohhh Maaama!«, wehrte Lissie unangenehm berührt ab. »Können wir das Gespräch vielleicht auf später vertagen?«

»Ja, ja! Aber du meldest dich doch heute Abend?!«

Plötzlich kullerte ein buntes Rudel M&Ms über ihre Schreibtischunterlage. Lissie schaute überrascht auf: Sophie stand vor ihr und tippte mit Oberlehrermiene auf die Armbanduhr.

Lissie deutete auf den Hörer. Woraufhin Sophie die Brauen hochzog und das Wort »M.A.M.I.?« formte.

Lissie hielt die Sprechmuschel mit der rechten Hand zu: »Kleinen Moment!«, wisperte sie und zog die Hand wieder zurück. »Mama, ich muss jetzt Schluss machen!«, fuhr sie in plötzlich offiziellem Ton fort.

»Ist jemand reingekommen? Bist du nicht mehr allein?«, flüsterte ihre Mutter sofort im Verschwörerton.

»Ja genau! Ich meld mich heute Abend bei dir. Versprochen!«

Lissie legte auf – und spürte sofort Sophies Augen überall auf Gesicht und Hals.

Ach Sophie, lass mich in Ruhe, bitte ...

»Hast du Senta auftreiben können?«

»Joaaaa ...«, antwortete Sophie gedehnt und stupste einen unschuldigen M&M mit dem Zeigefinger vor sich her, »aber die hat den ganzen Tag noch nix zwischen die Kiemen gekriegt. Die kommt, wenn sie ihr Käsebrötchen gemampft hat. Aber dafür nimmt sie dich in ihrem Auto mit. Sie kommt in fünf Minuten hier vorbei und holt dich ab ...«

»Danke!«

Warum tut es nur so weh?

»Okay, was willst du wissen?«

Sophie grinste spitzbübisch: »Eigentlich nur, was los ist. Aber ich nehme natürlich auch gerne die Details. Schön blutig, bitte. Nicht durch.«

»Da gibt's nicht viel zu erzählen. Ich war gestern Abend auf dieser blöden Party und hab halt rumgeknutscht. Das war's. Peng.« Sie starrte Sophie herausfordernd an.

Wehe, du traust dich zu sagen, dass ich dich gerade dick angeflunkert habe.

Sophie schnaubte verächtlich durch die Nase: »Anfängerin! Du willst mir doch nicht wirklich erzählen, dass du da stundenlang gestanden und rumgeknutscht hast. Das hast du nie im Leben getan.« Sie warf einen abschätzenden Blick auf Lissies Hals. »Und von einmal Küsschengeben kriegt man nicht so ’nen bunten Fleckenteppich. Ich weiß das. Ich bin da Expertin.«

Lissie starrte nur sprachlos zurück.

»Meine Gute: So was dauert ’ne Weile und findet meist in der Horizontalen statt.«

Lissie fühlte, wie ihr die heiße Röte ins Gesicht stieg.

Na toll. Nix mit geheimnisvoll und rätselhaft und cool. Lissie Lensen, das sperrangelweit offene Buch für Sophie Holtzmann. »Bitte aufschlagen und staunen, wie die blöde Lissie den ersten und letzten One-Night-Stand ihres Lebens erfolglos hinter sich brachte.«

»Na gut. Ich war mit jemandem in der Kiste. Und? Jetzt zufrieden?«

»Hey, Lissie, was ist denn daran so schlimm?«, lenkte Sophie in versöhnlichem Ton ein. Nachdenklich legte sie den Kopf schief: »Du bist doch nicht deswegen so traurig, oder? Rück raus! Was ist schiefgelaufen?«

»Frag *ich* dich, wie’s letzte Nacht mit Tobias war?«

»Nö, könntest du aber«, meinte Sophie seelenruhig, während sie mit dem Zeigefinger Kreise auf die Schreibtischplatte malte. Sie warf Lissie einen kurzen prüfenden Blick zu: »Außerdem bin ich ja auch nicht so eine verkopfte Romantik-Maus wie du.«

Plötzlich fühlte Lissie, wie ihr die Tränen in die Augen stiegen: »Danke auch. Wenn man eine Freundin wie dich hat, braucht man keine Feinde mehr.«

»Hey Lissie, komm runter!«, meinte Sophie erschrocken und stockte mitten in der Bewegung. »Ich seh doch, dass es dir nicht gut geht. Ich will doch nur wissen, was los ist.« Besorgt musterte sie Lissies Gesicht. »Aber wenn du nicht reden willst, dann rede halt nicht.«

Lissie schaute zum Fenster raus und versuchte, Fassung zu bewahren. »Ich hab halt Scheiße gebaut!«, würgte sie hervor, während die Tränen anfingen, über ihre Wangen zu kullern. »Ich hab mich auf dieser Scheißparty in einen ... Typen verknallt. Einfach so, ohne Vorwarnung. Peng.« Sie schluchzte und wischte sich die Tränen von den Wangen. Einen Augenblick lang konnte sie nicht weitersprechen. Sie spürte, wie ihr Sophie die Hand auf die Schulter legte. »Es war total schön. Mir sind alle Sicherungen rausgeknallt.« Sie schaute zu Sophie auf: »Weißt du, was das Schlimmste ist? Ich blöde Kuh hab überhaupt nicht gecheckt, dass er mich nur abschleppen wollte.« Sie stockte einen Moment und sah wieder aus dem Fenster. »Der hat auch 'ne Freundin. Vielleicht war's auch seine Frau.« Sie schluckte. »Das hab ich erst heute Morgen erfahren. Aber nicht von ihm, sondern von seinem Anrufbeantworter.«

»Und wo war bitte der Herr Casanova?«, fragte Sophie mitfühlend und streichelte ihren Rücken.

»Weg. Über alle Berge«, sagte Lissie leise. »Hat mir nur einen Zettel dagelassen. Von wegen *War nett. Aber bitte nicht mehr stören in Zukunft.*«

Das mit dem Geld kann ich dir nicht erzählen, Sophie. Das tut zu weh. Das fühlt sich zu billig an. Dass jemand mich wie eine Nutte eingeschätzt und behandelt hat, kann ich niemandem sagen.

»Hey Süße, nimm's nicht so tragisch!«, meinte Sophie tröstend und schaute hilflos auf Lissie runter. »So was tut weh. Aber das passiert halt manchmal. Keine Garantie auf Glück in der freien Wildbahn ... aber du hast doch hoffentlich auf Tüten bestanden? Was war das überhaupt für 'n Wichser?«

... urgh ...

Die Tränen rollten noch stärker.

»Ich hab keine Ahnung, wer er ist ... ich weiß nur, dass er in irgend so einer Bonzenvilla an der Elbchaussee wohnt. Und klar haben wir Kondome benutzt. Ich bin doch nicht doof!«

Von wegen. Saudoof bin ich.

»Kondom*e*? Höre ich da Mehrzahl?«, hakte Sophie sofort nach und ging neben ihr in die Hocke.

Lissie guckte sie fassungslos an: »Du nervst!«, meinte sie. »Du solltest echt zum *Playboy* wechseln. Da suchen sie doch immer rammelige Fotoredakteurinnen mit Durchblick.«

Sophie grinste breit: »Okay, aufgeschoben ist nicht aufgehoben. Wir halten fest: Braves Töchterchen Lissie Lensen hatte gestern Nacht mehr als einmal Sex.« Plötzlich wurde sie wieder ernst: »Aber ohne Scheiß, da bist du wirklich an ein Turbo-Arschloch geraten. Und du hast vorher gar nichts gemerkt? Du bist doch sonst nicht auf den Kopf gefallen.«

»Ja, nein, das ist ja das Schlimme! Ich habe sogar gedacht, er hat sich auch in mich verliebt. Meine Antennen haben komplett versagt.« Sie guckte blicklos auf den Schreibtisch runter und strich mit der Hand unsicher und verzweifelt über die Schreibunterlage. »Stell dir mal vor! Das hätt ja auch ein Sexualstraftäter, ein Serienmörder, ein Vergewaltiger, ein Was-weiß-ich-nicht sein können. Ich kann meine Menschenkenntnis komplett verschrotten.«

»Hey, Süße, komm her. Soll ich dich mal in den Arm nehmen?« Plötzlich hatte auch Sophie feuchte Augen. »Wird alles nicht so heiß gegessen, wie's gekocht wird. Spätestens nächste Woche lachst du drüber. Sieh's doch mal so: So was passiert dir so schnell nicht wieder. Manchmal muss man halt Lehrgeld zahlen. Was einen nicht umbringt, macht einen stärker.«

Ach Sophie, wenn du wüsstest.

»Du solltest echt einen Ratgeber mit Allgemeinplätzen rausgeben. Motto: ›Und noch ein dummer Spruch – fragen Sie Sophie Holtzmann‹«, meinte Lissie abwehrend und musste trotz Tränen lachen.

»Komm, so gefällst du mir schon besser! Jetzt wisch erst mal die Kullertränen ab. Senta ist bestimmt gleich da.« Sophie richtete sich wieder auf und zog aus der Brusttasche ihrer Jeansjacke ein Tempo.

»Seit wann hast du denn Taschentücher dabei?«, fragte Lissie erstaunt, während sie danach griff.

»Na ja, ich muss ja keine telepathischen Fähigkeiten besitzen, um zu peilen, dass du nah am Wasser gebaut hast.«

»Klasse, jetzt bin ich auch noch eine öffentliche Tränendrüse.«

»Ach Quatsch!« Sophie schaute energisch. »Aber sag mal? Elbchaussee? So-lala-Elbchaussee? Oder so Richtig-richtig-Elbchaussee? So mit ungerader Hausnummer und so?«

»Ungerade. Aber total spießig. So 'ne Art Mausoleum des guten Geschmacks. Aber ich will nicht mehr dran denken, Sophie! ... Ich muss mich jetzt wirklich noch kurz auf das Interview vorbereiten ... Verdammt!« Lissie schaute Sophie entsetzt an und hob erschrocken die Hand an den Mund. »Ich weiß ja noch nicht mal, wo wir gleich hinmüssen.« Sie griff reflexartig zum Hörer und drückte hastig die 3-0-9 für »Chefsekretariat«.

»Wie heißt er denn? Und was macht der Typ so beruflich?« Sophie ließ nicht locker.

»Weiß ich nicht«, wimmelte Lissie ab.

»Paulsen!«, kam es herrisch aus dem Hörer.

»Ja, hallo, hier ist Lissie Lensen, ich bräuchte mal die Privatadresse von Tomke Momsen. Beziehungsweise die Telefonnummer.«

»Ich bin hier nicht die öffentliche Auskunft!«, schnappte es aus dem Hörer. »Adressen haben wir schon mal gar nicht. Und ich kann auch nicht irgendwelche Nummern rausgeben.«

»Das ist mir schon klar.« Lissie versuchte es mit verständnisvoll. »Aber ich muss gleich mit einer Fotografin zu Tomke Momsen. Eilauftrag von Frau Clausen.«

»Das kann ja hier jeder sagen. Sie können doch auch die Auskunft anrufen. Oder fragen Sie im Sekretariat von ›Lifestyle‹ nach. Soll ich Ihnen *die* Nummern geben?«, kam es spitz.

Bei »Lifestyle«, wusste Lissie, brauchte sie's erst gar nicht zu versuchen. Da saß nämlich der Gesinnungszwilling von Frau Paulsen – Frau Ruckemüller – und kämmte sich die Haare auf den Zähnen (um nicht zu sagen: Sie spülte sie mit Rotwein). Die würde erst recht keinen Grund haben, der Redakteurin eines Konkurrenz-Ressorts die kostbare Nummer rauszurücken.

Angespannt und wütend ballte Lissie die Hand zur Faust. »Frau Paulsen, würden Sie mich *bitte* mal zu Frau Clausen durchstellen?« Das war ein Schnellschuss.

»Wieso?« Die Stimme von Frau Paulsen klang verdattert.

»Ich möchte gern mit Frau Clausen abklären, ob ich berechtigt bin, die Telefonnummer zu erhalten oder nicht.« Lissie zögerte einen Moment. Und gab dann richtig Gas. »Ich komme aber auch gern kurz *persönlich* hoch, falls es Ihnen zu viel Mühe macht, mich durchzustellen.«

»Augenblick, ich suche Ihnen die Nummer raus.« Nun war Frau Paulsen eingeschnappt.

Die hab ich mir jetzt zur Feindin fürs Leben gemacht. Aber egal. Lieber eine ehrliche Feindschaft als verlogenes Getue.

Lissie hielt die Telefonmuschel mit der Hand zu und schaute zu Sophie rüber, die sich inzwischen auf den Gymnastikball von Bine gesetzt hatte und den jetzt mit geradem Kreuz und skeptischem Blick ein bisschen testbehüpfte. »Diese blöde Paulsen denkt auch, sie verteilt die Platzkarten zum lieben Gott!«, zischte Lissie aufgebracht rüber.

Sophie guckte bass erstaunt. »Mann, heute läufst du aber mit dem Kriegsbeil duch die Gegend. So kenn ich dich ja gar nicht. Aber hab ich das eben richtig verstanden? Du weißt nicht, wie er heißt?«, flüsterte sie interessiert zurück.

»Doch«, Lissie schüttelte unwillig den Kopf, »aber ich weiß nicht, was er macht. Und ich will's auch nicht wissen.«

»So! Frau Lensen! Sie haben ja sicherlich was zu schreiben zur Hand?! Die Nummer ist null-eins-sieben-drei-sechs-zwei-drei-sieben …!«, ratterte Annegret Paulsen ohne Vorwarnung los.

»Moment, Frau Paulsen!«, unterbrach Lissie knapp, während sie sich einen Stift schnappte. »Fangen Sie bitte noch mal von vorne an.«

Annegret Paulsen stöhnte ausgiebig ins Telefon. »Ich wiederhole noch mal«, kam es betont deutlich und langsam, »Null. Eins. Sieben …«

Lissie sah, wie Sophie dreimal, viermal aufgekratzt auf- und abwippte. Und dann eifrig etwas auf einen gelben Post-it-Block kritzelte.

»Okay, Feenteich 21 ...« Sie notierte konzentriert Handynummer und Adresse von Tomke Momsen auf der Schreibtischunterlage, stutzte plötzlich:»... Moment, Frau Paulsen! Ich brauche die Privatadresse! Nicht die Geschäftsadresse.«

»Das ist beides *dasselbe*!«, raunzte es.

Plötzlich landete der Post-it-Block neben Lissies Hand.

Lissie rupfte schnell das oberste Blatt ab, kritzelte

und schmiss den Block zurück, während sie in versöhnlichem Ton »Danke, Frau Paulsen!« sagte.

»Knack!«, kam es statt einer Antwort aus der Leitung.

Im gleichen Augenblick machte es »Klopf-Klopf!«, und Lissie schaute überrascht auf. Im Türrahmen stand – Gucci-Sonnenbrille ins Haar geschoben, teuer aussehendes, enges, knittriges, rotes Leinenkleid am nicht ganz schlanken Leib – Senta Kragemann, die Fotografin.

»Hallo, ihr Süßen!«, erklang es schnodderig forsch. »Können wir los? Wo geht's eigentlich hin?« Sie schaute neugierig zwischen Lissie und Sophie hin und her, um an Lissies Hals hängen zu bleiben.

KLAPPE, Senta ... UNTERSTEH dich zu fragen!

»Hi Senta!«, rief Lissie. »Siehst ja heute wieder wie aus dem Modekatalog entsprungen aus. Schick, schick!« Sie blickte sinnend auf Sentas Füße mit den rot lackierten Nägeln und den hochhackigen Blümchen-Klappersandaletten. »Du, wir wollen heute auf 'ne Bullenweide. Da steht 'n preisgekrönter schwarzer Stier mit riesigen rosa Klöten unterm Bauch. Den sollen wir fotografieren. Hat Carmen Clausen sich gewünscht. Der Züchter hat gesagt, der Boden draußen in Moorfleet ist total matschig und dichtgeschissen.«

»Kein Problem.« Senta zeigte sich ungerührt. »Habe Gummistiefel im Kofferraum.« Sie guckte Sophie streng an: »Kann mir mal jemand verraten, warum ich immer diese Kack-Termine abkriege?«

»Ist kein Kack-Termin!«, beruhigte sie Sophie. »Lissie will dich nur hochnehmen. Ihr fahrt zu dieser Modedesignerin, dieser Tomke Momsen. Wird dir gefallen.«

»Was wollen wir denn bei *der* alten Schrapnelle?!«, kodderte Senta los. »Die hat doch 'nen Vollschuss! Ich hab mal vor 'nem Jahr eine Geschichte mit ihr gemacht. Da ist die total ausgetilt und hat rumgeschrien, weil ich ihrer Meinung nach das Licht nicht richtig gesetzt hatte. Was kann ich dafür, wenn die Alte schwabbelige Oberarme und breite Hüften hat?«

Na super. Jetzt kann ich auch noch Ringrichter spielen und gucken, dass sich die beiden Kampfhennen nicht in die Federn kriegen.

»Dann hab ich jetzt eine Überraschung für dich, Senta, du musst die Momsen nämlich nur möglichst lecker und knusprig in der Badewanne fotografieren.«

Senta nahm sie mit böse zusammengekniffenen Augen ins Visier: »Hast *du* dir das etwa ausgedacht? Das macht die doch nie.«

»Doch«, entgegnete Lissie ruhig, »wird sie. Hat sie so mit Carmen Clausen vereinbart.«

»Und die Momsen hat wirklich Ja gesagt? Hast du das selbst gehört oder hat dir das nur jemand erzählt? Die müssen wir doch mit dem Lasso einfangen und niederknebeln, bevor die so was macht.« Senta schien wenig überzeugt.

Bin ich hier auf der Behörde oder was?

»Senta, wenn's dich beruhigt, ja, ich hab's selbst gehört. Aber ich kann's dir nicht schwarz auf weiß geben.« Lissie versuchte die Diskussion zu beenden. »Wir fahren jetzt zum Feenteich und dann wirst du schon sehen, was Sache ist.«

»Hat die denn wenigstens einen Stylisten oder eine Maske da?«, ging das Genöle weiter. »Im Naturzustand geht die ja gar nicht. Außerdem ist das Licht bei der so schlecht. Wie soll ich denn da ordentliche Fotos machen?«

»Senta«, meinte Lissie freundschaftlich und klickte mit dem Mauspfeil auf das Drucker-Symbol. »Du weißt doch, wie der Hase hier läuft.« Sie raffte Block und Stift zusammen. »Unmögliches wird sofort erledigt. Wunder dauern ein bisschen länger. Natürlich haben wir keinen Stylisten, wir müssen halt zaubern.« Sie griff sich eine volle Wasserflasche aus dem Kasten neben ihrem Stuhl, packte alles in ihre Tasche und versuchte, mit einem Wisch möglichst viele von den M&Ms auf dem Tisch zu erwischen: »Aber weißt du, es ist jedes Mal dieselbe Leier. Entweder ist die Sonne zu dunkel oder der Mond zu hell. Und am Ende kriegst du doch tolle Fotos hin.«

Senta kriegte ein halbes, verqueres Lachen zustande: »Ach, du wieder!«

Lissie zwinkerte ihr aufmunternd zu, schnappte sich die Ausdrucke aus dem Drucker und drehte sich dann mit flehendem Blick zu Sophie: »Wünsch uns Glück!«

»Wird schon schiefgehen«, meinte Sophie entspannt hüpfend. Und schaute dann wesentlich weniger zufrieden auf ihren Post-it-Block.

11

Paul J. Ingwersen betrachtete das rote Röschen in der Armlehne seines Lufthansa-First-Class-Sitzes. Und fühlte sich so gar nicht knospig. Eher pelzig. Was verdachtsweise daran liegen mochte, dass er seiner fantastischen *Lefroy Brooks*-Regendusche seit vierundzwanzig Stunden nicht Hallo gesagt hatte. Man könnte auch sagen: Er war komplett ungewaschen.

Die Stewardess schob mit dem Horsd'œuvre-Wägelchen vorbei und er beschloss, dass er in seinem unappetitlichen Zustand marinierte Garnelen und Kaviar nicht verdient hatte. Er justierte sich wichtig die Kopfhörer auf den Ohren. Zappte durchs Bordprogramm. Und setzte dazu sein strenges »Ich bin Businessman und kaufe gerade Aktien!«-Gesicht auf, das ihn bislang selbst auf zehnstündigen Flügen nach Schanghai oder Hongkong zuverlässig vor allzu fürsorglichen Flugbegleiterinnen geschützt hatte.

Weder *Mission Impossible III* noch *Sakrileg* konnten ihn fesseln. Wie dreckig es ihm wirklich ging, merkte er aber erst bei *King Kong*: Die übersichtliche Handlung (King Kong kämpft mit einem Saurier; kämpft dann mit einem Saurier; und kämpft anschließend mit einem Saurier) wäre an normalen Fernsehtagen genau nach seinem Geschmack gewesen. (Frauen verstanden so was nie – weswegen er auch nicht vorhatte, sein Junggesellendasein in nächster Zeit zu beenden.) Er griff über sich und reduzierte das Gebläse der Aircondition, die ihm in den müden Augen brannte. Machte kleine kreisende Bewegungen mit dem Kopf und störte sich wie wahnsinnig daran, dass die Bartstoppeln über seinen Hemdkragen kratzten.

Leider ging der Flug nach São Paulo nicht über Frankfurt, sondern München. Sonst hätte er beim Stopover in der Hon-Lounge duschen und sich rasieren können. Er hatte diesen Service bislang noch nie in Anspruch nehmen müssen. Er hatte aber auch noch nie ungeduscht, von kleinen Bissen übersät und hektisch das Haus verlassen und war im Taxi, mit Blinklicht, hundertachtzig Stundenkilometern und Dauerhupe zum Flughafen gerast. Um hier mit Acho-Karacho gerade noch die Neun-Uhr-fünf-Maschine zu erwischen (statt der eigentlich gebuchten um sieben Uhr vierzig).

Er hatte verschlafen, das erste Mal seit fünfzehn Jahren. Aber um der Wahrheit die Ehre zu geben: Er hatte den Wecker auch gar nicht gestellt. *Er hatte noch nicht mal daran gedacht, dass er einen Wecker besaß*. Er war mit dieser Frau ins Bett gefallen, als ob es kein Morgen gebe. Er fasste sich an den Kopf, der mit einem Tonnengewicht auf seine Schultern drückte, fuhr das Fußteil seines Sitzes hoch. Streifte seine Lobb-London-Schuhe ab (mittlerweile trug ja jeder Hansfranz Budapester). Lockerte den Gürtel seiner Maßanzughose. Und schaute aus dem Fenster. Sie schwebten über einen wolkig weißen Zuckerbäcker-Pudding, darüber kristallines Blau, gleißendes Licht – *unberührt* kam ihm in den Sinn. Und gleich darauf (naheliegenderweise) *unschuldig* und *jungfräulich*. Alles, was diese Frau bestimmt nicht war.

Da müssen Sie mich erst küssen!, hatte sie gesagt und gelacht.

Sie war verlottert!

Ausgebufft!

Oder hatte er sie drollig gefunden?

Putzig?

Auf jeden Fall war sie ganz schön betrunken gewesen. Keine Frau zum Ernstnehmen. (Obwohl man ihr toll hatte zuhören können, dieses total Schräge, dieses Nach-mir-die-Sintflut – das war, ja, irgendwie anders. Das hatte er noch mit keiner Frau erlebt. Auch dass er ständig über irgendeinen Mist von ihr hatte lachen müssen. Was aber ja nur wieder bewies, dass sie eben keine ernsthafte Person war.) Nach einigem Hin und Her einigte er sich mit sich selbst, dass sie etwas von einem weiblichen Maulwurf gehabt hatte, der unter seinem Tanten-Abwehr-Radar durchgekrochen war und ihn wehr- und quasi willenlos vorgefunden hatte. Ja – so konnte er das als Erklärung stehen lassen.

Zur Belohnung nahm er sich die Speisekarte vor und studierte die Hauptgänge: Seebarschfilet in Kokos-Curry-Sud, gebratenes Hühnchen mit Apfel-Calvados-Sauce, Rindersauerbraten serviert zu weißen Rübchen …

Da müssen Sie mich erst mal küssen.

Erschrocken ließ er die Karte sinken. Und was, wenn sie gesagt hätte: *Jetzt laufen Sie mal bitte nackt und im Handstand*? Hätte er da auch gleich salutiert: *Aber gerne doch! Soll ich mir auch noch eine Feder hinten reinstecken?* Auf einmal fühlte er sich wie ein Frosch, der zum Hampelmann geküsst worden war. Oder zum Liebestrottel. (Er hatte da so ein paar voreilige Aussagen getätigt.)

Er schnallte sich los, stand auf. Griff oben in die Gepäckablage. Zog aus der Seitentasche seines Pilotenkoffers die zweite Aspirin des Tages (hatte die verständnisvolle Dame am Check-in aus der Schublade gezogen). Und ließ sie noch im Stehen ins Wasserglas ploppen. Er sank erschöpft zurück in seinen Sitz.

Dieser Wein gestern Abend war mit Abstand das Tödlichste, was er seit seinem Wodka-Red-Bull-Absturz vor drei Jahren gesoffen hatte. Da hatte ihn Claudius auf der Reeperbahn in die *Ritze* gezerrt – durch eine Tür, die sich im Bermuda-Dreieck einer mit gespreizten Beinen an die Hauswand gemalten Lady befand. Claudius hatte seine dritte gescheiterte Ehe beweinen wollen. Zum Weinen waren sie dann aber nicht wirklich gekommen: Da, wo bei anderen Männern ein Herz schlug, hing bei Claudius ein großes Stück Schmelzkäse. Kaum hatten sie das Etablissement betreten und am speckigen Tresen direkt unter dem Fernseher, wo alte Pornos liefen, ein Plätzchen ergattert, hatte Claudius alle Mädels im Umkreis von fünf Metern (also ungefähr hundert) zum Drink eingeladen (»die sehen ja so einsam und traurig aus hier!«). – Das Dramolett war mit einer Zweitausend-Euro-Rechnung und drei neuen Telefonnummern zu Ende gegangen.

Aber hatte er überhaupt so viel getrunken? Nein. Und bedauerte es im selben Augenblick. Denn so hätte es wenigstens eine rationale Erklärung gegeben für dieses karnickelartige Übereinanderherfallen gestern Nacht. Sie hatte ihn verrückt gemacht, zugegeben. Eine Wahnsinnsfrau. Und heute Morgen hätte er sie am liebsten im Wandkasten verstaut wie ein ungemachtes Klappbett. Gründe?

Erstens, zweitens und drittens, weil sie da lag, wo sie nicht liegen sollte, in *seinem* Bett. In *seinem* Reich. Was natürlich immer noch der Variante vorzuziehen war, dass Ewelina, seine Haushälterin, sie heute Morgen auf der Kommode gefunden hätte. Und viertens, weil er keine Verwendung für sie hatte. Beim Stichwort *Haushälterin* war er versucht, zum Hörer zu greifen und Frau de Jong, seine Sekretärin, um eine Memo-Notiz *Kleidersack* zu bitten: Er musste unbedingt mal mit Ewelina sprechen. Nach jeder Reise vermisste er mittlerweile ein paar Manschettenknöpfe, sie sollte beim Auspacken unbedingt *alle* Seitenfächer filzen. Und auch den Kulturbeutel! Wo war er stehen geblieben? Genau! *Keine Verwendung haben.* Nein, frauenmäßig war er ganz gut aufgestellt, wobei ihm der Singular *frau* korrekter schien. Er war nämlich verlobt. Ganz doll sogar. Und hatte sich sogar schon mit dem Gedanken angefreundet, in den nächsten fünf Jahren zu heiraten. Und diese Dame von gestern Abend hatte auch nicht gewirkt, als ob sie sich für ihn aufgespart hätte. So wie sie Gas gegeben hatte? Bestimmt nicht ihr erster One-Night-Stand!

Er verachtete Frauen von Herzen, die am ersten Abend mit einem Mann mitgingen!

Die Stewardess kam, und er entschied sich für Hühnchen.

Wie süß sie gewesen war …

Was für niedliche Sachen sie ihm ins Ohr geflüstert hatte …

Die Gedanken waren noch nicht an der Luft trocken geworden, da befiel ihn ein böser Verdacht: Wenn man Sachen tat oder gut fand, die man für sich immer für ausgeschlossen gehalten hatte (zum Beispiel eine Frau über eine Schwelle tragen), war das wunderlich. Und Wunderlichsein war ein Alzheimer-Frühsymptom. Wenn es nicht sogar auf Parkinson und schlimme, bislang unerforschte Tumorerkrankungen hinwies. Er betastete erneut seinen Kopf, diesmal sorgenvoll. Als globalisierten Hypochonder machte es ihn höchst nervös, dass sie die nächsten acht Stunden an keiner Apotheke vorbeifliegen würden.

Was musste er ausgerechnet jetzt nach São Paulo? Er hatte das dringende Bedürfnis, einmal auf das Gehäuse seiner zwölftausend Euro teuren, stählernen Patek Philippe mit Krokoarmband zu hauen und die Zeit anzuhalten. Er lebte ein schnelles Leben, immer schon. Aber irgendwie war ihm gerade, als ob er sich selbst von rechts überholte. Nach einer kurzen Nacht würde es schon um sieben weitergehen nach Santiago de Chile. Er dachte an Wiebenhagen, seinen Hamburger Befrachtungsmakler, der aus Singapur zu ihnen stoßen würde und mit dem er heute Abend ein paar strategische Dinge würde besprechen müssen. Darüber bekam er noch schlechtere Laune. Wenn der Kontrakt zustande kam, würde der Knabe mit siebenhundertfünfzigtausend Dollar mehr in der Tasche nach Hause fliegen. Dafür hockte er wahrscheinlich schon seit gestern Abend blasiert schmollend im *Copacabana Palace* und trank italienischen Rotwein. Denn eigentlich präferierte er es, über Buenos Aires nach Santiago einzufliegen, dort gab es seiner Meinung nach die hübscheren Mädchen.

Sie war schon verdammt süß gewesen!

Er schnallte sich los, streifte sich die Schuhe wieder über und stand auf, um sich die Beine zu vertreten. Einmal nach vorne zu den Toiletten, dann nach hinten zur Treppe, und dann blätterte er ein bisschen in den Fächern mit den Zeitschriften. Ging mit einer *Wirtschaftswoche* und einer *Frankfurter Rundschau* zurück auf seinen Platz. Und wurde verfolgt vom Hühnchen: Geduldig wartete die Stewardess, bis er sich wieder angeschnallt, das Tischchen aus seiner Armlehne gezogen hatte, um ihm mit einem »Bitte sehr! Guten Appetit!« sein Hauptgericht zu servieren. Er hatte gar nicht gesehen, dass es mit Sauerkraut war.

Er hasste Sauerkraut!

Er hasste überhaupt alles! Sauerkraut, One-Night-Stands, ausgetilte Weiber! Scheiße! Sechstausend Euro kostete dieser Flug. Und über der als Waschbecken getarnten Salatschüssel im Klo konnte man sich noch nicht mal vernünftig nass rasieren.

Er dachte wieder an São Paulo. *Abholung am Flughafen durch Senhor Hendaya* hatte Frau de Jong notiert. Wahrscheinlich würde der Befrachtungsmakler der *Compañía Sudamericana de Vapores* (der sich auch noch mal fette eins Komma zwei fünf Prozent am Deal genehmigen würde) Wiebenhagen und ihn wieder in dieses japanische In-Restaurant auf der Avenida Paulista schleppen. Schön bescheuert. Viel lieber hätte er eine feurig scharfe *Feijoada*, den brasilianischen National-Bohneneintopf, mit extra Chili-Pfeffer gegessen – man musste allerdings aufpassen, dass keine Schweineohren drin schwammen. Dazu ein kaltes Brahma-Chopp direkt aus der Flasche. Er hatte schon sein Kreuz zu tragen mit seinen Geschäftspartnern, ohne Frage. Wobei er über seinen Beruf nicht klagen mochte. Erträge aus der Schifffahrt waren weitgehend steuerfrei – europaweit. Galt sogar für die große Seefahrernation Österreich.

Ungnädig schubste er das Hühnchen zur Seite, nahm erneut die Karte zur Hand und erwartete jetzt sehnsüchtig die internationalen Käsespezialitäten. Der Sitz neben ihm war frei geblieben. Gott sei Dank. So musste er wenigstens kein Höflichkeits-Blabla mit seinem Sitznachbarn austauschen. (Er kannte Reeder, die aus eben diesem Grund immer gleich zwei Plätze buchten.)

Hätte er noch ein paar Worte zu ihr sagen sollen? Aber was? Er hatte ihr einen Brief geschrieben, einen netten überdies. Und Geld hatte er auch dagelassen. Das musste reichen. Okay, vielleicht wären zweihundert besser gewesen. Man wusste ja nicht, ob die Dame vielleicht zugereist war.

»Bitte den Käse«, gab er bei der Stewardess in Auftrag. Und rang sich das erste Mal an diesem unglückseligen Tag ein Lächeln ab.

Er verschränkte die Arme vor der Brust. São Paulo! Daran wollte er jetzt denken! Drei seiner insgesamt zehn 8000-TEU-Schiffe, die *Monte Aconcagua*, die *Monte Cerro Acotango* und die *Monte Yerupaja,* das Stück zu achtundneunzig Millionen Euro, waren seit einem halben Jahr für die größte Reederei Südamerikas, die *Compañía Sudamericana de Vapores*, im Einsatz. Headquarter Santiago de Chile, Operationshafen São Paulo. Von dort aus wurden Los Angeles, Oakland, Fuqing, Ningbo, Schanghai und Pusan bedient. Die Charter lief weitere achteinhalb Jahre. Ein Deal über dreihundertsechzig Millionen Dollar. Jetzt war die *Compañía Sudamericana* an fünf weiteren, seegängigen 1700-TEU-Schiffen interessiert, die noch gar nicht gebaut waren. Sein Emissionshaus *Tenzing House* war gerade dabei, das Finanzierungspaket zu schnüren.

Der Käse kam, und er legte dick Gorgonzola auf seinen Cracker. Das kreisrunde Teil zerbrach unterm Messer. *Krack!* machte es auch in seinem Kopf. Und wenn nicht der erste, dann doch der zweite Gedanke dieses Morgens (einen, den er sorgsam weggesperrt hatte) brach aus seinem Gefängnis aus.

Was, wenn sie Aids hatte?

Der Käse schmeckte auch scheiße! Herrgott, was war das für ein Flug. Das nächste Mal würde er die *TAM* ausprobieren. Oder vielleicht doch nicht. Er wollte ja nicht abstürzen.

Sie hatten keine Kondome benutzt. Nicht beim ersten Mal, nicht beim zweiten, nicht beim … egal!

Aber sie sah nicht so aus!

Niemand sah so aus.

Energisch packte er das Tablett auf den freien Nachbarsitz. Stopfte das Tischchen in die Sessellehne zurück. Sprang auf und zog seinen Kulturbeutel aus dem Pilotenkoffer.

Er musste sich jetzt sofort rasieren. Zur Not über einer Salatschüssel.

12

»Da! Da ist es. Das muss es sein! Das weiße Haus an der Ecke!« Lissie merkte selbst, dass ihre Stimme gestresst und genervt klang. Aber Autofahren mit Senta war so eine Sache: Die liebte ihren alten 911er Porsche über alles. Hieß für den, der mitfahren durfte: Wehe, er schrammte irgendwo mit seiner Tasche entlang. Auch dreckige Schuhe wurden erst mal ausgeklopft. Beziehungsweise mit Taschentüchern abgewischt. Dafür hatte Senta immer eine Packung Salü im Handschuhfach. An dem im Übrigen mit Tesafilm ein Zettelchen klebte: *Hier wird nicht gequarzt und auch nicht gefuttert.*

»Bist du dir denn auch sicher, dass wir hier richtig sind? Dass ihr Redakteure nie den Stadtplan lesen könnt!«

Lissie schluckte die böse Antwort runter, die ihr bereits auf der Zunge lag.

DU warst die ganze Zeit der Meinung, es ist auf Seite der *Schönen Aussichten*. Und es ist DOCH Nähe Sierichstraße.

»Ja! Bin mir sicher«, meinte Lissie eingeschnappt. »Das Haus eben war Nummer zwanzig. Dann muss das hier einundzwanzig sein. Auch wenn keine Nummer dransteht.«

Senta fuhr nun endgültig im Schneckentempo. Hinter ihnen hupte es wütend, und sie warf einen unaufgeregten Blick in den Rückspiegel: »Ja, ja, beruhig dich! Immer diese BMW-Fahrer!« Immerhin war sie so gnädig, den Blinker zu setzen. (Auch Parken war so eine Sache mit Senta: Plätze, wo es Taubenscheiße oder Linden-Blattlaus-Pupse regnen konnte, oder die Gefahr lauerte, abgeschleppt zu werden, schieden kategorisch aus. Blieben also in Hamburg nicht mehr sehr viele potenzielle Parkplätze übrig.)

Nachdem sie endlich umständlich auf dem sandigen Gehwegstreifen eingeparkt hatte, stieß Lissie erleichtert die Beifahrertür auf und streckte ihre schmerzenden Glieder raus. Dabei stieg ihr der vermuffelte Geruch ihres Kleids in die Nase.

Na ja. Die Momsen hat ohnehin keine Nasenschleimhäute mehr. Die riecht das sowieso nicht.

Sie schloss die Augen. Am Hals hatte er besonders fantastisch geduftet. Und sie hatte seine heftig pulsierende, warme, stoppelige Haut an ihrer Nasenspitze gespürt.

Ich WILL nicht mehr daran denken!

Sie hängte ihre Tasche über die Schulter und ließ ihren Blick über die weißen Villen schweifen, die in der heißen Mittagssonne blinkten. Die Straße runter sah man das blitzeblaue Wasser der Alster mit niedlichen kleinen Segelschiffchen.

Ein paar hundert Meter weiter laufen die Nutten in St. Georg auf dem Straßenstrich. Und hier ist Landidylle.

Zusammen gingen sie über die Straße zur schmiedeeisernen Eingangspforte, die von einer mannshohen, dicht gewachsenen Rhododendron-Hecke gerahmt wurde.

Womit ist die denn gedüngt?

Lissie dachte mit Schaudern an den Ohlsdorfer Friedhof, der berühmt dafür war, dass die Rhododendren dort Monstergröße erreichten. Hatten ja auch viel organischen Dünger zu fressen.

»ToMo Couture« stand in geschwungenen verschnörkelten Lettern auf einem bronzenen Metallschild. Lissie drückte einmal kräftig den Klingelknopf und musterte durch die geschwungenen Gitterstäbe die schneeweiße Fassade, aus der eine Art Burgtürmchen mit mediterranem Sonnendeck wuchs.

Da glaubt aber jemand ganz doll an die globale Erwärmung – Huhu? Anybody there? Vielleicht hockt die Momsen ja hinter der

Haustür, kaut Fingernägel und denkt: »Bin nicht da! Bin nicht da! Geht weg!« – Aber was mach ich, wenn die nicht aufmacht?!

Sie drückte erneut auf den Klingelknopf, diesmal etwas länger und energischer.

»Was ist denn jetzt?« Senta klang aggressiv. »Warum klingelst du denn nicht?«

»Ich hab schon geklingelt. Aber wenn *du* Sturm klingeln möchtest – bitte sehr.« Lissie trat beiseite und verwies auf den Klingelknopf. Das Surren des Türöffners enthob Senta einer Antwort.

Lissie drückte entschlossen das Tor auf, marschierte den kurzen Pflasterweg zum Eingang – und hielt erschrocken inne, als sie sah, wer im Türrahmen stand: dunkelblauer Nadelstreifenanzug, das rosa Hemd geöffnet bis zur Brustbehaarung, die sich heute besonders schön kringelte, Unterarm lässig gegen den Rahmen gestützt – Gregor Jordan.

Was hast dù denn hier zu suchen? – Ja klaro, du warst ja der Veranstalter dieser formidablen Party.

Lissie starrte entgeistert auf seine noch feuchten Haare. Roch und sah, dass er sich gerade erst rasiert hatte. Gregor Jordan schaute nachdenklich zurück.

Oh nein, nein, nein. Wo ich doch so ramponiert aussehe!

Plötzlich verzog sich sein Gesicht zu einem einladenden Lächeln: »Ah, die Damen von der Presse!« Er trat elegant beiseite: »Immer hereinspaziert!«

Bevor Lissie reagieren konnte, stürmte Senta schon mit eingezogenem Bauch und rausgedrückter Brust an ihr vorbei. »Hallo, ich bin Senta. Die Fotografin«, hauchte sie und streckte die Hand aus. Gregor Jordan strahlte und nahm ihre Finger wie ein Geschenk.

Der sollte seinen Charme echt in Flaschen abfüllen lassen. Dann wär er reicher als Bill Gates.

Die beiden tauschten einen tiefen, verstehenden Blick, dann ließ Senta bedauernd seine Hand los. Mit hochgezogener Augenbraue musterte Gregor Jordan Lissie: »So schnell sieht man sich also wieder!«

Sie lächelte müde: »Ja, wie sagt meine beste Freundin immer? Unverhofft kommt oft.«

Vor zwanzig Stunden noch hätte ich einen Blutsturz gekriegt, wenn du mir diese Beachtung geschenkt hättest. Und jetzt? Hast immer noch Samtaugen. Und einen super Body. Aber nichts mehr. Wie nach überstandener, schwerer Infektion. Patientin geschwächt, aber immun.

Er musterte sie neugierig, während sie an ihm vorbei in die Eingangshalle und schnurstracks an der wartenden Senta vorbeistolzierte. »Das sieht ja hier toll aus!«, wandte die sich begeistert an Gregor Jordan. Durch eine Tür erspähte Lissie eine Art Atelier: mehrere rollbare Kleiderständer, an denen seltsame gehäkelte Kettenhemden und hässliche, durchsichtige Glitzerblusen mit pinkfarbenen Flauscheknöpfen baumelten.

Würde ich ja noch nicht mal zum Putzen anziehen ...

Plötzlich klackernde Schritte auf der Treppe: Tomke Momsen stand mit hoch erhobenem Kopf – Haare straff aus dem Gesicht gekämmt, die rechte Hand auf dem schwarzen Treppenlauf – ein paar Stufen über ihnen und schaute huldvoll herab.

Das ist ja nett gedacht – so mit Seidenkostüm, Perlenkette und Brosche. Aber das hilft dir alles nix. Die Plünnen wirst du trotzdem ausziehen müssen.

Die Momsen ließ kurz einen taxierenden Blick zwischen Lissie und Senta hin und her schweifen. Ging dann mit ausgestreckter Hand und strahlendem Lächeln die letzten Stufen auf Lissie zu.

Oh Gott, dieser rausgewachsene, dunkle Haaransatz, diese Zahnkronen, dieses Gesichtsplissee. Wie sollen wir denn von der leckere Fotos machen? Und stimmt, breite Hüften hat sie auch. Na ja, sieht man ja in der Wanne nicht.

»Schön, dass Sie kommen konnten!«, hauchte Tomke Momsen. »Ich hoffe, Gregorius hat sich schon angemessen um Sie gekümmert.« Sie zwinkerte Gregor Jordan zu. Der warf ihr einen warnenden Blick zu.

Gregorius? Oh, oh ... ihr beide wart schon mal miteinander in der Kiste ...

»Hallo!« Völlig überrumpelt von der neuen Erkenntnis ergriff Lissie die schlaffe, mit dicken Goldreifen und mehreren Ringen geschmückte Hand und drückte sie halbherzig: »Ich bin Elisabeth Lensen. Und das ist die Fotografin – Senta Kragemann.«

Tomke Momsen nickte Senta kühl zu und befand spröde wie Knäckebrot: »Wir hatten bereits das Vergnügen.« Um sich dann wieder voll auf Lissie zu konzentrieren: »Kann ich Ihnen etwas zu trinken anbieten, Darling? Wir haben gerade eine Flasche Champagner geöffnet. Sie nehmen doch sicherlich auch einen Schluck.« Ihre Stimme floss vor Charme und Liebenswürdigkeit fast über.

Lissie guckte sie ungläubig an. »Nein, danke!«, wehrte sie ab. »Wirklich sehr nett. Aber das ist noch ein bisschen früh für mich.«

Sie sah, wie die Augen von Tomke Momsen für einen Augenblick kleine, böse Murmeln wurden.

»*Ich* nehm aber gern ein Glas!«, kam es linker Hand von Senta.

Senta, wir wollen doch hier jetzt nicht Verbrüderung trinken, sondern einen Job erledigen. Und das flott.

»Gregor, Schatz, wärst du gerade mal so lieb?«, flötete Tomke in Richtung Gregor Jordan, ohne Lissie aus den Augen zu lassen.

Der wandte sich zu Lissie: »Kann ich Ihnen irgendwas anderes anbieten, ein Glas Wasser vielleicht?«, fragte er, als ob es ihm wirklich wichtig wäre. Und bastelte sich noch flugs ein kleines, nettes Lächeln ins Gesicht: »Mit Aspirin könnte ich natürlich auch dienen.«

Lissie spürte die bohrenden Blicke der beiden anderen Weiber auf sich gerichtet. »Danke. Ein Glas Wasser wäre toll«, beeilte sie sich zu versichern.

Gregor Jordan lachte kurz und spurtete dann elegant, immer zwei Stufen auf einmal nehmend, die Treppe hoch.

»Bringst du mir mein Glas auch mit runter, Darling?«, rief ihm Tonke Momsen gierig hinterher und wandte sich Lissie zu: »Wir können ja schon mal in den Garten gehen. Wir haben da eine sehr schöne Freitreppe. Da können Sie wunderbare Fotos machen.« Und mit einem abschätzigen Seitenblick Richtung Senta: »Unser Hausfotograf kriegt da immer ganz zauberhafte Bilder hin.«

Lissie hörte, wie Senta wütend die Luft durch die Nase ausstieß.

Okay, auf in den Kampf, Torero.

»Ja, das hört sich ja ganz toll an …« Lissie tat so, als ob sie überlegte. »Und das Licht dort ist bestimmt auch fantastisch. Also, warum nicht? Das sollten wir nachher auf jeden Fall noch mal ausprobieren. Der Punkt ist nur, ich würde jetzt gerne erst …«

»Glauben Sie mir mal«, Tomke Momsen legte ihr begütigend die Hand auf den Unterarm, »das werden ganz tolle Fotos. Ich hab da Erfahrung.«

»Es ist bloß so …«

»Schatz, wir wollen doch beide, dass das hier gute Fotos werden.« Tomke Momsen beugte sich vor und bleckte die Zähne, sodass Lissie detailliert die dunklen Ränder ihrer Zahnkronen sehen konnte.

Ja, ich seh die Clausen schon, wie sie mir die Füße küsst, wenn ich mit einem Treppenfoto und einer voll angezogenen Momsen an Laden komme.

»Ich denke, wir gehen trotzdem erst ins Bad.«

Das Lächeln verschwand schlagartig von Tomke Momsens Gesicht.

»Frau Momsen«, fing Lissie noch mal sanfter an, »Frau Clausen hat sich das Badewannenfoto gewünscht. Und Sie haben ja auch nicht endlos Zeit, sich hier mit zwei Journalistinnen zu plagen. Abgesehen davon, dass meine Kollegin und ich auch zügig zurück in die Redaktion müssen. Die Geschichte soll ja heute noch mitgehen.«

»Aber Darling«, strampelte die Momsen, »wenn ich mich jetzt *erst* ausziehe und *dann* wieder anziehe – das dauert doch viel länger! Lassen Sie uns doch erst mal das Treppenfoto machen, und dann dieses, dieses … *Badfoto.*«

Wenn ich Zeit hätte und dir trauen würde – meinetwegen – zum Warmwerden. Aber weil du so ein falscher Lurch bist: Badewanne oder gar nix.

In diesem Moment kam Gregor Jordan mit drei Gläsern die Treppe runter, und Tomke Momsen wandte sich sofort eilig um: »Gregor, Schatz!«, rief sie mit aufgeregter, sich überschlagender Stimme, »du bist doch auch der Meinung, dass es viel besser ist, wenn wir erst das Treppenfoto machen. Und dann dieses … andere?«

»So, jetzt erst mal ganz ruhig, die Damen. Hier sind die Gläser. Frau Lensen, Frau Kragemann … hier, Tomke, für dich.«

Er schaute Tomke Momsen beruhigend in die Augen, dann wandte er sich zu Lissie und zog die Brauen fragend hoch.

Den Trick kenn ich auch. Wer redet, hängt sich aus dem Fenster.

Lissie glotzte nur frech zurück. Und plötzlich lächelte Gregor Jordan amüsiert, zwinkerte kurz und drehte sich dann zu Tomke Momsen: »Komm, lass es uns hinter uns bringen.«

»Wo ist denn hier jetzt das Bad?«, hakte Senta sofort ein. Gregor Jordan fasste sie fürsorglich am Ellenbogen: »Kommen Sie, Frau Kragemann – oder darf ich Senta sagen? –, ich zeige Ihnen den Weg.«

Tomke Momsen starrte einen Moment unentschlossen vor sich hin. Dann hob sie mit einem Ruck die Champagnerflöte zum Mund und trank sie in einem Zug aus. Ohne Lissie noch eines Blicks zu würdigen, drehte sie sich um und stieg ebenfalls schweren Schrittes die Treppe hoch.

Stell dich nicht so an. Gehst ja nicht zum Schafott.

Als sie hinter Tomke Momsen im ersten Stock ankam, stand Senta unter Missachtung jeglichen nordeuropäischen Intimsphärenabstands neben Gregor Jordan im Badezimmer-Türrahmen: »… hatte ja bis jetzt leider noch keine Zeit, mir Ihren Club in München anzuschauen. Aber auf Sylt bin ich öfter …«

Jetzt hör auf rumzuschwafeln, Senta.

»Wumm!« flog eine weiße Flügeltür – offensichtlich die zum Schlafzimmer – hinter Tomke Momsen ins Schloss.

Gregor Jordan erspähte Lissie: »Achtung! Hier kommt unsere kleine strenge Zuchtmeisterin!« Er grinste.

Wenn's nach dir ginge, würden wir hier doch ohne Foto und ohne Geschichte abzuckeln und dir noch dankbar einen blasen. Dir ist doch alles scheißegal außer dir selbst.

»Vom Prinzen zum Frosch«, meinte sie leise und schaute ihn traurig an. Gregor Jordan schaute perplex zurück.

»Das Bad ist scheiße!«, verkündete Senta. »Alles schwarz, da haben wir kein Licht.«

»Lass mal gucken!« Plötzlich ging es Lissie besser. Sie schob sich hinter Senta ins Bad – und betrachtete sprachlos dieses Schlachtschiff von Badewanne: Eingelassen in schwarz glänzenden Marmor, zwei breite Stufen davor zum Reinsteigen, nahm das Ungetüm fast die ganze Längsseite des vier Meter langen Badezimmers ein. Nur zwei schmale hohe Fenster spendeten Licht

So viel schwarze Tinte haben wir ja gar nicht, um das zu drucken.

»Senta«, mahnte Lissie leise, »wir *müssen* dieses Foto in den Kasten kriegen. Sonst macht die Clausen aus uns Hackfleischbällchen. Bei der Stimmung im Verlag momentan können wir dann ganz lange gemeinsam Urlaub machen.« Sie stellte das Wasserglas auf den Waschtisch, warf ihre Tasche auf den Boden. »Das ist zwar vom Licht her wirklich nicht ideal. Aber das Bad selbst ist spannend. Sieht man doch nicht alle Tage! Und Frau Momsen mit ihrem blonden Haar vor dem schwarzen Hintergrund, das kann doch ganz toll aussehen.«

»Können's ja meinetwegen versuchen«, bequemte sich Senta.

»Okay, mach alles fertig. Und ich lass schon mal Wasser ein.« Lissie schaute Gregor Jordan fordernd an, der mit vor der Brust verschränkten Armen im Türrahmen lehnte: »Wie lange wird Frau Momsen noch brauchen?«

Sie meinen mich? mimte er, indem er mit dem Daumen auf sich wies.

»Wenn Sie schon hier sind, was ich nicht ändern kann, machen Sie sich zur Abwechslung doch einfach mal nützlich.« Sie lächelte kühl.

Gregor Jordan zögerte einen Moment und sah sie abschätzend an. »Sie wissen aber, was Sie das kostet?« Er stieß sich vom Türrahmen ab, sein Blick glitt über ihren Hals, dann verschwand er.

Hat der noch nie einen Knutschfleck gesehen? Oder war Tamara so lahm im Bett?

Lissie wandte sich wieder ihrem OP-Feld zu. Unvermittelt sah sie ihr Bild im großen Panoramaspiegel über der Badewanne. Sie zuckte zurück wie ein Vampir, den ein Lichtstrahl getroffen hatte.

Scheiße, wie seh ich denn aus! Aber wie soll ich auch aussehen? ...

Hastig bückte sie sich, öffnete die Wasserhähne und hievte zwei schwere Kristallvasen mit verblühten Rosen vom Wannenrand.

Von wegen »Fakten, Fakten, Fakten!« Schreiben, schreiben, schreiben! Die Arbeit eines Journalisten: Möbelpacker, Anstaltsleiter, Dompteur.

Mit spitzen Fingern sammelte sie eine angelaufene Nippesschale mit Ringen und Badeperlen, ein Bastkörbchen mit Haarteil, Haarspülungen, Shampoos und Aschenbecher ein und stellte alles auf den Fußboden.

Für Putzen hat Madame ihren Doktortitel jedenfalls nicht bekommen. Wie können hier überall noch gelbe Haare kleben, wenn sie weiß, dass wir ein Shooting machen. Ist doch eklig.

»Sag mal, du willst doch die Alte nicht wirklich nackt ablichten?«, fragte Senta laut, während sie ein neues Objektiv auf ihre Kamera schraubte. »Das druckt doch keiner!«

»Pssst!« Lissie versuchte mit den Händen Sentas Lautstärkepegel runterzufahren. Um dann zu wispern: »Was würdest du denn vorschlagen?«

»Na ja, ordentlich Schaum. Was denn sonst?«, antwortete Senta in ungebremster Lautstärke und tütelte ihren Reflektor aus der Schutzhülle. »Wo bleibt die Trulla eigentlich? Sooo lange kann das Ausziehen von Klamotten doch nicht dauern.«

Lissie hockte sich hin und fahndete zwischen den abgestellten Shampoos und Badeölen nach einem Schaumbad. Erleichtert fand sie eine verklebte Flasche »HIPP, Babysanft Pflegebad, Ökotest sehr gut« und drückte einen langen, kräftigen Spritzer ins Wasser.

Was will die denn mit einem Säuglingsbad? Hab ich da was nicht mitbekommen?

»Ich guck mal, wo die Momsen bleibt!«, rief sie Senta zu, die gerade unauffällig einen Blick in den Badezimmerschrank tat, und lief zur weißen Flügeltür, hinter der die Momsen und Gregor Jordan verschwunden waren. Man hörte erregtes Gemurmel.

Kleine Taktikbesprechung? Bäh, will man gar nicht wissen.

Als sie klopfte, wurde es abrupt still – und kurz darauf die Tür aufgerissen. Tomke Momsen stand im Rahmen, eingehüllt in einen seidenen lachsfarbenen Bademantel, und fragte herrisch: »Ja?! Was gibt's?!«

»Wir müssten langsam anfangen.« Lissie bemühte sich um einen freundlichen Stewardessen-»Bitte legen Sie jetzt die Gurte an!«-Ton.

Tomke Momsen musterte sie abschätzig von oben bis unten und wandte sich dann um: »Gregor, willst du mitkommen?«

Wenn der jetzt im weißen Schwesternkostüm und Strapsen rauskommt, lass ich mich einweisen.

Tomke Momsen stolzierte hocherhobenen Hauptes – den Bademantel mit beiden Händen vor der Brust zusammenhaltend, als ob man ihn ihr gleich vom nicht mehr ganz jungfräulichen Leib reißen könnte – an Lissie vorbei zum Bad.

Die edle Königin schreitet zum letzten Bad. Holt die Taschentücher raus. Sollen wir dir noch ein paar Blümchen ins Haar stecken?

Gregor Jordan kam hinterher, sein Jackett hatte er abgelegt und unterm glänzenden Hemdenstoff wölbten sich die Muskeln: »Das wird sie Ihnen nie verzeihen.« Er lehnte sich nachdenklich an den Türrahmen.

»Ich glaub, damit werde ich leben können«, meinte Lissie trocken. Senta kam mit angepisstem Gesichtsausdruck aus dem Bad geschossen. Hinter ihr krachte die Tür ins Schloss. »Was ist denn jetzt los?«

»Mylady möchte die Wanne ohne Augenzeugen besteigen!«, rotzte Senta. Um plötzlich – klick! – Gregor Jordan anzustrahlen: »Gibt's hier irgendwo ein Gästeklo?«

»Aber sicher doch«, er zeigte wie ein Galan Richtung Treppe, keinen Zweifel daran lassend, dass er zur Not auch noch schnell eine Toilettenschüssel gekauft hätte, »runter, gleich links, dann rechts und die zweite Tür schräg links.« Senta schaute, als ob sie ihn am liebsten mitgenommen hätte, und Gregor Jordan zwinkerte: »Wenn Sie verloren gehen, einfach laut rufen. Ich komme und rette Sie.« Die Blümchen-Sandaletten klapperten die Treppe runter.

Es herrschte angestrengtes Schweigen, während Lissie Gregor Jordans anzüglichen Blick über ihren Hals krabbeln fühlte. Ein paar unendlich lange, unendlich schmerzhafte Herzschläge lang dachte sie an Paul J. und dieses warme Gefühl, etwas gefunden zu haben, von dem sie gar nicht wusste, dass sie es verzweifelt gesucht hatte. Sie war verliebt gewesen wie noch nie in ihrem Leben. Jede Zelle ihres Körpers in jedes Härchen seines Körpers. »Scheint ja eine interessante Nacht gewesen zu sein«, holte eine Stimme sie zurück.

Sie warf Gregor Jordan einen schrägen Blick zu: »Ich kann nicht klagen.« Bitterkeit wallte in ihr auf. Und die Traurigkeit schlug um in Beißlust. »Aber nicht den Kopf hängen lassen, Herr Jordan, das nächste Mal klappt's bestimmt auch bei Ihnen. Bei Langzeit-Jungfrauen wie Tamara müssten Sie sich vielleicht einfach ein bisschen mehr Zeit nehmen.«

Gregor Jordan kniff die Augen zusammen, dann lächelte er anzüglich und tastete Lissie mit Blicken ab.

»Was? Ihr seid immer noch nicht drinnen?« Senta hastete die Treppe hoch. »Nicht, dass da jetzt 'ne Wasserleiche schwimmt.«

Lissie lief zur Tür: »… ich, äh, ich klopf jetzt mal!«

Sie kam sich vor wie ein Zimmermädchen von 1834, das Einlass in die herrschaftlichen Gemächer begehrte. »Frau Momsen?« Stille. Nicht mal ein Plätschern. Sie zögerte einen Moment, öffnete die Tür vorsichtig einen Spalt breit und spähte um die Ecke.

»Worauf warten Sie so lange? Ich hab nicht den ganzen Tag Zeit!«, kam es herrisch.

Lissie stieß die Tür behutsam auf und versuchte zu verstehen, was sie da sah: Tomke Momsen saß – bis zu den Ohrläppchen eingetunkt in Badeschaum, Kinn angestrengt hochgereckt – in ihrer Wanne und schaute Lissie giftig von unten an: »Wo bleibt denn die Fotografin?«

Das ist hier ja wie bei der Addams Family. Und gleich kommt noch das eiskalte Händchen auf dem Badewannenrand angekrabbelt und gibt Autogramme.

Lissie näherte sich behutsam der Wanne: »Ähm, Frau Momsen, ich glaube, so wird das nichts. Das sieht seltsam aus, wenn Sie so tief in der Badewanne liegen.«

»Wie? Was? So bade ich immer«, kam es kurz angebunden.

»Das sieht aber wirklich komisch aus, wenn Sie so tief liegen«, gab Senta ihren Senf dazu. »Als ob Sie ein Zwerg wären … oder … äh … amputiert.« Lissie sah, wie Tomke Momsen tief Luft holte, um Senta etwas Passendes zurückzugeben. »Frau Momsen«, ging sie schnell dazwischen, »könnten Sie noch ein Stückchen hochrücken? Oder sollen wir Ihnen vielleicht ein Handtuch unter den Hintern legen?«

»Das *verbitte* ich mir. Ich lege mir kein *Handtuch* unter meinen *Hintern*!«, keifte Tomke Momsen und warf ihr einen so vernichtenden Blick zu, dass sie eigentlich zu Asche hätte zerbröseln müssen.

»Gut, aber Sie müssen irgendwie hochkommen.«

Tomke Momsen guckte hasserfüllt. Dann tauchte sie plötzlich, wie eine Mumie aus dem Wüstensand, langsam aus ihrem Badeschaum auf. Ungläubig starrte Lissie auf die rosa BH-Träger, die in das gebräunte Fleisch der Schultern einschnitten.

»Frau Momsen, ähm, das mit dem BH ist ein Problem.«

»Wieso?«, schnappte es aus dem Badeschaum.

»Das würde nachher auf dem Foto einen seltsamen Eindruck machen. Meines Wissens geht kaum einer in Deutschland mit Bikini oder in Unterwäsche in seiner Badewanne schwimmen.«

»Ich weiß nicht, wie Sie so einen *primitiven* Beruf ausüben können!«, ätzte es aus dem Badeschaum. »Wo Sie Leute dazu zwingen, sich in ihrem eigenen Haus nackt auszuziehen! So was *Billiges*!« Sie streifte sich bockig die Träger von den Schultern.

»Das sieht doch lahm aus, wenn die da einfach nur so sitzt.« Senta hatte die Brauen kritisch zusammengezogen und betrachtete die hochgezogenen Schultern, die aus dem weißen Schaum ragten. Die sehnigen, mit dicken Goldreifen bestückten Arme, die verkrampft auf dem schwarzen Marmor-Badewannenrand lagen. Die hochgetüdelten blonden Haare, die sich dort, wo sie mit Feuchtigkeit in Berührung gekommen waren, strohgelb verfärbten. Und das angespannte, verkniffene Gesicht, das einen mehr zum Weglaufen als zum Anschauen animierte. »Bist du dir sicher? Kann die nicht was machen? Sich irgendwie ein bisschen bewegen?«

Was denn zum Beispiel? Handstand? Mandoline spielen? Quietsche-Entchen erdrosseln?

»Frau Momsen«, sagte Lissie weich, »Sie sehen im Moment wirklich sehr unglücklich aus.«

»Was erwarten Sie auch, wenn Sie mich hier dazu zwingen.«

»Frau Momsen, ich kann doch auch nichts dafür, aber wir müssen da jetzt einfach gemeinsam durch. Wenn Sie so angespannt und unglücklich dasitzen, ist das unvorteilhaft. Das kriegt kein Layouter der Welt wegretuschiert.«

Tomke Momsen überlegte einen Moment. »Okay …«, kam es widerwillig. »Was schlagen Sie vor?«

»Was können wir tun, dass Sie sich ein bisschen wohler fühlen?«, fragte Lissie sanft.

»Weiß ich nicht«, kam es patzig zurück. »Lassen Sie sich was einfallen. Ich mach hier doch nicht Ihren Job für Sie.«

Lissie dachte laut nach: »Wenn Sie vielleicht Champagner trinken. So mit langgliedrigen Fingern. Und ein Schlückchen nehmen. Da kommt der Schwung Ihres Halses sehr schön zur Geltung.« Sie fuhr mit der Hand in der Luft die imaginäre Halslinie bis zum Schlüsselbein nach. Tomke Momsen schaute sie misstrauisch von unten an, hörte ihr aber nichtsdestotrotz sehr aufmerksam zu. Lissie sah das Foto jetzt vor sich und sprach begeistert weiter: »Ja, genau! So nach dem Motto ›Frühstück bei Tiffany. Ein morgendliches Katerschlückchen in der Badewanne! Hallo, alle mal hergucken! Mir geht's gut!‹ Das wäre doch ein echtes Gute-Laune-Foto! Vielleicht prosten Sie ja auch noch in die Kamera – als Salut an den Leser. Könnten Sie sich damit arrangieren?«

»Wir können's ja mal probieren. Her mit dem Teil!«, meinte Tomke Momsen fast schon willig.

Lissie drehte sich zu Gregor Jordan, der mal wieder lehnte, diesmal hinter Tomke Momsen an der Wand: »Ist die Champagnerflöte von Frau Momsen hier vielleicht noch irgendwo?«

Der antwortete mit einem spöttischen Gesichtsausdruck der Marke »Du glaubst doch jetzt nicht im Ernst, dass ich hier deinen Laufburschen mache?«. Lissie ignorierte ihn einfach und wandte sich scheinheilig seufzend zu Tomke Momsen. »Ja, wo finden wir bloß dieses Glas?«

»Aber wo ist denn Gregor?!«, reagierte die Momsen prompt. Hastig und irritiert verrenkte sie den Hals, dass die Sehnen fingerdick hervortraten. Als sie ihn entdeckte, runzelte sie ungeduldig die Stirn: »Sei doch ein Schatz und bring mir ein gutes Glas Champagner.«

Eins zu null, du Armleuchter!

Lissie schaute Senta an: »Auch einverstanden?«

»... mmh, probieren können wir's ja mal«, meinte die völlig entspannt, als ob es nie ein Problem gegeben hätte.

Gregor Jordan stieß sich nun auch von der Wand ab: »Willst du vielleicht auch noch ein paar Erdbeeren, Tomke?«, meinte er zuvorkommend.

»Oh ja! Und bringen Sie mir auch gleich noch ein Gläschen mit!«, rief Senta begeistert. »Ist ganz schön warm heute.« Sie blickte entschuldigend zu Lissie.

»Und *ich* hätte gern noch ein Glas Wasser«, sagte Lissie zuckersüß. »Wenn Sie denn so viel auf einmal behalten, ich meine, halten können.«

Er musterte sie abschätzig: »Ganz schön mutig heute, wie? Wie hätten wir's denn gerne? Gerührt oder geschüttelt?«

»Mit Olive bitte!«, antwortete Lissie kühl.

Gregor Jordan guckte verdutzt. Und begann besonders breit zu grinsen: »Tz, tz, tz! Wie unartig.« Und setzte sich dann gemächlich in Bewegung.

»Ihr habt euch aber auch lieb?«, platzte es aus Senta heraus.

»Sie mögen keine Männer, oder?«, fragte Tomke Momsen ehrlich interessiert.

»Nein, im Moment nicht. Aber ich denke, das verwächst sich noch.« Die Momsen guckte irritiert, und Lissie schüttelte den Kopf, »... ähm egal! Wo waren wir stehen geblieben? Ach so! Frau Momsen, die Schulterlinie stimmt noch nicht.«

Tomke Momsen schien nicht zu verstehen, und Lissie kniete sich hin: »Das sieht irgendwie verkrampft aus. Könnten Sie noch ein Stückchen hochrutschen?«

»Ja, ja, das hätten Sie wohl gerne, dass man bei mir alles sieht. Da müssen Sie schon früher aufstehen, meine Gute! Darauf falle ich nicht rein!«

»Nein, nein, darum geht es nicht. Wir fotografieren nicht für den *Playboy*. Kann alles schön in Badeschaum eingepackt sein. Sie können darunter auch Ihren BH anlassen.«

»Wie? Soll sie den BH jetzt wieder anziehen?« Das war Senta.

»Nein, nein, Senta.« Lissie versuchte sie zu beruhigen. »Die Träger bleiben natürlich unten. Es geht nur darum, dass Frau Momsen die Körbchen nicht ablegen muss.«

An Lissies Nasenspitze sauste eine randvolle Champagnerflöte vorbei: »'tschuldigung!«, hörte sie Gregor Jordan nuscheln, »hat einen kleinen Augenblick gedauert. Musste erst noch ein neues Glas finden. – Hier Tomke, dein Champagner! So wie du ihn am liebsten magst. Schön kühl.« Er warf Tomke einen aufmunternden Blick zu.

Lissie schaute Tomke Momsen an, die mit dankbaren Augen hingebungsvoll zu Gregor Jordan aufschaute.

Was geht denn hier ab? Trinkt man Champagner nicht immer kühl?

»Unsere kleine Kritzelmaus hat recht, Tomke«, meinte er unvermittelt. »Sieht wirklich besser aus, wenn du höher kommst.«

»Na, wenn du meinst, ich vertrau dir.« Sie nahm einen tiefen Schluck aus dem Champagnerglas und stemmte sich hoch.

... sauf jetzt nicht wieder alles auf einmal aus ...

»So! Höher geht nicht!«, verkündete sie und nippte schon wieder an ihrem Glas.

Lissie rappelte sich hoch und begutachtete ihr Werk. Die Momsen hatte das Glas kurz auf dem Badewannenrand abgestellt und ruderte jetzt mit beiden Händen eifrig Schaum vorm Dekolleté zusammen. Ein paar Flocken verteilte sie auch noch dekorativ auf dem Halsansatz. Eine schaffte es sogar bis auf die Schulter.

Is' ja man gut. Sooo spannend ist der Ausblick ja nun auch nicht.

Ohne Vorwarnung fing Senta an, auf den Auslöser zu drücken. Tomke Momsen schaute überrumpelt auf und sah plötzlich aus wie ein Alzheimer-Patient, der den Weg nach Hause sucht. Dann zog sie den Mund breit zu einem völlig gestellten, angestrengten, zähneknirschenden Lächeln.

Lissie bedeutete Senta aufzuhören und lächelte Tomke Momsen verständnisvoll zu. »Aber Frau Momsen, das können Sie doch viel besser! Vergessen Sie mal, dass meine Kollegin und ich hier sind.«

Tomke Momsen schnaubte durch die Nase: »Können vor lauter Lachen! Sie haben gut reden!«

»Stimmt. Aber trotzdem! Stellen Sie sich doch vor, Sie wären hier allein mit Herrn Jordan … ich meine natürlich *Gregorius* … und würden ihm bei lauschigem Candlelight zuprosten.«

Gregor Jordans Augen verengten sich zu Schlitzen. Tomke Momsen kicherte in sich hinein, griff nach dem Champagnerglas, und Senta begann, wie wild zu knipsen.

Lissie wich zurück, um nicht die Optik zu versauen.

»Oder stellen Sie sich doch mal vor …«

Sie ließ Tomke Momsens Augen keine Sekunde los.

»… ich sei Gregor Jordan …«

Sie postierte sich hinter Sentas Rücken.

»… und Sie flirten jetzt mit mir.«

Tomke Momsen schaute sie ungläubig an: »Das ist ja eine absurde Vorstellung!« Und lachte schallend.

Klick! Klick! Klick!

Senta robbte langsam näher an Tomke Momsen ran. Lissie klebte wie ein Schatten an ihrem Rücken.

»Jetzt bin *ich* aber beleidigt!«, meinte Lissie kokett schmollend. »Sie wissen doch gar nicht, wie gut ich küssen kann.« Und warf Tomke Momsen einen verheißungsvollen Blick zu.

Tomke Momsen riss den Mund auf und wieherte jetzt mit zurückgeworfenem Kopf.

Klick! Klick! Klick! Klick! Klick!

»Das will ich auch gar nicht wissen.« Sie prostete Lissie zu.

Klick! Klick! Klick!

»Da ist Gregor mir doch tausendmal lieber«, meinte sie mit Kennerinnen-Miene.

(Zu gern hätte Lissie jetzt einen Blick auf Gregor Jordan geworfen.) »Schade!«, meinte sie nur bedauernd zu Tomke Momsen. »Wir hätten bestimmt ganz wunderbare Kinder gehabt!«

Tomke Momsen saß jetzt vollkommen entspannt in der Wanne und genoss es offensichtlich in vollen Zügen, im Mittelpunkt zu stehen. Ihre Augen leuchteten, ihr Gesicht strahlte.

Ja! Ja! Ja! Das wird jetzt ein gutes Foto. Kurios, aber spannend ...

Senta war mittlerweile ganz dicht vor Tomke Momsen angelangt.

»Können Sie mir vielleicht noch einmal zuprosten?«, flehte Lissie mit kindlicher Stimme und zwinkerte Tomke Momsen zu. »Auch wenn's mit uns beiden jetzt nichts wird. So zum Abschied?«

Klick! Klick! Klick! Klick! Klick!

»So!« Senta klang höchst zufrieden. »Ich denke, das haben wir jetzt im Kasten. Mehr geht nicht.«

Tomke Momsen schaute schon wieder tief ins Glas. »Frau Momsen, wie wollen wir's machen?«, tastete sich Lissie vorsichtig vor. »Kann ich Sie jetzt hier in der Badewanne kurz interviewen?«

»Wie kurz ist denn bei Ihnen kurz?« Das Glas war fast leer. »Okay! Fünf Minuten!«, meinte sie plötzlich, als ob sie Gnade vor Recht ergehen lassen würde. »Und keine Sekunde länger! Ihr Journalisten erfindet ja sowieso alles, was ihr wollt!« Sie hielt abrupt ihre Champagnerflöte in die Höhe: »Gregor! Gib mir noch mal Stoff!«, bellte sie im Kasernenton und hatte wieder ganz scharfe Falten im Gesicht.

Lissie hockte sich auf die Stufen vor der Wanne, nahm den Block auf die Knie und beobachtete Gregor Jordan, der über ihren Kopf hinweg das Glas entgegennahm: »Das machen Sie wirklich *sehr* schön, Maître Gregor. Wo sind eigentlich die versprochenen Erdbeeren? Ich nehm meine bitte mit Schlagsahne.«

»Was mit Schlag können Sie gerne haben!« Er rempelte mit dem Knie gegen ihren Oberarm.

»Aua!«

»Sind wir jetzt hier im Kindergarten?«, zischte Tomke Momsen krätzig. »Das geht alles von Ihrer Zeit ab.« Gregor Jordan machte sich auf, Champagner zu holen. Sein Blick versprach Rache.

»Warten Sie, Gregor!«, rief Senta vom anderen Ende des Raums. »Ich helfe Ihnen!«

»Frau Momsen«, fing Lissie langsam an, »Sie haben sich ja entschlossen …«

»Ha!«, kam es wütend aus dem Badeschaum.

»… okay, Sie wurden entschlossen, unseren Leserinnen zu erzählen, wie Sie in die Fänge des Kokains geraten sind.« Lissie guckte Tomke Momsen abwartend an.

»Da müssen Sie sich schon ein bisschen mehr Mühe geben. So einfach mache ich Ihnen das nicht.«

»… okay … mmmh … wie geht es Ihnen im Moment?«

»Gut! Abgesehen davon, dass das Badewasser kalt wird. Beeilen Sie sich.«

»Okay, Frau Momsen! Dann muss ich jetzt konkret werden: Was wird die Polizei in Ihren Haaren finden, wenn Sie nach dem Bericht in *Cleo* an Ihrer Tür klingelt?«

»Was ist das für eine ungezogene Frage!«

»Frau Momsen! Wollen Sie jetzt beichten oder wollen Sie nicht beichten?«

»Gut. Aber dann fragen Sie mich was anderes.«

»Wie lange nehmen Sie schon Kokain?«

»Zwei … nein, warten Sie mal …«, Tomke Momsen rechnete ganz offensichtlich im Kopf nach, »… vier Jahre!«

Wetten, dass du jetzt im Kopf geschätzt hast, wie alt deine Haare sind. Falls die mal eine Probe nehmen.

»… okay … vier Jahre … Wie sind Sie mit der Droge das erste Mal in Kontakt gekommen?«

»Auf einer Party. Man hat mich gezwungen!«

Das möchte ich sehen, wie dich jemand zwingt. Der geht ohne Hoden und am Stock nach Hause.

»Gezwungen? … Wie muss ich mir das vorstellen?«

»Na wie schon? Jemand hat mir was in meinen Drink getan.

Und danach war ich süchtig. Geschah natürlich gegen meinen Willen.«

Ich glaub, das verwechselst du mit Heroin. – Soll ich das jetzt sagen?

»Äh, wie hat sich Ihr Kokainkonsum auf Ihre Arbeit ausgewirkt?«

»Vernichtend! Seitdem hatte ich eine Schaffenskrise. Aber jetzt finde ich langsam zu meiner alten Klasse zurück.« Tomke Momsen redete sich in Fahrt, »meine neue Kollektion ›Fashion for Freedom‹ ist ein sensationeller Erfolg! Und mein neues Parfüm ›Spirit of Freedom‹ wird das Chanel N° 5 des neuen Jahrtausends!«

Sie spähte misstrauisch auf Lissies Block, die so tat, als ob sie eifrig mitschrieb. »Notieren Sie das auch ja richtig! ›Spirit of Freedom – Herz der Freiheit‹!«

Du Doofi. Das heißt wenn »Geist« oder »Seele« der Freiheit.

»Okay … öhm … wie kommen Sie mit den Nebenwirkungen des Kokains zurecht?«

»Welche Nebenwirkungen?!«

»Frau Momsen! Wenn wir jetzt gemeinsam ins Lexikon gucken, stünde da so was wie ›Massive Depressionen, starker Realitätsverlust, gesteigerte Redseligkeit, zerstörte Nasenschleimhäute, ständig laufende Nase, heftige Stimmungsschwankungen, unkontrollierte Wutausbrüche‹. Welche Nebenwirkung möchten Sie sich aussuchen?«

»Wissen Sie eigentlich, wie kackfrech Sie sind? Keine Klasse! Gregor hat das offensichtlich schon vor mir erkannt.«

Ach ja! Wo ist das Schätzchen eigentlich? So lange kann er für das Glas doch nicht brauchen.

»Na gut! Ähm … Depressionen! Ich hab Depressionen!«

»Und wie äußern die sich?«, hakte Lissie müde nach.

»Na wie schon? Ich wollt schon vom Dach springen … oder schreiben Sie besser: Ich hab mit der Rasierklinge in der Badewanne gesessen … oder nein … doch Dach!«

»Okay, Dach«, notierte Lissie.

Scheiße, was muss ich sie denn noch fragen ... was ist denn noch ganz wichtig ...?

»Kokain, das ist doch teuer. Was kostet so eine Portion?«

»Sie glauben doch nicht im Ernst, dass ich Ihnen das erzähle!«

»Entspannen Sie sich, Frau Momsen. *Dealen* ist strafbar. Nicht das *Konsumieren.*«

Ich hoffe, das stimmt jetzt so ...

»Da haben Sie aber Ihre Hausaufgaben nicht gemacht, Schätzchen. Das ist ein Offizialdelikt, mit dem Sie mich hier belasten! Wenn Sie das morgen veröffentlichen, steht übermorgen die Staatsanwaltschaft vor meiner Tür.«

»Ja gut, Frau Momsen. Aber was werden Sie dafür bekommen? Eine kleine Geldstrafe höchstens. Dafür haben Sie aber die gigantische Publicity. Die werden sich alle auf die Geschichte stürzen. Und denken Sie außerdem mal daran, wer alles schon gekokst hat. Da befinden Sie sich in ziemlich exklusiver Gesellschaft: Donatella Versace! Robert Downey jun.! Wer fällt mir noch ein? Naomi Campbell! Kate Moss! Und?! Wie geht's denen heute? Sie sind *berühmter* und *reicher* als je zuvor.« Völlig aus der Puste stoppte Lissie.

»Okay, aber ich sage Ihnen trotzdem nicht, was ich dafür bezahle.«

»Na gut ... werden Sie weiterhin Kokain nehmen? Oder planen Sie, damit aufzuhören?«

»Ich plane, mich dabei nicht erwischen zu lassen ... nein, schreiben Sie das nicht, schreiben Sie: Ich kämpfe hart gegen meine Sucht an. Und hoffe, sie mithilfe meiner Freunde und treuen Kundinnen besiegen zu können. Mein Erfolg gibt mir Kraft.«

»... äh, welchen Erfolg meinen Sie jetzt?«

»Haben Sie eigentlich Abitur? Ich meine natürlich den geschäftlichen Erfolg. Die Bestätigung durch meine Kundinnen, die vielen dankbaren Briefe, die sie mir schicken. – So! Jetzt ist Schluss!«

»Eine letzte Frage noch: Was soll ich schreiben auf die Frage, warum Sie sich jetzt outen?«

»Weil Ihre verkackte Chefredakteurin mich gezwungen hat. Reicht Ihnen das als Antwort?«

»Soll ich das jetzt so notieren?«

»Sie können auch doofe Fragen stellen! Nein! Schreiben Sie, ich möchte mit meinem traurigen Schicksal andere warnen, was passieren kann, wenn man nicht aufpasst! – Nein! – Schreiben Sie nicht ›traurig‹. Schreiben Sie ›außergewöhnlich‹. Und dass ich hoffe, mit meinem mutigen Schritt, an die Öffentlichkeit zu treten, die Kraft aufzubringen, mithilfe meiner Freundinnen und treuen Kundinnen die grausame Sucht zu überwinden. – Ja, schreiben Sie das so! Das hört sich doch gut an!«

Puh, geschafft. Ob's reicht ...?

»Frau Momsen, wenn ich nachher noch Fragen habe, kann ich Sie irgendwo erreichen?«

»Rufen Sie im Atelier an. Dann werden Sie durchgestellt. Wenn ich Zeit habe. Und jetzt verschwinden Sie. Sie haben lange genug meine Zeit beansprucht.«

Lissie rappelte sich auf.

»Ich schau mal kurz, wo meine Fotografin ist!«

»Ja, und erinnern Sie Gregor daran, dass er mir noch mein Glas bringen soll!«

Lissie verließ das Bad. In der Sekunde kam Gregor Jordan mit Senta die Treppe hoch. Die hatte rote Wangen und wirkte ordentlich angesext.

»Senta!«, rief Lissie erleichtert. »Ich bin fertig. Lass uns los.«

»Was denn, schon? Das ging aber schnell. Wir dachten, du brauchst mindestens noch eine halbe Stunde. Gregor wollte mir gerade noch mal das Sonnendeck zeigen.«

»Okay, wie du willst. Aber ich fahr dann schon mal los.«

»Nein, warte doch! Mach doch nicht so 'nen Stress. Ich hol nur schnell meine Sachen. Dann können wir.«

»Okay, ich muss sowieso auch noch meine Tasche da rausholen.«

Sie betraten zusammen das Bad. Der Anblick von Tomke Momsen war gruselig. Der Badeschaum hatte begonnen sich aufzulösen. Und die entstandenen Lücken gewährten Einblicke auf die knochigen, gebräunten Ober- und Unterschenkel. Sie saß da, als ob jemand die Luft rausgelassen hätte. Nur die starren offenen Augen verrieten, dass sie noch wach und am Leben war. Lissie bückte sich bedrückt nach ihrer Tasche.

»Frau Momsen«, begann sie im gedämpften Krankenhauston und räusperte sich, »danke, dass wir hier sein durften und danke für das interessante Interview. Ich denke, da sind ein paar ganz tolle Fotos dabei. Ich melde mich auf jeden Fall bei Ihnen.«

Sie schaute Tomke Momsen an. Keine Reaktion.

Hat jemand bei der den Stecker rausgezogen?

»Tschüss dann!«, wagte Lissie noch einen letzten Anlauf.

Null Reaktion.

Na denn.

Gregor Jordan wartete draußen vor der Tür. Kein Lachen, kein Grinsen, nur ein kühl abschätzender Blick.

»Herr Jordan …«, fing Lissie an.

»Ich begleite Sie noch nach unten!«, unterbrach er sie und guckte an ihr vorbei: »Senta? Sie haben alles? Oder soll ich Ihnen noch helfen?«

»Danke, geht schon!«, rief Senta fröhlich. »Sie sind ein echter Schatz!«

Lissie stieg hinter den beiden die Treppe runter. Unten öffnete Gregor Jordan geschmeidig die Eingangstür: »Noch einen wunderschönen Tag, die Damen. Und beehren Sie uns recht bald wieder!« Er guckte ausschließlich Senta an. Die reichte ihm freudestrahlend die Hand: »Und Sie denken daran, mir die Karten zuzuschicken??«

»Ja, ich hab ja Ihre Adresse. Und ich würd mich sehr freuen, wenn Sie mich mal besuchen kommen.« Er schaute ihr tief in die Augen.

»Ich mich auch!«, schmachtete Senta und machte widerwillig Platz.

Gregor Jordan wandte sich zu Lissie. Die umkrallte ihre Tasche mit beiden Händen vor der Brust.

Dir gebe ich auf gar keinen Fall die Hand.

»Noch mal schöne Grüße an Frau Momsen.« Sie versuchte sich schnell Richtung Ausgang zu schieben.

Plötzlich stützte sich Gregor Jordan vor ihrer Nase mit dem Arm an der Wand ab: »Ich habe mich auch sehr gefreut, Sie wiederzusehen, Lissie Lensen.«

Sie machte ein Hohlkreuz und wich so weit wie möglich mit dem Oberkörper zurück.

»Soll ich Tamara heute Abend von Ihnen grüßen?« Er runzelte theatralisch die Stirn, begann zu flüstern. »… und, psst!, sagen Sie, dürfen wir Sie mal anrufen, wenn wir Tipps und Tricks für Knutschflecken brauchen?«

Lissie legte den Kopf schief: »Also, Herr Jordan. Bei Ihnen überlege ich mir das noch mal mit der Nachhilfe. Aber Tamara? Nein danke.« Sie schaute ihm zornig in die Augen und fuhr laut fort: »Sie mag das übrigens besonders gern, wenn man ihren großen Zeh lutscht. Aber Vorsicht, der ist schon ordentlich abgenuckelt.«

Senta schaute sie an, als ob sie von allen guten Geistern verlassen wäre. Energisch wandte sich Lissie zum Gehen. Und hörte plötzlich Gregor Jordans dunkle Verführerstimme: »Sie haben vergessen, mir Ihre Telefonnummer zu geben.«

Schockiert wandte sie sich wieder um: »Wissen Sie was?!« Sie schluckte hektisch. »Ich bin dem tollsten Mann aller Zeiten leider schon begegnet. Und wissen Sie noch was?! Er ist alles, was *Sie* nicht sind!« Sie zuckte erschrocken zusammen. Tränen schossen ihr in die Augen und sie schlug die Hände vors Gesicht.

13

Kurz nach 23 Uhr suchte Lissie im Dunkeln und vor Müdigkeit schwankend das Türschloss ihrer Wohnungstür und hätte jetzt auch noch vor Erschöpfung heulen können.

Dieser blöde Hausmeister! Kann er nach drei Tagen nicht endlich mal die Glühbirne gewechselt haben? Um einem unten an der Treppe aufzulauern und für einen Schnack hat er immer Zeit. Aber seine Arbeit kriegt er nicht geregelt.

Hinter ihr lagen sieben Stunden, in denen sie im Akkord geschrieben, recherchiert, gelesen, telefoniert, sich rumgeärgert und Frust geschoben hatte. Zurück im Hansa-Verlag hatte sie sich als Allererstes in der Cafeteria ein durchgeweichtes Mettwurst-Gurken-Brötchen organisiert. Dazu ordentlich Nervennahrung (zwei Snickers, eine Tüte Gummibärchen) plus einem XL-Pappbecher Caffè Latte. Sie war zu ihrem Schreibtisch gewankt, hatte, bereits kauend, zum Hörer gegriffen und beim Hansa-Verlag-Textarchiv alles angefordert, was die dort zum Thema »Tomke Momsen« finden konnten. (Wohl wissend, dass sie meist nichts fanden. Und von diesem Nichts auch nur die Hälfte.)

Sie hatte sich den Rest vom Brötchen zwischen die Zähne geschoben, parallel dazu den ersten Snickers-Riegel, und versucht, im Internet weitere Infos zusammenzuklauben (Google fünf Treffer, Wikipedia.de Fehlanzeige). Nach kurzem, planlosem Rumgeklicke war sie überraschend auf Tomke Momsens Homepage gestoßen, die Besucher mit einem fröhlichen *Coming Winter 2006 – Bitte lassen Sie sich vormerken, wir benachrichtigen Sie gerne, wenn diese Seite freigeschaltet wird!* begrüßte.

Bine war irgendwann eingetroffen und hatte sich gleich auf ihren Pezziball und ans Telefon geschwungen, um noch zwei Interviews zu ihrer Erdbeeren-machen-Hausfrauen-glücklich-Story zu führen, während Lissie sich krampfhaft auf den Mist zu konzentrieren versuchte, den sie da las. Nachdem sie alle Unterlagen gesichtet hatte (auch die aus dem Archiv, die nach zwei Stunden endlich per Hausboten eingetroffen waren), musste sie feststellen, dass sie viele Schnipsel, aber keine Geschichte hatte und dass Tomke Momsen ihren Spitznamen »Chamäleon« zu Recht trug. Mal war sie dies, mal war sie das, aber auf jeden Fall immer unseriös. Dafür wusste Lissie jetzt endlich, wann die Dame geboren war: nämlich laut Eigenauskunft in einem Interview '62. (Fragte sich nur, welches Jahrhundert.)

Zusammengefasst ergab das alles zehn Sätze (aufgepumpt vielleicht elf). Von einer spannenden, dicht geschriebenen Kokain-Enthüllungsstory war Lissie Lichtjahre entfernt.

In der Hoffnung, dass Tomkes Badewannenfotos sie inspirieren würden, und um zu erfahren, wie viele Zeilen sie überhaupt füllen musste, hatte sie bei Marten, dem Chef vom Dienst, angerufen: Das mit dem Layout würde noch ein paar Minütchen dauern (Klartext: Minimum eine Stunde), hatte er sie abgespeist. Sie hätten eben erst davon erfahren, man könne schließlich nicht zaubern! Aber er würde netterweise schon mal die Ausdrucke der Fotos rüberschicken, die mitgingen. Und, ach ja!, würde sie bestimmt freuen zu hören, die Geschichte sei riesig drin: eine Doppelseite, 2500 Zeichen. Sie könne sich mal so richtig austoben. Lissie hatte den Journalismus im Allgemeinen und ihre auf Dezember befristete Stelle im Besonderen zum Teufel gewünscht. Sich zum x-ten Mal gefragt, warum das alles nicht auch bis Montag Zeit hatte (da wurde normalerweise das Heft erst dichtgemacht). Und frustriert ins Snickers gebissen.

Noch während des Gesprächs mit Marten hatte sie angespannt auf die Uhr im Rechner gestarrt, die – blink! blink! blink! – tatsächlich schon 17 Uhr 32 anzeigte. Und spätestens hier angefangen, Fingernägel zu kauen, weil sie wusste, dass jetzt jederzeit Annegret Paulsen anrufen konnte: Wo denn der Text bliebe?! Frau Clausen würde schon warten! Und immer noch hatte sie keinen blassen Schimmer, was sie eigentlich schreiben sollte (geschweige denn, den ersten Buchstaben eingetippt). Diverse Versuche, Tomke Momsen zu erreichen, waren fehlgeschlagen: Im Atelier ging keine Sau ran, auf dem Handy begrüßte sie immer nur ein »The person you've called is temporarily not available!«

Eine Stunde später saß Lissie in einer Lache von Schweiß vorm Rechner. Hatte von den zwei Snickers saures Aufstoßen, oder vielleicht auch von dem Liter Kaffee, den sie inzwischen gesoffen hatte, und bemühte sich, die Gummibärchen-Popel zwischen den Zähnen zu ignorieren, die sie nervten. Plötzlich wütend, dachte sie an die Frau vom Anrufbeantworter.

Das ist bestimmt so eine Superschlanke, die auch bei fünfundvierzig Grad nicht schwitzt. Und zur Sekunde steigt sie wahrscheinlich gerade mit diesem Sackgesicht von Mann in seinen verschissenen Whirlpool.

Sie stieß heftig die Luft aus, die Verzweiflung stieg heiß in ihr hoch und es kostete sie alle Kraft, wieder auf den Bildschirm zu gucken. Gerade mal achthundert Zeichen standen da hintereinander getippt, fehlten immer noch eintausendsiebenhundert. Und was den Inhalt anging, hätte sie genauso gut mit der Faust auf die Tastatur hauen können – sie hatte, wie es so schön hieß, Locken auf der Glatze gedreht.

Bine hatte schon längst mit einem gut gelaunten *Tschü-hü! Arbeite nicht wieder so lange!* pünktlich um 18 Uhr 59 ihren Pezziball unter den Schreibtisch gerollt und war mit einer Freundin zur After-Work-Beach-Party am Hafen abgedampft. Sophie hatte noch mal kurz durchgeklingelt und (mit deutlich durchhörbarem schlechtem Gewissen) angeboten, ob Lissie nicht mit Tobias und ihr heute Abend gemütlich ins Kino gehen wolle. Lissie hatte dankend (und mit schlecht überspieltem Verletztsein) abgelehnt.

Eine Stunde später landete dann endlich auch das Layout auf Lissies Tisch. Tomke Momsens Zähne waren jetzt perfekt, die Falten um die Augen bis auf einige Reste eingeebnet, die Haare hatten einen weizenblonden Schimmer à la Marilyn Monroe bekommen. Sah nett aus, half ihr aber leider auch nicht weiter.

Zweimal hatte zwischendurch noch das Telefon geklingelt und auf dem Display eine entrüstete, vernachlässigte, besorgte 0-4-6-1 angezeigt. Lissie hatte mit schlechtem Gewissen in die andere Richtung geguckt. Und sich an die Hoffnung geklammert, trotz Müdigkeit, brennender Augen, Kopfschmerzen, latenter Übelkeit und versagendem Achsilant doch noch eine geniale Idee für die Geschichte zu entwickeln.

Um 21 Uhr küsste sie endlich die Muse. Vielleicht half auch das Wissen, dass weder Annegret Paulsen noch Carmen Clausen jetzt noch anrufen würden, da mit hundertprozentiger Wahrscheinlichkeit schon längst ins Wochenende abgedampft. Was – Überraschung! – den Verdacht nahelegte, dass die Geschichte wohl doch bis Montag Zeit hatte.

Um 22 Uhr 32 hatte sie endlich benommen ihre Sachen zusammenpacken können, nicht ohne vorher den Text von »privat« in »Buntes Leben« rüberzuspeichern (sodass jetzt jeder seinen Senf dazugeben konnte) und Marten, dem CvD, zu mailen, dass der Text fertig war (PS: Im Layout fehlt Abbildung Parfüm Spirit of Freedom! Noch unbedingt einbauen! Wunsch von Chefin!). Ganz zum Schluss hatte sie auch noch schweren Herzens den letzten Akt des Dramas vollzogen und eine Kopie ihres Textes an cclausen@hansaverlag-Cleo.de zum Korrekturlesen geschickt. Beziehungsweise, je nach Perspektive, zum Verhackstücken.

Als Lissie die Tür ihrer Dachgeschosswohnung aufstieß, drang ihr ein Schwall muffiger, warmer, abgestandener Luft mit der Note »Sehr viel Hausstaub! Bitte dringend putzen!« in die Nase.

Shit, ich habe nicht daran gedacht, ein Fenster aufzulassen. Jetzt kann ich heute Nacht wieder wie im Backofen schlafen.

Sie haute auf den Lichtschalter, schmiss ihre Tasche auf den Holzfußboden und die Post direkt daneben und ging erst mal in die Küche, um dort ein Fenster aufzureißen. Als sie die Küchentür öffnete, schlug ihr die nächste Geruchswolke entgegen.

Oh Mist! Den ganzen Berg muss ich auch noch abspülen. Hoffentlich schimmelt's nicht schon irgendwo.

Eilig verließ sie die Küche, um im Schlafzimmer gegenüber noch ein weiteres Fenster zu öffnen. Und stand im Halbdunkeln vor dem nächsten Chaos: Auf dem Fußboden lag überall schmutzige Wäsche herum. Auf ihrem ungemachten Bett häuften sich die Klamotten, die sie gestern Morgen schnell dort hingeschmissen hatte, als sie sich nicht entscheiden konnte, was sie anziehen sollte.

Ich muss wirklich mal wieder aufräumen ...

Zum ersten Mal seit langer Zeit nahm sie ihr unaufgeräumtes Schlafzimmer richtig wahr und das, was es über sie aussagte.

Bin ich wirklich so eine Schlampe? Hat er das gesehen, als er mich angeschaut hat? Hat er das gespürt? Bin ich wirklich so scheiße?

Ihr schossen die Tränen in die Augen, und sie spürte wieder den dicken Kloß in ihrem Hals. Hastig stakste sie über ihre Kleiderhaufen zum Fenster und öffnete es. Plötzlich hörte sie irgendwo das Telefon dumpf klingeln. Während sie sich die Augen abwischte, lief sie aus dem Schlafzimmer und versuchte zu orten, aus welchem der anderen drei Räume das Geräusch kam.

Küche? Bad? Wohnzimmer? – Wohnzimmer! Wahrscheinlich habe ich es auf dem Sofa liegen lassen, unter den Kissen.

Sie hechtete ins Wohnzimmer und wühlte in der Dunkelheit unter den weißen Kuschelkissen das Telefon hervor. »Hallo Mama!«, sagte sie blind in die Muschel und versuchte, ein Schluchzen zu unterdrücken.

»Kind, wo steckst du denn? Ich hab schon ein paarmal versucht, dich in der Redaktion zu erreichen. Und an dein Handy gehst du auch nicht. Was ist los?«, fragte ihre Mutter besorgt.

»Nichts, Mama«, beruhigte Lissie sie, während ihr die Tränen in dicken Strömen übers Gesicht liefen und ihre Stimme beinahe brach. »Ich bin nur müde. Ist spät geworden in der Redaktion.«

»Ich versuche dich jetzt seit zwei Tagen zu erreichen.« Ihre Mutter klang nun richtig alarmiert.

»Ja, ich war die ganze Zeit unterwegs. Können wir morgen telefonieren? Ich hab den ganzen Tag noch nichts gegessen. Und ich muss dringend mal duschen. Ich bin total fertig.« Lissie legte den Kopf in den Nacken, ballte die freie Hand zur Faust und grub ihre Fingernägel in die Handfläche.

HÖR AUF! HÖR AUF! HÖR AUF!

»Aber was ist mit deiner Stimme los? Du klingst total … *irgendwas* ist doch los!«, rief ihre Mutter ängstlich ins Telefon. »Ich hör das doch!«

»Nichts ist los …« Lissies Stimme brach. »… ach Mama, ich hab Scheiße gebaut …«, weinte sie ins Telefon. »Ich war gestern Abend auf einer Party und hab da einen Mann kennengelernt. Ich hab mit ihm geschlafen und …«

»Oh Gott! Nein! *Kind!* Du bist doch nicht einfach mit einem wildfremden Mann mitgegangen? Doch nicht in Hamburg!«, rief ihre Mutter entsetzt ins Telefon. »Geht es dir gut? Hat er dir wehgetan? Was ist los?«

Lissie weinte bitterlich. »Nein, Mama, er hat mir nicht wehgetan. Er hat … er hat …« Sie konnte nicht mehr weitersprechen, war nur noch am Schluchzen und am Weinen.

»Lissie, Kind! Beruhig dich doch!«, rief ihre Mutter verängstigt. »Was ist denn los? So kenn ich dich gar nicht! Red mit mir! Sag doch was! Du machst mir Angst!«

»… ich … ich … ich hab mich verliebt … und … er hat eine Freundin … und … er hat mich ganz gemein … abserviert …«

Jetzt ist es endlich raus, dieses fiese Wort.

Dafür schwebte es nun über ihrem Kopf und drückte sie zusätzlich nieder.

»Ach Kind!«, atmete ihre Mutter erleichtert auf. »Beruhig dich! Wenn es nur *das* ist! Das ist zwar nicht schön. Aber so was passiert.« Lissie hörte sie im Hörer tief durchatmen. »Du wirst sehen! Die Zeit heilt alle Wunden.«

»Mama!«, Lissie lachte widerstrebend und wischte sich die Nase mit dem Handballen ab, »du kannst echt mit Sophie einen Club für doofe Sprüche aufmachen.«

»Lissie!«, kam es ungehalten, »ich versteh ja deinen Kummer. Aber ich hatte jetzt schon Angst, dir sei *wirklich* was Schlimmes passiert …« Sie hörte ihre Mutter wieder tief durchatmen. »Weißt du was?! Komm morgen vorbei. Ich koch dir was Schönes. Und wir reden über alles in Ruhe.« Die Stimme ihrer Mutter klang zuversichtlich. »Mach dir jetzt noch was Ordentliches zu essen, Liebling, geh duschen. Und dann sieht die Welt schon anders aus.«

»Mama, reg dich nicht so auf. Mir geht es jetzt schon besser. Aber ich weiß nicht, ob ich morgen kommen kann. Ich bin einfach völlig fertig.«

»Komm! Bitte!« Lissie hörte erschrocken, wie die Stimme ihrer Mutter kippte, »ich möchte nicht, dass du so alleine bist in dieser Situation – sag mal …«, kam es plötzlich vorsichtig aus dem Hörer, »ich muss mir doch jetzt keine Gedanken machen, oder?«

Lissie schluckte.

Oh nein. Soll ich ihr das jetzt sagen?

»Ich weiß es nicht, Mama«, meinte sie resigniert.

»Was weißt du nicht?«, kam es richtig alarmiert aus dem Hörer.

»Wir haben kein Kondom benutzt.«

»Oooooh Kind! Wozu haben wir dich aufs Gymnasium geschickt? Du hast doch einen ausgebildeten Verstand. Warum machst du so was? Was war das für ein Mann?«

»Mama, das ist doch egal. Aids richtet sich nicht nach Berufsklassen oder dem Alphabet. Ich werd halt einen Test machen müssen.«

»Ja, aber Kind … dann ist es doch schon zu spät! … und, und … was ist, wenn du … wenn du schwanger wirst?«

»Wenn, bin ich das schon.«

»Oh Gott! Du verdirbst dir deine ganze Zukunft! Kind! Ich fahr sofort zu dir!«

»Nein, das will ich nicht. Lass mich ausschlafen. Und dann fahre ich morgen zu dir.«

»Kannst du denn fahren? Bist du denn überhaupt fähig zu fahren? Funktioniert dein Auto? Nicht dass du in dieser Situation noch einen Unfall baust.«

»Ja, Mama, das Auto läuft, und ich kann fahren.«

»Ich weiß nicht …« Ihre Mutter klang völlig verunsichert. »Kann ich dich denn jetzt in dieser Situation alleine lassen? Soll ich nicht doch heute Nacht noch kommen?«

»Nein, Mama, das bringt doch nichts. Ich bin einfach todmüde. Sei lieb umarmt! Und ich komm morgen vorbei, versprochen.«

»Okay, Liebes …«, kam es zögernd, »dann schlaf gut. Aber wenn irgendwas ist, ruf bitte sofort an! Auch wenn es mitten in der Nacht ist! Hörst du?! Bitte!«

Ach Mama, danke, dass es dich gibt!

»Ja, Mama, danke, ich weiß. Ich hab dich lieb. Schlaf auch gut.«

»Tschüss, Liebes!«

Lissie drückte müde die Aus-Taste und warf das Telefon zurück auf die Couch. Ihr ging es nicht wirklich besser, aber sie fühlte sich zumindest erleichtert. Gegenüber ihrer Mutter laut ausgesprochen zu haben, welche Befürchtungen und dunklen Gedanken in ihrem Kopf umherhuschten, tat einfach gut.

Wenn ich das überlebt habe, kann ich auch den Rest überleben.

Sie rieb sich erschöpft die Augen und stolperte unsicher zum Bad. Als sie die weiße schmale Tür öffnete, hüllte sie eine feuchtwarme Wolke ein, in der das Orangenaroma des Toilettenduftsteins dominierte.

Urrrgh. Hier muss ich auch mal wieder putzen …

Sie kippte das Fenster.

Das geht echt so nicht weiter mit mir. Egal, was kommt, ich muss echt ordentlicher werden … ich muss endlich erwachsen werden.

Sie zog sich ihr Kleid über den Kopf und schmiss es auf den Flur, möglichst weit von sich weg.

Ich verspreche, wenn der Kelch an mir vorübergeht ... wenn ich mir nichts eingefangen habe, weder Aids noch eine Schwangerschaft ...

Angewidert streifte Lissie das Höschen runter und warf es mit spitzen Fingern hinterher.

... dann werde ich ganz ordentlich, dann kann man bei mir vom Fußboden essen ...

Sie schob den mit Muscheln und Seesternen bedruckten, durchsichtigen Duschvorhang beiseite, stellte sich unter die Brause und fühlte, von sich selbst abgestoßen, wie es unter ihren Füßen klebte.

... Sonntag bringe ich hier alles auf Vordermann.

Sie zog den Vorhang ungeduldig hinter sich zu, ruckelte müde den Duschkopf aus seiner Halterung und drehte vorsichtig das Wasser auf. Angenehm warm strömte es über ihren Bauch und an ihren Beinen entlang. Erschöpft suchte sie mit der Schulter Halt an den gelben Kacheln, hob die Brause zum Hals – und schnappte erschrocken nach Luft: Ihre Brustwarzen taten weh, als das warme Wasser über sie lief. Erstaunt guckte Lissie an sich runter und sah, dass sie gerötet und geschwollen waren. »Danke auch dafür ...«

Ihr kamen wieder die Tränen. Weinend hängte sie die Brause oben ein, lehnte sich mit der Stirn an die Kacheln und ließ das Wasser auf ihren Nacken sprudeln, während ihr Körper von hilflosen Schluchzern geschüttelt wurde.

Ein paar Minuten später taumelte Lissie, in ein Handtuch eingewickelt, aus dem Badezimmer, sie war am Ende ihrer Kräfte. Ihr Blick fiel auf das Kleiderbündel im Flur.

Euch will ich nie wieder sehen!

Zornig schnappte sie sich Kleid und Höschen, lief in die Küche, riss den Blechdeckel ihres weißen IKEA-Mülleimers hoch und drückte beides so tief wie möglich in die Tonne hinein. Sie schaute sie ein letztes Mal hasserfüllt an, dann knallte sie den Deckel drauf.

Eins war klar: Das war ihr erster und letzter One-Night-Stand. Noch mal so eine Aktion würde sie nicht überleben.

cleo **Titel-Thema**

Ja, ich hab

Star-Designerir
Jetzt spricht sic
über Droge
Selbs

Stark, erotisch, extravagant: Star-Designerin Tomke Momsen (44) in der Badewanne ihrer Hamburger Luxusvilla

Von Elisabeth Lensen

Ihre unglaublichen Mode-Entwürfe beglücken Frauen von Hamburg bis Taschkent: Star-Designerin Tomke Momsen (44). Jetzt die Schock-News: Seit vier Jahren kämpft die Preisträgerin des Bad-Salzuflen-Awards für Frauen-Power und gefeierte hanseatische Geschmacksbotschafterin gegen ihre Kokainsucht. Die schonungslos-bewegende Badewannen-Beichte.

◆◆◆

Als *Cleo* klingelt, wellnesst die Designerin in ihrer Kingsize-Wanne – als wolle sie sich den Schmutz der vergangenen Monate von der Seele waschen, frei sein für ein Leben ohne Drogen. *„Mir geht es gut!"* erklärt sie, hebt tapfer ihr Glas Champagner – und lächelt.

Wer die Tränen in ihren edlen Augen glitzern sieht, weiß, wie schwer der umschwärmten Partykönigin diese Worte fallen müssen. Hinter ihr liegen schwere Zeiten, in denen sie an der Seite von Filmregisseur-Hoffnung Pete Clarkson (68) der Teufelsdroge Kokain die aparte Stirn zu bieten versuchte: *„Ich kämpfe hart gegen meine Sucht an, hoffe, sie mit Hilfe me Freunde und tre Kundinnen besiege können. Mein Er die Bestätigung d meine Kundin die vielen dankb Briefe, die sie mir s cken – das alles gibt Kraft."*

Unverschuldet blauäugig geriet die traktive Tochter e Autohändlers aus in Dithmarschen, ihre großartige Kar

e gekokst!

omke Momsen – um ersten Mal bhängigkeit und ordgedanken

Stößt auf ihr neues Leben an – gerade präsentierte Tomke eine neue Charity-Dessous-Linie

„Spirit of Freedom“ – der dekorative 50-ml-Handgranatenflakon um 129 Euro

Poolparty in Marbella – wurde sie hier Opfer der Droge?

aufenster-Deko-in in Oldenburg ı, in die Fänge veißen Pulvers: *hat mich auf ei-rty gezwungen.“* ihrem mutigen eständnis will zt ein Zeichen *„Ich möchte mit n außergewöhn- Schicksal an-arnen, was pas-wenn man nicht st! Ich hatte De-nen, wollte vom Dach springen.“* Auch das kreative Wirken der schönen Designerin, die mit Mädchennamen Tomke Stefanie Ritzau heißt und in dritter Ehe mit dem Glücksburger Butterschiff-Tycoon Frederik Momsen († 87) verheiratet war, litt unter der Kokainsucht. *„Ich hatte eine Schaffenskrise!“* Doch jetzt ist die Ehrendoktorin der Universität für angewandte Kunst-Wissenschaften in Kiew zuversichtlich, ihr Leben wieder in den Griff zu bekommen. Geholfen hat dabei die intensive schöpferische Arbeit an ihrem neuen Parfüm „Spirit of Freedom“: erdiges Patschuli (für die Unterdrückten dieser Welt), liebliche Maiglöckchen (Zeichen der Hoffnung) – der Duft einer außergewöhnlichen Frau.

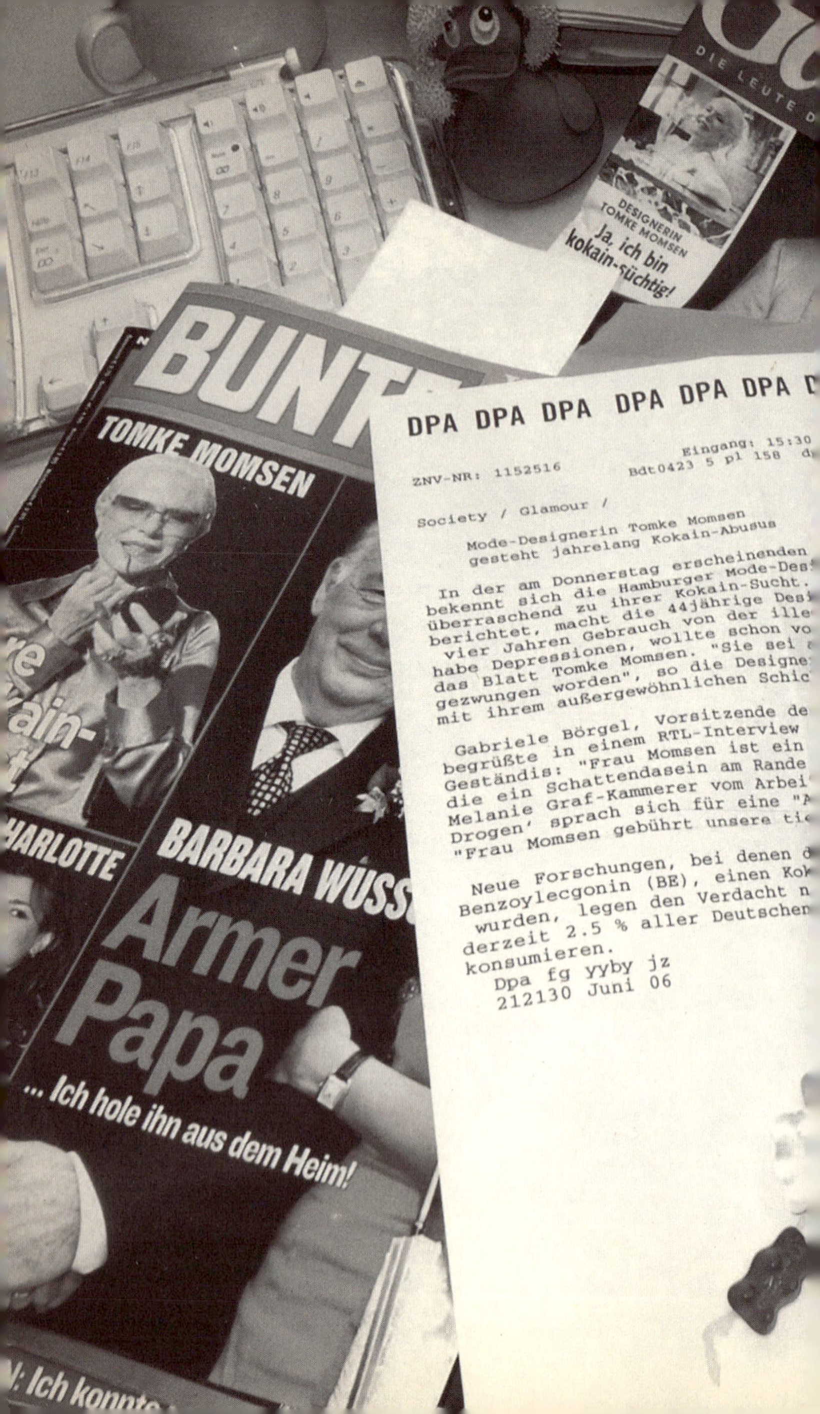
DIE LEUTE D
DESIGNERIN TOMKE MOMSEN
Ja, ich bin kokain-süchtig!
BUNT
TOMKE MOMSEN
HARLOTTE
BARBARA WUSS
Armer Papa
... Ich hole ihn aus dem Heim!
N: Ich konnte
DPA DPA DPA DPA DPA DPA D
Eingang: 15:30
ZNV-NR: 1152516 Bdt0423 5 pl 158 d
Society / Glamour /
Mode-Designerin Tomke Momsen
gesteht jahrelang Kokain-Abusus
In der am Donnerstag erscheinenden
bekennt sich die Hamburger Mode-Des
überraschend zu ihrer Kokain-Sucht.
berichtet, macht die 44jährige Desi
vier Jahren Gebrauch von der ille
habe Depressionen, wollte schon vo
das Blatt Tomke Momsen. "Sie sei a
gezwungen worden", so die Designe
mit ihrem außergewöhnlichen Schic
Gabriele Börgel, Vorsitzende de
begrüßte in einem RTL-Interview
Geständis: "Frau Momsen ist ein
die ein Schattendasein am Rande
Melanie Graf-Kammerer vom Arbei
Drogen' sprach sich für eine "A
"Frau Momsen gebührt unsere ti
Neue Forschungen, bei denen d
Benzoylecgonin (BE), einen Kok
wurden, legen den Verdacht n
derzeit 2.5 % aller Deutschen
konsumieren.
Dpa fg yyby jz
212130 Juni 06

HAMBURGER MORGENPOST
Koks-Drama um Tomke Momsen
Seit vier Jahren bin ich süchtig
Hamburg – Wie die Fashion-Lady in die Koks-Sucht getrieben wurde – Seiten 12/13
Kurz vor dem Start in der US-Raumfähre "Discovery": Thomas Reiter ist an Bord, liegt schon festgeschnallt in seinem Sitz
DPA DPA
erten CLEO
Tomke Momsen
Blatt exklusiv
bereits seit
rty-Droge. "Ich
pringen", zitiert
Party zum Konsum
er, "jetzt wolle sie
e warnen".
s ‚Koks-Stigma e.V.'
lich das mutige
für alle Süchtigen,
ellschaft führen."
„Fashion against
er Aufrechten" aus.
kennung."
Flüsse auf
kstand untersucht
s statistisch gesehen
tens einmal im Jahr Koks
KOKS-DRAMA!
Modedesignerin gesteht Sucht
Leidgeprüft – Tomke Momsen (44)
Hamburg – Sie ist so tapfer! Fashion-Lady und Geschmacks-Botschafterin Tomke Momsen (44 – "Dessous against Bomben") wurde zum Koksen gezwungen, berichtet die Zeitschrift "Cleo". Die temperamentvolle, lebenslustige Blondine, die auch gern Champagner in der Badewanne trinkt, ist seit vier Jahren in den Klauen der Droge, die in Societykreisen als schick gilt. Im September letzten Jahres flog Supermodel Kate Moss (32) auf, als sie in einem Londoner Tonstudio das weiße Pulver (in Insiderkreisen "Schnee" oder "Charlie") in die Nase zog. Bei Razzien auf Modepartys von Alexander McQueen (37) und Versace (1 50 Gäste u.a. Sängerin Mariah Carey, 36, Madonna-Freund Rupert Everett, 47, Top-Model Elizabeth Hurley, 41) fand die Polizei auf sechs Klos Spuren von Cannabis und Koks. Ein Model: "Wir sind alle drauf."
Jetzt verrät Tomke Momsen: "Ich kämpfe hart gegen meine Sucht."
Richter mit Penispum
Oklahoma – Immer wenn ein „Sch-sch-Sch" von der Richterbank zu hören war, hatte Donald Thompson (59) eine Penispumpe im Einsatz. Geschworene sprachen den vom Dienst suspendierten Richter
Spiegel-Chef
CSU-Politiker Peter Gauweiler (57) und Ihre Hoheit Begum Inaara Aga Khan (45)
Fröhlich
Rachel
BLIESWOODS LEBENSREGELN
Sagen Sie ja!
Sagen Sie nein!
Nein zur lähmenden Job-Angst! Die Zahl der armen Arbeitslosen sinkt (383 000 weniger). 50 000 Jobs dank WM! Arbeit ist ein Geschenk.

Zweiter Teil

Zwei Leben

14

Heute war *ihr* Tag. Damit unterschied er sich schon mal sehr deutlich vom Rest ihres Lebens. Normalerweise, also die letzten zweiunddreißig Jahre, war sie eigentlich immer hinterher gelaufen statt vorneweg. Und die Zeit seit ihrem Bunker-Abenteuer, also die letzten vier Wochen, hatten das Gefühl noch verstärkt, dass sie die ewig Letzte war in der Schlange und sich nach ihr auch keiner mehr anstellte.

Aber heute?

Schon morgens beim Duschen hatte sie alles fest im Griff: Sie hatte auf einen Streich vier Haarkurdosen, die zu leer waren, um sie zu verbrauchen, und zu voll, um weggeschmissen zu werden, auf ihrem Kopf entsorgt. Auf der Fahrt zum Hansa-Verlag war sie durch striktes Ampel- und Tempo-Management sowie konsequente Rechts-Links-Spurwechsel elf Sekunden unter ihrer persönlichen Juli-Bestmarke von elf Minuten zwanzig geblieben. Und selbst der Redaktionsfahrstuhl schien zu merken, dass ein neuer Wind in ihrem Leben wehte: Er hielt die Türen geöffnet, statt ihr wie sonst vor der Nase wegzufahren.

Als sie den Schreibtisch aufräumte (immer die Pobacken fest zusammendrückend, um auch gleich was fürs Gesäß zu tun; nebenbei ein Knusperbär-Müsli futternd, aus dem sie selbstredend die Knusperbären gefischt hatte) war sie auf drei Taxiquittungen und eine Hotelrechnung von Januar gestoßen, die ihr bei der Reisekostenabrechnung durchgerutscht waren (auch mal eben zweihundert Euro). Und ihre Glückssträhne riss selbst dann nicht ab, als sie bei ihrem verzickten Friseur Jean-Pierre anrief, der normalerweise nur Termine für indrei-Jahren vergab. Und der beim Blick in sein Büchlein – *Hulala! Na so was auch! Herrgottchen!* – feststellte, dass für abends eine Kundin abgesagt hatte. Und sie doch *gerne* zum Strähnchenmachen kommen dürfe. Er hätte auch ein Käffchen.

Letzter Höhepunkt dieses Sensationstages war am Spätvormittag ein Verrechnungsscheck in der Post von *VG Wort* gewesen, der sie mit hundertzwanzig Euro beschenkte – Tantiemen für den Zweitabdruck eines *Cleo*-Textes in einer ihr unbekannten Postille. (Einmal hatte Lissie es sogar in ein Faltblatt der sudanesisch-deutschen Kulturgesellschaft in Khartoum geschafft. – Zugegeben nur ein kleiner Artikel und das war auch schon ein kleines bisschen her.)

Doch jetzt stand sie seit zwanzig Minuten hier, in der Umkleidekabine des Alsterhauses. Willens, das schöne neue Geld in ebenso schöne neue Unterwäsche umzusetzen. Und fragte sich, ob sie ihren Glücksbogen überspannt hatte. Beziehungsweise, was sie mit diesem ganzen sexy Fummel überhaupt wollte. Sie hatte längst beschlossen, die nächsten zwanzig Jahre im Zölibat zu verbringen. Es sei denn, ein achtzigjähriger, sexuell ausexperimentierter Multi-Billionär mit Sinn für tiefgründige Gespräche machte ihr fünf Jahre lang den Hof. Anschließend würden sie weitere fünf Jahre in getrennten Betten schlafen, um sich zu prüfen.

Desillusioniert betrachtete sie ihre sekundären weiblichen Geschlechtsmerkmale im getönten Spiegel: Ihre Oberweite weigerte sich, in dem netzartigen, mit Pünktchen bestickten Stöffchen eines *Simone-Pérèle*-BHs Platz zu finden. Stattdessen erinnerten ihre Brüste an die Köpfe von zwei Bankräubern, die grimmig und ein bisschen zerknautscht durch ihre Strumpfhosenmasken guckten. Das passende Höschen hatte Lissie aus Selbsterhaltungstrieb erst gar nicht mehr angezogen.

Echt! Da heißen die Dinger Chantelle, Rosa Faia und Marie Jo. Und wenn frau sie anprobiert, fühlt sie sich wie eine Schummelpackung: Außen Samba und Puff, innen immer noch Gudrun und »Bitte Licht aus!«.

Links und rechts unter den Achseln, wo das Brustgeschirr tief ins Fleisch schnitt, war das Drama am größten. Da sah es aus, als ob Lissie noch zwei niedliche, kleine Extra-Brüstchen hängen hatte.

Wobei sich das ja kaschieren ließe. Ich müsste mir nur angewöhnen, die Arme nicht baumeln zu lassen, sondern tagsüber immer hinterm Kopf zu verschränken.

Rapsängerin Beyoncé Knowles hatte den Trick übrigens auch schon für sich entdeckt. Gerade mal wieder war ein Foto von ihr in der *InTouch* gewesen, wo sie mit hochgereckten Armen auf irgendeinem roten Teppich stand.

Oder, noch besser, ich nehme das BH-Modell ›Anita‹. Da gibt's keine dünnen Bändchen, die ins Fleisch schneiden. Nur großflächige, deutsche Wertarbeit. Und – klarer Vorteil – der stützt natürlich auch hammermäßig! Wenn man damit vom Zehnmeterturm springt, steht der Busen noch oben.

Gern hätte Lissie noch ein paar Stündchen über dem Problem sinniert, ob sie selbst, dieser BH, den sie gerade anhatte, oder die Welt grundsätzlich scheiße waren. Hatte aber das Problem, dass a) in zehn Minuten die Mittagspause zu Ende war und solch grundlegende Überlegungen ein paar Jahre in Anspruch nehmen würden, und b) sie ja jetzt ein neuer Mensch war, der Probleme powervoll und mit rasiermesserscharfem Verstand anging.

Radikal-Diät?

Sie schaute auf die bunte Truppe von weiteren BHs und Schlüpfern, die an der Kabinenwand baumelten wie Delinquenten am Galgen. Dann auf sich im Spiegel: nahm ihr Oberarmfleisch zwischen Daumen und Zeigefinger, schwabbelte es extrafies hin und her. Drückte hundsgemein auf ihrem Hüftspeck herum.

Radikal-Diät!

Bückte sich nach vorn, um zu beobachten, wie sich ihre Bauchdecke gürteltierartig zu viereinhalb dicken Kringeln zusammenbuckelte.

Am besten in Kombination mit Fettabsaugen, Hypnose und operativer Magenverkleinerung.

Und nahm das Kinn auf die Brust, um sich zu beweisen, dass sie mehr als zwei Doppelkinne hinbekam.

Plus lebenslange Ernährungsumstellung! Wenn mir in Zukunft jemand einen Apfel anbietet, werde ich sagen »danke nein!« und diskret ein paar Tempo-Taschentücher knabbern.

Das war bekanntlich der Geheimtrick von Kate Moss und Co. – reiner Ballaststoff und garantiert kalorienfrei. Und wer weiß – müsste man mal recherchieren –, vielleicht gab's sogar schon Tempo plus, angereichert mit Vitamin C und Kalzium.

Ja, ich bin schon eine Gute! Ungemein effektiv. Unbeirrbar. Eine große, einsame Wölfin in der rauen Steppe der Wildnis.

Sie überlegte gerade, ob ihr das Bild »Kraftvolle, geschmeidige Tigerin im wilden Dschungel« mehr zusagte, als sie plötzlich vor Schmerz aufquiekte.

Was war DAS denn?

Sie guckte auf ihre Brustspitzen runter, die prickelten, als hätte jemand mit Sandpapier drübergeschmirgelt. Das Prickeln wurde zum Brennen. Dabei hatte sie nur versucht, den BH nach vorne zu drehen, um die Öse bequemer aufhaken zu können.

Oh nein ...

Die Erinnerung an Mr. Goldknopf-Piranha kam heiß in ihr hoch. Und wurde gleich wieder aus dem Kopf verbannt. Das war modernes Hirn-Feng-Shui: Eckige Möbel und hässliche Gedanken durften nicht im Weg rumstehen. Überhaupt war sie eine Frau des einundzwanzigsten Jahrhunderts. Keine Scarlett O'Hara, die dem Falschen hinterherschmachtete. Die Angelegenheit war erledigt, Haken drunter, Schluss! Wissensdurstig studierte Lissie das Kabineninterieur.

Gefällt mir das Orange des Hockers?

Guckte auf ihre nach links gedrehten Socken.

Lustig, die haben ja weiße Nähte innen!

Und dachte an den Appell von Pierce Brosnan zur Rettung der Wale durch Verzicht auf Echolot. Schließlich warf sie sich ein zuversichtliches Zwinkern im Spiegel zu.

Na siehst du, geht doch! Der Piranha ist schon wieder vergessen.

Mit neuem Mut widmete sie sich wieder dem Schmerz-Epizentrum.

Wahrscheinlich ist das wie mit Rauchern, die sich das Rauchen abgewöhnen und plötzlich alles riechen. Indem ich mich jetzt total gesund ernähre, spüre ich plötzlich Dinge, die vorher durch den Verdauungsprozess von Chips und Hanutas überlagert wurden. Und diese neue Sensitivi...

Plötzlich schnappte sie atemlos nach Luft.

Bakterien! Oh Gott! Das muss es sein.

Und trat aufgeregt ganz dicht an den Spiegel.

Weiß man doch! Wenn Menschen vom Hai gebissen werden, oder von einer Hyäne, dass der Biss an sich nicht schlimm ist. Aber dabei werden doch irgendwelche Höllenkeime übertragen, die das Opfer mittelfristig dahinraffen, auch wenn es mit dem Verlust von zwei Beinen und einem Arm bis dahin glimpflich davongekommen war.

Sie untersuchte ihre Brust auf Entzündung und Anzeichen von Absterben.

Nichts.

Strich sacht über die Spitzen. Hatte wieder dieses Prickeln, das in Brennen überging. Und hätte schwören können, dass das alles plötzlich so bräunlich pigmentiert aussah. Erschüttert ließ sie ihre Brust los.

Oh Gott! Wie pervers ist das denn! Muss man das dem Gesundheitsamt melden?

Was hatte dieser Penner/Idiot/Blödmann/Egal bloß mit ihr gemacht?! Energisch klipste sie *Simone Pérèle* zu ihrer Kollegin *Chantelle* an einen Bügel. Schnappte sich ihren eigenen BH, schnallte ihn vorsichtig um. Und versuchte sich auf die einzig zielführende Frage dieses Augenblicks zu konzentrieren:

Konnte Jean-Pierre auch die Titten tönen?

15

»*Sie* können Fragen stellen, Mädelchen!«

Lissie schaute besorgt zu, wie sich die knorrigen, steifen Finger von Heinrich Tötzke um das weiße Porzellan-Kaffeetässchen krampften. Und wie sich die von braunen Altersflecken übersäte Hand ihren Weg zurück zur Untertasse erzitterte.

Soll ich ihm jetzt helfen? Oder ist ihm das peinlich?

»Tut mir leid, Herr Tötzke. Soll ich Sie lieber was anderes fragen?«

Weiß er überhaupt, wer Michael Douglas ist?

Eigentlich hatte das heute wie ein ganz normaler, mittellahmer Septembertag begonnen: »Buntes Leben« hatte bei der Themenkonferenz keine Arbeit fürs aktuelle Heft gezogen. Während Dörte Schneider, ihre Ressortleiterin, beschlossen hatte, von elf bis sechzehn Uhr verlängerte Mittagspause zu machen, hatten Bine und Lissie es sich mit zwei Einheiten Caffè Latte und Brownies in ihrem Büro gemütlich gemacht. Bine spielte auf ihrem Computer fleißig Patience (Mahjongg war out). Und Lissie hatte ihre umfangreichen Reeder-Privat-Recherchen (heutiger Schwerpunkt *Seemannsausbildung auf Kiribati*) weiter vorangetrieben.

Um Viertel nach elf war auf einmal Dörte ins Büro gestürzt (sie hatte wohl einen energischen Handyanruf von ganz oben gekriegt) und verkündete atemlos: »Die Clausen hat ihre Liebe zu echten Falten entdeckt! Wir sollen ein paar rüstige Senioren zum Thema ›Anti-Aging‹ interviewen! Ist für den Titel! Du, Bine, fährst nach Övelgönne ins Sophineum. Und du, Lissie, nach Nienstedten in den Sonnenhof.

Die wissen Bescheid, dass ihr kommt. Die Fotoredaktion ist auch schon benachrichtigt.«

»Und was sollen wir die fragen? Wie sie ihr Gebiss reinigen? Oder welche Inkontinenz-Windel sie bevorzugen?«, fragte Bine lustlos, während sie weiter konzentriert auf ihrer Patience rumklickerte. »Da kriegt man ja Verwindungen in den Eierstöcken.«

Lissie dachte an ihre süße, kleine Omi Margot in Bad Segeberg, die letztes Jahr mit zweiundneunzig gestorben war. (Als der Sarg in die Erde gelassen wurde, hatte ihr viereinhalbjähriger Neffe Linus seinen zwei Jahre älteren Bruder Karl verzweifelt am Ärmel gezogen und geflüstert: »Wenn die Großen weg sind, buddeln wir sie wieder aus und bringen sie zum Arzt, ja?«) Plötzlich hatte Lissie ein rabenschwarzes Gewissen, dass sie den beiden Lästermäulern nicht eins auf die Schnauze haute.

»Na ja …«, Dörte zuckte mit den Schultern, »… halt, wie geil es ist, alt zu sein. So was in der Art. Ein paar flotte O-Töne, Foto, zack, fertig!« Sie drehte eine Locke um den Zeigefinger und warf einen prüfenden Spliss-Blick auf ihre Haarspitzen.

Fehlt echt nur noch der Lolli, an dem sie leckt.

»Das ist doch Käse!« Bine warf Dörte einen genervten Blick zu, guckte kurz beifallheischend zu Lissie rüber: »Wer will denn so eine Grütze lesen?«

»Hab dich nicht so. Wir drehen doch eh Däumchen.« Lissie hatte wirklich keinen Bock auf diese Diskussion.

Bine runzelte die Stirn und konzentrierte sich wieder auf ihren Bildschirm. »Ja, und nächste Woche schreiben wir dann unsere tausendste Schluchz-Reportage *Mein Kerl hat mich für eine dreißig Jahre Jüngere sitzen lassen.*«

Endlich konnte Dörte wieder in die Rolle schlüpfen, die ihr am meisten lag – die des Friedensengels. »Määädels! Nicht streiten! Das ist höhere Gewalt! L'Oréal hat eine große Anzeige geschaltet mit Jane Fonda. Und die müssen wir redaktionell einbinden. Ihr wisst doch…« – sie schob auffordernd die Hüfte vor, klimperte lasziv mit den Wimpern und schraubte die Stimme hoch – »Ich bin Jane Fonda und neunundsechzig! Hätten Sie's gedacht? Bussi von der Liftingbank.«

»Aber warum müssen *wir* das denn machen?«, gab Bine sich noch nicht geschlagen. »Kann doch die ›Gesundheit‹ mal losfahren.«

»Also ich fahr schon mal los.« Lissie speicherte die Datei und zog ihre Handtasche unterm Schreibtisch hervor.

»Hab ich auch gesagt!«, pflichtete Dörte Bine resigniert zu. »Aber Gabi Förster hat nur abgewinkt. Die machen schon *Sollte man Nabelschnurblut einfrieren?* und *Die geheime Kraft der Vitamine.* – ›Kochen‹ macht, glaube ich, *Strahlend glatt mit Tomate & Co.* Und ›Lifestyle‹ irgendwas über Yoga mit Babs Becker.«

»Verdammt! Geht wieder nicht auf!« Bine schubste wütend ihre Maus beiseite, drückte die Arme nach hinten durch und starrte Dörte genervt an. »Aber das reicht doch! Oder erscheinen wir demnächst in Telefonbuchstärke?«

»Weiß ich auch nicht!«, stöhnte Dörte und schaute belämmert aus der Wäsche.

An tierliebes Herrchen mit viel Geduld und noch mehr Kohle preiswert abzugeben.

»Die Clausen findet halt, wir menscheln noch nicht genug. – Ach, ihr Armen …!« Sie seufzte schwer und ließ ihren Blick zwischen Bine und Lissie hin und her wandern. »… ich beneide euch echt nicht um euren Job.« Im Gehen drehte sie sich – plötzlich gut gelaunt – noch einmal um: »Tschüh, Mädels! Ihr macht das schon!«

Hoffentlich findet sie den Eingang zu ihrem Büro wieder.

Heinrich Tötzke war Lissies letzter Interviewpartner. Zwei Opis und Omis hatte sie schon hinter sich. Das Altersheim, das natürlich nicht Altersheim hieß, sondern Seniorenresidenz, hatte dafür extra seine Bibliothek gesperrt und ein Gedeck mit Kaffee, Keksen und Wasser bereitgestellt. Ging ja nichts über gute PR. Dafür war man sogar bereit, die Dauergebäck-Dose zu öffnen.

»Mmh, was der Herr Douglas da macht, das hab ich jetzt nicht so mitverfolgt. Aber ich denke nicht, dass ich mich noch liften lassen werde.« Heinrich Tötzke lachte sie mit traurigen, leicht wässrigen Augen hinter seiner viel zu großen, schwarz gerahmten Brille an. Dabei öffneten sich seine trockenen, eingerollten Lippen zu einem hilflosen Lächeln und zeigten viel zu lange, viel zu eckige Prothesenzähne.

Oh Gott, du verschwindest ja fast hinter deinen Ersatzteilen.

Langsam gingen Lissie die Ideen für neue Fragen aus. Sie hatte schon auf allen möglichen Wegen versucht, Heinrich Tötzke ein positives Statement zum Thema Alter zu entlocken. Der alte Herr hatte sich offensichtlich extra für den Termin hübsch gemacht und war selbst schon ganz traurig, weil er merkte, dass er ihr nicht die richtige Antwort geben konnte. Aber auf ihre Frage, was er denn besonders schön fände am Alter, waren ihm nur die Tränen in die Augen gestiegen, und er hatte Lissie von seiner toten Frau Else erzählt. Von seinem Sohn Bernd, der mit vierundzwanzig ein kleines Mädchen aus der Trave hatte retten wollen und dabei selbst ertrunken war. Und von seiner Tochter Gerda, die weit weg in Südafrika lebte und ihn nie besuchte. Auch bei der Frage, wie er es geschafft hätte, so rüstig alt zu werden – bestimmt doch durch gesunde Ernährung! –, hatte er nur lächelnd abgewinkt und ihr von dem Hunger in den Kriegswintern und der mageren Nachkriegszeit mit Schwarzsauer und Steckrüben erzählt. Und wie er mit dem scharfen Löffel versuchte, den Speck von der Schweineschwarte abzukratzen, um etwas Butterartiges auf das harte Maisbrot zu bekommen. Lissie hatte geschluckt.

Sie schaute Heinrich Tötzke an, wie er da vor ihr saß mit seiner gestreiften silber-blauen Krawatte, die viel zu breit war für die aktuelle Mode und auch einen kleinen Fleck hatte. Seinen leicht schief sitzenden Krawattenknoten vor dem viel zu weiten weißen Kragen. Und das ausgeblichene schwarze Jackett aus feinem Tuch, in dem er zu versinken schien. Aus jeder Pore roch er nach Einsamkeit, Verlust und Nimm-mich-wahr.

Oh Gott, dich muss man echt einpacken und adoptieren.

Lissie wollte inzwischen um jeden Preis, dass Heinrich Tötzkes ganze Mühe nicht umsonst war. Dass er nachher nicht enttäuscht feststellte, dass alle anderen in der Zeitung waren, nur er nicht. Dass auch er etwas hatte, was er rumzeigen und auf das er stolz sein konnte. Sie hatte es noch mal über die Sportschiene versucht. War er vielleicht gelaufen? Kopfschütteln. War er geschwommen? Entschiedenes Kopfschütteln. Hatte er Kniebeugen gemacht? Resigniertes Kopfschütteln. Dafür wäre einfach keine Zeit gewesen. Er hätte schließlich eine Familie zu ernähren und eine Schlosserei zu führen gehabt. In ihrer Verzweiflung war Lissie mittlerweile bei Michael Douglas und Heinrich Tötzkes Meinung zum Thema Schönheits-OPs gelandet.

»Herr Tötzke, was würden Sie, ähm, unseren Leserinnen denn raten?«

»Wie? Raten wozu?«

»Ja, vielleicht als Rezept für ein glückliches Leben, für ein erfülltes Leben. Wenn Sie so zurückblicken …«

»Jede Sekunde genießen. Und nichts unausgesprochen lassen. Das tut am meisten weh, wenn ich daran denke, wie selten ich meiner Else gesagt habe, wie sehr … wie sehr … wie sehr … also was sie mir bedeutet hat.« Eine einsame Träne rollte über seine faltige, bleiche Haut.

Oh Gott, oh Gott! Was hab ich denn da angerichtet?!

Und nicht zum ersten Mal innerhalb der letzten halben Stunde fragte sich Lissie, wie es bei ihr wohl sein würde, wenn sie mal alt war. Ob ihre Enkel (wenn sie denn welche hätte) sie jeden Tag besuchen und ihr aus der FAZ vorlesen würden? Sie war sich da nicht so sicher. Zögernd berührte sie mit den Fingerspitzen seine zitternde bleiche Hand, die flach auf der Tischdecke lag und über die sich die blauen Adern schlängelten.

»Ist schon gut, kleines Frollein …«, meinte er mit einem traurigen kleinen Lächeln, während er sich mit der bebenden linken Hand die Träne von der Wange wischte, »das passiert halt manchmal, wenn ich an meine Else denke … Habe ich Sie jetzt mit meiner Antwort glücklich machen können?«

Lissie lächelte ihn erleichtert an: »Ja, das war eine ganz tolle Antwort, Herr Tötzke!« Sie drückte kurz seinen Unterarm, der sich unter dem Stoff seltsam dünn und verletzlich anfühlte, und griff dann wieder nach ihrem Stift. »Danke, dass Sie so viel Geduld mit mir hatten und sich so viel Zeit genommen haben, mir meine Fragen zu beantworten.«

Jetzt sieht er schon wieder ein bisschen besser aus. Gott sei Dank.

Sie lächelte ihn an: »Es könnte trotzdem sein, dass mir in der Redaktion noch eine Frage einfällt. Darf ich Sie nachher vielleicht noch mal anrufen?«

»Ja, aber gerne doch!« Er lächelte erfreut.

»Wie kann ich Sie denn erreichen?«, fragte sie vorsichtig.

»Ganz normal«, antwortete Heinrich Tötzke ein bisschen verletzt. »Wir haben hier in unseren Appartements jeder einen eigenen Anschluss.«

»Ah ja … würden Sie mir dann vielleicht Ihre Telefonnummer geben?« Lissie lächelte und zwinkerte ihm verschwörerisch zu.

»Mädel, Mädel, was Sie alles von mir wollen!« Heinrich Tötzke gluckste amüsiert. »Dann schreiben Sie mal mit!« Er räusperte sich: »Vier, eins, sieben, sechs, drei …« Glücklich verfolgte er, wie Lissie seine Telefonnummer groß und gut lesbar oben auf der Seite notierte, zweimal dick unterstrich und mit drei Ausrufezeichen versah. Darunter noch sein Name in Druckbuchstaben:

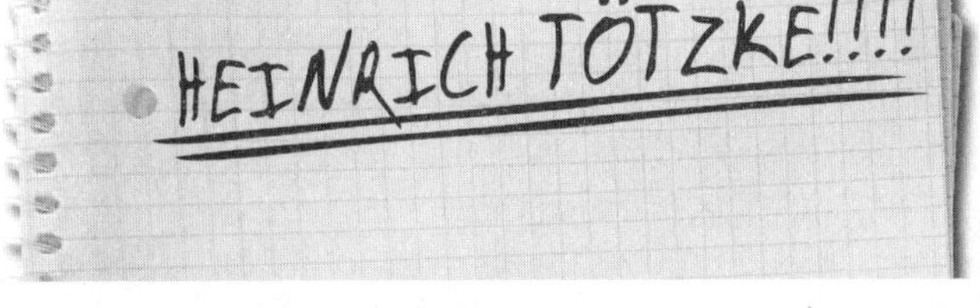

Sie schob ihre Tasche auf den Schoß, packte ihre Sachen zusammen und streckte ihm, während sie aufstand, die Hand entgegen: »Auf Wiedersehen, es war sehr schön hier bei Ihnen, Herr Tötzke! Vielen Dank noch mal! Ich schicke Ihnen auf jeden Fall den Artikel zu.«

Heinrich Tötzke schaute sie an, dann auf die ausgestreckte Hand. Plötzlich stützte er sich mit zitternden Armen auf den Tisch und versuchte, sich aus seinem Stuhl hochzustemmen.

Oh Gott! Nein! Ich Trottel!

»Warten Sie! Ich helfe Ihnen!« Lissie hechtete um den Tisch herum, um Heinrich Tötzke unter den Arm zu greifen.

»Lassen Sie mal, Mädelchen!«, sagte er und tastete nach seinem Gehstock, der am Nachbarstuhl lehnte. »Ich schaff das schon. Muss ja gehen.«

Hilflos stand Lissie neben ihm und sah zu, wie er sich Stück für Stück aufrichtete. Schließlich stand er – mit der rechten Hand auf die Lehne des Sessels gestützt, mit der linken auf den Knauf seines Gehstocks – wackelig und leicht gekrümmt vor ihr und versuchte offensichtlich, Kraft und Balance zu sammeln, um ihr die Hand zu geben.

Oh Gott, Herr Tötzke …

»Das wär doch jetzt nicht nötig gewesen!« Lissie legte schnell ihre beiden Hände auf seine rechte Hand.

Die ist ja ganz kalt!

Und drückte sie begütigend: »Danke noch mal! Und setzen Sie sich ruhig wieder hin. Ich guck jetzt noch mal schnell, was mein Fotograf macht. Soll ich jemanden rufen? Möchten Sie noch etwas Kaffee oder Wasser?«

Herr Tötzke schaute sie von unten an, lächelte wehmütig und ließ sich langsam wieder auf seinen Stuhl sinken: »Nein, nein, Sie brauchen niemanden zu rufen. Ich werde noch ein bisschen sitzen bleiben und die Atmosphäre genießen.«

Zweifelnd schaute Lissie auf ihn herunter. Sie sah das anspruchslose weiße Klinikgeschirr mit dem sauren Kaffee und den zerbröselnden

Keksen. Auf die nackte glänzende Holzoberfläche des Tisches, auf der nicht ein Staubkörnchen oder Kratzer zu sehen war. Auf die wie mit dem Lineal ausgerichteten Stühle rings um den Tisch, deren cremefarbene Stoffbezüge makellos waren.

Ist das das Ziel? Ist das der Sinn?

»Okay, Herr Tötzke, ich geh dann jetzt mal meinen Fotografen suchen.« Lissie fühlte sich ganz elend.

»Auf Wiedersehen. Ich wünsche Ihnen ganz viel Erfolg.« Müde hob Heinrich Tötzke die rechte Hand mit dem dünnen goldenen Ehering und winkte ihr zum Abschied kurz zu.

Sie suchte und fand Carsten Schubert, den Fotografen, in dem kleinen begrünten Innenhof vor der Bibliothek, wo er bemüht war, Frau Matthiesen (eine der beiden Rentnerinnen, die Lissie interviewt hatte) vor einem Busch in Szene zu setzen (wobei man nicht wusste, ob er auf den Busch oder die kleine alte Dame zielte). Sie hatte vorher noch nie mit Carsten Schubert gearbeitet, in Kommunikation kriegte er auf jeden Fall eine glatte Sechs minus. Außer »Hallo, ich bin Carsten Schubert« und »Ich leg denn mal los«, hatte sie nicht viel von ihm erfahren. Lissie betrachtete enttäuscht das Szenario. Nicht die Interviews würden entscheiden, welche der alten Herrschaften ins Heft gehoben wurde, sondern nur die Fotos. Und die hier sahen nach Riesenmurks aus.

Zehn Minuten später öffnete Lissie bedrückt die angerostete Beifahrertür ihres elf Jahre alten, silberfarbenen Toyota Corolla und warf ihre Tasche auf den Beifahrersitz.

Will man das? Will ICH das? Ja, was will ich eigentlich?

Während sie um den Wagen herum zur Fahrertür ging, musterte sie die seelenlose, vierspurige Diepenauer Chaussee, an der der Sonnenhof lag. Rechts wartete irgendwo die noch fadere Osdorfer Landstraße. Links die Elbe. Sie setzte den Blinker und bog nach rechts auf die leere Fahrbahn ein.

Nein!

Ohne weiter nachzudenken, machte sie einen scharfen U-Turn.

Dämlich! Wenn da jetzt ein Auto gekommen wäre!

Ihr Herz schlug schneller. Nicht so sehr wegen des riskanten Fahrmanövers, sondern wegen dem, was sie jetzt tun wollte. Seit zwei Monaten kämpfte sie mit sich. Ihr Hirn-Feng-Shui hatte gründlich versagt. Jeden Morgen wachte sie mit einem eckigen, unhandlichen, bedrohlichen Wunsch auf, der mittlerweile ihr komplettes Denken besetzte. Dem Wunsch, zum Telefon zu greifen und ihn anzurufen. Einfach nur, um seine Stimme zu hören. Jeden Tag rang sie mit sich, es nicht zu tun, weil ihr Verstand ihr sagte, dass es keinen Sinn machte. Seit zwei Monaten wusste sie, dass sein Büro am Hafen nur achthundert Meter entfernt von ihrer Wohnung lag. Das Bedürfnis, hinzugehen oder hinzufahren, einen kurzen Blick darauf zu werfen, einfach nur, um ihm nahe zu sein, war überwältigend. Da, wo sie schon Dutzende Male vorbeigefahren war, wo sie vor dieser tragischen Party etliche So-schön-ist-Hamburg-Reportagen gemacht hatte, arbeitete er. Seit zwei Monaten machte sie jetzt einen Riesenbogen um die Kai-City und die Elbchaussee (nahm stattdessen die brutal hässliche Stresemannstraße, wenn sie in den Westen der Stadt musste), als ob es vermintes Gebiet und sie eine Person mit Ausschlag und ansteckenden Krankheiten war.

Da ist ja schon die Elbchaussee … so simpel …

Das Herz schlug ihr bis zum Hals, als sie rechts einbog.

Ist das jetzt richtig, was ich hier tue? Wenn er mich sieht!

Und mit einem Mal schossen ihr die Tränen nur so aus den Augen. Wie jetzt schon seit Wochen. – Kein Wunder.

16

Vor sechzig Tagen, fünf Stunden und dreiundvierzig Minuten hatte Lissie mal wieder diverse Jacken- und Hosentaschen nach außen gedreht, weil sie ihren Haustürschlüssel vermisste. Dabei war ihr ein einsamer Tampon entgegengekullert. Und auch wenn sie sich sonst nicht sehr mit diesem Thema befasste (weder hatte sie das Gefühl, dass die Geschichte der Menstruation eine Geschichte voller Missverständnisse war, noch konnte sie nachvollziehen, dass man Binden-Werbung machte, in der ein Model mit Schweißfüßen erst auf eine herkömmliche und dann auf eine Always-Binde trat, um deren Saugfähigkeit unter Beweis zu stellen) – trotz allem war die Tatsache nicht mehr zu leugnen: Sie hätte eigentlich schon längst ihre Tage haben müssen! (Ganz abgesehen von dem mysteriösen Fakt, dass sich die Brustspitzen immer noch anfühlten wie nach einem Sonnenbrand.)

Die nächsten fünf Tage, sieben Stunden und zwölf Minuten hatte sie damit zugebracht, sich von Herzen Weltuntergangsstimmung, Pickelinvasionen und die üblichen Höllenkrämpfe zu wünschen, die die Periode ankündigten. Fehlanzeige. Um sich dann am Hauptbahnhof auf dem Weg nach Flensburg zu ihrer Mutter (ihr Corolla war mal wieder nicht angesprungen) einen Tritt in den Hintern zu geben und endlich eine Apotheke zu betreten. Nach weiteren zehn Minuten, in denen sie in Sebamed-Aufstellern und Schütten mit Kneipp-Badesalz-Tabletten gewühlt hatte, war sie in einer kundenfreien Phase an den Tresen gehuscht und hatte, als ob sie schlecht bei Stimme wäre, »Ich bräuchte einen Schwangerschaftstest« geflüstert. »Einen, der sofort anschlägt?«, hatte die Apothekerin mit Megafonstimme zurückgefragt, während sich mindestens dreiundvierzig der bestaussehenden Männer Hamburgs und vier enge Freundinnen ihrer Mutter hinter Lissie in die Schlange stellten.

Als dann im rüttelnden, streng riechenden Zugklo des Interregio, unter dessen flatternder Abortklappe melodisch die Bahngleise vorbeitackerten, wirklich das kräftige, rosa + im Fenster des Teststäbchens auftauchte, hatte Lissie es trotzdem nicht glauben können. Und sich bis Flensburg und zur nächsten Bahnhofsapotheke an der Hoffnung festgekrallt, dass der Test billiger Mist war. Oder der Beipackzettel vergessen hatte zu erwähnen, dass sich das Lakritzschwarz der Katjes-Pfötchen, die sie gefuttert hatte, mit dem Gelb der Pinkelprobe nach der neuen UNESCO-Spektralfarben-Regelung für Schwangerschaftstest zu Pink mischte. Auf jeden Fall war es undenkbar, dass ihr Leben nicht weitergehen sollte wie bisher.

Drei Tage und fünf weitere, teure Schwangerschaftstests später (die sie verschämt in immer anderen Apotheken kaufte) war klar: Da wuchs ein Baby in ihrem Bauch. Darüber hatte sie angefangen zu zittern, hysterisch und verzweifelt zu weinen. Sich die Nase geputzt. Und wieder angefangen zu weinen. Und das erste Mal in ihrem Leben hatte sie vier Tage hintereinander abgenommen, ohne dafür Diät zu machen. Nun lag sie fast jede Nacht schlaflos unter ihrer Bettdecke und zermarterte sich das Hirn, ob sie den kleinen Alien in ihrem Bauch behalten wollte, behalten durfte, behalten konnte. Und abgesehen davon, dass sie maßlosen Respekt vor Sigourney Weaver hatte, die ein ähnlich schlimmes Schicksal geradezu meisterhaft ertragen hatte, malte sich Lissie immer neue Kastrationsmethoden für Paul Ingwersen aus. Bei der Variante *Down Under* (australische Schafscherer pflegten den Böcken die Eier mit den Zähnen abzubeißen) war sie heute Nacht, gleichsam weinend und mittlerweile unglaublich erschöpft, eingeschlafen.

Oh Gott, hier war's irgendwo ...

Lissie musterte die hochherrschaftlichen Villen und die dazugehörigen Hecken und Tore, die rechts an ihr vorbeiglitten. In der einen Sekunde trat sie auf die Bremse, in der nächsten aufs Gaspedal.

Gleich fährt mir noch einer hinten rein.

Vor sich sah sie plötzlich eine weiße Einfahrt aufblitzen. Und eh sie sich noch überwinden konnte, richtig hinzugucken, war sie auch schon vorbei. Mit wild klopfendem Herzen …

Hier ist es passiert! Hier war ich wirklich!

… versuchte sie – erst im Rückspiegel, dann im Seitenspiegel –, noch einen Blick zu erhaschen. Sah aber nur das wütende Gesicht des Stoßstangenpissers hinter sich, der genervt hupte.

Soll ich noch mal umdrehen? … nein … das ist es nicht wert.

Beim Frauenarzt war sie natürlich auch schon gewesen. Das war zwei Wochen her und der schrecklichste Termin ihres Lebens. Im Wartezimmer hatten dickbäuchige Mutantinnen gesessen, die vor der Besamung durch Außerirdischenpollen wohl mal hübsche, moderne, im Berufsleben stehende Frauen gewesen waren. Jetzt wuchsen ihnen seltsame, kaugummifarbene Schlabberhosen, Ringelpullis und Blusen mit Schleifchen auf dem Rücken. Sie hatten breitbeinig, mit Praktisch-Schluppen an den Füßen, auf ihren Stühlen gesessen und mit ungeschminkten Gesichtern in Broschüren wie *Wo soll mein Kind zur Welt kommen?* geblättert.

Aber das alles war nur das Vorzimmer zur Hölle gewesen. Denn der Kittelträger, der ihr nach einer Stunde des Wartens mit zackiger Geste einen Stuhl vor seinem Schreibtisch zugewiesen hatte, war kein Arzt gewesen. Das war ein Schlachter, frisch aus den Gelben Seiten. (Seit ihrem Umzug von Flensburg nach Hamburg vor drei Jahren hatte sie sich leider noch um keinen neuen, guten Frauenarzt gekümmert.)

Lissie hatte vor ihm gesessen und sich Rat und Zuspruch erhofft. Und er hatte nur gehört, dass sie ledig und sich nicht sicher war. Ein Blick auf den Karteikartenvermerk ›gesetzlich versichert‹. Eine kurze, huschige Ultraschalluntersuchung (bei der Lissie zu ihrem Schrecken ein pulsierendes Häufchen erkannte). Und er hatte gleich geschäftsmäßig seinen Kalender aufgeschlagen, um einen Termin für eine »Ausschabung« zu vereinbaren, wie er es nannte. Mit dem Satz »aber, na ja, vielleicht löst sich das Problem ja noch von selbst« (»dann! bitte! unbedingt! rechtzeitig! absagen!«) und dem Hinweis »Sie müssen natürlich vorher noch zur Konfliktberatung, Frau Lensen« hatte er sie nach Hause geschickt.

Einmal und nie wieder!

Trotzdem hatte Lissie danach von der kurz angebundenen Rezeptionsdame noch artig das Terminkärtchen (»Bis in drei Wochen!«) entgegengenommen – das wie der Fußboden, die Bilder an der Wand und die Poloshirts der Helferinnen natürlich in den blau-rot-gelben Corporate-Identity-Farben der Praxis gehalten war.

Soll ich jetzt noch mal an seiner Firma vorbeifahren? ... oder ist das Zeitverschwendung? Aber wenn er gerade aus der Einfahrt kommt! ...

Seitdem brodelte es in ihr. Abgesehen davon, dass sie ein Kind erwartete, das sie niemals hatte bekommen wollen, dass ihre Seele brannte, ihr Herz leer war und sie nicht wahrhaben wollte, dass alles Wünschen es nicht wieder in Luft auflöste, hatte sie noch diesen elenden Termin bei einem Doktor an der Hacke, den sie nicht mochte, dem sie nicht vertraute und dem sie am liebsten sein Spekulum ins Bärenauge geschoben hätte. Aber sich noch mal einen neuen Arzt zu suchen und wieder vor so einem unsympathischen Schwachmaten Körper und Seele bloßzulegen, dazu konnte sie sich auch nicht durchringen.

Drei Wochen später, am Abend vor dem Eingriff (»Bitte zwölf Stunden vorher auf keinen Fall mehr was essen!«), war sie mit der Entscheidung, was nun eigentlich werden sollte, noch immer nicht weiter. Und hatte – den Spruch »In Vino Veritas« in »In Futteri Beschlussiko« uminterpretierend – um 23 Uhr beim Smiley Pizza-Service Innenstadt angerufen, um eine Familien-Arizona mit Gyros, Tzatziki, Zwiebeln und – wenn schon, denn schon – extra Jalapeños sowie eine 500-ml-Packung Häagen-Dazs Macadamia Nut Brittle zu ordern. Als sie danach völlig überfressen ins Bett gefallen war, hatte sie überraschenderweise das erste Mal seit Wochen das erleichternde Gefühl gehabt, etwas absolut richtig gemacht zu haben. Erst am Morgen ging ihr auf, dass ihre Pizza-Orgie zwar im Prinzip grandios war, sie aber ohnehin den Termin fürs Konfliktgespäch verschwitzt hatte, ohne das es sowieso keinen Eingriff gegeben hätte.

Pflichtgetreu hatte sie trotzdem (sie wusste ja nicht, ob sie diesen menschlichen Grobmotoriker vielleicht doch noch mal brauchen würde) eine Minute nach acht mit belegter Stimme in der Praxis angerufen und eine schwere Magen-Darm-Grippe bei sich diagnostiziert. Die Sprechstundenhilfe hatte unangenehm berührt, Tendenz ungehalten, »Gute Besserung!« gewünscht, um dann geschäftsmäßig zu fragen, ob sie einen neuen Termin wünsche. Sie könne ihr den Montag in zwei Wochen anbieten, dann hätte Herr Dr. Frankenstein wieder OP-Tag und einen Termin frei. Gleichzeitig hatte sie Lissie darauf hingewiesen, dass dies der letzte mögliche Termin sei. Anschließend sei es zu spät.

Dieser Termin war in vier Tagen.

Scheiße! Da hätte ich parken können.

In der Sekunde überholte Lissie der freundliche Autofahrer, der schon die ganze Zeit ihre Stoßstange beschnuppert hatte, und setzte sich knapp vor ihren Kühler, um ihr zu zeigen, wie man richtig Auto fuhr.

Na ja, egal. Dann fahr ich hier halt gleich rechts den Elbberg runter.

Gestern war der einstweilige Höhepunkt dieses Dramas gewesen: Sie hatte ihrer Mutter gestanden, dass sie vielleicht Großmutter werden könnte. Deren Begeisterung war sehr übersichtlich ausgefallen. Oder, um es deutlicher zu sagen: Sie war aus allen Wolken gefallen.

Eineinhalb Stunden, zwei Liter Tränen und drei Taschentuch-Packungen später hatten sie sich auf folgende Verhandlungsmasse einigen können: 1.) Ihre Mutter wusste nicht, ob sie ihr in Zukunft noch würde vertrauen können, nachdem sie ihr erst jetzt reinen Wein eingeschenkt hatte. 2.) Ein Kind in diesen Zeiten (!) und ohne Vater (!) in ihrer beruflichen Situation (!) zu bekommen, war der glatte Wahnsinn. *Sie* könne sie nicht unterstützen. 3.) Es wäre dumm/töricht/verantwortungslos, den Erzeuger nicht zu informieren. 4.) Stolz müsse man sich auch leisten können. 5.) Das hätte sie von ihrem Vater. 6.) Ob sie nächstes Wochenende kommen würde?

Oh Gott, da ist es.

Lissies Herz begann zu rasen, als sie in die Neumühlener Kaistraße einbog und in der Kurve den Hang hinuntersah. Hinter irgendwelchen luftigen, gläsernen Bürogebäudewürfeln und den ehrlichen, braunen Anlagen der Kai-City sah sie eine von Menschenhand geschaffene Landzunge in der Elbe.

Oh Gott, da arbeitet er!

Darauf ein Bürohaus, das aussah wie eine Mischung aus schnittiger Luxus-Yacht und geschichteter Maya-Pyramide und das auf den Namen »Dockland« hörte. (Ginge es nach den umliegenden Gastronomen, hieße es korrekterweise »Mistland«, bekäme links und rechts zwei Monster-Raketen verpasst und würde mit Hurra zum Mond geschossen werden. Denen verbaute es nämlich die klingelnde Aussicht auf die Container-Verladehäfen.)

Ob er jetzt da ist? ... verdammt! Wo parke ich hier?

Kurz entschlossen bremste sie scharf, setzte – unter fröhlichem Gehupe hinter sich – den Blinker nach links und wartete auf eine Lücke im entgegenkommenden Verkehr, um direkt neben der Litfaßsäule in der Feuerwehrzufahrt zu parken.

Sollen die mich doch abschleppen. Wenn sie den Wagen hochheben, flattern lauter Einzelteile zu Boden. Das haben sie dann davon.

Sie holte tief Luft, öffnete die Wagentür und spürte gleichzeitig die ersten Regentropfen auf der Hand.

Na toll, jetzt fängt's auch noch an zu pieseln. Das passt!

Sie zog den Reißverschluss ihres Sweaters bis zum Kinn und die Kapuze über den Kopf, schob sich die Sonnenbrille auf die Nase und machte sich, die Arme vor der Brust verschränkt, zögernd auf den Weg die Straße hinunter – Richtung Betonbalustrade, von der aus man einen besseren Blick auf das Bürogebäude mitten im Wasser hatte.

Morgen sollte das Konfliktgespräch stattfinden. Die Dame von Pro Familia hatte zwar sehr nett geklungen, aber trotzdem hatte Lissie keine wirkliche Lust, sich zwischen zehn und zwölf mit irgendwelchen anderen Konfliktis im Wartezimmer auf die Bank zu setzen und zu warten, bis sie drankam. Außerdem – was konnte ihr die Dame von Pro Familia raten oder sagen, was sie nicht auch schon selbst wusste? Das, was sie wirklich brauchte – eine Zeitmaschine, um in die Vergangenheit zu fliegen und Paul Ingwersen nachträglich einen Tritt zwischen die großen Zehen zu verpassen –, konnte sie ihr auch nicht geben. Und noch außerdemer hatte sie Angst vor einem tendenziösen Gespräch (schließlich hieß es ja »Pro Familia« und nicht »Contra Familia«), wo sie gegenüber einer wildfremden Frau kleinlaut würde zugeben müssen, dass sie, Lissie Lensen, eine moderne, gebildete, zweiunddreißigjährige Frau mit Ambitionen und zwei Kilo zu viel in Zeiten von Aids mit irgendeinem Stecher, den sie zwei Stunden vorher kennengelernt hatte, unter die Felle gekrochen war.

Was soll ich tun???

Lissie blieb unschlüssig an der weißen Betonbalustrade stehen.

Wo ist er jetzt gerade? Ist er da drüben? Schaut er jetzt gerade aus dem Fenster?

Ihr neuestes Hobby war seit ein paar Wochen, Mütter mit Babys zu beobachten. Sie hatte festgestellt, dass die meisten Mütter beim Kinderwagenschieben den Hintern zu weit rausstreckten. Vom Spazierengehen mit ihren beiden kleinen Neffen wusste sie, dass Frauen mit Kindern für Männer nur noch warme flimmernde Luft waren. (Um nur zwei verführerische Aspekte des Mutterseins zu nennen.)

Bin ich das? Will ich das sein?

Sie wusste nicht, wie sie mit der Veränderung ihres Körpers umgehen sollte. In der einen Sekunde hasste sie es, machte es ihr Angst. In der nächsten faszinierte es sie, ließ sie vor Ehrfurcht erstarren. Ihr Körper konnte so etwas! Ohne sie um Rat zu fragen!!

Wie ist das, wenn da plötzlich nichts mehr ist ...? Kann ich damit leben?

Seit Neuestem hatte sie den Geruchssinn eines Schäferhundes und konnte Carmen Clausens Parfüm um drei Ecken herum riechen. Ihr Dekolleté sah aus wie ein Streuselkuchen. Und auf ihrem Speisezettel stand ganz oben Ananas mit Ketchup.

Jetzt bin ich also hier ... und?

Der Nieselregen wurde immer stärker.

Kein Schwein interessiert, dass ich hier stehe. Was habe ich auch erwartet? Dass jetzt eine gute Fee kommt und mir ein Zeichen gibt?

Traurig schaute sie die fernen Bürodecks an, in denen sie kaum etwas erkennen konnte. Sie hätte sofort den Rest ihres reichlich ausgereizten Dispos gegeben, um dort zu sein. Als Geist, den niemand sah. Sie hatte ein Gefühl in der Brust, als ob ihr Herz in einem Schraubstock stecken würde.

Hier werde ich auch keine Antwort finden ... ich sollte eigentlich schon längst wieder in der Redaktion sein.

Der Regen durchnässte jetzt ihre Jacke. Der Kloß in ihrem Hals wurde immer größer.

»Paul Ingwersen ...!« Sie rief seinen Namen ganz plötzlich.

Wenn mich jemand hört, der hält mich doch für völlig plemplem.

Sie schaute sich schnell um.

Hat auch was Gutes, dass es regnet. Keiner da.

Sie schaute auf die Mauer runter und atmete tief durch. »Paul Ingwersen! Du weißt es nicht, und du wirst es wahrscheinlich auch nie erfahren … aber ich stehe hier, weil ich schwanger bin … von dir … und nicht weiß, was ich tun soll.«

Sie strich mit den Fingerspitzen vorsichtig über den rauen, dreckigen Putz. »Ich will es nicht … beenden … … aber ich kann mir ein Kind nicht leisten … weder beruflich … noch finanziell … noch überhaupt.« Zitternd stieß sie die Luft aus. Sie hatte das Gefühl, gleich vor Kummer zu platzen.

»Ich weiß, es gibt keinen einzigen vernünftigen Grund, warum ich das Kind behalten sollte … und es ist auch nicht besonders fair, ein Kind in so eine Situation hinein zur Welt zu bringen … so habe ich mir das nicht vorgestellt.«

Sie schaute angestrengt nach oben, wo sich die grauen schweren Regenwolken drängten. Und kämpfte dagegen, dass ihr die Tränen runterliefen. Sie atmete tief durch und schaute wieder auf die Bürodecks.

Komm, Lissie! Tu dir jetzt nicht selbst leid! Verdammt noch mal, triff endlich eine Entscheidung!

Sie schaute an sich runter. Ihre rechte Hand hatte sich ungefragt auf ihren Bauch gelegt. »Aber … aber … irgendwie ist das Kind ein Teil von mir … Es kann doch nichts dafür, dass ich mich geirrt habe …«

Ich hab mich nicht geirrt!

Sie schaute zu den Bürodecks rüber. »Ich glaube, es könnte … es könnte ein ganz tolles Kind werden.« Einen Moment zögerte sie, dann fing sie an, ihren Bauch sanft zu streicheln. »… ich möchte das Baby behalten.« Sie schaute auf ihre Hand: »Ich möchte *dich* behalten.«

Ja, ich wünsche mir dich wirklich.

Lissie spürte plötzlich, wie ihr Herz leicht wurde. Plötzlich musste sie lächeln. »Du bist *mein* Baby …« Sie legte auch noch ihre andere Hand auf den Bauch: »Aber *wehe*, du kriegst seine Frisur! … und *wehe*, du schreibst einer Frau mal so fiese Briefe …!«

Sie guckte zu den Bürodecks rüber und zog die Nase hoch: »Das wollte ich Ihnen nur gesagt haben, Herr Ingwersen! Dass Sie Vater werden, ja!«

Widerstrebend drehte sie sich um und lief schnell zu ihrem Wagen zurück.

17

»Puh! Fertig!« Lissie speicherte ihre Senioren-Infos ermattet im System ab. »Sag mal« – sie schielte über ihren Bildschirm hinweg zu Bine, die hinter ihrem von Überraschungsei-Figuren gekrönten Bildschirm routiniert vor sich hin tippte – »hast du schon was aus dem Layout gehört? Machen die einen Fließtext? Oder nur viele Bilder mit Unterschriften?«

Bine schrieb noch einen Moment weiter, dann schaute sie gelangweilt auf: »Nö. Weiß keiner, wie der Hase läuft. Marten hat nur gemeint, wenn's so weitergeht mit diesem Schweineladen, dann geht er zur *Gala*. Die suchen angeblich noch 'nen CvD. Aber schön doof, wenn sie *den* nehmen ... oah, bin ich verspannt!« Sie reckte die Arme überm Kopf und gähnte genüsslich. »Ich glaub übrigens, dass unsere Gruftie-Geschichte wieder rausfliegt.«

»Wieso das?«, fragte Lissie erschöpft. »Was ist denn los? Heute Morgen war Pitbull doch noch ganz friedlich. Mich nervt das! Ich geh mal runter in die Fotoredaktion.«

Bine schaute sie prüfend an. »Kann es sein, dass du ein bisschen unausgeglichen bist? Was ist eigentlich los mit dir?«

Lissie hatte gerade eine dick gestopfte Klarsichthülle mit kopierten Zeitungsartikeln und Ausdrucken aus ihrer Schublade gezogen. Irgendwo in ihrem Kopf schrillte eine Alarmglocke. »Wie meinst du das?«, fragte sie möglichst uninteressiert, während sie sich aufrichtete und die Klarsichthülle bedächtig vor sich auf den Tisch legte. Sie registrierte nervös, wie Bine mit der Zunge in der Backe bohrte, aufmerksam jede ihrer Bewegungen mit den Augen verfolgte. Um schließlich auf der Klarsichthülle hängen zu bleiben.

»Na, ich meine, was ist das für eine seltsame Endlos-Recherche, die du da betreibst? Von wegen ›Reeder‹, ›Hamburger Reeder‹, ›Reeder rechts‹, ›Reeder links‹, ›Reeder von unten‹, ›Reeder von oben‹ – willst du dich beim Schifffahrtsmagazin bewerben?«

Alte Schnüfflerin. Ich hätt's ahnen können.

Lissie spürte, wie ihr der Schweiß ausbrach.

»... meine Mutter, also, deren Nachbarin, die hat eine ...«, sie strich sich eine Strähne hinters Ohr, suchte geschäftig irgendwas unter einem Zettelberg, »... also die wird jetzt, deren Tochter heiratet jetzt einen, ähm, einen Reeder, und, und die kriegen, also sie ist schwanger. Und ich wollte gucken, was ich schenken kann.«

OH GOTT, LISSIE!

Bine machte ein Hohlkreuz und ließ die Schultern kreisen: »Aber wenn du als nächsten Zeitvertreib Briefmarkenanlecken für dich entdeckst, dann sag Bescheid. Dann mach ich eine Einweisung für dich fertig.« Plötzlich gelangweilt rollte sie mit ihrem Ball zurück an den Schreibtisch und verdrehte beim Blick auf den Bildschirm die Augen: »Oh Mann, dieses Opa-Thema geht mir total auf die Nüsse! Nur Blabla geredet, die Jungs.«

Lissie legte taxierend den Kopf schief: »Kannst du mir mal sagen, woher du weißt, was ich recherchiere?«

»Ich hab 'nen Kugelschreiber gesucht.«

Lissie warf einen ungläubigen Blick auf das überquellende Joghurtglas auf Bines Schreibtisch, in dem sich Kugelschreiber, Filzer, Bleistifte, Eddings quetschten. »Und ich bin der Weiße Hai und will nur spielen.«

»Du darfst halt deine Unterlagen nicht so offen rumliegen lassen. Und wenn hier alle naslang irgendwelcher Archivkram geliefert wird ...!« Bine hatte nicht den Hauch eines schlechten Gewissens.

Du kleine Mistbiene!

»Aber dafür erzähl ich dir jetzt, mit wem die Clausen zugange ist.« Sie legte eine Kunstpause ein und schaute Lissie kokett an. »Ein Vögelchen hat mir gezwitschert, dass unsere liebe Carmen-Pitbull-Clausen tatsächlich den noch lieberen Gregor Jordan bumst.«

Lissie griff stumm nach Klarsichthülle und Handy. Und knirschte mit den Zähnen.

»Na, wie find'ste das? Hat er sie endlich doch erhört! Wo sie so lange an seiner Tür gekratzt hat«, setzte Bine nach – offensichtlich schwer enttäuscht, dass ihre Bombe nicht explodiert war.

Lissie holte tief Luft. Und atmete genauso tief wieder aus: »Wie schön für Frau Clausen. Sie soll bloß aufpassen, dass sie sich nichts einfängt. Der beweidet noch ganz andere Wiesen.«

»Aber ich dachte, du schwärmst für den«, meinte Bine irritiert.

»Danke. Dafür hast du's mir ja sehr schonend beigebracht.« Lissie schnappte ihre Unterlagen und guckte Bine kalt an: »Man sollte nie von sich auf andere schließen. Und außerdem – wenn du mal wieder einen Kugelschreiber suchst, dann wühl doch bitte auf deiner Tischhälfte. Ansonsten muss ich hier eine Selbstschussanlage installieren. So was verstehst du doch, meine kleine Ossi-Maus?« Sie drehte sich um und konnte beim Gehen sicher sein, dass Bine ihr einen tödlich beleidigten Blick hinterherwarf.

Auf dem Gang zur Fotoredaktion sah Lissie die durchtrainierten breiten Schultern und den hochgegelten dunklen Haarschopf von Tobias Rächler auf sich zukommen.

Der hat mir gerade noch gefehlt.

Am Grinsen sah man, dass Tobias sie erkannt hatte. Für alle, die's noch nicht mitgekriegt hatten, stand's weiß auf seinem hellblauen Shirt: SCHEISSE – SEH ICH GUT AUS! Lissie zog ebenfalls die Lippen zu einem Lächeln breit.

... und er geht wieder so, als ob der Flur ihm gehören würde und alle Frauen nur darauf warten, in ihn reinrennen zu dürfen.

»Na, du Hübsche, wo willst du denn hin? Etwa zu mir?« Er grinste

Lissie einladend an und blieb stehen. »Gut siehst du aus! Hast du abgenommen?«

Ja, extra für dich, du Idiot.

»Nein, wieso?«

»Ach komm, Lissie, mir machst du nichts vor. Das sind doch bestimmt vier Kilo weniger. Aber sieht klasse aus. Ich mag das, wenn Frauen schlank sind und trotzdem ein ordentliches B-Körbchen füllen.«

Arrghhhhh!

Tobias Rächler nahm in aller Ruhe mit den Augen Maß auf ihrem rosa Mickymaus-T-Shirt: »Echt lecker, deine Auslage!«

Lissie wich mit dem Oberkörper unauffällig ein Stück zurück und hob ihre Unterlagen möglichst beiläufig vor die Brust: »Ähm, sag mal, ist Sophie da?«, sie schaute demonstrativ Richtung Fotoredaktion, »und weißt du, ob die Fotos aus dem Altersheim schon da sind?«

Tobias Rächler legte ihr kumpelig die Hand auf den Oberarm: »Du musst nicht so schüchtern sein, Lissie! Sophies Freunde sind auch meine Freunde.«

Bäh! Bäh! Bäh!

Er schaute sie bedeutungsvoll an und beugte sich dicht zu ihr: »Sag mal, du musst es nicht immer so eilig haben. Bist du eigentlich immer noch solo?«

Lissie trat angeekelt einen Schritt zurück, krampfhaft bemüht, weiterzulächeln: »Ich sag dir Bescheid, wenn sich was ändert.« Sie machte einen Ausfallschritt zur Seite. »Du erfährst es bestimmt als Erster.« Damit ging sie an ihm vorbei.

Mist! Er ist Sophies Freund. Ich kann ihn nicht so stehen lassen.

Im Gehen machte sie noch eine halbe Drehung und erwischte ihn dabei, wie er ihr hinterherstarrte: »Tschüss denn! Soll ich Sophie noch was von dir ausrichten?«

»Kannste dir aussuchen. Ihr redet doch sowieso über *alles.*« Tobias zwinkerte ihr bedeutungsvoll zu, um sich dann schwungvoll umzudrehen und pfeifend weiterzugehen.

Wichser! Deine klebrigen Unterhosen-Geheimnisse behält Sophie zum Glück für sich.

Lissie drehte sich ebenfalls um und ging den Flur entlang, über sich gleißendes Neonlicht, unter den Füßen grau-blau gepunktete Auslegware. Links und rechts ein Kanon aus weißen Türen und gelben Wänden mit dunklen Schrammspuren.

Bloß keine nette Atmosphäre schaffen, bloß keine Bilder aufhängen. Könnte ja jemand anfangen, sich wohlzufühlen.

Sie bog um die Ecke und stand vor der Fotoredaktion, deren Milchglastür sich nur öffnete, wenn man rechter Hand auf einer Tastatur einen Zahlencode eingab.

Woran merken Sie, dass Sie Alzheimer haben? Wenn Sie fünfmal die Woche vor derselben Tür stehen und sich die blöde Tastenkombi nicht merken können.

Sie nahm ihr Handy und wählte Sophies Nummer.

»Hier ist die vollautomatische Code-Nummern-Auskunft für vergessliche Redakteurinnen! Drücken Sie die ›1‹, wenn Sie *keinen* Milchkaffee dabei haben, dann werden Sie in die Warteschleife umgeleitet. Drücken Sie die ›2‹, wenn Sie einen Milchkaffee dabei haben, dann verrate ich sie dir vielleicht!«, meldete sich Sophies gut gelaunte Stimme.

»Wieso weißt du, was ich will?«

»Weil ich gerade eben bei dir oben angerufen hab, du Nase! Und Bine meinte, du bist auf dem Weg. Ich wollte dich nämlich fragen, ob du Lust hast runterzukommen. Beate gibt Sekt aus.«

»Dann rück mal die Nummer rüber, du Kröte!«

Lissie sah Sophies strahlendes Gesicht hinter ihrem riesigen Mac-Bildschirm hervorlugen und ihr Herz machte einen schmerzhaften Hüpfer.

Hey, du bist meine beste Freundin! Warum musstest du dich in so ein Arschloch verlieben?

»Hey, gut siehst du aus!« Lissie musterte die flotte Seemannsbraut im Fünfzigerjahre-Pin-up-Look, die sich auf Sophies Tanktop rekelte. »Fesch! Fesch! Wo hast du denn das Teil her?«

»Vom Flohmarkt am Samstag. Im Karo-Viertel. Für zehn Euro geschossen!« Sophie schaute stolz an sich herunter. »Sag mal – findest du, dass mein Busen darin gut aussieht?«

»Der sieht klasse aus! Wenn ich so stramme Teile hätte, da würde ich keinen ranlassen!«, erklärte Lissie im tiefsten Brustton der Überzeugung.

»Wie? Keinen ranlassen? Wie meinst du das bitte?«, fragte Sophie irritiert.

»Äh ... äh ... ich mein ... der sieht toll aus. Einfach lecker! ... umwerfend!«

Sophie warf ihr einen zweifelnden Blick zu: »Seit wann bist du denn bi? Aber schön, dass du so offen dazu stehst.« Sie grinste Lissie an.

Die grinste zurück und musterte das Chaos auf Sophies Schreibtisch: »Sag mal, hat deine Putze wieder Ausgang?«

»Klappe! Zieh dir 'nen Stuhl her. Ich will dir was zeigen.«

Sophie klickte mit einem spitzbübischen Lächeln – ihre Zunge streichelte dabei eifrig ihre Oberlippe – einen der gelben Datei-Ordner auf ihrem Bildschirm an. »Da! Nimm dir!« Ohne vom Bildschirm wegzugucken, wies sie mit dem Kinn rechts neben den Monitor, wo ein Glas Sekt stand. »Ich hab dir schon eins eingeschenkt ...«

Lissie schaute nachdenklich den goldgelben perlenden Alkohol an. Und griff nach einem Brocken trockenen Marmorkuchen, der auf einer Serviette daneben lag. Er zerbröselte zwischen ihren Fingerspitzen.

»Da, guck mal!«, rief Sophie stolz.

Lissie schaute neugierig auf den Monitor, während sie gleichzeitig damit beschäftigt war, möglichst viele Krümel aus ihrer hohlen Handfläche in den Mund zu lecken. Und verschluckte sich beinahe vor Schreck.

Auf dem Monitor war überlebensgroß (mit all der wunderbaren Präzision, die die moderne Bildtechnik erlaubte) das Gesicht einer bekannten blonden Fernsehmoderatorin mit weit aufgerissenen braunen Augen zu sehen, die eine sehr große, sehr dunkle, sehr stramme, sehr lebendige Zigarre im Mund hatte, die ihr bis hinters Zäpfchen reichte.

»Hast du so ein Teil schon mal gesehen?«, fragte Sophie aufgekratzt und schaute Lissie freudestrahlend an.

Lissie schaute ungläubig zurück. »Oh Sophie, wo habt ihr *das* denn schon wieder her?!«

Erst letzte Woche hatte sie die gut gepflegten Oben- und Unten-Locken von Steffi Schibulla bestaunen dürfen – Polaroids aus der Zeit, wo »Curly Steffi« noch nicht wusste, dass sie mal Frau-Ex-Außenminister werden würde und ihren Karrieredurchbruch vorerst beim *Playboy* plante. Lissie hatte Frau Schibulla leidgetan, die wahrscheinlich aus dem Fenster gesprungen wäre, hätte sie mitgekriegt, dass irgendwelche hechelnden Redakteurinnen über ihren Jugendsünden hingen. Auf der anderen Seite sah die Schibulla – wie sie da so auf dem Polaroid lächelte und die Haare zurückwarf (die oberen in diesem Falle) – nicht aus, als ob ihr Schäm-Zentrum sonderlich ausgeprägt war.

»Nicht *das. Die* Fotos! Plural!«, erklärte Sophie genüsslich, während sie mit der linken Hand nach ihrer glimmenden Zigarette im Aschenbecher griff und gleichzeitig einen tiefen Schluck aus ihrem Sektglas nahm. Sie warf noch einen liebevollen Blick auf die Großraum-Zigarre. »Aber das ist das Schönste. Da sieht man die Adern so toll.«

»Oh Sophie, quarz doch nicht so viel! Weißt du eigentlich, dass man mit Nikotinpfeilen früher Elefantenbullen betäubt hat?« Lissie lehnte sich zurück.

»Und weißt du eigentlich, dass du eine Streberleiche bist?«

Sie bedachte Sophie mit einem »Du mich auch«-Blick und warf noch mal einen ungläubigen Blick auf den Monitor: »Aber sag mal, ist das wirklich … wie heißt die gleich?«

»Ja, doch, das ist sie! Irgendwas mit ›H‹, glaube ich …« Sophie blies den Rauch durch den linken Mundwinkel aus. »Sag mal, was ist eigentlich in letzter Zeit mit dir los?« Sie sah Lissie gereizt an. »Früher hättest du dich darüber doch auch beömmelt. Aber neuerdings gehst du zum Lachen echt nur noch auf Toilette. Und warum trinkst du keinen Sekt? Auf Dörtes Geburtstagsfeier hast du auch schon keinen Wein gewollt. Was ist los?«

Lissie musterte Sophies erzürntes Gesicht. »Nichts ist los. Ich steh nur nicht auf dieses Aldi-Spülwasser.« Sie schaute wieder in Richtung Bildschirm. Und stolperte – wie so häufig in den letzten Wochen – über das Foto von Sophie und Tobias Rächler im Autoscooter auf dem Hamburger Dom, das am Monitorrahmen klebte.

Da hat diese Katastrophen-Liebe begonnen.

Sophie setzte ihr Glas mit einem Knall auf der Schreibtischplatte ab: »Früher hattest du aber nicht diese Probleme, oder?«

Lissie warf noch einen Blick auf Tobias Rächlers grinsendes Gesicht und das Victory-Zeichen, das er neben Sophies Kopf machte. Dann schaute sie Sophie wieder in die Augen: »Und was ist eigentlich mit *dir* los? Seit wann stehst du so auf Schwänze? Und warum fragst du mich jetzt seit Wochen dauernd auf die eine oder andere Weise, ob dein Busen okay ist?«

Sophie zuckte getroffen zusammen und starrte Lissie ungläubig an.

Oh nein, jetzt habe ich sie wirklich verletzt ...

»Sophie ...!«, meinte Lissie bittend.

»Möchtest du mir irgendwas sagen?«, fuhr Sophie sie an.

Lissie beugte sich erschrocken vor und berührte Sophie begütigend am Knie. »Ich hab's nicht so gemeint! Es tut mir leid. Komm, lass uns nicht streiten, das ist es nicht wert.«

Sophie guckte erst zweifelnd in Lissies Gesicht und dann auf deren Hand.

»Komm, hast recht!« Lissie streichelte Sophies Knie. »Ich war wirklich in der letzten Zeit eine ziemliche Spaßbremse. Aber ich vertrage im Moment wirklich keinen Alkohol. Ich war deswegen schon beim Arzt ... Wo hast du denn jetzt dieses verschissene Foto her?«

Sophie schaute sie unverwandt an, dann wanderte ihr Blick wieder zur Hand auf ihrem Knie: »Ich sag's doch! Du bist bi!« Sie grinste Lissie herausfordernd an.

Ach Sophie, nicht auch noch Stress mit dir. Dieser blöde Tobias Rächler. Hoffentlich lässt du dich nicht so von ihm fotografieren.

Lissie lächelte müde zurück und warf einen schnellen Blick in die Fotoredaktion, ob irgendjemand ihren Streit mitbekommen hatte. Der lange Schreibtisch von Tobias Rächler, dem Idioten, war Gott sei Dank leer. Rechts von Sophie, am Nachbartisch, saß Christian, der Foto-Frühredakteur – rasierter Schädel, Ring im Ohr, eine seiner Selbstgedrehten im Mundwinkel –, vorm Bildschirm und klickte sich, obwohl er eigentlich schon lange Feierabend hatte, genervt durch immer neue Ansichten von Scarlett Johansson.

George Michael im Toilettenhäuschen in Miami wäre dir wahrscheinlich jetzt lieber ...

Einen Tisch weiter standen die restlichen Fotoredakteure (und zwei Leute, die Lissie nicht kannte), mampften Kuchen und tranken Partybrause.

Der Geburtstagstisch sieht ja schon ziemlich geplündert aus. Soll ich Beate noch gratulieren?

Lissie guckte wieder zu Sophie. Die zog an ihrer Zigarette und schaute auch nachdenklich auf ihre Kollegen.

»Woran denkst du jetzt?« Lissie schaute auf die traurige kleine Falte in Sophies Mundwinkel.

War die vorher schon da?

»Beate hat alle noch mal extra eingeladen zu Sekt und Kuchen. Nur mich nicht.« Ihre Blicke begegneten sich. Dann drehte sich Sophie abrupt wieder zu ihrem Rechner, blies den Rauch nach links und drückte die Zigarette aus.

»Sophie ...«, Lissie legte den Arm um Sophie und drückte sie ganz kurz, »... du weißt doch, dass Beate auf dich eifersüchtig ist. Sie ist aber nur eine abgehalfterte, alte, hässliche Fotoredakteurin, die schon seit Jahrzehnten mit unserem Fotochef rumpimpert und es nie geschafft hat, dass er für sie seine Frau verlässt, die noch viel hässlicher ist. Das hab ich dir doch gesagt, dass die dich jetzt nicht lieben wird.«

Und das wird auch bestimmt morgen nicht vorbei sein. Das kann noch richtig lange so weitergehen. Ist Tobias das wirklich wert?

Sophie holte tief Luft und musterte traurig die lebende Zigarre auf ihrem Bildschirm, die selbst Long Dong Silver neidisch gemacht hätte.

»Also, komm! Wo hast du dieses schrecklich schöne Foto her?«, fragte Lissie munter.

»Na ja, genau daher, woher du's vermutest. Von Tobias natürlich. Und der hat's von seinem *Stern*-Kumpel.« Sophie seufzte und fing wieder an zu lächeln. »Und die haben's von ihrem Exfreund.« Sie wandte sich wieder Lissie zu und schaute sie zärtlich an: »Stell dir mal vor! Erst hat dieses Aas sie geprügelt. Und als sie ihm endlich den Laufpass gibt, läuft er zur Presse und verkauft die Fotos, die er mit seinem Handy gemacht hat. Ist das nicht ein Schwein?«

Lissie lächelte Sophie an und knuffte sie gegen die Schulter: »Ich sag dir: Wenn wir hier lange genug arbeiten, sind wir dankbar für Männer wie Flavio Briatore!« Sie wies auf das berühmte Foto an Sophies Lampe, das jeden Besucher an ihrem Schreibtisch als Erstes begrüßte. Mr. Billionaire als gelandeter Ersatzkassen-Dracula beim Yachturlaub vor Sardinien: schwarzes Handtuch um die Schultern, angeklatschte nasse Haare, Hakennase, die Hände palavernd erhoben, als ob ihm jemand seine letzte Blutkonserve weggenommen hätte. Zwischen seinen Beinen ein verzweifeltes Badehosen-Dreieckchen, das sich mit zwei Silber-Stringbändchen in die moppeligen Hüften krallte.

»Ach der! Der tut doch keiner Fliege mehr was zuleide«, meinte Sophie mit einem mitleidigen Blick auf die Briatore'sche Luxuswampe.

»Sag mal, hast du Lust, heute Abend essen zu gehen?«, fragte Lissie aufgeräumt. »Ich hab da in Ottensen einen ganz urigen Keller-Schweizer entdeckt. Da kann man super klasse Fondue essen.«

Sophie schaute sie betreten an: »Ich bin schon mit Tobias verabredet – aber ...« – sie überlegte schnell – »... morgen! Morgen habe ich noch nichts vor!«

Ach Sophie.

»Okay«, meinte Lissie müde, »dann lass uns morgen dahin gehen.«

Sophie schaute sie voll schlechten Gewissens an.

»Sind, ich meine, hast du die Farbkopien von meinen Opis und Omis? Sind die schon fertig?«, fragte Lissie hastig.

»Ja, ja, die hab ich doch schon ... wart mal ... wo hab ich die Ausdrucke hingelegt?« Sophie begann fahrig in dem Klarsichtfolien-Stapel neben sich zu wühlen.

»Sag mal, ist das mein Stuhl hier?«, erklang es spitz hinter Lissies Rücken.

Lissie sprang hastig auf: »Hier Gitta! 'tschuldige.« Sie schob den durchgesessenen, braunen Bürostuhl zu seiner Besitzerin rüber, die ihn sich angepisst schnappte und sofort unter ihren Hintern schob.

»Also wirklich!« Sie warf Lissie unter ihrem hellblauen Lidschatten hervor einen bitterbösen Blick zu.

Kannst du dir nicht mal ein neues Gebiss zulegen? Sich über die eingeschrumpelten Hängetitten von Clint Eastwood aufregen. Aber selbst wie ein alter Nager aussehen.

»Och Gittaaaa! Komm!«, mischte sich Sophie ein. »*Ich* hab Lissie gesagt, sie soll ihn nehmen. Du weißt doch, wie schusselig ich bin. Willst du 'ne Fluppe?« Sie hielt Gitta die halb volle Zigarettenpackung unter die Nase.

Gitta schaute abwägend: »Na ja«, meinte sie im nur noch halbmuckschen Ton und zog sich zwei Stück raus, »ist doch echt wahr! Hier macht jeder, was er will! Früher war das anders. Haste mal Feuer?«

Lissie und Sophie guckten sich genervt an.

Oh nein, nicht schon wieder die Leier. Früher hat's Zucker vom Himmel geregnet. Und die Chefs haben einem unterm Balkon eine Ballade gesungen.

Sophie reichte Gitta ohne zu schauen ihr gelbes Plastikfeuerzeug. »Hier Lissie, die Ausdrucke!« Sie legte den Papierstapel vor Lissie auf den Schreibtisch und blätterte ihn kurz durch. »Eins ist ganz witzig geworden. Aber bei den anderen … oh Gott! Da reichen die Falten ja für ein ganzes Rhinozeros. Ein Corega-Tabs-Fall nach dem anderen.« Sie schüttelte den Kopf. »Willst du sie hier schnell durchgucken?«

Lissie schaute auf das traurige, kleine Lächeln von Herrn Tötzke, der zu zweitoberst im Stapel lag.

Danke für alles, Herr Tötzke … aber wenn's ein Junge wird, nenn ich ihn trotzdem nicht Heinrich …

»Sag mal, Sophie – kannst du die Bilder nicht noch mal ausdrucken? Und ich nehm die hier mit.«

Ich möchte einfach ein Bild von meinem Schutzengel.

Sophie lachte ungläubig und schaute sie kopfschüttelnd von unten an: »Das ist jetzt nicht dein Ernst. Was willst du denn damit? Doch nicht im Büro aufhängen? Da kriegt aber Gregor Jordan ernst zu nehmende Konkurrenz.«

»Wie umsichtig von dir, danke.« Lisse guckte streng. »Nein. Natürlich will ich die nicht aufhängen. Bin doch nicht bescheuert. Ich brauch die zum Schreiben.«

Sophie schenkte ihr einen zweifelnden Blick der Marke »Das kannst du jetzt deiner Großmutter erzählen«: »… komm! Nimm mit! Aber lass es nicht alle sehen.«

Lissie strahlte Sophie an und schob die Ausdrucke zwischen ihre Unterlagen: »Bist doch nicht so blond, wie's auf den ersten Blick scheint!«

»Selber blond!«

Lissie drehte sich um. Ihr Blick fiel auf die Gruppe der Feiernden.

Ach Scheiße. Beate …

Sie wandte sich noch mal zu Sophie und flüsterte: »Hey, Krawall-Tante, ich mach noch mal schnell die Anstands-Honneurs bei Beate und sag ihr, wie toll sie mit ihrer Pimmelkrause auf dem Kopf aussieht und dass sie immer ganz tolle Krümelkuchen zusammenkleistert. Und natürlich auch, dass du ihr größter Fan bist.«

»Wehe!« Sophie grinste wehmütig und zielte mit Daumen und Zeigefinger auf Lissie: »Untersteh dich!«

Lissie vernahm erleichtert, wie die Glastür hinter ihr ins Schloss klackte.

Bei uns ist ja auch nicht immer Sonnenschein oben. Aber ich möchte jetzt nicht an Sophies Stelle sein. Was für eine ätzende Arbeitsatmosphäre.

Sie blieb stehen und blätterte neugierig in den Ausdrucken. Von Herrn Tötzke waren zwei Bilder dabei. Auf dem einen war nicht ganz klar, ob der Fotograf die Verschlusskappe von der Kamera genommen hatte. Aber das andere war eine geniale Charakteraufnahme. Das zog sie heraus und legte es oben auf den Stapel.

Du wärst wahrscheinlich besser beraten gewesen, wenn du dich nie mit einer von meiner Zunft eingelassen hättest.

Sie dachte an die Geschichte des kleinen Waisen-Eichhörnchens, das mit einem Kater kuschelte. Und an den NDR, der eine Reporterin geschickt hatte, um einen Film über diese süße Tierliebe zu drehen. Doch dann war der Beitrag leider gestorben, im wahrsten Wortsinne. Die Reporterin hat das Eichhörnchen bei den Dreharbeiten nämlich aus Versehen totgetreten.

Lissie studierte Heinrich Tötzkes melancholische Züge.

Ich werde dich noch mal besuchen, versprochen. Aber ohne Notizblock! Und mit Blumen!

Sie zog den Artikel »Hamburgs heimliche Könige« aus ihren Unterlagen, den ein gewisser Herr Reimers von *Gladiator* vor einem halben Jahr verfasst hatte.

Und jetzt machen wir alle drei einen kleinen Ausflug.

Sie küsste Heinrich Tötzkes Foto.

Bring mir wieder Glück!

Sie bog eilig um die Ecke und sah am anderen Ende des Gangs wieder das hellblaue T-Shirt von Tobias Rächler leuchten. Der unterhielt sich gerade angeregt mit »Gut drauf«-Miriam aus der Grafik, die mit einem ihrer durchtrainierten Endlosbeine gegen die Wand gelehnt stand.

Lass mich raten, Tobias. Nur ein fachlicher Austausch zur Erweiterung deines grafischen Horizonts.

Lissie drehte sich auf dem Absatz um.

Nehm ich halt die Treppe. Tut wenigstens meinem Po gut.

Sie drückte die Tür eilig mit der Schulter auf und schlüpfte ins Treppenhaus. Augenblicklich umfing sie angenehme Stille.

Warum fühlen sich Treppenhäuser immer so anders an? Man geht durch eine Tür und plötzlich ist es wie in einer Kathedrale.

Lissie setzte ihre rot-weißen Sneakers bemüht leise auf die grauen Steinstufen, um die Stille nicht zu stören.

Wenn's nicht so zugig wäre, würde ich hier glatt meinen Schreibtisch aufstellen.

Sie nahm die letzte Stufe zum vierten Stock und warf der weißen Brandschutztür zu den *Cleo*-Redaktionsräumen einen schuldbewussten Blick zu.

Können mich ja über Handy erreichen.

Mit Schwung nahm sie die nächste Treppe.

Wie stell ich's jetzt am geschicktesten an? Wie bring ich den Reimers dazu, dass er mir was über Hamburger Reeder erzählt? Und nicht gleich dichtmacht und denkt, ich klaue ihm sein kostbares Wirtschaftswissen?

»Puh, ist das anstrengend, dieses Treppensteigen! – Schei-hei-ße!«, flüsterte sie plötzlich. Der ertappte Blick ihrer Chefin war das Erste, was ihre Netzhaut zum Bild verarbeitete. Dann die schwarzen Locken des Anzug-Typen, der sich mit dem Arm an der Wand über ihr abstützte. Die Hand, die gerade an Carmen Clausens Taille abwärtsglitt. Dieser Mund an ihrem Ohr. Lissie blieb erschrocken mitten auf der Treppe stehen und sah wie in Zeitlupe, dass Carmen Clausen dem Typen drängend auf die Schulter klopfte. Und dass der Mann den Kopf drehte.

Gregor Jordan! Mit der Clausen! Die killt mich. Das kostet mich meinen Job. Soll ich mich umdrehen oder weitergehen?

Gregor Jordan guckte *ge*-, seine Knutschpartnerin eher *ver*spannt.

Lissie setzte zögernd den Fuß auf die nächste Stufe. Dann gab sie sich einen Ruck und hastete die restlichen Stufen hoch. Über sich hörte sie ein helles Räuspern.

Sag ich jetzt Hallo oder geh ich einfach so vorbei?

Sie warf einen unsicheren Blick Richtung Carmen Clausen. Und landete aus Versehen bei Gregor Jordan. Der schaute mit Schlafzimmeraugen zurück und lächelte provokant. Ihr Blick irrte weiter, traf auf Carmen Clausen, die seltsam verletzlich dreinschaute.

»Entschuldigen Sie die Störung! Bin sofort weg!«, flüsterte Lissie atemlos und jagte weiter.

Scheiße. Die macht sich ja wirklich was aus dem. Und wie der mich angeguckt hat. Das ist ja hier wie im Karnickelstall.

Erleichtert drückte sie im sechsten Stock die Tür von *Gladiator* hinter sich zu und lehnte sich atemlos dagegen.

Ruhig! Passiert ist passiert! Wird die Clausen halt deinen Vertrag nicht verlängern. Ach was, wird sie sowieso nicht, doofes Huhn! Bist nämlich schwanger! – Aber wenn ich jetzt schon so japse, obwohl ich erst im vierten Monat bin, dann kann das ja noch heiter werden.

Sie stieß sich von der Tür ab und ging langsam den Flur entlang, während sie die weißen Namensschilder links und rechts las.

Mmmh ... Teppe ... Bukowski ... Flöter ... Schmorr ...

Neugierig spähte sie im Vorbeigehen in die Zimmer. In den meisten schoben die Bildschirmschoner Dienst. Auf mindestens zwei Rechnern sah sie den fickrigen Schafbock Sven Bömwöllen sich von links nach rechts rammeln. Auf einem anderen hüpfte die erstaunlich gut bestückte Erwachsenenversion von *Ariel, die Meerjungfrau* auf einen Felsen und strippte versonnen vor sich hin.

Hat Testosteron eigentlich einen Geruch? Geraten die hier in die Brunft, wenn die so aufeinanderhocken?

Noch bevor sie Gerd Reimers sah, roch sie ihn schon: beißender Tabakqualm und kalter Frikadellenmief krochen in ihre Nase und sorgten dafür, dass ihr Magen (wie so häufig in letzter Zeit) ihren Hals hochgekrabbelt kam.

Uuuuuhhhh ...! Alter Schwede ...! ... Wehe, du kleines Alien, wenn ich später nicht wieder normal riechen kann!

Vorsichtig warf sie einen Blick um die Ecke: In dem handtuchbreiten Ein-Mann-Zimmer saß ein grauer, ausgemergelter Mann mit Schnauzer vor grauer Tastatur und grauem Bildschirm und kaute an einer Stulle.

Oh Gott, was für ein Fossil. Der hat wahrscheinlich noch die Gründung der Hammaburg miterlebt.

Lissie klopfte zögernd gegen den Türrahmen. Das Fossil reagierte erst nicht, dann schaute es widerstrebend auf. »Sind Sie Herr Reimers?«

»Mmmfh.«

War das jetzt ein Ja oder ein Nein?

»Herr Reimers, darf ich Sie mal ganz kurz stören?«

»Mmmfh.«

Hab ich's an den Ohren oder ist der einfach nur maulfaul?

Lissie machte einen vorsichtigen Schritt nach vorn und faltete dabei die Hände mit den Unterlagen artig auf dem Rücken: »Ich hätte da mal eine Frage an Sie ...«

Gerd Reimers saß wie versteinert da und starrte sie an, während er immer noch die Stulle mit beiden Händen umklammert hielt.

Ist der jetzt gerade im Sitzen gestorben?

Irritiert ließ sie ihren Blick über die proppenvollen Wandregale gleiten, in denen sich Bücher und Journale krumm und schief bis zur Decke stapelten, angegilbte Zeitungsartikel quollen aus dicht gestopften braunen Pappmappen.

Herrje. Akutes Endstadium von Journalismus.

»Herr Reimers, meine Chef!redakteurin! Frau Clausen! hat Sie mir empfohlen. Sie meinte, Sie seien die! Koryphäe!, was Hamburger Wirtschaft angeht …«

Gerd Reimers legte pedantisch seine Stulle in die grüne Plastik-Frühstücksdose zurück und wischte sich seine Hände an einem weißen Zewa ab: »Seit wann interessiert sich *Frau Clausen* denn für Wirtschaft?«, nuschelte er uninteressiert, während er sich mit dem Papiertuch umständlich den Schnauzer abwischte.

»Also, ähm, eigentlich schon immer. Aber deswegen bin ich nicht hier. Wir machen einen Artikel über … ähm … begehrenswerte Wirtschaftsbosse … am liebsten was aus dem Hafen …«

Reimers lehnte sich in seinem Sessel zurück und musterte sie misstrauisch durch seine trostlose Metallbrille – kleine harte Fischaugen am Grunde von dicken Flaschenböden. Dann hob er die Faust vor den Mund und räusperte sich heiser.

Der Kerl hat doch mindestens minus acht Dioptrien. Hallo Maulwurf! Siehst du mich? Huhu?

»Ich hatte ja noch nie eine gute Meinung von Frauen-Journalismus. Aber das ist ja wohl das Unintelligenteste, was ich je gehört habe.« Er drehte sich wieder zu seinem Schreibtisch und griff nach seiner Stulle: »Ganz abgesehen davon – wenn man schon flunkert, sollte man wenigstens seine Hausaufgaben gemacht haben! Frau Clausen und ich grüßen uns noch nicht mal. Frau Clausen hat das nie im Leben gesagt. Schönen Tag auch.«

Lissie schaute bedröppelt zu, wie er wieder in seine Stulle biss, seelenruhig vor sich hin mampfte und dabei den Wirtschaftsteil des *Abendblatts* studierte.

Scheiße. Schmeißt der mich raus, wenn ich bleibe?

Sie machte einen kühnen Schritt ins Zimmer. (Jetzt hatte sie eine besonders hübsche Aussicht auf seine platt gedrückte Knollennase, die sich im Kaurhythmus mitbewegte, die tiefen trockenen Falten um seinen Mund herum, die einmal von den Augen bis zum Kinn reichten.)

Hat den eigentlich nach seiner Mutter noch mal jemand angefasst? Bei dem ist doch bestimmt auch der Pimmel eingetrocknet.

»Okay, Herr Reimers, Frau Clausen hat sich tatsächlich anders ausgedrückt. Aber Fakt ist, sie hat gesagt, Sie sind eine Koryphäe.«

Reimers mampfte unbeeindruckt weiter.

»Ich hab hier eine sehr spannende Artikelserie von Ihnen über Hamburger Reeder. Deswegen dachte ich, es sei eine gute Idee, Sie anzusprechen.« Lissie schaute auf ihren Zettelstapel runter und kramte zielsicher die abgegriffene Kopie eines Zeitungsartikels raus, den sie bestimmt schon fünfzig Mal gelesen hatte. Sie konnte ihn in großen Teilen auswendig: »Sie schreiben hier zum Beispiel, wie heißt er gleich?, ach ja, genau, über einen Herrn Ingwersen, ich zitiere: ›Menschen wie er denken standesbewusst. Tradition wird groß geschrieben. Ihr erfolgsorientiertes Selbstverständnis trägt durchaus auch egomanische Züge.‹«

Reimers räusperte sich erneut feucht in seine hohle Hand. »Zumindest lesen können Sie also.« Er hatte seine Hände auf dem Schreibtisch abgelegt und guckte sie ungehalten von unten an: »Und was wollen Sie jetzt von mir wissen?«

»Also, Frau Clausen will ja unbedingt diesen Ingwersen haben. Versteh das, wer will!« Sie verdrehte die Augen und warf einen bedeutungsschweren Blick zur Decke. »Allerdings gewinnt man beim Lesen Ihres Artikels den Eindruck, dass das ein ziemlich schwieriger Zeitgenosse ist. Und jetzt wollte ich Sie fragen, ob es sich wirklich lohnt, den zu interviewen. Oder ob ich lieber jemand anderes nehmen soll.«

Und ich hab mich mal darüber aufgeregt, was für ein verlogenes, gewissenloses Luder die Clausen ist!

»Der ist zwar in der Tat ein arrogantes Arschloch wie's im Buche steht. Aber ich kann Ihnen sagen, warum Ihre Chefin den haben will …«, Reimers verschränkte die Arme vor der Brust und schlug die Beine übereinander, »… der stinkt nach Geld.« Er drehte sich leicht mit dem Stuhl und schaute an Lissie vorbei zur Tür hinaus. »Die scheißen das sozusagen, die Reeder. Und die Politik schiebt's ihnen auch noch hinten rein. Leisten sich schicke weiße Villen an der Elbchaussee, die Herren Subventionsmilliardäre, und eine Finca auf Mallorca und eine Yacht vor Sardinien. Aber immer alles ganz still und heimlich und leise. Damit's keiner merkt, wie gut's denen geht. Und, ach ja, Drogen nehmen sie natürlich auch alle!«

Plötzlich sah Lissie Sterne. Sie verlagerte ihr Gewicht unauffällig aufs andere Bein.

Mist, mein Kreislauf spinnt schon wieder… hey, du Alien da drin, zick jetzt nicht rum! … das ist grad wichtig, hier geht's um Papa.

»Wow!« Lissie machte eine Kennermiene. »Also, wenn Sie das *so* erklären! Dann ist das ja wirklich leicht zu verstehen, was Frau Clausen an dem findet. Aber wie schon gesagt, beim Lesen Ihres Artikels kommen einem so Begriffe wie *Kotzbrocken* und *selbstgefällig* und *rücksichtslos* in den Sinn …«

Reimers schnaubte durch die Nase, dass sein Schenkelputzer im Wind flatterte. Er faltete die Beine auseinander, stützte sich mit den Händen auf den Sessellehnen ab und setzte sich jetzt kerzengerade hin. »Genau! Arroganter Pfeffersack ist das. Hält sich für was Besseres! Kein Benehmen! Der Vater hat die Firma in den Sand gesetzt, und er hat sie wieder aufgebaut. Und jetzt glaubt er, ihm gehört die Welt.« Er lehnte sich wieder zurück und schlug die Beine erneut übereinander.

»Ja, und ich hatte das Gefühl, dass er wohl auch recht … nun ja … unhöflich Ihnen gegenüber war. Dass er grundsätzlich brutal mit Menschen umgeht. Dass er gefühlskalt ist.«

Reimers schaute überrascht auf. »Das haben Sie *alles* aus meinem Artikel herausgelesen?«

Lissie zuckte erschrocken zusammen. »Ja, irgendwie schon. So zwischen den Zeilen …«

Er hustete erneut rasselnd, räusperte sich dann so tief und feucht, dass Lissie Angst hatte, Teile der Raucherlunge würden gleich neben der Stulle auf dem Schreibtisch landen: »Der hat mich eine Dreiviertelstunde warten lassen, als ob ich ein grüner Junge von irgend so einem Provinzblättchen wäre. Dieser Lackaffe!« Reimers fasste sich mit abgespreiztem kleinen Finger an die Brille und schob sie ungehalten auf der Nase zurecht. »Aber die Wahrheit ist: Wenn im November hier in Hamburg das große Eisbein-Essen der Reeder und Schiffsmakler ist, schieben die Nutten im *Pussy Palace* immer Extraschichten. Von wegen seriös und ach-so-vornehme Vorfahren. Die nageln, was ihnen vor den Latz kommt …«

Lissie kriegte ein verkrampftes Lächeln zustande.

Reimers zog jetzt unwirsch sein *Abendblatt* unter der grünen Frühstücksdose hervor und begann es energisch zusammenzufalten. »… durch und durch verlogene Mischpoke! Und die Frau Gemahlinnen, ja?, laufen mit angetackerten Perlenketten um den Hals im Kaschmir-Twinset rum und tun so, als ob sie von alledem nichts mitkriegen. Dabei hat Vaddi auch immer noch eine blonde Husche im Büro, die er besteigt. Ganz abgesehen von der in Schanghai und in Singapur und wo weiß ich noch!«

»Ah ja …«, Lissie lächelte zwanghaft, »… und lassen Sie mich raten – *Sie* hat er dann auch noch angebalzt?!« (War eigentlich als kleines, luftreinigendes Witzchen gedacht. Doch mit bangem Entsetzen fixierte sie jetzt Reimers Gesicht, auf dem sich ein süffisantes Lächeln zeigte.)

»Das glaube ich gern. Hinten und vorn bespielbar.« Reimers lachte meckernd. »Bei dem Kollegen halte ich nichts für ausgeschlossen …!«

Spätestens ab hier begann Lissies Gesichtsmuskulatur zu schmerzen, die zum Dauergrinsen verurteilt war.

Plötzlich fuchtelte Reimers mit seinem krummen, nikotingelben

Zeigefinger dozentenhaft und besserwisserisch in der Luft herum: »Ha! Aber der hätt mir mal kommen sollen!« Auf einmal war er so richtig in seinem Element: »Und *dann* habe ich ihn völlig korrekt gefragt, ob er sich wirklich noch guten Gewissens als Reeder alter Schule bezeichnen kann!« Er schaute sie triumphierend an.

Lissie schaute verständnislos zurück.

Reimers pochte mit dem Zeigefinger ein paarmal in die Luft: »Die meisten von diesen Herrschaften besitzen ja heutzutage noch nicht mal dreieinhalb Schrauben auf ihren Pötten! Der Rest gehört irgendwelchen Rechtsanwälten und Zahnärzten!« Er zog verächtlich die Mundwinkel bis zum Kragen runter: »Ich hab also diesen feinen Herrn gefragt, ob es nicht viel korrekter wäre, ihn als Fahrzeugvermieter und Finanzakrobaten zu bezeichnen. Da hat er mich doch hochkant rausgeschmissen! *Das* passte dem feinen Herrn nicht! Dass ihm mal jemand die Wahrheit ungeschminkt ins Gesicht sagt …«

Plötzlich vibrierte es in Lissies Hand: »Äh, Augenblick, Herr Reimers, mein Handy!« Sie warf einen schnellen Blick auf das Display – anonymer Anrufer – und klappte das Gerät auf: »Lensen?«

»Wo bist du?! Wo bist du?! Wir müssen den Artikel schreiben! Schnell! Hüh!«, hörte sie Dörtes aufgeregte Stimme aus dem Hörer schrillen. »Wir suchen dich schon überall! Wo sind die Interviews?!«

»Die stehen doch im System.«

»Oh, da hab ich noch gar nicht reingeschaut.« Einen Augenblick war Stille in der Leitung, Dörte suchte offensichtlich nach neuer Munition: »Aber grundsätzlich, Lissie! Wär echt nett, wenn du das nächste Mal Bescheid sagst! Ich mein, bevor du weggehst! Ich muss doch wissen, wo meine Leute sind!«

»Ja, Dörte, bis gleich!« Lissie klappte gestresst das Handy zu und schaute Reimers an, der knurrig zurückstarrte.

»Und?!«, fragte der energisch. »Haben Sie Ihr Gehirn fertig gegrillt?«

Lissie zuckte etwas hilflos die Schultern.

»Also, wir müssen hier jetzt auch mal zu Potte kommen. Schöne Grüße an Ihre Frau Chefin, sie soll ihre Fangarme wieder einrollen. Der Ingwersen ist schon längst verheiratet.«

»Was? Wie? Der ist verheiratet?« Lissie fühlte selbst, dass sie völlig blass im Gesicht wurde.

Reimers runzelte die Stirn: »Sind Sie schwanger? Sie sehen so käsig aus.« Er musterte misstrauisch ihren Bauch.

»Äh, nein!, wie kommen Sie denn da drauf? Bin ich bescheuert?! Äh, wie? Der ist verheiratet?!« Sie spürte, wie sie Sodbrennen bekam.

»Mensch, Mädchen! Jetzt ist aber auch gleich mal Schluss mit Fragen! Ich muss noch arbeiten.«

»Nur die Antwort noch!«, bettelte Lissie und hoffte, dass man nicht die Tränen in ihren Augen glitzern sah.

»Also, dieser Krummwichser war mal mit irgendeiner Bremer Kaufmannstochter verheiratet, wenn ich mich richtig erinnere. Auf jeden Fall Geld ohne Ende und ein Stammbaum so lang wie mein Arm. Hat aber nicht lange gehalten. Und als ich ihn vor sechs Monaten interviewt habe, war er gerade mit einer bildhübschen Maklerin zusammen, die's sehr eilig hatte, Frau Reeder zu werden. Stammte irgendwie aus einer steinreichen Industriellenfamilie aus dem Ruhrpott. Also, die haben mit Sicherheit jetzt schon das erste Kind angesetzt.«

»Ja, ähm … das hört sich ja nicht so gut an für Frau Clausen …«

Reimers hatte das erste Mal seit zehn Minuten richtig gute Laune und kicherte plötzlich weibisch in seinen Schnauzer: »Genau! Und richten Sie ihr schöne Grüße aus! Sie kann gern noch mehr erfahren. Soll mich ruhig anrufen! Mit den besten Empfehlungen aus der Wirtschaftsredaktion!« Er lehnte sich in seinem Sessel zurück und musterte Lissie zufrieden.

Der war kotzspeiübel.

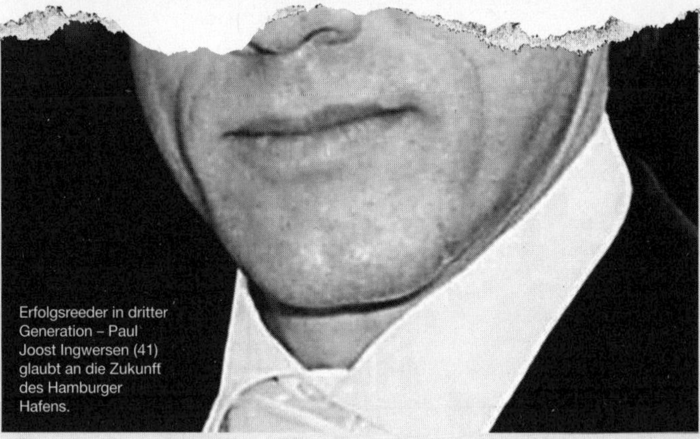

Erfolgsreeder in dritter Generation – Paul Joost Ingwersen (41) glaubt an die Zukunft des Hamburger Hafens.

Hamburgs heimliche Könige

Von GERD REIMERS

Hamburg boomt! In keiner anderen deutschen Stadt schießen so viele Firmen aus dem Boden, ist das Pro-Kopf-Einkommen höher, gibt es mehr Millionäre. Herzstück des Wirtschaftswunders: der Hafen, gerade feierte er seinen 815. Geburtstag. Und die Firmen dahinter? GLADIATOR stellt sie vor. Heute Folge V: CTC (Coast to Coast) Shipping

So ehrgeizig wie Paul J. Ingwersen ist das Bürogebäude, in dem er residiert: der Dockland-Komplex in der Van-der-Smissen-Straße zwischen Övelgönne und Fischmarkt. Ein modernistischer Glas-Palast, der wie ein Schiffsbug 40 Meter frei über die Elbe ragt und mit einer Miete von fast 30.000 Euro pro Stockwerk nicht gerade zu den hanseatischen Schnäppchen-Immobilien zählt. Soll er auch gar nicht. Viel wichtiger ist die Botschaft: ‚Achtung! Hier arbeitet Erfolg! Hier sitzt das Kapital!' Viele Hamburg-Touristen nutzen die Möglichkeit, dem Hausherrn aufs Dach zu steigen und Erinnerungsfotos zu schießen. Muss man mögen.

Genau wie Ingwersen selbst. Wer mit ihm verabredet ist, weiß anschließend genau, wie viele Schiffe im Verlauf einer Stunde die Elbe rauf- und wieder runterfahren. Das Warten im Besprechungszimmer-Zimmer mit Panorama-Fenster wird dem Besuch aus aller Welt mit Kaffee und Keksen schmackhaft gemacht. Paul J. Ingwersen (Jahrgang '65), Juniorchef von CTC Shipping (Vater Hinrich schied '94 überraschend aus dem damals insolventen Unternehmen aus), findet kaum Zeit, seinen Besuch zu begrüßen. So sehr nehmen ihn Schiffsbeteiligungen, das Bereedern seiner 44 Containerschiffe umfassenden Flotte und sein Engagement im hauseigenen Emissionshaus Tenzing House in Anspruch. Hanseaten wie er denken standesbewusst. Tradition wird großgeschrieben. Wer ihn sieht, begreift den Spruch: Ein Reeder darf alle Farben tragen. Hauptsache grau.

Firmenprofil CTC Shipping:

- gegründet 1912
- Flotte mit 59 Schiffen, davon 15 Spezialfrachter mit eigenem Ladegeschirr
- 1160 Beschäftigte
- CTC-assoziiertes Emissionshaus Tenzing House

CTC Shipping, 1912 von Ingwersens Großvater Johann Anton Ingwersen gegründet, gilt derzeit als weltgrößter Anbieter von Chartertonnage auf dem Container-Markt. Hauptkunde China, wo 90 Prozent des elektronischen Spielzeugs, 60 Prozent aller Kühlschränke gefertigt werden und wo ein fabelhaftes Wirtschaftswachstum von jährlich 10 Prozent zu verzeichnen ist. Während in Deutschland die Stagnation anhält. 15.000 Dollar ist der Mietpreis eines Containerschiffes. Pro Tag. Zusätzlich zu den 44 Containerschiffen unterhält CTC Shipping 15 Spezialfrachter, die Schwergut bis 640 Tonnen mit eigenem Geschirr laden und damit auch Häfen ohne Kräne anlaufen können. Da Gewinne aus der Schifffahrt in Deutschland komplett steuerfrei sind, können sich Reeder wie Paul Ingwersen so exklusive Hobbys wie ein eigenes Flugzeug leisten.

1160 Angestellte stehen derzeit auf der Pay-Roll von CTC Shipping. Mit Hajo Bevering, Geschäftsführer von Tenzing House, ehemals HanseLloyd, holte sich Ingwersen 2001 eine Art Popstar der Schiffsfinanzierungs-Branche ins Boot. Die beiden kennen sich aus London, wo Ingwersen drei Jahre lang Junior Financial Operator beim TAOI (TransAtlantic-OceanInstitute) war. Auch mal Angst vor der Flaute, Herr Ingwersen? Ingwersen: „Nein, wir sind mit unserem Geschäft sehr gut positioniert."

Ein erfolgsorientiertes Selbstverständnis, das durchaus auch egomanische Züge trägt.

New Yorker Börse stü

18

Lissie betrachtete traurig ihre Reeder-Unterlagen.

Echt, da hab ich jetzt wochenlang recherchiert und nicht einen Bruchteil dessen erfahren, was mir dieser Reimers in zehn Minuten an den Kopf geknallt hat.

Das mit der Tradition hatte sie gewusst. Auch, dass es bei den Reedern um viel Geld und Politik ging. Dass Paul Ingwersens Vater Hinrich Ingwersen schon Reeder gewesen war, hatte sie rausgefunden. Und dass Paul Ingwersen nicht unter übertriebenen Minderwertigkeitskomplexen litt, konnte sie aus eigener Erfahrung bestätigen. Aber den ganzen Rest?

Ich will damit nichts mehr zu tun haben. Das ist nicht meine Welt.

Zögernd nahm sie mehrere Blätter vom Stapel und fing an, sie langsam zu zerreißen.

Vor einer halben Stunde war sie aufgewühlt wieder in ihrem Zimmer aufgeprallt (nachdem sie zur Sicherheit auf dem Rückweg den Fahrstuhl genommen hatte). Dort war sie auf Bine getroffen, die gerade dabei war, ihre Sachen zusammenzupacken. Morgen sollte sie schon um sechs Uhr mit dem Auto und einer Fotografin zur Fähre nach Bornholm aufbrechen, um hier eine zweitägige Insel-Rund-Radel-Reportage zu produzieren. (Für so eine Weltreise musste natürlich akribisch stundenlang gepackt, sprich, die Redaktion spätestens pünktlich um halb fünf verlassen werden. Alles andere war der helle, spontane Wahnsinn und konnte den Erfolg dieser, den Journalismus revolutionierenden Exklusiv-Geschichte ernstlich gefährden.)

Eine schnelle Rückfrage bei Bine, die gerade mit Düsengeschwindigkeit absausen wollte, hatte noch ergeben, dass Dörte auch eben erst in die Redaktion zurückgekehrt war. Sich mit ihr hinzusetzen und gemeinsam zu texten war wieder das übliche Hickehackehüh gewesen: Ihre Ressortleiterin hatte wie immer keine Ahnung gehabt, was man schreiben sollte, und es auch nicht für nötig gehalten zu recherchieren. Dafür wusste sie aber alles besser. Herrn Tötzke hatte sie so zusammenkürzen wollen, dass aus ihm ein fideler Opi wurde, der nach dem Tod seiner Frau jetzt eine neue Liebe im Altersheim suchte. Nach einigem Gekloppe und Gezicke hatten sie sich dann darauf einigen können, dass Herr Tötzke keine neue Liebe im Altersheim suchte, aber meinte, eine positive Lebenseinstellung halte jung. Unter dem Artikel hatte dann fett gestanden »Dörte Schneider«. Und mit kleineren, zarteren Buchstaben darunter: »Mitarbeit S. Pierot/E. Lensen«.

Ratsch! Lissie zerriss einen weiteren Zettel ihrer umfangreichen Reeder-Recherchen. Das Herz tat ihr weh.

So viel Arbeit und Mühe. Und wofür? Um am Ende das zu hören, was eigentlich von Anfang an schon klar war. Null Interesse, null Chance, null Future. Was habe ich auch erwartet? Wahrscheinlich sollte ich meinem Kind später erzählen, dass sein Vater Germanistik-Professor war und bei einem humanitären Einsatz im Kongo gestorben ist. Damit kann es wahrscheinlich besser leben.

Zum Schluss lag nur noch der Reimers-Artikel auf ihrem Schreibtisch. Paul Joost Ingwersen schaute sie sinnend an. Darunter als Bildunterschrift: *Erfolgsreeder in dritter Generation – Paul Joost Ingwersen (41) glaubt an die Zukunft des Hamburger Hafens.*

Ist doch nur ein Foto ... Weg damit und Schwamm drüber.

»Was starrst du denn den Typen so an?!«

Lissie zuckte zusammen und sah überrascht hoch. Sophie stand neben ihr und las interessiert die Bildunterschrift. Dann huschten ihre Augen zu der Überschrift:

»Hamburgs heimliche Könige«, las sie laut vor. »Sag mal, ist das der, von dem ich denke, dass er's ist? Sieht süß aus.«

Lissie schaute noch mal traurig auf das Foto: »Na ja … Süß? Ich weiß nicht!« Sie lächelte Sophie schief von unten an. »Wie hat schon Opa Shakespeare gesagt? ›Schönheit liegt im Auge des Betrachters.‹ Ich glaub, du brauchst 'ne Brille!«

Sophie guckte sie verwundert an: »Jetzt lenk nicht ab! Ist er's oder ist er's nicht?«

Jetzt kommt's auch nicht mehr drauf an …

»Ja klar! Das ist mein Postbote«, meinte Lissie entspannt und schubste den Zeitungsartikel mit den Fingerspitzen von sich.

Sophie griff nach Lissies Ohrläppchen und zog einmal kräftig dran: »Elisabeth Lensen! Ich kneif dich gleich in den Allerwertesten!«

»Aua, du tust mir weh!« Lissie wischte ihre Hand ungehalten weg: »Lass mich los, du doofe Kuh!«

Sophie baute sich jetzt mit in die Hüften gestemmten Händen vor ihr auf: »Seit Wochen läufst du mit bedröppelter Miene rum und seufzt hier und seufzt da und siehst aus, als ob sie dein Lieblingsmeerschweinchen geschlachtet hätten! Das ist ja nicht zum Aushalten! Und jetzt erwisch ich dich auch noch dabei, wie du hier vor so 'nem ollen Piesch-Foto meditierst. Beim nächsten Mal hast du wahrscheinlich auch noch so einen kleinen Altar davor aufgebaut. Jetzt mal Butter bei die Fische! Ich geh hier nicht eher weg, als bis du mal Klartext geredet hast.«

Na super. Du hast ein schlechtes Gewissen, weil du heute Abend nicht kannst. Und jetzt soll ich mein Innerstes im Schnelldurchlauf nach außen kehren, damit ich mich nicht vernachlässigt fühle. Danke auch.

»Okay, ja, das ist der Typ«, meinte Lissie in beiläufigem Ton, während sie Sophie beiseiteschob und nach ihrem braunen Plastikmülleimer langte.

»Ja, und was willst du jetzt machen?« Sophie machte widerwillig Platz.

»Wie machen?« Lissie hob irritiert den Kopf, während sie mit der flachen Hand den Papierschnipselhaufen runterdrückte.

»Na ja, wenn du so offensichtlich in ihn verknallt bist.« Sophie musterte neugierig mit schief gelegtem Kopf die widerspenstigen Papierfetzen unter Lissies Hand. »Willst du endlos weiterleiden oder vielleicht mal die Initiative ergreifen? Bricht dir ja vielleicht einen Zacken aus der Krone, aber macht dich vielleicht auch glücklicher. Schon mal drüber nachgedacht?«

Lissie drehte jetzt den Stuhl und hob das rechte Bein, um den Papierhaufen mit dem Fuß zur Räson zu bringen. »Du wirst es nicht glauben!, ja!, ich hab tatsächlich schon drüber nachgedacht. Man muss nachts ja auch was zu tun haben. Schlafen allein ist ja langweilig. Das kann ja jeder.« Lissie schaute Sophie spöttisch an.

Shit, jetzt ist mein Fuß im Eimer eingeklemmt.

»Sag mal, willst du mit der Nummer im Zirkus auftreten?« Sophie beobachtete interessiert, wie Lissie ihr Bein schüttelte, um den Eimer vom Fuß abzubekommen.

»Ich dachte, du bist mit Tobias verabredet?« Lissie warf dem kackbraunen Mülleimer noch einen nachtragenden Blick zu und wandte sich wieder ihrem Schreibtisch zu. »Ich möchte ja nicht, dass ihr Turteltäubchen euch meinetwegen ins Gefieder kriegt.«

»Was hast du eigentlich gegen Tobias?« Sophie guckte Lissie an, als wäre sie die Männerhasserin schlechthin.

»Ich glaube, von dem Thema sollten wir heute lieber die Finger lassen. Das könnte sonst richtig Bumm machen.« Lissie schaute Sophie kurz an und biss sich dann nachdenklich auf die Unterlippe.

»Wie meinst du das?«, fragte Sophie aufgeschreckt.

Lissie schaute sie genervt an. »Sophie, ich glaube, dass du nicht wirklich hören möchtest, was ich über Tobias zu sagen habe.«

Sophie schnappte überrascht nach Luft: »Das ist doch nicht dein Ernst! Nur weil du schlecht drauf bist, musst du mir doch hier jetzt nicht meine Beziehung kaputtreden.«

Lissie musterte Sophie verletzt. »Ich bin nicht schlecht drauf. Aber es gibt auch Leute, die haben ernsthafte Probleme. Nicht nur so einen fickrigen Freund.«

Oh Scheiße, warum kann ich nicht meine Klappe halten?

Sie sah, wie Sophies Gesicht kreideweiß wurde und versteinerte.

Treffer, Schiff versenkt ...

»Sophie, ich hab's nicht so gemeint ... Tobias sieht wirklich gut aus ... und wahrscheinlich ist er auch ein ganz Netter ... aber ich kann mit ihm nichts anfangen.«

Sophie kullerten dicke Krokodilstränen über die Wange.

Oh wie furchtbar ... Sophie! ... ich hab dich noch nie weinen sehen.

Lissie sprang hastig auf, um sie in den Arm zu nehmen, und sah erschrocken, wie Sophie vor ihr zurückwich: »Sophie, bitte! Ich hab das nicht so gemeint. Ich weiß nur im Moment nicht, wo mir der Kopf steht.« Sie blieb mit hilflos erhobenen Händen vor Sophie stehen.

Sophie wich einen Schritt zurück: »Was weißt du schon?! Du behütetes höheres Töchterchen! Nur weil du manchmal dein Konto ein kleines bisschen überziehst und Liebeskummer hast, hast du kein Recht, mir so wehzutun!«

Lissie nahm verletzt die Arme runter und spürte, wie die Wut in ihr hochkochte: »Verdammt noch mal, hör auf damit, mich dauernd ein höheres Töchterchen zu nennen!«, schrie sie laut los, hielt erschrocken inne und fuhr dann leiser fort: »Wilhelmsburg ist ja nun auch nicht gerade die Bronx! Mich kotzt das echt an, Sophie! Soll ich dir mal sagen, was ich für *kleine Probleme* habe?! Schwanger bin ich! Scheiß schwanger! Und weißt du, von wem ich gestern Post bekommen habe?! Von meinem Vermieter! Der kündigt mir die Wohnung! Und soll ich dir noch was sagen?! Ab Januar bin ich arbeitslos. Weil dann nämlich mein Zeitvertrag ausläuft! Jetzt erzähl mir noch mal, dass du mehr Probleme hast! Da bin ich aber mal gespannt!«

Lissie hielt schwer atmend inne.

Was hab ich da gesagt???!!!

Erschrocken sah sie auf Sophies Gesicht die Gefühle slotmaschinenartig durchrauschen. Bei *klingel ungläubig – klingel entsetzt – klingel fassungslos* rastete die Maschine jeweils kurz ein. Wie vor den Kopf geschlagen irrte Lissies Blick zur offenen Bürotür.

Oh Gott, hat das jetzt jemand draußen gehört? Was bin ich doch für ein Trottel.

Müde ging sie zur Tür. Warf einen kurzen Blick in den Flur.

Leer! Aber was hat das schon zu sagen?

Schloss sie leise. Drehte sich wieder um. Und merkte, dass Sophie sie wie eine Aussätzige anschaute.

»Du verscheißerst mich jetzt, damit ich dir nicht mehr böse bin. Das ist nicht dein Ernst!« Sophie wischte sich die Tränen von der Wange und versuchte sich ein Lächeln abzuringen.

Lissie stieß sich von der Tür ab, ging zum Schreibtisch, hob ihre Tasche auf den Stuhl und griff ins Seitenfach. »Hier, Sophie. Wonach sieht das aus?«

Sophie zögerte einen Moment, dann griff sie unsicher nach der weißen Plastikhülle und schaute drauf: »Lissie, du verarschst mich jetzt! Das ist irgendein Scherzartikel-Schwangerschaftstest. Sag, dass das nicht wahr ist!«

»Okay, Sophie, es ist nicht wahr.« Lissie stellte ihre Tasche wieder auf den Boden und ließ sich erschöpft in ihren Sessel sinken. »Ich wollt dich nur erschrecken. Wie sagt doch Nina Ruge immer so schön? ›Alles wird gut!‹«

Lissie musterte Sophie, die verloren mit dem Schwangerschaftstest in der Hand im Zimmer stand: »Hey, Sophie! Ich dachte, du bist die Coole von uns beiden. Freu dich doch. Du wirst Tante.«

In Sophie kam Leben. Sie schmiss den Schwangerschaftstest vor Lissie auf den Schreibtisch. Lissie zuckte zusammen.

»Bist du denn bescheuert?!« Sophie stützte sich mit beiden Armen vor Lissie auf dem Schreibtisch ab und starrte sie mit weit aufgerissenen Augen aufgebracht an. »Hast du eigentlich eine Ahnung, was das heißt, heutzutage eine alleinerziehende Mutter zu sein?! Da, wo ich herkomme, schieben sie alle mit sechzehn schon Kinderwagen! Weißt du, was deren Tageshöhepunkt ist?! Bei Aldi einkaufen!«

Lissie schaute Sophie fassungslos an.

Was ist denn in dich gefahren? Hallo, ich erkenn dich ja gar nicht wieder!

Lissie versuchte dem fanatischen Blick ihrer Freundin Sophie standzuhalten.

»Du hältst das alles für einen Scherz, oder?!«, schrie Sophie außer sich.

»Augenblick mal, Sophie!« Lissie richtete sich jetzt auch zornig auf. »Warum gerätst du so aus der Fassung?! Schließlich bin *ich* schwanger und nicht du.« Sie starrte Sophie angriffslustig an. Die schaute weg und nahm ihre Hände vom Schreibtisch.

»Und nur weil ich hier nicht gleich aus dem Fenster springe, heißt das nicht, dass ich mir nicht darüber klar bin, was eine Schwangerschaft für mich bedeutet.« Sie sah Sophie todernst an. Als diese nicht reagierte, fuhr sie mit Nachdruck fort: »Nein. Ich habe keine Lust auf Hartz IV. Und ja. Ich weiß, dass alleinerziehende Mütter scheiße dran sind. Deutschlands neue Am-Arsch-Schicht. Aber ich *will* das Kind haben …«

Sophie starrte sie an.

»… und ich will mit dir, und das meine ich jetzt genau so, wie ich es sage«, sie unterstrich jedes ihrer Worte mit einer nachdrücklichen Handbewegung, »NICHT DISKUTIEREN, OB ICH DIESES KIND BEKOMME ODER NICHT.«

Sophie zögerte einen Moment. Dann richtete sie sich vollends auf und sah Lissie mit einem seltsamen Gesichtsausdruck an.

Hey, hab ich da was nicht mitbekommen? Hab ich so überzeugend geklungen?

»Meine Mutter hat mich mit fünfzehn bekommen …«, begann Sophie verunsichert. »Da war mein Erzeuger schon lange über alle

Berge.« Sie schluckte. »Weißt du, wie sich das anfühlt, wenn dir deine Mutter ein Leben lang vorhält, dass du ihr Leben versaut hast?« Sie sah Lissie mit großen Augen an.

Plötzlich tauchte vor Lissies innerem Auge das Bild von Sophies Mutter auf: Die gelbgrauen Nikotinränder unter ihren Augen hatten sich ein bisschen mit dem orangefarbenen Polyester-Strickpulli gebissen, in den sie ihren Atombusen mit den nach unten zeigenden Riesennippeln gezwängt hatte. Auch die Marienkäferspangen im dauergewellten blonden Fisselhaar konnte man diskutieren. Aber ansonsten war sie modisch auf der Überholspur gewesen, denn sie trug schwarze Leggins. Und *Cleo* hatte gerade groß berichtet, dass die am Kommen waren.

Sie hatte Frau Holtzmann bis jetzt nur einmal in ihrem Leben gesehen – und zwar als sie Sophie geholfen hatte, eine Waschmaschine von Wilhelmsburg nach Eimsbüttel zu transportieren. Sophie hatte ihr nur erzählt, dass ihre Mutter im Moment arbeitslos sei. Dass der Moment jetzt sieben Jahre dauern würde. Und ihr aktueller Lebensgefährte, ein Stahlbauer, schon sechs Monate wegen Bandscheiben krankgeschrieben sei. Die Firma würde langsam Schwierigkeiten machen.

Lissie hatte ihn nur im muffigen dunklen Wohnzimmer mit einer Bierflasche vorm Fernseher sitzen sehen, während Sophies Mutter mit der Zigarette im Mundwinkel und vor der Brust verschränkten Oberarmen am Türrahmen gelehnt hatte, als Lissie und Sophie zusammen mit einem Kumpel Sophies versucht hatten, die Waschmaschine durch den schmalen Türrahmen zu asten.

Auf jeden Fall hatte Lissie bis heute nicht verstanden, wie so eine plumpe, gewöhnliche Frau so etwas Lebendiges, Hübsches, Zartes und Kreatives wie Sophie geboren haben konnte.

Lissie spürte, wie ihr die Tränen in die Augen stiegen. »Sophie! …«, Sie stemmte sich aus ihrem Bürostuhl hoch und ging zögernd einen Schritt auf Sophie zu, »du kannst doch nichts dafür, wenn deine

Mutter mit ihrem Leben hadert … Ich weiß nicht, was bei ihr schiefgelaufen ist, aber ich denke … ich hoffe es zumindest … dass nicht jede alleinerziehende Mutter … ich meine, dass ich meinem Kind nicht die Schuld dafür geben werde … Verdammt! Du weißt, was ich meine …?«

Sie stand unsicher vor Sophie und traute sich nicht, sie in den Arm zu nehmen.

»Ach Mann, Lissie!« Sophie schlang ihre Arme um Lissies Hals und legte ihren Kopf auf deren Schulter, »tut mir leid, dass ich so ausgerastet bin. Aber es gibt Themen, da hört bei mir der Spaß auf. Was sagt denn der Erzeuger dazu?«

Lissie blieb stocksteif stehen und wagte nicht, Sophie anzuschauen.

Die richtete sich jetzt auf: »Du hast es ihm noch nicht gesagt. Richtig?!« Sie musterte Lissie eindringlich. »Nein! Stopp! Ich korrigier mich!« Sophie schüttelte fassungslos den Kopf, während ihre Arme weiter schwer auf Lissies Schultern lagen. »Du bringst es fertig und sagst es ihm überhaupt nicht. Richtig?«

Nicht noch eine Diskussion.

»Weißt du, was ein Kind kostet?« Sophie schüttelte sie. »Willst du in Zukunft zu Hause auf Bananenkisten sitzen? Willst du in Wilhelmsburg wohnen? Oder Steilshoop? Oder Mümmelmannsberg? Weißt du, dass sie die Hartz-IV-Empfänger dazu zwingen, sich billigere Wohnungen zu suchen? Dann kannst du Tschüss sagen, schnuckeliges Ottensen! Lauschiges Eppendorf! Hübsche gepflegte Altbauwohnung! Dann heißt es Hallo, trostloses Wohnsilo! Hallo, besprühte Wände!«

Lissie schaute bedröppelt nach unten: »Sophie, die Diskussion hatte ich schon mit meiner Mutter. Ich weiß, dass es nicht clever ist, nicht anzurufen und zu sagen: Hallo! Hier! Wir haben gemeinsam Mist gebaut! Jetzt tragen Sie auch mal Ihren Teil der Verantwortung und rücken bitte Zaster rüber!« Sie schaute auf. »Ich hab mir sogar diese Düsseldorfer Tabelle angeguckt. Was mir zustehen würde. Aber verstehst du? Ich will das nicht.«

Sophie schüttelte sie erneut: »Ich könnt dich durchprügeln!! Wie kannst du auf etwas verzichten, das dir zusteht?! Ich mein, wenn du einen Unfall baust, sagst du doch auch nicht, ›Ich hab meinen Versicherungsvertreter so lieb, den will ich jetzt nicht so belasten und bezahl den Totalschaden lieber selbst‹.« Sophie schüttelte den Kopf und schaute sie ungläubig an: »Lissie, das kann nicht dein *Ernst* sein!!«

Lissie zuckte mit den Schultern: »Okay, aber wie würdest du reagieren ... ich mein, wie würdest du *als Mann* reagieren ... wenn du vor drei Monaten eine Nacht mit einer Wildfremden verbracht hättest ... und die hat dich so wenig beeindruckt, die war dir *so* egal, die ist dir *so was* von am Arsch vorbeigegangen, dass du es noch nicht mal für nötig gehalten hast, Tschüss zu sagen?!«

Lissie sah Sophie fragend an, die unsicher zurückguckte.

»Ich meine, der Typ hat sich jetzt die ganze Zeit nicht bei mir gemeldet! Sieht das für dich so aus, als ob er vor Sehnsucht nach mir vergehen würde? Oder glaubt, einen Fehler gemacht zu haben?« Lissie schaute Sophie traurig an. »Verstehst du? Ich würd ihn schon nicht anrufen, wenn ich einfach nur so in ihn verknallt wäre und ihn wiedersehen wollte. Da wär ich doch eine billige Nummer. Der denkt doch, ich bin scharf auf sein Geld und würde deshalb die klare Abfuhr nicht akzeptieren, die er mir erteilt hat.«

Sophie nahm die Hände von Lissies Schultern und lehnte sich gegen Bines Schreibtisch: »Lissie ...!«

»Nein, lass mich ausreden, Sophie!« Lissie hob abwehrend die Hand und schaute aus dem Fenster. »Und diese Wildfremde kommt jetzt plötzlich angeschissen und sagt: Übrigens, hey du da! Wir zwei Hübschen, wir kriegen ein Baby!«

Lissie sah Sophie wieder in die Augen. »Ich mein, da bin ich doch die geldgierige Schlampe vom Dienst! So auf einer Stufe mit irgendwelchen Besenkammer-Ludern. Da würd ich doch als Mann kotzen!« Sophie öffnete den Mund, um was zu sagen. »Warte, ich bin noch nicht fertig! Guck mal, ich hab ja immerhin die Möglichkeit, Ja oder Nein zu dem Baby zu sagen. Er muss einfach meine Entscheidung akzeptieren, ob das Kind jetzt geboren wird oder nicht. Ja oder nein?!«

Sie schaute Sophie fragend an: »Ist *das* dann fair dem Kind gegenüber?! Dass es zwar weiß, wer sein Vater ist, aber der macht von Vornherein alle Schotten dicht und betrachtet sein Kind nur als üblen Angriff auf sein Portemonnaie? Würdest *du* dir das wünschen als Kind? Und guck mal, im Zweifelsfalle kann er mir noch Stress machen von wegen Sorgerecht oder was weiß ich. Ist es das wert?!«

Sophie verschränkte die Arme vor der Brust und schaute Lissie nachdenklich an: »Kann ich jetzt vielleicht auch mal was sagen?«

Lissie zuckte die Schultern.

»Jetzt hör mir mal zu! Ich weiß ja, wie du tickst! Ich kenn deinen Stolz. Ich versuche auch zu akzeptieren, dass du in den Typen da drüben«, Sophie wies mit dem Kopf auf Lissies Recherche-Stapel, »wirklich verknallt bist. Aber schon aus dem Grunde …«, sie sah Lissie beifallheischend an, »Hand aufs Herz, kannst du doch nicht wollen, dass er eine schlechte Meinung von dir bekommt. Und hast du dir vielleicht auch schon mal überlegt, dass es ihn vielleicht interessieren könnte?« Sie hob bedeutungsvoll die Brauen. »Dass es ihm *nicht* egal ist, dass er Vater wird. Dass er das vielleicht auch ganz gerne erfahren würde? Geld hin oder her.«

Lissie schnitt eine traurige Grimasse: »Was meinst du, wovon ich jede Nacht träume?! Klar habe ich darüber nachgedacht! Aber wie groß sind wohl die Chancen, dass er sagt: Toll! Genau von *dir* habe ich mir immer ein Kind gewünscht! Komm doch! Leb zusammen mit mir, meiner Frau, meiner Freundin und lass uns eine große, glückliche Familie sein!« Lissie sah Sophie herausfordernd an. »Dazu fehlt sogar *mir* die Fantasie!« Sie schnaubte verächtlich durch die Nase. »Oder lass es mich mal anders sagen! Kennst *du* irgendeinen Hollywood-Erfolgsfilm, wo die Frau erst schwanger wird und der Mann dann feststellt, dass sie die Liebe seines Lebens ist??! Oh, warte mal! Ich hab's fast vergessen! *Pretty Woman* handelt eigentlich davon, wie Richard Gere sich darüber freut, Vater zu werden! Oder … Genau! *Dirty Dancing*! Baby wird erst schwanger. Und tanzt dann noch erfolgreich den Mambo im neunten Monat mit Patrick Swayze.«

»Ja gut …«, Sophie holte tief Luft und schlug sich mit den Händen auf die Oberschenkel, »mit Worten bist du mir überlegen, aber Fakt bleibt doch, egal, wie du's jetzt drehst und wendest, wenn du's nicht probierst, wirst du's nie mit Sicherheit wissen!« Sie schaute Lissie fragend an. Plötzlich grinste sie. »*Ich* stell dir natürlich immer gern ein Zeugnis aus, dass du nicht geldgierig bist und eigentlich eine ganz Nette. Aber dafür musst du von jetzt an immer ganz lieb und artig sein und darfst nichts Böses mehr zu mir sagen!«

Lissie wollte Sophie gerade die Hände um den Hals legen, um sie zu würgen, als das Telefon auf ihrem Schreibtisch klingelte.

»Mist! Wer kann denn das jetzt noch sein?« Lissie beugte sich über ihren Schreibtisch und zog das Telefon an der Schnur zu sich herüber, um aufs Display zu schielen. »Oh nein! Das ist *Brain Death*! Wetten, es gibt noch eine Änderung in dem Text, und sie braucht jemanden, der Händchen hält?«

Sie nahm den Hörer ab: »Hallo Dööörte! Was machst du denn so spät noch in der Redaktion?!« Lissie guckte zu Sophie und wackelte vielsagend mit dem Kopf: »Ich dachte, du wolltest heute endlich mal pünktlich nach Hause gehen?!«

»Ja, wollte ich auch!«, kam es mitleidheischend aus dem Hörer. »Aber Marten hat gerade angerufen, als ich schon auf dem Flur war. Er braucht noch zehn Zeilen mehr. Kommst du gerade mal rüber?«

»Ja klar, bin gleich da. Ich such nur meine Unterlagen zusammen.« Lissie legte den Hörer wieder auf die Gabel. »*Die* Frau kostet echt Kraft! Hat Tobias nicht einen Freund, der sich opfern würde? Im Dunkeln ist sie bestimmt ganz nett.«

Sophie griff nach Lissies Handgelenk und hielt sie fest: »Lissie, jetzt hör auf, hier rumzualbern. Wir sind noch nicht durch mit dem Thema! Im Ernst! Du musst dich bei diesem Reeder da melden. Das kann dir doch im Prinzip egal sein, was er von dir denkt.«

Lissie wollte Sophie ihr Handgelenk entziehen. »Lass mich in Ruhe. Mir wird allein schon bei dem Gedanken kotzübel, ihm gegenüberzustehen und zu sagen: Hallo, ich bin schwanger! Das will ich nicht. Oder soll ich ihm vielleicht einen Brief scheiben? So mit Einschreiben und Rückschein ›Hallo, Herr Ingwersen! Ich bin's! Die Blonde! Ich weiß nicht, ob Sie sich an mich erinnern. Aber Sie werden Vater, juhu!‹ Das ist doch alles oberpeinlich … Auf gar keinen Fall!«

Sie riss ihre Hand endgültig los und raffte lustlos ihre Altersheim-Unterlagen zusammen. »Komm! Nun geh schon, Sophie, und betrüg mich mit Tobias! Aber wehe, du wirst von dem schwanger! Dann ziehen wir die Nachgeburt groß!«

Sophie schaute sie ungläubig an und schubste sie zärtlich.

Lissie grinste traurig und nahm Sophie noch mal liebevoll in den Schwitzkasten: »Blöde Kuh! Ich hab dich lieb!«

Sophie drückte sie kurz fest zurück: »Ich dich auch!!«

Lissie ging rückwärts zur Tür: »Tschüss … war trotzdem irgendwie ein gutes Gespräch – und ich bin froh, dass du es jetzt weißt!«

Sie lächelte noch mal zum Abschied, drehte sich um und öffnete bocklos die Tür zum Flur.

So, jetzt noch die Dumpfbacke befruchten und dann ab nach Hause … oh shit … der Schwangerschaftstest! …

Sie drehte sich noch mal hastig zu Sophie um, die bewegungslos an Bines Schreibtisch gelehnt stand: »Bist du so lieb und packst den Test da noch schnell in meine Tasche? Muss ja nicht jeder sehen …«

»Okay! Aber jetzt schau, dass du zu deiner Lieblingsblindschleiche kommst. Und denk dran! Du musst Mitleid mit Minderbemittelten haben! Kann nicht jeder ein kleiner Goethe sein!«

Dritter Teil

Herztöne

nur von Privat, keine Makler, AB nach 19 Uhr

Über den Dächern von Blankenese

Exkl. 4-Zi.-Whg., ca. 149 m², 1. OG, Pitch-pine, Kamin, Designer-EBK, Marmorbad, Gäste-WC, Süd-Terrasse, Alarmanlage, Stellplatz, Euro 2495,- + NK/KT/CT, Lamm & Melkers Elbe-GmbH Büro Blankenese 040/460935

Rissen: Architektenbungalow, 5 Zi., ca. 160 m², ruh. Lg., 2 Bd., Gäste-WC, Parkett, nur an NR

19

»Und hier hätten wir das herrschaftliche Schlafzimmer mit dem herrlichen Blick auf den Garten!« Jacqueline Reifenstein sah zu, wie das Ehepaar Langner den möglichen neuen Ort seiner Intimbegegnungen betrat: Sie, Cornelia L. (klein, blond gesträhnt, das Gesicht verkniffen, die Augen eifrig spähend), wieder mal zuerst. Er, Michael L. (hoch aufgeschossen, dunkelhaarig, Brille), mit Dauergrinsen hinterher. Jetzt drehte er sich besitzergreifend einmal um die eigene Achse.

Jacqueline Reifenstein gab den beiden noch höchstens zwei Jahre. Sie war sich nur noch nicht sicher, wem sie bei der Scheidung mehr Glück wünschen sollte. Sie fand beide einfach nur grässlich. Aber sie hatten Kohle – zumindest er hatte sie. Sein Gehalt bei der DASA als Ingenieur belief sich laut ihren Unterlagen auf bummelige sechstausend netto. Vielleicht nicht genug für diese Immobilie. Aber das sollte nicht ihr Problem sein. Dem Wohnungsbesitzer würde seine Gehaltsabrechnung auf jeden Fall gefallen. Und wenn die Langners feststellten, dass ihnen die Wohnung auf Dauer doch zu teuer war, würde sie sie wieder neu vermitteln, inklusive Courtage. Doch das war jetzt Zukunftsmusik. Erst mal musste sie dieses Schlachtschiff von Wohnung an diese beiden neureichen Tölpel verschachern.

»Wie Ihnen sicherlich aufgefallen ist, haben wir hier statt des Pitchpine-Parketts sehr hochwertige helle Auslegeware liegen. Die Baronin, die hier vorher gewohnt hat, fand es zu fußkalt.« Jacqueline Reifenstein hatte wie erwartet wieder die volle Aufmerksamkeit von Herrn

Langner, der zu einem glühenden Bewunderer ihrer knackig sitzenden Wickelbluse geworden war. Gerade tat er so, als ob er den Teppich mustern würde, tatsächlich aber ließ er seinen Blick an ihren heute Morgen glatt epilierten und sorgfältig eingeölten Beinen hoch- und runtergleiten.

»Ist aber sehr fleckenempfindlich, oder?« Das war Frau Langner.

Jacqueline Reifenstein schaute Böses ahnend an Herrn L. vorbei, der gerade an ihren Hüften in dem eng anliegenden Wildlederrock Maß nahm: Frau L. war dabei, mit der Spitze ihres blau-weißen Mokassins dunkle Halbkreise auf den Teppich zu zeichnen.

»Wo Sie recht haben, haben Sie recht!« Jacqueline Reifenstein lächelte Herrn Langner einladend zu. Dann ging sie, die eine Hand betroffen in die Hüfte gestemmt, mit der anderen ihre gesammelten Unterlagen bereithaltend, mit ernster Miene zu Frau Langner: »Aber ich hatte Frau Mauff«, sie warf einen kurzen Blick zu der untersetzten Mitarbeiterin der Relocation-Firma *My Wonderful New Home*, die gerade dabei war, mit dem Schatten des Türrahmens zu verschmelzen, »so verstanden, dass Sie Wert auf ein gehobenes Ambiente mit viel Behaglichkeit legen.« Sie lächelte Frau Langner bedauernd an: »Ich war jetzt von mir ausgegangen ... Ich meine, jetzt, wo der Winter vor der Tür steht, ist es doch herrlich, wenn man morgens aus dem Bett schlüpft und es kuschelig warm an den Füßen hat. Aber darunter«, sie trat zweimal fest mit dem Absatz ihres grauen Wildlederpumps auf, »sind nach wie vor die alten Pitchpine-Dielen, also kein Thema. Ich denke, da lässt der Vermieter sicherlich mit sich reden.«

»Ja, ja, das kostet heute ja nicht mehr die Welt«, Frau Mauff hatte ihre Stimme wiederentdeckt, »so Parkett abschleifen und versiegeln lassen. Das kriegt man schon für fünfhundert Euro. Eine Freundin von mir hat das gerade machen lassen. Ich kann Ihnen die Adresse von der Firma besorgen. Ganz nette Jungs, die sich noch über jeden Auftrag freuen. Und auf jeden Fall echte Experten.«

Cornelia Langner war überfordert. Da hatte sie bei dieser Schnepfe von Maklerin mal mit ihrem Hausfrauenwissen punkten wollen. Und jetzt wusste sie selbst nicht mehr, ob sie den Teppich wirklich scheiße fand. Oder doch ganz gut. Hilfesuchend sah sie ihren Mann an: »Dann sollten wir uns auf jeden Fall diese Koniferen gönnen, was meinst du, Igelschnäuzchen?«

Michael Langner hatte sich gerade vorgestellt, wie Jacqueline Reifenstein – bekleidet mit nichts als ihrem Lächeln – morgens über besagten Teppich auf ihn zukroch: »Also, ich weiß nicht, was du hast. Ich finde den Teppich klasse. Der hat doch was, äh, Praktisches.«

»Ach Schatz«, Cornelia Langner lief auf ihren Mann zu, hakte sich unter und schmiegte sich an ihn, »dann sag doch gleich, dass er dir gefällt. Dann brauchen wir uns hier doch gar nicht so zu ecoupieren! Ich hatte nur gedacht, in unserem Schlafzimmer in Toulouse, da hatten wir doch auch, ich mein, du findest doch so alten Krempel so toll, deswegen …«

Michael Langner klapste seiner Vermählten begütigend auf die Hand: »*Echauffieren*, Mäusebärchen, ich weiß ja, du hast es gut gemeint, aber jetzt lass mich mal machen.«

Jacqueline Reifenstein beschloss, dass sie noch genau zehn Minuten in diese Angelegenheit investieren würde, dann sollte sich einer ihrer geschätzten Kollegen die Zähne an diesen beiden Idioten ausbeißen: »So, jetzt, last, but *not* least, möchte ich Ihnen noch einen besonderen Leckerbissen dieser Wohneinheit zeigen. Wenn Sie mir bitte folgen wollen …«, sie lächelte den beiden einladend zu, drehte sich schwungvoll um und durchbohrte Frau Mauff mit bösen Blicken, damit die sich in Luft auflöste. (Frau Mauff wich eilig zurück und gab den Weg durch den Türrahmen frei.) »… hier, gleich links um die Ecke!«

Jacqueline Reifenstein ging zügig den Flur entlang, wo am Ende hinter einer gelbgrünen Butzenglastür mit Holzrahmen der nutzloseste Raum der ganzen Wohnung seiner Entdeckung harrte. »Auch hier auf dem Flur hat der Vermieter Dr. Schnitzler nach dem Auszug der

Baronin alles frisch renovieren lassen. Er wollte, dass sich seine neuen Mieter wirklich wohlfühlen. Und schließlich handelt es sich bei der Villa ja um sein Elternhaus, da lohnt sich so eine Investition natürlich erst recht. Die Baronin – also so lieb sie war, wirklich, eine ganz nette, entzückende alte Dame, die jetzt in Timmendorf bei ihrer Tochter lebt – war starke Raucherin. Hier die Bodenkacheln zum Beispiel sind komplett neu und aus Quarzit. Die Oberfläche ist so glasiert, dass sie völlig unempfindlich ist gegen Sonne und Feuchtigkeit und – Frau Langner, ich denke, das wird Sie besonders freuen zu hören – absolut pflegeleicht.«

Sie blieb vor der Tür stehen, legte die Hand auf die silberne Klinke, drehte sich um und zwinkerte Frau Langner zu: »Es bleibt ja schließlich immer an uns Frauen hängen, das olle Putzen, nicht wahr? Egal, wie toll unser Mann ist.«

Frau Langner nickte eifrig, während Herr Langner Jacqueline unverdrossen in den Schritt guckte.

Mit Schwung öffnete Jacqueline Reifenstein das abgegriffene, fünfzig Jahre alte Türmonster: »Und hier haben Sie den schönsten Sonnenuntergang von Blankenese!«

Die letzten Strahlen der Septembersonne wagten sich durch das acht Meter lange, braun gerahmte Panoramafenster – vorbei an den beiden aufgeklebten schwarzen Krähen – und hauchten ihr Leben exakt 2,28 Meter weiter auf der angegilbten Siebzigerjahre-Tapete mit violetten Streifen und goldenen Blumengirlanden aus.

»Den Holzboden hat Dr. Schnitzler auch extra neu machen lassen. Die alten Dielen waren leider nicht mehr zu retten. Bei der Tapete wollte er dem Geschmack des neuen Mieters nicht vorgreifen. Da haben Sie noch freie Wahl. Dieser Raum ist, finde ich, geradezu ideal als Studierzimmer. Oder auch einfach als Büro. Bei dieser Aussicht, Herr Langner, arbeitet es sich doch fast von allein. Insbesondere wenn man zwischenzeitlich auf die wunderschöne Süd-Terrasse treten kann, um Luft zu schöpfen!«

Frau Langner betrat wie gehabt als Erste den Raum und begab sich schnüffelnd ans andere Ende. Herr Langner trat einen Schritt nach vorne und blieb dicht neben ihr stehen, während er den Raum musterte: »Das wär schon schön, so als Büro … aber bei den Wänden würde uns der Herr Schnitzler doch sicherlich noch entgegenkommen … bei dem Mietpreis, da finde ich, da muss das drin sein.«

Jacqueline Reifenstein kalkulierte kurz die Kosten für eine erträgliche Wandbekleidung gegen die Kosten für einen weiteren vierwöchigen Leerstand der Wohnung. Und lächelte breit. »Natürlich wird er Ihnen da entgegenkommen. Heutzutage zuverlässige Mieter zu bekommen, die ein liebevoll gepflegtes Mietobjekt zu schätzen wissen, dafür ist Herr Dr. Schnitzler bestimmt auch bereit, Zugeständnisse zu machen.« Sie legte Herrn Langner kurz versichernd die Hand auf den Arm.

Frau Langner hockte am gegenüberliegenden Ende des Raums in der Ecke und pulte am Fußboden rum: »Sagen Sie mal, das riecht hier so komisch. Ist das wirklich Holz?«

»Fast richtig!« Jacqueline Reifenstein lachte herzlich und strahlte Frau Langner an. »Das ist Apfelbaum-Laminat in Holzdielen-Optik. Die alten Holzdielen sind im Endeffekt durch die von der Terrasse hereingetragene Feuchtigkeit verloren gegangen. Was Herrn Dr. Schnitzler sehr geärgert hat. Das ist hier nämlich sein Geburtszimmer. Deswegen hat er sich jetzt für einen Bodenbelag entschieden, der die warme Optik des Pitchpine aufnimmt, aber den besonderen Anforderungen eines Terrassenzimmers gerecht wird.«

Frau Langner musterte bedröppelt den Kunststoff-Schicht-Fußboden: »Na ja, schade irgendwie. Pitchpine wäre schön gewesen. Aber Apfelbaum sieht ja auch ganz hübsch aus … wo kommt der denn her? Oh Gott! Bei den Dielen sind doch hoffentlich keine Holzschutzmittel approbiert worden, oder?! Dagegen ist Michi nämlich allergisch!«

Jacqueline Reifenstein schaute Frau Langner einen Moment fassungslos an: »Äh …«

»Schatz!« Herr Langner machte ein Gesicht, als ob er Zahnschmerzen hätte. »Das ist mal wieder herzig, wie du versuchst, alles für mich zu regeln. Aber ich denke, wir sollten Frau Reifenstein jetzt nicht länger aufhalten.« Er wandte sich wieder Jacqueline Reifenstein zu und legte ihr vertraulich die Hand von hinten auf die Schulter: »Sie hatten doch noch einen Termin um 19 Uhr, wenn ich mich richtig erinnere?« Er lächelte sie vielsagend an. »Ich denke, wir werden noch mal eine Nacht darüber schlafen. Und wir beide, wir telefonieren dann morgen miteinander. Ihre Karte hab ich ja.«

Jacqueline Reifenstein nickte zustimmend: »Gerne, Herr Langner. Ich würde mich wirklich freuen, wenn Sie die Wohnung nehmen würden. Ich finde, sie ist perfekt für einen leitenden Chef-Ingenieur! Der ideale Rahmen zum Repräsentieren! Vielleicht laden Sie mich ja auch mal ein?« Sie schaute zu Frau Langner hinüber, die es inzwischen geschafft hatte, die klemmende Terrassentür zu öffnen, und sich gerade so weit übers Geländer lehnte, als ob sie fliegen könnte. »Vielleicht wollen Sie ja Ihrer Frau noch einen Moment auf der Terrasse Gesellschaft leisten?« Sie lächelte vielsagend. »Ich werde jetzt noch mal kurz bei meinem Verlobten im Büro anrufen, und ich denke, dann könnten wir, falls es Ihnen recht ist, auch langsam aufbrechen.«

Sie ging zügig in die Küche, wo auf aufgequollenen und von welligem Kunststofffurnier überzogenen Schranktüren die Pril-Blumen blühten, und wählte Paul Ingwersens Nummer.

20

»Aber Herr Ingwersen, machen wir uns doch nichts vor! Die Zukunft gehört den 9000-TEU-Schiffen und größer! Also Ihre Planung hier mit den fünf 1700-TEU-Schiffen in allen Ehren. Ich mein … wir hätten ja jetzt nicht das Geld dazugegeben, wenn meine Bank nicht daran glauben würde … beziehungsweise mein Vorgänger … ich natürlich auch … Aber nehmen Sie doch mal zum Beispiel *Maersk*! Die sind doch nicht umsonst die größten Reeder der Welt!« Dr. Gernot Küppers schaute Bestätigung heischend in die Runde. »Und was bauen die?! Einen Achttausender nach dem anderen. Und was bauen die jetzt gerade wieder heimlich auf ihrer Werft in Odense? Einen über vierhundert Meter langen Koloss mit über 13 000 TEU. *Da* liegt die Zukunft! *Solche* Schiffe müssen wir in Deutschland bauen.« Er schaute wieder in die Runde, diesmal herausfordernd.

Paul Joost Ingwersen schaute den neuen Vorstandsvorsitzenden der Hanseatischen Schifffahrtsbank ruhig an. Tatsächlich hätte er ihm am liebsten die Gurgel umgedreht. Der Mann war seit drei Wochen in Charge und hatte bis jetzt kein Fettnäpfchen ausgelassen:

Schon bei dem Champagner-Empfang, den er zur Feier seines Amtsantritts in seinen neuen Büroräumen gegeben hatte, hatte er vor versammelter Gästeschar – darunter immerhin rund sechzig der wichtigsten deutschen Reeder und Vertreter der größten Emissionshäuser, die zusammen jährlich ein Kapitalvolumen von sechs Milliarden Euro in Schiffe investierten – damit geprahlt, bis zu seinem achtundzwanzigsten Lebensjahr kein Containerschiff jemals aus der Nähe gesehen zu haben. Er als geborener Schwabe und Stuttgarter hätte es mehr mit dem Häuslebauen (hoho!) und den Segelbooten auf dem Bodensee gehabt. Und natürlich als kleiner Junge mit seiner Flotte in der Badewanne (noch mal hoho!).

Wer von den Zuhörern gehofft hatte, dass dies nur ein einmaliger Ausrutscher des neuen Bank- und Finanzierungspartners war, wurde schnell eines Besseren belehrt: Ausgehend von seinen Erfahrungen als Entwicklungschef eines Schweizer Bankenkonsortiums mit Tätigkeitsschwerpunkt »Österreichische und Deutsche Binnenschifffahrt« entwarf er seinem interessiert zuhörenden Fachpublikum *seine* Zukunftsversion der wichtigsten deutschen Seehäfen Hamburg, Bremerhaven und Wilhelmshaven sowie des internationalen Containerhandels, dass man hätte meinen können, Aristoteles Onassis würde durch ihn sprechen und sie alle seien nur Hinterbänkler, die noch mal dringend in die Nachhilfe müssten.

»Herr Dr. Küppers …«, Paul Ingwersen griff gelassen nach seinem schwarzen Montblanc, »… das ist sicherlich richtig, dass der Trend im Moment zu immer größeren Schiffen geht.« Er nahm den Füllfederhalter in beide Hände und drehte ihn vorsichtig zwischen seinen Fingerspitzen, scheinbar ganz auf die goldene Inschrift konzentriert: »Selbst in Südkorea, bei Hyundai, bauen sie, wenn die Informationen stimmen, zur Sekunde gerade an ihrem ersten 11 000-TEU-Schiff. Aber …«, er sah kurz zu Dr. Küppers auf und tupfte mit dem Füller in die Luft, »die Häfen, wo diese Schiffe be- und entladen werden können, müssen zum größten Teil erst noch gebaut werden.«

Er schaute Dr. Küppers fragend an. Als der nicht antwortete, fuhr er fort. »Natürlich, wenn alle Terminals solche Fortschritte machen würden wie die in Dubai, wo die Maktum-Familie ständig neue Öl-Milliarden in ihren Wüstenhafen pumpt, um dem Land ein zweites Wirtschaftsstandbein aufzubauen – neben den Ölquellen, die in geschätzten zehn Jahren versiegt sein werden …«, er lehnte sich in seinem Konferenzsessel zurück und schaute nachdenklich in die Runde, »... oder wenn wir, wie das *Maersk* unter anderem in Le Havre macht, dazu übergehen, eigene Hafen-Areale aufzukaufen und auszubauen, ja«, er nickte nachdenklich mit dem Kopf, während er wieder den schwarzen Montblanc in seinen Händen studierte, »dann wird es sicherlich schneller gehen. Aber im Moment ist die Perspektive die – ohne mich als Wahrsager versuchen zu wollen –«, die Andeutung eines Lächelns huschte über sein Gesicht, »dass es noch mindestens sechs bis sieben Jahre Zukunftsmusik bleiben wird, dass Über-10000-TEU-Schiffe regulär in wichtigen Durchschnittshäfen wie Jeddah, Kaohsiung, Zeebrugge oder Nagoya abgefertigt werden können.«

»Ja gut, Herr Ingwersen«, Dr. Küppers richtete sich in seinem Konferenzsessel auf und legte die manikürten Hände demonstrativ gewichtig auf die dunkle Teakholz-Tischplatte, »aber wenn ich das immer höre ... *Ich weiß nicht, was die Zukunft bringt! Keiner weiß, was die Zukunft bringt! Warten wir erst mal ab, was die Zukunft bringt!* ...«, er schaute Paul Ingwersen strafend an, »ich meine, dann würden wir wie Ihre Vorfahren von der Hanse immer noch auf Koggen unterwegs sein! Deutschland! braucht! Visionäre!, die sich trauen, auf dem internationalen Markt als Global Player aufzutreten.«

Dr. Küppers nickte bekräftigend mit dem Kopf, lehnte sich zufrieden in seinem Sessel zurück und drehte sich erwartungsvoll zu Paul Joost Ingwersen. Küppers' Begleiter zur Rechten, der Direktor der Abteilung Investitionen der Hanseatischen Schifffahrtsbank Friedemann Steck, schob zum dritten Mal innerhalb von fünf Minuten seine Unterlagen zusammen, unter denen sich auch die eben gerade unterzeichneten Vertragsunterlagen über den hundertfünfundsiebzig Millionen Dollar teuren Bau von fünf neuen Containerschiffen befanden, die er in Santiago de Chile bereits erfolgreich an die *Compañía Sudamericana de Vapores* verchartert hatte. Auf zwei Jahre für knapp fünfzig Millionen Dollar.

Paul Ingwersen legte den Füllfederhalter ab, richtete sich wieder auf und faltete die Hände vor sich auf der Tischplatte, die sein Großvater aus der Deckbeplankung eines alten Westindienklippers hatte bauen lassen: »Herr Dr. Küppers, ich bin ja ganz Ihrer Meinung. Wir brauchen Männer mit Mut und Visionen. Aber leider gibt es noch keine karitative Auffangstation für Global Player, die sich verzockt haben.« Paul Ingwersen wechselte einen kurzen Blick mit dem Leiter seiner Finanzabteilung, Stefan Luers, der seit über zwanzig Jahren für CTC Shipping tätig war und schon den Bankrott seines Vaters miterlebt und – vor allem – überlebt hatte. Ingwersen schaute wieder zu Dr. Küppers: »Oder würden Sie mich weiterfinanzieren, wenn ich Ihnen fünf wunderschöne 9000-TEU-Schiffe baue, für die ich Ihnen weder einen soliden Finanzierungsplan vorlegen kann … nur die vage Hoffnung, dass sich der Dollar irgendwie so entwickelt, dass ich das vielleicht in fünf Jahren in trockene Tücher kriege? Und deren kostendeckende Vercharterung – ich rede nur von ›kostendeckend‹, in keinster Weise von einer soliden Gewinnmarge – nicht gesichert ist?« Paul Ingwersen hob fragend die Augenbrauen.

Dr. Küppers richtete sich unangenehm berührt auf und hob die Arme: »Herr Ingwersen! Ich wollte Ihnen jetzt nicht zu nahetreten! Ich weiß, dass Sie ein geschätzter, langjähriger Kunde unserer Bank sind und Ihre Finanzierungspläne unserem Controlling immer wieder ein entzücktes Lächeln auf die Lippen zaubern.« Er smilte gekünstelt und zeigte dabei die teuren Keramikschalen auf seinen Frontzähnen. »Aber Sie werden mir doch recht geben, dass die deutschen Container-Reeder aufpassen müssen, dass ihnen andere Nationen wie China, Korea oder Was-weiß-ich-wer nicht den Schneid abkaufen. Sonst sind sie die längste Zeit die Nummer eins in diesem Marktsegment gewesen.«

Paul Ingwersen erwiderte das Lächeln und lehnte sich entspannt in seinem Sessel zurück: »Sicher doch, Herr Dr. Küppers, ein Reeder, der aufhört, nach vorne zu schauen und sich weiterzuentwickeln, ist ein toter Reeder. Das müssen Sie mir nicht sagen.« Er warf einen kurzen

Blick durchs Fenster, wo gerade ein Rickmers-Schiff vorbeizog. »Aber ich halte es trotzdem für klug, diese sehr großen Schiffe erst mal im Einsatz zu beobachten.« Sein Blick streifte Dr. Küppers und landete bei Friedemann Steck: »Wissen Sie, wenn ich vor einem meiner Schiffe stehe, bin ich auch immer wieder beeindruckt von seiner Größe und denke, nichts kann ihm etwas anhaben. Aber Fakt ist – das hat mir schon mein Großvater beigebracht –, ein Schiffskörper, der an Land so mächtig wirkt, hat auf dem Meer die Stabilität des Silberpapiers einer Schokolade.« Er hob die Hand und demonstrierte die hauchdünne Stärke mit Daumen und Zeigefinger und bedachte die versammelte, aufmerksam dreinblickende Tischrunde mit einem Nicken. »Nicht mehr und nicht weniger. Und mein Großvater sprach damals von neunzig Meter langen Schiffen.« Er musste innerlich schmunzeln, als er das angedeutete Augenkullern von Gunnar Göranson, seinem technischen Inspekteur, sah, der die Geschichte schon hundertmal gehört hatte.

Ingwersen lehnte sich jetzt zurück und taxierte Dr. Küppers: »Deswegen schaue ich den vierhundert Meter langen Schiffen gerne erst mal eine Weile zu, wie sie den Verwindungskräften von Wind und Wellen auf Dauer standhalten. Und dann sprechen wir uns wieder.« Er zeigte Dr. Küppers seine echten Frontzähne und tarnte es als Lächeln.

Die rote Leuchtanzeige seines nachtschwarzen Tischtelefons begann eifrig zu blinken. Ingwersen richtete sich auf: »Wenn Sie mich einen Augenblick entschuldigen würden?« Während er zum Hörer griff, schaute er nach den Cognacgläsern auf dem Tisch. Er warf einen raschen Blick über die Schulter zu seiner zweiten Sekretärin, die rechts hinter ihm saß: »Frau Frey? Wären Sie so freundlich, noch mal mit dem Schwenker rumzugehen? … ja, hallo Frau de Jong? Ich bin am Apparat. Was gibt's?«, fragte er angespannt.

»Herr Ingwersen, entschuldigen Sie, wenn ich in diesem Moment störe. Aber Kapitän Solotarjev von der *Nanga Parbat* hat sich gerade gemeldet. Er sagt, der rechte Bugstrahler verliert Öl. Ich hab sein Kauderwelsch nicht ganz verstanden, aber ich glaube, er meint, dass eine Dichtung kaputt ist.«

»So, so, mal wieder eine Dichtung. Arbeitet der Bugstrahler noch oder ist er bereits völlig ausgefallen?«

»Kapitän Solotarjev meinte so etwas wie ›bald dote 'ose‹.«

»Liegt er schon am Burchard-Kai?«

»Ja, hat eben gerade festgemacht. Sie werden gleich mit Löschen anfangen. Morgen früh um vier soll er nach Southampton auslaufen.«

Ingwersen schaute kurz zu Gunnar Göranson hinüber und wog innerlich ab: Die *CTC Nanga Parbat* war erst sieben Jahre alt und – bis auf einen kurzen Reparaturstopp letztes Jahr – rund um die Uhr auf der Asien-Europa-Route im Einsatz gewesen. Trotzdem hielt er die Einschätzung, dass bei dem Bugstrahler nur eine Dichtung defekt war, für sehr optimistisch.

Er konnte jetzt auf Risiko spielen und die *Nanga Parbat* über Southampton nach Le Havre weiterfahren lassen, wo sie dann mit Ansage eintraf. Was ihr einen reservierten Platz im Trockendock garantierte. Und was überdies den Vorteil hatte – wenn er ordentlich Druck machte –, dass auch die nötigen Ersatzteile schon vor Ort warteten. Was wiederum die Reparaturzeit deutlich verkürzen und die anfallenden Kosten um mindestens hunderttausend Dollar senken würde. Außerdem bestand die reelle Chance, dass sie auf der Fahrt zum nächsten Zielhafen – Singapur – die verlorene Zeit wieder wettmachen würde. So würden nicht noch weitere Kosten anfallen.

Auf der anderen Seite bestand die sehr reale Gefahr, dass der Bugstrahler irgendwo auf dem Weg nach Le Havre – vielleicht sogar schon im Ärmelkanal – völlig schlappmachte. Wenn die *Nanga Parbat* richtig Glück hatte, stieß sie dann noch auf unvorhergesehene kappelige See und konnte sich nicht ausbalancieren.

»Frau de Jong«, er nickte Gunnar Göranson zu, der ihn die ganze Zeit aufmerksam angeguckt hatte, und machte eine leichte Kopfbewegung Richtung Tür, »ich schicke Ihnen Gunnar raus. Er soll Kontakt mit Kapitän Solotarjev aufnehmen und schauen, was wirklich Sache ist. Und er soll parallel dazu schon mal abklären, ob Blohm & Voss am besten noch heute Nacht, ansonsten spätestens morgen früh einen Platz im Trockendock frei hat. Wenn ja, soll Gunnar ihn sofort für uns blocken. Halten Sie mich auf dem Laufenden. Wir sind hier aber auch gleich fertig.«

»Ja, Herr Ingwersen. Ich werde es weitergeben.«

Paul Ingwersen legte den Hörer auf, verbannte die Gedanken an die *Nanga Parbat* in eine hintere Hirnwindung und vergewisserte sich, dass alle vor gefüllten Gläsern saßen. Entschlossen nahm er sein Glas und prostete der goldenen Mitte zwischen Dr. Küppers und Friedemann Steck zu, die ebenfalls nach ihren Gläsern griffen.

»Meine Herren! Lassen Sie uns noch mal anstoßen auf den gelungenen Deal und auf eine weitere, für beide Seiten lukrative Zusammenarbeit!«

Beide Banker nickten zustimmend. Als er sich zur anderen Tischseite wandte, nahm er aus dem Augenwinkel wahr, dass Dr. Küppers schon dabei war, sein Glas in einem Zug zu leeren. Während Friedemann Steck seines noch zum Prost erhoben hielt.

Paul Ingwersen hob das Glas in Richtung Hajo Bevering, dem Geschäftsführer von *Tenzing House*, mit dem er gestern Nacht noch bis halb zwei über drei Flaschen Dolcetto im *L'Europeo* zusammengesessen hatte. Was man gar nicht glauben mochte, wenn man ihn heute so geschniegelt und gebügelt, mit gestärktem Hemd, fältchenfreiem Anzug, Bubi-Face und akkuratem Seitenscheitel am Tisch sitzen sah. Mit Hingabe und en detail hatte er Paul Ingwersen erzählt, was Friedemann Steck ihm alles an Bankinterna gesteckt hatte: Wie Küppers sämtliche Geschäftsgespräche auf sein Frühstück, Mittag- und Abendessen verteilte und sich so fleißig auf Spesenkonto durch Hamburgs Edelgastronomie futterte. Dass die ganze schnöde Büroarbeit an ihm, Friedemann Steck, hängen blieb. Und dass Küppers aktuell ganz dringend zwei etablierte Hamburger Paten suchte, die ihn für eine Mitgliedschaft im Anglo-German Club empfahlen.

»Herr Bevering! Auch Ihnen möchte ich an dieser Stelle noch mal ganz ausdrücklich meinen Dank aussprechen, dass Sie das Finanzierungspaket so bravourös geschnürt haben!« Paul Ingwersen hob sein Glas noch ein Stückchen höher und neigte leicht den Kopf: »Auf viele weitere erfolgreiche Jahre!«

Hajo Bevering gab sich Mühe, cool rüberzukommen, wirkte aber trotzdem wie ein Hund, der gerade eine französische Jahrgangskatze verputzt hatte.

»Herr Ingwersen!« Dr. Küppers langweilte sich offensichtlich und zwirbelte ungehalten den Stiel seines leeren Cognacschwenkers zwischen den Fingern. »Was ich Sie schon die ganze Zeit fragen wollte – warum hängen hier in Ihrem Office lauter Berge rum? Ich mein, ich hätte Schiffe erwartet! Aber was soll das ganze Geröll an den Wänden?«

Paul Ingwersen nahm einen Schluck aus seinem Glas und stellte es dann bedächtig ab: »Nun, ein paar Schiffe haben wir ja schon hier rumstehen. Tatsächlich steht jeder dieser Berge hier an den Wänden für eins unserer Schiffe, sozusagen als Namenspate.« Er hob die Hand und wies auf das Bild hinter Küppers' Kopf. Zeitgleich begann das rote Lämpchen an seinem Telefon wieder zu blinken. »Das zum Beispiel ist der Kangchenjunga … einen Augenblick bitte …«, Paul Ingwersen griff nach dem Hörer, »ja …?!«

»Herr Ingwersen, entschuldigen Sie bitte vielmals die nochmalige Störung … es handelt sich um kein Schiff … aber, Ihre … äh … Frau Reifenstein ist da und besteht darauf, dass ich sie … äh … in Ihr Büro lasse. Ist das so … in Ihrem Sinne?«

»Frau de Jong, bitten Sie sie, noch einen Moment in der Lobby Platz zu nehmen. Ich komme sofort.« Paul Ingwersen legte den Hörer auf. »… wo waren wir stehen geblieben? Ach ja … das Geröll. Um die Sache abzuschließen«, er beugte sich leicht gereizt vor und faltete die Hände auf dem Tisch, während er Dr. Küppers anschaute, »mein

Großvater war ein begeisterter Bergsteiger. Sein großer Traum war es, auch mal einen Achttausender selbst zu besteigen. Leider ist es immer nur ein Traum geblieben.«

Er schaute kurz auf das Panoramabild des Mount Everest, wie man ihn von seinem kleinen Bruder, dem 5675 Meter hohen Kalar Pattar aus sah, der in Nepal nur als besserer Hügel gehandelt wurde.

»Seine großen Vorbilder im Leben und im Beruf waren die beiden Erstbesteiger, Sir Edmund Hillary und sein Begleiter Tenzing Norgay. Ihnen zu Ehren hat er sein erstes Schiff *CTC Everest* getauft. Ich finde, es ist eine schöne Tradition, die er damit begründet hat. Und deswegen sehen Sie hier, in diesem Raum, unter anderem den Kilimandscharo, den Fujiyama, Ayers Rock und das Matterhorn an den Wänden hängen.«

Er stand energisch auf und verweilte noch einen Moment mit den Fingerspitzen auf der Tischplatte: »Ich muss Sie bitten, mich zu entschuldigen, da ich in einer dringenden Angelegenheit gerufen werde. Herr Bevering wird sich weiter um Sie kümmern und auch für Ihr leibliches Wohl sorgen.«

Dr. Küppers warf Hajo Bevering einen desinteressierten Blick zu und erhob sich ebenfalls: »Ich denke, wir sind hier auch eigentlich fertig. Aber lassen Sie sich von mir nicht weiter aufhalten. Geschäft ist Geschäft. Wer weiß das besser als ich?« Er kam mit ausgestreckter Hand auf Paul Ingwersen zu: »Was ich Sie noch kurz fragen wollte, wo wir uns jetzt gerade persönlich sehen – sind Sie eigentlich Mitglied im Anglo-German Club?« Er grinste jovial.

Paul Ingwersen schoss kurz die Erinnerung an seinen letzten Besuch dort mit Jackie durch den Kopf. Und an ihre anschließende missglückte Stippvisite auf der Fashion-Party dieser abgedrehten Modedesignerin. Die beschwipste Bunkerlady nicht zu vergessen. Er schaute Dr. Gernot Küppers gerade in die Augen und schüttelte die dargebotene Hand: »Ob ich da Mitglied bin? Ja, aber nur ein sehr stilles.« Er verzog die Lippen zu einem bedauernden Lächeln, schüttelte jetzt Friedemann Steck die feuchte Hand. »Ich denke, wenn Sie zum Anglo-German Club Fragen haben, sollten Sie sich besser an Herrn Bevering wenden. Der hat da mehr Erfahrung.« Ohne zu schauen, wusste Paul Ingwersen, dass Hajo ihn gerade zum Mond wünschte und dass ihn das wahrscheinlich eine Flasche St Emilion Premier Grand Cru Classé aus seinem Weinkeller kosten würde. Aber das war's wert. »Sie entschuldigen mich.«

Er öffnete die Milchglastür des Konferenzraums und sein Blick fiel auf das zornige Gesicht seiner Sekretärin. Dann auf den steifen Rücken seiner Verlobten: Offensichtlich war Frau de Jong gerade dabei, Jacqueline am Betreten seines Büros zu hindern. Er zog die Glastür hinter sich zu: »Frau de Jong!« Seine Sekretärin schaute erleichtert auf.

Er lächelte: »Frau de Jong, wären Sie so lieb, Herrn Bevering bei der Verabschiedung unserer Gäste behilflich zu sein? Und könnten Sie Frau Herbst bitten – Jackie, möchtest du auch einen Espresso?« – er schaute seine Verlobte scharf an. Die nickte widerstrebend, sehr offensichtlich bemüht, ihre Contenance wiederzufinden – »meiner Verlobten und mir einen Espresso in mein Büro zu bringen? Und, ach ja …«

Hinter ihm öffnete sich die Tür, und Dr. Küppers trat zusammen mit Hajo Bevering aus dem Konferenzraum: »Aaah! Ist das nicht meine Lieblingsmaklerin?!« Dr. Küppers ging mit freudig erhobenen Händen strahlend und sehr umarmungsbereit auf Jackie zu. »Erinnern Sie sich?! Wir sind uns doch bei der ›Nacht der Medien‹ auf dem Süllberg vor zwei Wochen vorgestellt worden!«

Über Jackies Gesicht ging ein gut geöltes Strahlen: »Natürlich erinnere ich mich! Dr. Küppers! Wir könnte ich Sie vergessen? Wir Nicht-Hamburger müssen doch hier im hohen Norden zusammenhalten! Wie geht es Ihnen denn?« Sie beugte sich vor und hielt ihm ihr perfekt zurechtgemachtes Gesicht hin, damit er ihr ein Begrüßungsküsschen auf die Wange hauchen konnte. »Haben Sie schon etwas Passendes gefunden? Oder leben Sie immer noch im Hotel?«

Dr. Küppers ergriff angetan ihre Hände und drückte seine Wange begeistert links und rechts an ihre Pfirsichhaut: »Jetzt, wo ich Sie sehe, schon gleich viel besser! Sie müssen mich unbedingt retten! Dieser Hamburger Wohnungsmarkt ist ja, ist ja … ja, wie soll ich sagen?! … eine mittlere Katastrophe! Meine bessere Hälfte steht kurz vor dem Nervenzusammenbruch.«

Ingwersen beobachtete, dass Dr. Küppers Jackies Hände gar nicht mehr loslassen wollte, und es löste nichts in ihm aus. Er gab Dr. Küppers einen leichten Klaps auf die Schulter: »Noch viel Erfolg in Hamburg! – Jacqueline, ich bin in meinem Büro. – Frau de Jong, würden Sie mich bitte kurz begleiten?«

Als er sein Büro betrat, ging ihm wie immer für einen kurzen Moment das Herz auf beim Blick über die Elbe und die Container-Terminals. Dann wandte er sich seinem Schreibtisch zu.

»Frau de Jong, schauen Sie schon mal, ob Sie mir morgen den Tag ein bisschen freiräumen können. Ich werde wahrscheinlich morgen früh einmal zu Blohm & Voss rübermüssen. Ich gebe Ihnen aber noch genau Bescheid. Was liegt sonst noch an im Moment?« Paul Ingwersen nahm hinter seinem Schreibtisch Platz.

»Das Büro Wiebenhagen hat angerufen, dass die koreanische Delegation aus Ulsan eingetroffen ist und morgen wie vereinbart um elf Uhr hierherkommen wird. Ich hab schon das Übliche vorbereitet. Haben Sie sonst noch irgendwelche besonderen Wünsche, was Essen oder Getränke angeht?« Sie sah ihn aufmerksam an.

»Nein«, sein Gesicht entspannte sich etwas, »ich weiß, da kann ich mich auf Sie verlassen.« Seine Mundwinkel hoben sich zu einem kleinen echten Lächeln. »Da sind Sie mit Sicherheit auch viel kompetenter als ich. Achten Sie nur darauf, dass unsere Neue am Empfang nicht die nordkoreanische Nationalhymne im Fahrstuhl laufen lässt.«

Frau de Jong nickte ihm zu: »Ich habe Inga so intensiv gebrieft, die kann die Hymne jetzt wahrscheinlich schon selber singen.« Sie konzentrierte sich wieder. »Was haben Sie für abends geplant? Die müssen doch wahrscheinlich wieder den ganzen Tag bespielt werden. Soll ich im *Wattkorn* reservieren?«

Paul Ingwersen überlegte einen Moment: »Nein. Das *Wattkorn* funktioniert zwar immer wunderbar, aber ich denke, so viel Zeit habe ich morgen nicht. Und bis wir die da wieder alle hingekarrt haben, das ist mir diesmal zu umständlich. Machen Sie einen Tisch im Grill vom *Vier Jahreszeiten*. Was weiter?« Paul Ingwersen griff nach der blauen Unterschriftenmappe auf seiner Schreibtischplatte.

»Herr Hong Lee hat schon zweimal angerufen und gefragt, beziehungsweise, er hat dringend darum gebeten – aber das soll ich Ihnen nicht sagen –, ob Sie nicht bei ihm übernachten könnten, wenn Sie am Donnerstag in Singapur sind.« Ulrike de Jong musste lächeln. »Er meint, er hätte ein *sensationelles* neues Penthouse über zwei Etagen mit Blick auf den Hafen. Das müssten Sie unbedingt in Augenschein nehmen. So, wie er sich angehört hat, hatte ich fast den Eindruck, er will da eine Überraschungsparty für Sie veranstalten.«

Paul Ingwersen blickte gelassen von seiner Unterschriftenmappe auf: »Das glaube ich mal für Sie mit, Frau de Jong. Er möchte unbedingt mit uns ins Geschäft kommen. Aber der soll erst noch mal ein bisschen mit seinen Preisen runtergehen.« Er wandte sich wieder seiner Unterschriftenmappe zu und griff nach einem Kugelschreiber. »Rufen Sie ihn bitte an«, er lächelte wieder, »mit Ihrer lieblichsten Telefonstimme, so, wie nur Sie das können. Und binden Sie noch mindestens drei Extra-Blumensträuße an Ihre Sätze. So in der Art, dass es mir leidtut, dass ich wahnsinnig gern würde und blabla. Ich werde wie immer im *Raffles* wohnen. Sonst noch was?«

»Ja, Herr Ingwersen … das war auch der Grund, warum ich Frau Reifenstein …«

»Schatz, warum hast du nicht auf mich gewartet?« Hinter der untersetzten Figur seiner Sekretärin erschien Jackies schlanke, durchtrainierte Gestalt, gefolgt von Inga Herbst, der Empfangsdame, mit den Espressi.

Ulrike de Jong zuckte zusammen und sah Paul Ingwersen erschrocken an. »Herr Ingwersen ... ähm, was ich noch sagen wollte ...« Paul Ingwersen sah seine kampferprobte Chefsekretärin überrascht an.

Jackie Reifenstein drängte sich dazwischen, ergriff Ulrike de Jong an der Schulter und schob sie mit Nachdruck Richtung Zimmertür: »Frau de Jong, Sie können gehen. Ich möchte mit meinem Mann jetzt alleine sein.«

»Jackie! Augenblick bitte!« Paul Ingwersen warf gereizt den Kugelschreiber auf die Schreibtischplatte und musterte entnervt die beiden zankenden Frauen: »Ulrike findet sicherlich den Weg auch allein. Was wollten Sie mir noch sagen, Frau de Jong?«

Frau de Jong machte sich frei und trat hastig einen Schritt zur Seite. Mit der rechten Hand wies sie zögernd auf den silbernen Eingangskorb: »Die Post, Herr Ingwersen! Bevor Sie darangehen, würde ich gerne noch ein Wort mit Ihnen reden.«

Irritiert schaute Paul Ingwersen seine Chefsekretärin an: »Frau de Jong, ich habe jetzt keine Zeit für Ratespiele. Haben wir eine Steuerprüfung? Hat sich das Finanzamt angemeldet? Was ist los?« Er nahm den Espresso vom Tablett, das Inga Herbst vor ihn auf den Schreibtisch gestellt hatte, griff zum Zuckerstreuer und ließ über den Löffel ein halbes Pfund Zucker in die dunkle Pfütze rieseln.

Frau de Jong wurde erst weiß im Gesicht, dann schoss ihr die Röte in die Wangen: »Herr Ingwersen ...«

Erstaunt erlebte Paul Ingwersen, dass seine taffe Sekretärin das erste Mal seit zwölf Jahren um Worte verlegen war und stotterte. Er rührte um und leerte den Espresso in einem Zug.

»... äh... da ist ein *Brief* ... ähm ... den würde ich ... den muss ich ... unbedingt vorher ... wir sollten darüber sprechen ... bevor Sie den öffnen.«

Paul Ingwersen sah seine Chefsekretärin jetzt ernstlich irritiert an. Seine Post landete schon immer von ihr geöffnet und vorsortiert in seinem Eingangskorb.

»Danke, Frau de Jong, ich rufe Sie dann.«

Ulrike de Jong zögerte noch einen Moment, dann zuckte sie ergeben mit den Schultern und verließ das Büro. Die Tür zog sie leise hinter sich zu.

Jackie hatte dem ganzen Wortwechsel zuerst genervt und dann aufmerksam zugehört: »Was hat denn die alte Wichtigtuerin mit deiner Post?« Sie warf ebenfalls einen interessierten Blick auf den Eingangskorb. Dort stapelten sich zentimeterhoch verschiedene, ganz normal aussehende Anschreiben.

»Jackie, das ist jetzt sekundär. Was sollte das eben?« Paul Ingwersen lehnte sich angespannt in seinem Stuhl zurück und schaute seine sechsunddreißigjährige Verlobte abwartend an, die mal wieder zum Anbeißen lecker aussah. Er beobachtete, wie sie sich straffte, entschlossen an seinen Schreibtisch herantrat und ihre weiße Lederhandtasche abstellte.

»Paul, so kann das nicht weitergehen. Weißt du, ich wollte eigentlich nur kurz vorbeikommen, weil ich Sehnsucht nach dir hatte. Dir Hallo sagen. Ich war auf einem Termin ganz in der Nähe. Und schon als ich vorhin hier im Büro angerufen habe, hat mich die alte de Jong wieder abgewimmelt: ›Nein. Herr Ingerwesen hat heute keine Zeit!‹, ›Nein, Herr Ingwersen hat auch für Sie heute keine Zeit‹.«

Sie schaute ihn fragend an.

Er schaute wortlos zurück.

»Du hast ja gesehen, was sie eben wieder gemacht hat. Wer bin ich eigentlich? Wir sind jetzt seit *vier Jahren* zusammen.«

Sie starrten sich sekundenlang schweigend an, dann atmete sie tief durch: »Ich bin gestern auf dem Gänsemarkt deiner Ex über den Weg gelaufen, dieser eingetrockneten Zitrone. Die sollte sich mal ein Gesichtsbügeleisen kaufen.« Der Freude über den kleinen Witz wich

Wut: »Die hat uns zur Taufe eingeladen, Paul! Ende November. Der kleine Scheißer wird ja jetzt auch schon sieben Monate alt. Aber meinst du, sie weiß, wie sie mich ansprechen soll? Sie nennt mich nur immer ganz geziert *Frau Reifenstein.* Ich sag dir, die hat sich einen Ast gefreut, als sie mich wieder fragen konnte, wann bei uns denn endlich Huhzick ist und ob schon was unterwegs sei. Und ich wieder sagen musste ›ja bald, demnächst, ganz bestimmt‹. Ich hab's satt!« Plötzlich hatte sie Tränen in den Augen. »Bin ich so hässlich? Bin ich so wenig begehrenswert, dass ich es nicht wert bin, deine Frau zu werden?«

Ingwersen presste genervt die Lippen aufeinander. Und formte dann ein stummes »Kä…se…ku…chen…«, um seine Gesichtsmuskulatur zu überlisten, doch noch ein schiefes Lächeln zu produzieren. »Mein Schatz. In urbanisierten Breitengraden heißt das *Hochzeit* – nicht *Huhzick.* Aber um dir in der Kölner Landessprache zu antworten: *Et kütt, wie et kütt*! Wir hatten dieses Thema doch bestimmt schon hundertmal. Ich habe dir gesagt, wir heiraten. Und daran halte ich mich auch. Aber ich mag mich nicht drängen lassen. Und hier, im Büro, stehen Vokabeln wie *Kirche* und *Kutsche* und alles, was damit zu tun hat, ab sofort auf dem Index.«

Jackie war für einen Moment sprachlos. »Wann sollen wir denn überhaupt miteinander diskutieren?«, schrie sie, schaute über sich selbst erschrocken zur Bürotür und fuhr dann gepresst fort: »Du bist doch nie da! Frau de Jong sieht dich mehr als ich.«

»Das kannst du ändern, Schatz. Ich würde mich freuen, wenn du morgen früh um neun Uhr hier im Büro auf der Matte stehst. Im CTC-Jackett und mit Diktatblock auf den Knien. Aber ich muss dich warnen: Wir lassen nicht bei Valentino schneidern.«

Sie schaute ihn fassungslos an. »Du bist der größte Langweiler, der rumläuft.«

Paul Ingwersen guckte sie stumm an, drehte sich dann nachdenklich zum Fenster, massierte mit Daumen und Zeigefinger seine Nasenwurzel und schaute wieder müde zu Jackie: »Ich habe dich immer für eine selbstbewusste, selbstständige und rationale Frau gehalten. Und ich habe nie ein Geheimnis daraus gemacht, wie wichtig mir die Reederei ist. Das wusstest du von Anfang an. Also was soll das jetzt hier?«

Die rote Lampe an seinem Telefon fing wieder an zu blinken. Er warf einen Blick aufs Display. »Jackie, einen Augenblick, der Anruf hier ist wichtig …«, er atmete tief durch, richtete sich in seinem Sessel auf und griff nach dem Hörer: »Gunnar, was gibt's?«

»Boss, ich glaub, der Bugstrahler hat wirklich einen Schlag abbekommen. Nikolai wollte nicht so richtig mit der Sprache raus und hat ordentlich rumgedruckst. Aber der Bugstrahler verliert wohl schon seit Rotterdam Öl. Und das nicht zu knapp. Sieht nicht gut aus! Hätte er uns doch nur früher Bescheid gesagt!«

»Gunnar, das ist jetzt nicht mehr zu ändern. Hat Blohm & Voss ein Dock frei?«

»Ja, morgen früh ab fünf. Soll ich mit dabei sein?«

»Ja, bitte. Und schau, dass sie nicht gleich anfangen zu schweißen. Sie sollen erst mal einen schlanken Mechaniker durch das Gitter reinschicken, damit er sich das anguckt. Du würdest mir einen Gefallen tun, wenn du den Bauch einziehst und es auch reinschaffst. Und halt mich auf dem Laufenden. Ich komm auf jeden Fall vorbei. Du kannst mich auch jederzeit über Handy erreichen.«

»Okay Boss, wird gemacht.«

Paul Ingwersen legte den Hörer auf und versuchte sich wieder auf seine Verlobte zu konzentrieren: »Jackie. Ich verstehe deinen Ärger. Aber ich habe keine Lust und keine Kraft, das jetzt hier zu diskutieren. Pass auf – Friedensangebot: Ich bin hier heute gegen neun fertig. Wollen wir uns dann noch bei dir treffen?«

Jackie sah ihn verletzt an: »Paul, natürlich kannst du zu mir kommen. Aber ich hab es satt, so satt, deine Bratkartoffel-Bekanntschaft zu sein.« Sie schaute ihn bittend an. Dann gab sie sich einen Ruck, kam geschmeidig um den Tisch herum und parkte ihren Popo auf seinem Schoß.

Er lehnte sich abwartend zurück: »Was heißt hier Bratkartoffel-Bekanntschaft? Du kannst doch überhaupt nicht kochen. Geschweige denn, irgendetwas so braten, dass es nicht schwarz wird.«

»Paul!« Sie legte ihm die Arme um den Hals. »Guck mal, der Küppers eben zum Beispiel! Der braucht doch händeringend eine Wohnung! Und du weißt doch, ich suche schon die ganze Zeit einen Käufer für meine. Und die ganze Zeit war die Marktlage so schlecht.« Sie küsste ihn vorsichtig auf den Mundwinkel: »Schatz, ich hab damals fünfhundertfünfzig bezahlt. Und die ganze Zeit wollte mir keiner mehr als fünfhundert bieten. Aber von dem Küppers krieg ich bestimmt sechshundert.« Sie begann an seiner Hose zu nesteln. »Ich könnte sie tatsächlich mit kleinem Plus verkaufen. Und das wär doch *die* Gelegenheit, dass wir endlich zusammenziehen.«

Paul Ingwersen griff nach ihrer Hand: »Jackie, bitte steh auf. Das mit der Wohnung müssen wir nicht jetzt entscheiden.«

Sie lächelte ihn kokett an.

»Jackie, ich meine, was ich sage, steh bitte auf.«

Enttäuscht stand sie auf, strich ihren Rock glatt, kreuzte die Arme unter der Brust und lehnte sich abwartend gegen die Tischkante. »Ich sag's ja – Langweiler.«

»Pass auf, was du sagst, sonst habe ich heute Abend auch noch Migräne.«

Jackie schaute ihn einen Moment lang sprachlos an. Dann richtete sie sich wutentbrannt auf und warf erbost die Hände in die Luft: »Du hast doch einen Schaden! Nur weil deine Eltern eine beschissene Ehe geführt haben und deine erste Ehe nicht funktioniert hat, machst du mir das Leben zur Hölle. Das ist nicht fair!«

Paul Ingwersens Gesicht versteinerte: »Ich betrachte unser Gespräch als beendet. Und wenn nicht, könnten wir beide jetzt etwas sagen, das wir anschließend bereuen.« Er schaute sie kalt an.

Jackie erschrak und wollte ihm die Hand auf die Wange legen. »Paul, ich hab das nicht so gemeint! Du weißt doch, wie ich bin, Schatz ...!«

Er zog den Kopf zurück: »Mein Bedarf an Streicheleinheiten ist für heute gedeckt. Geh bitte. Sofort.«

Sein Telefon fing wieder an zu blinken. Er wandte sich dem Schreibtisch zu und nahm den Hörer ab: »Ja!«

»Herr Ingwersen, ich weiß, dass es jetzt unpassend ist, aber ich hab Frau von Gülzow auf Leitung zwei. Sie will unbedingt mit Ihnen sprechen und will mir aber nicht sagen, warum. Aber sie lässt sich auch nicht abweisen. Soll ...«

»Ist in Ordnung, Frau de Jong! Stellen Sie durch!« Er schaute zu Jackie auf. Einen Augenblick lang maßen sie sich mit Blicken, dann wies er mit den Augen zur Tür.

Wütend stiefelte Jackie um den Tisch herum, griff nach ihrer Tasche und war mit vier großen Schritten an der Bürotür, die sie mit so viel Schwung aufriss, dass diese gegen den Gummistopper knallte und zitternd zurücksprang.

»Frau von Gülzow! Was kann ich für Sie tun?« Er lehnte sich müde in seinem Sessel zurück und schaute rechts durch das schräge Panoramafenster die Elbe runter, wo sich die Wolken am Himmel langsam orangerot verfärbten.

»Mein lieber Herr Ingwersen, entschuldigen Sie, dass ich Sie behellige. Ich mach's auch ganz kurz. Also, meiner Cousine Tita, der hab ich gerade von der Schiffstaufe vorgeschwärmt, und, ja, wie stolz ich bin, dass Sie mich gebeten haben, Patin zu sein ... Wir haben übrigens gerade beschlossen, dass wir hier zu Hause auf dem Gestüt noch mal Flaschenschmeißen üben, damit das auch klappt am Donnerstag ...!«

Paul Ingwersen schaltete auf Durchzug. Er wusste, dass das jetzt noch fünf Minuten so weitergehen und im Endeffekt darauf hinauslaufen würde, dass Frau Baronin von Gülzow – wohlhabend geboren, reich geheiratet, noch reicher geschieden – ihn bitten würde, ihre liebe Busen-Cousine Tita für lau first class mit nach Singapur einzufliegen, plus Übernachtung im Fünf-Sterne-Luxushotel. Auf der anderen Seite hatte ihn die gute Renate schon mit manch wichtigen Entscheidungsträgern zusammengebracht. Insofern ging das in Ordnung. Er wollte es nicht, aber seine Gedanken wanderten zu Jackie. Die hatte heute wieder einen ihrer emotionalen Anfälle gehabt. Alle drei, vier Monate kam das leider einmal vor. Was in etwa dem Zyklus einer Elefantenkuh entsprach, wie er seit seiner letzten Südafrika-Safari wusste. Dann fiel sie völlig aus der Rolle (Jackie, nicht die Elefantenkuh). Das musste sie sich dringend abgewöhnen. Ansonsten war er gern mit ihr zusammen – von dem kleinen Makel abgesehen, dass er sie auch nicht vermisste, wenn sie nicht da war. Was man streng genommen so interpretieren konnte, dass er sie nicht liebte. Aber er fand sowieso, dass das ein weit überschätztes Gefühl war. Nicht zu vergessen, dass er ja auch gar nicht an Gefühle glaubte. Er glaubte an Geld. Ans Geschäft. An Verträge (wenn sie denn gut waren). In seinem Bekanntenkreis wimmelte es von männlichen Witzfiguren, die ihrem »Herz« folgten (aber eigentlich die Hose meinten). Und sich wie der Bulle am Nasenring von ihren deutlich jüngeren Freundinnen vorführen ließen. Nein. Jackie war betriebswirtschaftlich gesehen perfekt: nur fünf Jahre jünger als er, er lief also nicht Gefahr, dass sie ihm mit irgendwelchen romantischen Flausen die Zeit stahl (Geld war weniger entscheidend, davon hatte er ja genug).

Nichts-desto-umso-trotz. So eine Szene wie die eben gerade würde sich in seinem Büro nicht noch einmal wiederholen. Plötzlich fiel ihm Frau de Jong und ihre seltsame Postphobie wieder ein.

Er murmelte ein zustimmendes »mmmmh-mmmh!« in die Muschel, klemmte sich den Hörer zwischen Schulter und Ohr, beugte sich vor und fing an, den Eingangsstapel vage durchzublättern. Ziemlich in der Mitte, zwischen all den Zetteln, hatte Frau de Jong offensichtlich einen weißen DIN-A5-Umschlag zu verstecken versucht. Nur halb interessiert zog er ihn raus und schaute irritiert auf seinen in einer kindlichen Schrift geschriebenen Namen auf dem Umschlag, das dick unterstrichene »persönlich/vertraulich« darunter und den unbekannten Absender. Irgendwas Festes, Längliches war unter dem Papier zu fühlen.

Er hielt den Umschlag auf den Kopf und schüttelte ihn ungeduldig. Eine Art weißer Eislöffel plumpste zusammen mit einem gelben Post-it-Zettel auf seine Schreibunterlage. Mit gerunzelter Stirn legte er den Umschlag beiseite, griff verwirrt mit der einen Hand nach dem Eislöffel und mit der anderen nach dem Zettel. Und zog überrascht die Luft ein, als ihm klar wurde, was er da in der Hand hielt:

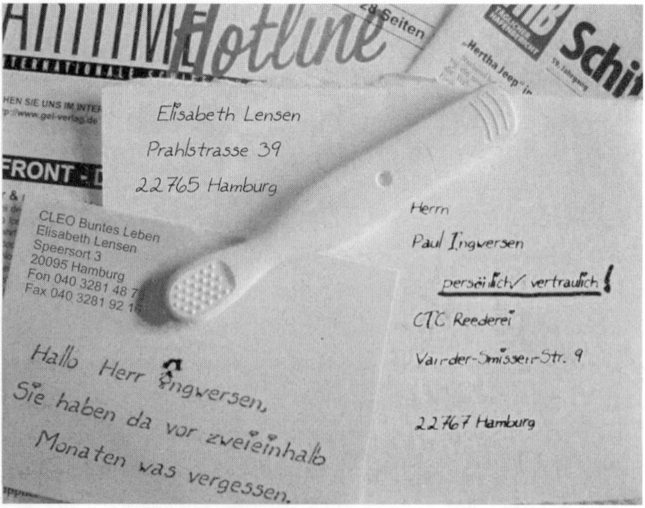

Igitt! Er ließ den Schwangerschaftstest fallen und warf noch mal einen ungläubigen Blick auf den Zettel. Abrupt nahm er den Telefonhörer wieder in die Hand: »Frau von Gülzow, darf ich Sie kurz unterbrechen?«

»Ja, sicherlich, ja immer, Herr Ingwersen!«

»Meine Sekretärin bringt mir gerade eine dringende Schadensmeldung aus Taiwan. Wenn ich Sie richtig verstanden habe – es wäre Ihr Herzenswunsch, dass Ihre Cousine Sie begleitet?«

»Ja, Herr Ingwersen! Woher wissen Sie?!«

»Frau von Gülzow, es wäre mir eine ausgesprochene Ehre, wenn ich Ihre Cousine ebenfalls einladen dürfte, an der Taufe der »Chogolisa« teilzunehmen. Meinen Sie denn, sie hätte Zeit?«

»Also ich meine, die wird sie sich nehmen, also wenn ich ihr das so erzähle – ich denke schon ...!«

»Gut! Dann ist es hiermit abgemacht! Wären Sie so freundlich, noch mal bei Frau de Jong anzurufen und ihr Bescheid zu geben, dass sie alles für Sie arrangieren soll? Ich darf mich an dieser Stelle verabschieden?«

»Ja! Ja sicher, Herr Ingwersen! Einen ganz schönen Abend!«

»Ihnen auch.« Paul Ingwersen knallte den Hörer auf. Ungläubig starrte er das kleine rosa Kreuz auf dem Eislöffel an. Wer wollte ihn da hochnehmen? Irgendwo am Rande seines Bewusstseins klopfte eine abgelegte Erinnerung an.

Drei Monate.

Juni.

Scheiße.

Sein Aufriss.

Es musste ein böses Omen gewesen sein, dass er vorhin an diese Tante gedacht hatte. Erregt sprang er auf und tigerte um seinen Schreibtisch herum, den Blick beunruhigt auf den Eislöffel gerichtet. Verdammt. Er hatte es doch gewusst! Und trotzdem konnte es nicht wahr sein. Er war nicht mit einundvierzig Jahren in die älteste Falle der Welt getappt. Hatte er sich nicht bislang sogar ganz gern an den Abend erinnert? Dann nahm er jetzt auf der Stelle alles zurück und behauptete das Gegenteil.

Wütend griff er zum Telefon.

»He...«, meldete sich Frau de Jong.

»Machen Sie mir eine Verbindung zu Michelsen! Sofort!«

»J… ja, Herr Ingwersen!«

Er knallte den Hörer wieder auf. Nicht mit ihm! Die würde das Wiederkommen vergessen. Erbost griff er sich den Eislöffel und feuerte ihn in den Mülleimer. So eine infantile Dummheit!

Das Lämpchen am Telefon fing wieder an zu leuchten. Aufgebracht griff er erneut nach dem Hörer.

»Herr Ingwersen, ich verbinde …«

»Ja, machen Sie!«

»Micheeelsen.«

»Claudius, habt ihr in eurer Kanzlei jemanden, der sich mit Familienrecht auskennt?«

»Ja, dir auch einen schönen Tag, Paul …«

»Claudius. Hast du Ahnung von Familienrecht? Ja oder nein?«

»Philosophisch betrachtet hab ich das sicherlich. Ich hab das mal an der Uni gehört. Und zwei Scheidungen bilden einen auch ordentlich weiter. Und irgendwie hat ja alles mit allem zu tun. Also auch mit Handels- und Schifffahrtsrecht. Was willst du wissen?«

»Claudius, ich kann auf deine Verschwiegenheit zählen?«

»Sicher, solange du weiter artig deine Verträge zu mir schickst und ohne zu murren meinen Stundensatz von zweihundertdreißig Euro be…«

»Geschenkt! Also. Kann ich jetzt deine Fachmeinung haben?«

»Leg los, die Uhr tickt.«

»Was kann ich tun, wenn ich unter Umständen ungewollt Vater werde?«

»Kann ich das noch mal in der Langversion hören?«

»Claudius, ich habe gerade ein Schreiben bekommen, in dem mir so eine Tante, mit der ich mal eine Nacht verbracht habe, jetzt meint mitteilen zu müssen, dass ich Vater werde.«

»Im Prinzip nicht viel. Du kannst nur, um es mit der Bibel zu sagen, beten, dass der Kelch an dir vorübergeht. Sprich, dass die Dame entweder a) 'ne Fehlmeldung losgelassen hat, b) dass das Ganze sich in Wohlgefallen auflöst, oder c), dass sie sich dagegen entscheidet, Mutter zu werden. Ansonsten solltest du schon mal die Düsseldorfer Tabelle auswendig lernen und kleine Strampler kaufen.«

»Ich hätte es eigentlich wissen müssen, dass das in die Hose geht …«

»Eben ja nicht, wie's aussieht.«

»Claudius, du bist gefeuert.«

»Hey, das ist Jubiläum! Schon das zehnte Mal! Wollen wir darauf mit einem guten Roten aus deinem Keller anstoßen?«

»Claudius, ich möchte, dass du mir einen Gefallen tust. Schreib der Tante einen Brief, dass sie das Wiederkommen vergisst. Ich will damit nichts zu tun haben.«

»Paul, ich will dir ja nicht zu nahetreten. Aber ich glaube, in Australien nennt man das Vogel-Strauß-Politik.«

»Claudius, übertreib's nicht. Das ist mir ernst.«

»Und du meinst, ein Brief beeindruckt sie?«

»Keine Ahnung. Ich steck da nicht drin.«

»*Das* ist vielleicht auch nicht die ganz richtige Formulierung.«

Paul Ingwersen nahm den Hörer, schlug ihn einmal kräftig auf den Tisch und sprach wieder in die Muschel: »Oh, tut mir leid!«

»Paul, so kriegst du mich nicht klein. Natürlich kann ich das machen mit dem Brief. Würd ich dir noch nicht mal in Rechnung stellen. Aber ich glaube einfach nicht, dass das was bringt. Im Zweifelsfall machst du das Mädel damit erst richtig wild. Ich sag nur *Besenkammer.*«

»Das ist mir egal! Aber ich lass mich von niemandem für dumm verkaufen.«

Claudius holte tief Luft und atmete dann vernehmlich aus: »Sprach der Herr. Willst du ein Duplikat?«

»Nein.«

»Weißt du, wie sie heißt?«

»Irgendwas Spanisches, Carmen … nein, stopp … Lissie – Elisabeth! Keine Ahnung.«

»Ach super. Ich darf mir demnach einen aussuchen?«

»Gleich hast du mich wirklich als Mandanten verloren.«

»Schön wär's. Schick mir auf jeden Fall den Brief rüber. Und schreib mir dazu, an was du dich erinnerst. Den Rest erledige ich für dich.«

»Du glaubst doch nicht im Ernst, dass ich mich hier jetzt hinsetze und aufschreibe, was passiert ist.«

»Nein, aber den Versuch war's wert. Rein interessehalber – rein beruflich natürlich –, wer von euch beiden hatte eigentlich mehr gezwitschert?«

»Inwiefern ist das relevant?«

»Na ja, wenn du richtig Pech hast und sie weiß, dass du eine wohlhabende Kirchenmaus bist, kann sie versuchen zu behaupten, dass es nicht im gegenseitigen Einverständnis passiert ist.«

»Claudius, was heißt das für Normalsterbliche?«

»Erpressung. Vergewaltigung. Presse.«

»Scheiße, das ist jetzt nicht dein Ernst.«

»Na ja, ausschließen kann man es nicht. Bei den Horden von Boxenludern heutzutage.«

»Claudius, tu, was du für richtig hältst. Aber schaff mir diese Angelegenheit vom Hals.«

»Ich schau, was ich tun kann.«

»Danke.«

»War wie immer ein Vergnügen, mit dir zu plaudern. Schöne Grüße an die bezaubernde Gattin. Du weißt, wenn du keine Verwendung mehr für sie hast, ich such immer noch eine dritte Ehefrau.«

»Du kannst mich mal.«

»Ah, ihr Hanseaten! In jeder Lebenslage ein Gentleman. Das liebe ich so an euch. Pfüati.«

Paul Ingwersen knallte grußlos den Hörer auf, um ihn sofort

wieder anzuheben und mit dem Zeigefinger die Taste »Sek I« zu drücken.

»Herr …«

»Frau de Jong! Sollte jemals wieder so ein Brief hier einfliegen, schicken Sie ihn bitte sofort zu Michelsen rüber. Sofort!«

»Äh, ja, Herr Ingwersen. Ohne Ihre Kenntnisnahme?«

»Ich habe mich doch klar ausgedrückt, oder?«

»Ja, Herr Ingwersen.«

21

Lissie war mit sich übereingekommen, das Leben chronisch positiv zu sehen und ab sofort jeden Tag mit einem Lachen zu beginnen, das dann bis zum Schlafengehen andauerte. Einzig der Gedanke, dass die Chinesen süße, kleine Hunde aßen oder täglich mehrere deutsche Hausfrauen beim Gardinenaufhängen von der Leiter fielen, würde sie in ihrem grenzenlosen Gut-drauf-Sein etwas einbremsen.

Heute hatte sie eine Souterrainwohnung besichtigt, die noch ein bisschen trostloser war als die sechs Altbaulöcher, die sie Freitag und am Wochenende hatte bestaunen dürfen: das Badezimmer höchstens einen Meter fünfzig breit, mit einer kleinen Luftluke oben unter der Decke. Um zur Dusche zu gelangen, hatte man über den Lokus steigen müssen, in dem Zigarettenkippen trieben und ein paar Käfer das Schwimmen übten. Die blaue Büroauslegeware war übersät mit Trauerkringeln, wo Tischbeine und diverse feuchtelnde Blumentöpfe gestanden hatten. Und wenn man aus den zur Straße gelegenen Fenstern aufs Trottoir hochguckte, hatte man gleich zwei optische Highlights: Hundehaufen und die Einfahrt zum Leichenhof der Uniklinik Eppendorf. Aber darüber konnte man doch eigentlich – ja genau! – nur lachen. Lissie knallte ihren Autoschlüssel auf die Wohnzimmercouch, feuerte die Tasche hinterher, schmiss auf dem Weg in die Küche ihre Jeansjacke über irgendein Möbel und warf den Wasserkocher an.

Ich muss echt aufpassen. Nicht dass ich mich irgendwann totlache.

Sie hatte kurz erwägt, noch an Ort und Stelle ihre große Begeisterung kundzutun, indem sie das Bein am Türrahmen hob. War aber dann von diesem Vorhaben abgekommen, um die Kaltmiete von sechshundertachtzig Euro nicht noch weiter in die Höhe zu treiben. Der Wasserkocher rauschte monoton vor sich hin. Sie kramte ungnädig eine Tüte Roibusch Heidelbeer-Sahne von Aldi aus dem Hängeschrank über der Spüle, entdeckte in letzter Sekunde die »Gute-Laune-Mischung« und fand, dass ihr Ich-bin-fröhlich-Programm jetzt gut etwas Doping vertragen konnte. Geistesabwesend beobachtete sie, wie die getrockneten Papaya-, Ananas- und Erdbeerstückchen im heißen Wasser kreiselten.

Und was, wenn ich aus der Wohnung fliege, bevor ich was Neues habe?

Sie konnte ja schlecht wieder bei Mama einziehen. Und ob sich Sophie und Tobias freuen würden, wenn sie einige Wochen bei ihnen auf der Wohnzimmercouch kampierte, stand zu bezweifeln. Ungeduldig rupfte Lissie das Sieb aus dem Becher und nahm gierig den ersten heißen Schluck. Der Tee wärmte wunderbar. Und wenn sie die Augen schloss, sich die feuchten, heißen Schwaden samtig auf die Haut legten, war das wie Sauna. Die Nasenflügel blähten sich, plötzlich gehörte der Kopf wieder zum Rest.

Sie zog die Ärmel ihres Strickpullis lang, um die Enden zu Topflappen umzufunktionieren und umfasste vorsichtig den kochend heißen Becher mit beiden Händen. Sie balancierte ins Wohnzimmer, im Laufen schon eifrig schlürfend. So schwierig konnte das mit einer Wohnung doch nicht sein.

Dann muss ich halt nach außerhalb ziehen. Ins Grüne. Auch nicht schlecht.

Sie hielt Ausschau nach der Fernbedienung,

Irgendwas mit Garten vielleicht …

hob suchend ein paar Zeitschriften und Klamotten hoch,

… und einem integrierten Rentner, der immer montags voll

hydraulisch aus dem Beet hochgefahren kommt und den Rasen mäht ...

kratzte sich ratlos am Kopf, (die Frage war, konnte man Fernseher eigentlich auch per Hand einschalten?),

... und einem Herrn von der Wach- und Schließgesellschaft, der auf dem Läufer vor meinem Bett schläft, um sich russischen Einbrecherbanden entgegenzuwerfen, wenn die einen mal wieder nachts samt Bett klauen wollen.

und stellte ihren Becher entnervt auf einem wackeligen Bücherstapel ab.

Nee, das mit außerhalb will auf jeden Fall vorher gut durchdacht sein.

Etwas unschlüssig tastete sie das Gehäuse vom Fernseher ab. Sie hatte schon vor Jahren beschlossen, dass sie Bedienungsanleitungen einfach nicht verstand und beförderte sie aus der Verpackung direkt in den Müll. Jetzt rächte sich das. Das Gerät guckte sie mit schwarzer toter Mattscheibe an. Sie wusste noch nicht mal, ob die Knöpfe, die sie drückte, wirklich Knöpfe waren oder so Art Ziernoppen. Jedenfalls bewegte sich nichts, schon gar kein Bild. Dafür entdeckte sie rote und gelbe Buchsen, durch die man den Fernseher wahrscheinlich bei Bedarf mit der Weltraumstation ISS vernetzen konnte.

Frustriert schnappte sie sich ihren Teebecher und schlenderte in die Küche, um die Post der letzten Tage durchzugucken. Sie blätterte ein bisschen, um zu entscheiden, welche Rechnung ihr als erstes die Laune verderben sollte, als sie auf das weiße Kuvert einer Anwaltskanzlei stieß: *Von Göhning & Partner* stand oben links.

Plötzlich hatte Lissie ein dumpfes Gefühl. Mit dem kleinen Finger hackte sie nervös das Couvert auf, zerrte das dreiseitige Schreiben heraus, faltete es hastig auseinander und überflog die Zeilen.

VON GÖHNING & PARTNER

Schifffahrtsrecht • Transportrecht • Gesellschaftsrecht • Handelsrecht • Arbeitsrecht Versicherungsrecht • Mergers & Acquisitions • Prozessführung & Schiedsgerichtsbarkeit

Frau
Elisabeth Lensen
Prahlstraße 39
22765 Hamburg

29. September
A/Fa/00195/200

Sehr geehrte Frau Lensen,

hiermit zeige ich an, dass mich Herr Paul Joost Ingwersen mit der Wahrung seiner Interessen beauftragt hat. Vollmacht wird anwaltlich versichert.

Mein Mandant hat mir Ihr Schreiben vom 27. 9. übermittelt. Mein Mandant ist mehr als verwundert, dass Sie sich in dieser Angelegenheit an ihn wenden. Ihnen sollte klar sein, dass der von Ihnen angedeutete Sachverhalt falsch ist und jeglicher tatsächlichen Grundlage entbehrt. Indem Sie solche falschen Behauptungen aufstellen und einen falschen Eindruck erwecken, verletzen Sie meinen Mandanten in rechtswidriger Weise in seinen Persönlichkeitsrechten. Mein Mandant muss diese Rechtsverletzung nicht hinnehmen.

Zudem machen Sie sich strafbar, wenn Sie unwahre Behauptungen aufstellen und meinen Mandanten mit derartigen Schreiben nachhaltig belästigen. Nur beispielhaft darf ich auf die §§186/187 StGB sowie das Stalkinggesetz §238 verweisen.
In Anbetracht dieser Umstände hat mein Mandant einen Anspruch darauf, dass Sie es künftig unterlassen, derartige Falschbehauptungen aufzustellen. Ich habe Sie deshalb aufzufordern, die als Anlage beigefügte strafbewehrte Unterlassungserklärung zu unterzeichnen und umgehend an mich zurückzusenden. Für den

Dr. Winfried von Göhning Dr. Claudius Michelsen Dr. Wolf-Dieter Rücking Dr. Henning Frühwald
Dr. Bertram Sredzki Dr. Helmut Prott Dr. Gerhard Brunnier Dr. Jan-Peter Bitter Dr. Ribin Ahmadi Dr. Leonhardt Hamann
Kt.Nr. 430066 Deutsche Bank BLZ 200 700 00
Vorsetzen 12 20459 Hamburg Tel. 0049-40-373636 Fax 0049-40-363636

VON GÖHNING & PARTNER

**Schifffahrtsrecht • Transportrecht • Gesellschaftsrecht • Handelsrecht • Arbeitsrecht
Versicherungsrecht • Mergers & Acquisitions • Prozessführung & Schiedsgerichtsbarkeit**

Eingang Ihrer Erklärung habe ich mir Dienstag den, 10. 10., 14 Uhr vorgemerkt.

Sollte ich innerhalb der gesetzten Frist keinen Eingang der Erklärung verzeichnen können, habe ich meinem Mandanten schon jetzt angeraten, gerichtliche Hilfe in Anspruch zu nehmen. Die dadurch entstehenden Kosten sowie die Kosten meiner Inanspruchnahme werden zu Ihren Lasten gehen.

Die Geltendmachung weiterer Ansprüche bleibt vorbehalten.

Ich darf Sie darauf hinweisen, dass alle Schreiben bezüglich dieser Angelegenheit nicht an Herrn Ingwersen zu richten sind, sondern an meine Adresse zu geben sind.

Mit freundlichen Grüßen

Claudius Michelsen

Dr. Claudius Michelsen
Rechtsanwalt

Dr. Winfried von Göhning Dr. Claudius Michelsen Dr. Wolf-Dieter Rücking Dr. Henning Frühwald
Dr. Bertram Sredzki Dr. Helmut Prott Dr. Gerhard Brunnier Dr. Jan-Peter Bitter Dr. Ribin Ahmadi Dr. Leonhardt Hamann
Kt.Nr. 430066 Deutsche Bank BLZ 200 700 00
Vorsetzen 12 20459 Hamburg Tel. 0049-40-373636 Fax 0049-40-363636

Unterlassungsverpflichtung

Elisabeth Lensen verpflichtet sich gegenüber Paul J. Ingwersen, es bei Meidung einer für die Zuwiderhandlung von Paul J. Ingwersen festzusetzenden Vertragsstrafe in Höhe von Euro 100.000 zu unterlassen

1. zu behaupten bzw. behaupten zu lassen, zu veröffentlichen bzw. veröffentlichen zu lassen und/oder zu verbreiten bzw. sonst verbreiten zu lassen

   a. „Sie (sc. Paul J. Ingwersen) haben da vor zweieinhalb Monaten was vergessen."

   b. dass das im Brief vom 27. 9. als Anlage mitgeschickte Objekt in Zusammenhang mit Paul J. Ingwersen steht.

Hamburg, den ....

....

Unterschrift

Während des Lesens war sie umhergelaufen und jetzt wieder im Wohnzimmer angekommen. Nun stand sie wie betäubt mit hängenden Schultern im Türrahmen und ließ die Stirn gegen das kühle, lackierte Holz sinken. Sie holte einmal tief Luft. Und noch einmal.

Was für ein kranker Mensch er war, dachte sie, während sie anfing, hilflos zu weinen. Und dass er so krank war, dass er alles um sich herum auch krank und kaputt machen musste. Sie hatte das Gefühl, dass er sie zerstören wollte.

Sie ließ sich mit dem Brief in der Hand auf die Couch fallen. Mit einem scharfen »Sssd!« erschien ein Mainzelmännchen auf dem Bildschirm, weil sie zwischen den Polstern die Fernbedienung erwischt hatte.

Jetzt schluchzte sie erst recht los.

22

Paul Ingwersen schaute widerwillig auf das sabbernde Kind vor sich. Plötzlich hatte er keinen Appetit mehr auf seine exquisite Kalbsleber mit Feigen. War das wirklich *seine* Exfrau, die ihm da gegenübersaß? Mit diesem stinkenden, brüllenden Paket im Arm? Gut, Kinder mussten sicherlich irgendwann Zähne bekommen. Hatte er schließlich auch mal. Aber musste das ausgerechnet bei seinem Stamm-Italiener sein? In seiner Geruchs- und Sichtweite? Und wo war bitte ihre mädchenhafte Figur geblieben? Wann hatte sie diesen Atombusen bekommen? Und was sollte diese vollgekotzte Windel über der Schulter? Wo war bitte ihr Gefühl für Stil geblieben?

»Na, Paul, du siehst ja nicht so begeistert aus …« Arend Henjes, sein Nachfolger bei Christine und der eindeutige Erzeuger von Lara-Josephine – sie hatte genau seine Fresse abbekommen –, pikste genüsslich eine weitere Jakobsmuschel auf und fing an, mit ihr den Teller zu feudeln.

»Arend, das kannst du so nicht sagen. Paul ist den Umgang mit Kindern nur nicht gewohnt. Aber Jackie wird das bestimmt bald ändern.« Christine Warenburg-Henjes beschmuste eifrig das mit Karottenbrei, Brotkrümeln, Sabber und Rotz bedeckte Gesicht ihrer kleinen acht Monate alten, quengelnden Tochter und tat so, als wüsste sie nicht, was sie gerade für eine Brandbombe gelegt hatte.

»Ja, Paul drängt mich ja schon die ganze Zeit. Aber ich hab so Angst, mir die Figur für immer zu ruinieren. Wie machst du das eigentlich, Christine?« Jackie biss genüsslich in ihr vor Olivenöl triefendes Ciabatta-Brot und schaute angelegentlich auf Christines Salatteller, wo nur noch drei einsame, bittere Rucolablätter lagen. Die vier knusprigen Lammkoteletts lagen unberührt am Rand, zu einem Haufen zusammengeschoben, halb verdeckt von der Serviette.

Paul Ingwersen legte endgültig genervt sein Besteck auf den Teller. Konnten sie dieses Frauengezanke um Nichtigkeiten nicht auf der Toilette abhandeln?

Christine Warenburg-Henjes langte gelassen nach der Nuckelflasche mit Muttermilch und stopfte Lara-Josephine den Sauger in die Schnute, während sie anfing, sich rhythmisch auf dem Stuhl zu wiegen: »Als ich jünger war, hab ich auch so gedacht. Aber jetzt in unserem Alter, Jackie, bin ich froh, zwei so wunderbare Kinder zu haben. Zu der Erkenntnis wirst du ja hoffentlich auch noch kommen. Aber sag mal, Paul, wie ist das eigentlich? Ich dachte, du wolltest immer eine große Familie haben?«

»Ja, wie ist das eigentlich, Paul? Gibt's da Probleme?« Arend Henjes steckte sich mit großem Appetit das letzte Stückchen Knoblauchbrot in den Mund und fing an, seinen Daumen abzulutschen, während er durch seine randlose Brille unter seinen Schlupflidern hervor Paul Ingwersens Unterkörper musterte.

»Nun, Arend, selbst wenn, würde ich das sicher nicht hier in großer Runde diskutieren. Was machen eigentlich deine Chinapläne? Hast du schon einen Interessenten für deine KüMos gefunden?«

Arend Henjes zögerte einen Moment, dann entfernte er abrupt den Daumen aus seinem Mund und griff nach seinem Grauburgunder-Glas: »Läuft bestens! Die haben mir die beiden Siebenhunderter förmlich aus den Händen gerissen. Ist ja auch verständlich bei dem Straßensystem dort. Wie wollen die Chinukken ihren Wirtschaftsboom aufrechterhalten, wenn sie die Waren nicht aus den Häfen abtransportiert kriegen?« Er nahm einen tiefen Schluck aus seinem Glas. »Wie willst *du* eigentlich wirtschaftlich auf Dauer die Wartezeiten in Singapur und Los Angeles verkraften? Das müsste dir doch eigentlich ein ganz schönes Loch in die Börse reißen? Was hab ich gehört? Letzte Woche mussten zwei deiner Schiffe sieben Tage warten, bis sie Ladung löschen konnten?«

Paul Ingwersen musterte kühl die Rübe von Arend Henjes, mit seinen zurückgewienerten Haaren und seinen weibischen Gesichtszügen: »Arend, es war nur *ein* Schiff. Und wie dir deine Quelle sicherlich mitgeteilt hat, trägt die *Mount Whitney* zwar noch die Farben von CTC, ist aber schon seit zwei Monaten an die CMA verchartert. Für fünf Jahre fest. Für über einundzwanzigtausend US-Dollar pro Tag. Mit Verlängerungsoption für zwei weitere Jahre. Dann für jeweils zweiundzwanzigtausend beziehungsweise dreiundzwanzigtausend US-Dollar pro Tag. Insofern, denke ich, kann ich weiterhin ruhig schlafen.« Er griff ebenfalls nach seinem Grauburgunder-Glas und suchte über die Köpfe von Christine und Arend hinweg den Blick von Toni, dem Wirt, um den Nachtisch zu ordern. Er hatte genug von dem Gebalge hier.

»Arend! Paul! Müsst ihr immer übers Geschäft reden? Das ist ja krank. Wir haben doch viel wichtigere Themen zu besprechen. Lara-Josephine will nämlich jetzt endlich wissen, ob du ihr Pate wirst, Paul.«

Toni war dankenswerterweise wie immer die Aufmerksamkeit in Person und kam schon auf den Tisch zu. Paul Ingwersen blickte wieder auf seine Exfrau und dann auf den Säugling an ihrer durchgefeuchteten Bluse, der unzufrieden vor sich hin greinte und immer wieder den Sauger ausspuckte.

»Es würde mir eine Ehre sein, Christine. Aber ich glaube, ich würde einen denkbar schlechten Paten abgeben. Du weißt, Kinder sind nicht so meine Liga. Ich kann mit ihnen erst etwas anfangen, wenn sie in die Schule gehen. Dann kann man sich wenigstens mit ihnen verständigen.«

Lara-Josephine fing jetzt an, richtig im Akkord zu schreien. Toni, der an ihren Tisch gekommen war, warf einen mitleidigen Blick auf den hochroten Kopf des brüllenden Bündels Mensch: »Was hat denn das Kleine?«

Paul Ingwersen sah ungläubig über den Rand seines Weinglases, wie seine Exfrau an ihrer Bluse rumnestelte und mitten im Restaurant ihren Busen auspackte: »Sie bekommt gerade ihre Zähne und der Popo ist ganz wund. Sie hat dauernd Durchfall. Und im Moment hat sie auch Blähungen. Ich habe leider gestern Zwiebeln gegessen.«

Paul Ingwersen beschloss, auf Pannacotta zum Nachtisch zu verzichten. Ungläubig streifte sein Blick noch mal die riesige, weiße, blau geäderte Brust seiner Exfrau und hörte neben dem zufriedenen Schmatzen des Säuglings das kräftige »Brrrrrft! Bwwwwwwt!«, als eine Ladung Dung in die Windel ging. Eine kräftige Duftwolke zog von Lara-Josephine zu seiner Tischseite rüber.

»Toni, ich nehme einen doppelten Armagnac!«

»Paul, ich freue mich ja so, das du Josys Pate wirst!« Christine hielt ihm ihre runde Wange hin, damit er ihr einen Abschiedskuss geben konnte.

Paul Ingwersen beugte sich vorsichtig über das schlafende Kind in ihrem Arm hinweg und hielt die Luft an. Trotzdem stieg ihm der unangenehme Geruch von saurer Milch in die Nase. »Ich hoffe, du bereust deine Wahl nicht irgendwann mal. Mach aber um Gottes willen bei der Taufe einen Zettel dran, wo oben und wo unten ist, damit nichts schiefläuft.« Er drückte ihr einen kurzen Kuss auf die Wange und ging eilig wieder auf Sicherheitsabstand.

»Ach Paul! Hab dich nicht so. Arend dachte auch zuerst, dass er sich nicht als Vater eignen würde. Und du siehst ja, wie toll er das jetzt macht.«

Paul Ingwersen warf einen kurzen Blick zu Arend, der auf der anderen Straßenseite stand und zusammen mit Jackie noch eine rauchte. »Ja, Arend wird mir sicher auch in dieser Angelegenheit ein leuchtendes Beispiel sein. Er soll dich auf jeden Fall ordentlich behandeln. Sonst kriegt er's mit mir zu tun.«

Er schenkte Christine noch ein kurzes Lächeln und wandte sich dann zu seinem Jaguar, als er ihre Hand an seinem Arm fühlte: »Paul, hast du schon mal daran gedacht, das hätten jetzt auch unsere Kinder sein können?«

Er schaute einen Moment nachdenklich und sah die Erwartung in ihrem Gesicht blitzen: »Nein, Christine. Bei aller Verbundenheit. Nein. Als wir uns getrennt haben, waren Kinder kein Thema. Und auch jetzt ist das für mich noch kein Thema. Ich denke, bei euch Frauen tickt die Uhr da einfach anders.«

Verletzt schaute Christine auf das schlafende Baby in ihren Armen und schielte zur anderen Straßenseite, wo Jackie und Arend gerade in lautes Gelächter ausbrachen: »Was findest du bloß an ihr? Ich mein, sie ist hübsch, und sie hat sicherlich auch Geld. Aber die ist doch kalt wie Hundeschnauze.«

»Du wirst es nicht glauben, darauf stehe ich.«

»Ja, gut, sicher, Paul. Aber du musst mir doch zugutehalten, dass ich dich jetzt doch schon ein paar Tage kenne. Und auf mich wirkst du nicht glücklich.«

»Christine, wenn du das nächste Mal in deine Glaskugel guckst, setz bitte deine Kontaktlinsen ein. Ich finde, du hängst dich jetzt gerade in eine Sache, die dich nichts angeht. Und überhaupt – was ist Glück? Meiner Reederei geht es gut. Also geht es auch mir gut. Glück ist, was man anfassen kann. Komm gut nach Hause.« Er tätschelte ihr die Hand und zog die Tür seines Jaguars auf.

»Tschüss, Paul.«

Im Wageninneren atmete er einen Moment durch. Warum musste Christine eine so unpassende Aktion starten, ein Baby mit ins *L'Europeo* zu nehmen? In seiner knapp bemessenen Freizeit wollte er sich mit schönen Dingen befassen. Ein schreiendes Verdauungssystem gehörte sicherlich nicht dazu. Außerdem würde Jackie jetzt wieder vom Heiraten und eigenen Nachwuchs anfangen. Ganz kurz spürte er den Hauch einer Erinnerung. Und dachte lieber schnell darüber nach, ob er vielleicht schwer krank wurde. Grippe? Bronchitis? H5N1? Es kratzte so verdächtig in seinem Hals.

Jackie kam über die Straße auf ihn zugehastet, klopfte an die Scheibe und lächelte ihn verheißungsvoll an. Er kam zu dem Schluss, dass das Kratzen wohl doch nur Ärger über den Abend war. Wenn sie jetzt schon so lächelte, hatte sie sich eine Menge vorgenommen. Plötzlich hatte er das dringende Bedürfnis, allein zu sein. Er startete den Jaguar (er wäre heute Abend viel lieber mit seinem silbernen 54er Porsche-Spider oder dem blauen 54er Ferrari gefahren; aber Jackie hasste an beiden Wagen die harte Federung) und scherte auf die Straße aus, kaum dass ihr Allerwertester das Leder des Sitzes berührte.

»Oh, dieser Arend ist wirklich ein verwichstes Würstchen! Der hat mich doch tatsächlich eben angebalzt.«

Paul Ingwersen warf einen kurzen Blick zu seiner Lebensgefährtin, die eher zufrieden als erschüttert wirkte.

Sie hatte den Schminkspiegel runtergeklappt und prüfte ihr Makeup. »Hast du etwa die Sitzheizung angemacht?«

»Ja. Falsch?«

»Du weißt – der Gebrauch von Sitzheizungen kann die Spermienzahl verringern.«

»Danke für den Hinweis.«

»Lach doch mal!« Sie klappte den Schminkspiegel wieder hoch, offensichtlich zufrieden mit dem, was sie da gesehen hatte.

»Jackie, ich muss gleich noch mal in die Firma. Soll ich dich zu Hause absetzen oder willst du dir ein Taxi nehmen?«

»*Wie?* Zu Hause absetzen? Ich dachte, wir fahren zu mir? Ich habe schon alles vorbereitet.«

»Jackie, würdest du dich bitte anschnallen?«

Widerwillig griff sie nach dem roten Sicherheitsgurt: »Paul, ich komm sonst auch gern mit in die Firma und warte auf dich. So lange kann das doch nicht dauern.«

»Doch.« Er fühlte ihren bohrenden Blick von der Seite, während er sich auf den Verkehr konzentrierte.

»Dann bring mich bitte noch nach Hause. Wenn das deine kostbare Zeit nicht zu sehr in Anspruch nimmt.«

Okay, dass würde eine anstrengende Heimfahrt werden. Aber besser hier und jetzt Gezicke, als mit Heititei nach Hause und dann Heulerei vor der Tür. Er hatte es plötzlich eilig.

»Ich hoffe, Christine weiß zu schätzen, was du ihr für einen Gefallen tust, dass du für ihre Blage den Paten machst. Die hat doch wieder nur einen möglichst potenten Geschenkeabdrücker gesucht. Echt! Was für ein hässliches Gör. Die können sie doch schon jetzt für eine Schönheitsoperation anmelden.«

»Wie wär's, wenn du's mal mit einem Pflaster auf dem Mund versuchst? Ich versteh das nicht – du siehst so hübsch aus. Und da kommt so viel Gehässigkeit aus dir.«

»Ohoho, der Moralische! Aber ist doch wahr, Paul! Wie kann sie einen quäkenden Säugling mit ins *L'Europeo* nehmen? Das ist doch völlig daneben. Damit hat sie uns doch alle blamiert. Da so in der Öffentlichkeit ihre Zitzen auszupacken! War sie früher auch schon so?«

»So und viel schlimmer. Deswegen habe ich ja jetzt dich.«

»Okay, tut mir leid. Aber ich hatte heute einfach einen stressigen Tag. Echt. Diese bescheuerten DASA-Nasen! Du erinnerst dich doch, dass wir den Auftrag von Dr. Schnitzler bekommen haben, seine schrottoide Villa zu vermieten. Dann schaff ich's tatsächlich, dafür einen liquiden Mieter zu finden, so ein bräsiges Pärchen – er DASA-Ingenieur, sie Hausfrau, völlig trutschig –, und jetzt findet Dr. Schnitzler nach fünf Wochen plötzlich aus heiterem Himmel, dass sie nicht vertrauenswürdig sind. ›Was, wenn die DASA plötzlich völlig Pleite macht?‹, hat er mich gefragt. Der hat sie doch nicht mehr alle! Für diesen Moderkasten findet er nicht so schnell wieder jemanden, der siebzehn Euro kalt pro Quadratmeter für über Putz liegende Leitungen und eine versiffte Einbauküche bezahlt. Blankenese hin oder her.«

»Ja gut, Jackie. Aber so, wie ich dich kenne, hast du doch schon mindestens zwei andere Interessenten in der Pipeline. Also, was soll die Aufregung?«

»Ja, sicher, aber es geht doch ums Prinzip. Zwei Ortstermine, fünf ätzende Telefonate und ein ganzer Tag Arbeit – für nichts!«

Paul Ingwersen warf ihr einen nachdenklichen Seitenblick zu. Heute hatte er die Meldung auf den Schreibtisch bekommen, dass seine Stettiner Werft, mit der er seit zehn Jahren erfolgreich zusammenarbeitete, vermutlich vor dem Konkurs stand. Für seinen Frachter, den sie gerade bauten, waren schon mehr als fünfzig Millionen Euro nach Polen geflossen. Jetzt konnte er sich überlegen, ob er die plötzlich nachgeforderten dreißig Millionen aufbrachte, in der Hoffnung, dass das Schiff tatsächlich fertiggestellt würde. Oder ob er in den sehr sauren Apfel biss. Die fünfzig Millionen als Totalverlust abschrieb und es irgendwie hinbekam, die Anleger möglichst wenig geschäftsschädigend auszubezahlen.

»Paul, ras doch nicht immer so …!«

Er fuhr über hundert, zwang die Tachonadel unter sechzig.

»… also ich würd mich ja nie so gehen lassen, wenn ich Kinder hätte. Ich mein, da kann einem der Arend ja richtig leidtun. Kein Wunder, dass der mich anbaggert. Oder kannst du dir vorstellen – ach, ich mag's gar nicht aussprechen! Übrigens, mein Vater kommt nächstes Wochenende mit Irene nach Hamburg.«

Paul Ingwersen hatte nicht die Geduld, an der Neuen Flora zu warten, bis die Linksabbiegerampel in den Ring 2 endlich auf Grün schaltete. Er scherte aus und brauste geradeaus auf der Stresemannstraße weiter. »Und wer ist jetzt diese Irene?«

»Das hab ich dir doch schon erzählt. Das ist seine neue Freundin. Die sind jetzt auch schon seit fast einem halben Jahr zusammen. Das ist eine ganz Nette.«

»So, so. Aber war das – wie hieß sie gleich … diese Marga nicht auch schon?« Ein roter Blitz stach ihm in die Augen. Verdammt! Er hatte die bekannteste Radarfalle Hamburgs übersehen. Die, die schon im Stadtführer unter Sehenswürdigkeiten vermerkt war. Wo war er mit seinen Gedanken?

Jackie guckte ihn fragend von der Seite an: »Ich glaub, du brauchst mal Urlaub.«

»Stimmt. – Wo waren wir stehen geblieben?«

»Bei der Neuen. Also ich glaub ja, dass das diesmal was Ernstes ist. Sie ist schon bei meinem Vater eingezogen.«

»Quarzt sie denn auch so viel wie diese Marga?« Er schaute flüchtig zu Jackie rüber.

»Herr Gott, Paul, sei doch nicht so eng! Eine Zigarette ab und zu ist doch nichts Schlimmes.«

»Da warst du dir ja mit Arend im Restaurant einig. Weißt du, was es für die Lungen eines Kindes bedeutet, wenn es von Anfang an mitqualmen muss?«

»Also echt, ich kann doch schlecht ablehnen, wenn er mir eine anbietet. Und außerdem, dieser Pupsgeruch von dem Gör war unerträglich.«

Er bog nach links in die Schanzenstraße ein.

»Sag mal, wie fährst du heute Abend eigentlich? Total umständlich.« Wieder spürte er Jackies bohrenden Blick. »Paul?« Sie berührte leicht seinen Oberschenkel. »Ich hab zu Hause noch eine ganz tolle Überraschung für dich vorbereitet. Ich sag nur *La Perla* …«

Paul Ingwersen sah kurz zu Jackie rüber, die ihn herausfordernd ansah. In letzter Zeit hatte er immer weniger Lust, mit ihr zu schlafen. Und heute Abend schon gar nicht. Wie das halt so war, wenn man sich aneinander gewöhnt hatte. Und die größte Überraschung in der Farbe des Schlüpfers lag.

»Nein, Jackie, ich muss wirklich noch einmal ins Büro. Und morgen habe ich auch einen strammen Tag. Ein andermal.«

Neben ihm ging das Geschluchze los.

»Du liebst …! mich …! nicht wirklich! Mein Vater …! hat mich schon …! gewarnt …!, dass du mich …! gar nicht …! zu schätzen …! weißt …!«

Paul Ingwersen langte neben sich und tätschelte beruhigend ihr Knie, während er gleichzeitig in die Isestraße einbog. »Jackie, nur weil ich noch mal ins Büro muss, ist nicht gleich Weltuntergang angesagt. Du kannst mir dein *La Perla*-Teil auch beim nächsten Mal vorführen.« Er fuhr rechts ran, »wirklich, ich freu mich schon drauf!«, und versuchte einen halbwegs interessierten Gesichtsausdruck aufzusetzen.

23

»Michelsen.«

»Stör ich dich gerade?« Paul Ingwersen hörte Wasser plätschern.

»Nein. Es ist halb elf. Und ich bin in der Kirche. Wo sonst?«

Paul Ingwersen verfolgte durch die Autoscheibe, wie auf der anderen Seite der Kreuzung ein Mann einer Frau im Kunstschnee einen Weihnachtsstollen überreichte – wohl das achte Mal. Riesige Scheinwerfer erhellten das nächtliche Szenario. Es wurde mal wieder gedreht, eine echte Pest in Hamburg. Ständig wuchsen über Nacht mobile Parken-verboten-Schilder aus dem Asphalt, flatterten rot-weiße Absperrbänder, lösten sich Parkplätze in Luft auf. Dazu kam die Hamburger Stadtentwässerung, die jeden Tag neue Straßen aufriss, um die über hundert Jahre alten Siele zu erneuern, bevor sie von selbst einstürzten. Entspanntes Autofahren war etwas anderes.

Nachdem er Jackie abgesetzt hatte, war er noch ein Stück wie ein Hund ohne Herrchen die Isestraße runtergegondelt. Nach fünfzig Metern hatte er seinen Jaguar zwischen ein Dixie-Klo und eine abgestellte Käsebude auf einen freien Platz unter der Hochbahntrasse manövriert.

Er schloss die Augen, massierte seine Liddeckel mit Daumen und Mittelfinger, presste sacht die Nasenwurzel zwischen den Fingern. »Sorry, wenn ich ein bisschen groggy klinge. Aber wir hatten heute Krisensitzung wegen der Stettiner Werft. Gibt vertragliche Probleme ... aber keine Sorge, das müssen wir nicht jetzt bekakeln, deswegen rufe ich nicht an ...« Er machte eine Pause, dann nahm er energisch die Hand runter, öffnete die Augen und schaute wieder aus dem Fenster: Frühlingsmilde Luft drang durch die halb geöffnete Scheibe, das Autothermometer zeigte absurde 14,5 Grad. Heute Morgen hatten in seinem Garten, der globalen Erwärmung sei Dank, die Vögel gesungen. Und die alten, knorrigen Kletterhortensien links und rechts des Eingangs hatten grüne Triebe. Im November! Von sechs Uhr bis halb acht hatte er sich schlaflos hin und her gewälzt. Verfrühte Frühlingsgefühle? Man wusste ja, dass das Wetter auch die Hypophyse anstachelte, die dann Serotonin in die Blutbahn spritzte. »Sag mal, was ist eigentlich aus der Geschichte neulich geworden?«, fragte er unvermittelt. Jetzt und hier wollte er es genau wissen.

Für einen Moment war Stille in der Leitung. »Gehe ich richtig in der Annahme, dass du mein *Samenraub*-Mandat meinst?«, kam es abwartend, »… ich mein, ich will nicht in Haftung genommen werden, weil ich mein Schweigegelübde breche. Woher weiß ich überhaupt, dass du es bist? Der Ingwersen, den ich kenne, legt sehr viel Wert auf Etikette und würde niemals zu nachtschlafender Zeit redlich arbeitende Menschen aus dem Bett klingeln.«

»Michelsen, du nervst!« Paul Ingwersen tastete im Seitenfach der Tür. Nichts.

»Jetzt bestrafst du mich bestimmt wieder mit Liebesentzug! Aber ich bin sexuell nicht erpressbar.«

Im Hintergrund hörte er Gekicher, Planschen und das Klirren eines Flaschenhalses, der auf einen Glasrand traf. Claudius' erste Frau, eine ehemalige Sekretärin, hatte Ingwersen nie persönlich kennengelernt. Er wusste nur, dass sie irgendwann über eine Haushälterin an das Tagebuch von Gattin Nummer zwei gelangt war und dieses kopiert hatte, um anschließend im Freundeskreis Lesungen daraus abzuhalten. Was der Ehe ihrer Nachfolgerin nicht wirklich gutgetan hatte. Die dritte Frau Michelsen schließlich, eine Bulgarin, hatte jeden Monat die schwarze Amex ihres verliebten Gatten bei Escada im Neuen Wall zum Glühen gebracht. Irgendwann war Claudius dahintergekommen, dass der sündteure Designerfummel nicht dazu gedacht war, seine Frau aus selbigem zu schälen. Sondern – noch mit Etikett im Kragen – in eine Edel-Secondhand-Boutique im Eppendorfer Baum wanderte, um hier in Bares verwandelt zu werden. Das wiederum (mit libba Grusse von eurre Oda!) der Sippschaft in Bulgarien zu diversen neuen Dächern verholfen hatte. Die Scheidung war jetzt drei Jahre her, und Ingwersen hatte unter Mitwirkung von viel zu vielen Gläsern Wodka-Red Bull Seelentröster spielen dürfen. Aber Claudius war auch kein Mann, der aus seinen Fehlern lernte. Frauen mit ordentlich Holz vor der Hütte, die auf Zehn-Zentimeter-Absätzen an ihm vorbeibalancierten und in der Schule außer dem Sexualkundeunterricht alles geschwänzt hatten, für die war er leichte Beute. Nichtsdestotrotz stand er mit beiden Beinen fest im Leben (um nicht zu sagen: mit allen dreien).

Die Hochbahn rauschte über Ingwersens Kopf hinweg. Er hangelte sich über die Mittelkonsole und wühlte im Handschuhfach.

»Wo bist du? Oh Gott, das klingt ja wie ein Zug! Du willst dich doch nicht auf die Schienen werfen? Dann komm lieber her. Ich hab hier einen fantastischen Rotwein. Würdest nicht denken, dass das ein deutscher ist. Als ob dir der liebe Gott in Samthosen die Kehle runterspaziert.«

Zwischen Eiskratzern, Lederschwämmchen und diversen, noch nie gesehenen, geschweige denn gelesenen Jaguar-Serviceheftchen fand er den löchrigen, kleinen, gelben Schaumgummi-Bibo, der als Anhänger an ihrer Tasche gebaumelt hatte und der beim Rumgeknutsche und Rumgemache irgendwie zwischen die Sitze geraten war. Und den Janosch, sein Hausmeister, beim Tanken wiedergefunden hatte. Er drehte das öddelige Schnabelvieh zwischen den Fingern, strich über den Krater, wo ihm die Halterung aus der Rübe gerissen worden war – und beschwor ihr Bild: Wie sah sie noch gleich aus? Blond auf jeden Fall. Und ein toller Busen. War das peinlich. Mehr kriegte er nicht mehr zusammen. »Bitte, Claudius, ich hab heute

Abend keine Kraft, keine Geduld und keine Zeit für Spielchen.« Manchmal fühlte er sich uralt.

»Hast du nie. Also, in Anbetracht der vorgerückten Stunde und weil auch ich noch einen Termin habe – ich fasse mich aber kurz! –, ich habe der Dame einen Brief geschickt, gleich nach unserem Telefonat. Ich habe sie sanft darauf hingewiesen, was ihr droht, wenn sie weiter durch die Gegend rennt und Bullshit erzählt. Nämlich, dass wir ihr Bleikugeln an die Füße binden und sie in der Elbe versenken. Ich denke, das war so in deinem Sinne? Sie hat sich sehr über den Brief gefreut, mir auch zurückgeschrieben und gleichzeitig bedauert, dass sie leider keine Zeit für eine neue Brieffreundschaft habe. Die angefügte Unterlassungserklärung hat sie nicht unterschrieben. Mit dem Hinweis, ich sei der größte Abschaum, der ihr je untergekommen sei. Ein Rechtsvergewaltiger. Das ist doch gemein! Ist das gemein?«

Ein Filmassistent, Walkie-Talkie in der Hand, an dem er immer wieder wichtig lauschte, balancierte auf einem Holzpflock und spähte die Isestraße runter Richtung Hoheluftchaussee. Dann sprang er von seinem Aussichtsposten auf den Rasen, und Ingwersen hoffte für ihn mit, dass er nicht Freundschaft schloss mit einem der vielen Hundehäufchen, von denen sich hier in dieser Gegend je zwei einen Grashalm teilten.

Der Film-Assistent linste jetzt neugierig in den Jaguar, und Ingwersen guckte stur zurück, während er Luft holte. »Will sie Geld, Claudius?«

»Iwo!« Claudius lachte auf. »Sie will, dass du sie in Ruhe lässt.«

»Hab ich das gerade richtig verstanden? *Ich* soll sie in Ruhe lassen?«

»Du sollst sie an die Füße fassen, Paul, so sinngemäß. Und wenn du sie weiter belästigst, erwägt sie eine Anzeige. Ich denke, es kann vielleicht nicht schaden, wenn du es auch mal liest.«

Im Hintergrund wurde die Musik aufgedreht.

Ingwersen massierte seine Schläfen. »Schick mir den Mist. Alles. – Ist die Tante übergeschnappt, Claudius?«

»Mein Lieber, ich will dich hier jetzt nicht zu einem Schwätzchen über die Psyche von Frauen ermuntern – wofür ich natürlich Beratungshonorar verlangen müsste, zehnfacher Satz, du bist ein besonders schwieriger Fall –, ich möchte an dieser Stelle nur meinen geschätzten Ex-Ex-Schwiegervater zitieren: ›Frauen haben als seltsam zu gelten bis zum Beweis des Gegenteils.‹« Claudius trank hörbar einen Schluck.

»Und was ist deine ganz persönliche Meinung, Claudius?«

»Vollmundig, rund – einfach köstlich! Ein *Tailor* von Schneider. Wie gesagt, musst du unbedingt probieren.«

Claudius musste man heute Abend offensichtlich prügeln. »Das ist ein Wort. Ich bin in zehn Minuten da!«

»Wehe. Du bleibst, wo du bist. Und ich überlege mir eine Antwort.«

»Die Antwort.«

»Also, dieses Briefchen, das sie dir geschickt hat, das beunruhigt mich nicht weiter. Das kann ein einmaliger Aussetzer gewesen sein. Weiß man ja, wie das ist. Die gucken einmal *Schnulleralarm*, die Mädels, und dann kriegen sie den Moralischen. Aber dass die Dame kein Geld will, *das* spricht leider sehr dafür, dass sie nicht alle Tassen im Schrank hat.«

Oh Gott, eine Verrückte! Als Achtzehnjähriger, in Louisenlund im Internat, war er, Ingwersen, mal mit einer Adeligen namens Freya liiert gewesen. Die hatte ihm immer Briefe geschrieben mit »Ich kann nicht mehr!« oder »Du hast es nicht anders gewollt«. Um anschließend das eine oder andere winterliche Bad in der Schlei zu nehmen oder hinter der alten Feldsteinkirche von Missunde ein bisschen an ihren Pulsadern rumzuritzen. Nach der vierten melodramatischen Versöhnung war es ihm zu viel geworden. Da hatte sich allerdings schon seit zwei Monaten sehr diskret sein bester Freund um die Aufarbeitung von Freyas Beziehungstrauma verdient gemacht. War schmerzlich gewesen herauszufinden, aber auch heilsam. Ansonsten – toitoitoi! knock on wood! – war er in seinem Leben von Frauenmacken und weiblicher

Hysterie verschont geblieben. Auch, weil er sich in Acht nahm. Wobei ihn die Bunkerbraut auf ganzer Linie getäuscht hatte. Die hätte er als viel zu bodenständig eingeschätzt, um am Rad zu drehen. Überhaupt, sie hatte doch gewusst, worauf sie sich einließ! Er war sicherlich nicht ihr erster One-Night-Stand.

In die entstandene Stille hinein hörte er jetzt Claudius verdächtig grunzen. Der hatte sich unterhalb des Bauchnabel-Äquators offensichtlich gelangweilt und war mit dem Date schon zum spaßigeren Teil des Abends übergegangen.

»Eine Frage noch.«

Claudius atmete vernehmlich aus und nahm wieder einen Schluck: »Gern doch.«

»Aber du musst sie mir ehrlich beantworten.«

»Du kennst mich doch.«

»Bin ich ein Idiot?«

»Also wenn du mich so fragst …«

»Claudius, im Ernst.«

»Weil du mit einer Tante, die du überhaupt nicht kennst, ein Kind zeugst? Weil du, ohne dass du es zu würdigen weißt, mit einer der schärfsten Frauen Hamburgs zusammen bist? Weil du eine schweinemäßige Kohle verdienst und trotzdem immer mit Bedenkenträgermiene vor mir sitzt? Also ganz ehrlich mal, ich würde dieses hochphilosophische Gespräch gerne auf morgen vertagen und mich jetzt der Pflege zwischenmenschlicher Beziehungen hingeben. Wenn du einverstanden bist.«

»Kenne ich deine neue Flamme?«

»Vorsicht, sie hört zu.«

»Ich drück die Daumen.«

»Ich bitte darum. Und, ach ja, Paul! Ich hab hier noch die *Verhängnisvolle Affäre* auf DVD. Die schicke ich dir mit dem Taxi rüber. Als Hinweis, welches Küchenmesser du in Zukunft besser nicht mehr im Haus haben solltest.«

Paul Ingwersen musste lachen: »Wir sollten mal wieder essen gehen, Claudius.«

»Du weißt doch, ich stehe immer zu deinen Diensten. Nur heute Abend nicht.«

»Viel Spaß noch.«

»Hab ich, verlass dich drauf.«

Paul Ingwersen nahm seinen BlackBerry vom Ohr und betrachtete einen Augenblick ratlos und vereinsamt den Displayhinweis »Gespräch beendet«. Er sah zu dem Taubenrudel hoch, das es sich zwischen den Stahlverstrebungen unter der Hochbahntrasse gemütlich gemacht hatte, mit schief gelegten Köpfen und tippelnd zu ihm runterguckte und wahrscheinlich liebend gern auf die Kühlerhaube seines hundertzwanzigtausend Euro teuren Jaguar Daimler Super Eight gekackt hätte. Tauben und Stadthunde nahmen sich nichts in ihrer Inkontinenz, und beide Spezies waren ihm deswegen hochgradig unsympathisch. Mit ein Grund, warum es mit Christine und ihm nicht hatte klappen können. Sie liebte Hunde, ihr Mops hatte, wenn er auf Geschäftsreise war, mit im Ehebett schlafen müssen.

Unentschlossen drehte er das Radio an – *Oldie 95* –, auch so eine Sache, die Jackie hasste. Supertramp sangen »The Logical Song«. Wieder griff er zu seinem BlackBerry und scrollte in der Adressdatei. Schnell fand er, was er suchte: Lensen, Elisabeth, Prahlstraße 39, 22765 Hamburg. Er war eigentlich stolz auf sich, nur Dinge zu tun, die ökonomisch und rational waren. Warum er sich (nachdem er den Schwangerschaftstest wieder aus dem Mülleimer gefischt und mitsamt dem Rest des Schreibens in einen Umschlag gestopft hatte) Name und Anschrift notiert hatte, wusste er allerdings selbst nicht. Er starrte auf die Buchstaben, als könnten sie ihm mehr über die Frau verraten.

Sie war eine von diesen Party-Hühnern gewesen, ohne Frage, und nicht seine Kragenweite. Er mochte keine Frauen, die schlampig angezogen waren. Von denen man nicht wusste, wenn man ihnen nahe kam, ob sie gut rochen. *Aber er hatte sie riechen können.* Er konnte sich sogar noch ganz gut an das Parfüm erinnern, fruchtig, irgendwie würzig. Wie krank und triebgesteuert war das eigentlich, dass er sich auf eine Frau eingelassen hatte, nur weil sie das richtige 4711 benutzte? Wo war sein Niveau geblieben? Im Weinglas? Im Zank mit Jackie auf Energiesparmodus reduziert?

Jackie hatte ihn auf dieser albernen Fashion-Party stehen lassen wie einen dummen Jungen, war einfach nach Hause abgerauscht. Wenn sie ihren Rappel hatte, war sie unberechenbar. Und er war kein Gentleman gewesen, er hatte sie gehen lassen. Was ihn aber viel mehr irritierte: Er war noch nicht mal erschüttert gewesen, dass sie weg war. Eher erleichtert. Dabei hätte er schwören können, dass sie null Taxigeld dabeihatte. In dieser Hinsicht verließ sich sein emanzipiertes Frauchen dann doch gern auf ihn.

Und dann dieses verrückte Mädchen an seinem Tisch. Er hatte sich zu ihr hingezogen gefühlt in der Sekunde, in der sie sich setzte. Das wollte er gar nicht abstreiten. War es ihre tollpatschige Art? Die unfrisierte Art zu reden? War er in einem Lebensabschnitt angekommen, wo er nach Austern und Kaviar für einen Abend Bockwurst brauchte? Musste er sich jetzt um seine Firma Gedanken machen? Würde er demnächst auch entscheiden, dass seine Schiffe nur noch bei HDW gebaut würden, weil sie da so einen netten Chef und einen aparten Blick über die Kieler Förde hatten? Verdammt, in seinem Job wurde man mit Rührseligkeit nichts, höchstens zahlungsunfähig.

Er rechnete kurz nach: 15. Juni. 26. Oktober. Sie müsste jetzt schon im fünften Monat sein. *Elisabeth Lensen.* Klang irgendwie harmlos, überschaubar, nichtssagend. Ob sie sich an ihn erinnerte? Eher weniger. Er war wahrscheinlich Nummer dreihundertvierundvierzig in einer langen Liste gewesen. Bei der Vorstellung an eine derart aktive Dame erfasste ihn ein Schaudern. Aber warum wollte sie kein Geld? Alle Menschen wollten Geld, die Erfahrung hatte er gemacht.

Gordon Lightfood sang

If you could read my mind, love,
what a tale my thoughts could tell …

Plötzlich schnürte ihm unendliche Traurigkeit den Hals zu, wie immer, wenn er an seinen Großvater dachte. Vierzehn Jahre war er jetzt tot. Sein letzter Tag im Herzzentrum des Universitätskrankenhauses Eppendorf ein grauer Morgen, sein Zimmer ein gläserner Kasten. Er sah ihn noch vor sich liegen, das Gesicht eingefallen, wächsern, nicht mehr von dieser Welt. In einem Abfallbehälter in der Ecke seine jetzt überflüssig gewordenen Kanülen, Schläuche, blutigen Kompressen – weggeschmissen, rausgerupft, abgepflückt. Die ganze Seelenlosigkeit einer Intensivstation versammelt in einem Eimer. Er hatte die Hand des alten Mannes gehalten, bis die letzte Wärme aus ihr gewichen war. Er hatte sie losgelassen, und sie war bleiern auf die steife, weiße Unterlage zurückgesackt. Er hatte ihn geküsst, ein letztes Mal, auf die Wange, und unter seinen Lippen die eisige, tote Haut gespürt. Er war nach draußen geeilt, vorbei am Überwachungszimmer, wo sich die diensthabenden Ärzte und Schwestern fröhlich unterhielten, und hatte auf dem Flur das erste Mal seit Jahren hemmungslos geweint.

Wo war die Zeit geblieben?

… just like a paperback novel
The kind that drugstores sell
When you reach the part where the heartaches come
The hero would be me
But heroes often fail
And you won't read that book again
Because the endings just too hard to take …

Das Lied hatte er immer gehört, wenn er ihn besucht hatte, das war in den Siebzigern gewesen und er noch ein Kind. Den Text hatte er nie verstanden. Er sah das Radio vor sich: ein Riesen-Kaventsmann von

Löwe, braun, mit großen Drehknöpfen. Eine Träne stahl sich in seinen Augenwinkel. Scheiße, er war doch sentimental! Er hatte es befürchtet. Jackie würde das jetzt sehr gefallen. Sie fand sowieso, dass er ein sturer, harter Knochen war. Aber der Mann, der in Jackies Augen Bestand hatte, musste ohnehin noch geboren werden.

Der Witz überhaupt war: *Sie* hatte ihn auf diese absurde Fashion-Party im Bunker geschleppt, für »Networking«, wie sie das nannte. Wo es ihr aber in Wahrheit – das hatte er schnell erkannt – nur darum ging, Dünnbrettbohrern im Wormland-Anzug das Dekolleté unter die Nase zu halten und Visitenkarten auszutauschen. So kannte er sie gar nicht, so albern lachend, so aufgedreht, so anbiedernd. Wie ihn das abstieß, dieses Getue.

War er eifersüchtig? Weil seine Freundin anderen Männern schöne Augen machte? Nein. Er war genervt. Von Jackie. Von sich. Und auch (aber den Gedanken mochte er jetzt nicht weiterdenken) von seinem Leben.

Vor der verhängnisvollen Bunkerparty waren sie noch für eine Stunde auf dem Champagnerempfang des Hamburger Renn-Clubs HRC im Anglo-German Club an der Außenalster gewesen, auf dem alle nur über Super-Galopper Schiaparelli und die Zukunft des Hamburger Derbys gefachsimpelt hatten. Jackie hatte die ganze Zeit mit einem Flunsch unter dem Bild von Queen Elizabeth gestanden und affektiert mit der britischen Zahnstocherflagge in ihrem roten Heringssalat herumgepikst.

Die Einladung hatte ihm am Herzen gelegen, das wusste sie. Er besaß acht Pferdehälften, allesamt Traber, die er auf Gestüt Eichenhof in Holstein trainieren ließ und die außer Koliken, Bronchitis und Schlundverstopfung (weil sie so verfressen waren) bislang nichts Gescheites produziert hatten. Krönender Höhepunkt war im Frühjahr ein unentdeckter Pferdeherpes bei Feenkönigin gewesen, die jetzt – mit nur drei Jahren und Lähmungserscheinungen – ins Pferde-Seniorenheim gewechselt war. Achtzigtausend Euro in den Sand gesetzt.

(Die lapidare Empfehlung von Claudius, Feenkönigin von Traber auf Salami umzuschulen, hatte er aber – Ökonomie hin oder her – trotzdem nicht übers Herz gebracht.) Einzig Freude machten ihm zurzeit eigentlich nur die Pläne der Hamburger Bürgerschaft, die Trabrennbahn nach Hamburg Horn zu verlegen. Die Anlage Bahrenfeld mit ihren Holsteiner Erbseneintöpfen und dem Zockerhöhlenflair war ihm von jeher zuwider.

Jackie – das hatte er an ihrer Körperhaltung gesehen, dem hochgereckten Kinn, dem Schal, den sie trotz Kaminfeuers um den Hals geknödelt trug – hatte sich zwischen den Hamburger Pfeffersäcken tödlich gelangweilt. Ellenbogen in dic Hand gestützt, das Glas Moët et Chandon zwischen den Fingern zwirbelnd, hatte sie die Kaffee- und Verlegerkönige der Stadt mit ihrem schönsten falschen Lächeln bedacht. Hajo Bevering, Besitzer der anderen acht Pferdehälften (mit dem er immer wieder gerne diskutierte, wessen Huf die Zielgerade zuerst passierte), hatte sich um Pauls Nervenkostüm verdient gemacht, indem er Jackie schließlich doch noch ein Lächeln entlockte.

Hinter ihm hielt mit einem Schnaufen ein LKW der Autovermietung Wucherpfennig und parkte ihn zu. Paul Ingwersen schaltete die Scheinwerfer ein, ließ den Motor an und gab im Leerlauf ordentlich Gas. Geduld war nicht seine größte Tugend. Genervt verfolgte er im Seitenspiegel, wie einer vom Filmteam wild gestikulierend angelaufen kam, um zu verhindern, dass der Fahrer beim Rückwärtssetzen den Hochbahnpfeiler rammte. Und verlor beinahe die Geduld, als der LKW nur in Zentimeterschritten losruckelte. Überrascht stellte Paul Ingwersen fest, dass er hier schon eine halbe Stunde rumgestanden hatte, und alles, was jetzt kam, dauerte ihm entschieden zu lang. Aggressiv stieß er bei erstbester Gelegenheit aus seiner Parklücke und ergriff die Flucht.

»Da müssen Sie mich erst küssen«, hatte sie gesagt. Wie oft hatte er schon an diesen Satz gedacht? Öfter als an seine Private-Equity- und Zweitmarkt-Fonds. Ein alarmierendes Zeichen.

Er war an diesem verhängnisvollen Abend einfach nicht bei Verstand gewesen.

Nein!

Er beschloss, netter mit sich zu sein.

Er war Siegfried, dem beim Tauchgang das Lindenblatt weggeschwommen war. (Die Nibelungensage, nur am Rande bemerkt, kannte er übrigens auch durch seinen Großvater. In den Sommerferien, wenn sie mit dem Klepper Aerius und seinen zwei kleinen Schwestern über den Einfelder- und Großen Plöner See gepaddelt waren, gab's abends vorm Einschlafen immer Erzählstunde.) Diese Frau hatte eine Schwachstelle an ihm ausgemacht, von der er gar nicht wusste, dass es sie gab. Mit dem kleinen Unterschied vielleicht: Nicht sein Körper war k.o. gegangen, sondern sein Herz.

Na toll, erst sentimental, jetzt philosophisch! Und gleich würde er gegen einen Brückenpfeiler fahren.

Vor McDonald's war die Ampel rot, er begann, am Navi zu spielen.

STRASSE? fragte das System.

Ohne nachzudenken, gab er P-R-A-H ein.

LSTRASSE ergänzte das Programm, als würde es mit ihm paktieren.

HAUSNUMMER?

Hinter ihm hupte ein Auto. Die Ampel war grün, er gab bedächtig Gas.

War er bescheuert? Was sollte das bringen? In der Isestraße, vierte Etage, Maisonette, wartete eine fantastische Frau.

Schmuse-Oldies zum Kuscheln, Kuscheln! warb eine *Oldie-95*-Stimme, unterstützt von Peter Cetera, der *Ooo, ooo, ooo, ooo, no, baby please don't go!* zum Besten gab. Jackie hatte recht, hier floss ja der Kitsch aus den Boxen!

Er gab DREI NEUN ins Navi ein und drückte auf OKAY.

Was hatte ihm Christine, seine Ex, immer vorgeworfen? Er hätte nicht den blassesten Schimmer, wie Frauen tickten. Wie wahr. Männer fand er (bis auf sich selbst) einfach zu verstehen. Wer hat den Größten und Längsten? Galt auch für Reeder und ihre Pötte. Aber Frauen? Nach der Scheidung hatte ihm Claudius einen Eheratgeber geschenkt. Im Prinzip zwei Jahre zu spät.

Die Route wird berechnet.

Auf der Rückseite wurde ein französischer Regisseur zitiert: *Wenn ein Ehepaar den gleichen Geschmack hat, so heißt das in den meisten Fällen, dass der Mann seinen verloren hat.*

Was für ein Philosoph! Er sprach ihm aus dem Herzen! Wie ging es ihm auf den Senkel, dass Frauen immer versuchten, Männer umzumodeln, umzubosseln und so hinzukneten, dass sie zu allem nur noch Ja und Amen sagten. Mit den Möbeln fing es an. Hatten die Frauen erst den Lieblingssessel entsorgt, machten sie auch vor der Couch nicht mehr halt. Irgendwann war alles neu und alles anders. Und das Einzige, was schließlich nicht mehr in die Kulisse passte, war die Visage von dem Typen, der das alles bezahlt hatte.

5,7 KILOMETER. 8 MINUTEN, zeigte das Navi an.

So dicht?

Christine hatte alle seine alten London-Anzüge gekillt. »Schatzi, heutzutage trägt kein Mensch mehr so was!« Als er nach Hause kam, war alles schon fein säuberlich in die gelben Tüten der Altkleidersammlung gepackt und wurde gerade von einem freundlichen Herrn in einen VW-Bulli gestopft. Nach diesem Erlebnis drängte es ihn auf jeden Fall nicht, Jackie oder eine andere xy-Chromosomenträgerin in sein Reich zu holen. (Es sei denn, sie konnte einen Putzlappen bedienen.) Außer der Rückseite hatte er sich noch das Vorwort des Eheratgebers gegönnt. Essenz: Dass Männer Frauen aufmerksamer zuhören sollten, Frauen aber auch ihren Männern. Dann hatte er wieder zum FAZ-Wirtschaftsteil gegriffen.

Jetzt rechts abbiegen und dem Straßenverlauf folgen.

In seiner Magengrube stellte sich ein Kribbeln ein. Er war nervös, keine Frage.

Das Radio spielte »Love me tender«.

Jetzt nicht noch Elvis, dieser unerträgliche Gefühlsquäler, und seine sämige Klangsoße. Diverses Liedgut von ihm stand schon seit Jahren als Weihnachtsunfall im Kellerregal, leider unentsorgbar, da ein Geschenk seiner Mutter. Er drückte die Fünf, unter der Klassik-Radio abgespeichert war. DJ Hyundai, oder wie der Kerl hieß, würde ihn jetzt entspannen. Warum nannte der sich eigentlich wie ein Auto?

Gleich rechts halten.

Gab es etwas moralisch Verwerflicheres als eine Frau, die einem Mann ein Kind anhängte? War das nicht Freiheitsberaubung, staatlich sanktioniert? Eine Frau konnte entscheiden, ob sie das Kind wollte. Was war mit ihm als Mann? Wer fragte ihn? Wo waren *seine* Rechte? Seine Selbstbestimmung? Wütend umfasste er das Lenkrad.

Die Ehe seiner Eltern? Solange er zurückdenken konnte eine einzige Katastrophe.

Jetzt rechts halten.

Sein Vater hatte Fremdgehen betrieben wie andere Leute Naseputzen. Weder nach außen, am allerwenigsten vor seiner Frau hatte er sich die Mühe gemacht, seine Affären zu vertuschen. (Dass unter diesen Umständen seine beiden älteren Schwestern und er überhaupt geboren wurden, war Paul Ingwersen stets ein Rätsel geblieben.) Auch vom Arbeiten hatte Hinrich Ingwersen nicht viel gehalten. Als CTC Shipping vor fünfzehn Jahren vor dem Konkurs stand, war er mit einem One-Way-Ticket nach Singapur entschwunden. Und vorletztes Jahr auf vier Grad Celsius gekühlt wieder zurückgekommen: Bei knapp neunzig Prozent Luftfeuchtigkeit und im Rahmen einer fortgeschrittenen Leberzirrhose (am liebsten mochte er Brandy) hatte sein Herz mitten auf der Havelock Road die weiße Flagge gehisst. Man fand ihn, zusammengesackt überm Lenker seines Ford Bronco, nachdem er zuvor noch eine vierunddreißigjährige Frau und ein Hinweisschild, »Kaugummi ausspucken verboten« (fünfhundert Singapur-Dollar Strafe) plattgemacht hatte.

»Eine Ehe ist der Versuch, zu zweit mit den Problemen fertig zu werden, die man alleine nie gehabt hätte«, sagte seine Mutter immer (sie liebte Woody Allen). Dafür verehrte er sie von ganzem Herzen – dass sie so positiv war und so stark. Er musste sie wieder dringend ins *Louis C. Jacob* ausführen. Das war immer eines ihrer Highlights.

»Wann waren Sie das letzte Mal mit Ihrem Partner kuscheln? ›Gestern!‹, antworteten sechzig Prozent der Befragten. Und da, liebe Hörerinnen und Hörer, waren bestimmt auch ganz viele Hamburger dabei!«, flötete die Moderatorin.

Klassik-Radio war heute Abend auch nicht das, was es sonst war! Entnervt drehte er dem Kaffeefahrtgequatsche den Saft ab. Was war mit ihm los? Warum saß er hier so aufgebracht am Steuer? Er machte nichts falsch. *Das* war sein Weg nach Hause. Fast jedenfalls.

An der nächsten Ampel rechts abbiegen.

Er warf einen Blick in den Rückspiegel und fuhr sich durch die Haare. Sie hatte keinen Zweifel daran gelassen, dass sie ihn optisch daneben fand. Und was hatte er gemacht? Sich eine Strähne von ihr wie einen Schnurrbart unter die Nase gezogen. Wie der größte Vollidiot aller Zeiten. Über den Rest hatte der Alkohol seliges Vergessen gebreitet.

Dreihundert Meter dem Straßenverlauf folgen.

Er war mit ihr ins Bett gestiegen (die Vokabel *gefallen* beschrieb es korrekter). Er hatte sich benommen wie ein Sechzehnjähriger ohne Mami und Papi im Zeltlager unter Einfluss von Viagra. Warum waren ihm so die Sicherungen durchgeknallt? Gab es so etwas wie einen Sex-Flash? In seinem Alter?

Jetzt rechts abbiegen in die Zielstraße.

Das war ja eine Gegend! Was hatte er erwartet? Einfamilienhäuschen mit Rosenrabatten davor? Langsam fuhr er über geflicktes Kopfsteinpflaster die schmale Straße hinunter.

Ziel erreicht. Das Ziel befindet sich links.

Seine Augen arbeiteten sich an der grau gestrichenen Fassade empor. Wo sie wohl wohnte? Die meisten Fenster waren dunkel. Er schaute auf die Uhr. Kurz nach elf. Sein Jaguar brummelte laut und unverdrossen vor sich hin. Gleich würden wie bei den Waltons alle Lichter angehen und jemand würde »Ruhe!« aus dem Fenster brüllen. Er fuhr ein paar Meter um die Ecke.

Bei nächster Gelegenheit bitte wenden!

Was machte er hier? Was machte er hier? WAS? MACHTE? ER? HIER? Er parkte den Jaguar in zweiter Reihe neben einem grünen Altglas-Sammelcontainer und schlenderte, während er beiläufig mit dem Autoschlüssel über die Schulter zielte und hinter ihm die Zentralverriegelung aufblinkte und »rrrt!« machte, zur Nummer 39 zurück.

Unschuld heucheln!

Der China-Imbiss unten im Haus hatte schon geschlossen. Der Geruch von frittiertem Fett hing noch in der kalten Luft. Und wenn sie ausgerechnet jetzt aus der Tür kam? Er spürte seinen Puls im Hals klopfen. Idiotisch! Er hatte jedes Recht der Welt, hier zu sein. Ganz oben auf dem Klingelbrett stand ihr Name, mit Kugelschreiber auf Mathepapier geschrieben und mit Wellen in das kleine rechteckige Plastikfeld neben dem Knopf geschoben.

Zwölftausendfünfhundert Euro hatte allein sein handgearbeitetes Messingklingelbrett zu Hause gekostet. Ein Akt, weil auch Kamera, Gegensprechanlage und der Sensor für den Alarmanlagenchip integriert werden mussten. Was für ein gestopfter Sack er war. War wohl so eine Art Sozialtourismus, den er hier betrieb.

Die Haustür ließ sich ganz leicht aufdrücken, die typischen Treppenhausausdünstungen (feuchte Wäsche, Heizungsöl, Gulasch) schlugen ihm entgegen. Sein Blick fiel auf Fahrräder, Kinderwagen, verbeulte Briefkästen, hinten spindelte sich ein rachitisches Treppenhaus in die Höhe.

Seit seinem Umbau vor zwei Jahren war er Fachmann für Architektur. Gezwungenermaßen. Er hatte den Fehler begangen, sich mit den Schwachmaten vom Bauamt anzulegen, weil er einen Wintergarten hinten ans Haus setzen wollte. Nachdem der zuständige Prüfer monatelang tatenlos auf dem Bauantrag rumgesessen hatte, um schließlich irgendeinen Killefitz nachzufordern (was die Bearbeitungszeit wieder um etliche Monate verlängert hätte – jeder Unternehmer würde bei solch einem Geschäftsgebaren fünfmal pleitegehen), war er ausgeflippt. Alsbald war der Beamte aus seinem Jahrhundertschlaf erwacht und hatte diverse neue statische Berechnungen, Fassadengutachten und Statements der Feuerwehr angefordert. (Darüber stand das Baugerüst ein geschlagenes Jahr nutzlos in seinem Garten und versperrte ihm die Aussicht.) Immerhin, ein Gutes: Er, Paul, kannte jetzt den Unterschied zwischen Balustern und Pilastern. Und durfte behaupten: Das hier war ein hässliches Haus.

Ein Hund sprang von innen kläffend gegen eine Wohnungstür. Er zuckte zusammen und kam sich vor wie ein Dieb. Er drückte auf das Treppenhauslicht und stieg langsam die knarzenden Stufen nach oben. Und was, wenn er oben war? Das konnte er dann entscheiden. *Cross the bridge when you come to it.* So Manager-Latein war doch für alle Lebenslagen gut.

Vielleicht lebte sie ja gar nicht allein. Und wenn ein Typ aus der Tür trat und ein gepflegtes »Eiy Alder, will's was auf die Fresse?« anbot? Ihren Männergeschmack kannte er ja nicht. Wahrscheinlich war der flexibel.

Hatten sie was zu bereden? Sie kriegte sein Kind. Darüber konnte man ja auf jeden Fall schon mal sprechen. Wobei ihm nicht viel dazu einfiel (außer dass er maßlos wütend war). Was für eine Schwachsinnsaktion, die er hier fuhr. Er hörte Claudius förmlich in den Hörer schnauben, wenn er es ihm beichtete. Aber er hatte keine Lust auf ein Katz-und-Maus-Spiel, schon gar nicht mit einem kleinen dummen Mädchen. Dafür war er zu alt.

Er stand jetzt oben auf dem Treppenabsatz.

Was sollte er sagen, wenn sie die Tür aufmachte? War sie überhaupt da? An der Tür rechts stand kein Namensschild. Er blickte kurz über die Schulter, vergewisserte sich. Schumann stand an der anderen.

Er setzte den Zeigefinger auf den Klingelknopf und verharrte noch einen Moment lang. Er würde es kurz machen! (Er war sehr für Deeskalation und zielorientierte Problemlösungen.) Dann drückte er.

Er hörte eiliges Gehoppel hinter der Tür, Klappern, als der Hörer einer Haussprechanlage von der Wand gefummelt wurde, ein lautes »Vierter Stock, rechts!«, wieder Klappern, dann wurde die Tür aufgerissen.

24

»Mann, das ging ja schn…!« Mitten im Satz verschlug es ihr nachhaltig die Sprache.

Das ist jetzt nicht wahr! Er steht vor meiner Haustür! Der Mann, der mir die gemeinsten, brutalsten Briefe schreibt, die man sich vorstellen kann, der mich wegschmeißt wie eine alte Socke mit Loch, hat den Nerv *und steht vor meiner Haustür!*

Millionen Mal hatte sie schon darüber nachgedacht, wie sie diesem arroganten, gestopften Fatzke das Gesicht zerkratzen, ihn anspucken, das Hermès-Einstecktüchlein ins Maul stopfen würde, wenn er ihr im Alltag mal über den Weg laufen sollte. Der Gelegenheiten viele wären: am Privatflieger-Terminal Hamburg auf dem Weg zu ihren Learjets. Von Reling zu Reling im Yachthafen Ibiza-Stadt. Oder einfach nur, ganz profan, beim Austernschlürfen auf Sylt. Aber es war falsch zu behaupten, dass sie den ganzen Tag nur grübelte und düsteren Gedanken nachhing. Mindestens eine Stunde täglich heulte sie sich die Seele aus dem Leib. Ein raumgreifender Knochenjob, wie jede Frau bestätigen konnte, die sich ebenfalls mal zu Tode geschluchzt hatte. Ihre derzeitige Heldin war Meg Ryan im Tränendrücker-Epos *Schlaflos in Seattle*. Nur dass Lissie nie das Happy End mitbekam, da sich zwischenzeitlich ein Berg zerknüllter Tempos zwischen ihr und dem Fernseher auftürmte. Vielleicht war der Grund aber auch, dass sie seit Beginn der Schwangerschaft mit Sekundenschlaf zu kämpfen hatte und stets schon nach den ersten zehn Minuten mit offenem Mund einschlief. Wenn sie dann wieder aufwachte, zog sich ein dicker Speichelfaden von ihrem Mundwinkel zu ihrer Schulter, und mit steifem Hals ging das Grübeln weiter. Wie war es möglich, dass Männer aus zwei Teilen bestanden? Einem sturen, gefühlskalten Körper, der mit Frauen schlief – ähnlich einem Automaten, der Würstchen in Konserven füllte. Und einem geschäftstüchtigen Geschäftsführer, der auf die Billigware glitzernde Etiketten wie »Oh, du bist so eine tolle Frau« und »Was machst du mit mir?« klebte. Aber die innere Wahrheit war leider: Wer sich so für doof verkaufen ließ, war eben auch selber doof.

Sie guckte Paul Ingwersen in die Augen und gab sich redlich Mühe, all ihren Ekel und Hass und eine schwer erkämpfte Abgeklärtheit in diesen Blick zu legen.

Aber jetzt nicht schon wieder weinen, Lissie, das wäre echt uncool!

Sie hatte sich eine Haarkur gemacht und folgte seinem fragenden Blick zu der Handtuch-Alufolien-Konstruktion auf ihrem Kopf. Seine Augen glitten zu ihrem Busen, auf dem dick und verwaschen »Zurück an den Herd!« stand. – Sie hielt unwillkürlich die Luft an. Um dann kurz ihren Bauch zu scannen, der unter dem Saum ihres eingelaufenen Lieblingsshirts hervorlugte.

»Guten Abend.« Sein verbindlicher Ton war der eines Mannes, der sich nicht im Klaren darüber war, was für ein Arschloch er war. Was ihm aber ja unmöglich entgangen sein konnte. Lissie merkte, wie ihr die Wut unwillkürlich die Luftröhre zuschnürte, sie die Zähne so hart aufeinanderpresste, dass wahrscheinlich gleich die Kiefergelenke aus den Pfannen springen würden. Und war nicht in der Lage, etwas zu sagen.

Er guckte zu Boden und zupfte sich eine ganze Weile die Nasenspitze. »Ich hoffe, ich störe nicht?«, begann er schließlich. »Wie Sie ja wissen werden, habe ich Ihre Nummer nicht. So muss ich ein bisschen mit der Tür ins Haus fallen. Aber ich halte es unter diesen Umständen für angemessen, dass wir mal sprechen. Und es dauert auf jeden Fall nicht lange.«

Was für ein Gentleman-Getue! Wie unerträglich! Allein für dieses Geschwafel hast du zehn Ohrfeigen verdient.

Lissie räusperte sich – ja, doch – ihre Stimmbänder schienen wieder ihren Dienst zu tun. Und sogar ein süßliches Lächeln kriegte sie zustande. »Oh, das trifft sich perfekt! Willkommen in meinem Etablissement! Bis zu meinem nächsten Kunden habe ich noch zehn Minuten Zeit. – Was allerdings schade ist: Hätte ich *das* gewusst, dass *Sie* mich besuchen, hätte ich natürlich Kuchen gebacken. Donauwellen, wär das recht gewesen?« Sie schluckte mehrmals heftig und schob ruppig ihren Turban zurecht, der angefangen hatte zu rutschen.

Ingwersen wich irritiert zurück.

Ja, jetzt knobelst du wahrscheinlich, ob ich normalerweise Jacken trage, wo die Ärmel auf dem Rücken zusammengebunden werden.

Doch offensichtlich studierte er gerade Mutter Lensens letztes Ostergeschenk: riesige, weiße Angora-Flauschsocken, vorne mit angestrickten Öhrchen und einem idiotensicheren »Right!« beziehungsweise »Left!« auf dem Spann, die Lissie verkehrt herum anhatte.

... und kommst wohl zu dem Schluss, dass du es nur mit einer kleinen, harmlosen Gelegenheitsirren zu tun hast.

»Ich finde, dass diese Angelegenheit« – er nickte ihrem Bauch zu – »eine, nun ja, unschöne Entwicklung genommen hat. Ich würde das gerne hier und jetzt klären. Aber ich muss Sie warnen: Ich lasse mich nicht erpressen.« Sie spürte seinen taxierenden Blick auf ihrem Gesicht, sah wie er noch mal den Mund öffnete, ihn dann aber wieder schloss. Ihr Herz schlug bis zum Hals. Diese »Man kann alles regeln«-Miene, die er montiert hatte, fand sie besonders abstoßend.

Du Monster! Ich hasse dich!

Ihre Augen gehorchten nicht und füllten sich jetzt doch mit Tränen. »Ich suche seit Wochen schon nach einem Wort für das, was Sie sind.«

Fragend zog er eine Braue hoch.

»Aber wir können ja vielleicht zusammen darüber nachdenken, wo Sie jetzt schon hier sind: *Überheblich, eingebildet, bösartig* – sind Sie das? Oder sind Sie nur ein bisschen *schizoid, verlogen* und *unehrenhaft.* Was meinen Sie? – Aber irgendwie trifft's das noch nicht, oder?« Sie leckte über Zeige- und Mittelfinger und hielt sie zum Schwur hoch: »Und ich habe *wirklich* meinen kompletten Wortschatz bemüht.«

Er stellte sich breitbeinig hin und verschränkte die Arme vor der Brust. Und ihr rollten die ersten Tränen über die Wangen: »Oder vielleicht einfach ein proletarisch-frisches *scheiße* und *hinterfotzig*?«

»Nur weiter.«

»*Arschloch?* Wie wär's damit? Verstehen Sie das in Ihren Kreisen?«

»It rings a bell.«

»Na dann passen Sie mal auf, dass Sie darüber keinen Hörsturz kriegen. Und jetzt: *Hauen Sie ab! Weg von meiner Tür! Raus aus diesem Treppenhaus! Lungern Sie woanders rum!*« Lissies Stimme kiekste und brach. Sie war jetzt genau das abservierte, geschasste, verarschte, hysterische Reeder-Bunny, das sie nie hatte sein wollen. »Und sorgen Sie dafür« – sie schrie jetzt –, »dass mir Ihr Rechtsverdreher nicht weiter irgendwelche enthirnten Briefe schreibt. Dann müsste ich mich nämlich vielleicht mal im Detail dazu äußern, dass Sie Ihren Hintern im Gesicht tragen. Schönen Abend noch!« Sie wollte die Tür zuknallen, sein Fuß war auf einmal dazwischen, und in ihre Rage mischte sich urplötzlich Angst.

Gott, vielleicht ist der ja gestört?! Und gefährlich?

»Ich rufe die Polizei!«, drohte sie wenig überzeugend. Die Tränen liefen jetzt in Sturzbächen. Ihr ganzer Körper wurde von Weinkrämpfen geschüttelt. Sie schluckte heftig und schlug die Hände vors Gesicht. Ganz plötzlich, ohne Vorwarnung, ohne vorherige Treppenhaus-Lautsprecher-Durchsage »Achtung! Achtung! Jetzt werden Sie ausgetrickst!«, wie ein Elfmeterschütze, der links antäuscht und den Ball dann unten rechts ins Tor setzt, umarmte er sie. Zu Tode erschrocken hielt Lissie die Luft an. Mit allem hatte sie gerechnet, nur damit nicht. Reflexartig machte sie sich krumm, brachte sicherheitshalber noch ihre Arme zwischen sich und ihn. So standen sie stumm da. Und standen. Und standen. Sie als krumme, stocksteife Witwe Bolte. Spürte sein Kinn, das sich sanft an ihre Schläfe gelegt hatte. Und horchte ab und an in sich rein, ob sie vielleicht schon ermordet worden war.

»Elisabeth ... schschschscht ...!«, flüsterte er plötzlich. Seine Hand fuhr über ihren Rücken, der Druck seines Kinns verstärkte sich, »Ist guuuut ...! Nicht mehr weinen ...!« Das Licht im Treppenhaus ging aus, durch Lissies Socken kroch die Kälte, und den Geräuschen nach zu urteilen, die aus ihrem laufenden Fernseher drangen, wurde der Bulle von Tölz gerade von Außerirdischen entführt: animalisches, tiefes Grunzen, schrille Schreie, dann Sphärenklänge. Langsam beruhigte sich ihr galoppierendes Herz. Löste sich die Anspannung. Um nicht zu sagen: Sie fand es eigentlich wahnsinnig gemütlich, da, wo sie stand.

Oh, du bist so herrlich warm ... Und du riechst immer noch so toll ... – Pfui! Verräterin! Ich will nichts mehr mit dir zu tun haben!

Sie tankte noch einmal ihre Lungen mit seinem Duft voll, rubbelte sich energisch die Nase, fuhrwerkte sich über die Augen und drückte Paul Ingwersen weg, der leider auch überhaupt keinen Widerstand leistete. »Gut. Fein, das hätten wir ja dann geklärt.«

»Elisabeth?«

In Romanen fand sie es immer total kitschig und unrealistisch, wenn behauptet wurde, wie ein Mann den Namen einer Frau aussprach, könne pure Musik sein. Aber die Bücher hatten recht. Es war sogar noch besser: Es war Nutella mit einem Extrahäubchen Schlagsahne. Oder um es mit Beate Uhse zu formulieren: *Ihr* Name in *seinem (!)* Mund – alter Schwede! –, das war verschärft, das war sexy. Und zu allem Überfluss strich er ihr jetzt auch noch über die Wange: »Ich würde gern mit dir reden – in Ruhe.«

Doch irgendwie sind Kopf und Körper ja manchmal zweierlei Dinge. Und im Mandelkern von Lissies Hirn, da wo die Wissenschaft den Kuscheltrieb ortete, lungerten auch Synapsen herum, die für Plattmachen, Gallespucken und Borstigkeit zuständig waren: »Über was zum Beispiel?«, kam es überraschend spitz und angepisst aus ihrem Mund. Erschrocken registrierte sie, dass er zusammenzuckte, aber sie musste irgendwie weitermachen: »Dass Sie unausgelastet sind? Und leider auch einen kleinen Hau haben? Dass Sie Frauen behandeln wie Dreck? Nur zu. Ich bin gespannt.« Sie verschränkte die Arme vor der Brust.

Sie meinte zu sehen, dass er die Hände in seinen Hosentaschen zu Fäusten ballte. Auf jeden Fall bestand Anlass zur Sorge, dass er gleich durch den zum Zerreißen gespannten Stoff brach.

»Ich möchte diesen Brief verstehen. Ich begreife nicht, warum du ihn mir geschickt hast. Nenn mir eine plausible Erklärung.«

»Ich? Ha!« Sie schnaufte verächtlich.

Was ist denn das jetzt für eine neue, ulkige Nummer?

Plötzlich war ihr mulmerig zumute, und sie gab diesem Gefühl noch Feuer.

Oh Gott, der hat sie ja wirklich nicht alle. Das ist doch offensichtlich. Und ich steh hier auch noch so mutterseelenallein.

Sie hob beschwichtigend beide Hände: »Tut mir leid! Wirklich! Kommt nicht wieder vor! Sorry! Sorry! – Aber jetzt muss ich wirklich noch ein bisschen was tun!«

Hau ich ihm jetzt einfach die Tür vor der Nase zu? Oder tritt er die dann ein?

Einen Augenblick zögerte er, dann streckte er die Hand aus: »Auf. Wiedersehen. Elisabeth. Lensen! Das war sehr aufschlussreich.«

Sie betrachtete die Hand, war für einen Augenblick hin- und hergerissen. Hörte auf der linken Schulter Teufelchen wispern: *Die nimmst du nicht, die Dreckshand!*, und war dankbar für Engelchen, das Teufelchen von der rechten Schulter aus ein blaues Auge haute. Endlich Ruhe in der Kiste. Sie sagte kein Wort. Griff zu. Seine Hand war warm und – allen Befürchtungen entsprechend – schrecklich angenehm.

Hilfe! Hilfe-hilfe-hilfe! Tausend Mal Hilfe!!!!!!!!!!!!

Plötzlich klingelte es. »Ich fürchte, das ist mein Essen auf Rädern.« Sie ließ seinen Blick nicht los.

»Was wird es?«

»Pizza.«

»Ich meine das Kind. Es ist doch so – du bist doch noch schwanger?«

Teufelchen hatte sich soeben vom K.o. erholt und flüsterte ihr ins Ohr, dass sie jetzt beleidigt zu sein hatte. Engelchen verpasste ihm eine Kopfnuss.

»Ein Junge.«

Es klingelte wieder. Sie griff tastend hinter sich, drückte den Türöffner, guckte ihm weiter wie gebannt in die Augen. »Ist es nicht verrückt? Es nuckelt schon am Daumen und spielt mit der Nabelschur. Hab ich natürlich nicht selber gesehen, hat mir alles der Arzt erzählt.« Sie dachte einen Augenblick nach. »Und bei Bedarf strullert es einfach in hohem Bogen los. Ein richtiger kleiner Mann eben.«

»Ah ja.«

Das Licht im Treppenhaus sprang an, unten begann der Pizzamann bollernd mit der Besteigung der vier Stockwerke.

»Und der Name? Wie soll er heißen?«

»Ich denke, ich werde ihn nach seinem Vater benennen.« Irgendwas ritt sie. Und vielleicht würde sie sich nachher, wenn sie wieder allein war und Zeit hatte nachzudenken, furchtbar schämen dafür, wie scheiße sie jetzt war. Aber das war egal. Sie brauchte das jetzt einfach. »Antonio.«

Er schaute prüfend, dann quetschte er auf einmal genüsslich ihre Hand.

Ha!, schrie Teufelchen.

»Ich find das nicht lustig.«

»Aber ich«, blinzelte Lissie.

Was soll das sein? Der Anfängerkurs im Flirten?, flüsterte Teufelchen. *Ach halt den Sabbel und stör nicht!*, zischte Engelchen – und Teufelchen hatte den Verlust seiner Frontzähne zu beklagen.

»Und ich zieh auch demnächst um«, schob Lissie nach.

»Wo geht's hin, wenn es erlaubt ist, zu fragen?«

»Schwabing oder Ibiza. Ich habe mich noch nicht wirklich entschieden.« Lissie legte den Kopf schief und nickte neunmalklug: »Hauptsache, eine Wohnung mit Zugbrücke und davor ein Wassergraben mit vielen Krokodilen drin. Gegen unerbetenen Besuch.«

»So?«

»Ja, so!«

Er schaute sie eine Weile an, ohne etwas zu sagen. »Und die Schwangerschaft verläuft ansonsten gut? Es gibt keine Probleme?«

»Mit dem Bauch nicht. Nur mit dessen Verursacher.«

Richtig ßo! Gibß ihm!, flüsterte Teufelchen.

Lissie! Lissie!, mahnte Engelchen angstvoll. *Übertreib es nicht!*

Er verschränkte die Arme vor der Brust, stützte das Kinn auf die Faust und wägte offensichtlich ab, was er sagen wollte. »Ich stehe zu meiner Verantwortung. Das wollte ich dir sagen. Nicht mehr, nicht weniger.«

Sie studierte mit Inbrunst die Knitterfalten in seinem Sakko.

Hast du aber auch schon ein bisschen länger an.

»Huhu? Jemand zu Hause hinterm Pony?« Er ging in die Knie und suchte ihren Blick.

Der Pizzabote stand jetzt schnaufend auf dem Treppenabsatz und buchstabierte »Lissie Lensen?« von seinem zerknitterten, fettigen Zettel.

»Ja, richtig! Stellen Sie's einfach hier auf die Treppe«, beeilte sich Lissie mit der Antwort. Um Gottes willen! Nicht dass Ingwersen ausgerechnet jetzt den Kavalier in sich entdeckte und ihr die Sachen in die

Wohnung tragen wollte. Dann wüsste er nämlich auf der Stelle alles über sie – und ihre Mülltüten. Und ihre Handtuchberge. Klar! Sollte er sich doch irgendwann verabschieden und denken: »Ich hab damals alles richtig gemacht!« Aber sie wollte ihm auf keinen Fall noch den Ball für den Elfmeter vor die Füße legen. Sie wollte es ihm nicht so leicht machen, sie schrecklich zu finden. Und noch immer hielten sie sich – so absurd das war – an der Hand.

Der Smiley-Bote begann, eine XL-Pizza

Pitßßa!, pitßßa! pitßßa! jubelte Teufelchen,

eine Halbliterpackung Eis

Eiß! Eiß! Eiß!

und eine Cola light

Bäh! ßwuchtel-Likör!

aus der roten Tragetasche zu pulen und auf dem Treppenabsatz zu dekorieren.

So wird sich nie ein Mann in dich verlieben, Elisabeth Lensen, die wollen keine verfressenen Weiber!, schüttelte Engelchen traurig den Kopf. Und auch Lissie war das Ganze unendlich peinlich.

»Wie viel bekommen Sie?«, fragte Paul Ingwersen sachlich, griff umständlich mit der freien Linken in die rechte Jackett-Innentasche und zog einen Fünfziger heraus.

Der Smiley-Bote studierte erneut den fleckigen Lieferzettel. »Makt zwei-un-zwansig-funf-un-siebsik.«

»Stimmt so.«

»Oh dange!« Mit einem Sechser-im-Lotto-Gesicht stopfte der Mann die Kohle schnell in die Hosentasche, guckte noch mal irritiert zu den beiden Dauerhändchenhaltern und begann, wiederum bollernd und stampfend, den Abstieg zurück in das Smiley-Basislager. Paul Ingwersen wartete noch einen Moment, bis der Lärm nachgelassen hatte. Im Wohnzimmer freute sich inzwischen der Mann aus dem Immodium-Akut-Spot, dass er trotz Durchfall Heißluftballon fliegen konnte.

Guck ich eigentlich immer so laut fern? Wie asozial.

»Ist das bei dir angekommen, Elisabeth? In deinem verqueren Kopf? Ich möchte zu meiner Verantwortung stehen.«

Lissie guckte auf die Pizza zu ihren Füßen.

»Das war mir wichtig, dass du das weißt.«

Sie spürte den warmen, festen Druck seiner Hand, seinen Daumen auf ihrem Handrücken.

Ich mag dich nicht ... ich mag dich nicht ... es wird nicht passieren, dass ich dich wieder mag ...

Elisabeth!, mahnte Engelchen. *Frauen müssen manchmal weich und anschmiegsam sein! Das mögen Männer. Sei die Klügere! Sei das Kätzchen!*

Prrrt! Teufelchen hatte gefurzt.

Sie ließ Paul Ingwersen vergeblich auf eine Antwort warten.

»Na, dann wünsche ich dir noch einen recht schönen Abend«, meinte er schließlich, und sie beeilte sich, zuerst die Hand wegzuziehen.

Oh Lissie! Was richtest du da gerade an?!

Den ersten Treppenabsatz hatte er schon erreicht, jetzt blickte er noch einmal kurz zu ihr hoch. Zwei dicke Falten zogen sich quer über seine Stirn. »Wenn du etwas brauchst, dann sagst du mir Bescheid, bitte.«

Lissie nickte stumm und enttäuscht.

»Und wenn du deine Stimme wiedergefunden hast, kannst du mich vielleicht anrufen und mir deine Kontonummer durchgeben.« Er zog geschäftsmäßig eine Visitenkarte.

Auf einen Schlag fühlte Lissie ihre eiskalten Füße, sah die welken Grünlilien auf der Treppenhaus-Fensterbank, die abwischbaren, dunkelbraun gestrichenen Wände.

»Nein, danke. Keine Almosen«, meinte sie trocken, und schon wieder stiegen Tränen in ihr hoch.

Jau!, johlte Teufelchen zufrieden, setzte sein Bein triumphierend auf das am Boden liegende, zappelnde Engelchen und machte ihm einen dicken Knoten in die Engelsflügel.

Paul Ingwersen zog skeptisch die Augenbrauen zusammen und machte keine Anstalten zu gehen. Lissie schnaufte noch einmal, drehte sich auf dem Absatz um und knallte mit Kawumm die Tür hinter sich zu. Innen lehnte sie sich heftig atmend gegen das Türblatt.

Bist du eigentlich komplett bescheuert, Lissie?! *Keine Almosen, bitte sehr! Ich! Geld? Iwo!* Als ob du was zu verschenken hättest.

Angestrengt lauschte sie, ob draußen Schritte zu hören waren.

Ob er vielleicht zurückkommt? Bitte lass ihn zurückkommen!

Sie drehte sich leise um und spähte durch den Türspion (warum hatte sie das eigentlich vorhin nicht gleich gemacht?) Nichts. Ihr Herz krampfte sich zusammen, sie spürte den Puls in ihren Ohren rauschen, ihr war gleichzeitig heiß und kalt. Sie rutschte an der Tür runter, und während sie ein heftiger Weinanfall schüttelte, wunderte sie sich, dass überhaupt noch Tränen aus ihr rauskamen. Nach einer Weile verschränkte sie die Arme um die Knie und vergrub den Kopf im Schoß. Sie fühlte sich elend, ihre Füße waren Eisklumpen.

Dir ist nicht zu helfen, Lissie! Immer eine Extratour. Damit ist die Titanic auch schon untergegangen.

Der Schnodder lief ihr aus der Nase. Sie hatte das Gefühl, fremd in sich selbst zu sein. Wie sie momentan reagierte, so kriegerisch, so krawallig, war echt nicht normal.

Ob ich Mama anrufe? Lieber nicht. Die kriegt einen Herzkasper und schläft wieder fünf Tage nicht ... Kind, er hat dir doch die Hand gereicht! Warum nimmst du sie nicht?! Oh! Ach! Weh! ... Hilfe!

Sie griff sich an ihren Handtuchturban und pfefferte das Teil in Richtung Badezimmer.

Ich will seine Kohle nicht! Die kann er sich hinten reinstecken.

Sie sprang auf und warf einen ängstlichen Blick in den Flurspiegel.

Erst macht er einen auf nett. Und dann wie eine Guillotine, zack! Von wegen Gefühl! Beinahe hätte ich mich wieder einlullern lassen.

Sie betastete ihre Haare, die durch die Kur wie ein blonder Irokese in die Luft standen.

Hallo, Bart Simpson. – Echt! Dieser Kerl erwischt mich immer im falschen Augenblick.

Sie war schon abgeschminkt gewesen. Ihre Sommersprossen, sonst sorgfältig an die Kette gelegt, machten eine Demo auf ihrer Nase. Sie war blass und Lichtjahre plus gefühlte zweihundert Kilo von Claudia Schiffer entfernt. Beschlechtachtend drehte und wendete sie sich und zog das T-Shirt überm Babybauch straff.

Ich seh aus wie eine gelandete Kuh. Gruselig. Der hat sich bestimmt auch gedacht: *Echt, mit der bin ich mal im Bett gewesen?!*

Beim ›Z‹ und ›D‹ von »Zurück an den Herd!« piksten ihre (in letzter Zeit leider riesengroß gewordenen) Brustwarzen durch den Stoff. Schon machten sich ihre Tränendrüsen wieder gefechtsbereit.

Jetzt reiß dich zusammen. Auf diesen Knilch kommt's eh nicht mehr an.

Sie kaute auf der Unterlippe.

Ob er jetzt trotzdem denkt, er hat mich im Sack? Bitte nein! Bitte ja! Ach Scheiße!

Ein Wunder, dass die Polizei sie noch nicht verhaftet hatte, wo sie in letzter Zeit so auf Krawall gebürstet war. Hatte sie vielleicht überreagiert?

Von wegen »sanftmütige« Schwangere. Ha, ha! Der Witz des Jahrhunderts.

Bine kriegte mittlerweile bei jedem blöden Satz, also alle zehn Sekunden, Zunder, es war nur noch eine Frage der Zeit, dass sie sich im Büro raufen würden. Bei *Starbucks* in der Schlange war Lissie immer dicht davor, die Axt herauszuholen, wenn jemand vor ihr einen komplizierten Sonderwunsch äußerte, zum Beispiel: »Zwei Latte, einen davon mit Süßstoff!« Oder: »Ich nehm doch noch einen Bagel!« Und sprang die Ampel auf Grün und der Typ im Auto vor ihr kam nicht gleich aus den Puschen, deckte sie ihn sofort mit einem Hupkonzert ein. Kurzum, man mochte das gar nicht laut aussprechen: Sie fühlte sich wie ein Mann.

Vor zwei Wochen hatte sie sich ihrem Arzt anvertraut. »Tja, immer hübsch Kreide futtern, Frau Lensen! Wie der Wolf im Märchen!«, war ihm dazu eingefallen. Weiteres Nachfragen hatte ergeben, dass männliche Babys ihre Mamas zuweilen mit Testosteron verseuchten. Kreide enthielt Magnesium, Magnesium machte sanft. Seitdem ließ Lissie einmal am Tag eine widerlich süße Magnesium-Brausetablette in ein Wasserglas plumpsen und reiherte sich anschließend von Herzen die Seele aus dem Leib.

Sie zog die Wohnungstür auf, fischte die Fressalien vom Treppenhausboden und schubste die Tür mit dem Fuß zu. Urplötzlich hatte sie das Gefühl, Wackersteine im Bauch zu haben, schob das Essen achtlos auf die Spüle und befühlte in einem Anfall von Panik ihren Bauch, der steinhart war. Wie ein Basketball.

Oh Gott, sind das schon Wehen? Ich hab mich zu doll aufgeregt! Ich hätt's wissen müssen!

Sie lief in die Küche, wo sie unter einem Stapel Zeitschriften die 479-seitige *Hebammensprechstunde* hervorzog.

Stress ... Stress ... Wo steht hier was über Stress?

Sie hatte ihre Cousine Rebecca in Detmold angerufen, eine Transuse vor dem Herrn, aber fünf (!) Kinder, die ihr gesagt hatte, dieses Buch müsse frau haben. Lissie hatte sich mit dem Hinweis, ihre schwangere Freundin Sophie würde sich über den Tipp sehr freuen, aus dem Gespräch ausgeklinkt, bevor Rebecca neugierige Fragen stellen konnte. Zwischen den Stichworten »Stoffwindel« und »Süßholzwurzel« war »Stress« leider nicht zu finden.

Okay, Schwangere haben wohl keinen Stress.

Auch »Anspannung«, »Unglücklichsein« und »Alles zum Kotzen« glänzten durch Abwesenheit. Während sie sich hektisch ein Dreieck aus der Pizza säbelte, las sie sich kurzfristig bei »Krampfadern« *(»eine der häufigsten Schwangerschaftsbeschwerden«)* und »Gewichtszunahme« *(»Ich möchte behaupten, dass eine gesunde schwangere Frau keine Gewichtsprobleme kennt«)* fest.

So einen Blödsinn darf man echt nicht lesen!

Mit nur drei Bissen war das Pizza-Dreieck weg. Lissies Blick fiel auf die Überschrift »Frühgeburt«. Schnell tätschelte sie ihren Bauch.

Na, Kleiner! Alles okay?

»Manchmal möchte ein Kind wieder von dieser Welt gehen und lässt dies die Eltern und Ärzte auch wissen.«

Oje!

Vor viereinhalb Monaten hatte es diesen kleinen Zellhaufen da drinnen noch nicht mal in Gedanken gegeben. Und wenn Schwangere sie mit Ultraschallfotos behelligten, »Guck mal! Guck mal! Das Köpfchen!«, hatte Lissie nur verhuschte, graue Wölkchen erkannt und das Ganze so spannend gefunden wie die Bundesliga-Ergebnisse. Und jetzt? Jetzt waren ihre eigenen Ultraschallbilder ihre ständigen Begleiter, ihre Glücksbringer, das Letzte, worauf sie guckte, wenn sie abends schlafen ging. Dass irgendwas schiefgehen könnte mit diesem kleinen Menschen, den sie nicht gewollt hatte, war das Schlimmste, was sie sich vorstellen konnte. Der Kummer von eben war nichts gegen die blanke Angst, die sie urplötzlich verspürte.

Ich weine ja schon wieder.

Die erste Hälfte des Lebens wurde einem bekanntermaßen durch die Eltern versaut, die zweite von den Kindern. Galt offensichtlich auch für die, die noch gar nicht geboren waren. Sorgen, Sorgen, nichts als Sorgen.

Was muss da für ein Kind bei rauskommen, wenn die Mutter ständig heult?

»Außerdem wäre es wichtig, dass Frauen und Männer sich wieder mehr über das Thema Kinderkriegen unterhalten.«

»Ha!« Sie lachte traurig auf. Die Autorin hatte gut schreiben. Dieses Buch war ganz offensichtlich nichts für Mütter ohne Väter.

Ich pass auf dich auf, verstanden? Mein Leben lang! Du bist jetzt das Wichtigste auf der Welt für mich!

Sie bedauerte es, dass es anatomisch unmöglich war, den eigenen Bauch zu küssen. Notgedrungen begnügte sie sich damit, ihn zärtlich zu umarmen, zu wiegen, zu streicheln.

Und er fühlte sich auch schon nicht mehr so hart an. Und irgendetwas war noch komisch: Woher hatte er überhaupt gewusst, dass sie schwanger war?

25

»Möchtest du ein Stückchen Mandeltorte? Meine Zugehfrau war bei Lindtner.«

»Nein, danke, Margarethe, ich muss auch gleich wieder weg. Ich wollte nur Hallo sagen.« Paul Ingwersen schaute seine Mutter liebevoll an. Solange er sich zurückerinnern konnte, trug sie nun schon diese haselnussfarbene Königin-Beatrix-Konstruktion auf dem Kopf. Und seit er einmal eine Rechnung von Perücken-König auf dem Mahagoni-Tischchen im Flur hatte liegen sehen, hegte er den Verdacht, dass nur ein Teil der Pracht abends mit ihr schlafen ging.

»Junge, du brauchst Urlaub. Du siehst abgearbeitet und müde aus.«

»Mir geht's wunderbar. Das muss am Licht hier liegen. Ich habe gerade fünf neue Schiffe bestellt.«

»Wie viele hast du denn jetzt?«

»Exakt achtundsechzig.«

»Oh fein, mein Junge. Aber nicht, dass das zu viele werden.«

»Nein, ich pass auf.« Paul Ingwersen verfolgte, wie seine Mutter die weiße Orchidee, die er ihr mitgebracht hatte, an die Nase hielt, um daran zu schnuppern. Dabei musste sie sich nach oben recken, weil die Orchidee so riesig und sie selbst so mini ausgefallen war.

»Ist die vom Blumen-Pavillon?«

»Ja, selbstverständlich. Und ich soll auch schöne Grüße ausrichten.«

Margarethe Ingwersen-Gödecke stellte den Keramikübertopf behutsam auf den Tisch, griff zum weißen Steinzeugtässchen und nahm einen Schluck von ihrem japanischen Matcha-Tee, dessen Blätter vier Wochen vor der Ernte extra beschattet werden müssen und den er immer für sie bei Feinkost-Käfer in München bestellte.

Fragte man seine Mutter, wie das Teepulver richtig aufgeschäumt werden musste, konnte sie einem lange Vorträge über Bambus-Besen und Chashaku-Löffel halten. Zu ihrem einundsiebzigsten Geburtstag vor drei Jahren hatten er sie in seinen Jaguar gesetzt, gemeinsam waren sie für einen Tag über Kopfsteinpflaster nach Altkötzschenbroda bei Meißen gerattert und hatten sich eine Porzellanmanufaktur angeschaut. Seine Mutter bemalte nämlich auch gern Tassen. Nicht zu vergessen ihre Begeisterung für einheimische Schmetterlinge wie Kaisermantel, Admiral oder Großer Schillerfalter (die er mit ihr auf Schloss Friedrichsruh bei Aumühle besichtigt hatte – natürlich bestand sie auf den Kauf einer Schmetterlingskrawatte.) Und ihr eloquenter Zorn gegen das Gallensaftabzapfen bei chinesischen Kragenbären hatte ihn dazu veranlasst, sich bei seinem letzten Aufenthalt in Schanghai mit der dort ansässigen Tierschutzorganisation AAF in Verbindung zu setzen und diese seither mit großzügigen monatlichen Spenden zu bedenken. Nur wenn es um Schiffe ging, speziell das Element, in dem sie fuhren – Wasser –, zeigte sich Margarethe Ingwersen-Gödecke spröde und uninteressiert. Was daran liegen mochte, dass sie als fünfjähriges Kind auf dem Landgut ihrer Eltern im holsteinischen Westensee beinahe ertrunken wäre: Sie war mit Rettungsweste ins Wasser gefallen und unter den Steg geraten. Der Auftrieb war so stark gewesen, dass Vater und Onkel sie fast nicht freibekommen hatten. Kompliziert wurde die Sache nur dadurch, dass sie sechsundvierzig Jahre lang mit einem Reeder verheiratet war, dessen Schiffe sie nicht einmal betreten hatte.

»Die haben einfach die schönsten Arrangements beim Blumen-Pavillon, findest du nicht auch? Ich soll dich übrigens auch sehr herzlich grüßen. Von Renate Schirow. Wir werden im Frühjahr wieder zusammen nach Pingyao und Xian fahren.«

»Margarethe, ich muss dich mal was fragen – von Sohn zu Mutter.«

Seine Mutter guckte ihn neugierig mit grauen Augen an. »Ja?«

»Ich werde Vater und weiß nicht, wie ich das finden soll.«

Seine Mutter schaute ihn sprachlos an. »Aber das ist doch wunderbar! Freu dich! Ein Geschenk! Junge! Und was sagt denn Jacqueline?«

»Ich bekomme es nicht mit Jacqueline … es ist sozusagen – außerhalb der Planungen.«

Seine Mutter nickte langsam mit dem Kopf. »Ich verstehe«, sie zögerte, »… und trotzdem: es ist ein Geschenk.«

»Margarethe, ich glaube, ich muss das genauer erklären. Ich kenne die Frau kaum, wir sind uns nur wenige Male begegnet, ich empfinde nichts für sie, ich meine, das, was ich für sie empfinde, reicht zum Kaffee-miteinander-Trinken. Oder auch mehr, ich weiß es nicht. Aber es kann morgen auch schon wieder vorbei sein. Ich bin total durcheinander. Ich liege nachts wach und grüble.«

Seine Mutter rutschte auf die Stuhlkante vor, legte sacht ihre Hand auf sein Knie und schaute ihm prüfend ins Gesicht: »Ich erzähle dir jetzt eine Geschichte, die diesen Raum nicht verlassen wird.« Sie guckte fragend.

Er nickte.

»Eigentlich habe ich nicht drei Kinder. Nicht zwei Töchter und einen Sohn. Eigentlich hätte ich noch einen weiteren Sohn, der heute siebenundvierzig Jahre alt wäre.« Sie streichelte sacht ihren Hals, dort, wo die kleine Grube war, und guckte abwesend aus dem Fenster. »Ich war damals das erste Mal guter Hoffnung, die technischen Möglichkeiten waren noch nicht die, wie man sie heute hat. Damals bekam man ein Kind und hoffte, es ist gesund. Unser Kind sollte im März zur Welt kommen. Wir haben noch gescherzt, dass es ja dann vielleicht mit deinem Großvater zusammen Geburtstag haben würde. Christina sollte es heißen. Oder Joachim Paul, falls es ein Junge würde.« Sie nickte in Gedanken. »Wir waren dann über die Weihnachtsfeiertage auf Sylt. Wir hatten sogar noch schnell den Arzt aus Hamburg kommen lassen, weil ich mit einem Mal so Schmerzen im Rücken hatte …« Seine Mutter guckte ihn für einen Moment an, in ihren Augen glitzerten Tränen, die plötzlich zu kleinen Pfaden auf ihren Wangen wurden. Sie tupfte sich grazil mit dem Zeigefinger unter der Nase, knetete ihre Hände und bemaß dann in der Luft die Länge eines Buchrückens: »… ein kleiner Junge, nur so groß. Ganz winzig. Wie ein aus dem Nest gefallenes Vögelchen. Und ganz leicht. Man konnte unter der Haut das Herzchen schlagen sehen. Er hat, als er auf die Welt kam, ganz matte Töne von sich gegeben, ich kann das gar nicht nachmachen.« Sie schluckte. Und die Pfade auf ihren Wangen wurden breite Ströme. »Und der Kopf …«

»Mutter, bitte …«, Paul Ingwersens Stimme zitterte.

»… und der Kopf …«, sie wischte sich mit beiden Händen unter den Augen, »… das Kind hatte die Lippen deines Vaters, das konnte man schon sehen. Ich weiß nicht, wenn die Geräte damals besser gewesen wären …«

Sie schaute sich suchend um. Paul Ingwersen stürzte nach vorn, kniete sich neben ihren Stuhl und bot ihr sein Taschentuch an, sie nahm es dankend. In einem Gefühl von aufwallender Liebe legte er den Arm um ihren zerbrechlichen Körper.

»Er hat noch drei Stunden gelebt. Dein Vater und ich haben ihn abwechselnd in den Armen gehalten. Er hat so gezittert. Und irgendwann hatte ich ihn auf der Brust, und der Arzt kam und sagte …«, sie schloss für einen Augenblick die Lider, »… Ihr Kind ist gegangen, Frau Ingwersen … wir müssen jetzt für es beten …« Sie schluckte heftig, und Paul Ingwersen zog ihren Kopf an seiner Schulter. Seine eigenen Tränen tropften auf den Rücken ihrer feinen Kostümjacke. Sie umgriff seinen Nacken, klopfte ihn. Er konnte sich nicht entsinnen, dass sie je so innig miteinander gewesen waren, dass sie ihn zeit seines Lebens je so umarmt hatte. Nach einer Weile machte sie sich gerade in ihrem Stuhl, und es war offensichtlich, dass die Nähe ihr unangenehm wurde.

»Komm mit«, sie tippte ihm an die Schulter, »ich will dir was zeigen!«

Er sprang auf, half ihr aus dem Stuhl, dann lief er wie ein kleiner Junge hinter ihr her ins Schlafzimmer – eine plüschige Höhle mit Dutzenden von gelben Seidenkissen auf dem Bett, stoffbespannten Wänden, cremefarbener Auslegeware, in die man knöcheltief einsank – und stellte überrascht fest, dass er noch nie in diesem ihrem Heiligtum gewesen war. – Wenn er als kleines Kind Angst gehabt hatte, war er immer ins Bett seines Kindermädchens oder seiner ältesten Schwester gekrochen.

Seine Mutter zog eine der unteren Schubladen eines alten Vertiko auf und kramte unter der Bettwäsche eine schwarze, angestoßene Geldkassette hervor. Der Anblick ärgerte ihn. Wie oft schon hatte er ihr Vorträge über die sinnvolle Aufbewahrung von Wertgegenständen in Häusern gehalten. Und zwischen Socken, unterm Bett, in Waschmaschinen wühlten Diebe natürlich nie. (Wobei ihm der Sachwert egal war. Er machte sich Sorgen um alte Schmuckstücke, an denen seine Mutter sehr hing.)

Sie hatte sich mittlerweile an ihren spinnenbeinigen, goldgefassten Barock-Sekretär gesetzt – die Kassette vor sich auf der lederbezogenen Schreibplatte, den oberen Einsatz voller wertvoller Schmuckstücke achtlos daneben – und blätterte jetzt mit zittriger Hand in einem Stapel Zettel und kleiner Dokumente.

»Hier ist es ...« Sie zog einen vergilbten Umschlag hervor, entnahm ihm ein Kärtchen und betrachtete es mit zusammengepressten Lippen, die anfingen zu zittern. »... Wir haben Abdrücke von seinen Füßchen gemacht, danach. Ich habe ihn gehalten.« Tränen tropften auf ihre Hände, erschrocken hielt sie das Kärtchen ein Stück vom Körper weg. »Und auch von seinem Daumen. Haare hatte er ja noch nicht. Er war ja noch so klein.« Sie schluckte ein paarmal heftig. »Die Zeit war ihm nicht mehr gegeben. – War das mit den Fuß- und Fingerabdrücken nicht eine feine Idee von dem Arzt?« Sie versuchte ein Lächeln und tupfte sich die Nase. »Er hat gesagt, ich würde eine Erinnerung brauchen. Nicht sofort, aber später, wenn ich ein gesundes, neues Kind im Arm halten würde. Wenn die Erinnerung an das andere verblasst. Aber das stimmt nicht. Wenn du einmal ein Kind verloren hast, dann vergisst du das nicht mehr. Nie mehr. Dann verfolgt dich das ein Leben lang.«

Sie reichte ihm das Kärtchen. Zutiefst bestürzt betrachtete er den winzigen blauen Fußabdruck – kaum größer als ein halber Daumen – und den kaum erkennbaren Fingerabdruck – als wäre das Blättchen eines Gänseblümchens auf dem Papier liegen geblieben.

»Was ist das für ein Mädchen, das dein Kind kriegt?« Margarethe Ingwersen-Gödecke schaute ihren Sohn von der Seite an. »Und du meinst nicht, dass sie was für dich wäre? Guck mich an. Guck deinen Vater an. Wir haben's auch miteinander ausgehalten. Wenn man nur will, geht alles.«

»Ich werde Jacqueline heiraten.«

»Sicher, Junge, du weißt, ich rede dir da nicht rein. Ich sage auch deinen Schwestern immer: ›Des Menschen Wille ist sein Himmelreich‹ – *ihr* müsst mit euren Partnern glücklich werden, nicht ich. Und immerhin, beide sind seit zehn Jahren unter der Haube. Aber Jacqueline …?« Sie guckte ihn fragend an.

»Ja?« Er nickte auffordernd.

»… wie soll ich sagen? Sie ist eine gebildete Frau, sie weiß sich zu kleiden. Sie ist auch charmant. Aber sie erinnert mich an den herrschaftlichen weißen Kachelofen, der bei uns zu Hause in der Halle stand – eindrucksvoll, so mit goldenem umlaufendem Fries …«, sie beschrieb mit der Hand die Größe eines Riesenrads, »… aber wir konnten ihn nicht heizen, weil im Krieg mal Tanne darin verfeuert wurde und er einen Rohrbrand hatte.« Sie lächelte zögerlich.

»Ist das eine Beschwerde?« Er tätschelte zärtlich ihren Arm.

»Nein, um Gottes willen.« Seine Mutter stopfte das Taschentuch in den Ärmel ihrer Kostümjacke. »Ich weiß immer nur gar nicht, was ich mit ihr reden soll. Sie ist ein liebes, nettes Mädchen. Aber ich mach mir so meine Gedanken.«

»Raus damit.«

»Sie hat mal im Sommer dein Golfbesteck hier abgeholt. Du weißt doch, als du dein Geburtstagsgeschenk mitnehmen wolltest und Platz im Kofferraum brauchtest …«, sie gestikulierte wolkig, »… und kaum dass sie hier oben war, hat sie gefragt, ob sie mein Telefon benutzen dürfe, und hat die Polizei angerufen.« Sie wies mit der Hand auf das Fenster, das zur Bellevue-Seite ging. »Hier stehen doch immer Autos mit so kleinen Zu-verkaufen-Schildchen im Fenster. Und Jackie hat nicht sofort einen Parkplatz gefunden. Mir war das ganz unangenehm. Ich mein, lass die Leute doch hier parken. Die tun doch keinem was.«

Paul Ingwersen zuckte die Schulter: »Ja, das ist leider so eine Art Hobby von Jackie. Das darfst du nicht so ernst nehmen.« Insgeheim ärgerte er sich maßlos.

»Du hattest mich gefragt, deswegen habe ich's erzählt.« Margarethe entzog ihm pikiert das Kärtchen und verstaute es samt Umschlag wieder in der Kassette. Dann schaute sie auf: »Lern ich die Dame denn wenigstens mal kennen?«

»Ich denke nicht, … keine Ahnung! … könnte sein. Ich muss gucken.« Er schaute geschäftig auf seine Uhr. »Die warten im Büro auf mich. Darf ich dich am Wochenende zum Essen ausführen?«

Seine Mutter legte den Kopf schief. »Weiß Jackie schon davon?«

Er überlegte, ob ihm die Frage behagte. (Eigentlich mochte er sich nicht so in die Karten gucken lassen.) »Nein.«

»Dann belass es auch dabei. Frauen müssen nicht alles wissen.«

Er musste lachen. »Du bist mir ja eine Verfechterin der Emanzipation!«

Sie guckte ernst zurück: »Dein Vater hat mich nach Strich und Faden betrogen, das weißt du. Aber ich hab immer gedacht, was soll's? Ich hab euch.« Sie stand auf, legte ihre Hand an seine Wange (bei einem Kopf-zu-Kopf-Gefälle von fünfzig Zentimetern, den Arm hochgereckt, sah sie jetzt aus wie die Freiheitsstatue von Amerika): »Ich möchte nur, dass du glücklich wirst, mein Junge.«

Als er von der Bellevue in die Sierichstraße einbog, erwischte er, in Gedanken versunken, die falsche Richtung: Europas einzige Zwei-Richtungs-Einbahnstraße (zwölf Stunden nach rechts, zwölf Stunden nach links) hielt eine Überraschung für ihn bereit: der Verkehr kam ihm gleich zweispurig entgegen. Er riss das Steuer nach rechts, rollte auf den Bürgersteig der Langenzugbrücke und nahm den kleinen Geisterfahrer-Zwangsstopp zum Anlass, seine Bank anzurufen. »Ich möchte einen Dauerauftrag einrichten.«

Nachdem er das Gespräch beendet hatte, guckte er nachdenklich auf das moorig-brackige Wasser des Alsterfleets, das zum Fürchten schmutzig aussah, aber zur Überraschung aller Hamburg-Touristen Badequalität hatte.

Elisabeth.

Hilfe! Herrgott, war sie geladen gewesen. Konnte er's ihr verdenken? Nein. Was schrieb er auch so bescheuerte Briefe. Er schämte sich. Und warum hatte ihn eigentlich noch nie eine Frau so auf den Pott gesetzt? Schien ja wohl mal dringend nötig. Das alles waren Gedanken, die ihm jetzt schon seit Tagen wie die Kugel im Flipperautomaten im Kopf hin und her gingen.

Nein, er musste auf jeden Fall auch Claudius anzurufen.

26

Der Aidstest hatte ergeben, dass sie sich bei ihrem One-Night-Stand mit Paul Ingwersen – außer der zu vernachlässigenden Kleinigkeit von drei mal vierzig Millionen Spermien – keine weiteren, lebensverändernden Einzeller, Viren oder Bakterien eingefangen hatte. Sie würde den Test allerdings nach einem halben Jahr wiederholen müssen. Nächtelang hatte sie sich vorgestellt, wie das wohl gewesen war, wie sich ein naives, dummes, backfischiges Lensen-Ei von einem geschäftstüchtigen Ingwersen'schen Spermium hatte breitquatschen lassen und die Tür aufgemacht hatte. Der Rest war bekannt. Sie würde Minimum die nächsten achtzehn Jahre mit dem Ergebnis dieser Nacht beschäftigt sein, das irgendwann Pickel haben und ihr mitteilen würde, dass es sie scheiße fand.

Paul Ingwersen seinerseits hätte nicht den Furz einer Erinnerung. Selbst wenn er wollen würde, sein Männerhirn war nicht in der Lage, das Erlebte zu speichern. Lissie hatte sich diesbezüglich die erschreckenden Studienergebnisse von Walter Moers, einem auf dem Gebiet der Schnackselkunde führenden deutschen Geschlechtswissenschaftler, als mahnende Sätze zu Hause an den Küchenschrank geklebt:

Samen besteht aus Gehirnzellen, die über Hippotalamus und Rückenmark an die Hoden geleitet werden. Bei jeder Ejakulation verliert der Mann fünf Milliarden Gehirnzellen, doppelt so viel wie bei einer Vollnarkose.

Doch jetzt saß sie hier im *TransAsia* auf einem unbequemen Stahlrohrstuhl und hatte offenbar ihren Schwur vergessen, für immer die

Finger von allen Stängelträgern zu lassen. Vor sich Kultur-Martin, der noch langweiliger war, als sie es sich in ihren kühnsten Träumen auszumalen gewagt hätte. Und pikste mutlos Brocken ihres geschmacklosen, klumpigen Glasnudelsalats auf die Gabel.

Ab heute Abend bin ich vollends auf dem absteigenden Ast.

Sie atmete vernehmlich aus. Martin guckte kritisch: »Ist dir nicht gut?«

»Doch.«

Alles hatte damit angefangen, dass Martin sie angerufen und gefragt hatte, ob sie nicht mit ihm essen gehen wolle. Er hätte das starke Gefühl, sie sollten mal sprechen. Und weil sie sich gerade mal wieder besonders hässlich und scheiße fühlte, hatte Lissie gedacht, dass ein Mann, der in sie verliebt war und ihr Ego kraulte, auf jeden Fall nicht schaden konnte. Im Gegenzug war sie bereit, sich unterhalb der gegelten Stoppelhaare und hinter der Schnappi-Krawatte das Gesicht und den Hals von George Clooney vorzustellen.

Lissie hatte an die tausend Restaurants vorgeschlagen. Und Martin stets mit einem eloquenten »mmhh, kenn ich nicht, weiß ich nicht« geantwortet. Schließlich bekam das *TransAsia* am Hafen den Zuschlag – die nächste Herausforderung für Martin: »Mmhh, wie kommt man denn dahin? Mmhh, gibt's da auch öffentliche Verkehrsmittel?« (Lissie hatte ihn schließlich abgeholt, immer noch optimistisch, ein leckeres Essen und ein paar Komplimente abzustauben).

Als sie im *TransAsia* ankamen, bröckelte allerdings schon heftig der Putz von den Wänden ihres Wolkenkuckucksheims. Ihr Galan hatte natürlich nichts reserviert, von den fünfzig Tischen waren aber auch nur zwei besetzt. Worauf Martin weltmännisch den Kellner fragte: »Haben Sie noch einen Tisch für zwei Personen?« und der mit scheelem Blick in sein Bestellbuch und provinzkackermäßig antwortete: »Schwierig, schwierig!« Lissie stand doof daneben und schimpfte ganz doll mit ihrem blinden Passagier, dass Mama sich den Abend seinetwegen nicht mal schöntrinken konnte.

Dennoch bestellte sie, als sie endlich saßen, trotzig einen Prosecco, auf den sie prompt keine Lust mehr hatte, weil Martin geschäftstüchtig »Hälfte-hälfte?« vorschlug. Die thailändische Speisekarte las er in Orginalsprache vor. Beim Kellner fragte er nach, ob die Soße auch wirklich mit »Pak-tschik!« und »Hung-Tschung-Tang!« sei und ob das nicht in Wahrheit alles ganz anders geschrieben würde. Und nachdem das ewig so gegangen war, legte er schließlich die Karte beiseite und sagte laut: »Ich nehme einen Salat!« Worauf Lissie schweren Herzens auf die »Acht Köstlichkeiten« in vier Gängen verzichtete und ebenfalls Salat nahm. (In diesem Fall einen ekligen mit Glasnudeln, die aussahen wie die Styropor-Würmer beim Paketauspacken, nur fettiger.) Sie strich also das leckere Essen von ihrer Liste, freute sich aber jetzt erst recht auf Ego-Krauli-Krauli. Herr Schlau hatte dann noch mit einem Lispeln, als käme er direkt vom spanischen Stierkampf, einen »Vino rrrreuo eßspeßial!« bestellt, fachmännisch das Glas geschwenkelt, einen Schluck in seinem Mund hin- und herschwappen lassen und dann »Oh *nein*! Geht ja *gar* nicht!« ausgerufen. Aber jetzt! Jetzt endlich konnte das Eingeschmuse beginnen. Hatte Lissie gedacht.

Das war jetzt eine Dreiviertelstunde her. Und davon hatte Martin ihr fünfundvierzig Minuten ein Ohr abgekaut und sie als Seelenmülleimer zweckentfremdet. Er habe letztes Jahr ein Problem mit seinem Burn-out gehabt. Er sei sogar schon ein halbes Jahr in Thailand gewesen (wer hätt's geahnt?!). Um auszuspannen und sich zu suchen. Hatte sich aber leider noch nicht gefunden. Das halbe Jahr hätte ihm aber gezeigt, dass er sich dringend selbstständig machen musste (als was und wo, war noch offen). Und dass das Tolle an ihr, Lissie, sei, dass sie eine Frau sei, die so was verstünde. Das wisse er. Das spüre er.

Lissie war sich darüber bislang noch nicht so im Klaren gewesen, verspürte aber ihrerseits das dringende Bedürfnis, dem Typen mit dem Glasnudelklumpen auf den Hinterkopf zu klopfen, damit seine Platte nicht mehr hakte und er von Sätzen mit »ich, mir, mich« auf »du« umschaltete. Und die ganze Zeit fragte sie sich, wie sie auf die aberwitzige Idee hatte kommen können, dass diese Knalltüte in sie verschossen war.

Was er aber wohl doch war. Denn nachdem er auch noch eine Langzeit-Freundin aus dem Hut gezaubert hatte (Anne – man trennte sich regelmäßig, sie engte ihn ein), offenbarte er ihr, dass sie, Lissie, ihm gleich als etwas Besonderes aufgefallen sei. Und er hätte jüngst festgestellt, dass er beim Artikelschreiben und wenn er mit Anne in der Paartherapie saß, ganz viel an Lissie dachte. Er würde ja auch nicht auf Püppchen stehen, von wegen »hübsch und nichts im Kopf«. Er hätte es lieber andersherum.

Danke! Du mich auch.

Lissie schielte gelangweilt aus dem Fenster.

Warum sind eigentlich alle Männer so unsensibel?

Sie hatte den Glasnudelklumpen wie ein Pathologe in verschiedene kleinere Häufchen seziert und betrachtete jetzt die Elbe. Plötzlich blieb ihr das Herz stehen.

Oh Gott ... kann nicht sein ... ich kann ja das Dockland von hier sehen!

Unauffällig rutschte sie auf die Stuhlkante vor und drückte sich fast die Nase an der Panoramascheibe platt, während Kultur-Martin unverdrossen erzählte, dass er sich in einer Beziehung zu einer Frau richtig öffnen können müsse. Das sei ihm wichtig.

Funkelnd, majestätisch, wie ein hell erleuchteter Juwelierladen, erhob sich das Gebäude über den Strom.

Ist das jetzt ein Fingerzeig? Soll mir das was sagen?

Sie dachte an den Abend im Treppenhaus, den sie jetzt etwas anders einsortierte als noch vor einer Woche.

War schon nett, dass er gekommen ist. Hätte er ja nicht müssen ...

Sie guckte erneut auf das Gebäude – und es war wieder ein bisschen wie damals, als sie an der Mauer gestanden und mit seinem Geist gesprochen hatte.

Du bist bestimmt jetzt nicht mehr da … wenn du wüsstest, dass ich dich gerade vermisse, fändest du das komisch?

Martin überlegte gerade laut, dass er eigentlich einmal Paartherapie auch schwänzen und sich stattdessen mit Lissie treffen könnte.

Würde es dir was ausmachen, wenn du siehst, dass ich hier mit einem anderen Mann sitze? Auch wenn es so ein Schwachkopf ist?

Sie warf Kultur-Martin einen scheelen Seitenblick zu, der das zum Anlass nahm, ihren Unterarm zu knuddeln und »Das kriegen wir schon hin!« zu sagen. Aber er und Anne müssten zumindest versuchen, ihre Beziehung zu retten. Das seien sie sich schuldig.

Was ich wohl machen würde, wenn du hier jetzt plötzlich zur Tür reinkämst? Ich würde aufstehen, deine Hand nehmen und sagen »komm« … Gott, wie kitschig …

Sie strich sich liebevoll über ihre kleine Kugel.

»Ist dir nicht gut?« Kultur-Martin schien besorgt. Er hatte heute die Krawatte extra locker geknotet und die beiden obersten Knöpfe aufgelassen, damit das Brusttoupet schön zur Geltung kam.

Ob er was ahnt? Wie lange kann ich diese Heimlichtuerei eigentlich noch durchziehen?

Sie setzte sich gerade hin und zog unauffällig ihre Indien-Tunika glatt. Seit ihr die erste Jeans vom Hintern geplatzt war (es hatte sie niemand gewarnt, dass man auch hier schwanger wurde), war Lissie dazu übergegangen, ihre Hosen im Rentnerstil zu tragen – sie ließ sie einfach unter den Bauch rutschen und zog den Gürtel an. Was aber zur Folge hatte, dass die Oberteile oft einen Tick zu kurz waren. Oder gleich eine Handbreit – wie in diesem Falle.

»Sag mal, bist du schwanger oder hast du zugenommen?«, wollte Kultur-Martin auch schon promptamente wissen.

Okay, Lissie, du wohnst im Wald und weißt von nix, verstanden?!

»Nein? Ich? Wie denn?« Sie klimperte kokett mit den Lidern.

Kultur-Martin lachte meckernd. »Ach Quatsch, Lissie, hätte ich mir bei dir auch nicht vorstellen können.«

Danke, du Penner!

Plötzlich hatte sie keine Lust mehr, den Bauch einzuziehen, und ließ sich ganz entspannt in ihren Stuhl zurücksacken.

Soll er's doch sehen!

Ja, die Anne, erklärte Martin, die wolle ja auch gern heiraten und Familie. Aber er wüsste eben noch nicht, ob er bereit sei, diese Verantwortung zu übernehmen.

»Entschuldige mich bitte«, meinte Lissie, »bin gleich wieder da. Sie sprang auf, stürmte an den beiden Eingangssäulen vorbei, nach draußen auf den Bankirai-Vorplatz, umrundete bei Windstärke sechs das Gebäude und lehnte sich ans Geländer der Kunstrasenterrasse.

»Ich find dich klasse!«, erklärte sie der Elbe. »Und ich hätte auch gern eine Familie! Und ich würde mir wünschen, dass du mich lieb hast, ein bisschen.«

Hört ja keiner ...

27

Paul Ingwersen stand in seiner Einhundertzwanzigtausend-Euro-Bulthaupküche mit sechsflammigem Gasherd, auf dem noch nie gekocht worden war, und schmierte sich eine Fleischwurststulle. Ihm war heute Abend nicht nach Restaurant gewesen, und Ewelina, seine Haushälterin, hatte frei. Er musste an Elisabeth denken und was sie wohl gerade aß. Immerhin hatte sie ein lieferfreudiges Pizza-Unternehmen. Das war ja schon mal was. Sah also nicht so aus, als ob sie verhungern würde. Diese Berge von Fressalien auf dem Treppenhausboden. Alter Schwede. Aber schien ihr ja zu bekommen. Sie hatte gut ausgesehen. Um nicht zu sagen: zum Verlieben.

Die drei Krustenbrotscheiben, die er mit dem Messer abgesäbelt hatte, waren handkantendick geraten. (Er hatte keine Lust gehabt, in diesem Schrankwirrwarr aus rotem Lack und Edelstahl die Brotschneidemaschine zu suchen.) Das Ganze bepflasterte er jetzt mit ebenso dicken Wurstscheiben, packte den Rest des Fleischwurstkringels vom Frischeparadies sicherheitshalber gleich mit aufs Tablett, schnappte sich noch einen Liter Weihenstephan-Milch aus dem Kühlschrank, griff sich seine Post vom Tischchen in der Halle und taperte rüber ins Schwimmbad. Als er die Tür aufdrückte und sich ihm der feuchte, chlorige Badedunst warm aufs Gesicht legte, ging es ihm gleich besser.

Es hallte, als er das Tablett auf dem Sandstein-Boden abstellte, sich danebensetzte, die Socken auszog und die Hosenbeine hochkrempelte. Dann schnappte er sich einen Teakholz-Tritt, platzierte ihn am

Beckenrand direkt auf dem Überlaufgitter, hockte sich darauf und ließ die Beine ins Wasser baumeln.

Während er sein Brot mampfte und die Milch direkt aus der Packung trank, beobachtete er die Reflexion des grünen Wassers an der weißen, handgewachsten Decke. Ihre Wohnung hatte ja nicht so berauschend ausgesehen – das, was er vom Flur aus hatte sehen können. Da sollte ein Kind wohnen? Zwischen diesen Stapeln von Kartons und Palmen-Lichterketten? Aber sie hatte ja gesagt, sie würde umziehen. Kostete das nicht viel Geld? Hatte sie das Geld? Er biss sorgenvoll ein großes Stück Wurstbrot ab und machte mit den Füßen Wellen auf der spiegelglatten Oberfläche.

Das Kind sollte auf jeden Fall eine vernünftige Schulausbildung bekommen. So viel war sicher. Zwischen null und drei Jahren wurden die Synapsen im Hirn geknüpft, hatte er gelesen. Es war also wichtig, es in dieser Zeit besonders intensiv zu fördern. Chinesisch zum Beispiel. Und Sport natürlich. Er wollte, dass es ein kleiner Hockeyspieler wurde. *Sein Sohn.* Er fuhr sich ein paarmal durchs Haar, als er realisierte, über was er da gerade nachdachte, packte sich energisch den Rest des Fleischwurstkringels zwischen zwei Brotscheiben und biss hinein.

Und wenn Elisabeth andere Vorstellungen hatte? Waldorfschule, irgend so ein Schnickschnack? Würden sie sich dann trotzdem einig werden? Skurril. Eben noch hatte er nicht Vater werden wollen, jetzt hatte er Angst, kein Mitspracherecht zu haben. *Sein Sohn.*

Er machte »bah!« – »bah!« – »bah!« – und lauschte dem Echo in dem fast hundert Quadratmeter großen Raum, der bis auf zwei frotteebespannte Liegeoasen mit Baldachin drüber und einem Ergometer hinten an der Wand leer war.

Er versuchte es mit »E!« – »li!« – »sa!« – »beth!«, horchte, wie jede Silbe gegen die Wand prallte, zwei-, dreimal zurückgeworfen wurde und schließlich verhallte. Wenn ihn hier jemand hörte! Aber wer sollte schon? War ja schließlich sein Haus.

Er hatte sich tatsächlich ein bisschen verliebt. Um nicht zu sagen:

ein bisschen sehr. In eine Frau, die einfach in der Gegend rumgestanden und gerufen hatte »pflück mich!«. Umso mehr ärgerte es ihn jetzt, dass sie so hochnäsig war. Für was hielt sie sich eigentlich? Oder musste die Frage lauten: Für was hielt sie ihn? Für einen großkotzigen, überheblichen, eingebildeten Schnösel wahrscheinlich. Der morgens ein Vollbad in seiner Kohle nahm und Frauen nach dem Sex brutale Hau-ab!-Briefe schrieb. Was war ihm bloß eingefallen? Er hatte sie doch gern gehabt. Warum hatte er ihr wehtun müssen? Er hatte noch nie in seinem Leben so einen Brief verfasst. Er hatte aber auch noch nie in seinem Leben eine wildfremde Frau aufgesammelt und mit nach Hause geschleppt. *Nach Hause*. Er guckte sich skeptisch in der leeren Pracht um.

Sein Blick fiel auf das Tablett und die Post, zuoberst ein Büttenkuvert, Absender Christine & Arend Warenburg-Henjes. Die Taufeinladung. Ein Brief von seiner Bank. Einer vom Förderkreis Elb-Auen e.V. – Schön, wenn sie jetzt hier gewesen wäre.

Er sprang auf, ging rüber zu seinem Jackett, das er auf den Boden geworfen hatte, und zog den Bibo aus der Innentasche. Er war immer noch nicht hübscher. Er studierte die Plastikaugen, in denen zwei kleine schwarze Kügelchen als Pupillen kullerten. Er schnupperte am Schaumgummi, schnippte mit den Fingern gegen die beiden orangefarbenen, regenwurmartigen Beine, die unten dran baumelten. Und strich dem Teil (zugegeben, ziemlich unmännlich!) über den Bauch.

Er trank die Milch in einem Schluck leer, dann tappte er zu den großen Flügeltüren. Er tastete die obere Türbekleidung ab, Ewelina deponierte hier immer den Schlüssel, schloss auf, der Anti-Einbruch-Zylinder, der sein Acht-Millionen-Anwesen vor Einbruch schützen sollte, sprang aus dem Sicherheitsgriff, er drückte die Tür auf und ging in den Garten. Hier fing er an, mit beiden nackten Füßen gleichzeitig durch das kalte, feuchte Gras zu springen und zu juchzen.

Sah ihn ja keiner.

28

Lissie wühlte ihr Diddlmaus-Telefonbuch aus der Tasche. Seit drei Monaten schon moderte das Interview mit der Vorsitzenden der Frauengruppe im Bundestag, Moni Knottmerus-Meier, im Korb »Wiedervorlage« vor sich hin.

Wo hab ich jetzt nur die blöde Nummer notiert? Unter »B« wie Baby? Oder »D« wie Doppelname? Oder »P« wie Politikerin? Mensch, Herrgott!

Eigentlich war Frau Knottmerus-Meier für eine Reportage über »Working Mums« eingeplant gewesen. Dann hatten ihre Fotos in der Optik-Konferenz auf dem Tisch gelegen. Und selbst wenn es bis dahin keine statistischen Erhebungen über Zusammenhänge zwischen menschlichen Monstertitten und Butterberg in der EG gab, schien in Knottmerus-Meier der lebende Beweis gefunden. Die stillende, alleinerziehende Mutter eines zweiundzwanzig Monate alten Säuglings names Malte (während des halbstündigen Fotoshootings auf der Tribüne des Berliner Plenarsaals hatte sich der Kleine schrecklich gelangweilt und zweimal mit einem »Will Milch!« die Möpse seiner Mama aus der Bluse gezogen) war stolz darauf, mehr als einen halben Liter pro Tag »über« zu haben. (Was man ihr bei Körbchengröße Doppel-E gern glaubte.) Den brachte sie, wann immer möglich, zu einer Milchsammelstelle in der Uni-Klinik Magdeburg, wo es pro Liter fünf Euro fünfzig Zapfprämie gab. Das Ganze wurde dann in einem der Kuhmilch-Pasteurisierung nicht unähnlichen Verfahren dreißig Minuten bei sechsundfünfzig Grad erhitzt *(»damit Vitamine und Eiweiße erhalten bleiben!«*) und fremdverfüttert. Lissie war bei der Schilderung leicht übel gworden.

Ach Klar! Unter »W« wie Wickeltisch!

Sie griff zum Telefonhörer, wählte und fing an, kleine Wölkchen auf ihre Schreibtischunterlage zu malen.

Nach dem Shooting waren sie eine Etage tiefer ins Käfer-Abgeordneten-Restaurant gegangen, wo sich die Frauengruppenvorsitzende zwanzig Minuten darüber ausmärte, dass es hier keine Wickeltische, keine Stillecken und genau null Kinderstühle gab. Lissie hatte währenddessen die Aussicht aufs Kanzleramt genossen. (Soweit das die dicken Zigarettenrauchschwaden in der Luft zuließen.) Und als sie sich, weil ihr immer flauer wurde, einen Kaffee holte, grub Knottmerus-Meier noch die hübsche Anekdote aus, dass sich Oberschwester Maybrit von der Magdeburger Sammelstelle gern auch einen Spritzer Muttermilch in den Kaffee gönnte (»schön süß!«). Aber natürlich nur, wenn Bärenmarke alle war.

Lissie hatte es gerade noch zur Toilette geschafft und beschlossen, ihr Baby gleich nach der Geburt auf Hühnersuppentopf von Erasco umzustellen.

»Bundestagsbüro von Monika Knottmerus-Meier!«, meldete sich eine neutrale Frauenstimme.

»Ja, hallo, hier ist Elisabeth Lensen von der Zeitschrift *Cleo*«, flötete Lissie ins Telefon, »ich habe vor einer ganzen Weile mit Frau Knottmerus-Meier ein Interview gemacht und wollte nur ausrich…«

»Oh! Ich weiß schon! Ich stell durch!«, kam's begeistert zurück.

»Nein-nein! Nei…!«, rief Lissie in den Hörer. Zu spät. Während »Freude schöner Götterfunken« aus dem Hörer dudelte, malte sie auf die Wölkchen Männchen mit Jackett und Einstecktuch.

Wie pule ich der jetzt bei, dass sie aus dem Heft geflogen ist?

Carmen Clausen hatte nur einen kurzen Blick auf die hennaroten Krissellocken geworfen, die explosionsartig aus dem Kopf von Knottmerus-Meier wuchsen. Und auf die bedrohlich aussehenden Riesenglocken. Und befunden, dass die fortpflanzungswillige *Cleo*-Leserin beim Anblick dieser »Working Mum« auf jeden Fall drei Antibabypillen gleichzeitig schlucken und sich zur Sicherheit auch noch eine extragroße Spirale verdübeln lassen würde. Also tschüssikowski, raus und weg. Mit *so was* würde man niemals das berühmte Lasso um den Hals der Zielgruppe werfen und sie einfangen können.

Lissie schaute ausgelaugt und verzweifelt ihre von Wölkchen, Strichmännchen und Einstecktüchern übersäte Schreibtischunterlage an. Frustriert riss sie das oberste Blatt ab, knüllte es zusammen und pfefferte es in Richtung Mülleimer, während »Freude schöner Götterfunken« immer so kleine Hakser im Band hatte. Das Papierknäuel landete zielsicher auf dem befleckten blauen Teppich daneben.

»Halloooo, Frau Lensen! Und ich dachte schon, Sie hätten mich vergessen! Sie wissen ja – Journalisten. Viel Wind immer und dann kommt meistens nix nach. Aber bei Ihnen konnte ich mir das eigentlich nicht vorstellen«, schallte es voller Energie aus dem Telefon. Lissie hielt den Hörer schnell ein Stück vom Ohr ab. Und zog bei der Gelegenheit ihre Privatpost aus der Tasche, um sie nebenher zu lesen. »Also, mir sind, glaube ich, noch ein paar ganz gute Gedanken gekommen«, dröhnte es weiter geschäftig. »Wollen Sie's mitschreiben oder wie wollen wir's machen?«

Die meint doch nicht allen Ernstes, sie kann mir in die Feder diktieren, was sie gerne veröffentlich hätte? Ich bin doch nicht ihre Pressesprecherin. – HEW ... Handy-Abrechnung ...

In der Hand hielt sie plötzlich einen länglichen Umschlag der Anwaltskanzlei Von Göhning & Partner.

Oh Gott! Nicht schon wieder.

Sie klemmte den Hörer hinters Ohr und franste mit zitternden Fingern das Kuvert auf. »Frau Knottmerus-Meier, wir werden den Artikel erst mal nicht bringen«, Lissie hatte das Gefühl, gleich ohnmächtig zu werden, »ich hoffe, Sie sind nicht böse.« Ihr Herz klopfte bis zum Hals. Sie brachte es nicht über sich, das Schreiben aus dem Umschlag zu ziehen.

»Aber nein! Ganz und gar nicht! Das passt mir sogar ganz gut, wenn wir den Artikel ein bisschen schieben. Malte hatte die ganze letzte Woche Windpocken. Ich bin auch gar nicht im Büro gewesen.« Knottmerus-Meiers Stimme war ein einziger kumpeliger Puffmutterton.

Der Poststempel!

Lissie versuchte, das Datum zu entziffern.

27. Oktober! – Zwei und zwei sind vier. Einen im Sinn. Drei fallen lassen. Der Tag nach seinem Besuch!

»Und ich würde Ihnen doch so gerne noch Unterlagen zusammenstellen, aus denen ersichtlich ist, was unsere Frauengruppe, insbesondere auch der Kreisverband Magdeburg, in nächster Zeit plant. Wir wollen zum Beispiel Sackhüpfen vor dem Reichstag machen und auf diese Weise dagegen protestieren, dass immer noch mehr Männer als Frauen im Bundestag sitzen und wir in einer von Männern dominierten Welt leben.«

»Danke, ganz ganz lieb von Ihnen«, rief Lissie nebenbei. Sie zählte die Seiten.

Zwei! Eine weniger als letztes Mal.

»Wie?« Knottmerus-Meier wirkte jetzt doch etwas irritiert. »Also, ich würde mich auf jeden Fall freuen, wenn Sie darüber auch berichten könnten ...«

»Ja, gut! Wann denn?« Lissie zog energisch die Blätter aus dem Umschlag.

Wetten, da stehen wieder jede Menge Gemeinheiten drin?!

»Also, ich denke, wir sollten uns auf jeden Fall noch mal zusammensetzen. Das macht Sinn. Und ich seh auch gerade in meinem Laptop – meine Assistentin hat zwar für die nächste Woche schon Termine gemacht. Aber sagen wir Montag, elf Uhr?«

»Das kriegst du hin!«, murmelte sich Lissie Mut zu und strich den Falz glatt. Abgesehen davon legte sie jetzt einfach mal den Hörer auf.

VON GÖHNING & PARTNER

Schifffahrtsrecht • Transportrecht • Gesellschaftsrecht • Handelsrecht • Arbeitsrecht
Versicherungsrecht • Mergers & Acquisitions • Prozessführung & Schiedsgerichtsbarkeit

Frau
Elisabeth Lensen
Prahlstraße 39
22765 Hamburg

27. Oktober
A/ Fa/ 00195/ 200

Sehr geehrte Frau Lensen,

hiermit zeige ich an, dass mich Herr Paul Joost Ingwersen, c/o CTC Shipping, Van-der-Smissen-Straße 9, 22767 Hamburg, erneut und hoffentlich ein letztes Mal mit der Wahrung seiner Interessen beauftragt hat. Vollmacht wird anwaltlich versichert.

Ich wende mich an Sie als die zukünftige Mutter des Kindes meines Mandanten. Mein Mandant hat mich über seinen Besuch bei Ihnen am 26.10. des Jahres in Kenntnis gesetzt und mich beauftragt, Ihnen Folgendes mitzuteilen:

Er ist mehr als betrübt, dass Sie sich in dieser Angelegenheit so widerborstig und renitent gebärden. Ihnen sollte klar sein, dass die von Ihnen angenommenen Sachverhalte falsch sind und jeglicher tatsächlichen Grundlage entbehren. So verwahrt er sich auf das Schärfste gegen die Behauptung, dass er in Treppenhäusern „herumlungert". Mein Mandant ist Frischluft-Fanatiker! Auch gibt er sich zu keiner Zeit mit „Winkeladvokaten" ab - was ich aus ganz persönlicher Anschauung an dieser Stelle bestätigen darf.

Indem Sie meinen Mandanten als überheblich, verlogen, unehrenhaft und snobistisch bezeichnen, verletzen Sie in rechtswidriger Weise seine Gefühle. Mein Mandant muss dies nicht hinnehmen. Nur beispielhaft darf ich auf den § 50 II 12 ALR aus dem Jahre 1794

Dr. Winfried von Göhning Dr. Claudius Michelsen Dr. Wolf-Dieter Rücking Dr. Henning Frühwald
Dr. Bertram Sredzki Dr. Helmut Prott Dr. Gerhard Brunnier Dr. Jan-Peter Bitter Dr. Ribin Ahmadi Dr. Leonhardt Hamann
Kt.Nr. 430066 Deutsche Bank BLZ 200 700 00
Vorsetzen 12 20459 Hamburg Tel. 0049-40-373636 Fax 0049-40-363636

VON GÖHNING & PARTNER

Schifffahrtsrecht • Transportrecht • Gesellschaftsrecht • Handelsrecht • Arbeitsrecht Versicherungsrecht • Mergers & Acquisitions • Prozessführung & Schiedsgerichtsbarkeit

verweisen, der es Männern erlaubt, Frauen zu züchtigen, wenn sie nicht lieb sind.

Im Gespräch mit Ihnen musste mein Mandant überdies den Eindruck gewinnen, dass seine Körperpflege zu wünschen übrig lässt. Er meint, in obigem Zusammenhang das Wort „Stinktier" vernommen zu haben (Aussage des Zeugen „Pizzabote" wird bei Bedarf nachgereicht). Er geht davon aus, dass Sie sich entschuldigen möchten, und schlägt ein gemeinsames Abendessen vor. Auch ein Kuss wäre als Entschädigung denkbar.

Wir behalten es uns förderhin vor, den anonymen Briefeschreiber, der meinen Mandanten am 17.9. des Jahres auf so ungebührliche Art und Weise aus seinem Leben geschreckt hat, auf 1 Million Euro Belohnung und den Besuch eines Instituts zur Verbesserung der Handschrift zu verklagen.

Ich muss Sie ferner darauf hinweisen, dass mein Mandant findet, dass Sie eine tolle Frau sind, und ihm die Sorge um Ihr gemeinsames Kind am Herzen liegt. Außerdem möchte mein Mandant noch anmerken, dass Sie Ihre Socken falsch herum anhatten. (Dieser Tatbestand dient lediglich als Hinweis und ist nicht Teil unserer Klage.)

Hochachtungsvoll

Claudius Michelsen

Dr. Claudius Michelsen

Hinweis in eigener Sache: Da ich mit dem heutigen Tag mein Mandat niederlege, wird gebeten, etwaige Antwortschreiben direkt an Herrn Paul Ingwersen zu adressieren.

Dr. Winfried von Göhning Dr. Claudius Michelsen Dr. Wolf-Dieter Rücking Dr. Henning Frühwald
Dr. Bertram Sredzki Dr. Helmut Prott Dr. Gerhard Brunnier Dr. Jan-Peter Bitter Dr. Ribin Ahmadi Dr. Leonhardt Hamann
Kt.Nr. 430066 Deutsche Bank BLZ 200 700 00
Vorsetzen 12 20459 Hamburg Tel. 0049-40-373636 Fax 0049-40-363636

Lissie ließ sich auf ihrem Stuhl zurücksinken und faltete die Hände auf dem Bauch. Weinen, lachen? Was war jetzt angesagt? Sie blieb einen Augenblick unschlüssig und entschied sich für die goldene Mitte: Zärtliches Schimpfen.

Du Schlawiner!

Du Um-den-Finger-Wickler!

Du wunderbarer Mann.

Sie bedeckte die Augen mit der Hand, versuchte sich seine Küsse auf ihren Lidern vorzustellen. Strich sich mit den Fingerkuppen über Wange und Hals, glaubte, die Berührung seiner Lippen zu erinnern. Streichelte das Baby in ihrem Bauch und dachte an seine fünfzig Prozent, die da jetzt in ihr waren. Ihr Herz tat ihr weh.

29

Aschivanda Sidanta, bürgerlich Sabine Suckfüll, lag da wie ein umgefallener Storch: Das eine Bein ausgestreckt, das andere Bein eingeknickt und zur Brust hochgezogen, das Knie mit den Händen umfasst: »Wir bringen die blockierten Ideeen wieder zum Fliiießen ... Muuuskeln und Orgaaane werden durchbluuutet ...«, startete sie erneut ihren monotonen Singsang.

Rund um ihre Yogalehrerin gingen jetzt auch alle anderen Teilnehmerinnen des Kurses für Schwangere willig in die Flachlage. Lissie schloss die Augen, um nicht in die Neonröhren unter der Hallendecke gucken zu müssen, und gab sich redlich Mühe, ihre Mitte und ihr wahres Sein zu fühlen. Scheiterte aber kläglich am »Ahhhh!« ihrer Nachbarin zur Linken, die bei jeder Asana (oder war es vielleicht doch eine Pranayama?) ausatmete, als läge sie schon jetzt in den Wehen.

Na, Kleiner, halt dir mal die Ohren da drinnen zu. Ist noch nicht so weit. Aber Mama ist gleich fertig mit diesem Außerirdischen-Treff. Und dann gehen wir eine Apfeltasche essen.

»... und eiiin- und wieder auuusatmen ...«

»aaaaaaah...«

... und eiiin ... und auus ...«

»... aaaaaaah...«

»... und eiiin ...«

Wenn Lissie es in den letzten fünf Monaten jemals bereut hatte, schwanger zu sein, dann hier und heute Abend. Schon im kleinen, spärlich gelüfteten Gemeinschaftsumkleideraum, Geruchsnote »Socke«, waren ihr erste Zweifel gekommen, ob das wirklich der rechte Ort war, das »Wunder der Schöpfung zu beschwören und Kraft zu tanken«, wie es der Werbeflyer versprochen hatte.

Die Zweifel hatten sich auch nicht gegeben, als um sie herum reihenweise – »wir sind ja unter uns!« – violett-geäderte Bäuche ausgepackt und Antithrombosestrümpfe heruntergerollt wurden. Lissie hatte sich mit dem Gedanken getröstet, dass Violett voll im Trend lag. Und die Strümpfe würde sie auf jeden Fall in Rosa nehmen.

Als sich dann alle Kursteilnehmerinnen, Hand im Kreuz, quasi selbst in den Übungssaal rüberschoben, hatte Lissie endgültig beschlossen, ihre eigene Niederkunft auf 2010 zu verschieben – nur leider stand *diese* Offerte nicht im Schnupperstunden-Angebot.

Immerhin habe ich jetzt schon ganze fünf Minuten nicht an Paul gedacht. Neuer Rekord.

Seit acht Tagen herrschte Funkstille. Sie hatte nicht angerufen, er sich nicht mehr gemeldet. Und wenn da nicht dieses verknüddelte Schreiben in ihrer Tasche gewesen wäre, hätte sie überlegt, ob sie nicht vielleicht ein bisschen geistesgestört war.

Sie konzentrierte sich wieder auf die Mamis um sich herum und darauf, was es bedeutete, schwanger zu sein. Also, auf jeden Fall Einsamkeit. Statistisch gesehen musste zwar jede achtundfünfzigste Frau auf Hamburgs Straßen derzeit schwanger sein. Gefühlt war es aber nur jede Tausendste. Im Hansa-Verlag jedenfalls, so hatte Lissie festgestellt, lief keine herum. Dafür gab es, äsenden Rehen auf einer Lichtung nicht unähnlich, Mami-Fütterungsstellen, wo sich die Schwangeren rudelweise an Latte Macchiatos und rechtsdrehender Schmandtorte festhielten. Café hieß das in der Umgangssprache.

Ja, und Schwangerschaft bedeutete auch, auf Männer zu treffen, die augenblicklich zu Höhlenforschern mutierten, wenn sie vor einer Schwangeren standen. Die mit einem »Ja, haallooo! Wie geht's denn da drin?« Klopf! Klopf! auf der Kugel herumpatschten, als müssten sie mit einem Verschütteten Kontakt aufnehmen. Dabei käme umgekehrt keine Frau je auf die Idee, einem wildfremden Mann am Bierbauch rumzufingern. Ziemlich abtörnend fand Lissie auch die Verabschiedung: »Gutes Brüten noch.«

Vielleicht sollte man die Herren der Schöpfung mal aufklären, dass Schwangere keine *Vögel sind?*

»Om Shanti, Shanti, Shanti, loka samasta sukino bavantu ...!« hatte sie zu Beginn der Stunde artig und ein bisschen planlos mitgebrummelt, was aber eher auf ein »Umschalti! Lukas! Hamster! SoDuko! Verdammt du!« hinausgelaufen war. Während sie ihr gestautes Blut in den Beinen pochen fühlte, sie saß sonst nie im Schneidersitz, hatte sie artig die Hände gen Himmel gehoben und so getan, als ob sie die Augen schließen würde.

»... und aaaus ...«

Vor zehn Minuten hatte Aschivanda-Sabine wie ein hagerer Buddha gütig in die Runde geblickt: »Gibt es bis zu diesem Punkt Fragen?« Und eine stämmige, kleine Frau mit Pony und Blumenspangen linksrechts hatte sich fingerschnipsend gemeldet: Ihr Muttermund sei erweicht, sie hätte einen verkürzten Gebärmutterhals, Blähungen sowieso, von den Krampfadern ganz zu schweigen, ja, ob *sie* denn auch eine Brücke turnen dürfe? Beim anschließenden regen Erfahrungsaustausch unter Gebärwilligen (»Meine Vagina! Mein Mann! Mein Mutterkuchen!«) war Lissie zu der Überzeugung gekommen, dass man sich auch genauso gut ein Gruselvideo kaufen konnte.

Sorry Kleiner! Keine gute Vorstellung, die wir Mädels hier geben. Ich fürchte, wenn du nicht schon ein Junge wärst, würdest du dich spätestens jetzt zu einer Geschlechtsumwandlung entschließen.

Sie mühte sich mit hochrotem Kopf und freundlicher Unterstützung von Aschivanda, die an ihr rumzerrte, die Kiste hochzukriegen und eine Kerze zu turnen. Dabei rutschte die Jogginghose in die Kniekehlen und legte das Stoppelfeld an ihren Unterschenkeln frei. Und es war, als ob diese Unterschenkel schrien: »Ja, alle mal hergucken. Hier will kein Mann mehr ran! Ist es ein Wunder?«

Was mach ich bitte in diesem Kurs??? Bin ich eigentlich eine Masochistin?

Dummerweise hatte sie vergangenen Dienstag nicht schlafen können und war morgens um vier bei RTL »Mein Baby« hängen geblieben, einer Doku-Soap rund um das Thema Kinderkriegen, offensichtlich sponsored by Wella und der deutschen Fliesenindustrie: In einem bis zur Decke gekachelten, türkis glänzenden Entbindungs-Schlachthof hatte Mama Cordula (neue Dauerwelle) einem Baby mit rotem Riesenhodensack das Leben geschenkt.

Lissie hatte tief gerührt in ihr Taschentüchlein geschnäuzt und bis in die frühen Morgenstunden To-do-Listen angelegt. Wo entbinden? Wie entbinden? Rhönrad-Geburt ja – nein? (Was eine willkommene Abwechslung darstellte zu ihren üblichen »Wie ich mein Leben ändern will«- und »Was ich im Job unbedingt ansprechen muss«!-Listen.)

Am nächsten Morgen dann hatte sie die Punkte eins bis vier (schadstoffarmes Kinderzimmer, Anruf bei allen führenden Gynäkologen und Hebammen Deutschlands zwecks erster Sondierungsgespräche, etc.) wegen akuter Ebbe auf dem Konto und spontaner Ermattung (sie hatte schließlich nachts nicht geschlafen) auf Dezember verschoben. Und war nachmittags bei Punkt fünf (Zwiegespräch mit dem Baby/du musst mehr in dich reinhorchen, Lissie!) wieder eingestiegen: Auf dem Wartezimmertisch ihres Frauenarztes hatte ein Stapel Gutscheine für Schwangerschaftsyoga rumgelegen und ihr zugeraunt: »Nimm uns mit! Wir sind umsonst!«

»Wir achten darauf, dass die Muskeln, die wir für diese Übung nicht brauchen – die Schuuultern, der Naaacken, das Gesiiicht –, dass die looocker bleiben ...«, schallte es gütig über die Berglandschaft aus Bäuchen hinweg. Aschivanda richtete sich ein Stück weit mit dem Oberkörper auf, sodass die langen Indien-Ohrringe auf ihre knochigen Schultern baumelten: »Die Übung, die ihr jeeetzt gelernt habt, ist die sogenannte *gaaaslösende* Stellung, die Blähungen behebt.«

Shanti, Shanti!

»Kommen wir jetzt zur leeetzten Übung, dem Adho Mukha Svanasana, dem abwärtsschauenden Huuund. Dazu gehen wir auf alle viiiere, nehmen den Kopf auf die Bruuust und drücken die Beine duuurch ...«

Was ist eigentlich, wenn mich einer aus der Redaktion hier in diesem Kurs sichtet? Na ja, kann ich mich ja immer noch mit Recherchen rausreden.

Lissie betrachtete die Welt um 180 Grad gedreht: den mickrigen Gummibaum mit den obligaten dreieinhalb Blättern dran (Sophie und sie waren Verfechter der These, dass es sich um eine holländische Spezialzüchtung handelte – extra für deutsche Kneipenfensterbänke, Behördenwarteräume und Hartz-IV-Wohnzimmer), den Aufsteller mit Infozetteln »Du & Deine Doula«, »Das Geburtshaus«.

Sie war gerade dabei »Der Beckenboden, deine geheime Kr...« zu entziffern, als sie von innen etwas sanft streichelte. Wie der Flügelschlag eines Schmetterlings, kitzelig, unstet. Tick.

Hallo?!!!!!

Erschüttert ließ sie sich auf die Knie plumpsen, richtete sich halb auf, legte die Hand auf den Bauch. Sie fühlte sich wie Robinson Crusoe, der am Horizont ein Schiff gesichtet hatte. Sie konnte es nicht glauben. Da! Da war es wieder. Ganz sacht. Wie Atem auf der Haut.

Du bewegst dich ja!!!!!!!!!!! Ich werd verrückt, ich glaube es nicht, ich kann es nicht fassen!

Laut Lehrbuch hätte sich ihr Knirps schon seit drei Wochen bewegen müssen. (Anthroposophische Schwangere, die alle Kinderzimmermöbel in Laubsägearbeit herstellten und während der Empfängnis »Junge, die Welt ist schön!« sangen, spürten ihr Kind gerüchteweise schon in der ersten Woche.) Doch entweder war ihr Baby ein Anarchist, seine Mutter zu blöd oder das Ganze eine Erfindung der Brutmafia, um Mütter bei der Stange zu halten, die schon nach der halben Zeit die Schnauze voll hatten. Lissie jedenfalls war in der einundzwanzigsten Woche und nichts rührte sich nirgendwo. Bis vor genau dreieinhalb Sekunden. Sie hielt den Atem an und wollte sich nie wieder bewegen.

Ich weiß ja aus leidvoller Erfahrung, Frauen sollen nicht den ersten Schritt machen – aber darf ich dir einen Antrag machen, mein Kleiner?

Sie wusste nicht, wann ein Mann sie je so glücklich gemacht hatte. Mit neunzehn war sie mit ihrem ersten Freund, Hannes, für verliebte Kurztrips in die Bretagne und die Normandie gefahren. Anschließend hatte er in seiner Studentenbude gesessen, um genauso liebevoll an der Reisekostenabrechnung zu basteln. Wenn er ihr kleine Zettelchen schrieb, dann nicht »Ich liebe dich«, sondern eher »Schatzi, ich krieg noch zwanzig fürs Tanken!«. Danach waren Michi und Tom gekommen. Michi litt an chronischer Genitalzentrierung, Lebensphilosophie »Nach der Kiste ist vor der Kiste. Gesprochen haben wir ja heute schon«. (Hatte leider doch drei Monate gedauert, bis Lissie das schnallte.) Und mit Tom war es eine klassische Dreierbeziehung gewesen: sie, er und sein Ego. Kam er vom Joggen, durfte sie seinen Oberschenkel betasten: »Fühl mal, Lissie, wie hart!« (Wenigstens der!). Ansonsten guckte er gern in den Kühlschrank, um anschließend zu schmollen, weil sie mal wieder nicht das Richtige für ihn eingekauft hatte. Aber schließlich und endlich war Basti in ihr Leben getreten, ein Glücksgriff. Fünf Jahre lang hatten sie gemeinsam in den Himmel geguckt und in den Wolken schlafende Bären und die buschigen Brauen vom Weihnachtsmann gesehen. Abends, vorm Badezimmerspiegel, fädelten sie sich gemeinschaftlich die Zahnseide zwischen die Zähne und gurgelten mit Meridol, um anschließend aneinandergekuschelt noch ein bisschen Schopenhauer (er) und Angélique (sie) zu lesen. Wenn Basti einen Satz anfing, konnte Lissie lachend den Rest ergänzen, so gut funktionierten sie miteinander, wobei nicht die Notwendigkeit bestand, viel zu sprechen, es war ja alles vollkommen klar. Beim Autofahren überließ er ihr immer die Schlüssel. Und wenn er auf die Toilette ging, war das Vertrauen so groß, dass er die Tür aufließ. Dann, im vorletzten Frühjahr, waren sie im menschenleeren Laboe am U-Boot-Denkmal spazieren gegangen, er hinter ihr. Und aus Spaß hatte er seine Schritte immer in ihre Fußabdrücke im Sand gesetzt. Und plötzlich, beim Um-die-eigene-Achsen-Drehen, war ihr bewusst geworden, dass vor ihr nichts war und hinter ihr nur seine Spuren. Da hatte sie leider einen kleinen Psychorappel gekriegt.

Nein, irgendwie hatte sie in ihrem Leben bislang immer nur Nieten aus dem Topf gezogen.

Und Paul J. war die Oberniete. Oder ihre große Liebe. Das wechselte minütlich.

30

Direkt vor der Tür wartete brav ihr kleiner Toyota unter einem Parken-verboten-Schild. Sie hielt die Luft an.

Bitte, bitte, bitte kein Ticket!

Obwohl heute Sonntag war und sie alle Zeit der Welt gehabt hatte, war sie wieder mal auf den letzten Drücker losgefahren und hatte, vorm Yoga angekommen, vor der komplizierten Rechenaufgabe gestanden: Gute Bürgerin + stundenlange Parkplatzsuche = nix Sport. Oder: Bösi-bösi + ich-park-einfach-mal = Abschleppkralle. Der Gott der einsamen, sitzen gelassenen Frauen hatte heute Abend ein Nachsehen mit ihr. Der Raum zwischen Scheibe und Wischern war jungfräulich. Erleichtert warf Lissie ihre Sporttasche auf den Beifahrersitz und startete den asthmatisch röchelnden Motor.

»Alles wird gut!«

Sie kratzte sich den Bauch.

»Und jetzt sag mir, wie du heißen willst, Kleiner.«

Neben der *Hebammensprechstunde* hatte sich Lissie bei Amazon.de auch noch ein gebrauchtes *Wie soll es heißen?* gegönnt. Über »Alfonso« und »Philemon« hatte sie sich bis »Wilfried« vorgearbeitet, ohne dass ihr Mutterherz schneller schlug.

Die Kindernamensfindung war nicht auf die leichte Schulter zu nehmen. Lissies private Feldforschungen hatten ergeben, dass es sich hierbei um ein echtes Brennpunktthema handelte: Vor zwei Wochen war sie mit ihren beiden kleinen Neffen im Tierpark Hagenbeck gewesen. Dort hatte sie neben diversen Tims, Toms, einer Emma und einem

August, einen »Pi-Djey« (Peter-Jefferson) und eine »El-Wi!« (Lindsay-Violett) gezählt. Den Vogel abgeschossen hatte eine kleine blasse Angélique mit abstehenden Ohren und blonden Rattenschwänzchen, die im Streichelgehege die Ziegen mit der Pappe der Futterschachtel fütterte.

Ein weiteres Problem war: Wann immer Lissie in der Vergangenheit glaubte, einen tollen Namen gefunden zu haben – zum Beispiel Leon, Lukas, Finn –, stand der garantiert schon auf der Vornamen-Hitliste 2006. Dann stellte sie sich immer vor, wie sie in der Sandkiste saß, ihr Kind beim Namen rief und gleich fünf kleine Scheißer angekrabbelt kamen.

Und selbst wenn ihr Favorit weder zu abgedreht noch zu abgegriffen war, dann fiel ihr unter Garantie ein alter Bekannter selben Namens ein, der Karottenjeans getragen/Mitglied in einem Country- und Westernclub gewesen/öffentlich Labello benutzt/eine andere schwere Verhaltensauffälligkeit gezeigt hatte und den Namen quasi kontaminiert hatte.

Und zu guter Letzt: Selbst wenn sie alle drei Punkte mit einem Okay-Häkchen versehen konnte, war da immer noch Hürde Nummer vier: Das ganze Glück musste zu »Lensen« passen.

Torben Lensen! Das wär's doch! ... *Und hier hätten wir das neue IKEA-Regal!*

Auf dem Linksabbieger zur Gärtnerstraße fiel ihr Blick auf eine Haspa-Filiale.

Okay. Wenn wir zwei Hübschen noch zu McD wollen, muss Mama jetzt schnell zum Bankautomaten und frisches Geld kaufen ...

Die Ampel sprang auf Grün, sie bog ab, rollte auf die Bushaltespur und setzte den Warnblinker. Mit Portemonnaie und Handy in der Hand flitzte sie einmal quer über die vierspurige Straße zur Sparkasse. Während sie ihre EC-Karte in den Schlitz neben der Tür steckte, kämpfte sie mit Seitenstechen – und einem schlechten Gewissen.

Da denkst du doch, als Schwangere kannst du einmal im Leben mit Ansage auf der Couch sitzen, Pralinen essen und dick werden. Aber nein, dann schaust du aus dem Fenster, und unter Garantie joggt gerade eine im Neunten-Monat-Schwangere unter deinem Wohnzimmerfenster vorbei und trägt noch in jeder Hand eine Hantel. Und du musst dich fragen lassen, warum du so eine faule Socke bist. – Einfach null Kameradschaft unter Weibern.

Die Tür schnappte auf, im Gehen checkte Lissie neue Nachrichten auf dem Handy. Nichts. Nothing. Niente. Noch nicht mal die Info von »Vodafone Stars«, dass ihr eine halbe Telefonfreiminute gutgeschrieben worden war. Nur eine kleine, einsame SMS von Sophie.

abc 112
wo steckst
du? wollen
thai essen
gehen.
lust? RUF!
MICH! AN!
Menü Option

Sie dachte an Paul Ingwersen.

Warum meldet sich der Knilch nicht? Warum ruft er nicht an? Warum schreibt er mir Briefe, um sich dann in Luft aufzulösen?

Okay, er hatte ihre Handynummer nicht, aber das konnte nun wahrhaft kein Grund sein. Er besaß Schiffe, die von hier bis zum Polarkreis fuhren. Da würde er doch ein paar Zahlen herausfinden können. Ihr fiel der berühmte Satz ein ›*Als das Telefon* ***nicht*** *klingelte, wusste ich gleich, dass du's bist*‹. So was hielt doch auf Dauer kein Herz aus! Durfte man so miteinander umgehen? Wo war das Gesetz, das Männern verbot, sich einfach nicht mehr bei einer Frau zu melden? Ihre Seele anzubrüten und dann das Gelege zu verlassen? Wo war bitte die Polizei? Blitzte einen mit 51 in einer Tempo-50-Zone, aber verpasste es, solchen Kerlen ein Verwarnticket an den Hosenschlitz zu heften.

Während das Gerät endlos vor sich hinratterte, sie hatte seit zwei Monaten keine Auszüge gezogen, ließ sie traurig ihren Blick schweifen. Drüben am Geldautomaten klebte ein weißer Zettel, unten mit Telefonnummern-Fransen zum Abreißen. Neugierig trat sie näher. »*Habe bei meiner letzten Abhebung fünfzig Euro liegen lassen!*«, stand zu lesen. Woraufhin jemand mit Filzer darunter gekrickelt hatte: »*Sag mal, wie doof bist du eigentlich?*« Plötzlich durchflutete Lissie neue Hoffnung. Was für eine schöne Erkenntnis, dass es noch mehr Trottel auf der Welt gab. Es verhielt sich hier im Prinzip wie mit dem Autofahren in Italien: Da bumste jeder jeden an, und dadurch bekam es etwas sehr Entspannendes – als ob man in einem Club sei und das waren eben die Vereinsregeln.

Mit einem »Rrrrrt!« spuckte der Drucker die Karte und die fertigen Ausdrucke aus. Sie deckte den Kontostand mit dem Daumen ab und schätzte, wie viel sie im Minus war.

Sechshundert ... naja, vielleicht siebenhundert ... siebenhundertzwanzig. Top, die Wette gilt.

Sie lüftete die letzte Ziffer.

Ein »+«.

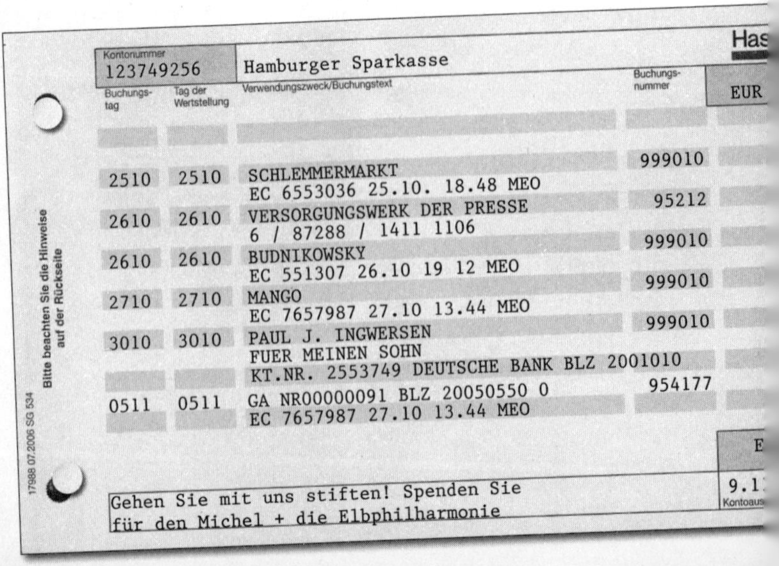
Kontonummer 123749256 | Hamburger Sparkasse | Has

Buchungstag	Tag der Wertstellung	Verwendungszweck/Buchungstext	Buchungsnummer	EUR
2510	2510	SCHLEMMERMARKT EC 6553036 25.10. 18.48 MEO	999010	
2610	2610	VERSORGUNGSWERK DER PRESSE 6 / 87288 / 1411 1106	95212	
2610	2610	BUDNIKOWSKY EC 551307 26.10 19 12 MEO	999010	
2710	2710	MANGO EC 7657987 27.10 13.44 MEO	999010	
3010	3010	PAUL J. INGWERSEN FUER MEINEN SOHN KT.NR. 2553749 DEUTSCHE BANK BLZ 2001010	999010	
0511	0511	GA NR00000091 BLZ 20050550 0 EC 7657987 27.10 13.44 MEO	954177	

Gehen Sie mit uns stiften! Spenden Sie
für den Michel + die Elbphilharmonie

9.1 Kontoaus

Bitte beachten Sie die Hinweise auf der Rückseite

17988 07.2006 SG 534

Irritiert zog sie den Daumen weg, ihre Augen glitten die Zahlenkolonne mit den Abbuchungen entlang.

Und ihr Herz setzte für einen Moment aus.

Das darf doch nicht wahr sein … das hat er doch nicht wirklich gemacht … wie kommt er darauf? Woher kennt er meine Bank und Kontonummer?

»Paul J. Ingwersen – Für meinen Sohn – 1300.00 Euro« stand da schwarz auf weiß gestreift. Sie las noch mal und noch mal. Als ob Zeilen und Summe irgendwann einen neuen Sinn ergeben würden. Die Tränen fingen an zu laufen, über die Wange, am Kinn entlang, unter den Schal. Und sie bedeckte die Augen mit den Händen. Mit allem hatte sie gerechnet. Aber *damit*?

Ist das Düsseldorfer Tabelle plus Reichenzuschlag? Oder ist das wieder so ein neues Spiel von dir?

Aber das kam gar nicht in die Tüte. Das konnte er alles hübsch behalten. Sie war nicht käuflich.

Plötzlich hatte sie das Gefühl, dass der Schal um ihren Hals sie erstickte, und zerrte hektisch den Knoten auf.

Sie kannte jetzt schon mindestens vier Paul Ingwersens: den Alles-ist-möglich-Party-Ingwersen, der zärtlich geflüstert hatte: »Du bist das Beste, was mir passieren konnte im Leben.« Und sie (aber daran wollte sie eigentlich nie wieder erinnert werden) wie Don Juan stolpernd und mit runtergerutschter Hose über die Hausschwelle getragen hatte. Den geistesgestörten Korinthenkacker-Anwaltschicker, der sich auf seinen guten Ruf einen runterholte und das Wort »Herz« im Lexikon nachblättern musste. Den neugierigen Ich-will-mich-mal-gruseln-Treppenhaus-Ingwersen, der seiner Eingeborenen nach Kolonialherrenmanier einen Besuch abstattete. Und jetzt den – ja was eigentlich? Den Ich-probier-mich-mal-aus-…, den Ich-hab-doch-Gefühle-Ingwersen?

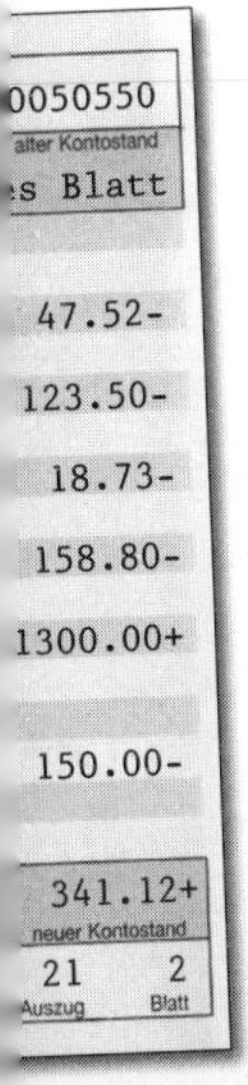
0050550
alter Kontostand
s Blatt
47.52-
123.50-
18.73-
158.80-
1300.00+
150.00-
341.12+
neuer Kontostand
21 2
Auszug Blatt

Du musst jetzt einen kühlen Kopf bewahren …

Im Religionsunterricht, den sie überwiegend dazu genutzt hatte, die Chemiehausaufgaben abzuschreiben, hatten sie wochenlang auf dem Satz »Liebe und Hass sind Brüder« rumgekaut. Und zugegeben! Jetzt gerade hatte sie das Gefühl, dass ihr Hass den Blinker setzte und zu seinem Anverwandten fuhr.

Lissie! Lissie! Lissie! Stopp! Stopp!

Woran erkannte man Liebe?

Mmh, keine Geigenspieler zu hören …

Was daran liegen mochte, dass die mit Sicherheit gewerkschaftlich organisiert waren und Besseres zu tun hatten, als nach Dienstschluss in einer kleinen Haspa-Filiale zu fideln.

Spürt frau es vielleicht in der Brust?

Lissie legte spontan die Hand aufs Herz.

Nach dem anfänglichen Galopp alles ruhig …

Was, also, war Liebe? Die Antwort, hatte sie das Gefühl, war irgendwo hier. Das Handy klingelte.

Shit!

Nicht dass sie Einstein war. Aber der hatte bestimmt auch mal über seiner Relativitätstheorie gebrütet. Und jetzt stelle man sich bitte vor: Er rechnete gerade »Pi hoch zehn geteilt durch die Tangente des Hypotenusen-Quadrats« und – nerv! nerv! – klingelte das Telefon. – Welch sensationelle Erkenntnisse mochten der Menschheit flöten gehen, nur weil ständig diese kleinen Bimmelmonster störten?

»Na, Dumpfbacke.«

Lissie hatte noch nicht das Fahrwerk ausgefahren und landete unsanft in der Wirklichkeit: »… selber Dumpfbacke.«

Seit ihrem Zusammenstoß vor zwei Monaten hatten sie ein Friedensabkommen. Das Thema »Tobias« war tabu. Ebenso sämtliche Worte mit »Unter«: »Unterhalt«, »Unterstützung«, »Untergang (finanzieller)« sowie »Unterlassungserklärung« und »Unterzeichnung der Unterlassungserklärung«. Gerade Letzteres hatte Lissie etliche verächtliche Blicke von Sophie eingetragen. Aber sie hatte dann doch die Klappe gehalten und sich jeden Kommentar verkniffen. Und auch Lissie hatte sich am Riemen gerissen und fröhlich eine Geburtstagseinladung und einen Videoabend mit dem furchtbaren Tobias ertragen.

»Wo steckst du?« Sophie klang aufgedreht. »Ich hab dir schon tausend SMSen geschickt.«

»Was Schwangere halt so machen – Tisch decken, dekorieren, Blumen pflücken. Ich war Yoga machen. Hab ich dir aber bestimmt hundertmal erzählt.«

»Welches Chakra hat sich denn in deinem Hintern verkantet?«

Bitte treffen Sie Ihre Wahl, forderte der Automat, Lissie drückte auf *Auszahlung*. »Sophie, ich muss dich was fragen, dringend.«

»Nein. Sport ist Mord. Ich werde mich nicht mit anmelden. So weit geht unsere Freundschaft nicht.«

Bitte die PIN eingeben, forderte das Gerät. »Mir geht seit einer Woche eine Frage nicht mehr aus dem Kopf. Du hast mir doch immer erzählt, du hättest den Schwangerschaftstest in die Schublade gelegt.« Lissie tippte die Geheimzahl ein, drückte *Bestätigung*, gab nach kurzem Zögern die Maximalsumme *500* und *okay* ein.

»Ja, stimmt.«

»Wo er dann nicht mehr war.«

»Sozusagen.«

»Es könnte nicht zufällig sein, dass du ihn in ein Kuvert gesteckt und an einen gewissen Herrn geschickt hast? Aus Versehen, sozusagen?«

Schweigen in der Leitung.

»Hallo?«, hakte Lissie nach.

»Ich will meinen Anwalt sprechen!«

»Sag mal, Sophie, spinnst du?!«

»*Du* spinnst! Weil du unbedingt allen beweisen willst, dass du den

Friedensnobelpreis verdient hast. Sankta, sankta Lissie! Wie mich das abtörnt! Würg! Würg! Würg!«

»Tut mir leid, deine Platte hat einen Sprung. Den Text kenne ich schon.«

»Treib's nicht auf die Spitze, Lissie Lensen.«

»Kannst du dir vorstellen, wie scheiße ich diesen Mann finde, weil er mir aus dem Nichts irgendwelchen Müll schickt? Und jetzt darf ich mich neben ihn stellen und mitohrfeigen.«

»Sieh's einfach so: Er hat ganz entspannt mit dir ein Kind produziert. Und du hast ihm ganz entspannt ein paar Zeilen geschrieben.«

»*Was* habe ich ihm geschrieben?«

»Nichts.«

»Was. Habe. Ich. Ihm. Geschrieben??!«

»Dass er bitte sein Eigentum zurücknehmen soll. So in der Art. Ich erinnere mich nicht.«

»Muss ich dir erst mit der Bratpfanne auf den Kopf hauen?«

»Wehe, dann hetze ich Tobi auf dich … Tut mir leid, Lissie! Echt! Sei nicht böse. Ich hab es … ich hab's wirklich gut gemeint! Der Kerl darf sich nicht selbstzufrieden die Eier schaukeln. Der ist eine Gefahr für die Allgemeinheit. Denk doch auch mal an so kleine, unbescholtene Mädchen wie mich.«

»Scheiße! Scheiße! Scheiße!« Sie haute mit der flachen Hand auf den Geldautomaten. »Das Ding hat mein Geld gefressen!«

»Wer hat was gefressen? Wo bist du eigentlich?«

»In der Bank, am Geldautomaten. Ich hab vergessen, das Geld aus dem Fach zu nehmen … shit!«

»Ach Mausi! Auf dich muss man aber auch wirklich immer aufpassen! Irgendwann überfährst du dich noch mal selbst. Aber mach dir keine Sorgen. Die können den Vorgang bei der Bank rekonstruieren. Und dann kriegt man sein Geld zurück. Meiner Tante ist das auch mal passiert.«

»Was interessiert mich deine Tante?« Sie schrie fast, holte Luft, ihre Stimme zitterte beim Sprechen. »Pass auf, Sophie. Ich brauch ganz dringend deine Hilfe. Kannst du mir Geld leihen? Fünfhundert? Oder besser! Dreizehnhundert. Heute Abend noch? *Bitte!*«

»Guter Witz. Ich kann ja mal im Kühlschrank nachgucken, ob ich was eingefroren habe. Wofür brauchst du denn so viel Kohle? – Sag mal, *weinst* du?! – *Hallo?*«

»Sophie, er hat mir Geld überwiesen. Einfach so. Ich hab's gerade auf dem Kontoauszug gesehen. Aber ich lass mich nicht kaufen.«

»Sorry, Lissie, das ist doch ausgemachter Schwachsinn. Du glaubst doch nicht, dass ich so was unterstütze.«

»Wenn du meine Freundin bist …«

»Nicht schon wieder die Leier! Wenn ich wirklich deine Freundin bin und du stehst auf einer Brücke und sagst »Schubs mich!«, dann schubse ich dich nicht, dann binde ich dich an einen Baum. Und vorher verhaue ich dich noch eine Runde.«

»Du hast morgen das Geld zurück.«

»Darum geht's nicht!«

»Du lässt mich im Stich …« Lissie liefen dicke Tränen die Wangen runter. »Weißt du was?«, sie flüsterte, »seit Monaten ertrage ich deinen beknackten Freund. Ich ertrage es, dass du mich ständig versetzt. Dass du keine Zeit hast. Und wenn du Zeit hast, dass ich mir anhören muss, was dein beknackter Freund für noch beknacktere Sachen gemacht hat. Ganz zu schweigen davon, dass wir nur noch mit Maulkorb reden. Aber wenn ich dich *einmal* brauche, bist du nicht da. Wir sind geschiedene Leute.«

»Na prima!«, schluchzte Sophie. »Und weißt du auch was? Ich will noch nicht mal Unterhalt!« *Tut-tut-tut-tut-tut-tut …!* Sie hatte einfach aufgelegt.

Lissie ließ das Handy zuschnappen.

Ich brauch dich nicht, und ich brauch überhaupt niemanden, ihr könnt euch alle mal gehackt legen.

Sie ließ sich hinters Steuer fallen, zog ihre Handtasche auf den Schoß und kramte ihren Mutterpass hervor. Vorne in der Lasche des Schutzumschlags steckten die Ultraschallfotos. Sie nahm sich das vom letzten Freitag vor.

Du siehst aus wie ein kleiner, dicker Mann auf einer Wiese, der schläft. Und über dir sind Schäfchenwolken und Schmetterlinge.

Sie schaute wehmütig auf den Bonsai-Menschen.

Wie du wohl aussiehst? Wie du dich wohl anfühlst? Du bist bestimmt ganz kuschelig weich und warm.

Dem Geräusch nach, das der Wehenschreiber aufzeichnete, war ihr kleiner Sohn ein Donkosak: Jeder seiner Herzschläge wie ein zackiger Peitschenknall. Ein rasender Galopp von hundertvierzig Schlägen pro Minute, doppelt so schnell wie ihr eigenes Herz.

Wenn Omi Flensburg dich erst mal in Armen hält, kann sie gar nicht anders, als dich lieb haben. Manches braucht einfach seine Zeit ...

Anfang letzter Woche hatte Lissies Mutter noch gedrängt, man müsse nach Halstenbek-Krupunder ins Babydorf fahren. »Die Erstausstattung! Der kleine Wurm! Das Nest!« Anfang dieser Woche hatte ihr aufkeimender Brutpflegetrieb dann einen empfindlichen Schlag bekommen: Die Tochter der Nachbarin heiratete. Am Telefon hatte Mama Lensen auf einmal wieder geklungen wie das Leiden Christi: Aus jedem Wort drang das Bedauern, dass es kein medizinisches Verfahren gab, eine Frau unten zuzunähen, damit das Baby erst rauskam, wenn ein Papi gefunden war.

Ich werde ganz viel schmusen mit dir. Du sollst sehen, dass du willkommen bist auf dieser Welt.

Lissie wühlte in ihrer Automüllkippe, die in besseren Zeiten mal ein Fußraum gewesen war, fand einen einzelnen Stiefel, den sie schon seit vier Wochen zum Schuster bringen wollte, für geschätzte zwanzig Euro Leergut und eine James-Blunt-CD, die Sophie ihr gebrannt hatte.

Sie zupfte die CD aus der Hülle, griff zum Kuli, schrieb *Dein Sohn!* auf das Ultraschallbild,

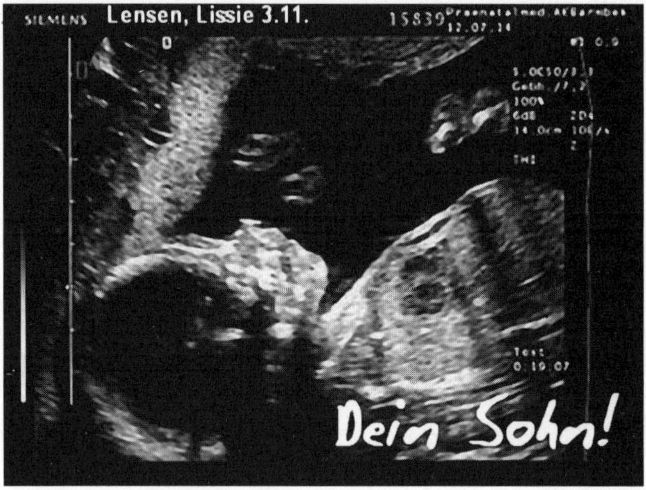

drückte dem Foto einen Kuss auf, riss einen DIN-A5-Zettel aus ihrem Notizbuch, notierte *Schuldschein 1300,– Euro* und schob alles in die Hülle. Sie fand noch Geld in ihrer Tasche, holte den Schuldschein wieder hervor, vermerkte *minus 5,90 Euro* und stopfte ihn mit den Münzen zurück in die Hülle. Öffnete das Ding ein drittes Mal und schob noch ein Zettelchen mit »Paul Ingwersen – persönlich/vertraulich!« hinterher. Zufrieden betrachtete sie ihr Verpackungswerk.

Christo kann einpacken.

Ihr altersschwacher Toyota juckelte tapfer das regennasse Kopfsteinpflaster der Elbchaussee hinunter. Dachte sie was?

Nein, ich weigere mich.

Linker Hand tauchte das *Le Canard* als festlich angestrahlter Würfel aus der Dunkelheit auf. Hier war sie zuletzt im August auf dem Wasserweg vorbeigekommen – als sie von heftiger Sehnsucht getrieben mit dem Touri-Tucker-Dampfer eine Hafenrundfahrt die Elbe hoch gemacht hatte. Vorbei am Fischmarkt, dem Asylantenschiff *Bibby Altona*, Övelgönne. Es war ein strahlend sonniger Sonnabend gewesen, sie hatte sich vergnügt an Deck ein Stückchen Käsetorte gegönnt. Doch kurz bevor sie Teufelsbrück erreichten (Da! Wo! Er! Wohnte!), hatte der blöde Kapitän nach links abgedreht und war mit seiner futternden, fotografierenden Ladung zum Mühlenberger Loch rübergeschippert, um auf die DASA zu schimpfen, die hier das Watt zugeschüttet und Vögel und Ringelwürmer obdachlos gemacht hatte.

Sollte ich ihm vielleicht noch dazuschreiben, dass sein Sohn schon fast so lang ist wie eine Tafel Schokolade? Und so schwer wie eine Tüte Gummibärchen?

Doch dann hatte sie die Einfahrt schon erreicht: Weiß schimmerte das Stahltor in der Dunkelheit. Lissie wartete ein entgegenkommendes Fahrzeug ab, holte Luft. Dann bog sie mit Karacho auf die Auffahrt, trat in die Eisen, riss die Tür auf, stürmte wie eine Gejagte zum Postkasten und warf ihr kleines Präsent ein.

31

»Oh, Frau Reifenstein!« Inga Herbst, zweite Sekretärin bei CTC Shipping und mittäglicher Empfangsdamenersatz, blickte überrascht über den Rand ihres Counters und bedeckte hastig ihr angebissenes Mettbrötchen mit ein paar Unterlagen. Futtern am Counter war streng verboten. »Ich hatte Sie gar nicht kommen hören.« Sie lächelte mit heruntergekurbelter Oberlippe, weil sie noch diverse Mettgirlanden zwischen den Zähnen fühlte. »Herr Ingwersen hatte mir gar nicht gesagt, dass Sie kommen würden. Er ist außer Haus.«

Das wusste sie selbst, sein Auto stand nicht vor der Tür. Aber Jackie Reifenstein verkniff sich jede Bemerkung. Stattdessen betrachtete sie das beleibte Krümelmonster vor sich, dem die Reste der Nahrungsaufnahme noch in den Mundwinkeln hingen, und kam zu der Überzeugung, dass sie den Frauengeschmack ihres Verlobten offensichtlich nicht wirklich kannte. »Ach, wie ärgerlich! Eigentlich wollte ich ihm nur eine Kleinigkeit vorbeibringen. Er hat nämlich heute Namenstag. Den nehmen wir Rheinländer ja sehr ernst.« Sie ließ eine leere Tüte der Hamburger Hof-Parfümerie vor Inga Herbsts Gesicht baumeln.

Über deren Kopf blinkte jetzt ein hektischer, roter Pfeil »Achtung, hier arbeitet eine ganz schlimme Atheistin! Hält wahrscheinlich den Karfreitag für eine Erfindung der Autoindustrie«. »Ach herrje! Und ich hab gar nicht gratuliert heute Morgen«, kam es schuldbewusst.

»Können Sie ja noch nachholen.« Jackie bleckte ihre Zähne und lächelte makellos (ging eben nichts über eine professionelle Hundertzwanzig-Euro-Zahnreinigung alle drei Monate) und genoss das Wissen, dass Menschen mit Namen Paul praktischerweise gleich fünf Namenstage zur Auswahl hatten, ganz sicher war keiner davon heute. Seit drei Jahren arbeitete sie nun schon intensiv am Geschäftsabschluss ihres Lebens: vom LAG-Status (Lebensabschnittsgefährtin) in den MME-Modus (Multimillionärsehefrau) zu wechseln. Wobei heimliches Postöffnen und Schubladendurchsuchen zu ihren wichtigsten Beziehungsstabilisierungsinstrumenten zählten. (Leider war sie beim Schnüffeln einmal von Frau de Jong erwischt worden, die sich seitdem immer wie ein deutscher Schäferhund vor das Büro ihres Herrchens warf.)

Trotz alledem: Seit Wochen lief ihre Beziehung aus unerfindlichen Gründen unrund. Heute hatte sie den Vormittag damit verbracht, Paul wie eine Blöde hinterherzutelefonieren. Fünf vergebliche Male auf seiner Büro-Direktwahl. Ungezählte Handyversuche. Sie bebte innerlich vor Wut, während sie nach außen cool und freundlich tat. Eins war sicher: Wenn ihr kleines Schnauzipauzi etwas zu verbergen hatte, dann konnte es nur noch in seinem Büro sein. »Ich stell's meinem Mann am besten auf den Tisch. Dann sieht er es gleich.«

Die zweite Sekretärin blätterte nervös in ihrem Tischkalender und versuchte das Kyrillisch-Rückwärts-Gekrakel ihrer Kollegin zu entziffern: »Ich weiß nur leider nicht genau, wann Herr Ingwersen wieder da ist.« Sie knubbelte verunsichert ihr Kinn, »Frau de Jong kommt gleich, die könnte bestimmt …«, und blickte hoch. Aber nur, um verdattert Jackie Reifensteins Mantelschößen hinterherzugucken, die sich blähten wie die Segel eines Schiffes.

Jackie warf die bis Schulterhöhe geeiste Glastür von Pauls Büro hinter sich zu, flitzte um den Schreibtisch herum und ging auf dem Sessel auf Tauchstation. Sogleich zog sie in rasender Eile die Schubladen des alten Nussbaumschreibtischs auf, horchte dabei auf Schritte. Nichts. Auch wenn ihr dieses traditionsduselige »Opa war der Beste!«-Getue ziemlich auf den Keks ging – der antike Schiffsplankenboden in diesem Laden war klasse. Auf dem würde man selbst einen Holzwurm furzen hören.

Sechs Schubladen gab es, die ersten vier dokumentierten sehr anschaulich das spannende Leben eines Reeders. 1.) Eine Kollektion Montblanc-Füllfederhalter und -Kugelschreiber. 2.) Ein Stapel mit Fotos von der letzten Schiffstaufe in Singapur (Jackie erkannte die schreckliche Baronin Gülzow, die man nur betäubt oder tot ertrug). 3.) Zwei Schachteln mit Pauls persönlichem Briefpapier. Wahrscheinlich nähten sie ihm bei Ozwald Boateng, seinem Lieblingsladen in der Londoner Savile Row, nicht nur die altbackensten Maßanzüge der Welt, sondern hatten unten im Keller auch noch einen Hundertjährigen sitzen, der gleich passend dazu Schnörkel-Briefpapier entwarf. 4.) Viel Aufgeräumtheit.

Ein leises Knacken. Aus den Augenwinkeln sah Jackie, wie das kugelige Pomeranzen-Gesicht von Frau Herbst vor der Tür auftauchte. Ein kurzes Klopfen. »Ähm ...«, die Empfangsdame hatte einen roten Kopf und drückte verschiedene Zettel wie ein Schild vor die Brust, »... haben Sie alles, was Sie brauchen?«

Jackie guckte winterlich: »Ja, ich denke schon, Frau Herbst.«.

Kaum wurde die Tür zögerlich wieder zugezogen, riss Jackie die nächste Schublade auf. Mit der Nase eines Drogenhundes erspürte sie zwischen diversen Architekten-Präsentationsmappen (betrafen den Ausbau einer weiteren Etage im Dockland-Gebäude) ein weißes DIN-A3-Kuvert. Sie linste hinein. Und wusste nicht, ob sie triumphierend lachen sollte. Oder Amok laufen.

32

Nein, für die Gans mit Speck-Rosenkohl und Kroketten konnte sich Annegret Paulsen nicht erwärmen. Die hatte sie nämlich schon am Sonntag in Undeloe mit ihrem Mann und ihrer Mutter gegessen. Ach ja, die sei schon sechsundachtzig (die Mutter, nicht die Gans), man würde sie wohl demnächst in ein Heim bringen. Stimmt, sehr bedauerlich! Und Puffer? Nein, davon bekam sie immer Aufstoßen. Man wusste ja nicht, mit welchem Fett die in der Kantine brieten. Bestimmt was Billiges. Vielleicht doch die Gans? Wo doch nun die Zeit sei?

Lissie hörte mit einem Ohr und vier Hirnzellen der telefonischen Fressplanung der Chefsekretärin zu, der Rest war mit tiefschürfenden Betrachtungen über Carmen Clausen und Paul Ingwersen beschäftigt.

Werde ich heute gefeuert? Hat er das CD-Cover schon gefunden? Warum will sie mich sprechen? Was, wenn die Frau vom Anrufbeantworter vorher am Postkasten war?

Carmen Clausen hatte heute Morgen in der Elf-Uhr-Konferenz reichlich verwohnt ausgesehen: die Haut stumpf und welk, am Hinterkopf ein Nest aus nachlässig toupierten Haaren. Und alle Botox-Injektionen und Fruchtsäurepeelings im Gesicht hatten nicht verhindern können, dass ihr die Lider wie eine Raffgardine über die Augen hingen. »So hat sie wenigstens mehr Platz für den Lidschatten«, hatte jemand aus dem Mode-Ressort flüsternd befunden. Der *Cleo*-Flurfunk wusste ferner zu berichten, dass die neuesten Auflagenzahlen verheerend waren. *Cleo* verkaufte neuerdings unter fünfhunderttausend Heften. Was vom Verkaufserlös her egal war, die Abos wurden eh fast verschenkt. Was aber Nivea und Co. nervös machte, die die Kleinigkeit von fünfzigtausend Euro pro Anzeigenseite blechen mussten, sich dafür viele, viele Leserinnen = Kundinnen versprachen und jetzt überlegten, Etats zu streichen. Was wiederum den Herausgeber Dr. Kischel in tiefe Betrübnis stürzte, da seine Frau gerade eine vier Millionen Euro teure Mangusta-Luxusyacht mit Lederwänden bestellt hatte, die von irgendwas bezahlt werden wollte. Was Carmen Clausen unruhig schlafen ließ, denn ein betrübter Dr. Kischel war ein ausgesprochen ungemütlicher Dr. Kischel. Und was tat eine Chefredakteurin in Seenot? Die demonstrierte guten Willen und verschlankte erst mal die Redaktion. Nie traf es dabei irgendwelche trägen Altredakteurinnen, die zu zehntägigen Springbock-Reportagen nach Kenia aufbrachen und außer dem Wellnessbereich der Lodge nicht viel von Afrika zu sehen bekamen. Sondern immer die jungen Schreiber, denen man keine Abfindung zahlen musste.

Lissie rutschte auf ihrem Besucherstühlchen vor Carmen Clausens Zimmer hin und her, knipste nervös mit dem Kugelschreiber und beobachtete, wie die Paulsen den Anrufbeantworter aktivierte.

»Hier ist die Redaktion von *Cleo*. Sie rufen außerhalb unserer Geschäftszeiten an, die montags von 10 Uhr bis 10 Uhr 02 und freitags von 17 Uhr 30 bis 17 Uhr 31 sind. Sollten Sie trotzdem die Frechheit haben, mich zu erreichen, machen Sie sich auf was gefasst. Tschüss und auf Nimmerwiederhören, Ihre Annegret Paulsen!«

Jetzt cremte sich die Sekretärin die Hände mit Kakaobutter ein (in der Kugelschreiberablage auf dem Schreibtisch bunkerte sie bestimmt fünfzig kleine Pröbchen, die sie aus alten *Cleos* rausgerissen hatte). Befreite ihre Handtasche aus dem zweifach abgeschlossenen Büroschrank hinter sich. Legte sich ihr Hermès-Seidentuch um die Schultern (vom Flur-Basar, den die Moderedaktion regelmäßig veranstaltete), schob ihren Bürostuhl ran, knipste die Schreibtischlampe aus. Und hielt das erste Mal seit zehn Minuten Lissie für eines Blickes würdig: »Tja, das wird wohl nichts mehr heute«, meinte sie mit gespieltem Bedauern und schüttelte ihr Schnittlauchhaar. »Herr Möbius ist immer noch drinnen.«

»Danke, wenn Sie's jetzt nicht gesagt hätten …«

Annegret Paulsen guckte giftig, und Lissie lächelte zuckersüß zurück.

»Ich muss Sie bitten, draußen auf dem Flur zu warten.«

»Nein danke, der Stuhl hier ist sehr bequem.«

Ging es nach Fotochef Ralf Konter, dann musste *Cleo* dringend mehr Britney Spears' drucken, wie sie ohne Höschen aus der Limo stiegen. Das würde Leserschaft akquirieren. Textchefin Regina Habermann sah in der »Verdenglischung« der deutschen Sprache des Übels Wurzel. Gerade wieder hatte sich eine Leserin über »Power«, »Charming Boy« und »Fitness-Guide« mokiert. (Die im Schwarzwald abgeschickte Postkarte war in halbem Sütterlin verfasst. Frau Domcke vom Leserservice hatte beim Entziffern einen Anfall gekriegt.) Und fragte man die stellvertretende Chefredakteurin Henriette Fenkordt, brauchte das Land dringend mehr Artikel aus der Psychoabteilung: »Warum wir fühlen, wie wir fühlen, wenn wir fühlen, dass wir fühlen«. Und Lissie? Die wusste nur, dass sie vor zwei Jahren von der Journalistenschule gekommen war und seitdem schon hundertmal gedacht hatte, dass sie eigentlich auch bei der Behörde hätte anfangen können.

Plötzlich ging die Tür auf und Michael Möbius, der zwei Meter große Erbsenzähler des Verlags, stand wie ein gebückter Spargel im Türrahmen: »Da ham'mer ja unsere Patientin«, schallte es väterlich zu Lissie runter. Nicht viel und er hätte ihr aufmunternd den Scheitel getätschelt. Er drehte sich noch mal abschiednehmend zu Carmen Clausen: »Tschüss, wir sehen uns heute Abend!«

Hä? Sind die jetzt ein Paar?

»Tschüss, Michael.« Carmen Clausen hob kurz die Hand, dann nahm sie auch schon Lissie ins Visier. »Nicht so schüchtern, Frau Lensen. Kommen Sie rein. Und machen Sie die Tür hinter sich zu!«

Haben die da drinnen Klebstoff geschnüffelt oder warum sind alle plötzlich so peacig drauf?

Mit Genugtuung drückte sie die Tür vor Annegret Paulsens neugieriger Nase zu, setzte sich auf das Besucherstühlchen vor dem Schreibtisch und richtete den bangen Blick auf ihre Chefin.

»Frau Lensen, ich will's kurz machen. Wissen Sie, welches Land weltweit die meisten Zeitschriften hat?«

Was wird das? Rate mal mit Rosenthal?

»Die USA?«

»Richtig. Deutschland.«

»Wissen Sie auch, wie viele Zeitschriften derzeit in Deutschland publiziert werden?«

»Zweihundert?«

»Dicht dran. Sechstausend.«

»Und jetzt wird's spannend. Was glauben Sie, zwischen wie vielen Frauenzeitschriften sich die Leserin am Kiosk entscheiden muss?«

»Keine Ahnung.«

»Ich sag's Ihnen – sechshundert.«

»Okay, sechshundert.«

»Das macht es für jedes Magazin sehr schwer, sich am Markt zu behaupten. Und dann die Personalkosten! Was glauben Sie, zahle ich jeden Monat an Gehältern?«

»Frau Clausen …« Lissie hob mutlos die Hände.

»Über eine Million. Die Verlage sind also gut beraten, den Personalstamm schlank zu halten. Es sei denn, ein Autor liefert Geschichten, die den Umsatz deutlich steigern. Die da wären …?«

Lissie zuckte die Schultern: »Also, Diäten verkaufen sich super. Und alles mit Frisuren. Ja …«

»Ja, und gut verkaufen sich auch sympathische Prominente, die erzählen: ›Ich war mal ein Fliegenpilz.‹ Weil das so eine esoterische Sehnsucht bedient. Aber noch besser verkauft haben sich dieses Jahr unsympathische Prominente, die erzählen: ›Ich kokse mir die Birne dicht.‹ Und jetzt sagen Sie mir mal einen Grund, warum wir Sie fest einstellen sollten.«

»Wie soll ich das verstehen?«

»So, wie ich's gefragt habe.«

»Vielleicht, weil ich gern schreibe?«

Falsche Antwort, Lissie.

»Weil ich *Cleo* klasse finde?«, besserte Lissie nach.

Carmen Clausen beugte sich vor und beäugte sie einen Augenblick über den Zettelberg auf ihrem Schreibtisch hinweg. »Okay! Weil sich der Verlag kurzfristig von allen freien Mitarbeitern trennen wird und ich Sie behalten möchte. Sie bekommen einen Redakteursvertrag. Noch Fragen?«

»Nein«, antwortete Lissie heiser.

»Als gute Rechercheurin, die Sie offensichtlich nicht sind, müssten Sie jetzt noch fragen, was Sie verdienen.«

»Ähm, ja, doch.« In Lissies Kopf hatten die Gedanken Flugzeuge bestiegen und flogen jetzt ein bisschen durcheinander. Wäre sie gefragt worden, wie sie hieß, hätte sie in der Sekunde noch nicht mal ihren Namen gewusst. Dafür verspürte sie das dringende Bedürfnis, den Finger ins Ohr zu stecken und ein bisschen an der Ohrmuschel zu rütteln. Sie hatte da bestimmt was falsch mitbekommen.

Carmen Clausen rollte die Lippen ein und strich sich mit spitzen Fingern über Wangen und Kinn, wie ein Mann, der seine Rasur prüft. »Wir gehen von dreitausend brutto auf viertausend.«

»Frau Clausen, ich muss Ihnen was sagen.«

»Ich höre.«

»Ich bin schwanger. Ich möchte, dass Sie das wissen.« Jetzt war's raus. Bevor ihr Verstand sie einholen konnte, um zu schreien: »Halt die Klappe! Halt einmal im Leben die Klappe!«

Wenn du mal irgendwann vor einer Schatztruhe stehst, Lissie Lensen, dann gibst du die auch zurück, weil da ja gar nicht ein Adressschild mit deinem Namen draufsteht.

Carmen Clausens Blick glitt kurz überrascht zu Lissies gut getarntem Bäuchlein: »Wir machen alle mal Fehler. Gibt sogar CSU-Politikerinnen, die haben in ihrer Jugend mal in Softpornos mitgespielt. Haben Sie das gewusst?«

»Ich weiß nicht, ob man das jetzt so vergleichen kann.«

»Wissen Ihre Kolleginnen schon von der Schwangerschaft?

»Nein. Beziehungsweise – eine.«

»Dann belassen Sie's bei der.«

»Aber Sie haben dadurch Nachteile.«

»Das lassen Sie mal meine Sorge sein.« Carmen Clausen war unter der Tischplatte verschwunden, um ihre Schuhe einzusammeln, die sie sich während des Gesprächs abgestreift hatte.

»Frau Clausen?«

»Ja«, brummelte es aus den Tiefen.

»Warum tun Sie das für mich?«

Ihre Chefredakteurin tauchte wieder auf. »Ich will es mal so formulieren: Sie arbeiten ein bisschen weniger schlecht als die anderen. Und ich bin sehr für Leute zu haben, die meine Nerven schonen. Reicht Ihnen das als Antwort?«

»Nein.«

Carmen Clausen suchte und fand ihre Zigaretten. Blauer Dunst stieg auf. »Vielleicht auch, weil ich Sie mag.«

Lissie stiegen Tränen in die Augen. »Danke.«

»Und jetzt ab an Ihren Schreibtisch. Sie sind teuer genug! Und, ach ja, noch eine Sache …!«

Lissie schaute erwartungsvoll auf: »Ja?«

»Vergessen Sie nicht, die Tür nicht hinter sich zuzumachen.«

Manchmal ist das Leben ein Drehbuch, wo Gott, der Autor, vergessen hat, den roten Filzer zu nehmen und Szenen wegzustreichen, die zu schön sind, um wahr zu sein: Als Lissie mit »Schubidu« in den Hüften und einem Lied auf den Lippen aus dem Aufzug stieg, rannte sie direkt in Sophie. Als sie Carmen Clausens Zimmer verlassen hatte, hatte sie das dringende Verlangen verspürt, Annegret Paulsen an ihre Brust zu reißen, von oben bis unten abzuschlecken und anschließend »Give me five!« zu machen. Aber die Sekretärin hatte sich vorsorglich verpisst. Auch auf dem Flur oder im Fahrstuhl war Lissie auf keinen Homo sapiens zum Zwangsknuddeln und Mitfreuen gestoßen.

Unvermittelt ging die Fahrstuhltür auf. »Sophie …!«

»Lissie …!«

Was so ein hochkompliziertes Versöhnungsgespräch war, das wollte mit den richtigen Sätzen begonnen werden:

- »Ich bin mir keiner Schuld bewusst«/»Du bist doof« (waren auf jeden Fall schon mal zwei schöne Einstiege).
- Vielleicht weiter mit: »Ich möchte dir noch mal eine Chance geben«/»Die Klügere gibt nach«? Gut auch: »Die Kopper-Indianer in Zentral-Peru fressen ihre Gegner, aber ich bin heute schon satt.«
- Auf jeden Fall sollte Sophie spüren, dass sie, Lissie, ihren Stolz und ihre Prinzipien hatte/nicht bereit war, sich so ohne Weiteres (sprich: Milchkaffee, Schokomuffin, Füße küssen) zu versöhnen.

»Sophie, Sophie, Sophie …!«

»Lissie, Lissie, Lissie …!«

»Tut mir leid, tut mir so leid, tut mir so *unendlich* leid …!«

»Ach Lissie! ♥♥♥♥♥♥♥♥♥♥♥♥♥♥♥ …!«

(Der Rest der Kommunikation ging in Geheule und Umarmungen unter.)

»… stopp, stopp, stopp! … bin kein Kerl …«, nuschelte Sophie schließlich in Lissies Kragen. Der Fahrstuhl machte »pling!«, Martin stieg aus und schaute die beiden kuschelnden Frauen irritiert an.

Schon klar, was du jetzt denkst.

Er trippelte noch einen Augenblick unentschlossen wie ein Wellensittich auf der Stange. Und entschloss sich dann, doch nicht Hallo zu sagen.

»Ich hatte ein P-O-G mit der Clausen.« Lissie zog den Schnodder tief in die Stirnhöhle.

Sophie, von jeher die Praktischere von ihnen beiden, beförderte ihren in den Ärmel. »Ein was?«

»Ein problemorientiertes Gespräch.«

»Und jetzt wird sie Taufpatin, richtig?«

»Sophie, sie hat mir einen *Vertrag* gegeben!«

»Sie hat *was*?«

»Mich fest eingestellt. Fest. Eingestellt. Mich!«

»Yes! Yes! Yes! Yes!« Sophie hüpfte wie ein Flummi auf und ab. »Weißt du was, Lissie Lensen? Meine durchgeknallte Freundin Elisabeth, die sagt immer ›passieren tut, was passieren soll‹.«

»Stimmt nicht, ich sag immer ›Immer wenn du glaubst, es geht nichts mehr, kommt von irgendwo ein Lichtlein her‹.«

»Oder so. Und wenn wir jetzt gleich ein Flugzeug überm Verlag hören, dann ist das bestimmt dein Stecher, der in Therapie war und Baccararosen abwirft. Wie Gunther Sachs bei Brigitte Bardot. Ich sag dir das.« Sie guckte Lissie herausfordernd an: »In deinem Fall wär's allerdings besser, er hätte Pampers und Barschecks geladen.«

»Kann ich drauf verzichten. Die Clausen hat sogar mein Gehalt erhöht.«

»Klar. Und morgen, wenn sie sich von ihrer Hirnquetschung erholt hat, macht sie alles rückgängig. Also, ich wär da ja skeptisch.«

»Miesepeterin.«

Sophie packte sie an den Schultern. »Ich hab dich einfach nur lieb, weißt du das, du Doofe?«

Lissie hustete. »Verrat's keinem weiter. Ich dich auch.«

»Komm mit, ich zeig dir was.« Sie streichelte liebevoll Lissies Bäuchlein. »Pardon, ich zeig *euch* was.«

»Bestimmt wieder irgendwelche Pimmelfotos? Nein danke.«

»Nein, glaub mir! Wird dich interessieren.« Die Vorfreude war ihr anzusehen.

Die Fotoredaktion war wie ausgestorben. Lissie zog sich Gittas Stuhl unter den Hintern und rollte neben Sophie, die gerade mit dem Cursor einen Ordner namens ›Prolo‹ anklickte. Lissie fiel auf, dass dem Foto-Tobi am Computer jetzt ein Hanuta-Sammelbild-Olli-Kahn im Gesicht klebte. Und überlegte, ob das den aktuellen Beziehungs-Wasserstand anzeigte.

Haben die dicke Luft? Nee, lieber nicht fragen ...

Der Rechner hatte das PDF-File eines *Spiegel*-Titelbilds aus dem Jahr '94 hochgeladen: »Ansturm aus dem Balkan«, stand da in roten Lettern. Und darunter: »Wer nimmt die Flüchtlinge?« Zu sehen war das Bild einer Großfamilie vor der Skyline eines deutschen Betonghettos.

Lissie krauste die Stirn: »Und was soll mir das sagen?«

»Siehst du diese Pickelhaube mit dem Vokuhila-Haarschnitt und Adiletten an den Füßen?«

»Ja.«

»Rat mal, wer das ist. Kommst du nie drauf.«

»Roberto Blanco? Keine Ahnung.«

»Ein bisschen mehr Mühe musst du dir schon geben, Lissie, sonst bin ich traurig.«

»Das Gesicht kommt mir irgendwie bekannt vor. Ich weiß bloß nicht, woher ...«

»Ich helf dir: Name fängt mit ›G‹ an und hört mit ›regor‹ auf.«

»Nicht dein Ernst.«

»Doch mein Ernst. Pass auf, geht weiter!« Wenn Sophie ihr erklärt hätte, dass Verona Feldbusch in Wahrheit ein Mann sei, hätte Lissie nicht erschütterter sein können. Sophie ließ den Badelatschen-Gregor verschwinden, indem sie auf das rote Kreuz rechts oben am Bildschirmrand klickte, und rief das nächste PDF-File auf. Zu sehen war – auf einem moosgrünen, L-förmigen, das Wohnzimmer der Drei-Zimmer-Sozial-Wohnung komplett ausfüllenden Couch-Raumschiff – die kosovo-albanische Asylanten-Großfamilie Jordanowitsch aus Hamburg-Lohbrügge: der eingeschrumpelte Tata Mario, die Kopftuch tragende Mama Hasnija und neun ihrer zehn Kinder (laut Fotolegende saß der älteste Sohn leider gerade wegen Waffenschieberei und illegalen Menschenhandels im Knast).

Sophie klickte den dritten Jungen von rechts an und zog mit dem Cursor frohlockend das Gesicht groß: »Ich schwör dir, der zupft sich die Brauen! Guck mal, hier sind die noch zusammengewachsen.« Sie knuffte Lissie kumpelig in die Seite: »Na, mein kleines Muttertier! Findest du den immer noch so schnuckelig?«

Lissie rückte von Sophie ab und guckte streng: »Tu bloß nicht so, du hättest den auch nicht von der Bettkante gestoßen. ›Lissie, guck mal, was für Muskeln!‹ – ich hab das Geplärre noch im Ohr.« Sie straffte den Rücken. Und fühlte plötzlich Sophies neugierigen Blick auf ihrem Oberkörper.

»Mannometer! Kann es sein, dass du gerade Riesendinger kriegst?«

Lissie kreuzte ertappt die Hände vor den Brüsten. In den letzten Wochen hatte sie von einem dreiviertel B auf pornomäßiges Doppel-C gewechselt. Die Teile türmten sich vor ihr auf wie zwei torpedoartige Fremdkörper. Und außerdem juckten sie auch noch den ganzen Tag wie Hölle. Sie merkte, wie sie bedröppelt guckte, aber irgendwie konnte und wollte sie das auch nicht ändern.

Plötzlich streichelte ihr Sophie liebevoll den Oberarm: »Sorry, Lissie, ich wollte dir nicht auf die Hühneraugen treten. Ich wusste nicht, dass du da empfindlich bist. Es ist mir nur gerade so aufgefallen. Ich hatte ja noch nie eine Freundin, die ein Baby kriegt. Und wir reden ja auch nicht so viel darüber. Ich glaube, ich muss da einfach noch viel Unterrichtsstoff nachholen.«

Sie blinzelte, und Lissie erwiderte dieses Blinzeln mit einem warmen Lächeln. »Meinst du's ernst? Willst du's wirklich wissen, wie's ist?«

Sophie nickte eifrig.

»Du kriegst aber einen Schock.«

»Egal.«

Ganz langsam ließ Lissie die Arme sinken und schaute an sich runter. »Also abends, da sitze ich immer auf der Couch und kämme mir mit der Haarbürste über den Busen, insbesondere über die Brustwarzen. Das tut so gut, das kann ich gar nicht beschreiben. Manchmal kneife ich auch einfach rein, weil es so juckt. Bin ich pervers?«

»Ja.«

»Und den Bauch rubbel ich mit Branntweinessig ab, weil ich mich sonst wund kratze.«

»Oh Gott.«

»Weiter?

»Ja.«

»Ich hab zwar keinen Mann, wie du weißt, dafür bin ich engstens befreundet mit meiner Kloschüssel. In allen Büchern steht zwar, dass einem nur in den ersten zehn Wochen übel ist. Aber bei mir ist das schon seit fünf Monaten so. Es braucht nur jemand ›Kaffee‹ zu sagen oder ›Blutwurst‹, und mir kommt der Magen hoch.« Sie guckte Sophie streng an: »Du musst Stopp rufen, wenn's zu eklig wird.«

»Es wird nicht zu eklig. Ich bin deine Freundin.«

»Meine Blase hat mittlerweile Erbsengröße. Und es ist auch so, als ob ich den ganzen Tag kleine Bleigewichte an meinen Lidern hängen hätte. Ich bin nicht müde, ich bin wie narkotisiert. Wenn ich abends in der U-Bahn sitze, muss ich aufpassen, dass ich nicht bis Groß-Wedel durchfahre, weil ich zwischenzeitlich eingeratzt bin. Und das Sehnlichste, was ich mir wünsche, ist ein Reißverschluss im Bauch. Dann könnte ich nämlich mal kurz gucken, ob mit dem kleinen Menschen da drinnen alles in Ordnung ist, und anschließend in Ruhe weiter schwanger sein.« Ihr Herz pochte wie wild, und sie klimperte heftig mit den Lidern, um die Tränen zu verscheuchen.

»Hilfe, das hab ich alles nicht gewusst.« Sophie zog sie an sich und drückte sie ganz fest.

Lissie beugte sich ein Stück zurück, um Sophie in die Augen schauen zu können. Ihre Stimme kippte: »Und gestern ist das größte Wunder überhaupt passiert! Er hat sich bewegt! Der Wahnsinn! Das ist, als ob du einen kleinen Fisch in dir hättest. Und dein Bauch ist das Aquarium, in dem er seine Runden dreht. Hab ich das gut beschrieben?«

»Ja, verrückt.« Sophie ließ Lissie los und stupste sich mit dem Finger auf der Bauchdecke herum. »Ich versuch's mir gerade vorzustellen. Aber irgendwie auch unheimlich.«

»Ja, unheimlich und grandios und fantastisch. Das Schönste, was sich der liebe Gott für uns Frauen ausgedacht hat. Ich weiß, das klingt jetzt schrecklich unemanzipiert, wie bei so einer Trutsche, die das Mutterkreuz vor sich herträgt. Aber ich habe noch nie so was Schönes in meinem Leben erlebt. Vergiss gleich wieder, was ich dir jetzt sage, aber ich weiß, ich bin jetzt zwei. Es macht alles so viel Sinn. Es hat alles so viel Weichheit und so viel Hoffnung. Und wenn ich die ersten Schoko-Nikoläuse in den Läden sehe, denke ich, nächstes Jahr werde ich schon mit dir zusammen feiern, mein Baby. Wenn alles gut geht, heißt das natürlich. Ich werde dir die Lichter am Tannenbaum zeigen. Und den Schnee. Wenn es denn welchen gibt. Und das Leuchten in deinen Augen beobachten. Und allein der Gedanke daran erfüllt mich mit unendlich viel Glück.«

»Puh!«, kam es zaghaft von Sophie.

Lissie liefen die Tränen über die Wangen. »Ich habe dieses Kind nicht gewollt. Das weißt du. Und ich bin mir auch nicht sicher, ob ich an Gott glaube. Aber ich weiß, dass er seine Hand über mich gehalten hat. Und dass dieses Kind ein großartiges Geschenk ist. Weil, was ich vorher gemacht und wie ich gelebt habe, war okay. Und ich würde auch alles immer wieder so machen. Aber irgendwas hat meinen Kopf übertölpelt und einen Pakt mit meinem Körper geschlossen. Und es fühlt sich so gesund und so richtig und so echt an.«

»Wenn du so weiterredest, will ich, glaube ich, auch sofort ein Kind!« Sophie weinte jetzt auch. »Tobi, wo steckst du? Komm sofort her, ich brauch dich jetzt!« Sie reckte wie ein Strauß spähend den Hals.

»Das einzig Ungesunde ist, dass man als Schwangere ständig Kissen kaufen will. Kissen, Kissen, Kissen. Ich fühl mich wie ein Huhn, das sich die Federn ausrupft, um das Nest zu polstern. Das ist doch krank, oder?« Sie lachte unter Tränen und merkte, wie gerade ein Riesenknoten platzte. »Schön, dass wir wieder lieb miteinander sind, Sophie. Ich hab das so vermisst.«

Ihre Freundin guckte sie jetzt ernst an – »Darf ich?« – und umfasste vorsichtig mit beiden Händen ihren Bauch. »Fühlt sich komisch an. Wenn man sich vorstellt, dass das irgendwie eine kleine Ein-Zimmer-Wohnung ist … Wahnsinn …« Sie kratzte sich am Kopf. »Und du sagst, es ist, als ob man einen kleinen Fisch in sich drin hat?«

»Ja, oder als ob sich jemand von innen an dir längstastet.«

»Oh Gott …« Sophie nahm sie spontan in den Arm und streichelte ihren Rücken. Dann hielt sie sie von sich weg, um ihren Blick zu suchen: »Weißt du was? Ich freue mich schon ganz doll auf den Kleinen! Das wollte ich dir schon länger mal gesagt haben.«

»Danke, Sophie. Du glaubst gar nicht, wie gut das gerade tut.«

Jetzt linste Sophie auf Lissies Oberkörper: »Aber unkollegial finde ich deine Riesendinger trotzdem. Du solltest dich echt was schämen.«

»Tu ich auch!« Mit Schwung wandte sich Lissie wieder zum Bildschirm und zur schrecklich netten Familie Jordanowitsch und klopfte mit dem Zeigefinger gegen den Bildschirm-Gregor. »Ich fürchte, wenn die Clausen den Knaben im Urzustand sieht, gurgelt sie drei Tage mit Odol. Ich habe die beiden nämlich knutschen sehen.«

Sophie guckte sie unter skeptisch zusammengezogenen Brauen an: »Das ist nicht dein Ernst.«

»Doch. Hier im Treppenhaus.«

»Komm, Lissie! Die Clausen ist zwar chronisch overdressed und underfucked und flirtet immer auf Deibel komm raus. Aber der ist doch viel zu jung für sie. Da macht sie sich doch zum Affen.« Sie hatte wieder ihr Sophie-Funkeln in den Augen. »Ich wette mit dir, das war kein Küssen, das war eine Drogenübergabe! Mit Koks gefüllte Kondome, die Gregorius unter der Zunge transportiert. So machen das schmierige Drogenkuriere. Liest man doch in der Zeitung.«

Lissie lachte. »Nein, meine Liebe, die stecken sich das hinten rein. Aber wir sollten vielleicht zusammen Drehbücher für den *Tatort* schreiben. Die brauchen noch ein paar schlechte Autoren. Vorgestern lief da schon wieder so eine Folge, da war der Rentner der Mörder und hat das halbe Polizeipräsidium ins Jenseits befördert. Und alle haben angestrengt in die andere Richtung geguckt, damit sie nicht merken, wie er sie umbringt.«

»Lenk nicht ab! Du bindest mir wirklich keinen Bären auf?«

»Ja, wenn ich's dir sage.«

Sophie grapschte sich ihre Marlboros, die neben der Tastatur lagen und hielt Lissie die Packung unter die Nase: »Ich möchte übrigens gelobt werden. Seit zwanzig Minuten habe ich nicht *eine* geraucht.«

»Deinem Patenkind zuliebe?«

»Nein, ich finde, seit ich mit Tobi zusammen bin, habe ich mir ein paar blöde Sachen angewöhnt. Und jetzt gewöhne ich mir ein paar blöde Sachen wieder ab.«

»Willst du mehr erzählen?«

»Nein.«

»Okay ...« Lissie streichelte Sophie, die wieder konzentriert auf den Bildschirm guckte, sanft über den Rücken, dann fuhr sie nachdenklich fort: »... also, was ich noch sagen wollte, ich hab dir doch erzählt, dass ich am Morgen nach der Party einen Schädel wie eine Scheune hatte. Jetzt wird mir einiges klar. Ich hab wahrscheinlich irgend so einen billigen Balkan-Scheiß-Schampus gesoffen, den Mama Jordanowitsch zu Hause aus Hühnerabfällen und alten Socken braut. Wie kommst du eigentlich zu diesem Foto?!«

»Also, unsere hochgeschätzte, bekloppte, stellvertretende Chefredakteurin will eine Geschichte über das Glück der Großfamilie machen. Du weißt, der übliche Psycho-Quatsch. Jeder hilft jedem. Und abends finden alle vor lauter Glück nicht in die bekleckerten Bettchen.

Ich hab beim Apis-Bildersuchdienst das Kriterium ›Familien ab sechs Gören aufwärts‹ eingegeben. Und bums! sind die Jordanowitschens aus dem Archiv gekrochen.«

Lissies Gedanken drifteten ab und mit dem Zeigefinger malte sie kleine Kringel auf den verstaubten Bildschirm: »Ich hatte doch gestern Abend diese Überweisung auf meinem Konto. Weißt du, was auf dem Kontoauszug stand?«

»Sag.«

»*Für meinen Sohn.*«

»Echt?«

»Ja, völlig tschakatschaka, nicht? Ich hätte schreien können, so was von glücklich und empört war ich und alles gleichzeitig.«

»Sag mal!«, keifte plötzlich eine giftige Stimme hinter ihr, »brauchst du's eigentlich schriftlich, dass ich deinen Hintern nicht auf meinem Stuhl will?«

Lissie fuhr von ihrem Stuhl hoch und blickte in die wutverzerrte Fratze von Gitta. Und ausgerechnet jetzt vibrierte auch noch ihr Handy und aus den Tiefen der Gesäßtasche erklang *I'm horny, horny, horny tonight* von Mousse T. (Hatte Sophie ihr beim letzten DVD-Abend aus Gag draufgeladen, während der Anrufer *Man Eater* von Nelly Furtado hörte. Sie zog das Gerät aus der Tasche und klappte es kurz auf und wieder zu, um das Gespräch wegzudrücken.

»So, Gitta, jetzt entspann dich mal«, sprang Sophie in die Bresche, »ist nicht gut für die Schilddrüse, wenn du dich so aufregst.« Sie schob der Kollegin den Stuhl rüber.

Mensch, Sophie, du Löwenmami!

Bei Gitta kamen gerade die Augen aus dem Kopf. »Du kleine ... du ...«, sie kniff frettchenmäßig die Lider zusammen, fixierte Sophie mit mordlüsternem Blick, der Kiefer bewegte sich stumm, »... das hast du nicht umsonst gemacht!«, kam es schließlich.

Das Handy klingelte erneut.

Sie klappte es auf, rief genervt »Uno momento!« in die Leitung, presste das Gerät mit der Rechten gegen die Brust, legte die linke Hand sacht auf die Schulter der erbosten Fotoredakteurin und guckte sie eindringlich an: »Gitta, Gitta, Gitta! Pass auf! Es wird *nicht* wieder vorkommen, es war *meine* Schuld, nicht Sophies, es tut mir *wirklich* leid. Ja? Glaubst du mir das?«

Gitta glaubte offensichtlich gar nichts. »Nimm deine Flossen weg!«, keifte sie und putzte sich die Hand von der Schulter.

»Okay, okay …«, Lissie machte eine beschwichtigende Geste, »ich würde vorschlagen, wir trinken jetzt alle einen Kaffee und beruhigen uns erst mal …!« Sie nahm das Handy von der Brust, hielt es hoch – »Ich beende nur kurz das Gespräch hier!«, und drehte sich weg: »Entschuldigung vielmals! Elisabeth Lensen hier. Es passte gerade schlecht …«

»Kleine Nutte!«, zischte Gitta und guckte abfällig auf Lissies Bauch.

Wie bitte?

»Ich wollte fragen, wann ich mein Geld zurückbekomme?«, kam Paul Ingwersens Stimme durch die Leitung.

33

Lissies Puls konnte ohne Probleme einem Presslufthammer Konkurrenz machen. Ihre Knie waren matschig, ihr Verstand lahmgelegt: Wie ein 100-MB-Mailspeicher, an den jemand eine 101-MB-Nachricht verschickt hatte. Dafür bimmelten jetzt da, wo Gehirnwülste sein sollten, kleine Glöckchen. Und als sie »Hallo!« krächzen wollte, musste sie auch noch den Verlust der Muttersprache beklagen. Fast hätte sie sich gleich wieder auf Gittas Stuhl plumpsen lassen.

»Hallo, Elisabeth Lensen, sind wir denn noch dran?«

Das glaub ich jetzt alles nicht!

»Ja.«

Woher weiß er die Nummer? Und was hat Gitta da eigentlich eben von sich gegeben?

»Du wirst dich wahrscheinlich fragen, woher ich die Nummer habe …«

Gitta war in den Druckerraum abgeschoben. Lissie konnte ihren gebeugten, knochigen Buckel durch die Scheibe sehen. Sophie, die Gitta ebenfalls hinterhergestarrt hatte, schaute jetzt Lissie fragend ins blasse Gesicht und schaltete spontan vom Blick-Modus »Das hab ich doch wohl missverstanden?« auf ein besorgtes »Oh Gott! Alles okay bei dir da? Ist dir schwindelig?«, indem sie sich mit dem Finger an der Schläfe rumkurbelte.

»Aus derselben Quelle, aus der auch meine Kontonummer kommt? Ja?« Lissie schaute Sophie an und schüttelte den Kopf.

»Nein, die Kontoverbindung hat meine Sekretärin bei deiner

Gehaltsabteilung erfragt. Sie hat denen erzählt, du hättest mich interviewt, und wir müssten dir Geld überweisen, damit du mich schönschreibst. – Du bist doch Journalistin und haust Leute in die Pfanne?«

»Ja, meine liebste Übung. Das verstehen Leute wie du nicht: Aber jeder Tag ohne einen Verriss ist ein verlorener Tag für einen Journalisten. Das ist unsere Maxime. Sonst müssen wir ohne Abendbrot ins Bett.«

»Gut, dass wir das geklärt haben. Und was die Handynummer angeht, habe ich die Büronummer angerufen, die auf dem kleinen gelben Kärtchen stand, das du mir ins Büro geschickt hast …«

»… was übrigens nicht ich geschickt habe, sondern meine Exfreundin. – Aber das ist eine andere Geschichte.« Sie guckte grimmig zu Sophie rüber, die sofort ein lautloses »Ist das P-a-u-l?« formte und dazu erfreut obszöne Gesten machte.

Na warte, das kriegst du wieder.

»… das mir also eine Exfreundin ins Büro geschickt hat. Auf dem Apparat ist dann allerdings eine Frau Pierot rangegangen …«

»Ja, genau, das ist meine Kollegin.«

Wer sonst? Du Idiotin. Sicherlich nicht die Frisörin von Hillary Clinton.

»… die nicht wusste, wo du steckst – was nicht für die straffe Organisation eures Unternehmens spricht –, mir aber dafür förmlich deine Handynummer aufgedrängt hat. Man könnte sagen, sie hat gebettelt, dass ich sie nehme. Wo wir gerade dabei sind – sieht deine Kollegin eigentlich gut aus?«

»Nicht mehr, wenn ich mich mit ihr zu einer Runde Schlammcatchen getroffen habe. Aber vielleicht reparieren sie bei Blohm & Voss auch Visagen.« Sie lauschte in die Leitung, hörte ihn nur atmen. Atmen. Atmen.

Schließlich nahm sie all ihren Mut zusammen: »Paul?«

»Ja?«, kam es aufgeschlossen.

»Es gibt doch Handytarife, wo Gespräche innerhalb des Netzes nichts kosten. Jetzt müsste man mal recherchieren, ob wir für *Schweigen* innerhalb des Netzes vielleicht Geld zurückkriegen. Was meinst du?«

»Kann es sein, dass du ganz schön frech bist, Carmen-Elisabeth?«

»Du kannst mich Lissie nennen.«

»Und ich bin immer noch Paul – ist das für deinen Geschmack eigentlich zu spießig? Meine Haushälterin hat heute Morgen übrigens beim Öffnen des Postkastens einen Herzinfarkt bekommen.«

»Und …?«, fragte Lissie bang. Leider bekam sie die Antwort nicht mehr mit, weil sich Sophie von hinten angepirscht hatte und ihr Ohr mit ans Handy presste.

Du Luder!

Sie streckte den Hintern raus, schüttelte Sophie hektisch ab und stellte ihr »Kopf ab!« in Aussicht, indem sie sich die Hand über die Kehle führte. Schmollend setzte sich ihre Freundin auf eine Tischkante und bastelte einen Papierflieger.

»Entschuldigung, ich habe gerade nicht mitbekommen, wie es deiner Haushälterin geht. Hier ist es etwas trubelig.«

»Ausgezeichnet. – Ich würde gerne heute Abend mit dir essen gehen.«

Kreisch! Blutsturz! Ohnmacht!

Eine Schwalbe sauste an Lissies Kopf vorbei.

»Hallo?«

»Ja, toll, gerne doch! Wie viel Uhr?«

Die Außentür der Fotoredaktion ging auf und eine Traube zurückkehrender Mittagspäusler füllte den Raum. Aus den Augenwinkeln sah Lissie Tobias auf Sophie und sich zusteuern und bedauerte, dass sie ihr Sagrotanspray nicht dabeihatte.

»Acht. Passt dir das?«

»Ja toll, und wo?«

»Ich würde vorschlagen *Louis C. Jacob*. Soll ich dich abholen?«

Tobias drückte Sophie einen Kuss auf den Mund und schaute interessiert zu Lissie. Auch Gitta hatte beschlossen, sich der Welt zurückzuschenken und ließ sich in Hörweite auf ihren Bürostuhl plumpsen.

»Nein danke, ich nehme meinen eigenen Helikopter.« Der letzte Satz kam etwas anders raus als beabsichtigt. Eigentlich hatte Lissie sagen wollen *Ich bin so furchtbar in dich verknallt, ich würde auch auf Brustwarzen gerutscht kommen.* Aber in diesem Hottentottenhaufen hier wurde man ja kirre.

34

Jackie wäre für eine Zigarette gestorben. Stattdessen ließ sie zwei Süßstoff in den Kaffee plumpsen. Die mit Sandwiches und Gebäck vollgeladene Etagere auf dem Tisch, die beim Afternoon Tea im *Vier Jahreszeiten* immer mitserviert wurde, ignorierte sie geflissentlich. Sie hatte ein mittelschlechtes Gewissen wegen der Bürosache und überlegte, ob Paul deswegen am Telefon so kurz geklungen hatte, sie sofort sprechen wollte. Auf der anderen Seite hatte sie einen großen »Hallo Schatz, ich liebe dich!«-Zettel auf dem Schreibtisch hinterlassen. Er musste also von dem anderen nicht unbedingt was bemerkt haben.

Sie drückte genervt die Wahlwiederholung und stellte erleichtert fest, dass die Leitung endlich frei war. »Lamm & Melkers. Hoffmann!«, meldete sich ihre Sekretärin.

»Ich bin's, Jacqueline Reifenstein. Um Viertel nach vier habe ich einen Besichtigungstermin mit Dr. Küppers von der Schifffahrtsbank. Rufen Sie ihn jetzt sofort an und sagen Sie ihm, ich hab einen schlimmen Krankheitsfall in der Familie und melde mich die nächsten Tage. Haben Sie das notiert?«

»Nein. Aber wenn Sie Wert darauf legen, besorge ich mir natürlich einen Kugelschreiber.«

Jackie beschloss, sich nicht herausfordern zu lassen und die blöde Hoffmann ein andermal rundzumachen. Heute fehlte ihr leider die Zeit für eine kleine erbauliche Hinrichtung. »Sonst irgendwas Wichtiges?«

»Ja, Ihr Vater hat vorhin angerufen.«

»Der hat mir gerade noch gefehlt. Sagen Sie, Sie haben mich nicht erreicht.« Sie drückte das Gespräch weg, ohne eine Antwort abzuwarten: Dann zog sie ein gelbes Kärtchen aus dem Umschlag, den sie in Paul Ingwersens Büro entwendet hatte, und wählte die Nummer der Redaktion *Cleo*. Sie wollte doch mal hören, wie die kleine Bums-Maus klang.

*

Das Praktische am Journalistenberuf war ja, dass man sich die Artikel, die man schon immer lesen wollte, einfach schnell selbst schrieb: So recherchierte Lissie jetzt eifrig die modernen Knigge-Regeln und hatte schon fast zwei Seiten runtergetippt. Wie aß man in Nobelrestaurants das Brot richtig vom Brotteller? (Nicht abbeißen! In Stücke brechen!) Wenn man mal zwischendurch Pipi musste, wohin mit der Serviette? (Nicht über die Stuhllehne legen! Locker gefaltet neben den Teller!) Auch für den Fall der Fälle, Paul hätte einen Erbonkel zweiten Grades namens Herr Professor Dr. Graf von Haumichtot, dem sie heute Abend vorgestellt würde, kannte sie die korrekte Anrede (»Guten Tag, Professor Graf Haumichtot!«). Und sollte Paul ihr noch gleich heute Abend einen Verlobungsring an den Finger stecken und zu einem Liebestrip nach Hongkong aufbrechen (nun ja, man sollte nichts ausschließen!), dann musste sie die linke Hand hinhalten und im Flugzeug hatten beide Anspruch auf die Mittelarmlehne.

Auf ihrem Schreibtisch klingelte das Telefon. Sie nahm den Hörer ab: »CleobuntesLebenLissieLensen!«, rappelte sie, ohne nachzudenken.

Die Leitung blieb stumm.

»Hallo, hallo, hallo?« Sie meinte jemanden atmen zu hören. »Paul, bist du's?!«

Komisch ...

Sie legte den Hörer auf, widmete sich wieder ihrem Text und der wichtigsten (allerdings inoffiziellen) Knigge-Regel: Komme, was da wolle heute Abend: Erdbeben, Mondfinsternis, Heiratsantrag: BH und Höschen mussten zusammenpassen!

*

Jackie führte die Teetasse mit spitzen Fingern zum Mund, trank ein Schlückchen, stellte die Tasse zurück und zog eine Zigarette aus der Schachtel: »Sag das noch mal.«

»Ich glaube nicht, dass das Rauchen hier gestattet ist …« Paul Ingwersen legte die Fingerspitzen aneinander. »… okay, ich wiederhole es: Ich möchte unsere Beziehung beenden, Jackie. Und ich würde mir wünschen, dass daraus eine tolle Freundschaft wird. Dass wir uns, wo immer wir uns treffen werden, in die Augen gucken können.«

»Ich glaube, du hast das falsch formuliert, mein Lieber. Du willst mich abservieren. Du hast einfach keinen Bock mehr auf mich. Und was danach kommt, interessiert dich einen Scheißdreck. Du kannst ruhig Hochdeutsch mit mir reden.«

»Jackie.« Er beugte sich vor und versuchte mit der Hand ihre Lautstärke zu dämpfen. »Darum geht es nicht. Es geht um unsere Beziehung. Die ist hohl und kalt. Und eine Farce. Es geht darum, dass du etwas anderes willst im Leben als ich. Dass ich dich mag, aber dass ich dich nicht liebe. Und dass ich glaube, dass es dir genauso geht. Und dass ich finde, dass wir unser Leben nicht auf einem Kompromiss aufbauen sollten.«

»Ach, tu doch nicht so! Plötzlich! Paul Ingwersen, der Gefühlsmensch. Dass ich nicht lache. Ich glaube, da muss dir deine Sekretärin erst mal ein Memo schreiben, was das überhaupt ist – *Gefühl, Liebe.* Du glaubst doch, das ist, wenn man einer Frau die Tür aufhält und ihren Geburtstag nicht vergisst.«

»Nein, das ist, wenn einem das Herz wehtut, weil man nicht weiß, wo der andere ist. Wenn man nicht schlafen kann. Und wenn man allein fünfzig Prozent ist und mit dem anderen zusammen zweihundert.«

Jackie guckte ihn kalt an: »Aus welchem Manager-Kitschroman hast du denn den Mist geklaut? – Weißt du was, mein Lieber? Seit vier Jahren sind wir jetzt zusammen. Und die ganze Zeit hast du mich belogen. Wir heiraten, Jackie, ja, ja, ganz bestimmt, säusel, säusel! Was bin ich für eine Idiotin gewesen! Aber sei sicher: Ich habe nicht vor, mich von dir wie Dreck behandeln zu lassen, nur weil du plötzlich auf einem Trip bist, wo die aktuelle Frau nicht mehr zur Farbe deiner Tapete passt. Da hast du dir die Falsche gesucht.« Sie zündete sich vor seiner Nase die Zigarette an, nahm einen tiefen Zug und blies ihm den Rauch ins Gesicht.

»Wie habe ich bloß so lange mit dir zusammen sein können? Du bist noch abgezockter, als ich gedacht habe.«

»Und du bist der peinlichste Männerverschnitt, der rumläuft! Mit jedem anderen kann man mehr Spaß haben …!« Jackie hielt erschrocken inne, Röte schoss ihr in die Wangen.

Paul Ingwersen zog eine Braue hoch: »Ich würde sagen, dann brauchst du ja jetzt in Zukunft auf mich keine Rücksicht mehr zu nehmen. Aber vielleicht hätte ich doch früher auf Claudius hören sollen. Der hat mal angedeutet, dass du sehr ambitioniert bist – in jeder Hinsicht …«

»Du bist zum Kotzen, weißt du das?« Eine Träne rollte ihr die Wange hinunter. »Und was ist eigentlich mit der kleinen Maus, die *du* angebumst hast?«

Paul Ingwersen presste wütend die Lippen aufeinander.

Ein böser, hinterhältiger Zug lag plötzlich um Jackies Mund: »Mir kommt da gerade eine großartige Idee! Sollte ich vielleicht mal die Zeitung anrufen? Die würden sich doch bestimmt für unsere kleine Reality-Soap interessieren? »Stinkreicher Reeder schwängert armes Mäuschen – Verlobte geschockt«? Was meinst du?«

»Tu, was du nicht lassen kannst.«

»Nenn mir einen guten Grund, warum ich dich ziehen lassen sollte.«

»Okay, wie viel willst du?«, fragte er ermattet. Er wollte, dass dieses Gespräch zu Ende ging und er sie nie mehr würde sehen müssen.

Jackie nahm trotzig das Kinn hoch, dachte einen Augenblick nach. »In Anbetracht der Tatsache, dass ich deinetwegen meine beruflichen Aktivitäten dramatisch heruntergekocht habe und karrieremäßig jetzt viel weiter sein könnte, und außerdem berücksichtigend, dass ich Angebote seitens williger Verehrer ausschlagen musste, die mich mit Handkuss geheiratet hätten – ich würde mal sagen: achthunderttausend.«

»Warum sagst du nicht gleich eine Million.«

Sie griff sich einen Scone von der Etagere, »Okay, eine Million. Und den Jaguar«, klopfte den Puderzucker ab und begann, ihn auszuweiden: »Und beides krieg ich noch heute. Aber du fährst ja ohnehin lieber deine alten Schrottlauben.« Sie füllte das entstandene Loch mit Clotted Cream und Erdbeermarmelade auf.

»Ich bin froh, wenn ich dich nicht mehr sehen muss.«

»Dann ruf schnell deine Bank an. Dann hast du's hinter dir.« Jackie biss genüsslich in ihren Scone. »Und für den Wagen setzt du mir einen informellen Dreizeiler auf ›*Hiermit erkläre ich blabla …*‹ – du weißt schon«, sie tupfte sich die Mundwinkel mit einer Serviette ab und winkte dem Kellner, »wir kommen beide aus einer Branche, da ist Reden Silber. Und Verträge sind Gold.«

*

»Ich schäme mich, dass wir das gleiche Geschlecht haben! Sie haben mich schwer enttäuscht! Knottmerus-Meier.«

Lissie las die Mail der Frauengruppen-Vorsitzenden und ließ unbeeindruckt das Handy zuklappen. Nein, sie hatte jetzt wirklich Wichtigeres zu tun, sie musste mal eben ihr Leben reparieren.

Angespannt saß sie auf der Taxi-Rückbank – zehn Euro! Was für ein Luxus! Aber sie war viel zu aufgekratzt, um sich hinter irgendein Steuer zu setzen, und sie musste dringend nach Hause, um sich schön zu machen. Plötzlich dachte sie an ihre Mutter und wählte voll Sehnsucht die Flensburger Nummer.

Klingelingelingelingeling!

Hatte eigentlich schon mal jemand wissenschaftlich untersucht, warum nie wer ans Telefon ging, wenn man ihn anrief? Und warum bestimmt drei Leute in der Leitung klopften, wenn man selber mal einen Anruf bekam?

»Lensen?«, erklang endlich die warme freundliche Stimme ihrer Mutter.

»Na, wie geht's, wie steht's?« Lissie war so aufgedreht, dass sie nun schon zum wiederholten Male ihre feuchten Hände an der Jeans abwischte.

»Na, Liebes! Wo bist du gerade?« Sie sah es förmlich vor sich, wie ihre Mutter plauderbereit am Küchentisch Platz nahm.

»Entschuldige, Mama, ich muss es leider kurz machen«, ihre Finger trommelten nervös auf den Oberschenkel, »aber ich wollte dich fragen, wie du folgendes Szenario findest: Ich treff mich gleich mit dem tollsten Mann aller Zeiten. Wir werden dekadent essen gehen und unsinniges Geld verprassen und dann muss ich leider«, jetzt holte sie ganz tief Luft, »oberdringend mit ihm ins Bett gehen. Na?«

Sie kniff sich in den Oberschenkel, dass es wehtat, und wusste nicht, was schöner war: Das erschrockene »Oh Gott, Kind! Hast du schon wieder was getrunken?!« ihrer Mutter. Oder die neugierig hochgezogenen Brauen des Taxifahrers im Rückspiegel.

35

Jackie parkte den Jaguar im Sichtschutz eines Wohnmobils, schaltete die Scheinwerfer aus, drehte die Standheizung voll auf, fuhr das Fenster runter und zündete sich eine Zigarette an. Normalerweise erachtete sie es als ihre heilige Staatsbürgerpflicht, jedes in gehobenen Wohnvierteln geparkte und die Aussicht verschandelnde Wohnmobil sofort zu melden und so campierenden Urlaubern und fahrendem Gesocks zu einem kleinen Antrittsbesuch durch die Polizei zu verhelfen. Doch heute Abend war sie von Herzen dankbar für dieses verdreckte Häuschen auf Rädern, an dessen Heck jemand mit dem Finger »Sau! Wasch mich!« geschrieben hatte.

Mit tausendprozentiger Sicherheit würde sich Paul heute Abend mit dieser *Cleo*-Schickse treffen. Das sagten ihr alle ihre Frauenantennen. Und sie würde dafür sorgen, dass die Party ein bisschen Farbe kriegte.

*

Eigentlich musste man dem lieben Gott jeden Tag auf Knien danken, dass man kein Mann war. Weder auf dem Rücken noch in den Ohren wuchsen einem Haare, die länger als ein Zentimeter waren. Aber es gab auch ein schlagendes Argument gegens Frausein: Nie, nie, nie saß die Frisur. Eine Chemiebombe aus Ansatzfestiger, Volumenschaum und Extra-Strong-Haarspray hatte alles so betonschwer gemacht, dass Lissie den Kopf drehte und das Gefühl hatte, der Rest kam nicht mit. Sie saß hier schon seit zwanzig Minuten frierend im Auto und warf einen letzten, desillusionierten Blick in den Rückspiegel.

Ruhig, Blonde, brrrr! Wird schon werden.

Ihr Klamottenstyling (Arbeitsziel: casual-erotisch-extravagant) hätte es mühelos in die Rubrik ›Manchmal geht's daneben‹ geschafft: Ein blaues Neckholder-Kleid aus T-Shirt-Stoff, das sich nicht entscheiden konnte, ob es Flamenco oder Barock war, und unterhalb des Busens alles in bauschige Volants hüllte. Das Schnäppchen-Mitbringsel vom vorvorletzten Mallorca-Urlaub war das Einzige, was noch passte. (Lissie hatte leider versäumt, sich von Chanel die neue Frühjahrskollektion schicken zu lassen.) Dazu ein steifer schwarzer Blazer, der einen kurzen Hals machte, weil er unten auf den Volants aufsetzte und das die Schulterpolster nach oben schob. Und, letzter Akt des Schreckens: Braune Pumps. Die hübscheren, schwarzen Riemchensandaletten hatte Lissie wieder ausgezogen, weil Strumpfhose in offenen Schuhen leider gar nicht ging.

Sie gab sich einen Ruck, schob ihren Busen zurecht, tupfte sich noch schnell ein bisschen Lieblingsparfüm überall hin und verließ die schützende Hülle ihres Autos. Sie musste fluchten, weil die Autotür heute ihre Tage hatte und bockte, als sie sie zudrücken wollte, warf sich mit der Schulter dagegen und hatte jetzt einen unschönen grauen Schmodderstreifen am Jackett, der sich nur halb wegputzen ließ. Sie schloss ab, ging die Sieberlingstraße, wo sie geparkt hatte, Richtung Elbchaussee hinunter. Und stand auch schon vor der schnieken schneeweißen Heile-Welt-Fassade des *Louis C. Jacob.*

Oh Mensch, gegen das hier wirkt selbst das Ritz Carlton wie ein Elendsquartier ... Okay, bei zehn gehst du rein, Lissie Lensen ...! ... eins, zwei ...

Sie linste durch das Sprossenfenster der Eingangstür, bedauerte, dass sie kein Glasauge hatte, das sie schon mal vorab in die Halle werfen konnte, um auszuspionieren, ob ihre Verabredung da irgendwo stand. Und meinte niemanden zu sehen – nur drei ältere Herren mit

Backenbärten schauten gestreng aus ihren Bilderrahmen herunter und mahnten, dass das hier ein Ort von Sitte, Tugend und Anstand war.

... fünf, sechs ... huch!

Lissie hatte den Verdacht, dass ihr kleiner Untermieter soeben an die Minibar geschwommen war und sich eine Flasche Sinalco aufgemacht hatte. Kleine Luftbläschen, ähnlich aufsteigender Kohlensäure, prizzelten in ihrem Bauch.

Hey, pass auf, Zwerg, schön, dass du wach geworden bist! Wir besuchen jetzt Papa, verhalt dich ruhig ... ... okay ... drei, zwei, eins ...

Sie holte Luft.

Null-Komma-fünf, null-Komma-vier ... Lissie Lensen, muss ich mit dir schimpfen?!!

Die blonde Rezeptionsdame des *Louis C. Jacob* sah mit ihrer blauen Uniform, dem gelben Pfadfindertüchlein um den Hals und dem frischen »Was kann ich für Sie tun?«-Lächeln im Gesicht aus, wie für einen Hamburg-Werbeprospekt gecastet.

»Entschuldigen Sie bitte? Wo finde ich denn das Restaurant?«

Die Dame hob freundlich den Arm und nickte hilfsbereit nach links: »Da gehen Sie bitte hier geradeaus. Und dann sehen Sie es auch schon!«

Lissie zögerte einen Augenblick, dann ergänzte sie eifrig: »Ich bin nämlich verabredet.«

Die Rezeptionsdame nickte noch einmal sanft: »Oh, wie schön! Ich bin mir sicher, es wird ein kurzweiliger und unterhaltsamer Abend werden.«

»Ja, wir werden nur zu zweit sein«, wusste Lissie zu berichten.

»Na, dann wird es bestimmt besonders nett werden.« Etwas unschlüssig nahm die Dame den Arm jetzt wieder runter.

»Arbeiten Sie schon lange hier? Es ist doch sicherlich schön, hier zu arbeiten. Die Aussicht. Die Räumlichkeiten.« Lissie nickte fachfrauisch mit dem Kopf.

»Ja, ich freue mich auch immer wieder aufs Neue.«

»Müssen Sie noch lange arbeiten?«

»Bis zwölf. Dann kommt meine Kollegin.« Die Empfangsdame lächelte jetzt ein bisschen verspannt.

»Im Hotel hat man ja immer sehr lange Schichten. Aber dafür ist dann unter der Woche sicherlich auch mal ein Tag komplett frei, nicht?« Lissie hätte noch ewig so mit ihrer neuen Freundin plaudern können. Allerdings hatte sich schon vor drei Minuten ein Ehepaar am Tresen eingefunden und räusperte sich jetzt erwartungsvoll bis tendenziell genervt. Blieb ihr nichts anderes übrig, als doch den Weg zum Restaurant einzuschlagen.

Sie zupfte an ihrem Jackettsaum, brachte zum x-ten Mal den Schulterriemen ihrer Handtasche in Position, prüfte, ob die 1294,10 Euro noch an Ort und Stelle waren. Kniff sich in die Wangen, damit ein bisschen Leben in ihr Gesicht kam. Glosste sich zum zehnten Mal die Lippen nach. Bekam vor lauter Handtatter die Kappe nicht mehr auf den Stift. Drückte die Schulterblätter durch und drohte ihrem bumpernden Herz mit Kündigung, wenn es jetzt nicht auf der Stelle diszipliniert arbeitete.

Ich glaube, ich kriege gleich einen Infarkt.

*

Gott, war sie süß! Er hatte das Bedürfnis, sich mit den Fäusten auf die Knie zu trommeln und »ja! ja! ja! ja!« zu schreien. Gleichzeitig richtete er von außen eine Kamera auf sich und mochte nicht, was er da sah: einen Typen, der nervös an seinen Manschettenknöpfen rumprokelte und gleich über sich selbst stolperte.

Okay – Haltung!

Sie war wirklich gekommen. Prima. Genau eine akademische Viertelstunde zu spät. Auch sehr souverän (nicht wie er – schon seit zwanzig vor acht hier doof rumsitzend). Und wow! Was für ein Kleid! War ihm so in Form und Farbe noch überhaupt nicht untergekommen. Très chic! Und bewies, dass er von den neuesten Modetrends keine Ahnung hatte. Er wusste nicht, wann er jemals in den letzten zehn Jahren so ein Herzrasen gehabt hatte. (Vielleicht, als er den größten Schiffsmotor der Welt bei New Sulzer Diesel in Winterthur besichtigt hatte?) Nervosität stand ihm ausgesprochen schlecht zu Gesicht (beim Rasieren hatte er sich ohnehin geschnitten). Und an seinem blau gestreiften Lieblingshemd, das frisch aus der Reinigung kam, fehlte der obere Knopf (den er, wie er zu seiner Schande gestehen musste, beim Zuknöpfen nicht mal vermisst hatte).

Er riskierte einen Blick auf ihren Bauch. Oh Gott! So groß hatte er ihn nicht in Erinnerung gehabt. Na klar!, ja, die kleinen Teile da drin wuchsen schließlich. Hatte er beinahe außer Acht gelassen. Seine Wissensfortschritte auf diesem Gebiet ließen noch zu wünschen übrig: Letzte Woche war er bei Thalia gewesen, hatte sich »Ein Kind entsteht« gekauft, Bilder von glasigen Aliens in rotem Aspik und Schrumpfköpfe, die zwischen Beinen rausrutschten, angeschaut und die Lektüre aufs nächste Jahr verschoben. (Er wurde ja schon nervös, wenn im Fernsehen der Arzt dem Patienten die Hand schüttelte.)

Dafür erhob sich in seiner Brust jetzt der Neandertaler mit der Keule. Und beinahe übermächtig war der Drang, sich zwischen diese Kugel und angreifende Säbelzahntiger zu werfen.

*

Ein schwarz gefrackter Kellner hatte sie zu ihrem Tisch geführt. Sie war vorangegangen, Paul hinterher, und die ganze Zeit fragte sie sich, wie sie jetzt gerade von hinten aussah und wie er das wohl fand. Vor ihrem inneren Auge lief der Horrorfilm »Zwei Riesenbrötchen auf große Reise«. Sie hatte sich schnell auf ihren Stuhl fallen lassen wollen, doch der Kellner bestand darauf, ihr das Möbel zurechtzuruckeln. Beim Setzen fiel die zur Pyramide gefaltete Serviette um. Und sie befand »Ich hätte bitte gern ein Wasser«, bevor der Ober fragen konnte »Darf es etwas zu trinken sein?« Kaum war der Herr entschwunden, hatte Paul ihr die Hand auf den Arm gelegt, »Ich vergesse immer noch, dass du ja nichts trinken darfst«, und beim »Ich freue mich sehr, dass du da bist« den Druck leicht erhöht. Sie hatte völlig bescheuert »Und ich erst!« geantwortet und dann gedacht, wenn ich du wäre, würde ich mich jetzt für mich schämen.

Nun, aktuell, guckte sie schon seit fünf Minuten in die Speisekarte, die sie nicht verstand: *Émincé vom Holsteiner Rehrücken, Müritzlamm mit Sariette, Colombo-Couscous.*

»Alles okay bei dir?« Er schaute sie fragend an.

Bis darauf, dass ich gerade sterbe, alles bestens. Danke.

»Ja, danke, ich kann nicht klagen.«

Paul Ingwersen ließ die Speisekarte sinken, lehnte sich vor und strich mit seinem Daumen unendlich sacht und zärtlich über ihren Daumen.

Gänsehaut, Gänsehaut, Gänsehaut ...

Lissie lächelte tapfer. »Vorsicht, das hatten wir schon mal.«

Er guckte sie fragend an. »Schön, dass du da bist, Elisabeth Lensen.«

»Danke.«

Danke, bitte, auf Wiedersehen. Fällt dir eigentlich noch was anderes ein?

Seine Hand umschloss vorsichtig ihr Handgelenk. Als ob er gerade erst in Anatomie gelernt hätte, wo was ist, und nichts kaputt machen wollte. »Ich weiß, was du dich fragst. Du fragst dich: ›Was brauche ich einen Typen, der morgens noch nicht mal Auf Wiedersehen sagt? Der nur seine Haushälterin bittet, der kleinen Frau da oben in die Schuhe zu helfen und sich ansonsten benimmt wie der letzte Mensch?‹ – Ich kann es dir auch nicht sagen.«

Lissie schmolz gerade dahin. Am liebsten hätte sie jetzt sein Gesicht mit Küssen eingedeckt, sein Jackett wie ein Zelt über sie beide gezogen und das Licht ausgeknipst. Er drückte ganz, ganz doll ihr Gelenk, und sie überlegte, ob sie ihn darauf hinweisen sollte, dass ihre Finger blau wurden.

»Kann eine Frau verstehen, dass ein Mann durcheinander ist, wenn man es als Mann selbst nicht versteht? Kann man eine Antwort bekommen, wenn man gar keine Frage hat? Ich meine, wenn alles klar ist und gar nichts klar?«

Lissie wusste zwar nicht so ganz genau, was er meinte, hätte ihm aber gern bestätigt, dass sie das alles absolut genauso sah. Sie merkte plötzlich, dass sein Blick abwartend auf sie gerichtet war. Und stellte fest, dass ihre Gedanken schon ein paar Schritte weiter waren.

Für den Fall nämlich, dass Paul Ingwersen jetzt zum wichtigsten Teil des Abends übergehen wollte – Gefühle bereden, gestehen, dass er seit ihrem ersten Abend natürlich Tag und Nacht an sie gedacht, aber bloß nicht gewusst hatte, wie er mit dieser einzigartigen, ihn umzuhauen drohenden Liebe umgehen sollte – für diesen Fall hatte sie sich gerade einen Drei-Punkte-Plan überlegt. Natürlich sollte er vorher noch ein bisschen leiden. Sie würde ihre Fingernägel studieren, während er ihr ewige Liebe schwor. Anschließend hundert Liegestütze für ihn und Bedenkzeit für sie.

Hoffnungsfroh schaute sie ihn an, doch er schaute nur zurück und blieb stumm.

Plötzlich fühlte sie einen Stich in der Brust, und obwohl sie sich vorgenommen hatte, auf keinen Fall den ersten Schritt zu tun, hatte sich ihr antiautoritär erzogener kleiner linker Finger schon über das Tischtuch hinweg auf den Weg gemacht und strich nun ganz sacht über seinen Handrücken.

Sie merkte, wie sich fast augenblicklich die ganzen kleinen Härchen an seinem Handgelenk aufrichteten, und ihr Herz jubelte wie verrückt.

Immer noch stumm, nahm er jetzt ihre Finger, drückte sie einmal sanft, dann noch einmal, jetzt länger und fester, dann führte er sie zu ihrem Bauch.

Lissie schaute auf diese beiden übereinanderliegenden Hände hinunter, auf dieses Sandwich aus seiner Hand oben, ihrer Hand in der Mitte, Bauchdecke unten, und hätte schwören können, dass sich von der anderen Seite noch der kleine Mensch da drinnen dagegenkuschelte. In ihr explodierte etwas.

»Da ist noch etwas, was wir besprechen müssten.« Er beugte sich vor, ganz dicht, und schaute sie forschend an.

Lissie schluckte hektisch, sie hatte einen ganz trockenen Mund. »Ja?«, fragte sie zittrig. Sie konnte seinen Atem auf ihrem Gesicht spüren.

»Ich empfehle den Nordsee-Steinbutt«, sie stieß erschrocken die Luft aus, und er neigte gewichtig den Kopf, »den machen die hier ganz vorzüglich, nur mit Butter in der Pfanne gebraten. Und dazu solltest du, wenn du magst, ein paar Bratkartoffeln bestellen. D'accord?«

Lissie nickte mechanisch. Während er schon nach dem Kellner Ausschau hielt, rang sie um Fassung, schaute ratlos auf diese zwei Hände, die immer noch warm auf ihrem Bauch ruhten. Und plötzlich, ohne nachzudenken, legte sie ihre andere Hand oben auf, wartete einen Augenblick, strich dann mit den Nägeln über seinen Handrücken. Und kniff ihn.

Er drehte sich abrupt um, guckte sie für einen Moment irritiert an, dann beugte er sich vor und küsste sie … und küsste sie … und küsste sie …

*

Zärtlichkeitsbezeugungen in der Öffentlichkeit waren eigentlich überhaupt nicht sein Ding. Aber sie war zum Fressen. Und jetzt, nach diesem Kuss, hatte er einmal mehr das Bedürfnis, sie über die Schulter zu werfen, in seine Höhle zu schleppen und den Schlüssel abzuziehen.

Warum sagte sie jetzt nichts? Sie schaute ihn nur mit großen Augen stumm an. Kritisch? Verachtete sie ihn? Lachte sie über ihn? Hatte sie sich nur hinreißen lassen, ihn zu treffen? Zu küssen? Würde sie rausgehen aus diesem Restaurant mit dem Gefühl, in ihm wie in einem sehr langweiligen, nichtssagenden Buch gelesen zu haben? Jetzt wühlte sie auch noch hektisch in ihrer Handtasche. Frauen! Bisher war er der Überzeugung gewesen, was das andere Geschlecht anging, in der Abschlussklasse zu sitzen. Aber bei dieser Elisabeth Lensen schaffte er noch nicht mal Sonderschul-Zugangsberechtigung.

»Für dich.« Sie legte ihm einen kleinen weißen Umschlag auf den Teller. »Und keine Diskussion, sonst stehe ich auf!«

»Ein Liebesbrief?« Er linste in den Umschlag, und das, was er da sah, versetzte ihm einen kleinen Stich. Mit einem »Tut mir leid, ich bin Legastheniker« schob er das Kuvert zurück. Er fühlte eine harte Hand auf seiner Schulter und drehte sich nicht um: »Bitte nicht stören. Wir verlieben uns gerade«, sagte er energisch und ließ Lissies Blick nicht los.

»Willst du mich der kleinen Schlampe nicht vorstellen?«, fragte Jackie schrill.

*

Lissie war, als hätte sie jemand mit flüssigem Stickstoff übergossen: In ihrer Brust fühlte sie einen Eisklumpen, und sie war unfähig, sich zu bewegen, sonst wäre sie in tausend kleine Splitter zerborsten. Dafür hatte der Gedanke in ihrem Kopf einen Hakser und lief gerade heiß:

Das ist nicht wahr, das ist nicht wahr, das ist nicht wahr, das ist nicht ...

Diese Frau – sicherlich nicht Paul Ingwersens Mami – beugte sich zu ihnen runter, mit einem leisen »pling!« schlug ihre lange Perlenkette gegen ein Glas, ergriff Pauls Kopf mit beiden Händen und drückte ihm einen Kuss auf den Mund. Derselbe Mund, den sie, Lissie, gerade eben noch geküsst hatte. Übelkeit stieg in ihr auf.

Paul Ingwersen war aufgesprungen, warf die Serviette wütend (und kniggekorrekt) neben den Teller, vergaß nur das Falten. Der hinzueilende Kellner hatte sich nach einem »Oh, guten Abend, Frau Reifenstein!« schnell hinter ein Käsewägelchen verpieselt, wo er jetzt geschäftig die Glashaube öffnete und mit dem Messer am Roquefort rumstupste. Und am Nachbartisch war die Konversation abrupt abgebrochen.

Kneif dich in dem Arm, Elisabeth, du hast einen bösen, bösen Traum!

Die Brünette richtete sich jetzt auf, musterte Lissie mit kalten grünen Augen, streckte ihr zackig die Hand entgegen und verzog das Gesicht zu einem Lächeln. Der Rest ihres roten Lippenstifts klebte rund um ihren Mund wie Blut am Maul einer Löwin: »Diese Männer! Einfach kein Benehmen. Dann muss ich die Vorstellung wohl selbst übernehmen. Ich bin die Verlobte von Herrn Ingwersen, Jacqueline Reifenstein. Und, entschuldigen Sie bitte, mit Ihrem Gesicht bringe ich gerade keinen Namen in Verbindung?«

»Jacqueline, ich möchte, dass du sofort diesen Raum verlässt!« Das war Paul Ingwersens Stimme.

»Der Name!«, wiederholte Jacqueline Reifenstein laut und fordernd. Ihre riesigen Funkel-Bommel-Ohrringe schwangen aufgeregt hin und her.

Paul Ingwersen hatte ihren Ellenbogen umfasst. »Habe ich mich nicht präzise ausgedrückt?«

Jacqueline Reifenstein schob mit der freien Hand den heruntergerutschten Träger ihres paillettenbestickten Cocktailkleides zurück auf die Schulter und ließ sich nicht davon abbringen, Lissie weiterhin mit Blicken zu erdolchen. »Moment! Jetzt fällt mir Ihr Name wieder ein – Elisabeth Flittchen!« Sie ließ abschätzig ihren Blick über Lissies Kleid gleiten.

»Jacqueline, ich gebe dir noch drei Sekunden, und dann bist du hier weg. Und sei gewarnt, ich wende auch Gewalt an.« An der Stelle, wo seine Finger ihren gebräunten nackten Arm umspannt hielten, war die Haut weiß.

»Au! Du tust mir weh!«

Selbst wenn Lissie gewollt hätte, sie hätte noch nicht mal weinen können.

Jacqueline Reifenstein hatte sich an ihrer perlenbestickten Handtasche zu schaffen gemacht und irgendwas Weißes zutage gefördert, das sie Paul Ingwersen jetzt in die Hand drückte.

Das ist ja ein Schwangerschaftstest!

»Schatz, ich verstehe, wenn du jetzt ein bisschen ungehalten bist, aber ich wollte dir die frohe Kunde sofort überbringen. Ich bin schwanger. Von dir! Die Krönung unserer Liebe!«

Nein, nein, nein, nein, nein!

Paul Ingwersen betrachtete jetzt sichtlich geschockt den weißen Teststab in seiner Hand und ließ Jackies Arm los.

Oh Gott, sie kriegt auch ein Baby mit ihm! Was bin ich mal wieder naiv gewesen.

»Und das hier«, Jacqueline Reifenstein griff erneut in die Tasche, zog einen zusammengeknoteten Gefrierbeutel heraus, auf dem mit riesigen roten Buchstaben *Müll* stand und hielt ihn Paul Ingwersen vor die Nase, »ist Abfall, den müsstest du mal dringend entsorgen lassen, Schatz.« Achtlos warf sie die Tüte vor Lissie auf den Tisch, die darin ihren zerknickten Schwangerschaftstest erkannte. Jackie setzte beide Hände auf die Tischplatte und beugte sich zu Lissie vor, sodass ihre Nasenspitzen nur Zentimeter voneinander entfernt waren: »Pass auf, Häschen«, zischte sie, »von deiner Sorte hat unser lieber Paul ein paar rumlaufen.« Sie schnappte sich das Kuvert, richtete sich auf und ließ das Geld auf den Tisch regnen. »Mit dem Unterschied, dass die anderen sich für ihre Dienste besser bezahlen lassen.«

Eine schallende Ohrfeige landete auf ihrer Wange, erschrocken riss sie die Augen auf und presste die Hand an die getroffene Stelle. Um in der nächsten Sekunde zu einer Gegenohrfeige auszuholen.

Lissie erhob sich wie betäubt, fühlte die bohrenden Blicke der anderen Gäste in ihrem Rücken, schob in Zeitlupe den Stuhl ran, griff nach ihrer Handtasche und ging, ohne sich noch einmal umzudrehen. An der Speisesaaltür fing sie an zu rennen. Links kamen Leute, also nach rechts! Fand sich in einer Bar wieder. Stürzte an Barhockern, Menschengrüppchen, einem Weinschrank vorbei. Durch einen dunklen Flur. Drückte eine schwere Türklinke runter. Offen! Fand sich vor dem *Louis C. Jacob* und auf der Elbchaussee wieder. Und lief zum zweiten Mal in ihrem Leben blind vor Tränen die Elbchaussee hinunter. Diesmal korrekterweise stadteinwärts. Dann fiel ihr auf: doch falsche Richtung. Sie war ja mit dem Auto da.

36

And I love you so,
The people ask me how,
How I've lived till now
I tell them I don't know

Mit Tränen hatte er's eigentlich nicht so. Aber irgendwie wollten Paul Ingwersen die Augen heute Abend nicht gehorchen. Er lauschte dem alten Elvis-Song im Autoradio, beobachtete den voll beladenen Tanker, der sich, gezogen von zwei Schleppern, die dunkle Elbe hochschob. Umfasste das Lenkrad mit beiden Händen. Ließ die Stirn gegen das kühle Leder sinken. Stellte fest, dass er noch nicht mal angeschnallt war und dass es ihm auch egal war. Und weinte.

I guess they understand
How lonely life has been
But life began again
The day you took my hand
And yes I know how lonely life can be
Shadows follow me

Er hatte Jackie stehen lassen, war hinter Lissie hergestürzt – und hatte sie weder in der Halle noch in der Garderobe oder in der Unterführung zur Parkgarage eingeholt. Er war zum Auto gelaufen, war die umliegenden Straßen abgefahren – ohne Erfolg. Er war zurückgefahren zum *Louis C. Jacob*, ebenfalls Fehlanzeige. Jetzt stand er hier auf diesem Touri-Parkplatz vor dem Yachthafen von Teufelsbrück und schaute auf die Elbe. Der letzte Mohikaner robbte im Sterben durchs Maisfeld, der angeschossene Reeder schleppte sich zum Fluss. Er beglückwünschte sich zu seinem Galgenhumor und lachte unglücklich.

The night won't set me free
But I don't let the evening get me down
Now that you're around me
And you love me too
Your thoughts are just for me
You set my spirit free
I'm happy that you do

Er ließ die Scheibe runter und Elvis mischte sich mit dem Kling-Klang-Klong der Containerentladung drüben in Waltershof. Wo war sie jetzt? War ihr was passiert? War *ihnen* etwas passiert? Das könnte er nie wiedergutmachen!

The book of life is brief
Once the page is read
All but love is dead
This is my belief

Immerhin konnte er heute Abend gleich drei Rekorde für sich verbuchen. Er hatte zum ersten Mal in seinem Leben eine Frau geohrfeigt. Und die erste Frau, die er wirklich liebte, war ihm abhandengekommen. Dafür wurde er zum zweiten Mal Vater. Er betrachtete Jackies Schwangerschaftstest, der in der Tat einen, wenn auch blässlichen Streifen aufwies, warf ihn auf den Beifahrersitz und zog das Ultraschallfoto seines Sohnes aus der Jacketttasche. Und während er die Aufnahme betrachtete, die entfernt an die Wetterradardarstellung eines Islandhochs in der Tagesschau erinnerte, ging schon wieder diese verdammte Augensprenkleranlage an.

Drei Minuten später, als er sich wieder beruhigt hatte, griff er zum Telefon.

*

»I am so horny, horny, horny!«, meldete sich das Handy in Lissies Tasche und ließ sie laut aufweinen.

Das ist bestimmt er, aber da geh ich jetzt nicht dran.

Das Handy hörte gar nicht mehr auf zu klingeln.

Das war das Demütigendste, Entwürdigendste, Kränkendste, Verletzendste, Ehrenrührigste, Bodenloseste, was ich je erlebt habe. Und das ist noch nüchtern betrachtet. – Oah, bibber, ist das kalt! ... nein, bimmel dich tot. Ist mir scheißegal.

Lissies Kiefer klapperten jetzt aufeinander wie die Blätter einer Heckenschere, dafür war das Klingelmonster verstummt. Sie wischte sich die Tränen weg, fummelte mit klammen, zitternden Fingern den Autoschlüssel ins Schloss und startete im dritten Anlauf den asthmatisch röchelnden Motor.

Hallo Kleiner, hoffentlich hast du da drin bei dir einen Nachtspeicherofen.

Sie war so sehr damit beschäftigt, zu zittern, zu weinen, wütend zu sein, wieder zu weinen, zu denken, dass nichts auf der Welt diese Schmach weniger schmachvoll machen konnte – nicht eine Milliarde Euro, nicht sein Herz zuckend auf dem Silbertablett, auch kein Stiletto-Absatz im Hintern dieser Frau –, erneut zu zittern (diesmal vor Verzweiflung), dass sie für einen Moment den Verkehr vergaß.

Als sie aus der Sieberlingstraße in die Elbchaussee einbog, wäre sie fast mit einem Wagen zusammengedonnert, der affenzahnartig von rechts herangeschossen kam. Sie glaubte, Pauls Jaguar zu erkennen. Ihr Herz setzte aus. Gleichzeitig ging sie in die Eisen. Riss das Steuer nach links. Schlingerte. Sah, während sie knapp vor dem Wagen einscherte, noch jemanden mit langen Haaren hinterm Steuer sitzen. War erleichtert, trat parallel aufs Gas. Und warf sofort einen Blick in den Rückspiegel. Sie sah, wie der Jaguar hinter ihr ein paar steinerne Blumenkübel knutschte und mit demolierter Kühlerhaube halb schief auf dem Gehsteig stehen blieb. Und schaute wieder schnell nach vorn, um nicht ihrerseits mit einem Laternenpfahl Freundschaft zu schließen.

Oh Gott, war hier nicht links vor rechts? Begehe ich jetzt Fahrerflucht?

Das Handy fing von Neuem an (das »Horny! Horny!« klang jetzt schon deutlich trotziger) und Lissie fuhr, auf der Unterlippe kauend, weiter. Das Teil wollte gar nicht mehr aufhören. Schließlich klappte sie es wütend auf und schnauzte ein »Wüsste nicht, was es noch zu besprechen gibt!« in die Leitung.

Drama, schluchz!, schluchz!, kam es als Antwort.

»Wer ist denn da?« Sie lauschte der Aneinanderreihung von Quietschgeräuschen, Kehltrillern, Knarzen – »Sophie? Sophie, bist du's?!«

»Dieser Drecksack! Ich fühle mich so mies, das ist so schäbig!«

Ja, korrekt.

Sophie hatte sich ganz offensichtlich mit ihrer Knallcharge von Freund gestritten. Benommen hörte sich Lissie an, was Sophie ihm gesagt hatte. Und wie er geguckt hatte. Und was er gesagt hatte. Und sie dann wieder. Und dass sie ihn nie wiedersehen wolle. Und hatte nicht die Kraft, sich mit ihren eigenen Problemen dazwischenzuwerfen. Stattdessen schluchzte sie plötzlich laut auf.

»Lissie? Lissie!«, rief Sophie verstört. »Oh Gott, warum weinst du denn? Du fandest Tobi doch immer scheiße. Du musst dich doch jetzt freuen, dass wir getrennt sind. Hilfe!«

»Sophie, wir waren essen ...« Lissies Stimme flatterte, sie holte hechelnd Luft, hatte keine Kraft, weiterzureden.

»Ich hab's doch gewusst, dass ihr verabredet wart!«

Lissie schluchzte noch lauter.

»Oh nein! Ist was passiert?!!«

Sie fand irgendwo ihre Stimme wieder: »Nein, nichts. Außer dass eine Frau vorbeigekommen ist, mir für immer meine Würde geklaut hat. Sie sich geküsst haben. Das traute Glück gerade von einem Baby gekrönt wird, und ich überlege, wie ich am schnellsten zur Köhlbrandbrücke komme, um da runterzuspringen. – Nein. Sonst ist nichts passiert.« Sie schniefte verächtlich.

»Also, von der Köhlbrandbrücke springst du schon mal nicht. Die wird nämlich abgerissen. Zwar erst irgendwann. Aber dann können wir dir ja gar keine Gedenktafel anbringen.«

»Hör doch auf!«, weinte Lissie.

»Der hat 'ne Freundin und die kriegt ein Baby? Mein lieber Scholli. Ziemlich fleißig, der Gute. Dabei dachte ich, dass er Buße geschworen hat und sich in Zukunft benehmen wollte.«

»Dachte ich auch.«

»Ist eben doch ein Scheißtyp. Ich hab's dir doch immer gesagt.«

»So ganz einverstanden schien er aber nicht damit zu sein, dass sie ihn geknutscht hat. Er hat ihr eine geknallt.«

»Das sind aber jetzt ganz neue Töne. Er hat ihr eine geknallt?«

»Vorher hat sie noch Nutte oder Hure oder Schlampe zu mir gesagt. Irgendwas in der Art. Und mir meinen Schwangerschaftstest auf den Tisch gepfeffert.«

»Und das alles da in diesem noblen Schuppen? Pass auf, Lissie. Nicht dass die dich jetzt schon steckbrieflich suchen.«

»Kannst du mir mal sagen, woher die meinen Test hatte?«

»Ich würde mal sagen: von Herrn Ingwersen.«

»Ich kann mir das aber irgendwie nicht vorstellen. Ich hatte so ein ganz anderes Bild von ihm.«

»Das ist ein Thema, das sollten wir jetzt vielleicht nicht vertiefen. Ich sage nur *Arrivederci, Kleine. Die Nacht mit dir war schön. Und jetzt verpiss dich!*«.

»Er hat mir das erklärt. Dass er verwirrt war. Dass ihm so was noch nie passiert ist …«

»Ach, wie süß! Das hat Tobi auch zu mir gesagt. Und ist dann mit Miriam aus der Grafik in der Kiste gewesen, wie ich herausfinden durfte. Aber das nur am Rande.«

»Er hat dich betrogen?«

»Kein Kommentar. Ich sage nur eins: Ich werde mich nie wieder so verbiegen!«

»Weißt du was? Bei Paul habe ich überhaupt nicht das Gefühl, mich verbiegen zu müssen. Ich bin eins zu eins. Das erste Mal im Leben. Und er gibt mir das Gefühl, dass ich genau so richtig bin, wie ich bin. – Er *hat* mir das Gefühl gegeben«, korrigierte sie sich schnell.

»Und was war das für eine Frau, die da aufgetaucht ist?«

»Eine ganz tolle. Du weißt schon, super Figur, geile Klamotten. Nicht so wie ich. Du müsstest mich heute Abend mal sehen.«

»Lissie, du kannst gar nicht schlecht aussehen. Du bist die süßeste, niedlichste, hübscheste kleine Frau, die ich kenne – wenn ich meine Kontaktlinsen nicht reingenommen habe.« Sophie gackerte.

»Danke.«

»Er wollte tatsächlich, dass ich mir die Brüste größer machen lasse.«

»Ich hab's doch gewusst! Aber das liegt daran, dass du Minderwertigkeitskomplexe hast, die du nicht haben müsstest. Und dir deswegen Scheiße anhörst, die dir egal sein könnte.«

»Das ist falsch. Ich habe nicht einfach nur Minderwertigkeitskomplexe. Ich habe die sozusagen erfunden. – Und hat er denn gesagt, dass er sich auf das andere Baby freut?«

»Nein. Aber er hat gesagt, dass er sich auf unseres freut.«

»Lissie Lensen, geborene Schlumpfine, geschiedene Dumpfbacke, das ist nicht dein Ernst!«

»Ist mein Ernst.«

»Ja, ist der Kerl denn nun scheiße oder nicht?«

»Nicht scheiße.«

»Okay, ich muss dir auch noch was beichten – aber ist eine echte Schweinenummer. Willst du's trotzdem hören?«

»Ich glaube eher nicht.«

»Bitte.«

Lissie schwieg ahnungsvoll.

»Was würdest du sagen, wenn der Mann, den du liebst und dem du vertraust, weitererzählt, dass deine beste Freundin schwanger ist, obwohl er bei seinen Eiern geschworen hat, die Klappe zu halten?«

»... mh, ich würde sagen, dass sie trotzdem noch meine Freundin ist.«

Sophie schluchzte erleichtert.

»Du?«

»Ja?«

»Sophie?

»Ja-ha!«

»Ich glaub, ich bin ganz doll verliebt.«

»Bist du das nicht schon die ganze Zeit?«

»Ja, aber jetzt möchte ich mit ihm bis ans Ende der Welt gehen. Er darf sogar meinen Müllhaufen von Wohnung sehen. Und meine Lieblingschips aufessen!«

»Also das diskutieren wir lieber noch mal. Du schläfst heute Nacht bei mir. Ist ein Befehl!«

Das »Hast du denn eine Zahnbürste für mich?« hörte Sophie nicht mehr, weil Lissies Akku alle war.

37

Paul Ingwersens Handy klingelte.

Er riss das Gerät ans Ohr, fragte atemlos: »Ja?!«

»Hallo Paul, ich bin's, Christine! Darf ich dich so spät noch mal stören?«

Er fiel wieder in sich zusammen wie ein Hefekuchen, den man zu früh aus dem Ofen genommen hatte. Seine Exfrau. Na klasse. Die hatte ihm in seiner Glückskollektion noch gefehlt.

»Ich sitz hier gerade über der Liste für die Taufe. Wir hatten nämlich heute ein Gespräch mit dem Pfarrer. Und er hat uns ermahnt, dass alle Paten unbedingt eine Taufurkunde und eine Mitgliedsbescheinigung von der Kirche brauchen. Was machen wir denn da? Du bist ja wahrscheinlich nicht mehr in dem Verein?«

»Bin ich also sozusagen wieder ausgeladen?«, fragte er trocken. Sechs Jahre waren sie jetzt geschieden. Heute Abend wusste er das erste Mal, wieso eigentlich: eine Packung tiefgefrorene Fischstäbchen zu umarmen hatte mehr Wärme. Mehr Geborgenheit. Angekommensein. Hingabe. Er war wieder bei Elisabeth. Das war die Frau, die er umarmen wollte. Und nie mehr loslassen. Ein Leben lang. Was sich schwierig gestaltete, denn sie war ihm gerade weggelaufen.

»Nein, nein«, beeilte sich Christine zu versichern, »ich dachte nur, es soll ja auch für dich kein Zwang werden, ich habe auf jeden Fall mal unverbindlich mit Arends Bruder gesprochen. Der würde einspringen.«

»Ich muss dich enttäuschen. Ich bin noch in der Kirche.«

»Nicht dein Ernst! Du wirfst denen freiwillig die Kohle in den Rachen? Also wenn du zu viel Geld hast, du kannst mir auch gern was davon abgeben. Das sind doch bestimmt Millionen.« Sie schickte schnell ein Lachen hinterher.

Paul Ingwersen lachte jetzt auch: »Exakt vierhundertneunundachtzigtausend im letzten Jahr.« Dann wurde seine Stimme plötzlich schneidend: »Also wenn du mich nicht als Paten verlieren willst, meine liebe Christine – und du weißt, ich mache immer besonders *große* und besonders *aufwendige* Geschenke –, dann erzählst du mir jetzt mal was.«

»Was?«, fragte Christine spitz. »Was soll ich dir denn erzählen?«

»Also, wenn eine Frau einen Schwangerschaftstest macht, kann da eigentlich auch mal was schiefgehen?«

Einen Augenblick lang war emsiges Schweigen in der Leitung. »Unter uns Klosterschwestern: Ich hab mal einen Test gemacht, das war nach der Zeit mit dir. Ich hatte da eine …«

»Affäre?«

»… richtig. Woher weißt du?«

»War nicht so schwer zu raten. Weiter!«

»Ich habe mir einen Test besorgt und dann, du weißt schon …«

Sie war noch verkniffener und verklemmter, als er sie in Erinnerung gehabt hatte. Er atmete vernehmlich. »Könntest du mal ein Brikett drauflegen beim Erzählen?«

»Sag mal, was ist eigentlich in dich gefahren? … Ich bin jedenfalls von der Toilette runter und weiß noch, dass ich den Test in meiner Handtasche versteckt habe, um später noch mal draufgucken zu können. Zur Sicherheit sozusagen. Und habe dann abends einen Riesenschreck gekriegt, weil, da war er plötzlich positiv. – Wolltest du so was in der Art hören?«

»Kommt drauf an, wie das Ende der Geschichte ist.«

»Ich bin zum Arzt gerannt und der hat mich in den Arm genommen – symbolisch meine ich – und gesagt: ›Keine Sorge, Frau Warenburg,

Sie sind nicht schwanger. Aber das mit dem Test passiert vielen Frauen. Wenn man ihn nur lange genug liegen lässt, wird der immer positiv.‹«

»Okay, du kannst dir schon mal einen silbernen Taufbecher von Tiffany aussuchen. Ach Quatsch, nimm einen aus Platin!«

»Sag mal?«, kam es misstrauisch aus der Leitung. »Warum willst du das eigentlich alles wissen, Paul?«

»Pass auf, Christine! Wir teilen zwar mit euch Frauen unsere Rasierapparate und unsere Socken. Aber es gibt Dinge, die müssen Männer nicht erzählen.«

»Aber bei dir und Jackie ist doch nichts unterwegs, Paul, oder ...?«, kam es noch misstrauischer.

Er wartete einen Augenblick. »Nein. Wie kommst du darauf? Du kennst doch meine Einstellung zu kleinen Hosenpupsern. Rauben einem den Schlaf, kosten Geld, wollen deine Autoschlüssel ...«

»Ich mein, kann ja eigentlich auch nicht.«

»Wieso? Unterschätz mich nicht, meine Liebe. Ich mein, *wir* beide haben's ja nie drauf ankommen lassen, ein Kind zu bekommen. Wofür mir Arend einen dicken Gefallen schuldig ist. Denn sonst könnte er jetzt nicht deine entzückenden Kinder schaukeln.«

»Ich denke bloß, ich habe Jackie neulich im *L'Europeo* ausgeholfen ... du weißt schon ...«

»Nein, ich weiß diesmal nicht. Vielleicht sollte ich mir für Gespräche mit dir in Zukunft einen Übersetzungscomputer bereithalten.«

»*Frauenleiden.*«

»Soso. Frauenleiden.«

»Und sie hatte nichts dabei.«

»Du meinst Muschi-Dübel?«

»Paul!«

»Was Paul?«

»So kenn ich dich ja gar nicht.«

»Ich darf doch wohl auch mal neben der Spur sein. – Aber nein, mir geht's gut. Sehr gut sogar. Um nicht zu sagen: prächtig.«

»Aha. – Jedenfalls – das ist ja jetzt gerade mal zehn Tage her.«

»Christine, weißt du was?«

»Nein.«

»Kauf ganz Tiffany!«

»Soll ich dir mal was verraten, Paul? Du wirst immer schrulliger. Und dein Humor wird immer seltsamer. Jackie tut dir echt nicht gut. Irgendwann wirst du noch schwul. Lass die Finger von der Tante.«

»Also, Christine, sei unbesorgt. Ich habe noch einen gesunden sexuellen Appetit. Ich denke sozusagen an nichts anderes, wenn ich ehrlich sein soll. Dreimal, viermal am Tag. Wenn es nach mir ginge, käme ich gar nicht mehr aus dem Bett mit dieser Frau.« Er hörte sie erschrocken nach Luft schnappen. »Und ich gebe dir jetzt noch eine Empfehlung: Guck mal, ob du in ein Brautjungfernkleid passt. Du musst nämlich demnächst Blumen bei meiner Hochzeit streuen.«

»Sehr witzig.«

»Liebe Grüße an den lieben Arend noch und *Zai jian*, wie wir in China sagen!« Er drückte auf das rote Hörersymbol, schrie »Yyyyyyyyyyyyyyyes, Sir!!!« und ballte die Faust in der Luft.

*

Bis acht Uhr morgens hatte er sich in seinem Auto vor der Prahlstraße 39 den Hintern platt gesessen. Aber sie war nicht nach Hause gekommen. Auch das »Hier ist die Mailbox von Elisabeth Lensen. Über eine Nachricht nach dem Signalton würde ich mich sehr freuen« konnte er mittlerweile rückwärts buchstabieren. Er warf sein Jackett aufs ungemachte Bett, ging ins Badezimmer, spritzte sich eiskaltes Wasser ins Gesicht, tigerte zurück ins Schlafzimmer und schaute aus dem Fenster: Hamburg präsentierte sich von seiner schönsten Seite. Der Himmel strahlte in frisch gewaschenem Babyblau, noch nicht mal ein kleines pupsiges Schäfchenwölkchen traute sich, den Eindruck zu versauen. Nur ein zerlaufener Kondensstreifen zerschnitt die Perfektion des morgendlichen Himmels. In der Ferne links sah er die Verladekräne von Finkenwerder stolz aufragen.

Er stromerte runter ins Wohnzimmer, blieb vor seinem alten Biedermeiersekretär stehen und zog die oberste Schublade auf. Zwischen abgelaufenen Reisepässen, Dollarnoten und der Brillensammlung seines Großvaters lag der Ehering seiner Oma. Er drehte ihn zwischen Daumen und Zeigefinger, las die Gravur *Anna Maria Ingwersen 1931*.

Und küsste ihn plötzlich.

Und fühlte sich das erste Mal seit Monaten wieder in seinem Element.

Kurz entschlossen griff er zu einem weißen Blatt Papier mit seinem Briefkopf, schrieb ein paar Zeilen, küsste den Ring noch mal, diesmal mit einem »Bring mir Glück!«, und schob ihn zusammen mit dem Schreiben in ein Kuvert. Ihm kam noch eine Idee, er rannte in den Keller, wühlte in Margarethes Weihnachts- und Geburtstagsgeschenk-Exoten (vergoldete Teelicht-Spender, Schuhputzset aus Schildplatt, ein riesiges Hinterglasbild der Hamburger Köhlbrandbrücke; suchte und fand die Elvis-Single-Collection in der Limited-Edition-Krokoleder-Verpackung). Schnappte sich das Telefon, wählte die Nummer von Frau de Jong (wäre sein Herz an einen Seismografen angeschlossen gewesen, hätte es jetzt ein Beben der Stärke zehn registriert): »Ich brauche hundert rote Rosen!«

*

Lissie ließ die MOPO beinahe enttäuscht sinken.

Echt! Was für Schnarchnasen! Da wird denen mal ein handfester Skandal beinahe auf dem Silbertablett kredenzt. Und die kriegen nichts mit. Vielleicht sollte man beim nächsten Mal Hinweistafeln aufstellen: »Zur Story bitte hier abbiegen.«

Sie hatte heute Morgen bereits einen Herzklopfen-Termin in Carmen Clausens Büro hinter sich. *Ich hätte da eine schlechte und eine gute Nachricht für Sie.* (Lissie war der Atem gestockt.) *Die schlechte: Ich habe mich bedauerlicherweise von Frau Pierot trennen müssen – wir gingen in unseren Arbeitsauffassungen nicht ganz konform. Die gute auch noch?* (Lissie hatte nur stumm genickt.) *Sie vereinsamen nicht in Ihrem Zimmer. Frau Geiger von Gloss wird unser Team verstärken. Ich möchte, dass Sie sich für die nächsten zehn Wochen als ihre Ressortleiterin betrachten. Frau Schneider habe ich andere Aufgaben zugedacht.* (Lissie hatte innerlich laut gejuchzt – und die Tatsache, dass es sich bei der ersten Untergebenen ihres Lebens um eine menschliche Laus handelte, als Fakt hingenommen, dem man mit einer ordentlichen Dröhnung Insektizid beikommen konnte.)

Es klopfte am Türrahmen. »Sind Sie Frau Lensen?«, fragte der Fahrradkurier.

»Ja.«

»Das soll ich für Sie abgeben.«

Sie nahm den gigantischen, in Knisterfolie eingewickelten Blumenstrauß entgegen, riss den daran klebenden Umschlag auf, fingerte mit zitternden Händen das Schreiben heraus – dabei rutschten ihr etwas Metallenes und eine Single entgegen, überflog hastig die Zeilen. Ließ das Blatt Papier auf den Schreibtisch sinken, betrachtete den Metallgegenstand. Wurde blass, wurde rot. Schnappte sich die überraschte, hohläugige Sophie, die gerade mit Tee und zwei

Baguettes ins Zimmer kam, umarmte sie und drückte ihr den längsten Kuss aller Zeiten auf den Mund.

»Iiih! Ich sag's doch! Lesbisch! Geh mir von der Pelle!« Dann studierte Sophie ein paar Sekunden lang den Zettel: »Also, nicht dass du wieder die Retterin der Enterbten spielst, meine liebe Lissie. Wir machen das Kreuzchen hübsch links, ja?!«

Danke!

Der Biene Maja, die meinen drei Kindern Mutterersatz war, wenn's mal wieder länger dauerte

Dr.-Oetker-Pizza, die über Monate die Grundernährung der Familie Kessler-Diekmann sicherstellte

Britta Hansen, meiner Lektorin, die ihren Ehemann in Gedanken ein bisschen mit Paul Ingwersen betrogen hat

Joachim Jessen, meiner grau melierten Marien-Erscheinung, der durch »Schreiben Sie doch mal was!« dieses Buch verantwortet

Jürgen Draabe, Veronika Illmer und Dr. Christof Brößke, die für Reeder-Chinesisch, Ösi-Deutsch und Anwaltslatein zuständig waren

Yaşar Yıldırım, der meinen Computer & meine Nerven kraulte, wenn beide mal wieder schlappmachten

Chris Simon, der sich alle Layouts und insbesondere diesen zum Niederknien hässlichen Parfümflakon auf S. 167 ausgedacht hat

Pezi, meiner Schwester und Zuchtmeisterin, die so konsequent formulieren und noch rigoroser die Fenster aufreißen kann

Bettina, meiner Freundin, die mir ihren ganz privaten Restaurant-GAU mit einem männlichen Schlaffi zur Verfügung gestellt hat

Omi Kiel, meiner Lieblingsmutter, die Mama Lensen den Brutpflegeinstinkt und Beharrlichkeitsfaktor lieh

Und danke auch Kai, Yella, Caspar und Kolja. Dem Liebsten, was ich außer Omi Kiel auf der Welt habe